Melvin Jules Bukiet ❁ Fremdes Feuer

Melvin Jules Bukiet

FREMDES FEUER

Aus dem Amerikanischen von
Benjamin Schwarz

Luchterhand

Die Originalausgabe erschien 2001
unter dem Titel *Strange Fire*
bei W. W. Norton & Company, New York.

1 2 3 4 5 04 03 02

Satz: Filmsatz Schröter GmbH, München
Druck und Bindung: Clausen & Bosse, Leck

ISBN 3-630-87126-7

FÜR JILL LAURIE GOODMAN

1

Simon in der Öffentlichkeit: »Natürlich sind die Palästinenser Menschen. Natürlich haben sie Mütter und Großmütter, deren Speisen sie lieben, an deren Kochkünste sie sich erinnern. Natürlich wünschen sie sich Häuser und Schulen …«
Alles ist hübsch formuliert, wenn ich das persönlich so sagen darf, die Alliterationen, die Parallelkonstruktionen, aber Simon ist es, der es an den Mann bringt. Keine andere Stimme von Jerusalem bis Tel Aviv, von Eilat bis zum Golan – oder weit darüber hinaus, damit wir uns nicht falsch verstehen, Simon ist in den UN ebenso zu Hause wie in der Knesset – verfügt über diesen mächtigen Baß, der kaum das Mikrophon benötigt, um sich bei einem Wohltätigkeitsempfang, in einem großen Auditorium oder einer Nation Gehör zu verschaffen. Auf dem Weg von der komplizierten Reihe erhabener Pünktchen auf der Papierrolle, die aus meiner Spezial-Brailleschreibmaschine herauskommt, machen die Worte bis zu der brummenden Liebkosung, die er seinen Zuhörern angedeihen läßt, eine große Verwandlung durch. Wenn sie jetzt über die Menge hinwegrollen, äußern sie ein tiefes, menschenfreundliches Bedauern über die Lage, in die wir geraten sind. »Häuser und Schulen«, wiederholt er. »Und Krankenhäuser …« Er macht den nächsten Schritt, als fiele ihm ein Bestandteil zivilisierten Lebens nach dem anderen erst während des Redens ein.

Ist das eine Träne, was Simon dort im Augenwinkel schimmert? Der glitzernde, smaragdgrüne Augapfel kann den Gegenstand seiner Betrachtung mit jeder beliebigen Gefühlsregung auf einer Skala von mitfühlendem Verständnis bis zu wütender Geradlinigkeit fixieren wie ein Hammer einen Nagel. Man kann sich nach links oder nach rechts drehen, aber es gibt kein Entrinnen.
»Häuser und Schulen und Krankenhäuser und ihre eigenen Polizeistationen«, wiederholt er sich selbst, während er sich unerbittlich dem Schluß der Rede nähert, den von allen hier heute Anwesenden ich allein im voraus kenne. Ich, Autor! Autor!
»Häuser und Schulen und Krankenhäuser und ihre eigenen Polizeistationen ...« Simon repetiert das Thema ein letztes Mal, fügt »und ...« hinzu und schließt dann: »Armeen.«
Noch ehe das letzte Wort laut genug aufs Becken haut, um Tote zu erwecken, ist der Sinn klar.
Teil des Tricks ist die Sprache. Der Mann kennt seine Syntax. Man bemerke, daß »die Palästinenser«, mit denen er beginnt, zu »sie« werden, und auf dem Weg vom Eigennamen zum Pronomen passieren zwei Dinge. Erstens: *Wir* haben einen geringeren Abstand, sobald ein Name vorenthalten wird. Nicht mehr präzise benannt, werden *sie* zu einer Kategorie, die einfacher zu verlagern oder zu entfernen ist als ein »Gebilde« mit Namen.
Und dann, man denke doch: Wer sind sie? Sie sind diejenigen *mit* Müttern und Großmüttern. Aber in Wirklichkeit *sind* einige von ihnen Mütter und Großmütter. *Sie* haben Söhne und Enkel. Aber die einzigen Palästinenser, die Simon allen vor Augen gestellt hat, sind sehnige junge Burschen in kurzen Hosen und T-Shirts mit aufgesprayten radikalen Slogans über den mageren Oberkörpern, die nach dem Rauch von brennendem Gummi riechen. Man stelle sich *sie* nur mal in Uniformen vor.
Und so hat er in seiner scheinbar menschenfreundlichsten Rede

des Jahres, die er vor einem skeptischen Publikum auf dem Rabinplatz gehalten hat – und ach, von Simon zu hören, wie sehr er Jitzak vermißt, die liebevollen Geschichten, die er über den großen Mut und die Rauchgewohnheiten des »alten Soldaten« erzählt –, die Menge schlau entwaffnet und präpositional mit einem einzigen Wörtchen wiederbewaffnet, das gar nicht erwähnt zu werden brauchte: »aber«.
Simon ist ein Genie.
Ich beobachte ihn, so gut ich kann. Simon ist nur ein Schatten für mich. Aber auf eine eindringlichere Art nehme ich ihn viel deutlicher wahr als alle anderen Zuhörer. Er erscheint ihnen massig, ja geradezu kraftstrotzend mit seinen Volleyballmuskeln und seinen halb öffentlichen, halb privaten sexuellen Gelüsten, wogegen meine defekten Augen hinter sein Geheimnis blicken. Auch wenn Simon eindeutig einen Körper besitzt, fehlt diesem Körper ein Herz. Er ist hohl. Nur weil ich ihn nicht sehen kann, heißt das doch nicht, daß ich ihn nicht erkennen kann.
Frage: Was weiß Simon über mich?
Antwort: Daß ich gescheit bin, daß ich ihn und alles, was er symbolisiert, verachte und daß ich trotz meiner offenkundigen Unzulänglichkeiten gefährlich bin.
Zweite Frage: Warum behält er mich um sich?
Antwort: Weil ich nützlich bin.
»Was er damit sagen will« – ich formuliere schon an meiner eigenen Rede an die versammelte Crème der Zeitungsschreiber – »ist, daß in einer vollkommenen Welt Armeen nicht nötig wären.«
Selbstverständlich lebt Israel in einer unvollkommenen Welt. Deshalb müssen wir arbeiten, streben und kämpfen – vielleicht lasse ich die Rhetorik bei meiner eigenen Pressekonferenz weg und lege Simon, meiner Meisterbauchrednerpuppe, diese hübschen Phrasen bei einer späteren Gelegenheit in den Mund. O verdammt, der

Brunnen ist kaputt, und die Pumpe sprudelt und sprudelt und füllt das Becken ohne Ende. Worte fließen anstelle von Eindrükken aus mir heraus.

»Arbeiten, streben und kämpfen, um das zu erreichen«, sagte ich zu den Journalisten, die sich im Foyer des städtischen Kulturzentrums versammelt haben, während sich draußen die Kundgebung auflöst und die Leute davonschlendern, um ihre Wagen zu suchen und an den Strand zu fahren. Es ist ein warmer Sonntag in der präutopischen Epoche.

Ich fahre fort, Simons Worte zu glossieren – sie waren in dem Moment, als er sie aussprach, nicht mehr meine Worte –, wobei ich unbedingt an dem Gedanken festhalte, daß wir, bis das neue Millennium, die dicke Drei mit drei Nullen, in knapp tausend Jahren anbricht, bestimmte strenge Kontrollen über die Fähigkeiten anderer Leute aufrechtzuerhalten haben. Dazu müssen wir unsere Armee erhalten und den Aufbau ihrer verhindern. Wir müssen außerdem weiterhin Siedlungen errichten und Territorien absichern, und vor allem müssen wir das eine große Ziel im Kopf behalten, dem sich alle kleineren Ziele unterzuordnen haben: Simons Wiederwahl.

»Wie sehen die Meinungsumfragen aus?« Eine sanfte Tenorstimme aus dem hinteren Teil des Raumes durchschneidet das Stimmengewirr wie ein Segelboot die Wellen des Sees Kinneret. Draußen verläuft sich die Menge allmählich, aber hier fängt der zweite Teil der Show gerade erst an.

Im Militärjargon, den Simon gern benutzt, ist jede Pressekonferenz eine »Lagebesprechung«, weil nämlich auch jede Rede ein »Manöver« ist. Im inneren Kreis werden Informationen stets »ausgekundschaftet«, oder wir unternehmen einen »Umfassungsangriff« gegen den ewigen Gegner, die Arbeitspartei und Weiner, zumindest wenn wir erfolgreich sind, was uns heute offensichtlich glänzend gelungen ist. Simon liebt den Doppelsinn des Wortes »Kampagne«.

Doch nun hat sich, mit einer Stimme wie geschmolzene Butter, ein unerwarteter Emissär des feindlichen Lagers in unsere Domäne eingeschmuggelt. Stille füllt den Raum, nicht nur wegen der Frage, die jeder im Kopf und keiner auf der Zunge hat, sondern wegen der Person des Fragestellers. Niemand achtet mehr auf mich auf dem Podium. Sogar Goldie, auf ihrem Platz auf dem Fußboden neben meinem linken Fuß, hat die Ohren gespitzt. Bleistifte halten wartend inne, das Kratzgeräusch, das normalerweise meine Ausführungen begleitet, ist verstummt. Wir haben einen Besucher, und er möchte etwas über die Meinungsumfragen wissen.

»Behaupten sich ausgezeichnet, Gabriel«, antworte ich.

»Wir können nur hoffen«, erwidert er und läßt – absichtlich? – offen, ob er hofft, daß die Meinungsumfragen sich behaupten oder einbrechen.

»Sie bleiben doch«, sage ich, »hoffentlich noch für die Fotos da.«

»Nur wenn Sie sie machen.«

Fotos, ich!

Meine ganze Welt ist unbestimmt und nebelhaft, meine einzige Realität akustisch. Bestürzt über die Herzlosigkeit der Bemerkung, fällt mir keine Antwort ein. Nur zwei Menschen können mein Herz dermaßen erzittern lassen, Simon ben Levi und Gabriel ben Simon ben Levi. Der erste weiß das und gebraucht seine Macht ganz nach Belieben, letzterer hat es erst in diesem Augenblick erfahren, denn er muß den Schmerz sehen, den ich auf meinem mißgestalteten Gesicht nicht verbergen kann. Gabriel mag zwar der einzige Mensch in Israel sein, der Simon noch mehr haßt als ich, trotzdem sind sie beide aus dem gleichen Holz geschnitzt.

Dann höre ich die Scham in seiner Stimme. »Verzeihung. Das war ungehörig.«

Es ist, als wäre aus einer Eiche ein Same zu Boden gefallen, aus dem ein Olivenbaum gekeimt ist. Gabriel ist stark wie Simon, aber ganz anders. Ich muß ihn am Reden halten, damit ich weiterhin der Stimme lauschen kann, die aus dem verschwommenen Gesicht zu mir dringt. Ich weiß, daß er schön ist, weil man es mir gesagt hat. Jeder in Israel hat sein Foto auf der Titelseite von *Haaretz* gesehen, auf dem er vor irgendeiner antiken Ruine zu sehen ist, die er ausgegraben hat, während ich mich mit dem gekürzten Artikel in der höckerigen Ausgabe für Blinde zufriedengeben mußte. Es ist nicht die Schönheit von Gabriel ben Levi, sondern lediglich ihre Idee, womit ich mich zufriedengeben muß.

In einem Luftstrom, der durch die offene Tür dringt, betritt Simon den Raum in einem Gewühl von Wahlhelfern und Presseagenten und dem Parfüm von Serena Jacobi, und alle sind erregt durch den Erfolg von Simons Auftritt. Innerhalb einer Sekunde nimmt er die Stimmung wahr, blickt um sich, um deren Ursache herauszufinden, und sagt spontan: »Gabriel.«

»Vater.«

Sofort vergißt Gabriel, daß es mich gibt. Wenn er später am heutigen Abend überhaupt noch einen Gedanken an mich verschwendet, dann vielleicht den, daß er sich fragt, wieso eine Kreatur, die so verunstaltet ist wie der Chefredenschreiber seines Vaters, imstande ist, Schmerz auszudrücken. Hol der Teufel deine Augen.

Als die beiden aufeinander zutreten, werden die Finger der Fotografen nervös, genauso gierig, diesen Händedruck auf Zelluloid zu bannen, wie damals, als der alte Soldat auf dem Rasen des Weißen Hauses Arafat die nikotingelben Wurstfinger drückte.

Simon tritt aus seiner Claque vor, und in seinem Kopf schwirren Ränke und Intrigen wild durcheinander. Simon braucht Gabriels Unterstützung. Ich habe auf Gabriels Frage zwar ausweichend geantwortet, aber Simon ist in den Meinungsumfragen ins Trudeln geraten. Ein einziger versöhnlicher Augenblick, ein einziges Foto von einem Händedruck – oder besser noch von einer Umarmung – wäre für einen Sieg über Weiner dienlicher als noch so viele Reden. Und Simon geht jetzt zum Angriff über: Er wird diesen Moment bekommen, ob der querköpfige Herr Sohn es will oder nicht.

Und noch eine Gestalt löst sich aus der Menge. Sie ist ein dunkles, sich windendes Knäuel komprimierter Energie. Ein langer, an den Rändern ausgefranster Mantel, ein Hut, der ihr, schon bevor sie zu Boden geschlagen wird, schief auf dem Kopf sitzt, als wären ihr die hektischen Gedanken durch die Schädelplatte geschossen.

Wir haben das schon mal erlebt, keine hundert Meter von hier.

Für alle im Raum rast die Zeit schneller, nur für mich verlangsamt sie ihren Gang. Ich fühle den Sekundenzeiger einer Uhr so langsam vorangleiten wie den Riemen eines Ruderboots durchs Wasser. Ich kann zweimal auf einen imaginären Abzug drücken, ehe der echte losgeht.

Ab da ist die Hölle los. Ich wirbele wie ein Kreisel in einem roten Sprühregen herum, Simons Leibwächter stürzen sich auf den Beinahemörder, und die Fotografen sind total aus dem Häuschen. Das Foto eines glücklichen Politpaparazzos wird ausgewählt werden, um die erste Seite der *New York Times* und die Titelseiten von *Time, Der Spiegel* und *Le Monde* zu zieren, und die Tantiemen werden sprudeln. Das gehört zu den Freuden jeder Sensationsmeldung aus Israel. Auf dem Marktplatz der Neuigkeiten ist Israel immer gefragt.

Als ich in einer Blutlache liege, die mir den ohnehin schon beeinträchtigten Blick trübt, glaube ich einen Moment lang, mein Kopf hätte den Geist aufgegeben. Simon, von einer Phalanx von Wächtern umdrängt, ist bereits aus dem Zimmer, schon für den Fall des

Falles, daß es einen zweiten Schützen gibt. Er hat das Gebäude verlassen und sitzt schon in einem Hubschrauber, der über den Himmel fetzt, zurück nach Jerusalem – hoch über dem ganzen Chaos, ich höre die Rotorblätter –, wo er das Wort an eine noch größere Journalistenrunde richten wird. Hier waren es die Jäger nach politischen Erstmeldungen; dort werden es AP, UPI, das internationale Korps sein, die sich die Haare raufen werden, weil sie sich entschlossen hatten, über Weiners Friedenskonferenz zu berichten statt über Simons Auftritt – und er wird sich mit Worten an sie wenden, die ich nicht verfaßt habe. Sollte ich sterben, dann ist es für irgendeinen jungen Redenschreiber die Gelegenheit seines Lebens. Simon wird vielleicht nie wieder in den Genuß meiner Worte kommen. Was für ein Verlust.

Niemand darf den Raum verlassen. Der Schin Bet hat das Grundstück abgeriegelt, während die Schin-Bet-Version von Nathan Kasakow bereits an der gequälten Erklärung formuliert, wieso man dies noch einmal hat geschehen lassen können. Um diese Aufgabe beneide ich ihn nicht. Man hätte es wissen sollen: Der Blitz schlägt immer zweimal ein. Köpfe werden rollen.

Endlich bemerkt mich jemand. Ich rieche den Staub zahlloser Generationen – nach zehn Jahren in der Wüste steckt er ihm in den Poren –, vermischt mit dem Schweiß des heutigen Tages. Nur ein Mensch riecht so. Er hebt meinen Kopf an, und sofort rinnt ihm mein Blut über die Finger. »He«, flüstert er. Wenigstens klingt es so, als flüstere er, weil alle Geräusche in dem Raum plötzlich so weit weg sind. »Sind Sie okay?«

»Es ist mir schon bessergegangen«, antworte ich, als ich wieder liege. Mit meinem Kopf in seinem Schoß ist es mir nie in meinem ganzen Leben bessergegangen.

»Warten Sie. Ein Krankenwagen ist schon unterwegs.«

Dessen bin ich mir sicher. Eines, worin wir gut sind, ist die rasche

Reaktion. Um mich herum wird Platz frei gemacht, aber andererseits bin ich an Platz um mich herum gewöhnt. Bei Partys steht niemand gern neben mir.

»Sie kommen schon wieder in Ordnung«, versichert mir Gabriel ben Levi.

»Jaja«, antworte ich, »genau wie nach dem Libanon.«

Als nächstes merke ich, daß ich auf einer Trage liege, grobgewebtes Segeltuch wie Sandpapier unter mir, und daß gepolsterte Gurte mich daran hindern, von dem verdammten Ding runterzufallen, während Helfer mich eilig raus an den Straßenrand schaffen und ich Blut in der Nase habe und unentwegt geblitzt werde. Nach Simons Abgang und der Festnahme des Schützen bin ich ihr bestes Motiv. Wenn sie jetzt noch das Drama ohne dieses häßliche, verzerrte Gesicht des Opfers in den Kasten kriegen, haben sie ihren Job geschafft. Kein einfacher Job: Er ist die heikle Gratwanderung zwischen Mitgefühl und Ekel.

2

Ich hasse Krankenhäuser. Vielleicht mehr noch als Synagogen. Früher habe ich immer gedacht, daß diese Zimmer und Korridore, die ich so gut kenne wie einst die Wohnung und Küche meiner Mutter, nach Tod riechen. Aber sie riechen nach überhaupt nichts. Wenn die Verwaltung des Hadassa-Krankenhauses beschließen würde, die Geheimformel ihres Desinfektionsmittels zu vermarkten, würden sie den Fußboden mit Meister Supersauber wischen. Vielleicht ist es das, woran die Forscher im Keller, mit Millionen von amerikanischen steuerlich absetzbaren Dollars im Rücken, die ganze Zeit arbeiten, statt an, nur mal als Beispiel, neuen Augen.

Nein, das stimmt nicht. In diesem Haus wimmelt es von supergenialen Profis, und sobald sie eine einsatzbereite Prototype dieses fabelhaften kleinen optischen Mechanismus fabrizieren und einpflanzen können, wäre ich der erste, der es wüßte, und der erste, der's zu Gesicht bekäme. Vergiß die Kinder, die seit ihrer Geburt blind sind. Vergiß diese Opernsängerin mit ihrer tragischen Krankheit oder den Gelehrten, dem das Studium zerbröselnder Manuskripte eine Netzhautablösung eingetragen hat, ja sogar den Baulöwen, der den Motorradunfall hatte und danach beschloß, der Hals-Nasen-Ohren-Abteilung auf dem Hadassa-Campus großmütig ein Forschungsstipendium auszusetzen. Sie *alle* kannst du vergessen; ich bin der aller-, allerberühmteste Blinde in Israel. Das Problem ist nicht, daß die Wissenschaftler nicht arbeiten; das Problem ist, daß sie nichts zuwege bringen.

Heutzutage läßt schon das Nichtvorhandensein eines erkennbaren Geruchs eher an Tod denken als der ranzige Fäulnisgestank, den ich aus dem Libanon noch lebhaft in Erinnerung habe. Damals erschien mir, lebend, allein unter den zerfetzten Leichen der Männer der Schwadron 306, der Geruch von Haut und breiiger Fleischmasse ekelhaft, aber damals war mir nicht klar, daß jede Sinneswahrnehmung hochzuachten ist. Ich bemerkte nicht einmal die rosa und grünen Disteln, die aus den Ritzen im antiken beigefarbenen Mörtel von Tel Arnon sprossen.

Der Libanon war ein Geschenk des Himmels, das ich damals nicht zu würdigen wußte. Selbst das Hisbollah Hilton, sein grauenhafter Zimmerservice und die fauligen Loch-im-Fußboden-Unsanitäreinrichtungen stanken mit einer Deutlichkeit, die ich heute vermisse.

Wenn man die Wände um sich herum wahrnimmt, stellt man immer noch am sichersten fest, daß man ein Mensch ist. Ich erinnere mich an das zerbrochene Mauerwerk von Tel Arnon, als wäre es gestern. Das Ruinenfeld, ein Haufen aus Fundamenten, Pfeilern und Brüstungssteinen, der unregelmäßig durch den Boden des Hügels nach oben stieß wie die Zähne durchs Zahnfleisch eines Neugeborenen, und ein paar Innenhöfe mit Mosaiken lockten die Schwadron 306 von der Straße mit dem Versprechen, Geschichte und Schatten zu bieten. Aber nicht Sicherheit. Tel Arnon stellte keine solchen Behauptungen auf, und natürlich schützte die Lehmwand sechs Soldaten von heute ebenso gut, wie sie irgendeine vergessene Kultur geschützt hatte.

Die Schwadron 306 fährt eine Straße entlang, höckerig wie Braille, und macht zu einem Picknick halt. Ja, einem Picknick, wie pubertär, wie nett! Aber andererseits waren wir nicht viel älter als Heranwachsende, die sich gerade einen mächtigen Kohldampf dabei geholt hatten, netterweise ein Dutzend arabische Bruchbuden platt zu machen – halb Lehm, halb Wellblech –, bevor wir beschlossen, uns auszuruhen, statt zur Basis zurückzufahren. Wir hatten Hunger auf die Eiersalatsandwiches und die Gewürzgurken und die kleinen Plastikbehälter mit Kraut- und Kartoffelsalat, die uns die Küche eingepackt hatte, falls die Operation länger dauern sollte als erwartet. Sie dauerte nicht länger als erwartet. Das Demontagekorps leistete gute Arbeit. Aber hinterher waren wir hungrig, und ich tauschte meine Beilagen gegen Akiva Nussbaums Schokoladenpudding – weil Kohl und Kartoffeln mich an mein früheres Leben erinnerten –, kurz bevor von irgendwoher ein halbwüchsiger arabischer Held mit einer Maschinenpistole auftauchte.

Offenbar war er vor unserer Ankunft aus der Hütte seiner Familie entkommen und hatte sich in den Ruinen versteckt, die einmal diese hinterwäldlerische Gegend beherrscht haben mußten, als in der heute ausgedörrten, öden Landschaft tatsächlich noch Wälder wuchsen. Die Zedern, die man für den Bau des Tempels in Jerusalem verwandte, kamen von hier – wie auch die Menschen, die diese Zedern fällten und nun unter dem Staub von mehreren tausend Jahren begraben liegen.

Letzten Winter hörte ich in der Universität eine Vorlesung von Gabriel ben Levi. Er stand, ein großer, grauer Nebelfleck, neben dem Katheder vor einer Leinwand, auf der er mit einem Knopfdruck die Bilder wechseln ließ. Gott weiß, was auf der Leinwand zu sehen war, aber jeder Klick versetzte mir einen elektrischen Schlag, während er das Entstehen und Vergehen früher Städte beschrieb. In den damaligen Zeiten war man auf bestimmte Orte weder besonders stolz, noch fühlte man sich besonders an sie ge-

bunden. Wenn das Wasser ausging oder das Getreide abstarb oder die Siedlung als nicht zu verteidigen galt, ging die Bevölkerung einfach weg. Was machte es schon, wenn die Bürger in irgendwelche Einbauschränke oder Wohnmulden investiert hatten; die Zeit war gekommen, und mit der Stadt war es aus.
Dann wuchs im Lauf der Jahrhunderte der Sand in die Höhe. Die Winde trugen Schicht um Schicht die Wüste herbei. Die nicht weggefegten Schichten sammelten sich und füllten erst die Ecken, dann die Mitte der leeren Räume. Zuerst mögen vielleicht Banditen die Anwesen bewohnt haben, aber auch sie brauchten Wasser oder Getreide oder Bauern, um sie auszuplündern, und auch sie gingen fort. Nach und nach wurden die Sandschichten immer höher und bedeckten die Fenster und Dächer, die unter der Last zusammenbrachen, bis schließlich der ganze Ort unter den Dünen der Zeit verschwand. Und beim Aufkommen der Archäologie, in der Gabriel ein Fachmann ist, war nichts weiter da als ein riesiger, widersinniger Hügel. Grabet, und ihr werdet finden.

Demjenigen ins Auge zu blicken, der einen gleich erschießen wird, kurz das Blinken der libanesischen Sonne in der Visiereinrichtung seiner Kalaschnikow zu bemerken – und ach, wie gut ich mich an diese Schätzchen noch aus der alten Heimat erinnere –, Augenzeuge des Lichtfunkens zu sein, der aus dem Gewehrlauf springt und Akiva, dem halbgekauter Kohlsalat aus dem Mund spritzt, über die antiken Steine zu treiben scheint, das ist Leben. Ich hechtete mich in die Trümmer, kurz bevor ein Kugelhagel an der Säule hinter mir herumhämmerte wie Michelangelos Meißel an dem Marmorblock, aus dem einmal David werden sollte. Gebückt flitzte ich zwischen hüfthohen Mauern lang, der Junge mit der Knarre immer hinter mir her. Ich rannte nach links, dann nach rechts, dann wieder nach rechts auf der Suche nach dichterem Gelände, wo ich ihm entkommen könnte, aber mein tödlicher, jugendlicher Jäger aus der Gegend kannte offenbar jede Windung dieses Labyrinths und wußte Abkürzungen zu nehmen, um seine menschliche Beute abzufangen. Einmal, als ich einen Moment lang meinte, ich hätte ihn abgehängt, sprang er, dieses bösartige sowjetische Gerät, das meine Freunde gemeuchelt hatte, in seine mageren Arme gebettet, zwischen zwei Säulen hervor. Aber wenn der Mann, der mich im Tel Aviver Auditorium eigentlich nicht hätte treffen können, wenn er's versucht hätte, trotzdem traf, so traf der Junge, der mich aus kürzester Entfernung nicht hätte verpassen dürfen, trotzdem nicht. Die Kugeln zerstörten ein antikes Fresko, und ich floh zurück in die Gänge.

Und so ging die Jagd immer weiter, bis ich mich keuchend, stolpernd, erschöpft in einen vergessenen Raum voller zerschmetterter Statuen flüchtete, der den ursprünglichen Bewohnern als Kultstätte gedient haben mochte. Ich dachte, ich hätte auf der anderen Seite der Ruine einen Ausgang erspäht, aber der Eindruck war eine optische Täuschung, einer der letzten Streiche, die mir meine Augen überhaupt noch spielen konnten. Diese Witzbolde. Ich hörte Schritte und rannte auf den vermeintlichen Ausgang zu, nur um zu entdecken, daß er ein von den Schatten erzeugtes Trugbild war. Verzweifelt kroch ich unter einen breiten, flachen, bekkenförmigen Vorsprung, der aus der Mauer ragte, wo ich mich zu einer zitternden fötalen Kugel zusammenrollte, während die dunklen, mit Sandalen bekleideten Füße meines Verfolgers in das letzte schmale Sichtfeld traten, das mir verblieben war. Um mich zu finden, brauchte er nichts weiter zu tun, als sich zu bücken, aber er ging weiter, und ich preßte mich in dem vergeblichen Versuch, meinen Körper kleiner zu machen, gegen die schützende Höhlung, bis ich fühlte, wie die Ziegel in meinem Rücken nachgaben, und ich rückwärts eine sandige Schräge hinunterkullerte.

Plötzlich war ich in einer Höhle. Obwohl es hier bis auf einen schmalen Lichtstreifen von oben völlig dunkel war, spürte ich die Riesigkeit des Raums. Es war das erste Mal, daß ich mich auf das intuitive Raumgefühl verlassen mußte, das zwar die meisten Menschen haben, doch aus fehlender Notwendigkeit verkümmern lassen. Ich streckte die Hand aus und berührte … nichts, schob mich zentimeterweise vorwärts durch eine Stille, die seit Ewigkeiten nicht mehr gestört worden war, und stieß auf eine rauhe Steinwand, der ich bis zu einer Öffnung folgte. Wenn ich an diese ersten tastenden Babyschritte zurückdenke, frage ich mich, wovor ich Angst hatte. Daß ich mir die Stirn stoße, wahrscheinlich, doch in der Geschichte der Menschheit hat sich Schlimmeres ereignet. Ich tastete mich durch einen engen Tunnel in ein unterirdisches Labyrinth hinein. Schlau wie Hänsel im Schwarzwald, markierte ich jede Kehre mit einer Medaille von meinem Khakihemd, und als ich keine Orden mehr hatte, nahm ich Knöpfe. Ich folgte einem Stichgang nach dem anderen, die von dem Hauptkorridor abzweigten, aber ich hätte keine Angst davor haben müssen, mich zu verirren – jeder Gang führte unbegreiflicherweise in eine Sackgasse unter der Ruinenstadt. Erst später erfuhr ich in Gabriel ben Levis Vorlesung, daß solche Tunnel auch zu ihrer Zeit geheim waren. Priester benutzten sie, um sich hinter Gefäße wie die Schale zu schleichen, die mich gerettet hatte, und sich die Opfergaben zu holen, die dort für die Götter abgelegt worden waren.

Ohne Kenntnis der Geschichte des Altertums, aber in der Gewißheit, daß, wo ein Ausgang ist, auch ein Eingang sein muß, verdoppelte ich meine Anstrengungen und stieß immer tiefer in die Tunnel vor, doch ohne Erfolg. Das einzige, was ich fand und das ich bei meinem Rundgang übersehen hatte, war ein Lagerraum, der massenweise zerbrochene Tontafeln enthielt, wovon manche nicht größer als ein kleines Notizbuch waren, andere dagegen das

Format von Grabsteinen hatten. Ich fuhr mit den Fingern über ihre zerklüfteten Oberflächen und fühlte die keilförmigen Kerben, die jemandem einmal etwas bedeutet haben mußten.
Ich ließ die Tafeln als weder verständlich noch eßbar liegen und machte mich ein drittes Mal auf die Suche. Ich nehme an, daß eine der Sackgassen in Wirklichkeit eine versandete Treppe war, die in die Außenwelt zurückführte, aber soviel ich auch dort, wo die Korridore endeten, an den nackten Wänden kratzte, bis meine Finger wund waren – es gab für mich kein Entkommen. Ich mußte zu der sandigen Schräge zurück, von wo ich auf mein Verderben spähte, das heißt zumindest auf seine Füße, zu denen sich inzwischen die in ähnlichen Sandalen steckenden Füße eines seiner Freunde gesellt hatten sowie ein weiteres Paar, das ich sofort erkannte. Vor der Öffnung zu meinem unterirdischen Königreich lagen weit auseinandergespreizt Akivas Stiefel, Schuhgröße fünfundvierzig.
Vielleicht hatte sich während meiner Erkundungen einen kostbaren Augenblick lang, während der erste palästinensische Junge Verstärkung holen gegangen war, für mich die Gelegenheit zu entwischen geboten, aber jetzt war es zu spät. Auch wenn er mich nicht finden konnte, wußte er, daß ich in der Nähe war. Und obwohl er sicherlich vor einem Rätsel stand, muß er sich seines Wissens so sicher gewesen sein, daß er die Leichen meiner ehemaligen Freunde zu der Stelle vor meinem Schlupfloch schleifte, um mich zu verhöhnen. Jetzt hätte er bloß noch zu singen brauchen: »Come out, come out, wherever you are.«
Ich glaube, ich habe mehrere Tage in dieser Unterwelt gehaust, aber es genau zu wissen, ist schwierig. Zwischen Schlafphasen, die kleine Nickerchen oder Komas gewesen sein können, Momenten des Schreckens, die Sekunden oder Stunden gedauert haben mögen, und meiner ersten, nur kurzen Begegnung mit dem Verlust

der Sehfähigkeit und vor allem mit dem Hunger blieb mir der Gang der Zeit so dunkel wie die tatsächlichen Gänge, in denen ich entweder gerettet war oder in der Falle saß. Immer und immer wieder durchstreifte ich mein Reich, bis ich mich davon überzeugt hatte, daß ich wirklich eingeschlossen war. Wenn es nur was zu essen gegeben hätte, wäre ich ewig dort unten geblieben, aber alles, was ich zu essen fand, waren ein paar Spinnen, wo die Mauer auf den Boden traf, winzige Bällchen einer lausigen Nahrung, deren Fäden mir an den Zähnen klebten wie Flaum.

Das Patt dauerte, bis ich endlich wie ein ausgehungertes Kätzchen, das sich hinter einem Kühlschrank versteckt hat und von einem Schüsselchen Milch hervorgelockt wird, die einzige Entscheidung traf, die mir offenstand. Wenn ich unter der Erde blieb, würde ich sterben, und das Priesterquartier würde mein Grab. Ich war bereits geschwächt und sicher langsamer als zu Anfang der Jagd, trotzdem würden mich Glück und Adrenalin vielleicht retten. Wenn ich mich nachts rausschlich, konnte ich mich aus dem Staub machen, indem ich – vielleicht – die halbhohen Mauern wie Hürden nahm, mich dicht an die Berge hielt und es so zur Grenze schaffte.

Ich nahm mir vor, so lange zu warten, bis es vor mir so dunkel wie hinter mir wäre, aber das flackernde Licht des Lagerfeuers meines Verfolgers wollte nicht verlöschen, also nahm ich jedes letzte bißchen Entschlußkraft zusammen, das ich hatte, kaum daß hinter den knisternden Flammen Stille eingetreten war und die Sandalenfüße so reglos dalagen wie Akivas Stiefel. Außerdem waren die Füße allein: Die Kumpel meines Häschers waren möglicherweise Verstärkung holen gegangen. In dem Halbdunkel musterte ich seine Füße mit der Sorgfalt eines Fußpflegers. Sie waren schmal, rosiger auf dem Spann als in der Wölbung, mit einem knochigen Rist und dicken Nägeln, aber ihr deutlichstes Merkmal war eine

Narbe, die vom großen Zeh des linken Fußes waagerecht bis fast zum Knöchel verlief. Sie sah aus wie die Naht eines Turnschuhs, den dieser Junge nie tragen würde. Ohne Rücksicht darauf, daß er der Jäger war und ich die Beute, verlieh mir die Verletzlichkeit, die diese Narbe offenbarte, das Zutrauen, die Schräge zum Ausgang nach oben zu kriechen, wo ich augenblicklich zu neuen Kräften kam, als das erste Lüftchen, das ich verspürte, seit ich die dunkle, luftlose Höhle betreten hatte, mir das Gesicht streichelte.

Halte inne und entschuldige meine Eitelkeit, aber was für ein Gesicht war das: schmal, dunkel und gefährlich wölfisch, mit großen, schmachtenden Augen, die die jungen Mädchen von Peredelkin ebenso hypnotisierten wie Simons Augen die irgendeines registrierten Wählers. Mein Gesicht besaß in Tel Arnon noch immer alle diese Qualitäten, und vermutlich besitzt es sie noch heute, auch wenn meine Schlankheit sich zu Ausgemergeltheit zusammengezogen hat und mein dunkler Teint vor der Zeit rissig und faltig geworden ist wie ein ausgetrocknetes Flußbett. Die Wellen schwarzen Haars, die einst dieses Gesicht umrahmten, sind jetzt grau und zu einer Viertelzollbürste geschoren. Und was meine Augen angeht …

Ich drückte eine Handfläche gegen die Unterseite der Schale, erhob mich lautlos und balancierte auf den Ballen meiner Füße wie ein Sprinter bei der Makkabi-Olympiade an der Kreidelinie. Während ich auf den Schuß eines imaginären Starters wartete – »Auf die Plätze! Fertig!« –, war ich drauf und dran, »Los!«-zuflitzen, als das Licht von zwei Taschenlampen aus verschiedenen Richtungen mich so perfekt aufspießte wie einen toten Schmetterling auf Karton und eine unüberhörbar arabische Stimme sagte: »Schalom!«

»Schalom.« Der Arzt unterbricht meinen kleinen Traumspaziergang in die archäologische Vergangenheit.

Er ist massig, ich fühle seine Körperfülle über mir, und er spricht Hebräisch mit einem barschen russischen Akzent. Ein Landsmann. Natürlich sind seine sprachlichen Fähigkeiten nicht so entwickelt wie meine, aber es gelingt ihm ein passabler Besuch am Krankenbett, er lacht gutmütig in sich hinein und verströmt den Geruch von Frühstück, während seine dicken Finger den Verband von der Seite meines Gesichts ablösen. »Schön. Sehr schön«, sagt er voll Bewunderung für seine Arbeit.

Tatsächlich, die Nähte fühlen sich für meine Finger sauber und glatt an, als ich nach oben lange, über meinen halbrasierten Kopf streiche und das überraschend kleine Loch betaste, das den Eingang zu einem Tunnel in mein Gehirn bildet. Es ist so vollkommen, daß man meinen könnte, ich hätte nie ein Ohr gehabt.

Blindheit ist also vielleicht ein Segen, der freundliche Silberschein hinter der dunklen Wolke, den Erwachsene beschreiben, um Kinder zu täuschen. Wenn ich mein Gesicht im Badezimmerspiegel oder in den Glasscheiben reflektiert sehen könnte, mit denen die kunstvoll gerahmten, pastellfarbenen, friedlichen Naturlandschaften geschützt sind, die sicherlich die Wände meines Zimmers zieren, wäre ich ernstlich deprimiert. Wenn ich das permanente Zucken im Gesicht der Schwester sehen könnte, die sich auf Zehenspitzen hinter den Arztkoloß schleicht, das wäre noch schlimmer.

Aber der Mangel an Gerüchen, die sich in der Atmosphäre verbreiten – das heißt eben nicht verbreiten –, ist das allerschlimmste, und so bin ich dankbar für Iwans Morgenvisiten, obgleich er selten mehr tut, als die Seiten meiner Krankenakte durchzublättern und Kommentare mit diesem oberflächlichen, professionellen Gehabe abzugeben, das er sich wahrscheinlich an der Uni zugelegt hat. Ich kann auf seine gönnerhafte Herablassung verzichten, aber der Geruch nach Rauch und Ziegenbock, der ihn umweht, ist mir immer willkommen. Ich würde ihm allzu gerne sagen: »Bitte, baden Sie nie, ich gebe mein Leben dafür hin«, als er mir die Frage stellt: »Geht's uns gut?«

»Eier mit Käse«, antworte ich.

Er hat die Pointe nicht kapiert und denkt, ich will mich beklagen.

»Ja, Krankenhauskost läßt einiges zu wünschen übrig.«

»Ich habe die Eier und den Käse gemeint, die Sie zum Frühstück gegessen haben.«

Ich kann mich zwar nicht dafür verbürgen, aber ich weiß, daß seine Augen unter Brauen, dick wie Raupen, von der Akte zu dem lose sitzenden Schlips wandern, der unter dem sich bauschenden Krankenhauskittel hervorlugt. »Hmm«, sagt er, nachdem er die Möglichkeit hatte, die Krawatte auf Flecken zu überprüfen. »Welche Sorte?«

»Cheddar.«

»Nein, Jarlsberg.«

»Nein, das war gestern.« Sein Speisezettel variiert nur leicht von einem Tag zum anderen, aber ich kann den Unterschied feststellen, und er weiß, daß ich recht habe. Nur um es ihm unter die Nase zu reiben, gehe ich in Gedanken eine Liste mit Zitrusgerüchen durch und schließe messerscharf: »Grapefruitsaft.«

Wie das Raumgefühl, so ist in den meisten Menschen auch der Geruchssinn zur Untätigkeit verurteilt. Da sie über das Sehvermögen verfügen, haben sie schlicht keinen Bedarf an anderen, weniger wichtigen Sinnen. Sich um Gerüche zu kümmern, ist daher zu einer ebenso primitiven Vorstellung geworden, wie einen Bleistift Nummer zwei anstelle eines Computers zu benutzen. Aber ein Schriftsteller, dem der Computer abstürzt, greift vielleicht dankbar zum Bleistift. Und wie ein Bleistift kann die Nase, mit entsprechendem Training, ziemlich gut funktionieren. Und genau das habe ich: eine Nase, die so scharf ist wie ein gespitzter

Bleistift. Überdies habe ich, was Simon zu schätzen weiß, den spitzesten Bleistift der Stadt.
Es ist wirklich so, wenn ein Sinn nachläßt, werden die anderen von Natur aus schärfer. Leider wissen die meisten Blinden gar nicht, was sie mit ihren neuen Fähigkeiten anfangen sollen Ich aber, ich habe meinen geschärften Riechapparat dazu benutzt, einen kleinen Trick zu entwickeln, der Menschen, die sehen können, dazu zwingt, nach etwas zu suchen, was überhaupt nicht zu sehen ist, obwohl sich in diesem Fall tatsächlich kleine Stückchen Ei im Bart des Arztes verfangen haben mögen.
Er ist wirklich ein ziemlicher Schmutzfink, dieser Mann, und der einzige hier im ganzen Umkreis, dessen menschlicher Geruch sich aus der antiseptischen Einöde erhebt, im Gegensatz zum Beispiel zu der forschen, unsichtbaren Krankenschwester, die nervös auf meine Zurschaustellung medialer Kräfte reagiert. Ich frage mich, ob sie sich jedesmal, wenn ihr ein Schweißtröpfchen von der Stirn fällt, die Schwesterntracht vom Leibe reißt und sie gegen eine frische aus einem schnieken Reißverschlußplastiksack einwechselt. Die Leere an der Stelle, wo sie, wie ich weiß, steht und meiner Vorstellung zuhört, muß schon für das Personal verwirrend sein, wieviel schlimmer ist sie für diejenigen von uns, die, wie die Leute in meiner Selbsthilfegruppe es auszudrücken belieben, bereits »sensorisch herausgefordert« sind.
Sieh nichts Böses, riech nichts Böses, fühl nichts Böses.
Ja, ich kann auch nichts fühlen, weil ich über den herrlich semiselbstregulierten Tropf, der an meinem linken Arm befestigt ist, mit Morphium vollgepumpt bin. Man könnte sogar sagen, ich liege »äthertaub auf einem Tisch«. Noch so ein Trick der Zunft: Gedächtnis.

Ziemlich bald nach meiner Rückkehr von der Front wurde mir das wahre Ausmaß meines Verlustes klar. Auf das Gesicht von Doc Ahmed – wie ich insgeheim den Typen nannte, der mich gefangengenommen hatte – und auf den Anblick meines Kerkers konnte ich verzichten. Auf die Gesichter meiner Befreier konnte ich verzichten. Auf den Anblick des Hadassa-Krankenhauses mit seinen semi-selbstregulierten Tröpfen und Buntglasfenstern konnte ich verzichten. Selbst auf den Anblick meiner Mutter, die an meinem Bett saß, als ich wieder zu Bewußtsein kam, konnte ich verzichten; außerdem war ihr Bild meinem Gehirn eingeprägt. »Nathan«, sagte sie, und ich schwöre, ich hätte genausogut die Bewegungen ihrer Lippen sehen können. Aber die erste kleine Bitte, die aus meinem Mund drang, ehe ich eine Chance hatte, die Sache zu Ende zu denken, machte mir das eine allzu ungeheuerlich klar, worauf ich nicht verzichten könnte – es aber doch würde tun müssen. »Tolstoi«, sagte ich.

»Tolstoi?« erwiderte sie mit schwerfälligem Unverständnis.

»Bring mir Tolstoi«, verlangte ich. »*Anna*«, erklärte ich näher.

»Aber Nathan –«

»Mach, was ich sage«, schrie ich beinahe, als und weil mir die Nutzlosigkeit meines Wunsches dämmerte.

Dennoch, eine Mutter tut alles für ihren Sohn – vor allem ihren einzigen, verwundeten Sohn –, und nach einer zweistündigen Rundreise zu unserer Wohnung reichte sie mir kummervoll den Lederband, der über meinem Bett in dem Zimmer stand, das ich zwei Jahre nicht mehr gesehen hatte, aber ebenso gut kannte wie eine Reihe palästinensischer Zimmer, bis die israelische Armee mich befreite. Erst da, als meine Finger das vertraute Kalbsleder berührten – es war eine schöne Ausgabe, und ich hatte wochenlang gespart, damit ich sie mir im Raritätenraum im Haus der Bücher in der Kalininstraße kaufen konnte – und die Seiten aufschlugen, um … nichts zu sehen, da brach ich zusammen. Erst da, zum erstenmal seit Beginn meines Martyriums und zum letztenmal seitdem, weinte ich, weil ich wußte, daß von dem Augenblick an diese unglückliche Familie nicht mehr dieselbe sein würde.

Ja, ich erlernte Braille in Rekordzeit, aber die meisten Bücher, die in der Lighthouse Library in der Nähe der amerikanischen Botschaft vorhanden waren, waren schwachsinnige Yankee-Bestseller.

Frage: »Was kann man über ein Mädchen sagen, das mit fünfundzwanzig gestorben ist?«

Antwort: »Es steigen Lieder aus dem Wiesenrispengras.«

Okay, also vertrieb ich mir die Zeit damit, die Punkte von *g* und *r* so platt zu drücken, daß man sie nicht mehr lesen konnte, aber Pennälerhumor konnte einen ernsthaften Emigrantendichter kaum befriedigen, der mit Büchern – wenn man dieses Wort für fünfhundert Matrizenabzüge eines zweiunddreißigseitigen Balladenbüchleins gebrauchen darf, das in den Kaffeehäusern am Arbat vertrieben wurde – seinen eigenen Beitrag zum Kanon der slawischen Literatur geleistet hatte, und ich sehnte mich nach Babel, Bely, Majakowski, Mandelschtam und dem Grafen Leo, den ich wunderbarerweise in den Spalten meines Gehirns vergraben fand. Je weniger Bücher, deren Lektüre ich ertragen konnte, ich in den Metallregalen der Blindenbibliothek fand, desto größer war meine Freude, als ich feststellte, daß nichts von dem, was ich jemals gelesen hatte, verschwunden war. Das heißt, wörtlich betrachtet mag es verschwunden sein, aber literarisch war es so lebendig geblieben wie eh und je. Erst Bruchteile, dann Sätze und schließlich sogar Strophen fielen mir wieder ein, bis ich merkte, daß Gesänge und ganze epische Gedichte aus meiner Jugend sicher im Innern meines versehrten Schädels gespeichert lagen. Als sich die Türen zur äußeren Welt für mich schlossen, schwang eine andere Tür, von deren Existenz ich bis dahin nichts gewußt hatte, weit auf.

Ich war eine wandelnde Bibliothek. Mehr noch, ich konnte mich an jede Episode meiner Vergangenheit mit absoluter Genauigkeit erinnern. Nehmen wir zum Beispiel den mit Sonnenflecken gesprenkelten Nachmittag, als ich ein Freiexemplar meines Balladenbuchs Boris Antschypolowski überreichte, dem Kritiker von der *Iswestija*, der zufällig im Marlboro Café, wo ich mein Opus vertrieb, Hering aß und Schnaps pichelte. Sein überreizter Blick ist mir heute noch so lebendig wie damals. Armer Mann, es war wahrscheinlich der Hering.

Manche Wissenschaftler behaupten, das Gedächtnis sei eine Funktion chemischer Vorgänge, denn Aminosäureketten ätzten Muster in die Seitenwege des Geistes – man stelle sich einen Garten mit sich gabelnden Wegen vor, wobei der eine tatsächlich eingeschlagene Weg (ob zufällig oder absichtlich, spielt keine Rolle) auf einer inneren Landkarte für immer eingezeichnet ist –, aber ich glaube, es ist eher wie bei der Alchimie, wo der bleierne Faktenabfall in goldene Ideen verwandelt wird. Wer sagt denn, daß Abstraktionen nicht realer sein können als die vergangene Wirklichkeit? Warum sollte ein vor Urzeiten empfangener Kuß im Gehirn nicht länger haftenbleiben als auf einem Lippenpaar? Als einem ehemals vielversprechenden Dichter sollte mir klargeworden sein, daß das Leben nur ein Vorgefühl der Erinnerung ist. Leider ist es auch eine Voraussetzung dafür, und so besaß ich, obgleich ich mich an meine gesamte Vergangenheit bis ins winzigste Detail erinnerte – vom Druckfehler in der Einleitung zu meinem Lermontow, dem Haar des Mädchens, dem ich im Park der Tretjakow-Galerie Lermontow vorlas, dem Wächter, der uns mit einer Mischung aus Argwohn und Neid anstarrte, dem matten Fleck auf dem Knopf am Mantel des Wächters bis hin zu einem ähnlichen matten Fleck, den ich einmal am Messinggeländer in der Untergrundbahnstation Sadowa-Ring gesehen hatte –, keine Gegenwart und folglich keine Zukunft.

Als ich mit voller Pension aus dem Krankenhaus entlassen wurde, konnte ich *Eugen Onegin* nach Kapitel und Vers zitieren, aber als ich zu schreiben versuchte, ging's nicht. Nicht eine Strophe, nicht einen Gesang, nicht eine Zeile und natürlich auch nicht solche Sachen, die ich seit meiner Jugend, bis ich Soldat wurde, arglos hingekritzelt hatte: naive Sonette über russische Sommer und entsetzliche Lobgesänge auf das Land der Verheißung, das mich reingelegt hat mit seinen falschen Verheißungen. Ich konnte in hilfloser Enttäuschung meinen Kopf gegen die glänzende neue Brailleschreibmaschine donnern, so lange ich wollte, die Seite auf der Walze blieb leer wie mein Geist. Ja, Gedächtnis ist immer ein Wunder, aber jedes Wunder fordert seinen Preis. Während meine Erinnerungskapazitäten explodierten, trockneten meine dichterischen Fähigkeiten ein. Irgendwie war mir das Dichten zusammen mit meinen Augen aus dem Kopf gebrannt worden.

Was kann man über einen jungen Dichter sagen, dessen Seele tot ist?

Auf der anderen Seite brodelte in mir ein Wortschatz, der eines russisch-hebräischen Wörterbuchs würdig gewesen wäre, wie Magma eines Vulkans unter der Erdkruste. Irgendwie mußte ich davon was rauslassen, oder ich würde platzen; und so begann ich mangels einer besseren Beschäftigung das Mitteilungsblatt an die Blinden zu redigieren. Binnen kurzem wurde ich so unverzichtbar, daß der Direktor, dessen grammatische Fehler ich in elegant formulierte Prosa verwandelte, mir gestattete, meine »Arbeit« nach Hause in die Wohnung im dritten Stock mitzunehmen, in der ich mit meiner Mutter wohnte. Und dort saß ich in meinem

Bademantel am Küchentisch und knirschte mit den Zähnen über den Schwachsinn, den ich vor mir hatte.
»Was hast du eben gesagt, mein Schatz?« fragte meine Mutter, die mir meinen Tee in einem hohen Glas mit zwei danebenliegenden Würfeln Zucker brachte.
»Nichts.«
»Du murmelst schon wieder, Nathan.«
»Bloß weil sie nicht sehen können, sollten sie doch nicht unfähig sein, einen zusammenhängenden Satz zu schreiben.«
Trotzdem muß ich dem Verein dankbar sein. Wenn meiner ersten erhabenen Berufung als Dichter kein übermäßig großer Erfolg beschieden war und meine zweite als Soldat ihre eigenen unangenehmen Resultate zeitigte, so brachte mir meine Erfahrung mit dem Mitteilungsblatt eine gefragte Sachkenntnis ein, die ich bald an den Höchstbietenden zu verkaufen beschloß. Kurze Zeit schrieb ich Umschlagtexte für Taschenbuchromane und dachte daran, in die Werbung zu gehen, aber wenn ich schon Scheiße verzapfte, wollte ich zumindest mehr Wirkung haben, als bloß ein paar Dosen Kirschbrause zusätzlich an den Mann zu bringen. Wenn ich schon Scheiße verkaufte, dann sollte es wenigstens danach riechen. Dann hörte ich, daß bei einer neuen politischen Partei ein Redenschreiber gesucht wurde. Auftritt Simon ben Levi.
Zunächst sträubte Simon sich, mich zu engagieren. Wer würde das nicht? Die Knesset konnte eine Million Gesetze über die »Rechte Behinderter« erlassen, aber die anerkannten Gesetzgeber der Welt konnten nicht Schönheit definieren. Shelley mag recht gehabt haben, aber Keats war ein Blödmann.
Ich war bereits ein Experte im Differenzieren der Abneigungsgrade geworden, die mein Erscheinen auslöste – nennen wir's eine ansteigende Graduierung von reflexartiger Abneigung über innerlichen Abscheu und persönlichen Ekel bis hin zu unverhüll-

tem Brechreiz –, aber Simons Reaktion war anders. Gewöhnlich drangen Stimmen von der Seite zu mir, weil die weniger verunstalteten Gesichter meiner Kollegen sich von meinem wegwandten – »Ist das nicht eine hübsche Wand?« –, aber Simons kräftiger Baß wies mich frontal ab. Statt den Anblick dieses verunstalteten Viehs zu meiden, starrte er mich mit offener und sorgloser Direktheit an. Das war der Grund, weshalb ich beschloß, für ihn zu arbeiten, er mußte sich nur noch entschließen, mich zu engagieren. Wenn ich den Job aufrichtig wollte, mußte ich beweisen, daß ich ihn verdiente. Er sah mich offen an, also sah ich der Herausforderung ins Auge. »Welches ist Ihr allerdringlichstes Problem?« fragte ich.

»Was meinen Sie?«

Herausforderung angenommen. Schön.

»Das Wort ›Siedlung‹ klingt so freundlich und behaglich«, improvisierte ich zungenfertig über das einzige Thema, über das ich etwas wußte: Wörter. »Wir denken an ein Feuer in einem hellen Kamin vor einer glücklichen Familie mit lachenden Kindern …« Ich dachte an die eiskalte Moskauer Wohnung meiner Mutter und log. »Wir denken an Gesundheit und Wohlergehen.«

Et cetera, et cetera, bis ich die Münze umdrehte. »Aber denken Sie andererseits daran, wie die Asche in den Bauch dieses Feuers absinkt. Denken Sie an die schwelenden Reste, die die notwendigen Folgen jedes Feuers sind …«

Schamlos beschwor ich den Holocaust, aus dem die israelische Bevölkerung – Siedler sie alle, von der ersten Alija über die echten Überlebenden der Schoa und die Russen, zu denen ich gehörte, bis hin zu den Äthiopiern – hervorgegangen war. Schon steckte ich meine Ecke auf der politischen Bühne ab. Andere – wie Serena Jacobi, die die Szene erst noch betreten sollte und an der Hebräischen Universität im letzten Semester internationales Recht studierte – wußten vielleicht mehr über Politik und ihre Darstellung und Auswirkungen, aber ich hatte ein intuitives Gefühl für das primitiv Menschliche, das nichts mit der Verwaltung an Ort und Stelle, doch alles damit zu tun hatte, wie die von den politischen Führern gefällten Entscheidungen von den Wählern aufgenommen wurden.

Ich wußte kaum, welche politische Überzeugung Simon hatte, aber das war auch egal. Meine spontane Textprobe hatte den Kern der Lage der Siedler erfaßt und damit einen winzigen Schritt zu ihrer Rechtfertigung und zur Schaffung der Stimmung getan, in der fünf Jahre später einer dieser Helden mir eine Kugel in den Kopf schießen sollte. Damals aber balancierte ich auf dieser subtilen Linie zwischen Einfühlung und Unnachgiebigkeit, die einen Falken wie eine Taube veranlaßt haben könnte, denjenigen zu wählen, der in einer Rede meine Worte aussprach. Diese Worte waren wie Atomenergie, die man zur Stromerzeugung oder zum Krieg nutzen kann.

Ich wußte, ich hatte die Sache gut gemacht, aber Simon starrte mich noch immer an. Ich konnte ihn nicht sehen, aber ich spürte die Intensität seines Blicks. Er überlegte.

Was er überlegte, war, daß außer meiner offensichtlichen Fähigkeit meine Anstellung noch einen zweiten Vorteil haben könnte. In den Jahren zuvor waren Redenschreiber ins Hinterzimmer verbannt gewesen, aber die Rollen hatten sich verändert. Ob der moderne Mangel an Schamgefühl nun bedeutete, daß Persönlichkeiten des öffentlichen Lebens nicht mehr so tun mußten, als wenn sie ihre Worte selber verfaßten, oder ob es mit dem damaligen Fetisch »Teamwork« zu tun hatte – Redenschreiber waren Teil des Images des Kandidaten geworden. In so einem Klima, in diesem Staat, war ein verwundeter Soldat ein politischer Pluspunkt. Schließlich gab es in Israel pro Kopf mehr invalide Veteranen als in jedem anderen Land. Auch wenn Simon selbst nicht das Glück gehabt hatte, in einem Krieg ein Glied zu verlieren, war ich der objektive Beweis für seinen Patriotismus.

Wir waren das perfekte Gespann – meine Worte, sein Mund, unschlagbar.

Drei Jahre lang brachten Simon und ich, später ergänzt durch Serena und einen Haufen Berater, den Wahlkampf auf den Punkt. Jeden Abend tippte ich in Motels von Haifa bis Eilat eine Variation ein und derselben Grundrede in einen speziellen Textverarbeitungscomputer, der eine höckerige Kopie für meine Finger punzte, damit ich sie überarbeiten konnte, während er meine Worte in den Wahlkampfcomputer übertrug, wo die anderen sie lesen konnten. Damals wie heute, ob unterwegs oder zu Hause in meinem Palast, tat ich einfach das, was ich immer tat: über Wörter nachdenken.

Nehmen wir das Wort »Tropf«: Es läßt mich an Kaffee denken, an richtigen Kaffee aus Abdullahs Café, das, weniger als einen Kilometer, aber von hier eine Ewigkeit entfernt, an die Mauern der Altstadt stößt. Abdullah serviert ein himmlisches Gebräu mit zolldickem Satz, der sich am Boden von dünnwandigen Täßchen sammelt; krasser kann der Unterschied nicht sein zu den Styroporbechern mit brauner Lorke, die die freiwilligen Helferinnen des Hadassa-Krankenhauses jeden Nachmittag um vier nebst muffigem Kleingebäck auf einem Karren vorbeibringen.

»Kaffeepause«, zirpen sie und zucken zusammen, wenn ich erwidere: »Pause wovon?«

Normalerweise flitzen sie davon, ehe ich weitere Bemerkungen anschließen kann. Macht nichts: Das Zeug, das sie servieren, ist nicht nur deodoriert, sondern auch entkoffeiniert. Ich hasse Krankenhäuser. Doch nicht ganz so wie das Büro des Premierministers.

Bis ich hier rauskomme, habe ich nur diesen einen Tropf, semiselbstreguliert. Man bemerke die Einschränkung: »semi«. Volle Selbstregulierung wird verweigert für den Fall, daß man in Versuchung kommt, des Guten zuviel zu tun.

Um mir Beschäftigung und Spaß zu verschaffen, denke ich manchmal über die Geschichte der Technik nach, auf die ich angewiesen bin. Sicherlich gab es den Morphiumtropf schon vor der Selbstregulierung, aber es muß eine Heerschar von Krankenschwestern nötig gewesen sein, um den Mix für jeden Patienten abzumessen und auszuteilen, bis der Durchbruch kam, der dem einzelnen Patienten erlaubte, die Kontrolle über seine Schmerzmittel selber auszuüben. Vielleicht gab es in medizinischen Zeitschriften einige Diskussionen über die kluge Entscheidung, dieses Recht Laien zu überlassen, aber das Experiment funktionierte besser, als alle es erwartet hatten. Die Selbstregulierung senkte die Krankenhauskosten und befreite die Ärzte von Aufgaben, so daß sie sich mit kostspieligeren Behandlungen befassen konnten. Und statt die Freiheit auszunutzen, nahmen die meisten Leute tatsächlich weniger von der Droge, als ihnen die Entscheidung persönlich überlassen wurde. Vielleicht löste die Selbstdosierung eine Art atavistischen Stoizismus aus, über den ich zum Beispiel längst hinaus bin.

Frage: Aber warum wurde dann die Selbstregulierung weiter reguliert? Warum das »semi«?

Antwort: Die Gefahr.

Theoretisch würden Patienten einschlafen und aufhören, auf den Zauberknopf zu drücken – der irgendwie der Vorrichtung ähnlich sieht, die Gabriel ben Levi zur Vorführung seiner Dias benutzte –, ehe sie wahrscheinlich überdosieren würden, aber möglicherweise montierte irgendein raffinierter Depressiver an seinen Tropf ein Gewicht und schaffte es, sich um die Ecke zu bringen. Adieu, grausame Welt.

Die Folge war, daß die nächste Tropfgeneration hitze- und druckempfindlich war, aber die Ärzte unterschätzten noch immer die Erfindungsgabe entschlossener Selbstmörder. Vielleicht umging ein unglücklicher Rube Goldberg die zweite Verteidigungslinie des Apparats, indem er den Knopf mit einer Bratpfanne niederdrückte, die mit einer auf Körpertemperatur eingestellten Kochplatte verbunden war.
Zurück ans Reißbrett, bis, siehe da!, der semi-selbstregulierte Tropf, das Neueste vom Neuen, das puritanische Ventil, entwikkelt ist, das nicht mehr als jeweils fünf Minuten Seligkeit zuläßt. Ich nehme alles, was es mir bietet, und denke mir andere Methoden der Semi-Selbstzerstörung aus. Zum Beispiel: Eintritt in die Armee.

Das bringt mich wieder auf Tel Arnon. »Schalom«, begrüßte mich Doc Ahmed.
Meine Ohren waren damals noch nicht so gut eingestellt, deshalb dachte ich einen Moment lang, die Kavallerie wäre da. Falsch. Als die Taschenlampen von meinen Augen abließen, sah ich die Jungs, die mich gefunden hatten, und noch eine Gestalt – den, der redete –, einen Mann mittleren Alters mit unrasiertem Gesicht unter der Kapuze eines gestreiften grauen Burnus – Jericho-Chic.
»Ich ergebe mich«, rief ich und war auf eine Salve aus der Maschinenpistole gefaßt, die auf mich gerichtet war. Wegen der Taschenlampen, die mich nach den Tagen im Untergrund vorübergehend blendeten, konnte ich die Waffe nicht richtig erkennen.
»Ich weiß«, antwortete die Stimme ruhig. Augenblicke später wurde ich gefesselt und auf die Ladefläche eines Pritschenwagens gestoßen – und ab ging's auf eine zweijährige Spritztour, die erst endete, als israelische Fallschirmjäger die Tür zu dem letzten »sicheren« Haus, in dem ich gefangengehalten wurde, eintraten –

noch so eine baufällige Bude, die gut in die nächste Siedlung gepaßt hätte –, und diesmal sagte eine Stimme mit mir vertrautem Akzent: »Schalom.«

Der Rauch der IDF-Granate, die meine Befreiung ankündigte, versengte mir die Nasenlöcher, und die Ohren dröhnten mir vom Geratter eines Dutzend Uzis. Beide Sinne hatten seit Ahmeds einleitenden Behandlungen viel Zeit gehabt, sich zu entwickeln.

Der arme Ahmed, er lag am Boden, und seine letzten Atemstöße wurden vom Blut, das aus seiner durchschossenen Kehle plätscherte, übertönt. Im Laufe der zwei Jahre, die wir zusammen verbrachten, hatten der arabische Arzt und ich einander allmählich verstanden. Oh, wir hatten unsere kleinen Kabbeleien, und ich denke immer noch, daß er übertrieb, als er mir die Lippen mit Drano-Haushalts- und Sanitärreiniger einstrich und meine Augen mit festgepinnten Lidern der libanesischen Sonne aussetzte, aber er hätte es schlimmer treiben können.

Ein israelischer Soldat schnitt meine Handschellen mit einem massiven Bolzenschneider durch, und allmählich kehrte Gefühl in meine Fingerspitzen zurück. Dann faßte er mich an der Hand und wollte mich nach draußen führen, aber ich rief: »Warte!«

»Was ist?«

»Ich … ich …« Ich war es nicht mehr gewohnt, um etwas zu bitten. »Ich muß was erledigen.«

»Pinkeln kannst du später.«

»Nein. Nicht das.« Die Soldaten hatten es eilig, und der Helikopter, der sie vom Himmel abgesetzt hatte, war heruntergekommen und wartete draußen unter wahnsinnigem Gedröhne, aber ich ließ mich nicht abwimmeln. Taktvoll, doch bestimmt flüsterte ich meine Bitte.

»Bist du verdammt noch mal wahns…« Der Soldat sah mich an. »Okay.«

Mich am Ellenbogen haltend, führte er mich durch alle Zimmer des Hauses, blieb mehrere Male stehen und sagte: »Hier.«
An jeder dieser Stellen kniete ich mich hin und befühlte die Füße meiner Bewacher, wobei ich die mit Schuhen beiseite ließ – selbst den inzwischen verblichenen Ahmed –, bis ich endlich den Fuß fand, den ich suchte und an den ich mich von meinem unterirdischen Versteck damals in Tel Arnon erinnerte. Der tote Junge war seit unserer ersten Begegnung erheblich gewachsen, aber ich erkannte ihn sofort an der Narbe. Sie fühlte sich an, als wäre ihm unter der Haut ein Strick eingezogen worden.
So wie ich das Augenlicht vermißte, vermißte ich auch Mitgefühl, und irgendwie war die professionelle Hand des israelischen Soldaten nicht die Berührung, nach der es mich verlangte. Ich streichelte die abwechselnd glatte und verletzte, wunderbare und noch warme Haut des toten Jungen.
Ich hörte, wie ein anderer Soldat dem Kommandeur etwas zuflüsterte, aber der sagte: »Lassen Sie ihn in Ruhe.«
Scheißjuden. Wenn sie nicht so empfindlich wären, säßen sie nicht in dieser Patsche.
Angesichts all des Guten, das er in der Welt geschaffen hat, hätte der Junge sich genausogut auch vor zwei Jahren in Tel Arnon oder vor zwei Minuten erschießen können, oder seine Eltern hätten ihn in dem Moment erschießen können, als er vor zwanzig Jahren aus dem Mutterleib kam. Dennoch starb er für seine Überzeugungen, auch wenn das einzig Dauernde, was er zuwege gebracht hat, die Blindheit eines ehemaligen Dichters ist.
»Schalom«, sagte ich.

»Schalom«, wiederholt der Doktor.
»Oh, Sie sind's, Iwan.«
An meinem ersten Tag im Krankenhaus hat der Arzt sich mir als

Dmitri Tatarski vorgestellt, aber ich habe beschlossen, ihn in meinen Lieblings-Karamasow umzubenennen. Ich höre seinen Federhalter über das Klemmbrett kratzen, als er eine Notiz zu Papier bringt, wahrscheinlich irgendwas über Wahnvorstellungen. »Und wie heißen Sie?«

»Nennen Sie mich Smerdjakow.«

»Wie bitte?«

»Oder wie Melville und die Araber: Ishmael.«

Jetzt spüre ich den Tropf und assoziiere wie verrückt. Ahmed und Iwan, zwei vom selben Schlag, vielleicht haben sie zusammen an der Moskauer Universität studiert. Vielleicht haben sie beide in der Cafeteria der Medizinischen Fakultät den Appetit auf Schweinsgeschnetzeltes entwickelt, das ihnen beiden durch ihre Traditionen verboten ist. Ich setze meine Zurschaustellung nasaler Tüchtigkeit dort fort, wo ich sie vor meinem Tagtraum verlassen habe.

»Und Speck.«

»Ja, Speck«, murmelt Iwan schuldbewußt, aber mir ist es egal, ob er koscher lebt.

»O ja. Und Zimt-Rosinen-Toast.« Jetzt bin ich in Fahrt. Ich kann ihm wahrscheinlich erzählen, was er vor zwei Wochen zum Abendbrot gegessen hat.

Schließlich kapiert Iwan mein Spiel, hört auf zu schreiben und wird umgänglicher als sonst. »Sie haben Glück«, sagt er.

»Glück«, wiederhole ich und raffe Sarkasmus aus meiner narkotischen Benommenheit zusammen.

»Einen Zoll weiter links, und Sie wären erledigt gewesen.«

»Wie wär's mit einem Zoll weiter rechts?«

»Ich dachte, noch weiter rechts könnten Sie gar nicht stehen.«

Eins zu null! Der Doktor hat mich wirklich überrascht. Instinktiv wende ich mich ihm auf dieselbe Art zu, wie ich ihn gezwungen habe, sich seiner Krawatte zuzuwenden. Dieser Typ hat Sinn für

Humor, aber nun schweigt er, als hätte er eine unausgesprochene Krankenhausetikette verletzt. Man sollte die Gäste hier im Hadassa Hilton nicht mit politischen Gesprächen reizen.

Natürlich reden alle anderen in Israel unentwegt über Politik. Daran erkennen wir, daß wir am Leben sind. Ohne Streit wären wir eine langweilige Insel der Genußsucht wie Mallorca oder Mykonos. Wie oft kommen diese Leute schon mit ihren Namen in die Zeitung? Glücklicherweise besitzen wir fruchtbaren Boden für Meinungsverschiedenheiten. *Vive la différence.* Bei uns streiten Juden gegen Araber, Aschkenasim gegen sephardische Juden, Leute der ersten Alija gegen Neuankömmlinge, ultraorthodoxe gegen weltliche Juden – eine ganze Phalanx an Spektren politischer Überzeugungen, bereit, sich augenblicklich in die Haare zu geraten.

Und wo ist Iwan in dieser riesigen Bandbreite einzuordnen? Er ist Jude, ein russischer Jude, ein liberaler russischer Jude, wahrscheinlich hat er einen Weiner-Button am Revers. Er klingt älter, etabliert, wahrscheinlich kam er ein oder zwei Einwanderungswellen vor meiner ins Land. Außerhalb des Krankenhauses stelle ich mir Iwan vor, wie er sein Frühstück auf einer Terrasse mit Blick auf den Felsendom einnimmt oder wie er bei Abdullah sitzt, seine ekelhaften Stumpen raucht und über Politik redet, wozu er mit der Faust auf den Tisch haut, ehe er sich auf den Weg macht, um die unsichtbare Krankenschwester bei einem postoperativen Techtelmechtel zum Schwitzen zu bringen.

Ich überlege, wie es wohl wäre, wenn man mit diesem komischen Kerl eine Nummer schiebt, aber er ist nicht mein Typ. Iwan hat wahrscheinlich Haare am Hintern. Meine Gelüste sind subtiler, eher, sagen wir mal, akademisch, nicht daß ich jemals dazu käme, sie zu befriedigen. Gabriels Geruch kommt mir in den Sinn, als er in Tel Aviv meinen Kopf in seinem Schoß hielt, Gabriel der Schöne, Gabriel der Unerreichbare. Andererseits hat man mir

erzählt, daß Ärzte mit vielerlei körperlichen Handlungen vertraut sind, die für Laien böhmische Dörfer sind. Trotz der Drogen bin ich unter dem dünnen Laken eindeutig erregt.
Vielleicht hat Iwan Röntgenaugen, oder vielleicht kann er auch in meinen Gedanken lesen, jedenfalls sagt er, wieder ganz geschäftlich: »Wir haben Sie eins, zwei, drei hier draußen.«
Nein, das haben Sie nicht. Mir gefällt dieses Zwischenspiel – nenn es Konversation oder nenn es Flirt – allzu sehr, um es enden zu lassen. »Genau das sagen wir den Arabern auch.«
Leider sehen die Regeln dieses kleinen Spiels vor, daß der Arzt das letzte Wort hat, und durch mein offenkundiges Interesse, das sich auf dem Bettuch als Zelt abzeichnet, möglicherweise in Verwirrung gebracht, beabsichtigt er, dieses Wort jetzt zu ergreifen. »Nun, eins ist wahr: Wir Juden meinen immer, was wir sagen. Wiedersehn.«
Ich höre ihn den Korridor hinunter zur Aufzugshalle stampfen. »Du würdest mich nicht verlassen, nicht wahr, Goldie?« Ich spreche mit einer goldig schnarchenden Schäferhündin am Fußende meines Bettes.
Ein paar Augenblicke darauf hält der Fahrstuhl mit einem hydraulischen Zischen. Wie Gerüche, so halten auch Geräusche mich bei Verstand. Dank sei dem Herrn für Geräusche.
Sie haben mir die schlechte Nachricht noch nicht mitgeteilt, die lautet, daß ich zusätzlich zum Ohr selbst – oder vielmehr abzüglich – alles Gehör in der linken Kopfhälfte eingebüßt habe, aber ich denke, das wird schon hinhauen, solange ich noch ein Ohr, mein rechtes, habe. Es ist nicht wie beim Sehen, wo der Verlust eines Auges einen ums dreidimensionale Sehen bringt. Ein Ohr weniger, mehr oder weniger, ist nicht so schlimm, wenn das andere in Ordnung ist.
Aber jetzt muß ich diesen kostbaren Löffel schützen, da er mich

wie die einzige Nase, die ich besitze, mit der materiellen Welt verbindet. Wie wäre das als Titel: Mein rechtes Ohr.

Mit dem einen Knorpellappen höre ich das Quietschen von Patientenrollstühlen, die durch den Korridor zur Fernsehecke rollen. Das Gerät scheint auf einen Kanal eingestellt zu sein, auf dem rund um die Uhr Seifenopern laufen. Sandra denkt daran, Jason zu verlassen, der eine Affäre mit Sandras unehelicher Tochter Noel hat – wo nehmen sie bloß diese Namen her? –, aber Noel ist eigentlich in Brian verliebt, der aber völlig verschossen ist in ... na ja, in jemanden mit irgendeinem Problem. Einer Krankheit, einer tragischen Krankheit, dem Üblichen.

Selbst mit nur einem Ohr bleibe ich in Kontakt mit allem, was in diesem achtstöckigen Vorzimmer des Todes als Leben angesehen wird. Ich genieße den Klatsch der Schwestern, die im Gang darüber flüstern, welcher Doktor süß ist und in Frage kommt und welche Patientin schon wieder Durchfall hat und wer sie jetzt saubermachen muß. Es ist besser als Fernsehen.

Mein Ohr ist auch imstande, jeden pfeifenden Atemzug aus dem Bett auf der anderen Seite des Ganges aufzufangen, und auch das verbindet mich mit dem Leben. Die Nasengänge von Zimmer 404 sind verstopft, und er stöhnt unentwegt: »Papi.«

Ich habe eine Menge schlechte Nachrichten für Zimmer 404, wenn er die Ohren hat zu hören. Erstes Bulletin für den zum Tode Verurteilten: Er wird seinen Papi wirklich bald wiedersehen, und ich hoffe, ich bin nicht hier, wenn es passiert, aber das ist wahrscheinlich eine nutzlose Sorge. Wann immer er ins Endstadium kommt, werden sie ihn von dieser Etage verlegen, »durch den Müllschlucker«, wie die Schwestern unter sich den hinteren Fahrstuhl zur zweiten Etage nennen, direkt über dem Foyer, am nächsten zu den Entsorgungseinrichtungen.

»Papi«, ruft er wieder.

Zweites Bulletin für den Todgeweihten: Angesichts deines Alters, das ich auf Mitte Achtzig schätzen würde, muß der Papi bereits seit dem Jom-Kippur-Krieg tot sein.
Das ist die Art, wie wir hier alles datieren. Wenn was alt ist, ist es der Jom-Kippur-Krieg; wenn es uralt ist, ist es der Sechstagekrieg; bei Steinzeit ist es der Suezkrieg, und »Am Anfang« war der Unabhängigkeitskrieg, ansonsten schlicht 48 genannt. Wo damit Orte wie Tel Arnon geortet werden, wäre zu diskutieren. Wohl in kosmischer Zeit. Das ist die Epoche, mit der sich Gabriel ben Levi befaßt, auch wenn für seinen Vater die Uhr erst 48 zu ticken beginnt. Trotz all der Stimmen, die er von den religiösen Parteien erhält, und allem, was er ihnen schuldet, ist Simon ein absolut weltlicher Mensch. Klar, er geht in die Synagoge, so wie die amerikanischen Politiker, denen er nacheifert, in die Kirche gehen, aber mit den Gedanken ist er ganz woanders. Innerlich betet Simon zu den Meinungsforschern.
Simon bezieht sich oft auf 48 und ist entzückt, wenn ich mir eine dubiose Rechtfertigung ausdenke, Ben Gurion und Latrun in seine Reden einzubauen. Gern sagt er, er sei mit der Nation geboren worden, vermeidet aber bequemerweise die chronologische Schlußfolgerung. Wenn der Oberbefehlshaber ben Levi 48 ein schreiendes Kleinkind war, dann muß er während des Suezkriegs zur Grundschule gegangen und, höchst problematisch, während des Sechstagekriegs im wehrpflichtigen Alter gewesen sein, wo er doch, statt in Gaza, auf den Golanhöhen oder in der Altstadt zu kämpfen, die er jetzt so sehr liebt, auf den unumkämpften Territorien von Cambridge, Massachusetts, immatrikuliert war. Statt eines U-Boots kommandierte Simon die Harvard-Rudermannschaft, aber vielleicht war die Zeit auf dem Charles River für ihn eine ausgezeichnete Vorbereitung auf die Leitung einer Kabinettssitzung. »Schlag, zwei, drei. Schlag!«

Zugegeben, als die Araber 73 an Jom Kippur ihren Überraschungsangriff landeten, wußte Simon, daß seine Zukunft auf dieser Seite des Mittelmeers lag, und so diente er in einem Panzerbataillon auf dem Sinai. Das lasse ich ihm. Das kann er haben. Ich bin selber kein Militärmensch, nicht mehr jedenfalls.

Ich, ich bin einfach ein Patient, ein ungeduldiger, aber ansonsten idealer Patient. Ich verlange nichts und halte meinen Arm den Verantwortlichen hin, wann immer es verlangt wird. Nehmt mir bitte mein Blut ab. Innerlich mag ich wütend sein, aber hier, auf Station Nummer sechs – vielleicht ändere ich den Namen des Arztes in Anton –, bin ich ein braver Junge. Kein Gebrüll, kein Geschrei, keine Schwierigkeiten und ausgezeichneter Rotwein obendrein.

Pressemitteilungen über meinen Zustand werden täglich herausgegeben, allerdings werden sie nicht mehr auf der Titelseite von *Haaretz* gedruckt, seit es mir bessergeht. Trotzdem, jede Erwähnung meines Aufenthalts bringt dieser edlen, geruchlosen Institution Anerkennung ein. Ich bin der beste zahlende Gast, den sich die Hadassa-Geschäftsführer wünschen konnten. Sie sollten *mich* bezahlen. Statt dessen wird meine Versicherungspolice Iwan einen neuen Swimmingpool für seine Villa in Mevaserrat einbringen.

Und dann – vielleicht ist es die wiederkehrende Gesundheit, oder vielleicht ist sie einfach die einzige neben Iwan, die stärker als das hier gebräuchliche Desinfektionsmittel ist – rieche ich Serena auf dem Korridor, ihren charakteristischen Geruch nach Zibet und Sex, noch ehe ich ihre fünf Zentimeter hohen Hacken mit militärischer Präzision hämmern höre. Jetzt steht sie in der Tür, betrachtet mich nachdenklich und wappnet sich für die vor ihr liegende Aufgabe.

Serena ist schön. Jedesmal, wenn sie die Knesset betritt, höre ich, wie sich die Atemgeräusche der Männer – seien sie nun Bodyguards oder Abgeordnete mit schwarzen Hüten – in das kurze, keuchende Gehechel von Hunden verwandeln.

»Hallo, Kratzbürste.«

Sie ist immer völlig verwirrt, wenn ich sie erkenne. Mag sein, sie denkt, daß ich aus persönlichen, abwegigen Gründen nur so tue, als wäre ich blind, aber die Deckung herunternehme, wenn ihre Herrlichkeit erscheint. Aber dann muß sie sich mit einem Paradox auseinandersetzen: Wenn ich sie wirklich sehen kann, wie kann ich da so reserviert bleiben? Ich nehme an, wir haben alle unsere kleinen Geheimnisse, und meines ist, daß du nicht mein Typ bist, Miss Milch-und-Honig. Kämen, sagen wir mal, ein leichter Bartschatten und fünfzehn Zentimeter unter der Gürtellinie hinzu, könnten wir drüber reden. Das ärgert sie. Serena mißtraut jedem, der gegen ihre natürlichen Reize immun ist. Kluge Frauen können ziemlich dämlich sein.

»Wunderschön zu sehen, daß sich nichts verändert hat, Nathan.« Mit Absicht benutzt sie das *s*-Wort, als sie ins Zimmer tritt und sich mit geblähten Nüstern zu mir herabbeugt, so daß Zwillingsströme heißer Luft gegen meine unrasierte Wange schießen, die ihre schmalen, trockenen Lippen flüchtig berühren. Alle anderen wenden sich der nicht verunstalteten Seite meiner Nase zu, aber Serena ist hart im Nehmen; sie würde mit einer Leiche vögeln, wenn's ihr irgendeinen Vorteil brächte. Man denke nur an ihr Verhältnis mit Simon.

Serena hat einen Auftrag, und sie folgt dem Befehl. Wenn Simon sagt: »Besuchen«, dann besucht sie. »Sie werden hier gut behandelt?« Ihre Frage ist eine halbe Feststellung.

»Der einzige, den sie besser behandeln würden, wäre der Boß.«

Sie schnaubt verächtlich.

»Wie geht's ihm?« frage ich.

»Die Frage ist, wie geht es Ihnen? Er hat sich solche Sorgen gemacht.«

Das ist Quatsch, und sie weiß es. »Vielleicht sollte ich ihm persönlich sein Kondolenzbriefchen an meine Mutter schreiben, falls ich abkratze.«

»Oh, Nathan, Sie sind viel zu süß, um abzukratzen.«

»*Et tu*, Serena.«

»Zynismus steht Ihnen nicht.«

Noch lächerlicher. Es ist das einzige, was mir steht. »Was haben sie rausgekriegt?«

Ich habe nicht die Absicht, ihr diesen Besuch einfacher zu machen, aber wir sind über Spielchen hinaus. Sosehr sich Madame Jacobi wünscht, hier wieder rauszukommen, möchte ich wissen, was draußen los ist. Niemand hat mir irgendwas erzählt. Eher würden die Schwestern mit 404 plaudern.

Nach reinster israelischer Art ist die Wahrheit einerseits absolut alltäglich, andererseits unheimlicher als erwartet.

Es war kein Araber.

Man erinnere sich, wir waren in einem Pressezimmer hinter dem Rabinplatz, und als ich dachte: Jetzt passiert's wieder, lag ich richtiger, als mir bewußt war.

Die Logik sagte: »Araber«, aber die Intuition sagte mir, daß das Timing nicht stimmte. Ein Araber hätte sofort zu schießen angefangen oder, noch wahrscheinlicher, ein paar Stangen Dynamit samt einem Karton Stahlnägel, die er sich um den Bauch geschnallt hatte, hochgehen lassen. Selbst da, als die Uhr schon tickte, hätte ich wissen müssen, daß Terroristen sich nicht als Chassidim verkleiden. Die einzigen, die polnische Kleidung aus dem siebzehnten Jahrhundert anlegen, sind diejenigen, die sich so benehmen, als wohnten sie im Polen des siebzehnten Jahrhunderts. Araber takeln sich nicht als Chassidim auf, ihre Schneider haben den Schnitt nicht raus. Außerdem mag das orientalische Gemüt vielleicht diabolisch sein, ironisch ist es nie.

Natürlich war der Möchtegernkiller ein Anhänger eines Glaubens, der so allumfassend ist, daß er seine eigene Bigotterie gleich mit einschließt. Wir schreiben das Jahr 1680, verkünden diese Juden mit ihrer Kleidung und ihren Gebräuchen. Sie scheuen das Kino und alles Moderne, haben aber irgendwie vergessen, daß die ersten Anhänger des Baal Schem tow sich keine Revolver unter ihre Kaftane gesteckt haben.

Aber bevor wir über die Motive des Schützen nachdenken, haben wir andere, drängendere Fragen zu stellen. Was bedeutet diese flüchtige Unannehmlichkeit noch, außer der Rückkehr des verlorenen Sohnes in ein gastliches Haus weit weg von zu Hause?

Gemeinsam gehen Serena und ich dieselben Überlegungen durch, die sie und Simon sicherlich angestellt haben, als sie postkoital beisammenlagen. In der Nacht nach meiner Verwundung muß es wirklich heiß hergegangen sein. Immer wenn in einem Bus eine Bombe hochgeht, tut Simon das gleiche. Politik und Gefahr sind die einzigen Dinge, die ihn unausweichlich in Erregung versetzen. Aber Simon sieht an jeder möglichen Situation nur die praktischen Seiten, wogegen ich die abstrakten vorziehe. Genau das haben die zänkische Ehefrau und ich gemeinsam. Wir graben uns in Analysen hinein wie ein Verhungernder in einen Teller Spaghetti, wie Gabriel ben Levi in die Erde. Arabische Zurückhaltung und chassidische Heuchelei – Fehlanzeige.

Also welches sind die Auswirkungen des Ereignisses in Tel Aviv? Zuerst einmal garantiert die eine Kugel im Ohr des Redenschreibers diesem praktisch für weitere vier Jahre seinen Job. Der Mordanschlag ist unerträglich erträglich für die Wahl. Er gewinnt die schwankende, von Schuldkomplexen gepeinigte Linke, denn wenn

die Rechte den Tod von Simon wünscht, ist er vielleicht okay, und die Rechte hat natürlich keine Alternative.
Ich hatte gedacht, der beste Schachzug war der Händedruck mit Gabriel, aber das hier ist unendlich viel besser. Simon hat in den Meinungsumfragen einen Satz nach oben gemacht. »Vierzehn Prozent rauf«, sagt Serena mit genüßlich-wollüstigem Vergnügen, und sie könnte genausogut sagen, sein Schwanz ist jetzt um vierzehn Prozent größer. Und ohne Hohlräume.
Doch das ist trügerisches Gelände. Die Meinungsumfragen könnten ebenso schnell wieder sinken, wie sie angeschwollen sind. Sehr viel hängt davon ab, wie sympathisch der Schütze ist. »Wie lautet seine Geschichte?« frage ich.
»Er heißt Isaiah Rubinstein und kommt aus –«
»Brooklyn«, unterbreche ich sie. Schon kenne ich den Rest.
»Wieso –«
»Sie kommen immer aus Brooklyn. Wahrscheinlich Borough Park, möglicherweise aber Crown Heights. Sagen wir, er ist zweiunddreißig.«
»Dreiunddreißig.«
»Machte vor vier Jahren Alija.«
»Näher an fünf.«
»Wohnt in einer Siedlung bei Hebron.«
»Warum nicht Jerusalem?« katechisiert sie.
»Die von dort würden sich nicht in Tel Aviv schnappen lassen. Die richten lieber 'ne Sauerei im eigenen Hinterhof an.«
»Gut, was noch?«
»Besucht die Jeschiwa und hat zwischen vier und sieben Bälger.«
»Sie gehen auf Nummer Sicher.«
»Sagen wir sechs.«
»Bingo.«

Okay, Serena und ich haben gewisse gemeinsame persönliche Freuden. Sie hat den schärfsten politischen Verstand, der mir je untergekommen ist, weil sie der amoralischste Mensch ist, den ich kenne. Vielleicht ist das der Grund, warum ich sie ertrage. Im Gegensatz zu Simon.

Ich fahre in der Geschichte fort, als hätte ich die Abendzeitung und die Kolumne von Zev Schechter auf Seite drei gelesen: »Führt mit seiner kahlen Frau und sechs Gofen ein ruhiges Leben in den Bergen. Aber dann macht er den Fehler, daß er sich in die Politik reinziehen läßt. Entdeckt, daß er genauso gern eine Pistole mit sich herumträgt wie eine Torarolle in der einräumigen Schul, die sie gebaut haben, ehe sie im eigenen Haus Leitungen legten. Seine Frau weiß absolut nichts. Auch sein Rabbiner weiß nichts, obwohl der Rabbiner ebenfalls mit einer Pistole bewaffnet ist. Niemand weiß irgendwas, außer daß Reb Rubinstein in letzter Zeit spät nach Hause gekommen ist. Er hat neue Freunde, und niemand scheint sehr viel über sie zu wissen, es sei denn, er hat gesungen, was er nicht hat.«

»Das kann er nicht.«

»Er kann nicht?«

»Sie wissen eine Menge, Herr Kasakow, aber Sie wissen nicht alles«, schnurrt Serena befriedigt. Sie hat Informationen, die sie hätte zurückhalten können, aber wir sind hier eh alle unter Eid. Außerdem respektiert sie meine Ansichten viel zu sehr, oder sie braucht meine Hilfe. Sie läßt noch eine Bombe platzen. »Reb Rubinstein ist tot.«

Bis zu diesem Moment nahm ich an, daß ich das Opfer eines Verrückten bin, doch jetzt bin ich vom Ernst der Lage beeindruckt. Möglichkeiten rattern mir durch den Kopf wie Flipperkugeln. Zum Beispiel: Tommy.

Der Mann mit der Pistole wurde nicht in medias res à la Baruch

Goldstein getötet, und sicherlich waren seine Vernehmungsbeamten vom Schin Bet nicht übereifrig. Schließlich hat es dieselbe Clique geschafft, Jigal Amir heil ins Gefängnis zu karren.
O mein Gott, es gibt noch eine Entsprechung, und die ist nicht von uns. Sie betrifft Israels Bundesgenossen auf der anderen Seite des Ozeans. Erinnerst du dich an das Szenario: der einsame Killer, der gekillt wird, ehe er auspacken kann. Es ist unser eigenes kleines Dallas. »Wann?« frage ich und verspüre einen Hauch von Verschwörung.
»Auf dem Weg ins Gefängnis«, sagt Serena.
»Wie?«
»Herzattacke.«
Mir fällt ein junger Mann von der fünften Etage ein, der sich damit umbrachte, daß er eine gebrauchte Spritze stahl und sich den Urin eines anderen Patienten spritzte. Ich habe das nur dem Geflüster der Schwestern entnommen, weil der Tod vertuscht wurde. Damals befaßte ich mich nicht weiter damit und wunderte mich bloß, warum der junge Selbstmörder nicht seinen eigenen Urin benutzt hatte. Jetzt denke ich über die offizielle Benennung des Todesfalls nach: Herzstillstand.
Was für ein lächerlich günstiger Zufall. Eine Herzattacke verhindert eine schmierige Untersuchung und Gerichtsverhandlung, und inzwischen liegt Rubinstein getreu den orthodoxen Bestattungsvorschriften sechs Fuß tief unter heiliger Erde. Wir alle haben Herzen, und sie alle brechen.
Ich muß mehr darüber hören. Ich muß darüber nachdenken, Erwägungen anstellen, das Rätsel lösen.
Ich spiele die Ereignisse noch mal in meinem Kopf durch. Der Jude mit der Pistole hatte Zeit; diese Uhr raste langsam. Je nachdem, wieviel Schießpraxis er sich auf der West Bank angeeignet hatte, hätte er vorbeischießen können, aber nicht so weit. Viel-

leicht ist die Pistole abgelenkt worden; vielleicht hat ein reaktionsschneller Reporter Rubinstein mit seinem Spiralblock einen Schlag aufs Handgelenk versetzt, kurz bevor er abdrückte. Nein, das hätte Serena sicherlich gewußt. Was für ein Knüller, der Schnüffler, der dem Premierminister das Leben rettete. Ich unterhielt mich gerade mit Gabriel ben Levi. Wir standen ungefähr einen halben Meter voneinander entfernt an der Stirnseite des Raumes, als Simon auf uns zukam, und zwar von links, vom Platzeingang her. Rechnet man mehrere Grade hinzu, um die sich ein blinder Mann täuschen kann, so gab es trotzdem einen Winkel von nicht weniger als dreißig Grad zwischen dem vermuteten und dem tatsächlichen Opfer des Schusses. Das Problem ist, daß der verblichene Reb Rubinstein nicht dusselig war. Er wählte die richtige Zeit, und er wählte sein Ziel aus. Ja, er verfehlte dieses Ziel, aber nicht um viel. Die Wahrheit schlägt ein wie ein Geschoß. Rubinstein hat auf mich gezielt.

»Was denken Sie?«

»Nichts«, lüge ich. Mein Inneres ist in Aufruhr. Erstens kenne ich Furcht. Das ist eine Regung, die mir nicht liegt und trotzdem nicht ganz unangenehm ist. Nennen wir's einfach eine andere Art festzustellen, daß man am Leben ist. Das reine, prickelnde Bewußtsein der Anwesenheit von Gefahr, rückblickend und gegenwärtig, ist nur der Ausübung von Macht vergleichbar. Die Welt zu ergreifen und von ihr ergriffen zu werden, spielen sich im selben Gehirnzentrum ab. Trotz der siruplangsamen Zeit im Presseraum verwandte ich die Sekundenbruchteile, die eigentlich meine letzten kostbaren Sekunden auf Erden hätten sein sollen, nicht darauf, Angst zu haben und somit festzustellen, ob ich edel oder schnöde, mit Panik oder Haltung reagieren würde, weil ich zu teilnahmslos war, um die geistigen Alarmklingeln zu hören, die zu läuten begannen, sobald Rubinstein auftauchte. Es ist ein Fehler,

der mir nicht wieder unterlaufen wird. Jetzt, wo ich's besser weiß, finde ich Geschmack an der Empfindung.
Achterbahnen, Horrorfilme und Titelseitenfotos vom Schauplatz des Verbrechens sind etwas für Amateure. Alles aus zweiter Hand interessiert mich nicht. Vielleicht ist das der Grund, warum ich nach dem Libanon keine Gedichte mehr schreiben kann. Der Triumph über das Unglück, echtes Unglück, die Drohung der nahe bevorstehenden körperlichen Auslöschung bewirkt das. Im Vergleich dazu verblaßt die Erregung darüber, an einer Wendung zu feilen. Seltsamerweise habe ich im Libanon nie Angst verspürt. Schmerzen, Wut, Kummer und Trauer ja, aber niemals Angst. Die Temperatur hier im Krankenhaus scheint gefallen zu sein. Unter dem Bettuch zittere ich, und – schau, das echteste Anzeichen von blankem Entsetzen – meine Erektion ist weg. Das ist eine Sache, mit der ich leben kann, zumindest in Serenas Gegenwart. Wenn Gabriel im Zimmer wäre, würde ich es mir vielleicht noch mal überlegen. In der Zwischenzeit tue ich dasselbe, wie wenn Gabriel hier wäre. Über dem Bettuch denke ich.
Wenn ich behaupte, ich sei das Ziel eines Mörders gewesen, kann ich bewaffneten Schutz verlangen, und den bekomme ich natürlich auch, bezahlt aus dem Geheimfonds des PMs. Selbst wenn man mich als paranoid empfinden oder diagnostizieren sollte, würde ich vor imaginären Dämonen beschützt, und wenn der einzige Grund der wäre, mir das Maul zu stopfen, weil Simon nicht wünscht, daß meine Ängste publik werden. Wenn auch nur ruchbar würde, daß ich das eigentliche Ziel war, sind – schwupps – die Mitleidswähler weg, es sei denn, ich selber strebte in das Amt. War bloß ein Scherz. Simon braucht sich keine Sorgen zu machen: Ich strebe *aus* dem Amt. Dies, ob bewiesen, unbewiesen oder widerlegt, bringt mir aber auf jeden Fall einen dicken Scheck in die Brieftasche. Aber das ist nur eine kleine praktische Angelegenheit,

und es gibt größere, interessantere Fragen, die mich wirklich erregen.

Vor allem bin ich neugierig, und so beginne ich mit den Grundfragen. Wer, wo und wann ist von hundert Augenzeugen im großen und ganzen beantwortet worden. Rubinstein im Presseraum um elf Uhr zwölf. Das Was ist nach wie vor meine private Sache. Das Wie dagegen ist interessanter. Ja, ja, wir wissen, es war eine Pistole aus Armeebeständen, aber das meine ich nicht mit dem Wie. Waffen sind in Israel ungefähr so selten wie Gaspedale, und letztere kosten jedes Jahr weit mehr Israelis das Leben. Trotzdem fragen sich die Leute jedesmal, wenn ein mit Düngemitteln beladener Lkw eine Botschaft hochgehen läßt, wie das Fahrzeug so dicht herankommen konnte. Also, wie ist Rubinstein durch die Sicherheitskontrollen gekommen? Leider ist das keine Frage, die irgendwie ausgeknobelt werden kann, dafür braucht man Quellen oder Videomaterial. Bleibt noch das Warum. Vor allem: Warum? Warum wollte Reb Rubinstein, daß ich tot bin?

Vielleicht war sein kleiner Bruder das *fejgele* mit *pejes*, das ich letztes Jahr in den Thermen in Ramat Gan verführt habe, und der große Bruder mit den Zizit hat es erst gestern erfahren und war der Meinung, er müsse die Familienehre verteidigen. Unsinn.

Außerdem ist jede Form persönlicher Rache ausgeschlossen. Kein Mensch kann mich hassen, weil mich niemand kennt. Trotzdem bin ich eine Figur des öffentlichen Lebens, und vielleicht spielt das eine Rolle. Vielleicht war Rubinstein selbst ein gescheiterter Dichter und neidisch auf meine Berühmtheit. Nein, Dichter lassen ihre Enttäuschungen zu Hause aus, an ihren Lieben. Außerdem – mich beneiden? Absurd.

Nächste Abteilung: Leute, die unbedingt in die Schlagzeilen wollen und für einen Zentimeter oder eine Sekunde in den Medien alles tun würden. Wie Simon. Aber diese Sorte von Killern hätte nicht den Anstand, eine Herzattacke zu erleiden, vorausgesetzt, Rubinsteins Pumpe gab wirklich auf dem Weg zum Polizeipräsidium in der Allenbystraße den Geist auf, was ich keine Sekunde glaube. Und dieses Szenario würde sowieso nicht hinhauen, wie man's auch dreht. Ein Publicitysüchtiger würde keine Herzattacke kriegen, weil er es nicht verwinden könnte, wenn er die öffentliche Aufmerksamkeit verpaßte: Er würde unbedingt seine Zeitungsausschnitte lesen wollen. Außerdem, wer würde sich die Mühe machen, für einen Versager eine Herzattacke zu arrangieren? Lassen wir andere Fragen unbeantwortet, die das zufällige Ende des guten Rabbiners aufwirft, weil damit ein weiteres Wer zur Debatte stünde. Im Moment muß ich den Strohmann im Auge behalten.

Wenn es also für Rubinsteins Tat keine rationalen Gründe gibt, wie steht's dann um die irrationalen? Vielleicht war er ein ganz alltäglicher Dutzend-Psychopath, ein Typ mit einem Groll auf die Welt, dem es nur auf die Menge der Leichen ankam. Mein Pech: falscher Ort, falsche Zeit usw. Sicher, einmal im Jahr wird jemand von einem Meteoritenklumpen erschlagen. Man möchte in Saskatchewan gerade eine Zeitung holen, in Argentinien ein Feld bestellen, in Ruanda dem Nachbarn den Kopf abhacken, im australischen Hinterland ein Nickerchen oder auf einem Außenklo in Glasgow ein Kackerchen machen. Und dann passiert der Scheiß. Sorry, Kumpel. Nein, ein Zufallsverrückter hätte Besseres hoch drei geleistet. Wie ist er an der Sicherheitskontrolle vorbeigekommen?

Nichts stimmt an der ganzen Sache, aber zwei Fakten bleiben. Nummer eins: Die Pistole war auf mich gerichtet. Nummer zwei: Bei uns in Israel gibt es keine Einzelgängermörder. O ja, vielleicht handeln sie einzeln wie Goldstein und Amir, und sicherlich werden sie einzeln bestraft wie Goldstein und Amir, aber Israel ist nicht Amerika. Die Oswalds, die Chapmans, diese Typen, die in Motels schlafen und auf den Strich gehen, sie entstammen einem Mangel an sozialem Zusammenhalt; ihre Verbrechen sind Verbrechen der Bindungslosigkeit. Unsere Mörder entstammen aus allzu großer Bindung, zuerst an ihre Altersgenossen im Cheder und dann an die Stimme jenseits ihrer Klassenzimmer. Unsere Killer kommen von Gott.

Und sie kommen in Wellen. Wie arabische Busattentäter. Sie werden am Fließband produziert, und es ist gleichgültig, ob die Fabriken palästinensische Propagandahütten oder Talmud-Tora-Schulen sind. Gottes Soldaten erhalten ihren Marschbefehl aus der Heiligen Schrift. Jede Bombe ist ein Text, jede Kugel ein Kommentar.

3

Simon privat: »Da ist so 'n Politiker ...«

Alle seine Witze drehen sich um Politiker. Er sammelt diese Perlen, hebt sie auf, tauscht sie mit Kollegen. Sobald er auf einen guten Witz stößt, der nicht von einem Politiker handelt, sondern von einem Rabbiner und einem Priester oder einem Polen oder Fleischer, Bäcker oder Korbmacher, macht er einen Politiker daraus, wenn es irgend geht. Manchmal paßt es nur schlecht, aber er weiß, was er mag. Ungefähr so, wie ich Salz benutze: auf Eiern, in der Suppe, reichlich drübergestreut noch vor dem Kosten. In Wunden gerieben, weil es heilsam ist.

Ich liege im Bett, startklar und meine Entlassung erwartend, als er endlich seinen Auftritt absolviert, den ich vorausgesehen habe. Sicherheitsbeamte kreuzen zuerst auf, um mögliche Gefahren in den Korridoren zu beseitigen, und ich höre das Murren der Krankenschwestern, die sich den Rest des Tages werden abstrampeln müssen, um die versäumten Runden aufzuholen, und der Alten, die aus der Fernsehecke verbannt sind, aus Furcht, sie könnten in den Katheterbeuteln unter ihren pissefleckigen Kitteln Granaten versteckt haben. Nur weil sie über den Besuch des Premierministers aus dem Häuschen sind, heißt das noch lange nicht, daß sie bereit sind, auf die neueste Fortsetzung von *Liebe, Lüge, Leidenschaft* zu verzichten. Nellys Abtreibung ist schiefgelaufen, und Brian behauptet, das Kind wäre sowieso nicht von ihm gewesen.

»Papi!« stöhnt Zimmer 404.

Noam Abravanel erscheint als nächster und stellt sicher, daß alles mehr als gefahrlos ist, vielmehr freundlich und einladend. An nichts hat ein ordnungsgemäß gewähltes Staatsoberhaupt weniger Spaß als an Überraschungen, und Noams Aufgabe ist es, das Unerwartete abzuwenden, Überraschungen bei ihrer Geburt zu ertränken wie unerwünschte Kätzchen oder, besser noch, zu verhindern, daß sie überhaupt geboren werden wie Nellys Fötus. Dieser dienstbeflissene Blödmann, wahrscheinlich kriegte er eins auf den Hut beim letzten Auftritt, der dann in so einem Debakel endete. Als wenn es mein Fehler wäre oder vielleicht weil er einen schwachen Magen hat, sieht Noam mich kaum an. Ich merke das daran, daß es ihn in die entgegengesetzte Zimmerecke treibt und er sich an den Jalousien zu schaffen macht. Man hört leises Rattern, und das Licht ändert sich.

»›Mehr Licht‹«, zitiere ich, aber Noam versteht die Anspielung nicht und läßt die Jalousien nervös herunterrauschen.

Was denkt Noam, wenn er den Berg Zion sieht? Oder um die Frage umzudrehen: Was sehe ich, wenn ich an den Berg Zion denke? Noam und ich, wir sind beide Einwanderer, aber seine Eltern kamen aus dem Jemen, ein paar Jahre ehe meiner Mutter die Übersiedlung aus Rußland gelang, und so gehört er zur alten Garde und ärgert sich über die Aufmerksamkeit, die unsere kleine slawische Pilgerschar erhielt. Ihn ärgern auch die Regierungsjobs, die subventionierten Mieten, die Essenszuschüsse, die Sprach- und Schwimmkurse und die psychiatrische Betreuung für Bedürftige, die den Flüchtlingen aus dem Ansiedlungsgebiet gewährt wurden.

Wie wir, so müssen auch die Jemeniten den Unterschied zwischen

Freiheit und Unterdrückung empfunden haben, aber die Landschaft, auf die ihr Auge fiel, als sie in Lod aus dem Flugzeug stiegen, war dieselbe, die sie zweieinhalbtausend Kilometer südlich von hier verlassen hatten – dürre Wüsten und müde, belanglose Berge. Und auch wenn Jerusalem ungefähr gleich weit entfernt vom Jemen und von Moskau ist, fühlen sich die Sephardim von der arabischen Halbinsel wie die aus dem Iran und Nordafrika in Israel auf eine Weise zu Hause, wie wir das nie tun werden, vielleicht weil die natürliche Umgebung eher normativ ist als der außerordentliche – oder außerordentlich enttäuschende – Akt der Vorstellungskraft, der dieser unbedeutende kleine Splitter für die Steppenseele ist.

Sie mögen sich zwar wohl fühlen, aber unter Kontrolle sind sie nicht, weil die Mentalität des Ansiedlungsgebiets die lokale Rede und Politik beherrscht. Gott mag dieses Land geschaffen haben, aber Jidden aus Rußland haben die menschliche Landschaft nach ihrem Bilde geformt. Sieh mal an!

Die Sephardim haben in den letzten Jahren zu wählen gelernt, haben sich aber keine eigenen Politiker herangezogen und müssen sich mit Aschkenasim wie Simon begnügen, mit denen sie einen vorübergehenden, beiderseits unbefriedigenden Frieden geschlossen haben. Sie mögen zwar Juden sein, aber sie sind auch – tja – Araber.

Trotz seines patriotischen Namens ist Noam klein und dunkelhäutig, auch wenn ich nicht ganz genau weiß, wie er aussieht, weil ich ihm nie mit den Fingern übers Gesicht gefahren bin, wie ich es normalerweise bei den meisten Menschen tue, denen ich begegne. Das ist eine interessante Prozedur, mit deren Hilfe ich über den Charakter ebensoviel wie über den Gesichtsausdruck erfahre. Ich fühle eine Grimasse an der Spannung des Unterkiefers, erkenne Kummer an der Tiefe der Augenhöhlen, Trauer am

Verhältnis von der Wange zum Wangenknochen. Jedes sexuelle Geheimnis tritt an einem Ohrläppchen offen zutage. Wie immer auch Noams Ohrläppchen beschaffen sein mögen, er hat bei jeder nächstbesten Gelegenheit eine neue Freundin am Wickel. Eine besondere Schwäche hat er für skandinavische Touristinnen, die er in den großen Hotels im Westen der Stadt aufgabelt, eine Beschäftigung, die er »Lobbyarbeit« nennt. Ob er über einen angeborenen, frettchenhaften Charme verfügt oder seine blonden Bräute anbaggert, indem er aus der Schule plaudert, weiß ich nicht, aber ich habe Noam nie getraut. Simon hat ihn als Repräsentanten der sephardischen Wählerschaft eingestellt, und ich muß zugeben, daß er seine Arbeit gut macht. Trotzdem, irgend etwas an ihm ist mir zuwider. Er spricht mit hoher, beinahe kreischender Stimme, und statt nach gekochtem Fleisch und Zwiebeln zu riechen, verströmt Noam den schweren östlichen Duft von undefinierbaren Gewürzen.

Noam wünscht sich, daß er eines Tages einen Raum genauso wie Simon betreten kann, würdevoll, mit einem Höfling, möglichst einem Europäer, vorneweg, der den jungfräulichen roten Teppich vor seinen Füßen entrollt und sicherstellt, daß alles freundlich und einladend ist. Noam ist klug, sonst hätte er nicht den Job als leitender Mitarbeiter gekriegt, aber solange er sich nicht ein bißchen slawisches Selbstvertrauen als Ergänzung seiner orientalischen Durchtriebenheit zulegt, wird er eher der Teppich bleiben, als zu den Füßen aufzusteigen.

Apropos Füße: Endlich höre ich Simons flotten Schritt auf dem Korridor. Es ist dasselbe Geräusch, das ich neben dem gleichen Begleitergeschwader am Rabinplatz vernommen habe. Heute besteht seine Eskorte aus einem halben Dutzend Hadassa-Verwaltungsleuten, die hier eine Gelegenheit wittern, Staatszuschüsse für irgendein sagenhaftes technisches Spielzeug lockerzumachen, das sie sich schon die ganze Zeit wünschen, aber der Boß wimmelt sie mit einem kurzen »Noam, machen Sie sich eine Notiz« ab, was in Wirklichkeit heißt: »Noam, machen Sie sich eine Notiz und schmeißen Sie sie ins Klo.«

Die Nachhut bildet die übliche Entourage: zuerst Serena Jacobi, dann schlurft als Guildenstern zu Noams Rosenkrantz Willy Weitzman herein, nicht verwandt mit Israels erstem PM, obgleich er so tut, und als letztes und geringstes eine Handvoll Helfer. Sie eiern ziellos im Zimmer herum, als Doc Iwan herbeigeeilt kommt. Ich hatte bereits gehört, wie er über die Krankenhauslautsprecheranlage unter dem *nom de broussaille* Dmitri herbeigerufen wurde. Sichtlich gepeinigt und nach Blut sowie nach Cheddar riechend – er ist ein Gewohnheitstier –, kommt er wahrscheinlich aus dem OP geflitzt, um hier dieses wichtigere kleine Ritual zu vollziehen. Während die versammelte Menge, mehr Leute als in Babi Jar, zuschaut, als würde die erste Gehirntransplantation der Welt vorgenommen, fühlt er meinen Puls, bemerkt, daß er rast, und ignoriert es. Statt dessen zwickt er mich liebevoll mit einer kleinen, scherzhaften Drehung, wie ich's gern habe. Das soll wohl heißen, wir haben ein Bündnis geschlossen. Teufel noch mal, wir sind die einzigen, die in dieses Zimmer gehören; alle anderen sind Eindringlinge.

Natürlich erscheint auch die Presse und macht Fotos von Simon am Krankenbett, nur rechtes Profil bitte, die Hand zu mir, seiner Stütze, ausgestreckt, als wären wir von Leonardo gezeichnet. Ich kann die beringte Handschüttelmaschine nicht sehen, aber ich fühle, wie sie sich durch die geruchlose Krankenhausluft an mich heranschlängelt, und spüre ihren starken Griff für die Kameras.

Klick.

Mission erfüllt, die meisten Kameras gehen, aber einige bleiben. Sie wissen, ab jetzt ist alles inoffiziell, aber sie lieben es noch mehr als die Tiefdruckbeilage. Der Duft der Nähe zur Macht ist berauschend (beachte das Grundwort: »Rausch«). Pressekonferenzen sind was für Lokalreporter, es sei denn, man wird über einen Mordversuch im voraus in Kenntnis gesetzt. Jetzt haben wir's mit den wahren Protagonisten zu tun, denen die Hemden aus der Hose hängen, die Hosenschlitze offenstehen und deren Schwänze metaphorisch wedeln.

Da haben wir Zev Schechter von *Haaretz* und Michael Burg von *Maariw* und Chester Llewellyn, den neuen Bürochef von der *Times*, der wegen der Qualität seiner Verbindungen einfach Zugang zu dieser Gesellschaft erhalten muß. Simon hat ihn besonders im Auge und ist vorsichtig.

»Na, macht's Spaß?«

»'s bessah als in Washington.« Llewellyn hat einen Akzent, den Henry Higgins auf zwei Blocks an der Mt. Auburn Street eingrenzen würde. Der Mann wurde wahrscheinlich in einem Biologielabor in Hah-wad gezeugt, stieg ins Außenministerium auf und schloß sich dann – was für ein Rebell! – der derben Welt des Journalismus an. Trotz der fast fünfunddreißig Grad draußen riecht er nach Wolle, und akklimatisieren wird er sich nur insoweit, daß er seinen Fischgrättweed gegen eine Strickjacke eintauscht, wenn das Thermometer auf vierzig Grad klettert. Was Llewellyn über Israel denkt, muß man erst noch rauskriegen, aber seine ersten Berichte waren Muster abgewogener Neutralität. Nur kommt Neutralität hierzulande leider nicht gut an. Das palästinensische »Gebilde« nennt er unsere Nachbarn, und schon hassen wir ihn. »Neutralität« ist ein Synonym für »Feindschaft«. Ob man es nun innere Wahrnehmung oder Tatsache nennt, ist gleich; innere Wahrnehmung *ist* Tatsache im Nahen Osten. Außer natürlich, wenn sie's nicht ist.

Auf jeden Fall werden wir es bemerken, wenn die Verachtung beginnt, auf Gegenseitigkeit zu beruhen; das ist nur eine Frage der Zeit. Das einzige, was Chess – Llewellyn fordert uns auf, ihn so zu nennen – davon abhalten könnte, uns seinerseits zu hassen, könnte vielleicht ein noch größerer Abscheu gegen unsere Nachbarn sein.

»Bessah auch als in Damaskus«, bemerkt Zev Schechter. Schechter ist der Altmeister der israelischen Presse. Seitdem er als Pennäler seinen ersten Artikel bei *Maalot* unterbrachte, einen Augenzeugenbericht über das Bombenattentat auf den Kindergarten, ist er bei der Presse hängengeblieben. Während seines Wehrdienstes als Fallschirmjäger fand er Zeit, die IDF-Zeitung *For Freedom* herauszugeben, in der er einen Artikel über Korruption im Quartiermeisterkorps brachte, der zum Rücktritt von zwei Generälen führte. Seine Informationsquellen sind die besten im Land und immer noch Gegenstand von Neid und Heimlichtuerei. Nach allem, was wir wissen, könnten einige von ihnen jetzt in diesem Zimmer sein. Schechters literarische Stimme ist das Gegenteil von Llewellyns: Er schreibt nur mit dem Blick von innen, sei es über das Innere einer Bombenfabrik auf der West Bank oder das Kaddisch dessen, der um das jüngste Opfer dieser Bombenfabrik trauert. Er überläßt es anderen, die Landkarte der Territorien von der Bar des International Hotel aus zu analysieren; er kennt jede Furche in der Straße nach Jericho.

So, da wären wir also, »nur wir Hühner«. Ob Simon seine Gesellschaft gefällt oder nicht – es ist seine selbstgeschaffene Welt, und in dem Moment wird er sich ganz natürlich geben. Könnte ebensogut dem Typen aus Hah-wad die Wahrheit stecken; früher oder später kommt er sowieso dahinter.

Llewellyn beugt sich vor, und seine Lunge drückt sich zusammen; ich würde sagen, er ist einen Meter achtzig groß, achtzig Kilo schwer und neigt nach dem leichten Wasserkessel-beginnt-zukochen-Pfeifen dazu, pummelig zu werden. Auch Schechter und Burg tun jetzt so, als wären sie hier zu Hause, Burg tigert wie üblich herum – der Mann kann nicht sitzen –, und Schechter lümmelt in einem Sessel am Fenster. Ich kenne diese Stellungen von hundert ähnlichen Schwätzchen, üblicherweise in Simons Privatgemächern, üblicherweise bei Scotch, den Llewellyn noch lieben lernen wird. Simon serviert ausschließlich Single-Malt, und selbst ich entspanne mich beim Duft von Fässern und Torf.

Die Stimmung ist freundlich. Was fehlt, um glücklich zu sein? Alle diese Fotoheinis denken daran, eines Tages Bücher zu schreiben, und diese Szene wird ihren Plattheiten Glaubhaftigkeit verleihen. Im Moment jedoch ist alles inoffiziell, und Simon hat eine Gelegenheit, den offenherzigen Mann aus dem Volke zu spielen.

»Da ist so ’n Politiker …«

Dieser Politiker sitzt an meinem Bett, die Beine behaglich übergeschlagen, seine piekfeinen Slipper tippen träge und irritierend unter meine Matratze, und seine Finger berühren noch immer meinen linken Arm, als wäre ich ein verwundeter Soldat, dem er Mut zusprechen muß. Diese Prozedur habe ich schon einmal durchgemacht, mit einem anderen PM bei meiner triumphalen Rückkehr aus dem Libanon, und Simon hat diese Prozedur schon mit anderen Soldaten durchgemacht; er kennt die Schritte, aber es ist ihm nicht klar – oder es interessiert ihn nicht –, daß ich mir von ihm oder seiner Politik nicht Mut zusprechen lasse. Aber selbst wenn nicht damit gerechnet werden kann, daß ich bei der nächsten Wahl den ben-Levi-Knopf drücke, ist meine Anwesenheit bei dieser Fotounternehmung nützlich. Alles ist nützlich.

»… und der lebt im Ruhestand. Er ist schon seit ein paar Jahren nicht mehr in der Show.«

In Amerika nennen die Baseballspieler der unteren Spielklassen die oberen Spielklassen »die Show«. Es ist wieder so ein Stück

Yankee-Jargon, das sich Simon während seines Studiums jenseits des Ozeans angeeignet hat. He, vielleicht sind er und Chess sich schon mal über den Weg gelaufen, waren im selben Studentenwohnheim.

»Und er trifft auf der Dizengoffstraße zufällig einen alten Freund. Und der Freund sagt: ›Na, was treibst du denn inzwischen so?‹«

Simons Wortwahl und Tempo sind tadellos und wirken, obwohl alle im Zimmer bis auf Chess den Witz schon kennen. Es ist Simons Lieblingswitz. Er erzählt ihn immer und immer wieder – wenn er sicher ist, daß die Aufnahmegeräte ausgeschaltet sind, weil er weiß, daß er ihn in keinem günstigen Licht erscheinen läßt.

»›Ich bin ins Honiggeschäft eingestiegen, bin Imker geworden.‹

›Imker?‹

›Ja, mir geht's phantastisch. Verdiene ein Vermögen. Ich habe zweihunderttausend Bienen, die für mich Tag und Nacht arbeiten.‹«

Die Zahlen wechseln je nach Simons Stimmung. Manchmal sind es zweihunderttausend, manchmal vier- oder achthunderttausend oder ein paar Millionen. Am Abend der letzten Wahl waren es sogar eine Milliarde Bienen. Man kann Simons Temperatur nach der Anzahl der Bienen bestimmen, die der Expolitiker in seinem Witz besitzt. Zweihunderttausend sind unteres Ende, und so erkenne ich trotz seiner wie gewohnt lärmigen Vorstellung für die Medien, daß Simon ganz untypisch ernst ist. Dennoch, er liebt den Witz und fährt fort.

»›Wo hältst du sie denn?‹ fragt der Freund. ›Ich meine‹, sagt er, ›da sind doch 'ne Menge Bienenstöcke und Platz und so weiter nötig.‹

›Eigentlich nicht‹, antwortet der Politiker. ›Ich habe sie alle in einer Zigarrenkiste.‹

›In einer Zigarrenkiste?‹« Da Simon jetzt unbedingt gestikulieren muß, nimmt er endlich seine Hand von meiner Schulter, streckt

einen Finger in die Luft und mimt für den Teil seines Publikums, der sehen kann, wie verblüfft der Freund des Politikers ist.
Noam gluckst anerkennend in sich hinein. Alter Schleimer.
»›In einer einzigen Zigarrenkiste. Zweihunderttausend Bienen. Aber da werden sie doch zerquetscht, ihre Flügel zerfetzt. Das ist ja schrecklich.‹
Da sagt der Politiker: ›*Screw them.*‹«
Simon wirft den Kopf zurück und lacht, bereits besserer Stimmung. »›*Screw them!*‹« brüllt er.
Vielleicht muß man's selber erleben.

Als wenn er die freigelegten Schichten auf einer der Ausgrabungsstätten seines Sohnes verkörperte, steigt Simon vom aufopferungsvollen Führer der Nation in unserer gemeinsamen Aktion vor der größeren Menge Kameras zu dem vierschrötigen Typen mit ein paar Kumpels hinab, schließlich noch tiefer bis zu den primitivsten neolithischen Fundamenten, als Schechter, Burg und Chess gegangen sind und die einzigen im Zimmer jetzt noch er und ich und Serena und zwei loyale Helfer sind, die ihm Essen, Wohnung und Unterwäsche verdanken. Jetzt, wo nur noch Familie da ist, kann er sich endlich offen zu erkennen geben – rein geschäftlich.
»Rubinstein ist gestern beerdigt worden.«
»Serena hat's mir erzählt.«
»Tut mir leid.«
Ob es ihm leid tut, daß Rubinstein auf mich geschossen hat oder daß Rubinstein beerdigt worden ist oder daß Serena es mir erzählt hat, bleibt meiner Deutung überlassen, doch ich erkenne darin eine Konzession an die Menschlichkeit und nicke.
»Darf ich erfahren, was Sie denken, Nathan?«
»Auch mir tut es leid.«
»Derlei Dinge können überall passieren. Aber der Schin Bet hat

ihn ja unter den gegebenen Umständen recht schnell unschädlich gemacht.« Er redet unaufhörlich weiter und saugt jeden Liter Luft im Zimmer in sich auf, und je weniger er aus der ganzen Sache macht, desto seltsamer erscheint sie. Simon ben Levi mag die Moral einer Lenkrakete haben, aber er hat auch ihre Intelligenz. Ja, sein glänzender Verstand in der Öffentlichkeit bringt ihm die Wählerstimmen, aber sein glänzender Verstand privat ist es, der ihn in die Öffentlichkeit bringt. Wenn ich hier in den Gefilden des Herrn mehr als nur einen einsamen Irren am Werke bemerkt habe, so hat er dieselbe Erkenntnis gehabt – und wahrscheinlich schon vor mir, wahrscheinlich schon im Hubschrauber zurück nach Jerusalem –, scheint aber entschlossen zu sein, mich eines anderen zu belehren, und schwätzt unentwegt weiter »Sie haben alles getan, was sie konnten, um ihn zu retten, obwohl mir das offen gesagt scheißegal ist.«
Sicher soll diese Heuchelei mir nicht nur Seelenfrieden bescheren, die Genesung erleichtern. Ich frage frei heraus: »Wer war der Rabbiner?«
»Sein Name war Rubinstein.«
»Nicht dieser Rabbiner.«
»Welcher Rabbiner denn?«
Ich meine, welcher Rabbiner die Beerdigung geleitet hat, weil das eine Bedeutung hat, die klar sein sollte. Wenn es Schlomo Boser war, der Simon bei der letzten Wahl unterstützt hat, ist es *eine* Sache. Wenn es David Ezrachi war, der Weiner unterstützt hat, ist es eine andere. Aber so oder so möchte ich wissen, welchen Umgang Rubinstein gehabt hat, und Simon möchte mir diese Information offensichtlich vorenthalten. Macht nichts, ich habe meine eigenen Quellen.
»In diesem Land«, er gibt mir einen Klaps, »kann man nicht ausspucken, ohne zwei oder drei Rabbiner zu treffen.«

»Oder zweihunderttausend.«

Die Anspielung auf seinen Witz bringt Simon zum Schweigen.

Kaum wird eine Zahl erwähnt, fühle ich Serenas Getriebe klicken. Sie starrt mich an und überlegt.

Ich überlege ebenfalls. Warum bin ich mit einemmal außen vor? Was zum Teufel wird hier gespielt?

Dann greift Simon den Faden wieder auf und redet weiter. »Rubinsteins Brut ist wieder drüben in Brooklyn bei ihren Großeltern. Arme Kinder. Wenn man sich vorstellt, so einen Vater zu haben.«

Simon ist immer um die Kinder besorgt und schwafelt sentimental weiter, wobei er vergißt, daß keine Kameras mehr da sind.

Ich denke über Simons eigene Kinder nach, ein versauter Verein, wenn er das jemals war. Seine Älteste, Natalie, hat auf dem Weg über zwei – nein, drei – Ehen und Scheidungen mit ihren Psychiatern alle der Menschheit bekannten Arten von Therapien und Rehabilitationen sowie eine Menge der in den Rehabilitationen bekannten Männer abgehakt; sein »Baby«, Jonathan, trägt eine Irokesenfrisur, die er regelmäßig sofort wieder in die Form eines Krummsäbels oder Hakenkreuzes schneidet, sobald Haare nachgewachsen sind, nachdem Simon ihm den Kopf rasiert hat; und dann ist da Gabriel. Als mittlerer Sprößling, ohne das Drama des erstgeborenen oder den düsteren Groll des jüngsten Kindes, sollte Gabriel eigentlich der Stolz der »Brut« seines Vaters sein. Hübsch, redegewandt, summa-Examen an der Hebräischen Uni, militärische Auszeichnungen, Archäologe. Israel ist das einzige Land auf der Welt, in dem Archäologen im übertragenen wie im wörtlichen Sinne Rockstars sind.

Gabriel war so ein Kind, für das alle Eltern sterben würden. Und für diesen speziellen Elternteil über die Maßen vorteilhaft, als er bekannte, es seien seine Erlebnisse bei den Fallschirmjägern gewesen, die ihn auf die Archäologie gebracht hätten. Drüber hinwegzuschweben und dann hinunterzugleiten zu Stätten wie, tja, Tel Arnon, habe zum intuitiven Verständnis geführt, wie Vergangenheit und Gegenwart zusammenhängen. Leider führte es auch zum intuitiven Verständnis, daß die gegenwärtige israelische Kriegsmaschinerie und die antiken judäischen Höfe und Zentren der Gelehrsamkeit diametrale Gegensätze sind. Gabriel beging die schlimmste Sünde von allen: Er wurde zur Taube.

Von Gabriels erster Rede bei einer Peace-Now-Kundgebung bis vor einer Woche haben Vater und Sohn kaum miteinander gesprochen. Man sah sie nicht einmal im gleichen Raum, wenn einer von beiden es vermeiden konnte. Simon sprach nicht direkt das Kaddisch über Gabriel, aber er hätte es genausogut getan haben können. In seiner Gegenwart wagte niemand, Gabriels Namen in den Mund zu nehmen. Daher die atemlose Erregung angesichts der Szene in Tel Aviv. Wenn es auf dem Hausgelände des Premierministers eine Versöhnung in der berühmtesten verkrachten Familie des Landes gegeben hätte, wäre es ein Meisterstreich gewesen. Inländische Illustrierte wären durchgedreht. Andere Tauben hätten vielleicht ihr Engagement für den öffentlichen Frieden in Frage gestellt, wenn ihr geschätztester Anwalt mit ihrem gefährlichsten Gegner einen Friedensvertrag geschlossen hätte.

Und was Gabriels Privatleben betraf, so war es für Simon eine zweite Enttäuschung. Im Gegensatz zu seiner Schwester, die es zu oft tat, hat Gabriel bisher kein einziges Mal geheiratet, keine Kinder gezeugt und Simon keine Enkel geschenkt, die er hätte fotogen auf den Knien schaukeln können. Obgleich er ständig auf der Liste der begehrtesten Junggesellen des Landes steht, sieht man Gabriel in den Gesellschaftsspalten der Zeitungen niemals in Begleitung dieser Dame oder jenes Flittchens, die über seine Gesellschaft entzückt wären. Das hat zu völlig unbegründeten Spekulationen in Schwulenkreisen geführt, daß Gabriel einer von uns ist. Lächerlich. Sich als Taube zu outen muß für ihn sehr viel schwerer gewesen sein, als es sein würde, sich als *fejgele* zu bekennen. Aber wer weiß? Vielleicht ist das Ringen mit persönlichen Dingen für Gabriel viel schwieriger als das mit politischen. Vielleicht hört er sich heimlich Judy-Garland-Platten an und hat die hebräische Ausgabe von *Christopher Street* abonniert. Unsinn. Wir wären so glücklich. Homosexuelle in Israel sind wie Juden in der Diaspora, die genealogische Verzeichnisse durchwühlen, um festzustellen, daß Steve Case oder Harrison Ford Vierteljude ist und stolzer *Vetter* von Barbra Streisand, die wir andererseits ebenfalls heiß verehren. Doch wir stellen einfach fest, daß die Hälfte der glücklich verheirateten Männer hierzulande eigentlich Jungs lieber mögen. Stellen wir einfach fest, Gabriel braucht nichts weiter als einen anständigen Mann. Und was nutzt mir das? Wir hatten unseren Augenblick auf dem Fußboden in Tel Aviv, und die Erinnerung daran werde ich mir bewahren.

»Man denke an die Erinnerung, die sie haben müssen«, seufzt Simon um Rubinsteins Waisen.

Wir reden im Kreis herum. Nach seinem Auftritt, nach den Witzen hat Simon voll auf Ausweichen geschaltet. Zuerst mäkelt er an meiner Grammatik herum und tut so, als verstehe er mich nicht, um festzustellen, was ich verstehe, was so wenig zu sein scheint, wie ein B.M. von einem Bikini am Strand versteht. Dann kommt er unvermittelt vom Thema ab und vergißt die armen, vaterlosen Würmer, um etwas über die steckengebliebenen Friedensverhandlungen mit dem »Gebilde« zu sagen, worüber ich, verlangt er, auf dem laufenden gehalten werden soll, weil ich vor Ende der Woche »wieder im Sattel« sitzen werde. Zufrieden erhebt er sich, und ich höre die Luft aus dem Kissen weichen, auf dem er gesessen hat.

»Noam, ich möchte, daß Sie dafür sorgen, daß Nathan alles bekommt, was er braucht.«
»Natürlich.«
Und weg sind sie, bis auf Noam, der mit einem ekligen Schnalzen an seinen Zähnen herumsaugt und dann sagt: »Also, was brauchen Sie?«
Das ist eine Gelegenheit, wie ich sie noch nie gehabt habe, und ich bin versucht zu schreien: »Augen!«, aber ich werde ihm diese Genugtuung nicht geben. Statt dessen lächle ich und sage nur: »Leck mich.«
Bevor es zum Streit kommt, ist Doc Iwan, der sofort nach dem Ende unserer vorherigen Posse aus dem Zimmer geschlüpft war, zurückgeeilt und unterbricht. »Tut mir leid, aber Sie müssen jetzt gehen«, teilt er Noam mit. »Der Patient braucht seine Ruhe. Ärztliche Anweisung.«
Ist natürlich Blödsinn, aber ich bin dankbar. Ich habe eine Menge nachzudenken.
»Es ist mein Ernst«, sagt Iwan, nachdem Noam mißmutig davongetrottet ist.
»Aber ich dachte, Besucher wären gut für die Stimmung. Freunde sind wichtig.«
»Schöne Freunde haben Sie«, schnaubt Iwan.
»'s bessah als Beirut.«
»Aber nicht so gut wie Moskau, eh, *jingele*?« Iwan lacht und verschwindet ebenfalls.
Schon vermisse ich ihn. Dieser joviale, dreckige Chirurg, der vor ein paar Jahren wahrscheinlich mit einem rostigen Skalpell im Brodzki-Hospital operiert hat, kommt mir hier im Land der Juden plötzlich wie mein bester Freund vor. Fast bedauere ich, daß ich mir ihn im Bett vorgestellt habe.
Und dann stelle ich mir alle übrigen, Simon und seine Gang, auf

andere Weise im Bett vor, denn ihr Bett heißt Knesset, diese architektonische Karikatur, zu der wir verdonnert sind, denn sie ist auf zu vielen Ansichtskarten, als daß wir sie abreißen könnten. Sie ist so repräsentativ für Israel wie das Weiße Haus für Amerika. Dann wird mir klar, daß die Knesset kein Bett ist; das ist ein zu freundliches und einladendes Bild für ein Gebäude, das für eine andere Zeit entworfen wurde und jetzt vor Politikern und Lobbyisten und Journalisten und Generälen und ihren zugehörigen Lakaien aus allen Nähten platzt. Sie ist eine Kiste; sie ist unsere kleine Zigarrenkiste, in der jeder Kubikzentimeter mit Intriganten der einen oder anderen Sorte vollgestopft ist, die auf Raum im Innern der Kiste und auf Gelände draußen aus sind. Na, *screw them*.

4

»Aber ich *möchte* kommen und dich abholen«, keucht meine Mutter ins Telefon.

»Aber ich möchte es nicht«, antworte ich.

»Aber Nathan, du bist –«

»Blind, Mutter. Ich weiß. Und das bin ich schon seit Jahren. Ich brauche niemanden zum Händchenhalten.«

»Der Zwölfer-Bus ist so bequem. Direkt bis zum Fuß des Hügels.«

»Es ist ein Berg.«

»Und er ist so schnell.«

»Und er ist im vergangenen Jahr bloß zweimal in die Luft gejagt worden. Aber wenn ich es mir recht überlege, vielleicht ist es gar keine so schlechte Idee.«

»Nathan, Nathan, Nathan.«

Toro. Toro. Toro. Jedes Gespräch, das wir haben, bewegt sich in dieselbe Richtung und gibt mir das Gefühl, als wäre ich fünf und bäte darum, über die Straße gehen zu dürfen, um mich zum erstenmal allein um Brot anzustellen.

Manchmal denke ich, meine Blindheit ist das Beste, was ihr passieren konnte. So hat sie einen Grund zu leben. »Außerdem habe ich Goldie bei mir.«

»Ich glaube, sie mag mich nicht.«

»Goldie ist ein Hund. Hunde mögen niemanden.«

»Natürlich tun sie das.«

»Nein, das ist eine Legende. In Wirklichkeit hassen und verabscheuen sie Menschen, sie wissen aber, daß sie uns für Fressen und Wohlergehen brauchen. Und deshalb geben sie vor, sie leckten uns die Hände, während sie es vorzögen, sie uns abzubeißen.« Vorgeben/vorziehen: ein eleganter Gegensatz; der Wörterschmied hat wieder zugeschlagen.

»Na, Goldie gibt nicht mal vor, mich zu mögen.«

»Das liegt daran, daß ich sie abgerichtet habe, Mama. Als sie klein war, habe ich ihr jeden Tag das berühmte Foto von dir mit der Badekappe am Fluß gezeigt und sie dann geschlagen. Und nun knurrt sie immer, wenn sie deine Stimme hört. Grrr. Grrr. Platz, Kleine, Platz. Hoppla, ich geh lieber los, bevor sie die Leine durchbeißt.«

»Ich dachte, du wärst Redenschreiber, Nathan.«

»Bin ich auch.«

»Was für ein Jammer.«

Ich weiß, es ist ein Fehler, aber ich kann mir die Frage nicht verkneifen. »Was meinst du damit?«

»Es ist ein Jammer, weil du deinen wahren Beruf verpaßt hast. Du hättest Komiker werden sollen.«

Eins zu null. Ich spende Lob, wo's angebracht ist. Die Frau weiß zu verletzen, aber sie hat nie die Gelegenheit gehabt, es auf einer größeren Bühne als ihrer Küche zu tun. Wenn sie nicht in Rußland aufgewachsen wäre, wäre sie vielleicht wie die andere Goldie dieses Landes geworden.

»Du bist bloß eifersüchtig.«

»Eifersüchtig auf einen Hund? Ich?«

»Ja.« Und das stimmt; das bißchen Zusammengehörigkeitsgefühl, das ich und die deutsche Schäferhündin haben, ist ihr ein Dorn im Auge.

»Die Regierung kümmert sich sowieso um mich. Noam wird mich um fünf abholen.«
»Diesen jungen Mann habe ich noch nie gemocht.«
In Augenblicken wie diesem zeigt sich, daß wir verwandt sind, und ich bin fast bereit, ihr die kleine Freude zu machen, ihr recht zu geben. Trotzdem sage ich: »Ich sollte so gegen zehn zu Hause sein.«
»Na schön, dein Bett wartet auf dich.«
Dreißig Jahre alt, Umgang mit den mächtigsten Leuten im Land, und trotzdem schlafe ich noch auf einem Klappbett im Wintergarten der kleinen Wohnung, die man uns gab, als wir ins Land kamen. Außer in den Nächten, in denen ich's nicht tue, wenn nur noch der Mann, den ich mir im Dregs oder in der Dread Bar aufreiße, ein Bett für mich hat. Dann wagt mir meine Mutter keine Fragen zu stellen, weil sie Angst vor den Antworten hat.
Ich packe die lederne Reisetasche, deren Luxus ich mir leistete, als Simon und ich richtig zu reisen begannen: New York, Washington, London, Genf. Es ist eine wunderbare Tasche mit getrennten Fächern für Kleider, Toilettensachen und Zeitungen. Alles an seinem Platz.
»Papi«, stöhnt Zimmer 404. Gott sei Dank ist dies das letzte Mal, daß ich dieses senile Geschwafel höre. Am liebsten würde ich in das Zimmer, das nach Alter stinkt, hineingehen, ihn an seinen Greisenschultern schütteln und sagen: »Er ist tot. Kapier's endlich.« Dann wird mir klar, daß dies genau der Satz ist, den ich auch meiner Mutter gern sagen würde, und schleiche den Korridor hinunter.
»Wiedersehen, Herr Kasakow«, ruft die junge Schwester, die in der letzten Woche meine Wäsche und Bettücher gewechselt hat. Sie weiß besser als ich, wie mein Körper aussieht. Ich ignoriere sie, aber irgendwie würde ich Doc Iwan gern auf Wiedersehen sagen,

aber er ist irgendwo anders in den Weiten des Hauses. Das wäre ein echter Test für meine Riechfähigkeiten: zu sehen, ob ich diesen unsichtbaren Cheddarbeutel aufspüren kann wie ein Bluthund, der am T-Shirt eines vermißten Kindes schnüffelt und dann in wilder Jagd durch den Wald stürmt.

Aber in Israel gibt es keinen Wald, die Gründerväter des Landes sind tot, und der Platz ihrer Generation ist von Leuten wie Simon ben Levi besetzt, dem Sohn, der ein Vater seines Landes wurde.

Ich gehe an der Schwesternstation vorbei und fahre im Aufzug nach unten, wobei ich auf die geistlosen Pieptöne lausche, die meiner Bequemlichkeit dienen und alle anderen Leute irritieren, bleibe am Geschenkartikelladen stehen und frage nach Zigaretten.

»Tut mir leid. Wir verkaufen hier keine Zigaretten.«

»Was heißt das, Sie verkaufen keine Zigaretten? Wo sind wir denn hier?«

»Im Krankenhaus.«

Das hatte ich fast vergessen und werde es mit Freuden vollkommen vergessen. Ich schiebe mich durch die Eingangstüren in den Hochofen des mittäglichen Jerusalem. Mit all den Ärzten und Schwestern, die von ihrer Lunchexpedition in die Welt zurückkehren, den Patienten und Besuchern, die kommen und gehen, und den Touristen, die aus Sightseeingbussen strömen, um sich die Chagall-Fenster der Kapelle anzusehen, ist der Eingang ein Irrenhaus, aber Noam wartet schon auf mich und hat seinen Mercedes illegal auf dem Bürgersteig geparkt.

Ich höre seine kreischende Stimme, mit der er einen Polizisten rüffelt, der verlangt, daß er weiterfährt, und gehe auf ihn zu. Ich würde ihm nicht gestatten, irgendwas in meinem Zimmer anzurühren, aber ich gestatte ihm, mich zu chauffieren. Die einzige Frage ist, wo ich hin will. Meiner Mutter habe ich schon gesagt,

daß ich nicht gleich nach Hause komme, und ins Büro zu fahren, habe ich auch keine Lust. Es ist Mittag, da wird in der Dread Bar nicht allzuviel los sein, aber manchmal ist die Gesellschaft eines einzelnen Menschen besser als die einer Masse.
»Hier.« Ich reiche Noam meine Tasche, als wäre er ein Gepäckträger auf dem Flughafen, und will gerade die hintere Wagentür öffnen, als ein hochgewachsener Mann gegen mich prallt. Ich fühle die Stoppeln seines Bartes an meiner Stirn und das Gewebe seines rauhen Wollmantels an meinem Arm.
»Wir wollen Moschiach«, sagt er und drückt mir eine Broschüre in die Hand.
Wann haben Juden zu missionieren begonnen? Ist das nicht gegen das Wesen des Glaubens? Ich dachte immer, es wäre die Pflicht eines Rabbiners, jedem davon abzuraten, der konvertieren will. Jetzt geben sich die Ultraorthodoxen nicht mehr damit zufrieden, daß sie sich vermehren wie Karnickel, plötzlich müssen sie weltliche Juden anhalten, um ihnen das messianische Zeitalter zu prophezeien. Auf Flughäfen und Busbahnhöfen sind sie allgegenwärtig, und auch Krankenhäuser, nehme ich an, sind gute Jagdgründe. Wo es Leid gibt, bieten sie als Patentrezept eine Schriftrolle mit Weissagungen an.
Wie funktioniert dieses System? Erhalten diese Leute jeden Morgen an irgendeinem zentralen Einsatzplatz ihren Marschbefehl? Du da, mit der Brille, geh los und krieg ein paar Soldaten dazu, Tefillin anzulegen. Ihr da, die Zwillinge, schnappt euch ein paar Touristen an der Westmauer. Du, Langer, such dir einen Blinden, der nicht so klug ist, wie er denkt.
»Wir wollen Moschiach«, wiederholt er.
»*Wir* wollen nichts von alledem, was ihr zu verkaufen habt«, brumme ich.
»Lies«, sagt er und drückt mir die Broschüre fester in die Hand.

Lies, ich muß schon sagen! Was für ein Befehl. Hier zieht er wirklich den kürzeren.

»Lies es«, sagt er wieder, und gerade, als ich etwas Vertrautes in seiner Stimme entdecke, schiebt er mit seiner starken Hand meine Finger in die Ecke der Hochglanzbroschüre, die auf der Titelseite zweifellos ein Foto des verstorbenen Rabbi Schneerson aus Amerika zeigt, und ich fühle noch etwas, Höcker, wahrscheinlich mit einem Bleistift in die Broschüre gepikt, die Formen bilden. Drei Höcker in einem auf den Kopf gestellten L bilden in Braille den Buchstaben *m*.

Er führt meine Finger rasch über eine Reihe von Höckern und bittet sanfter: »Lies es.«

Und gerade als Noam ihn wegschiebt und den Schlag öffnet, kriege ich einen Hauch von zwei weiteren Gerüchen mit. Der erste ist der von Mottenkugeln. Entweder hat der Mantel lange in einem Schrank gehangen, oder er ist geliehen. Die neueste Mode. Spöttische weltliche Juden leihen sich chassidische Tracht für Kostümfeste und um durch die engen Gassen von Mea Schearim zu schlendern. Sie bewegen sich in Zivil zwischen den Gläubigen, um sie beobachten zu können.

Gleichzeitig kommt mir der Gedanke, daß sich die Stoppeln des Bartes nicht echt angefühlt haben: Er ist falsch, aus dem gleichen Kostümverleih. Dann wird mir mit einem Schlag der zweite Geruch klar, der unter Kampfer und Gabardine verborgen lag, ein buchstäblich irdischerer Geruch: der Geruch der Wüste.

Ich kann es kaum erwarten, in den Wagen zu steigen und den Brief von Gabriel zu lesen. »Ein Zigarettengeschäft«, weise ich den Fahrer an.

»Ich denke, wir sollten ins Büro fahren«, sagt er und schaltet im Radio einen lokalen Jazzsender ein.

»Okay. Mir ist alles gleich.«
Noam summt vor sich hin; er ist wie ein anderthalb Meter großer Moskito, der den Wagen steuert und zum Sambarhythmus des Altsaxophons die Ampeln ignoriert, als karriolte er durch die Berge oberhalb von Rio. Ich merke das, weil ich weiß, daß ein normales Fahrzeug unmöglich quer durch Jerusalem fahren kann, ohne mindestens einmal zu halten, und weil wir mehrere Male wilde Schlenker machen und dabei laute Hupen und quietschende Bremsen hinter uns zurücklassen. Doch nichts davon dringt tief ins Bewußtsein, weil meine Finger die Hochglanzbroschüre mit den eingeprägten Buchstaben streicheln.
Die Höcker sind ungeschickt und in ungleichmäßigen Abständen angeordnet; sie sind wie eine Kinderhandschrift, deren Buchstaben, einer nach dem anderen, sorgfältig ausgeführt sind. Ich stelle mir Gabriel vor, wie er mit einem Braillelehrbuch vor sich die zwei übereinanderstehenden Punkte eines *k*, das Dreieck eines *o* und zweimal hintereinander den kopfstehenden Winkel eines *m* ins Papier drückt.
»Komm.«
Dann zwei andere Buchstaben und noch mal das *m*.
»Zum.«
Überallhin, jederzeit. Wann? Wohin? Und warum dieser lächerliche Aufzug, außer um sicherzugehen, daß uns niemand zusammen gesehen hat? Eines weiß ich genau: Gabriel ist kein alberner Mensch. Er mag sich vielleicht anziehen, als wollte er auf ein Kostümfest gehen, aber das Fest gibt es nicht. Der Mann macht keine blöden Spielchen, und damit ich die jüngsten Ereignisse im Licht – mehr Licht! – der seltsam übermittelten Botschaft des heutigen Tages nicht vergesse, wurde ein Schuß abgefeuert.
»Unabhängigkeitspark. Vier Uhr.«
Mit meinen Tanzschuhen, lieber Gabriel. Meine Hand liebkost

den Brief, als wir endlich am Wachhäuschen vor dem Parkhaus des Regierungsbürogebäudes halten. Noam macht sich nicht die Mühe, sein Fenster zu öffnen, sondern hält nur inne, um in sein Jackett zu greifen – ich höre das Rascheln von Stoff, wahrscheinlich Seide –, seinen Ausweis hervorzuholen, vor dem Gesicht des Postens damit herumzuwedeln und dann Gas zu geben. Der Wagen nimmt ein letztes Mal explosionsartig Fahrt auf, vorbei an den Betonbarrieren und hinein in die Garage, und das Licht der Außenwelt wird durch den Schatten des Vordachs ausgelöscht.

Zu Hause, gewissermaßen.

Es ist nicht notwendigerweise intensiv genutzte Zeit, aber ich verbringe wahrscheinlich an bloßen Stunden mehr Zeit in diesem Gebäude als sonstwo auf der Welt.

Minuten später sind wir von Noams gekennzeichneter, aber entlegener Parkbucht, die noch hinter denen der Minister liegt, in dem Öl-und-Metall-Karussell des Parkhauses zum Aufzug gegangen, und nun fahren wir nach oben. Goldie liegt zu meinen Füßen, während Noam an der Frontseite der lackierten Box steht, die auf seinen kurzen, heftigen Schlag auf die Knöpfe sofort spürbar und hörbar mit einer Reihe von Pieptönen reagiert, die mir zur Hilfe eingebaut worden sind. Israel ist in der Behindertengerechtheit allen eine Nasenlänge voraus, weil es hier so viele rollstuhlfahrende, hörgeschädigte und blinde ehemalige Soldaten gibt.

Ich lange ihm über die Schulter und fahre mit den Fingern über die Braillemarkierungen, die neben den Zahlen selbst die Stockwerke bezeichnen. Ich habe nicht vergessen, wie Zahlen und Buchstaben aussehen, und liebe es sehr, wenn ich in einem der Antiquitätenläden in der Bialikstraße ein erhaben gearbeitetes Schild finde, aber sie fühlen sich immer stumpf und abstrakt an und

erscheinen mir weniger elegant als die Pünktchenreihen, die wir B.M. benutzen.
Ich denke an die gepünktelte Botschaft, die ich in meine Brusttasche gesteckt habe, ehe ich aus Noams Wagen stieg.
»Vierter Stock, Damenwäsche«, scherzt Noam, als wir den Fahrstuhl verlassen und uns sofort nach links wenden, an mehreren Soldaten vorbei, die hörbar Haltung annehmen, als wir an ihnen vorübergehen und die Chefsuite betreten.
Dort hört man ständiges Klickern von Computertastaturen und Klingeln von Telefonen und ein ununterbrochenes Gesprächsgemurmel aus den verschiedenen Büros. Ellen Markowitz, die Privatsekretärin, die Simon aus seinen früheren Zeiten als Knessetabgeordneter aus Ramat Aviv mitgebracht hat, sagt: »Hallo, Nathan. Willkommen zu Hause.«
»Kann nicht sagen, daß ich froh bin, wieder hierzusein«, erwidere ich.
»Keine Bange. Ich bin auch nicht überglücklich, daß Sie wieder da sind.«
Ich mag Ellen. Energische Tüchtigkeit von Kopf bis Fuß, behandelt sie alle gleich – wie Scheiße. Ich lasse meine Finger über ihr Gesicht gleiten, und sie schnappt mutwillig zu, als mein Daumen ihre geschminkten Lippen berührt.
»Keine Zunge heute?«
»Schinkensandwiches für alle. Im Chefzimmer.« Sie drückt auf einen Knopf unter dem Schreibtisch, und kugelsichere Schiebetüren öffnen sich mit demselben hydraulischen Ausatmen wie die Aufzugtüren im Krankenhaus.
Auf geht's. Keine Dekompressionszeit. Wieder im Sattel.
Noam ist zu seinem eigenen Büro abgebogen, und so treten Goldie und ich allein ein. Das Zimmer mißt etwa zehn Meter im Quadrat und enthält einen Chromschreibtisch aus einer Gießerei

in Jaffa, einen Konferenztisch und eine getrennte Sitzgruppe mit einer Couch und Polstersesseln, die um einen Couchtisch gruppiert sind. Simon sitzt auf der Couch, Serena hinter seinem Schreibtisch und flüstert in das Telefon, und einige weitere Leute nehmen die Sessel ein. An der leicht gestiegenen Raumtemperatur, dem Rascheln von Servietten und dem Schlucken von Bürokaffee erkenne ich, daß mindestens zwei Fremde anwesend sind. Ganz gleich, was es draußen zu kaufen gibt – Bürokaffee stinkt immer. Im Weißen Haus ist es genau das gleiche. Ich habe dort getrunken. Vielmehr, ich habe mich dort betrunken. Wenn du jemals dort hinkommen und zwischen Scotch und Kaffee wählen können solltest, sei kein Idiot.

Ich stehe in der Mitte des großen Perserteppichs, der ein Geschenk des Schahs während eines früheren Dispenses war. Ich könnte eine Zigarette gebrauchen, aber Simon ist ein militanter Gesundheitsapostel. Kein rotes Fleisch in seiner Kost, nur Linsen und Hafergrütze und Tofu, der in einem schrammeligen Keller im Arabischen Viertel hergestellt wird.

»Meine Herren, das ist Nathan Kasakow«, stellt mich Serena, die den Hörer auflegt, vom Schreibtisch aus vor.

»Hallo, meine Herren«, sage ich. »Wer sind Sie?«

Es sind Cyril Klein und Eli Khadoury. Das erklärt Noams rasende Fahrt vom Krankenhaus hierher. Ich hatte nie einen Grund, diesen Männern zu begegnen, aber ich weiß ziemlich genau, wer sie sind.

Ich strecke eine Hand in den leeren Raum vor mir aus, und einer von ihnen ergreift sie, wahrscheinlich Khadoury. Als nomineller Chef des Schin Bet, ansonsten als Israels FBI bekannt, ist er die Umgangsformen draußen gewohnt. Nicht daß er nur eine Galionsfigur wäre: Der Mann führt die täglichen Geschäfte des Büros und läßt sich von niemandem was vormachen. Dennoch funktioniert allein schon sein Erscheinen draußen in der Welt wie ein Handschuh, der den Dreck an seinen Händen verbirgt – Auftritt Klein.

Der Name dieses Mannes erscheint niemals in den Zeitungen, eben weil die nackten Knöchel, die die Dinge ins Laufen bringen, die wiederum die Druckerschwärze ins Laufen bringen, ihm gehören: Autobomben, Entführungen. Erinnerst du dich an den palästinensischen Botschafter in Italien und seinen Sprung vom Balkon seines Hotelzimmers im siebzehnten Stock in Mailand? Weißt du noch, daß die Ermittler sagten, er wäre bedrückt gewesen? Vielleicht war er ein paar Sekunden lang bedrückt, weil Klein ihn am Fußknöchel über die Brüstung hielt und … hoppla!

Cyril Klein war während meiner Zeit im Libanon ein angesehener Armeeoberst gewesen, der in dem Moment, als er hätte zum General befördert werden sollen, aus der Militärhierarchie verschwand. Gerüchten zufolge war er abtrünnig und Waffenhändler mit Wohnsitz in Zypern geworden, aber inzwischen wußte ich es schon besser. Er führt den Befehl über alle versteckten Operationen und muß deshalb selber versteckt bleiben. Er gibt mir nicht die Hand, sondern sitzt kerzengerade und aufmerksam in seinem Sessel, und ich spüre seinen Blick, der auf mich gerichtet ist. Ich setze mich auf den Stuhl, den die kluge Ellen von draußen hereingerollt hat.

Khadoury ergreift das Wort. »Wir haben Sie hergebeten, Nathan, weil wir ein Problem haben.«

»Ja, ich weiß.«

»Sie wissen es?« fragt Serena.

»Ist es nicht augenfällig?« Ich hebe die Hand zu dem Verband, der meine linke Gesichtshälfte noch immer zu großen Teilen bedeckt.

»Darum geht's nicht«, widerspricht mir Khadoury.

Tja, bitte vielmals um Entschuldigung, denke ich und sage: »Worum dann?«
Jetzt spricht zum erstenmal Simon. »Gabriel ist verschwunden.«

Augen verraten Gefühle deutlicher als das Zähneknirschen und die plötzlichen, erschreckenden Schweißausbrüche, auf die ich mich verlassen muß. Das ist der Grund, weshalb diese Experten im Ausweichen nicht die sofortige Besorgnis lesen können, die wie ein Blitzstrahl über die narbige Oberfläche meiner Augenhornhäute und Pupillen flitzt. Weder hören sie das Klicken meiner Zähne, noch riechen sie die kribbelnden Schweißperlen, die mir auf die Brust treten, als wäre ich in einen seltenen Frühlingsschauer geraten. Leider zuckt meine Hand unwillkürlich zu der Brusttasche hoch, in der Gabriels Brief steckt. Ich ziehe einen Kugelschreiber hervor, den ich wie die Zigarette in der Hand halte, nach der es mich plötzlich verlangt. »Verschwunden?«
»Man hat ihn seit gestern abend nicht mehr gesehen.«
Gestern abend? Mich hat man seit einer Woche nicht mehr gesehen, und niemand hat die Polizei alarmiert. »Der Mann ist doch erwachsen. Apropos, wie alt ist er?«
»Neunundzwanzig«, sagt Serena. Sie hat alle Zahlen im Kopf.
»Ein Neunundzwanzigjähriger hat doch sicherlich sein Privatleben. Vielleicht hat er einen Anruf bekommen, er soll zu einer Entdeckung in die Wüste kommen.«
»Die Leute von der Grabungsstelle südlich von Ein Gedi, auf der er gerade arbeitet, haben ihn auch nicht gesehen.«
»Vielleicht ist er mit seiner Freundin übers Wochenende nach Eilat gefahren.« Meine Fixigkeit ist hier klar unangebracht und verletzt zudem meine eigenen größten Sehnsüchte.
»Gabriel hat keine Freundin.«
Na, das ist wirklich eine gute Nachricht. Ich rede weiter dummes

Zeug. »Vielleicht hatte er eine heiße Verabredung und hat sein Glück gefunden. Vielleicht ist er mit einer El-Al-Stewardeß in ein Apartment in Herzlija gezogen.«
Khadoury unterbricht meine Gedankengänge. »Der Sohn des Premierministers wird rund um die Uhr überwacht. Wenn wir sagen, er wird vermißt, dann wird er vermißt.«
»Ja, aber wenn Sie sagen, er wird rund um die Uhr überwacht, irren Sie sich.«
Ein mefitischer Geruch entströmt Klein. Seine Stimme, eher ein Poltern als klare Sprache, in der eine Spur des englischen Akzents seiner Eltern mitschwingt, bewegt sich langsam quer durch das Zimmer. Kleins Vater war der ranghöchste jüdische Beamte im britischen Außenministerium, loyal wie ein Schoßhund, der aber von seinen Dienstherren als unzuverlässig eingeschätzt wurde. Ob er die Irgun bespitzelte oder als Spion für die Irgun arbeitete, ist nach wie vor Gegenstand von Erörterungen. Wie der Vater, so der Sohn. Klein ist das letzte leibhaftige Überbleibsel des britischen Mandats. »Haben Sie ihn gesehen?« Dann bemerkt er die Dummheit seiner Frage, und das Poltern fährt fort: »Haben Sie von ihm gehört?«
Ich wirbele den Kugelschreiber aus meiner Brusttasche zwischen meinen Fingern herum. »Warum sollte ich?«
»Sie waren einer der letzten, die neulich in Tel Aviv mit ihm gesprochen haben.«
»Seitdem bin ich beschäftigt gewesen«, sage ich leicht gereizt. Warum werde ich verhört?
Serena macht Anstalten, die Peinlichkeit zu bemänteln. »Wir haben uns ein Videoband von der Pressekonferenz angesehen, ehe Rubinstein reinkam, und da haben Sie mit Gabriel gesprochen.«
»Es gab da eine Frage aus dem Publikum. Außerdem ist das alles offiziell.«

»Ja, aber es klang so, als würden Sie ihn kennen.«

»Aber natürlich kenne ich ihn. Unser ganzes Land ist nicht größer als eine Moskauer U-Bahnstation. Außerdem ist er Archäologe.«

»Ist Ihnen an dem Mordversuch irgend etwas merkwürdig vorgekommen?«

»Ja, die Kugel.«

Was ich nicht sage, ist, daß mir außerdem merkwürdig vorkommt, daß nicht der geringste Versuch unternommen wird, besagten Mordversuch mal aus meiner Perspektive in Augenschein zu nehmen. Warum wird nicht mal – zumindest theoretisch – die Möglichkeit in Erwägung gezogen, daß Reb Rubinstein das Opfer, auf das er es abgesehen hatte, tatsächlich getroffen hat, auch wenn's eine Handbreit von »100 Augen« entfernt war und die Augen in Wirklichkeit blind?

»Nathan, wir erwarten hier Ihre Hilfe.« Es ist Simon, der sich wieder an mich wendet. Wie ich es erwartete, liegt er auf der Couch und hat die Schuhe ausgezogen. Wäre es ihm peinlich, wenn er wüßte, daß ihnen ein leichter Gestank entströmt, den nur ich riechen kann? Wahrscheinlich nicht. Es ist eines der Privilegien seines Jobs. Du kannst stinken wie eine Kloake, aber alle nehmen nur Rosenduft wahr.

»Nein, ich glaube nicht«, sage ich vorsichtig. Wie ich Gabriels Botschaft geheimhalten soll, bin ich mir nicht sicher, aber wenn er sich vor seinem Vater und diesen Leuten versteckt, hat er einen Grund. »Vor dem Sonntag habe ich ihn das letzte Mal im vergangenen Mai auf einem Empfang im Israel-Museum gesehen.« Wenn man's genau nimmt, ist das wahr; das war das letzte Mal, daß ich ihn *vor* dem Sonntag gesehen habe.

»Wir sind in Sorge, weil sein Bewacher letzte Nacht überwältigt wurde und er ihn seitdem nicht wiedergesehen hat.«

»Weiß er, daß sein Bewacher überwältigt wurde?«

»Er weiß gar nicht, daß er einen Bewacher hat. Er glaubt, er käme nie in Gefahr. Wir mußten verkleidet operieren.«

»In welcher Verkleidung?«

»Warum fragen Sie?«

»Bloße Neugier«, lüge ich, und dann beschließe ich, in die Offensive zu gehen. »Ich befasse mich mit Informationen. Vielleicht ist die Frage von Bedeutung. Vielleicht nicht. Wenn Sie es mir nicht erzählen wollen, weil damit irgendein großes Staatsgeheimnis gefährdet wird, lassen Sie's!«

Natürlich antwortet Khadoury. »Je nach Lage können unsere Leute alles tragen, alles darstellen, um unauffällig zu bleiben, einen Herrn, der Zeitung liest, einen Bauarbeiter, einen Chassiden.«

Also stammte die Verkleidung nicht aus einem Kostümverleih, zumindest keinem kommerziellen, sondern aus irgendeinem Kleiderschrank, den diese Typen für ihre Verkleidungsspielchen haben. Ich kann mir den gedemütigten Agenten, k. o. geschlagen und nackt ausgezogen, vorstellen, traue mich aber nicht, um eine Bestätigung zu bitten. Wenn der Agent von einer Telefonzelle aus ein R-Gespräch geführt hat, ehe er wegen Erregung öffentlichen Ärgernisses verhaftet wurde, hält vielleicht jemand Ausschau nach einem Archäologen mit Bart und Kaftan. Plötzlich befällt mich ein Angstgefühl: Noam muß den chassidischen Missionar am Krankenhaus doch gesehen haben. Aber Noam gehört nicht zu diesem speziellen Klüngel hier. Er sitzt in seinem Büro und ist sauer aus genau diesem Grund. »Ich bin sicher, er taucht wieder auf.«

»Warum?« fragt Klein vorsichtig.

»Jeder tut's irgendwann mal. Sehen Sie mich an.«

»Das genau ist unsere Sorge«, sagt Simon.

»Ich halte die Augen offen«, sage ich, und niemand bemerkt die Ironie. Damit endet die Zusammenkunft.

Bei Einbruch der Dämmerung ist der Unabhängigkeitspark in der Mitte von Jerusalem eine Oase. An seinen Rändern braust der Verkehr entlang, und Verwaltungsangestellte aus hundert Büros eilen nach Hause, aber innerhalb der grünen Grenzen des Parks ist alles still. Im Osten beginnt die Altstadt mit ihren Cafés und den Lichtern der Suiten im King David Hotel zu funkeln. Bald wird die Ton-Lichtschau an der mit Zinnen besetzten Mauer in der Nähe des Jaffators beginnen. Und im Westen bereiten sich die Touristenhotels auf den Abend vor.
Es ist kein großer Park, selbst für einen B.M. nicht, aber in ihm gibt es offene Rasenflächen und kleine Baumgruppen, und ich habe nicht die geringste Ahnung, wo ich Gabriel suchen soll. Ich glaube nicht, daß man mir gefolgt ist, als ich die Knesset verließ, aber nur um sicher zu sein, nahm ich ein Taxi zu einem Café in der Ben-Jehuda-Straße und entwischte durch die Hintertür auf die Jaffastraße. Dort nahm ich wieder ein Taxi und fuhr damit zu einer Einbahnstraße hinter Keren Ha Kijemet, wo Goldie und ich entgegen der Fahrtrichtung losstürzten und uns schließlich ein drittes Taxi zum King David Hotel schnappten, das einige Blocks von dem Park entfernt liegt. Ich weiß, daß ich Bammel hatte, weil ich mir nicht einmal die Quittungen zur Kostenrückerstattung habe geben lassen. Ich setze mich auf eine Bank und warte, bis ich mich vollkommen allein fühle, dann beschließe ich, mich von Goldie auf dem Kiesweg zwischen den Grünanlagen dorthin führen zu lassen, wohin sie will.
Ein paar Halbwüchsige trinken bereits Bier auf dem Sockel einer Statue, die den Märtyrern von 48 gewidmet ist. Einer von ihnen rülpst.
Eine alte Dame verstreut Futter für die Tauben, die diesen Park verdrecken. Ich glaube nicht, daß es Brot ist, weil die Bröckchen mit leisem Prasseln auf den Weg fallen – wahrscheinlich Körner

oder Getreide. Sie knirschen unter meinen Sohlen, und dann von neuem, als sich mir Schritte von hinten nähern, so daß ich langsamer gehe, aber ein Araberjunge, der nach dem Falafelstand riecht, in dem er wahrscheinlich tagsüber arbeitet, huscht vorbei und verschwindet vor mir. In letzter Zeit hat es im Park Raubüberfälle gegeben, von den Zeitungen laut beschrien als Anzeichen des Endes der Zivilisation, wie wir sie kennen, aber ich fühle mich nie in Gefahr. Räuber haben Angst vor Goldie die bissig aussieht, aber eigentlich ein Schoßhündchen ist. In Wirklichkeit knurrt sie meine Mutter auch gar nicht an, obwohl ich nichts dagegen hätte. Vielleicht versuche ich sie doch auf dieses grauenhafte sentimentale Foto abzurichten, das aussieht, als stellte es jemanden aus dem Album der Zarenfamilie dar.

Ein Quietschen, regelmäßig wie ein Herzschlag, von links. Sonderbarerweise schwankt das Geräusch, als bewegte sich das, was es hervorbringt, im Wind, aber es ist überhaupt nicht windig.

Wenn ich die Augen zusammenkneife und durch das halbmondförmige unvernarbte Hornhautstück am Rand des linkes Auges gucke, kann ich manchmal eine Form erkennen – so erhaschte ich auch den flüchtigen Eindruck von Reb Rubinstein –, und plötzlich erkenne ich eine schwarze Form, erst näher, dann weiter weg, dann näher, dann wieder weiter weg.

Ich gehe langsam darauf zu, und Goldie bleibt vor einer niedrigen Pforte stehen, und ich verstehe. Es ist ein Kinderspielplatz mit einem Sandkasten, einem Klettergerüst und einer Schaukel, auf der Gabriel sacht schaukelt. Vor und zurück. Vor und zurück. Ich bin wie hypnotisiert. Ich rieche Wüste.

Er hat mich die ganze Zeit beobachtet und gewußt, daß ich ihn finden würde.

»Hallo«, sage ich und setze mich über dieses poröse Material hinweg in Bewegung, das Kinder vor aufgeschrammten Knien bewah-

ren soll, obwohl es, kommt mir in den Sinn, besondere Spielplätze für blinde Kinder geben müßte, auf denen sie sich an nichts stoßen können. Ein neues städtisches Wahlversprechen.
Eine Sekunde später höre ich einen entsetzten Schrei, und ein Komet fetzt in mich hinein. Auf jeden Fall fühlt es sich an wie ein Komet, ein tückischer Gegenstand, der mir gegen die Brust prallt und mich zu Boden wirft, Rache – oder Gerechtigkeit – für meine zynischen Gedanken. Einen Moment lang trudele ich über den Spielplatzboden, und im nächsten Augenblick verheddere ich mich in einem Knäuel aus Gliedern, meinen eigenen und denen von jemand anderem, dessen heiße Haut ich fühle und der ein T-Shirt und eine kurze Hose und die Turnschuhe trägt, die unmittelbar zuvor in mich hineinsausten.
Goldie bellt, und der Mann auf der benachbarten Schaukel kommt schleudernd zum Halten, indem er sich mit den Schuhen an der Gummimatte abbremst.
Ein Junge liegt am Boden und schreit mich an: »Warum gucken Sie denn nicht, wo Sie hingehen?«
Was für eine Komödie!
Er saß auf der Schaukel neben der von Gabriel, aber ich war dermaßen hingerissen, daß ich es nicht bemerkt hatte.
»Können Sie nicht sehen?« beschimpft er mich.
Ruhig, alles in allem heil – wenigstens hat er mein verletztes Ohr verfehlt – und noch immer glücklich, sage ich: »Nein, tatsächlich nicht« und richte den Blick auf ihn.
Der Junge sieht die harte Kruste aus verbranntem Gewebe, das meine Augen bedeckt, holt tief Luft – wie wenn Luft in ein Vakuum strömt – und rennt weg.
Nun endlich schwebt, wie schon in dem Pressezimmer, ein barmherziger Engel über mir. Unbekümmert spaße ich: »Wir müssen aufhören, uns so zu treffen.«

»Was?«
Seine Stimme ist heiser, und in meiner Benommenheit denke ich, er ist noch in seiner Rolle, aber dann bemerke ich, daß der Geruch nach Wüste verschwunden ist. Und dieser Kaftan riecht nicht nach Mottenkugeln. Statt dessen trieft er von echtem Rabbinerschweiß. Ich rieche den Muff von uralten Texten und Salami. Eine Franse der Zizit, die diese Leute tragen, streicht mir über die Stirn, auf der seine Hand, sanft auf ihre Art, ruht. Wer ist dieser Mann? frage ich mich, und dann wird mir schlagartig klar: Er ist bloß ein Rabbiner, der in seinem seltsamen, weltlichen, kindlichen Gespräch mit seinem Gott unterbrochen wurde. Für ihn ist offensichtlich die Bewegung der Schaukel ein Echo des Kosmos, der seinem Glauben nach durch göttlichen Befehl entstanden ist und nicht durch das Wüten der Natur.
Er ist völlig im reinen mit sich und seiner Welt, und ich weiß nichts. Die Ketten, an denen er am Querbalken der Schaukel hing, könnten ebensogut hinauf in den Jerusalemer Himmel und noch höher, durch die Schichten der Atmosphäre hindurch bis in den unendlichen Äther reichen, wo sie von denselben Händen Gottes gehalten werden, die einst das Rote Meer teilten und Sein Reich auf Erden genau an diesem Punkt im unendlichen Raum gründeten. Ich drehe mein Gesicht zum Himmel, den ich nicht sehen kann. Es ist während meines kurzen Spaziergangs durch den Park bereits dunkel geworden.
Wer meine Fäden in der Hand hält, weiß ich nicht. Wenn nicht die Gottheit, die mich in einem von Fliegendreck starrenden Krankenhauszimmer in der Nähe der U-Bahnstation Ismailowski in einem Land am Ende jahrzehntelanger gescheiterter sozialer Experimente meiner Mutter schenkte, mich »Jude« nannte und wie ein Junge mit all der Wucht, die seine nackten, ausholenden Knie zuwege bringen konnten, mit einem Fußtritt in mein mutmaß-

liches Heimatland beförderte und mich dann unter der Mithilfe eines Kaders libanesischer Rebellen aus der unrentablen – sagen wir lieber anti-rentablen – Welt der Dichtung auf die Position stieß, die ich jetzt innehabe, aber nicht begreife ... wer dann? Simon würde der Gedanke gefallen, er, der Meistermarionettenspieler, hält die Schnüre in der Hand, aber das stimmt nicht. Vielleicht habe ich sie selber in der Hand, aber jede Puppe, die diesen Trick versucht, muß unweigerlich zusammenklappen.

Angesichts des ruhigen Glaubens des Rabbiners hasse ich plötzlich alles.

Wie der Junge, der beim Anblick meines Gesichtes weglief, rappele ich mich hoch und renne zum Ausgang, weil ich das Antlitz Gottes nicht sehen kann.

5

Hinaus aus dem Park, taumelnd die Agronstraße hinunter.
Ich stolpere über eine erhöhte Gehwegplatte, pralle gegen ein Straßenschild. Ein tolles Schauspiel.
Im Vergleich dazu fühlte ich mich absolut gelassen, als ich in Tel Aviv blutend am Boden lag. Und das nicht nur wegen meines Deodorants. Wenn ich mit den Leuten rede, die dieses Land regieren, und in deren Gesellschaft mit Leuten, die andere Länder regieren – und glaub mir, ich bin ihnen allen begegnet –, bleibe ich gewöhnlich vom Glamour und der Macht unserer gegenseitigen Unternehmung unbeeindruckt und ungerührt. Menschen, denen ich begegne, sagen: »Wie kommst du bloß mit dem Druck zurecht? Der Einsatz ist doch so hoch!«, was sie aber nicht wissen, ist, daß es immer ein Problem gibt und es immer tausend Prozent der Zeit von jedermann in Anspruch nimmt. Wenn's nicht um Atomkrieg geht, geht's um diplomatische Strafzettel, und ich bewältige beides mit gleichem Aplomb. Regieren ist seiner Definition nach Katastrophenmanagement. Warum also hat mich, wenn die Hochdramatik meine tägliche Kost ist, ein kleiner Spielplatzunfall aus dem Gleichgewicht geworfen? Wenn ich schon damit nicht fertig werde, ist es ein Wunder, daß ich mir morgens meine Schuhe zubinden kann (sie zu finden ist allerdings oft ein Problem).

Liegt es daran, daß man mich versetzt hat? Es ist nicht das erste Mal, und da ich glaube, daß die Vergangenheit die Zukunft begründet, wird es auch nicht das letzte Mal gewesen sein.
Ist es der Wirbel an Geheimnis, der mich umgibt wie der Zuckerwattedunst, der an einer Papptüte auf einem Rummelplatz haftet? Nein, auch dies ist Terra cognita. Ich kenne die verborgenen Tagesordnungen des politischen Lebens zu gründlich, um das Rätselhafte unverständlich oder das Unverständliche rätselhaft zu finden. Erinnerst du dich an die Reihe der Geheimtreffen vor dem Gipfel auf den Kanarischen Inseln, der zu dem internationalen Vertrag gegen den Einsatz biologischer Waffen führte? Da ging's wirklich verwirrend zu. Ohne Konferenzpapiere konnte man die Terroristen nicht von den Staatsmännern und den Geschäftsleuten unterscheiden. Und die Debatte: Ein Gas, von dem man Bauchschmerzen kriegt, ist eine biologische Waffe, aber ein Maschinengewehr, das einem den Bauch zerfetzt, ist es nicht. Haarspalterei! Alle Waffen sind biologisch, das ist ihr Zweck.
So lächerlich es sein mag, muß es die Erinnerung an die Geräusch- und Geruchsspur und mehr noch an die Empfindung für diesen einen Mann sein, der da im Einklang mit dem Universum schaukelte, was mich jeden meiner Schritte ängstlich setzen läßt, weil ich nicht glauben kann, daß da kein Loch ist, durch das ich in den Hades stürze. Ich brauche ein festes Fundament und weiß plötzlich keinen besseren Ort, wo ich es finden könnte, als einen Barhocker.
Das Dregs, bequem in einer namenlosen Gasse gelegen, die sich zwischen der Agronstraße und Khativat Jeruschalajim entlangschlängelt, ist eine meiner bevorzugten Kneipen. Sie liegt gleich neben einem Laden, in dem der übliche Judaikakrempel an sentimentale Touristen verkauft wird: Ansichtskarten, Schlüsselketten, Olivenholzkamele in klein, mittel oder groß, Samt-, Strick-

und Wildlederjarmulken, versilberte Kidduschbecher und Menora, die in einem verschlossenen Glaskasten verwahrt werden, um ihnen einen Wert beizulegen, den die Sachen selbst nicht besitzen, und natürlich endlose Reproduktionen der Klagemauer auf Fotos, Lithographien, Holzschnitten, Puzzles, Makramee. Aber neben dem neonbeleuchteten, mit *tschatschkes* angefüllten Fenster befindet sich ein schmiedeeisernes Tor mit vier bröckelnden Zementstufen. Man steigt diese Stufen zu einem feuchten Gang hinunter, der zu einer Eisentür führt, die sich auf einen Raum öffnet, der das Dregs ist.

Das ist es, bloß dieses Tor, das wie eine Spielplatzschaukel quietscht. Kein Schild. Man muß wissen, daß es dort ist, so cool ist es.

Im Gegensatz zu den geschmackvollen Kneipen im Billi-Distrikt, wo eleganten Tunten Erdbeer-Daiquiris und eierlose Omeletts serviert werden, erhebt das Dregs keine Ansprüche. Und Ezekiel, dem das Dregs gehört, hätte auch nicht die Chance eines Schneeballs in der Negev, irgendwelche Ansprüche zu erheben, wenn man sein Etablissement näher betrachtet.

Das Dregs ist eine Bar, Punkt, aus. Auf der einen Seite erstreckt sich abgewetztes Mahagoni bis nach hinten, wo eine Jukebox von Hard Rock bis zu Filmmelodien, meistens amerikanischen, alles spielt. Ungefähr ein Dutzend Hocker sind an der Bar aufgereiht, und parallel dazu ist an der Wand gegenüber brustwarzenhoch eine Konsole angebracht. Obwohl das Lokal in der Breite knappe fünf Meter mißt, wirkt es geräumig, weil keine Tische darin stehen. Das hindert die Gäste, sich an einem einzigen Drink festzuhalten, und erleichtert das, was Ezekiel gern als »sich mischen« bezeichnet. In den guten alten Zeiten führte das Sichmischen oft zu verbotenem Treiben im Hinterzimmer, wo man so manchen Spaß hatte und so manche Viren weiterreichte. Leider wurde das Hinterzimmer von der Geschäftsleitung aufgegeben, ehe die

Gesundheitsbehörde darauf bestehen konnte, und die von Sperma durchweichten Polster wurden durch einen Billardtisch ersetzt. Ich höre das Klickern der Kugeln wie eine rhythmische Interpunktion über Pet Clark hinweg, als ich eintrete.

»*When you're alone and life is making you lonely.*« Wie wahr.

»Lange nicht gesehen«, dröhnt Ezekiel, froh über die Gesellschaft so früh am Abend, lange bevor es richtig losgeht.

»Ebenfalls«, sage ich.

»Hab über dich in der Zeitung gelesen.«

»Über meinen Chef auch?«

»An deiner Seite in der Stunde der Not.«

»Er ist ein Schatz.«

»Weißt du, was er mit diesen Grenzen machen sollte?«

Früher war Ezekiel mal genauso nur Barbesitzer, wie das Dregs eine Bar ist, aber im Laufe der Jahre hat er sich mehr und mehr mit Politik befaßt, einmal sogar für den Bezirksrat kandidiert und verloren, erstaunt darüber, daß seine Weste und die Chaps aus schwarzem Leder bei den Wählern nicht besser angekommen sind. Politik ist in Israel der nationale Zeitvertreib, und Ezekiel frönt ihm mit seiner ganz speziellen, ähm, Neigung. Ich bin zum Beispiel sicher, daß irgendwo an der Wand neben Mr. Februar und einer Tafel mit den neuesten Fußballtotoergebnissen eine Petition zur Legalisierung der Homoehe hängt. Tatsache ist, ich hörte auf, so häufig vorbeizukommen, als er mich ernstlich zu beackern anfing. »Denk an die schwulen Wähler, Nathan«, pflegte er mich mit diesem Ansteigen in der Stimme am Satzende zu begrüßen. Das kann ich auch im Bürogebäude der Regierung haben. Ins Dregs komme ich wegen was anderem als Politik. Aber jetzt bin ich nun mal hier, und wenn ich heute zuhören muß, werde ich es tun, aber vorher sage ich: »Erst eingießen.«

Ezekiel weiß, was ich trinke: vor fünf Wodka, danach Whisky. Er schaut unter den Tresen auf eine Uhr – schlecht fürs Geschäft, eine in Sichtweite zu haben; sie macht den Gästen bewußt, wie viele Stunden sie vergeudet haben, der Minutenzeiger ist ein ständiger Vorwurf – und zieht eine Flasche aus dem Regal hinter sich. Sie schlägt leicht gegen ihre Nachbarinnen zur Linken und die Kasse. Weiße Schnäpse, Wodka, Rum und Tequila stehen rechts. Es muß fünf nach fünf sein. Ich kann den Torfrauch am Ende der Tülle riechen.

Ezekiel gießt reichlich ein und stellt das Glas auf den Tresen. »Auf Kosten des Hauses für einen Helden der Nation.«

»Wie wär's mit einem Schlückchen für Goldie?«

»Ich hasse es, wenn Deutsche sich besaufen«, sagt er. »Besonders die Alten. Das ist dann der Moment, wo du erfährst, wie viele Menschen sie umgebracht haben. Wo warst du im Krieg, Hundi?«

Goldie blickt mit ihren warmen, feuchten Augen hoch.

»Sie sagt, sie war damals noch nicht mal geboren.«

»Schuldig. Schuldig«, fällt Ezekiel das Urteil.

»Aber sie hat alle Beziehungen zu ihren Eltern abgebrochen. Hat sie seit ihrer Kindheit nicht mehr gesehen. Weigert sich, auf ihre Briefe zu antworten. Sie hat sogar Alija gemacht.«

»Okay, okay, du brichst mir das Herz. Ich werde eine Ausnahme machen«, sagt er und füllt bereitwillig eine flache Schüssel mit Bier vom Hahn.

Ezekiels Eltern haben einige intensiv genutzte Zeiten in Mauthausen verbracht, und Zeke selbst war Panzerkommandeur, bis er merkte, daß es ihn gelüstete, mit dem Rest des Regiments mehr zu machen, als bloß gemeinsam unter der Dusche zu stehen. Das war der Augenblick, in dem die Welt für ihn eine andere wurde. Zwar immer noch in zwei Hälften zerrissen, verlief der Riß durch sie nicht mehr zwischen Deutschen und Juden, zwischen Arabern und Israelis, sondern zwischen Schwulen und Heteros. Aber ab und zu bringt ihn ein schwuler deutscher Tourist immer noch in Verwirrung. Selbst ein deutscher Hund. Er schiebt das Schüsselchen über die Bar und sagt: »Aber Beck's gibt's nicht.«

Ich sage: »Da wird Goldie sich halt mit Budweiser zufriedengeben müssen« und stelle die Schüssel neben meinem Barhocker auf den Boden, dann richte ich mich auf und bereite mich darauf vor, mir wieder mal von jemandem seine Ideen zur Lösung der Weltprobleme anzuhören.

Ezekiels Hand legt sich über die Seite meines Kopfes, wo früher das Ohr saß. »Darf ich?«

»Klar.«

Vorsichtig bohrt er seinen kleinen Finger in das kleine Loch im Verband und gluckst anerkennend in sich hinein. »Mit dir wird's von Tag zu Tag verrückter, mein Lieber.«

»Überprüfen wir doch mal, wie's um dich bestellt ist«, antworte ich und strecke meine Hand aus. Er läßt sie über seine Gesichtszüge flattern. In den Monaten, seit ich das letzte Mal hier war, sind sie ein bißchen schlaffer geworden. Ezekiel ist Mitte Vierzig, wo man das Alter wahrzunehmen beginnt. An dem Winkel, in dem sich sein Kopf meiner Überprüfung entgegenstreckt, merke ich, daß er gut einen Zollbreit weiter hinter dem Tresen steht, als ich es in Erinnerung habe; das mag eine Veränderung aufgrund des Bauches sein, den das Bier, das er seit Jahrzehnten trinkt, endlich anzusetzen begonnen hat.

Ich erinnere mich an Ezekiels Gesicht vor Jahren, und ich erinnere mich an seinen Körper aus dem Hinterzimmer, wo seine sanften Finger in ebendiesem Kontrast zu der Schroffheit seines sonstigen Gehabes zu Werke gingen.

»Reicht«, sagt er und trinkt einen Schluck von dem Bier – Beck's –, das immer vor ihm steht. Dem Generalvertreter gestattet er, ihn mit Proben zu überschütten, die er nie verkauft. Aber der heutige

Vortrag trägt nicht die Überschrift »Was für blutrünstige Bestien die Deutschen einmal waren und immer sein werden«. Nein, heute spielt er einen anderen seiner größten Hits: »Die Dummheit der Juden, und warum jeder, der alle Tassen im Schrank hat, uns wirklich hassen sollte«. Diese Nummer beginnt, als die Jukebox zu Edith Piaf wechselt.

»Was ben Levi machen muß: Er muß auf der Landkarte alle Linien ausradieren. Zur Hölle mit den Grenzen. Aber dafür sorgen, daß überall, wo früher Grenzen waren, Bars aufmachen. Schwulenbars, Heterobars, solange es nicht diese ekelhaften Saftbars sind. Leute, die trinken, können an nichts anderes als ans Ficken denken, und Leute, die ficken, sind zu müde zum Töten.«

Sprüche.

»Denk an die berühmten Massenmörder«, fährt er fort. »Charles Manson oder zurück bis zu Gilles de Rey oder die simplen politischen Mörder, Lee Harvey Oswald, Jigal Amir. Keiner von denen hat gevögelt. Steck die Typen ins Bett, und sie schießen ihre Ladung ab, nicht ihre Pistolen.«

»Aber wie steht's um Reb Rubinstein mit seinen sechs Kindern?«

»Ach, der.«

»Ja, der. Ich habe ein persönliches Interesse.«

»Na, woher wissen wir denn, daß es wirklich seine Kinder sind? Hat jemand einen Gentest gemacht? Vielleicht sind sie die Kinder seines Rabbiners, nach allem, was wir wissen. Außerdem hat er vorbeigeschossen.«

Ich schalte ab, und Ezekiel redet weiter, irgend etwas über eine Demonstration an der Mauer und wie toll es wäre, wenn ich mich sehen ließe.

Jeden Tag gibt es eine Demonstration an der gottverdammten Mauer, Frauen, die einfach mal mit Tallit bekleidet beten wollen, Reformjuden, die auf ihr Recht bestehen zu beten, während sie

Shrimps kauen, Gebete für den Frieden, Gebete für den Krieg, alle diese Tausende zusammengefalteter Zettelchen, die Leute in die Mauerritzen stecken, damit ihre innigsten Wünsche direkt zu der Gottheit gelangen, die so taub ist wie ich blind.

Und dennoch ... ein einziger einsamer Rabbiner, der sich auf einem städtischen Spielplatz wie ein Kind aufführt, kann einer ganzen Gedankenwelt eine andere Richtung geben. Ganz gleich, was um mich herum ist – der Betonfußboden, feucht vom verschütteten Bier und den giftigen menschlichen Ausdünstungen eines Jahrzehnts, der Spatz von Paris, der sich das Herz aus dem Leibe trällert gegen den Hintergrundlärm von Billardkugeln, die in Löcher plumpsen, und Ezekiels übergeschnappte Geschlechterpolitik –, ich denke immer noch an die Schaukeln. Sie sind mir so lebhaft in Erinnerung, daß ich die Wüste geradezu rieche. Spezialisten für Erkrankungen von B. M. würden es eine olfaktorische Halluzination nennen.

»Schalom«, flüstert eine leise Stimme.

Jemand sitzt auf dem Hocker neben mir. Er muß wie ein Fisch hereingeschlüpft sein.

Ezekiel will die Sache nicht behindern. Er bricht seinen Vortrag ab und schaltet auf Barkeeper um: »Kann ich dir helfen?«

Die Person, eine Kombination aus Gummilatschen, Baumwoll-T-Shirt und warmem Brot, wendet sich direkt an mich. »Spendierst du mir was?« Die Stimme klingt eindeutig minderjährig, aber es stört weder mich noch Ezekiel. Mir gefällt die Stimme: Wenn sie spricht, ist sie so sanft, als flüsterte sie, und sie hat etwas Pubertäres und einen palästinensischen Akzent, der in den meisten Bars dieser Stadt nicht willkommen wäre. Vielleicht hat Ezekiel letztlich doch recht mit seinen Theorien.

»Was soll's denn sein: Häuser oder Schulen oder Krankenhäuser?«

Schweigen. Vermutlich sieht er nicht die Abendnachrichten.
Ich versuche es noch mal. »Alles, was du willst.«
»Alles?« echot er mit verschlagenem arabischem Grinsen.
Ich nicke zu Ezekiel hinüber.
Ezekiel nickt dem Jungen zu.
Der Junge nickt. »Sabra. Auf Eis.«
Sabra: liebevoller Spitzname sowohl für die im Land geborenen Israelis als auch für den Beitrag der Nation zur Welt der Liköre. Was Sambuca für Italien, Kahlúa für Mexiko und Bailey's für Irland ist, das ist Sabra für Israel, Äthylalkohol mit ätzendem Orangenaroma versetzt, ein Verdauungslikör, ein Aperitif, den man üblicherweise aus einem Glas mit weiter Öffnung und kurzem Stiel wie Cognac trinkt, pur. Mit Eis ist er ein Widerspruch in sich, heiß und kalt zugleich, der äußerste Luxus für einen arabischen Gassenjungen, dem ich, das wird mir plötzlich bewußt, schon mal begegnet bin.
Wann? Vor einer halben Stunde.
Wo? Unter einer Spielplatzschaukel.
Zuerst hat er mir gegen den Kopf getreten, dann ist er mir nachgegangen, und er weiß, daß ich es weiß. Während Ezekiel ans andere Ende der Bar geht, wo er die Liköre aufbewahrt, nimmt der Junge meine Hand und sagt wieder flüsternd: »Kannst du mir folgen?«
Ich könnte einer Schneeflocke in einem Blizzard folgen.
»Das macht fünf Schekel«, sagt Ezekiel.
Ich schiebe zehn über den Tresen. »Behalt den Rest.«
»Sieht aus, als hättest du 'n Sugardaddy gefunden, Kleiner.«
Statt ihn in Schlückchen zu trinken, kippt der Junge den Drink, den er wahrscheinlich nur dem Namen nach kennt und hustet, als ihm der unverdünnte Orangenäther den Hals verbrennt.
»Gehen wir«, sage ich.

Der Junge geht auf die Tür zu, und im Hintergrund hat Ezekiel witzigerweise die Platte in der Jukebox gewechselt, so daß sie die jazzige Blechversion von »Hey, Big Spender« zu spielen beginnt.

Irgendwohin zu einer kleinen Nummer, je abgeschmackter, desto besser. Ich überlege, wieviel Geld ich bei mir habe oder ob die reizende Krankenschwester im Hadassa meine Hose um überflüssige Geldscheine erleichtert hat, ehe Ahmed – nenn mich einen Rassisten, aber für mich heißen sie alle Ahmed – dazu Gelegenheit bekommt. Unwahrscheinlich, aber ich bin mit den Gedanken ziemlich durcheinander, während wir in diskretem Abstand voneinander quer durch die Stadt marschieren. Zuerst scheint er Angst zu haben, mich zu verlieren, und dreht sich häufig um, aber dann bekommt er immer größeres Vertrauen in meinen Schatten. Nur keine Bange, mein Junge. Ich bin mit dir verbunden wie Goldie mit meinem schlaffen Handgelenk. Was soll's, wenn meine Leine unsichtbar ist: Sie ist verbunden mit dem unsichtbaren Schlappen deiner Latschen auf dem Pflaster und dem unsichtbaren Duft nach Wüste von deiner Haut.
Als wenn er merken würde, daß ich lieber nicht wieder in den Unabhängigkeitspark hinein möchte, geht der Junge an zwei rechtwinkligen Seiten von Jerusalems dürftiger Grünfläche entlang, statt abzukürzen, und dann biegt er in die Ha-Kajemet ein. Links und rechts zweigt hier einer der neuen Wohnbezirke außerhalb der Altstadt ab, in dem die städtischen Nachkommen der ersten ländlichen Kibbuzniks wohnen. Ein Auto verlangsamt neben mir das Tempo und fährt dann weiter vor, um den Jungen eine Minute lang zu begleiten, möglicherweise ein Polizeiwagen.
Seine Schritte sind jetzt vorsichtiger, geben sich bewußt lässig, was seine Anspannung erkennen läßt.
Was stimmt an diesem Bild nicht? mögen sich die Streifenpolizi-

sten fragen. Wenn der junge Palästinenser dem Blinden hinterherginge, würden sie daran erkennen, daß gleich ein Verbrechen geschieht, aber die Situation ist umgekehrt, und sie fahren weg, nachdem sie ihm zu erkennen gegeben haben, daß sie wissen, daß er nicht da ist, wo er sein sollte.

Wir durchwandern das gesamte Viertel mit seinen efeuüberwucherten Villen und überqueren einen der breiten Boulevards, die in den siebziger Jahren angelegt wurden, um die Außenbezirke mit dem Zentrum zu verbinden. Jerusalem wälzt sich über eine Reihe von Hügeln, von denen einige mit beigefarbenen Lego-Wohnblocks vollgestopft, andere für Regierungszwecke reserviert sind. Links liegt die Knesset, geradeaus Har Herzl und Jad Vaschem, aber wir gehen nach rechts und marschieren, allein auf dem großzügig angelegten Gehweg, während Pendler auf dem breiten Asphalt Gas geben, in die Richtung der großen Hotels und des zentralen Busbahnhofs.

Bitte, keine Busfahrt. Ich glaube, ich kann's nicht ertragen, stundenlang warten zu müssen und dann zwischen stinkende Menschen gepfercht zu stehen – Israel mag eine Behindertengesetzgebung haben, aber Höflichkeit haben die Israelis noch nicht gelernt –, bis alle Leute mit weißer Haut aussteigen und mich anstarren, weil ich im Bus sitzen bleibe, während er eine absolut sichtbare Linie inklusive Polizeibarrikaden überquert, die uns von *ihnen* trennt.

Können wir nicht einfach ein Taxi nehmen? Oder vielleicht rufe ich Noam an und zwinge ihn, mich und den Knaben dieses Abends in der Stadt herumzufahren, während wir es auf dem Rücksitz treiben wie Emma und Rodolphe.

Doch ach, mein Jüngelchen scheint auf eine ganz spezielle Richtung zuzusteuern, und das Busdepot ragt hinter dem Sheraton auf. Vielleicht hat er sich eine Bombe und eine Tüte krummer

Nägel um den Bauch gebunden, und wir befinden uns auf einer Selbstmordmission.
Unsinn. Außerdem kann ich eine Bombe genauso gut riechen wie Goldies dressierte Geschwister.
Aber der livrierte Portier am Sheraton weiß das nicht, und seine ganze Aufmerksamkeit richtet sich von dem Augenblick an auf uns, als wir das Hotelgrundstück betreten. Dann marschieren wir – noch wagemutiger, noch verblüffender und trotz seiner Wachsamkeit – unbefugterweise weiter. Statt geradeaus über den öffentlichen Zugang hinwegzugehen, begeben wir uns über die leicht ansteigende halbkreisförmige Zufahrt ins Privatreich des Portiers. Dort gibt es einen Seitenweg, den aber praktisch nie jemand benutzt. Ich rieche die Abgase und spüre die Masse von einem halben Dutzend Touristenbussen, die die Zufahrt zusammen mit einer endlosen Reihe allgegenwärtiger Mercedes-Taxis verstopfen. Was würde Ezekiel wohl denken?
Wenn der Junge meint, ich würde ein Zimmer im Sheraton springen lassen, hat er sich geschnitten. Na ja, andererseits würde ich's tun. Schließlich habe ich die letzte Woche keine meiner üblichen Ausgaben gehabt, da kann ich meinen Etat um des Vergnügens willen ruhig überziehen. Du willst Luxus, Samtbäckchen, den kannst du haben. Alles für einen jungen Burschen mit Sinn für Theater.
Am Ende der Rampe wird der Boden eben, aber hier überrascht mich der Junge. Statt das Hotel durch die Drehtür zu betreten, die ich immer gehaßt habe, biegen wir von seiner Prunkfassade auf einen Weg ab, der zum Lieferanteneingang führt. Statt unser Gepäck auf den Marmorboden zu stellen, statt uns vom Wasserfall in der Lobby wohltuend umplätschern zu lassen, statt die schmissige Aufmerksamkeit einer Armee von Pagen und Empfangsdamen zu erhalten, sind wir unversehens im Innern einer

riesigen Küche in der dampfgefüllten Luft von Gastronomiegeschirrspülern, dem Geklapper von Tausenden von Tellern und den Gerüchen einer Unzahl von Speisen.

Ich höre arabisches Geschnatter unter dem Küchenpersonal und denke, wie einfach es für die Hamas wäre, diesen Laden zu unterwandern. Ein Wunder, daß nicht irgendwann ein explodierender Kuchen aufgetragen wird. Wenn ich der anderen Seite Ratschläge geben sollte, würde ich genau das vorschlagen. Triff die Juden, wo sie leben. Zwei tote Touristen könnten zweihundert Millionen Dollar, nicht Schekel, an verlorenen Einnahmen bedeuten. Das ist es, was die Muslimbrüder in Ägypten tun. Statt dessen konzentrieren sich diese Idioten hier auf Busse, in denen nichts als Putzfrauen sitzen.

Der Junge macht in einem Nebenraum halt, in dem es nach Fett und Reinigungsmitteln riecht, und wieder höre ich Ketten. Diesmal gehören sie jedoch nicht zu einer unschuldigen Spielplatzschaukel, sondern zur Technik eines riesigen Lastenaufzugs, der in seinem Schacht nach unten rattert. Im Gegensatz zu den Fahrstuhlkabinen, die für die Gäste mit Spiegeln und Jadeintarsien aufgemotzt sind, hat dieser Aufzug einen dicken Stahlboden und Wände ohne jeden Schmuck. Ja mehr noch, der Lastenfahrstuhl bietet Blinden weder Brailleknöpfe noch Signalpieptöne. Touristen ohne Augenlicht müssen taktvoll behandelt werden; was blinde Hausmeister, Zimmermädchen und Kellner betrifft, zum Teufel mit ihnen.

Der Junge drückt auf einen Knopf, und wir fahren aufwärts und immer weiter aufwärts. Ich erwarte nicht, daß er irgendwo zwischen den Etagen auf den Haltknopf drückt und mir einen bläst, aber auch damit könnte ich leben. Nein, er hat ein ganz bestimmtes Ziel im Auge. Ohne Pieptöne ist es schwierig festzustellen, wie hoch wir sind, aber ich zähle still mit. Mit sechs Sekunden pro

Etage bin ich bei fünfundneunzig, als der Aufzug sein Tempo zu verringern beginnt, und bei hundertzwei, als er hält, also nicht weniger als siebzehn Stockwerke hoch. Nichts nach New Yorker Maßstäben, aber für das Heilige Land sehr hoch. Das Hotel hat nur achtzehn Stockwerke. Entweder lebt der Junge auf großem Fuße, oder er bewegt sich in interessanter Gesellschaft.
Während ich ihm den Gang entlang folge, streifen meine Finger über die Türen. Ein normales Hotelzimmer ist zwischen drei und vier Metern breit, und die Türen liegen fünf bis sechs Schritte auseinander. Am Ende des Ganges, also vielleicht nach fünfundsiebzig Schritten, habe ich vier Türen gezählt. Wir sind zweifellos im Penthouse.
Er klopft einmal, wartet, klopft zweimal, wartet, klopft einmal. Code.
Die Tür geht auf, und der Geruch nach Wüste ist so überwältigend, als wäre eine Flutwelle aus Sand herausgeschwappt. Zwei Männer stehen in der Tür, einer ein ungeschlachter Klotz, den jeder, der jemals eine Zeitlang in Regierungsdiensten zugebracht hat, sofort als Bodyguard erkennt, und ein zweiter, von dem der Geruch ausgeht. Als wenn das noch nicht reichte, nehme ich auch den Geruch von schwerem Wollgabardine wahr, der an ihm hängengeblieben ist, obwohl ich nicht glaube, daß er das Kleidungsstück noch trägt. Ich erkenne auch das Atmen wieder. Diesmal besteht kein Zweifel. Ehe er mich begrüßen kann, sage ich: »Hallo, Gabriel.«

Wir gehen durch ein Zimmer von der Größe des Büros seines Vaters. Er greift nach meinem Arm, als wollte er mich führen, und ich erlaube es ihm, obwohl ich es nicht nötig habe. Goldie trottet neben uns her: Sie stupst mich ins Knie, wenn ein Couchtisch oder ein Sofa im Weg steht, genau so, wie sie es tut, wenn sich ein

Hindernis auf einem Gehweg oder ein Hydrant an einem Bordstein befindet. Aber aus zwei Gründen habe ich nichts dagegen, hilflos zu erscheinen. Erstens: Das Ganze war für meinen Geschmack allzu spionagefilmhaft, und so ist es besser, wenn ich meine Wendigkeit für mich behalte. Zweitens: Gabriels Arm ist wohltuend.

Noch jemand sitzt im Zimmer, und Gabriel stellt mich vor. Im Gegensatz zu seinem Vater ist Gabriel höflich. »Nathan, ich möchte Ihnen meine Freundin Gita Mamoun vorstellen.«

Eine rauhe Frauenstimme prallt gegen die großen Fensterscheiben, die sicherlich einen weiten Rundblick über die Mauern und Kuppeln der Altstadt bieten. »Herr Kasakow, ich habe sehr viel über Sie gehört.«

»Gleichfalls.«

Der Knoten wird enger.

Madame Mamoun ist eine Legende, und wirklich sind manche Leute der Meinung, daß sie buchstäblich eine Legende ist, weil man sie selten zu sehen bekommt und sie sich nie fotografieren läßt. Von ihr, einer Palästinenserin in Israel, einer Frau in einer ausgeprägt patriarchalischen Gesellschaft, geht das Gerücht, daß sie in ihrem Teil der Welt die erfolgreichste Geschäftsfrau ist.

Gita, wie Simon etwa 1948 geboren, ist die jüngste Tochter eines Beduinenklans, der in einem mobilen Lager aus zerlumpten Kamelhautzelten durch die öden Berge nördlich von Jerusalem vagabundierte, während er sich die angestammten Weideländer auf der grünen Seite der grünen Linie in Erinnerung rief. Unter diesen verarmten einfachen Menschen wurde sie mit Ziegenmilch und Groll im Bauch großgezogen. Als Kind half sie, Waffen zu ihrem älteren Bruder Ali zu schmuggeln, der einer der ersten Fedajin war. Sie brachte ihm Teile einer Bombe im Saum ihres Rocks oder ihrer Schlüpfer, weil der Schin Bet in jenen unschuldigen

Tagen noch nicht gelernt hatte, die Intimzonen pubertierender Mädchen zu durchsuchen. Leider war Ali nicht so klug wie seine kleine Schwester, und die Bombe explodierte, als er sie zusammenbaute. Schlimmer noch, er war nicht gleich tot, sondern wurde, zerfetzt wie er war, in das armselige Zelt getragen, wo Gita sah, daß der zerfetzte Körper verzweifelt moderne Antibiotika oder Morphium brauchte. Sie hatte noch eine Pistole, die sie an eine konkurrierende Terroristengruppe für genügend Geld verkaufte, um die Medikamente zu erstehen, die ihrem Bruder den Weg aus dieser Welt erleichterten, aber als er in den Märtyrerhimmel einzog, wurde sie sich des enormen Gewinns bewußt, den sie erzielt hatte.

Der Legende nach geschah es in diesem einen klaren Moment, daß Gita das Doppelziel für den Rest ihres Lebens erkannte: Sie wollte ihren Leuten helfen *und* Geld verdienen. Leider stand letzteres in direktem Widerspruch zu ihrem ersten Ziel, da der einzige Weg zu Einnahmen der über Waffen war. Sie wurde Waffenhändlerin, indem sie mit kleinen Waffen anfing und sich allmählich über Granaten und Granatwerfer zu Panzern und Flugzeugen hocharbeitete. Inzwischen hatte Geld seinen eigenen Preis, und sie wagte sich weiter hinaus, überall waren Handelswaren zu haben und begehrt. Gita tauschte abstrakte Werte, handelte mit Verträgen und Optionen, ohne jemals reale Dinge in Besitz zu nehmen. Sie bespielte die internationalen Märkte mit der Leichtigkeit eines Juden.

Eine – möglicherweise apokryphe – Gita-Geschichte geht so: Sie hörte, daß Chile dermaßen unverschämte Importzölle erhob, daß es sich praktisch niemand erlauben konnte, Waren einzuführen, die Leute mit Geld zu kaufen bereit wären. Alles, was nach Santiago kam, wurde beschlagnahmt und an korrupte Beamte verteilt, und der Rest wurde versteigert – aber selbst die Auktionen waren manipuliert. Nur wenige unerwünschte Ladungen sickerten gegen ehrlichen Profit auf den Markt durch. Der Geschichte zufolge waren in einer Saison Schuhe stark gefragt. Also, was machte Madame Mamoun? Sie sandte einen Emissär in den äußersten Norden Chiles, wo laut Ladungsmanifesten ein riesiger, nicht abgeholter Container mit Schuhen versteigert werden sollte. Nennen wir ihn Posten Nummer achtzehn. Ihre Anweisungen waren klar: Gehen Sie auf die Auktion und ersteigern Sie den Posten unter allen Umständen.

Am Tag der Versteigerung rief sie der Assistent völlig verzweifelt an. Ja, Posten Nummer achtzehn bestehe aus fünfzigtausend Schuhen in allen Größen und Formen, aber es wären alles linke Schuhe. »Sinnlos«, schluchzte er. »Kaufen«, befahl sie und legte auf. Kaufen tat er sie, für einen Appel und ein Ei; sogar die raffgierigen Hafenbeamten wollten keine fünfzigtausend linken Schuhe. Er zahlte seine Rechnung unter dem Gelächter der Zollbediensteten und heuerte einen Lkw-Konvoi an, um den blödsinnigen Kauf abtransportieren zu lassen.

Im Laufe desselben Tages aber kaufte ein anderer von Gitas Emissären in einem anderen Hafen viertausend Kilometer entfernt, im äußersten Süden Chiles, einen anderen beschlagnahmten Posten. Und was war in dem zweiten Container? Rate mal.

Gita fragt mich: »Möchten Sie mein Gesicht betasten?«

»Ja, sehr gern.«

»Ich habe gelesen, daß Sie auf diese Weise feststellen, wie Menschen aussehen.«

»Manchmal kann ich das Aussehen an der Sprache erkennen, und manchmal kann ich ganz schwach die Erscheinung selbst ausmachen.«

»Meinen Sie, daß Sie so die Wahrheit unter der Oberfläche sehen können, Herr Kasakow?«

Ich gehe behutsam vor. »Denken Sie, daß Sie trotz der falschen Eindrücke, die Ihnen Ihre Sehfähigkeit verschafft, die Wahrheit unter der Oberfläche sehen können, Madame Mamoun?«
Sie stimmt ein tiefes, kehliges Lachen an. »Wir werden sehr gut miteinander auskommen, Herr Kasakow.«
»Jeder Freund von Gabriel ist mein Freund.«
Gabriel sitzt inzwischen auf der Couch, wie Simon es auf der anderen Seite der Stadt tat. Ich fühle mehr, als daß ich es sehe, daß er sein übliches helles Hemd und die dazu passende Hose trägt, aber sein chassidischer Mantel liegt neben ihm wie die geisterhafte Hülle eines Rabbiners. Er sagt: »Als die Lage gefährlich wurde, fiel mir außer Gita niemand ein, den ich um Hilfe bitten könnte. Wir haben uns über Rafi kennengelernt.«
»Hey, big spender«, flüstert der Junge aus der Bar und vom Spielplatz.
»Welche Gefahr?«
»Darauf kommen wir gleich.«
»Wie haben Sie Rafi kennengelernt?« Ich hoffe wahrscheinlich, daß sie sich im Dregs kennengelernt haben, erwarte es aber eigentlich nicht zu hören.
»Er hat für mich in der Negev gearbeitet. Nachts haben wir uns unterhalten. Irgendwie gab er mir zu verstehen, daß er Gita kennt.«
Ich wende mich fragend dem Jungen zu.
Er beantwortet meine unausgesprochene Frage. »Jeder kennt Gita. Außer denen natürlich, die sie nicht kennen. Aber sie ziehen ihren Nutzen aus ihr.«
Häuser und Schulen und Krankenhäuser. Mit den Gewinnen aus ihrem Geschäftsimperium subventioniert Madame Mamoun Suppenküchen und Blutbanken. Ihre Stiftung bildet Zimmerleute und Klempner aus. Doch viele Leute glauben, daß die Wohltäterin, die nur dafür lebt, Gutes zu tun, lediglich ein allgemeines Phantasie-

gebilde ist. Es ist für Palästinenser wie für Israelis schwierig, sich eine Heldin der weiteren Welt vorzustellen, die sich um eine Jauchegrube kümmert, in der die üblichen Rollenvorbilder Killer und Schläger sind.

»Rafi gehört meinem weitläufigen Klan an«, sagt sie. »Als er hoffnungsvolle Ansätze erkennen ließ, war es besser, daß er für einen Israeli als für einen von seinen eigenen Leuten arbeitete. Für ihn einen Job bei den Archäologen zu finden, war einfach. In der West Bank hätte er nur hassen gelernt.«

Gabriel interpretiert: »Gita steht auf der Seite des gesunden Menschenverstandes.«

Und dennoch hat sie die Grammatik der Teilung in sich aufgenommen. Beachte, daß sie Rafi für »einen Israeli« arbeiten läßt, als wenn er selber keiner wäre, weil ein Palästinenser, der in Israel wohnt, trotzdem Palästinenser ist, die Sorte, die die Häuser und Schulen und Krankenhäuser braucht, die sie heimlich finanziert, und die Armeen und Geheimagenten obendrein.

Ich denke über die Geschehnisse nach, die uns zusammengebracht haben und widerwillig und nur teilweise vor ein paar Stunden bei einer anderen Zusammenkunft in einer anderen Jerusalemer Suite beschrieben wurden. Wenn diese Leute hier imstande waren, selbst den unfähigsten Schin-Bet-Agenten zu überwältigen – und ich vermute, es war kein Anfänger, dem die Überwachung des Sohnes des Premierministers übertragen war –, dann kann ich verstehen, warum Klein sauer war. Wußte er, daß es die Araber waren? Wir halten sie normalerweise für solche Hanswürste, daß sie eher sich selber in die Luft jagen als ihre Ziele, so daß einige Witzbolde den Vorschlag gemacht haben, die Hamas mit Bomben zu beliefern, um sie auszulöschen. Waren sie imstande, diese Sache zu schaukeln?

Und wußte Klein, daß die Sache mit Billigung – nein, nicht bloß mit Billigung, sondern auf ausdrücklichen Wunsch – seines Schutzbefohlenen geschaukelt worden war?

Wissen Klein und Khadoury von Madame Mamoun?

Gita – es ist bei dieser Frau so einfach, ins Persönliche zu verfallen – muß wissen, daß sie nicht von jedermann geliebt wird. Sie muß sich etwas schwer Faßbares bewahren, weil sich viele Leute auf beiden Seiten der Linie zweifellos ihren Tod wünschen.

»Ja«, sagt sie und beantwortet gelassen meine unausgesprochene Frage, »das ist der Grund, weshalb ich hier wohne.«

»Sie *wohnen* hier? Ich meine, Sie wohnen *hier*?« frage ich verblüfft.

»Glauben Sie, mir gefällt es in Chile?« antwortet sie. »Lieber würde ich meinen eigenen Leuten Schuhe verkaufen, aber die haben kein Geld. Frieden ist der einzige Weg zum Wohlstand.«

»Und trotzdem haben Sie Ihre Profite mit Feindschaft gemacht.«

Sie zuckt die Achseln. »Das ist nur einer der Widersprüche, die das Leben interessant machen.«

Gabriel fährt fort: »Als ich von der Gefahr erfuhr, setzte sich Rafi für mich mit Gita in Verbindung, und sie lud mich zu sich ein. Wo sonst ist es sicherer?«

Gita sagt achselzuckend: »Der Zimmerservice läßt etwas zu wünschen übrig, aber wenigstens weiß man, wer nebenan wohnt, der Chef der UJA diese Woche, des AJC nächste Woche. Ich, ich bin bloß eine zurückgezogen lebende südamerikanische Erbin.«

»Und eine Verräterin an Ihrem Volk.«

Der Stich tut weh, und Gita sticht zurück. »Sie sind derjenige, der für das Ekel arbeitet, Herr Kasakow.«

»Sind Sie derselben Meinung wie Ihre Freundin, Gabriel?«

»Es stimmt, Sie arbeiten für –«

»Ich meinte, sind Sie auch der Meinung, daß Ihr Vater ein Ekel ist?«

»Er ist in Schwierigkeiten.«
»Wer?«
»Mein Vater ist von Schlangen umzingelt. Ich muß ihn retten.«
»Wen meinen Sie damit?«
»Klein, Khadoury, Noam Abravanel.« Er kennt den inneren Kreis so gut wie ich, und wir teilen diese Meinung.
»Was ist mit Serena Jacobi?«
Über die Antwort auf diese Frage muß Gabriel nachdenken. Langsam sagt er: »Ich denke, sie liebt ihn aufrichtig.«
»So wie Ihre Mutter?«
Ich schlage unter die Gürtellinie, aber Gabriel nimmt meine Herausforderung nicht an. Das ganze Land weiß über Simons Unberechenbarkeit Bescheid. Er fährt fort: »Aber ich weiß nicht, ob sie ihn oder seine Macht liebt und ob sie ihn für eine größere Macht opfern könnte.«
»Welche größere Macht?« Jetzt bin ich unsicher. Simon ist unbestritten der Herr seiner Partei, und die Arbeitspartei unter Weiner befindet sich in Auflösung. Die letzte Wahl bescherte ihr eine vernichtende Niederlage. Ich brauche Serena nicht, um mir die Zahlen ins Gedächtnis zu rufen, zweiundsechzig Prozent für Simon, wenn man die religiösen Parteien hinzurechnet, die in der Regel erforderlich sind, um eine Zwei-Punkte-Mehrheit aufzubessern. Was soll schon passieren, wenn der Ausgang der nächsten Wahl ungewiß erscheint? Es gibt trotzdem keine größere Macht als Simon.
»Das ist die Frage.« Gita Mamoun ergreift das Wort. »Wir glauben, daß eine Gruppe – nennen Sie es melodramatisch, aber nennen Sie es einen Kader – von Leuten tief im Innern der Regierung ihn vernichten will. Glauben Sie mir, Herr Kasakow, im Gegensatz zu jeder Kreatur ohne Schwanz in diesem Land der Schwänze empfinde ich keine Faszination und keine Zuneigung für den gegenwärtigen Premierminister.«

In einer flüchtigen beruflichen Anwandlung frage ich mich, wer dieses Zeug schreibt. Mir gefällt die Parallelkonstruktion und noch mehr die taktische Vulgarität.
Sie schließt: »Aber wir alle brauchen die Ordnung des Gesetzes, ehe wir beginnen können, uns der Ordnung der Gerechtigkeit anzunähern. Wir glauben, daß diese Gruppe vor nichts haltmacht, um ihre Ziele zu erreichen. Ich spreche hier von Mord.«
»Wollen Sie damit sagen, daß Rubinstein in Wirklichkeit versucht hat, Simon zu erschießen?«
»Nein.« Gabriel schüttelt den Kopf, und seine Stimme schwankt vor Besorgtheit. »Er hat versucht, mich zu erschießen.«

6

Noch so ein Tritt gegen den Kopf. Ich stehe im Foyer des Hotels, und die Echos, die von den Quadratkilometern Marmor widerhallen – von Fußböden, Wänden, ich frage mich, ob nicht auch die Decken aus Marmor sind –, dröhnen auf mich ein wie Murmeln, die in einer Blechdose klappern.

Es gibt eine Menge zu schlucken, und ich muß nachdenken. Dann spüre ich eine warme, nasse Zunge, die mich auf die Erde zurückholt. Goldie hat mir die Hand geleckt, und jetzt schmiegt sie ihren weichen, dreieckigen Kopf an meinen Schenkel. Ich greife mit der Hand nach unten und kraule ihr den Hals. Baby möchte heim. Das Krankenhaus hat sie fast so sehr gehaßt wie ich; mit dem Knessetbüro, das sie ebenso gut wie die Sekretärinnen kennt, hat sie sich ausgesöhnt, im Dregs hat sie ein Bierchen genossen, mit dem Besuch im Penthouse des Jerusalem Sheraton ist sie fertig geworden, aber es war ein langer Tag. Gewöhnlich zuckt Goldies Kopf vor Wachsamkeit, doch jetzt, ob es die Nachwirkungen des Biers sind oder ob sie durch die rasche Folge der Ereignisse so durcheinander ist wie ich, ist sie erledigt. Sie ist bereit, sich in der Ecke in der kleinen Küche in der Rehov Rambam zusammenzurollen. Noch jemand zugestiegen?

»Komm, Mädel«, sage ich, und wir verlassen das Hotel. Sofort fährt ein Taxi heran.

Ich nenne dem Fahrer meine Adresse und mache es mir mit Goldie, die mir ihren Kopf in den Schoß legt, auf dem Rücksitz bequem.
Der Fahrer hat einen russischen Akzent und bemerkt dasselbe an mir, und so versucht er, mit mir ein Gespräch anzuknüpfen. »Ist das ein gutes Viertel?« Womit er in Wirklichkeit meint: Wohnen da nicht zu viele Araber?
Offen gesagt bin ich der Meinung, in der Rehov Rambam wohnen zu viele Juden, aber ich habe die Nase voll von Salonpolitik und antworte ihm nicht. Er fühlt sich gemieden und schaltet das Radio ein, und jemenitische Musik, nichts als blecherne Tambourine und orientalisches Gejaule, schmettert aus dem Armaturenbrett. Das ist die Art, wie er sich assimiliert. Ich kann es ihm nicht verübeln; während meiner Zeit in der Armee habe ich mir auch dieses schreckliche Zeug angehört, und auch ich gab superpatriotischen Blödsinn von mir. Zuerst probiert man die Meinungen der Nachbarn aus, dann übernimmt man deren Musik. Und es besteht natürlich kein Zweifel, für wen mein Fahrer stimmt. Simon sahnt groß bei den Russen und den »Jemeniten« ab, wobei mit diesen alle Juden aus dem Iran, Irak, aus Marokko und sonstwo in der arabischen Welt bezeichnet werden, eine seltsame Koalition. Alle ehemals Unterdrückten verbünden sich, um zur Bestürzung der Liberalen, die sie ursprünglich mal befreit haben, andere Leute zu unterdrücken. So ist es nun mal: Einwanderer machen sich schnell alle Vorurteile zu eigen, die die Einheimischen zu bieten haben. Komischerweise ist die einzige Geschmacksrichtung, die sich nie ändert, die fürs Essen. Ganz egal, wohin wir gehen, die Düfte einer fremdländischen Küche begleiten uns. Zum Beispiel Proust. Ich habe ihn nur auf russisch gelesen, doch eine Madeleine ist genauso gut wie ein Blintz.
Aber bestimmte Charakterzüge sind international, und schlech-

tes Autofahren ist einer. Der Typ hier fährt nicht wie Noam, bei dem die Nichtbeachtung von Verkehrsvorschriften einer Art *politesse oblige* entstammt. In diesem Fall bin ich vielmehr der Rücksitzgefangene eines von Natur aus pessimistischen Slawen, der seine welthistorische Wut an den Fußgängern und Autofahrern von Jerusalem ausläßt. Im alten Rom muß es solche Wagenlenker gegeben haben und selbst in Merrie Olde England Bauern hinter Ochsenkarren, die anderen Bauern in Ochsenkarren den Weg abgeschnitten haben oder in die Seite gefahren sind.

Ich spüre die Anspannung in den Rädern, im knappen Abbiegen, der hektischen Beschleunigung, wenn wir offenbar über gelbe Ampeln fahren, wenn sie gerade auf Rot schalten. Wir kurven über die Hügel wie auf einer Achterbahn, und ein- oder zweimal sausen wir gegen einen Höcker in der Straße und heben für eine Sekunde ab. Auch mein Magen hebt ab. Aber er kennt seinen Weg, dieser Typ, und ich spüre das Abbiegen vom Boulevard, das zweimalige Abbiegen nach rechts und einmal nach links in die Straße, die nach einem mittelalterlichen Philosophen benannt ist und in der Mutter und ich wohnen. Die Nummern müssen nur so vorbeisausen: Sicherlich begreift er, daß die 442 zur 444 führt, die neben der 446 liegt, und daß die 448 gleich kommt, aber er weigert sich, das Tempo zu drosseln, und bleibt mit einem Ruck stehen. Mein Kopf fliegt nach vorn und kommt dann zum Stillstand.

Ein Wagen steht vor uns am Straßenrand; ich höre das leise Schnurren des Motors.

Ich will gerade zahlen, als mir ein anderer Gedanke kommt. Vielleicht ist es der Leichtsinn des Fahrers, und vielleicht habe ich einfach noch keine Lust, Mutter zu sehen, und so sage ich: »Wissen Sie was, ich hab's mir anders überlegt. Lassen Sie uns woandershin fahren. Zum Jaffator.«

Ich erwarte, daß er sagt: »Ist das ein gutes Viertel?«, aber diesmal beißt er nicht an, und auf der Rückreise fährt er vorsichtig. Vielleicht ist es seine persönliche oder die Firmenpolitik: Fahrten aus der Stadt können schnell sein, und Fahrten in die Stadt hinein müssen langsam vonstatten gehen, vielleicht liegt es aber auch daran, daß das Jaffator ein Touristenziel ist, das ihn eine andere Gangart anschlagen läßt. Aber das ist in Ordnung. Ich brauche die Zeit, um nachzudenken.

Kaum fährt das Taxi die Rampe hinauf, die tagsüber für Busse reserviert ist, bin ich in einer anderen Welt. Die Gerüche von Falafel und Bier aus den Buden, aus denen sich die Studenten und Rucksacktouristen der Welt versorgen, überfallen mich. Menschenmengen, die aus der Ton-und-Lichtschau strömen, drängen an uns vorbei, und einer, wahrscheinlich ein New Yorker, ruft: »Taxi.« In den Reisebüros heißt es, daß man hier nachts nicht sicher ist, aber die Seitenstraßen sind so eng und mit Markisen und Wellblechabdeckungen überdacht, daß man Mitternacht und Mittag nur mit Mühe auseinanderhalten kann. Sagen wir einfach, daß die Gegend zu keiner Stunde sicher ist. Aber welche ist das schon?

Die Altstadt: schon alt, als Athen oder Alexandria noch jung waren. Ich erinnere mich an meinen ersten Blick auf diesen Ort, eine Stunde nachdem ich aus dem Flugzeug aus Wien gestiegen war. Das war damals der Reiseweg in die Freiheit. Die ehemalige UdSSR wollte nicht zugeben, daß sie Juden in dieses verräterische zionistische Gebilde schickte, deswegen flogen wir alle erst nach Wien und stiegen dort in andere Flugzeuge um. Aus dem Land, in dem Hitler geboren wurde, in das Land, das nie entstanden wäre, wenn es Hitler nicht gegeben hätte. Wien ist für Juden schon immer ein guter Ort zum Umsteigen gewesen.

Als wir in Israel ankamen, war seine äußere Erscheinung ziemlich genau so, wie sie schon seit mehreren tausend Jahren war: ein

Durcheinander aus einstmals rauhen und körnigen Würfeln, die durch die Zeit zu pastellenem Glanz geschliffen worden waren, übereinandergehäuft wie Bauklötzchen in einer riesigen Kinderspielzeugkiste, aber im Innern waren diese kleinen Kästen, die die Phantasievorstellungen von Generationen gottestrunkener Pilger – zumindest im Jüdischen Viertel – in Wallung gebracht hatten, allesamt so gründlich elektrifiziert und an Gas- und Wasserleitungen angeschlossen wie das neueste Hochhaus in Tel Aviv, und Satellitenschüsseln ragten aus den Schmiedeeisenbalkons, auf denen einst die Wäsche aufgehängt wurde, und in dem Souk, in dem früher an die Einheimischen Kreuzkümmel und Reis verkauft wurde, türmten sich inzwischen Sandalen, Töpferwaren und Kodachrome-Filme. Ich war noch nie dort gewesen, aber ich spürte, daß es ganz genau so war, wie es immer schon gewesen war, und vollkommen anders, als es je gewesen war, bis auf Abdullahs Café, das, wie Abdullah schwört, seine Vorfahren schon während der Kreuzzüge besessen und bewirtschaftet haben.
Ich stelle mir Richard Löwenherz an der Spitze einer Kolonne müder Kreuzritter vor. »Wir möchten zweitausend Espressi zum Mitnehmen.« Es ist jede Menge Saft und Kraft nötig, um die Heilige Stadt zu befreien und die Ungläubigen abzuschlachten.
Das Abdullah ist es, wohin ich unterwegs bin, nur wenige Schritte vom Hauptweg links ab, der sich zur Mauer zurückwendet. Ich kreuze die Via Dolorosa bei Station zehn, wo die Römer dem Kerl, der dreihundert Jahre nach seinem Tod der offizielle Gott des Reiches werden sollte, die Kleider vom Leib rissen. Hier, wo das Christliche Viertel an das Moslemische Viertel stößt, bekommt man allmählich ein Gefühl dafür, wie die heilige Stadt bis 67 gewesen sein muß. Hier ist der Geruch eher menschlich als geschäftsmäßig, hier haben sich die Mieten nicht mit jedem verstreichenden Jahrzehnt verachtfacht, weil allein schon der Name

des Bezirks die Amerikaner, die sich ja für so mutig halten, abschreckt. Zwei kleine Bengel beginnen mich zu schikanieren: »Dollar, Mister. Du haben Dollar?«

Das ist der Nachteil meines russischen Gesichts: Die Bettler lassen die Einheimischen ungeschoren, erkennen aber nicht, daß ich kein amerikanischer Tourist bin. Ich hätte mir Gabriels chassidisches Kostüm borgen sollen.

Ich laufe weiter, während ich meine unerwünschten Begleiter mit Rafi vergleiche. Ohne Madame Mamoun könnte er jetzt hiersein. Statt dessen schläft er in einem der Gästezimmer in derselben Suite wie die geheimnisvollste Frau Israels und der gesuchteste Mann Israels.

»Du wollen Grabeskirche? Du wollen Mitternachtsmesse? Wir dich führen für Dollar.«

Sie würden mich für sehr viel mehr als einen Dollar führen, wenn ich sie ließe. Ich müßte nur »Haschisch« flüstern, schon würde ihnen beim Gedanken, daß sie mich gleich in einem Keller hätten, die Spucke zusammenlaufen.

Möglicherweise würden sie es sich auch von mir in einem Keller machen lassen, wenn ich das wollte, aber ich stehe nicht auf Halbwüchsige. Ich zwirbele Goldies Leine, und sie knurrt.

»Böser Hund«, sage ich. Mein Hebräisch ist hervorragend, trotzdem habe ich einen Akzent, und so sind die Jungen der Meinung, dennoch einen Blödmann vor sich zu haben, den sie ausnehmen können. Vielleicht keinen Amerikaner. Einen Finnen möglicherweise oder einen Lappen, der sein Rentier im Hotel gelassen hat, einen Besucher aus dem Land der Mitternachtssonne. »Böser Hund«, wiederhole ich, während Goldie, die diese Worte von der Dressur in ihrer Welpenzeit in Erinnerung haben mag, sich an meinem Bein schubbert, um mir zu beweisen, wie lieb und loyal sie ist.

Aber die Jungen sind zu begriffsstutzig, um die Botschaft zu kapieren, oder vielleicht glauben sie, daß ein B. M., egal aus welchem Land, eine zu leichte Beute ist, um sie sich durch die Lappen gehen zu lassen. »Nein. Guter Hund. Guter Hund.« Einer der beiden faßt mit der Hand nach unten, um Goldie zu streicheln, aber ich drehe fester an der Leine, und sie schnappt zu.
Der Junge ist schnell, das muß ich ihm lassen. Er reißt seine Hand zurück und lacht. »Du haben recht. Sehr böser Hund, Mister.«
Ich beschließe, ein bißchen mitzuspielen. »Böser Hund ist deutscher Schäferhund. Er mag keine Juden.«
Jetzt ist der Junge gekränkt. »Aber wir keine Juden. Wir Palästinenser. Wenn wir sehen Juden, wir machen *grrr*. Guter Hund.«
Ich werde des Spielchens überdrüssig, und das Abdullah ist in der Nähe. Ich greife in meine Hosentasche und hole eine Handvoll Schekel heraus. Wenn ich sie den Jungs in die Hand gebe, werden sie mich ewig nerven, also muß ich die Empfänger meiner milden Gabe demütigen. Ich werfe das Geld über meine Schulter, und die Jungen sind verschwunden, noch ehe die Münzen klimpernd aufs Pflaster fallen. Ich biege neben einem Laden um die Ecke, in dem angeschlagene zweite Wahl aus der Keramikfabrik verkauft wird, und kann den besten Kaffee, den es in Israel gibt, bereits riechen.
Obwohl es Mitternacht ist, ist das Café voll. Das Gemurmel der Unterhaltungen wird vom Klappern von Würfeln interpunktiert, die unter Rauchwolken über Backgammonfelder kullern. Die meisten, aber nicht alle Gespräche sind auf arabisch, und die im Moslemischen Viertel wachhabenden IDF-Soldaten tanken hier ihr Koffein und lehnen ihre Gewehre gegen die dicke, mit Stuck verzierte Wand, sehr zum Mißfallen der hippen Kriegsgegner, die das Lokal ebenfalls entdeckt haben. Ein Rudel junger Leute im hinteren Teil des Raumes neben einem Schaukasten voller mit

Rosinen und Nüssen gefüllter kleiner Kuchen bricht in Gelächter aus. Was Abdullah betrifft, so ist jedermanns Geld willkommen.

»Adoni Kasakow«, begrüßt mich Abdullah, hinter dem Tresen stehend.

Ich frage mich, ob Ezekiel jemals hiergewesen ist, vielleicht hat er sogar zu Füßen (Schuhgröße fünfundvierzig) dieses Arabers gelernt. Der eine verkauft Kaffee und der andere Kaffeelikör, aber beide haben sie das Auftreten des geborenen Gastgebers.

»Es ist so gut, Sie wiederzusehen«, fährt Abdullah fort. »Der Segen Gottes muß auf mein bescheidenes Unternehmen herniederstrahlen.« Natürlich ist das Show, aber er bietet sie mit der Begeisterung eines geborenen Impresarios dar, der weiß, daß das Publikum seine Masche kennt, aber trotzdem Freude daran hat. »Wir haben es kein einziges Mal zugelassen, daß jemand anderer an dem für Sie reservierten Tisch Platz nimmt«, sagt er, während er seiner Tochter mit Zeichen zu verstehen gibt, sie solle meinen Tisch von dem alten Mann freimachen, dessen alter Geruch fast schon so grauenhaft ist wie der von Zimmer 404. »Viele Leute wollen diesen Tisch haben, aber nein, sage ich, der gehört Adoni Kasakow, und er wird auf ihn so lange warten, wie es eben dauert.«

War Abdullah einmal so wie die beiden Straßenjungen, die mir hierher gefolgt waren? Ist dieses mit Fliegendreck übersäte »Unternehmen« das Beste, was sie erhoffen können, wenn die Träume vom Penthouse in Tel Aviv geplatzt sind?

»Tragen Sie nicht so dick auf.«

»Nicht für Sie. Erlauben Sie, daß ich Ihnen einen Spezial bringe. Auf Rechnung des Hauses.«

»Aber –«

»Ich bestehe darauf. Hannah!« bellt er zu seiner Tochter, Kellnerin und Küchenhilfe hinüber.

Alle spendieren mir heute abend Drinks. Es geht nichts über eine Rückkehr von den Toten, um ein Willkomm auszubringen. Außerdem weiß Abdullah, daß ich reichlich Trinkgeld gebe. Er hat sogar aufgehört, mir für den Kaffee zuviel zu berechnen.

Das hier ist mein Jerusalem, nicht das Panorama, das man aus der Sicherheit und Ferne von Gita Mamouns Suite sehen kann, nicht die heiligen Stätten, die alle zwei Generationen die Hälfte der Einwohner dazu treiben, die andere Hälfte abzumurksen, sondern diese typische Ansammlung kleiner Zufluchtsstätten. Dregs und das Abdullah und ein halbes Dutzend andere Lieblingslokale sind die Stationen auf meinen Wegen durch die heilige Stadt.

Ich setze mich auf den Stuhl, der noch warm ist von seinem hastig vertriebenen Vorbesitzer, der zwei Plätze zur Wand hin weitergerückt ist und wahrscheinlich in diesem Moment böse Blicke in meine Richtung wirft, zu dumm aber auch. Ich fühle die Wärme und Behaglichkeit, die mich fast vergessen lassen, warum ich hier bin: um nachzudenken.

Augenblicke später hat Abdullahs Tochter den Kaffee zum Kochen gebracht, ihn ziehen lassen und dann noch einmal aufkochen lassen. Ob es das Kaffeemehl ist oder die Aufbrühtechnik, der in einer hauchdünnen Tasse servierte Schlick ist anders als jeder andere Kaffee, den ich je getrunken habe, und besser. Die bloße Wirkung wird mich vielleicht bis zum Morgengrauen wach halten, aber es ist die Sache wert.

Abdullah bleibt einen Moment, nicht eigentlich servil, vor mir stehen und wartet nur auf einen Hinweis, was gewünscht sein könnte.

Ich bin auf Alleinsein gestimmt, aber so wie ich es tat als der Taxifahrer vor meinem Haus hielt, wechsele ich erneut die Richtung.

»Setzen Sie sich zu mir?«

»Mit Vergnügen. Es ist mir eine Ehre«, sagt er und läßt seine

Körperfülle neben mich sinken. »Hannah!« ruft er wieder und verlangt mit den Fingern schnippend einen Kaffee für sich. Wahrscheinlich trinkt er so viel, daß er ihn überhaupt nicht mehr spürt. Schweigend sitzen wir nebeneinander, bis auch er von dem Mädchen bedient wird, das nach Nelken und Honig duftet. Jetzt, wo der erste Teil des Rituals abgehakt ist, kann er sprechen. »Es ist schön, Sie wiederzusehen.«

Mag sein, er meint es sogar ehrlich. Ja, er nimmt mich aus; ja, er ist sicherlich in antizionistische Machenschaften verwickelt, aber hauptsächlich gilt die Loyalität des Besitzers diesen paar Quadratmetern mit einem Dutzend nicht zueinander passender Café-tische und ein paar Dutzend nicht zueinander passender Stühle, diesem Raum mit dem durchhängenden Dach und den gesprungenen Fliesen und den Kupfertöpfchen, in denen er seinen Kaffee macht oder von seiner Tochter machen läßt. Er liebt diese Töpfchen ebensosehr wie ein Alchimist seinen Destillierkolben, und er weiß, daß auch ich sie liebe. Wir haben unsere Gemeinsamkeiten. »Danke«, sage ich. »Es ist schön, hierzusein. Wie geht's Hannah?«

Irgendwie preßt Abdullah einen Ton heraus, der nur als verbales Schulterzucken bezeichnet werden kann. Seitdem sie vierzehn ist, ist Hannah ein Magnet für die Jungs. Ich brauche keine Augen, um zu merken, daß nicht alle von den anderen Gästen des Cafés des Kaffees wegen hier sind. Die Richtung ihrer Aufmerksamkeit ist offensichtlich. Mittlerweile, mit siebzehn, muß sie so eine Schönheit sein, daß Abdullah gut daran täte, sie an den staubigen Schaukasten zu ketten, falls er könnte. »Die Jugend«, seufzt er. »Sie geht mit einem Mann, der doppelt so alt ist wie sie.«

»Sie waren auch mal jung«, sage ich.

»Ich glaube, damals war Jungsein nicht so gefährlich.« Abdullah mißtraut der heutigen Zeit – gewöhnlich in Gestalt einer

Kaffeemaschine – ebensosehr wie die Kibbuzniks, die über ihre Söhne und Töchter jammern, die die Scholle gegen die Diskos in Tel Aviv eingetauscht haben. Gemeinsame Sache, wenn sie es nur erlauben würden. Der Krieg zwischen Generationen kann genauso grausam sein wie der zwischen Nationen. Der große Unterschied ist der, daß die Jugend ans Alter gebunden ist, wogegen ein Jude niemals ein Araber wird. Andererseits sind die Juden vielleicht schon wie Araber geworden, mit Scheuklappen versehen wie die Arbeitspferde auf der West Bank, und vielleicht sind die Araber wie Juden geworden, indem sie zu ihrem eigenen Vorteil die internationalen Medien bedienen. Habt Mitleid mit den armen Opfern. Seht nur, wie glänzend die Schoa den am Leben gebliebenen Juden genutzt hat. Wenn also der erste Holocaust uns Israel verschafft hat, könnte der sogenannte »palästinensische Holocaust« ihnen doch vielleicht eine eigene Nation verschaffen.
Obgleich er einfach bloß eine grünweiße Fahne an seine Markise hängen muß, wenn er nicht möchte, daß sein Café versehentlich abbrennt, ist Abdullah wahrscheinlich der einzige Araber, der die Idee von der West Bank haßt. Und Gaza, diese ekelige kleine Jauchegrube, ist nicht mal der Verachtung wert. Abdullah behauptet, er habe in seinem ganzen Leben kein einziges Mal die Grenzen der Altstadt verlassen, keine Sekunde, um die Familie zu besuchen oder in den Bergen zu picknicken. Er ist ein ausgemachter Stadtmensch und würde sich möglicherweise auch in London, Paris oder Moskau wohl fühlen. Einmal, als Simon und ich in New York waren, habe ich im Kleiderviertel in einer Cafeteria zu Mittag gegessen, und da fiel mir auf, daß die feuchtheiße, schmuddelige Atmosphäre dort ganz genau wie im Abdullah war.
Im Gegensatz zu den Politikern, die ihn vermutlich dadurch repräsentieren, daß sie Jerusalem wegen seiner symbolischen Bedeutung benutzen und ernstlich die Territorien als Lebensraum

verlangen, tritt Abdullah nur für palästinensische territoriale Forderungen ein, um die Konkurrenz in der Stadt loszuwerden. Sollen sie doch in Jericho ein Kasino, in Hebron ein Hilton eröffnen, solange sie ihn die übrige Klientel bedienen lassen, die Jerusalem halb so sehr liebt wie er, nämlich so sehr, wie er alles auf Erden liebt, mit der denkbaren Ausnahme von Hannah, seiner Tochter, deren Heranwachsen und Reifen ihn zur Verzweiflung treiben.

»Und die Stadt?« frage ich, weil ich weiß, daß ich nach unserer Unterhaltung nicht mehr die Zeitungen der letzten Woche lesen muß.

»Jemand hat Jacob Twersky beraubt.«

»Wirklich?« Davon habe ich noch nichts gehört.

Twersky, ein lebendes Inventar der Stadt wie Abdullah, hat einen Laden im Cardo, der römischen Arkade im Jüdischen Viertel, die sich zu einer Mini-Madison-Avenue voller Boutiquen und schicker Restaurants entwickelt hat. Seine Angestellten verkaufen hauptsächlich Münzen und wertlose angeschlagene Amphoren an Touristen, aber im Hinterzimmer handelt der Mann mit selteneren Kunstwerken, die, so geht das Gerücht, nicht vollkommen legal sind. Alle archäologischen Funde müssen der Regierung gemeldet werden, und trotzdem, wo ein Markt ist …

Aber beraubt? Twerskys Laden mag aussehen wie alle anderen, aber er lebt in der Altstadt, seit er 67 als kurzsichtiger Lieutenant mit der Armee in die Stadt kam, und er kennt ihre Gefährlichkeit besser als die Polizei. Er kennt sogar die Gefährlichkeit der Polizei besser als die Araber. Außerdem sind seine Räumlichkeiten mit einer Alarmanlage versehen, die der des Israel-Museums Konkurrenz machen könnte. Daß Twersky verwundbar ist, ist so schokkierend, wie wenn es hieße, Abdullah sei auf Koffeinfreien umgestiegen.

»Ja, er war neulich hier und hat's mir erzählt. Ich habe es nicht ganz verstanden, aber es war ein raffinierter Trick, eine vertauschte Urkunde, ein Scheck auf eine karibische Bank.«

Obwohl Twersky die religiösen Vorschriften befolgt wie nur ein Rabbiner, ist er Stammgast in dem Café, und Abdullahs Versicherung, daß die Sachen koscher sind, reicht ihm aus. Manchmal schickt der Antiquitätenexperte für einen besonderen Kunden einen Boten durch die Altstadt, um eine Karaffe von Abdullahs Gebräu zu holen. Kaffee ist eben Kaffee.

Ich äußere die Ansicht: »Vielleicht läßt er langsam nach.«

»Das tun wir doch alle.« Abdullah seufzt, und ich bemerke die Andeutung eines Tones, den ich noch nicht identifizieren kann, ehe er fortfährt: »Sogar Sie. Von einem Mann angeschossen zu werden, der noch nie auf jemanden geschossen hat, einem Amateur, ich habe mich für Sie geschämt, Nathan.«

Jetzt sind wir bei den Vornamen angekommen, und Abdullah weiß, worüber ich reden möchte.

»Ist es das, was Sie gehört haben?«

Reuters unterhält nicht gerade ein Nachrichtenbüro in der Küche, aber wenn Chester Llewellyn sich jemals einen Bruchteil der Quellen erschließt, mit denen Abdullah geboren wurde, wird er den Pulitzerpreis bekommen.

»Ich höre vieles.«

Jetzt bin ich an der Reihe, ein Schlückchen zu trinken. Ich kann Abdullah nicht fragen, was er hört; ich kann nur zuhören, falls er so gnädig ist zu reden. So sind die Regeln in diesem komplizierten Spiel. Außerdem wird er es mir nur dann erzählen, wenn er selber irgendeinen Vorteil davon hat. Glücklicher- oder unglücklicherweise sind Nachrichten über Juden, die sich gegenseitig schaden, hier immer von Vorteil.

»Die Zeitungen leugnen es, aber ich habe gehört, daß Rubinstein mit Israel Ha G'dola in Verbindung gestanden hat.«

Israel Ha G'dola bedeutet Großisrael, und die Gruppe, die diesen Namen trägt, ist eine Randgruppe einer Randgruppe von Kahane Chai, die wiederum eine Randgruppe von Gusch Emunim ist, einer Geheimgesellschaft, die angeblich mit der Rückkehr des Tempels rechnet und auf die Ankündigung eines neuen messianischen Zeitalters wartet.

»Ihre Quelle?« sage ich und bedauere es sofort. Plötzlich ist Abdullah eine Auster, nur ein ehrlicher Kaffeehändler, der keine Ahnung von Politik hätte, selbst wenn man ihn in den Arsch beißen würde.

Aber er hat sich bereits dieses eine Häppchen entschlüpfen lassen, über das erst mal nachgedacht werden muß. Vielleicht ist Israel Ha G'dola das, was Simon und den Schin Bet so beunruhigt hat. Für die Messianisten ist der PM ein Verräter, aber würden sie versuchen, seinen Sohn zu bedrohen? Hatte Rubinstein irgend etwas mit diesem bizarren Kult zu tun, der Tempelopfer wiedereinführen möchte? Würde Simon Gita Mamoun hinzugezogen haben, um Gabriel retten zu helfen? Und ist die Suche nach Gabriel durch den Schin Bet ein Vorwand, sogar mir gegenüber? Ich frage mich, warum Serena sich nicht die Mühe gemacht hat, mich über diesen Punkt zu informieren. Selbst wenn die Ansicht falsch ist, die Tatsache, daß jemand sie glaubt, ist interessant. War ich der einzige sowohl in der Knesset als auch im Sheraton, der das nicht wußte?

Ein Stuhl ratscht über den Fußboden. Ich war so vertieft in meine privaten Überlegungen, daß ich gar nicht bemerkt habe, daß jemand näher gekommen ist. »Wenn man vom Teufel spricht«, gluckst Abdullah.

»Mein Lieber, Nathan«, meldet sich eine leise, jiddisch gefärbte Stimme. Es ist Jacob Twersky, zweifellos mit perfekt gebügeltem weißem Hemd und karierter Weste bekleidet, aus der Zizitfäden heraushängen.

»Hannah«, bellt Abdullah. »Noch einen Spezial für einen weiteren traurigen Fall. Heute abend haben wir Opfernacht.«

»Was habe ich von einem Raubüberfall gehört, Jacob?«

»Nichts, nichts«, tut er die Sache achselzuckend ab. »Nur eine Unannehmlichkeit. Der Preis dafür, daß man Geschäfte macht.«

Aber ich merke, daß er angeschlagen ist, und auch ich möchte das Thema wechseln. »Jeder muß Geschäfte machen. Selbst Israel Ha G'dola.«

Ich kann die runden Brillengläser, die Twersky trägt, nicht sehen, aber ein Lichtfunke bricht sich an dem dünnen Goldrahmen, als er mich mit der Unverhohlenheit mustert, mit der Leute, die sehen können, Leuten begegnen, die nicht sehen können. Dann verschwindet das Funkeln, als er sich Abdullah zuwendet, der offenkundigen Quelle dieser Information. Schließlich dreht er sich wieder zu mir herum, und indem er seine Worte fallen läßt wie Kleingeld bei einer großen Rechnung, räumt er ein: »Es hat Zusammenkünfte gegeben. Auf beiden Seiten. Der Jemenit ist in der Stadt.«

Einen Moment lang denke ich an meinen Taxifahrer, aber ich bin etwas schwer von Begriff. Eine Woche Krankenhaus hat mein gewohntes Koordinatensystem verändert. Eine Sekunde später aber habe ich kapiert. Der Jemenit ist nicht irgendein dunkelhäutiger Einwanderer, der eine Musikbar in der Ben-Jehuda-Straße besitzt und vielleicht nebenbei mit ein bißchen Haschisch dealt, sondern der Chefberater der palästinensischen Behörden und der einzige, der sich geweigert hat, an dem Kongreß teilzunehmen, der sich dafür aussprach, den Generalaufruf zur Vernichtung Israels aus dem Grundsatzprogramm zu streichen. Je nachdem, wo man mit seiner Meinung steht, ist er der letzte Aufrichtige oder der letzte Hardliner. Auf jeden Fall ist er fanatischer als jeder, der an Israel Ha G'dola glaubt.

Das ist der Grund, warum Twersky dies erwähnt. Soviel ihn und Abdullah verbindet, sie stehen trotzdem auf entgegengesetzten Seiten einer psychischen grünen Linie, und jeder möchte mich – und durch mich Simon – wissen lassen, was die andere Seite im Schilde führt. Ich fühle mich wie ein Fisch, der über einen Köder nachdenkt.

Die beiden Männer wetteifern weiter um den Ruf des informiertesten Mannes in Jerusalem, und jetzt befinden wir uns im Reich der Eitelkeiten, wo jeder den anderen überbietet, aber was das mit meinem gegenwärtigen Problem zu tun hat, davon habe ich nicht die leiseste Ahnung.

Namen und Personen wirbeln um mich herum. Kreise innerhalb von Kreisen. Simon, seine Berater und die militärische Führung, die Reporter, Gita und Gabriel, Israel Ha G'dola und der Jemenit. Und dann spüre ich ein Rumpeln tief unter den Grundmauern des Cafés, als säßen wir im Innern eines Cellos, dessen Saiten zu vibrieren beginnen, aber noch nicht zu hören sind. Wenn ich's nicht besser wüßte, würde ich denken, es ist ein Erdbeben.

Nicht nur ich habe es bemerkt. Alle Unterhaltungen sind verstummt – die der beiden Männer an meinem Tisch, die der Soldaten und der halbwüchsigen Jungen, die so nahe, wie sie es nur wagen können, die göttliche Hannah umschwirren.

»Abdullah?« frage ich mit einem Zucken meines Kinns.

»Dämonen«, antwortet er, und Twersky lacht nachsichtig.

Es ist das Lachen, das Abdullah näher darauf einzugehen zwingt, aber er wendet sich direkt an mich, nachdem er ein Streichholz an der Tischplatte angerissen und sich eine Zigarette angesteckt hat. Er stößt eine Rauchwolke aus und sagt: »Ihre Regierung ist sehr raffiniert. Es wundert mich, daß Sie noch keine schönen Reden darüber geschrieben haben, aber – o nein, ich vergaß – es existiert ja nicht.«

Es? Was? »Existieren abstrakte Substantive?« antworte ich.
Nun ist Abdullah daran, die Ohren zu spitzen wie Goldie. Ich höre es am Rumpeln seines Atems, der sich anhört wie das Rumpeln in der Erde. Er hat mir noch nicht erzählt, was er mit Dämonen meint, und ich frage mich, ob ihm schon mal ein Arzt etwas über den Dämon in seiner Lunge erzählt hat, die Auswirkungen des handgedrehten Tabaks eines halben Jahrhunderts. Ich brauche kein medizinisches Examen, um eine Diagnose zu stellen.
»Es ist wieder der verdammte Tunnel.«
Weil der immer wieder mal laufende, mal stockende »Friedensprozeß« noch nicht zum Bau irgendwelcher Tunnel unter dem Jordan geführt hat und der einzige andere Fluß, den wir in Israel haben, der Ha Jarkon ist, der um Tel Aviv herum in einer Breite rieselt, bei der ein Zwölfjähriger mit Leichtigkeit von einem Ufer aufs andere spucken könnte, gibt es nur einen einzigen Tunnel, der es wert ist, erwähnt zu werden.
»Offenbar«, sagt Twersky. »Jeder weiß, er verläuft neben der Westmauer nach Norden. Wahrscheinlich wechselt jemand eine Glühbirne aus. Man sollte die UNO anrufen.«
»Wenn sie eine Glühbirne auswechseln, warum hören wir es immer nur nachts, und warum wird, wenn wir uns beschweren, behauptet, daß alle Grabungen eingestellt worden sind? Warum verbieten sie eine arabische Vertretung bei diesen äußerst wichtigen Auswechslungen von Glühbirnen? Denken sie, wir sind Idioten?«
Das ganze Café lauscht diesem Wortwechsel, und die Soldaten greifen schweigend zu ihren Gewehren.
»Niemand denkt, daß du ein Idiot bist, Abdullah.«
»Lieblicher Balsam. Das ist interessant, es ist eine neue Methode. Normalerweise posaunt die israelische Regierung ihre Triumphe in die Welt hinaus. *Ihr* verwandelt die Wüste in Orangenhaine, die *wir* zerstören. *Ihr* habt diese wunderbare Luftwaffe, und *wir* haben

ein Kamelkorps. *Ihr* habt Glühbirnen, und *wir* sind so primitiv, daß wir uns mit Kerzen behelfen müssen.«

Während ich unwillkürlich denke, daß dieser Mann Reden schreiben könnte, wendet sich Abdullah an mich persönlich. »Normalerweise verfassen *Sie* die Verlautbarungen, Nathan. Anstatt zu sagen, was Sie gerade tun, leugnen Sie es jetzt.«

»Ich leugne gar nichts.«

»Was nicht heißt, daß es nichts zu leugnen gäbe. Und natürlich waren Sie eine Zeitlang aus dem Verkehr gezogen.«

Ich mag es nicht, wenn man mich in die Defensive drängt, und ich mag das Gefühl nicht, daß sogar eine auf Kaffee beruhende Freundschaft auf eine kurze, unbeabsichtigte Provokation hin überkocht. Mehr noch: Vielleicht ist mir die Tatsache zuwider, daß Abdullah meine plötzliche, beunruhigende Unkenntnis gerochen hat. Trotzdem bin ich nicht dazu aufgelegt, mich zu streiten und eine halbherzige Erklärung/Entschuldigung anzubieten. »Ich bin sicher, daß die Öffentlichkeit informiert wird, wenn irgend etwas von Belang geschieht.«

Abdullah schnaubt verächtlich. »Heißt das, daß die israelische Regierung endlich Scham gelernt hat?«

»Nein«, beharre ich, als berichtigte ich einen zudringlichen Reporter, »es gibt nichts, dessen man sich schämen müßte. Nicht Scham; vielleicht Diskretion.«

»Aber das ist eine arabische Tugend.«

»Dann vielleicht ...« Twersky mischt sich mit demselben Gedanken ein, den ich zuvor gehabt hatte: »Wenn ihr jüdisch werdet, indem ihr die Medien der Welt dazu benutzt, euren Fall zu fördern, werden wir arabisch, indem wir alles unterminieren.«

Abdullah sagt: »In diesem Fall im wahrsten Sinne des Wortes.«

Meine Tasse rattert ganz von selbst über den Tisch wie das Glas beim Gläserrücken.

Ich zitiere die Geschichte des Tunnels aus meinen frühen, enthusiastischen Einwandererstudien, die durch meinen Ad-hoc-Aufbaustudienabschluß in Lokalpolitik ergänzt und erweitert wurden. Am Ende des neunzehnten Jahrhunderts von britischen Archäologen entdeckt, wurde er jahrzehntelang nicht intensiver erforscht als irgendein Labyrinth aus Räumen in einem Wirtshauskeller. Aber als Israel 1967 die Altstadt eroberte, begann eine neue Ära. Bohrproben bestätigten, daß der knapp einen Kilometer lange »Tunnel« in Wirklichkeit eine römische Straße war, die man im Mittelalter überbaut hatte – ganz ähnlich dem Cardo, in dem Twersky sein Geschäft hat. Im Gegensatz aber zum Cardo blieb dieser Tunnel unter der Erde verborgen, weil er unter dem Moslemischen Viertel lag – bis 1988 die Regierung beschloß, zum Wohle der Touristen einen zusätzlichen Zugang zu öffnen. Da das während der Intifada stattfand, wurde die Grabung als Besetzung arabischen Territoriums diffamiert. »Archäologischer Imperialismus« wurde sie genannt, und der neue Zugang blieb verschlossen.

Und so blieb die Situation bis vor wenigen Jahren, als weitere Untersuchungen ergaben, daß sich ein Arm des Tunnels bis unter den Tempelberg erstrecken könnte. Darauf wurde der Tunnel – inzwischen war es »der« Tunnel – zum Gegenstand einer über alle Maßen rasenden Bestürzung. Orthodoxe Juden fürchteten, jemand könnte unbefugterweise auf die verbotene Stätte vordringen, die man als das Allerheiligste bezeichnet. Sie verlangten, daß jeder Zugang dorthin dichtgemacht würde.

Das war das erste Mal, daß Gabriel ben Levi ins öffentliche Blickfeld rückte. Er war aufgrund des wachsenden Ansehens seines Vaters und weil das Land von seiner eigenen Historie dermaßen fasziniert war, schon früher Gegenstand einiger Kurzporträts in den Wochenzeitschriften gewesen, aber hier lag die Sache anders.

Plötzlich hatte der zurückhaltende Erforscher antiker Kulturen Bedeutung für die überhitzte Welt aktueller Probleme. Trotzdem, niemand konnte erwarten, daß seine Erklärung mehr Beachtung finden würde als die der üblichen mit Mißtrauen beäugten Personen, die weiter über jedes beliebige Tagesthema schwafelten. Gabriel wurde vom nationalen Rundfunk auf einem improvisierten Podest seitlich des großen Platzes neben der Mauer interviewt, wo der Tunnel begann. Ich erinnere mich sehr gut an das, was er sagte. Der Schmerz in seiner Stimme war deutlich zu hören. Er war elektrisierend. »Wir schauen auf die Vergangenheit«, erklärte Gabriel, »um der Zukunft willen. Wir glauben, daß die Erkenntnisse, die wir möglicherweise sammeln, den Menschen helfen werden, aber wenn man der Ansicht ist, daß derartige Erkenntnisse im Augenblick zu schwierig sind, so sei es drum. Der Tunnel hat zweitausend Jahre gewartet; er kann noch einmal zweitausend Jahre warten.«

»Er kann warten« wurde ein Schlagwort, das Jahre später wieder aufgegriffen wurde, als Gabriels Vater sich der Wiederwahl stellte. »Wir können warten!«-Schilder folgten Simon durchs ganze Land und fügten ihm einen Schmerz zu, den er seinem Sohn niemals öffentlich anlastete.

Diese Worte zitierend, sagt Abdullah jetzt: »Ich vermute, jemand kann nicht warten.«

Seit er für die breite Bevölkerung geschlossen wurde, ist der Tunnel zur heißesten Attraktion der Stadt geworden. Nur VIPs – Politiker und reiche Sponsoren der UJA – erhalten Zugang. Was nicht überrascht: Die Leute verspüren einen Schauer des Besonderen, weil es was Besonderes ist. Nach 67 waren Fahrten auf die Golanhöhen der allergrößte Statusbeweis, und heute ist es der Tunnel. Am Eingang hätte man ein Seil aus rotem Samt anbringen sollen.

Der Gedanke, es könnte geheime Grabungen geben, erschien mir lächerlich, und ich nahm an, das Beben unter Abdullahs Café käme von einem Nachbarn, der trotz Denkmalschutzgesetzen seinen Keller vergrößerte. Außerdem: Bevor sie nicht wieder in die Zeitungen kam, ging mich die Sache nichts an.

Und was ging mich etwas an?

Abdullah und Twersky hatten ihr Gespräch wiederaufgenommen, diesmal aber einvernehmlich, um eine Demonstration gegen eine amerikanische Sportbekleidungskette zu planen, die einen Laden in der Altstadt eröffnen wollte. Im übrigen Raum hatte sich das allgemeine Gemurmel erhoben, während Hannah die Tische bediente, doch von Zeit zu Zeit kehrten ihr Vater und sein Freund zu dem schwer definierbaren Thema »Zusammenkünfte« zurück.

Wieder zu Hause. Zusammenkünfte über dieses, über jenes, öffentliche oder geheime Zusammenkünfte, Jerusalem besteht aus nichts als Zusammenkünften, Zusammenkünften von Israel Ha G'dola oder dem Jemeniten oder der Hadassa. Eine Zusammenkunft, um über die Bedeutung des Mordversuchs nachzudenken.

Ihre Worte sickerten langsam durch meine Gedanken. »Was ist das? Eine Zusammenkunft über mich?«

»Man ist an Ihnen interessiert, Nathan.«

Ich verkniff es mir zu sagen: Ja, ich hab's bemerkt.

7

Viele von den Janitscharen-Elitesoldaten des Osmanischen Reiches waren Eunuchen.
»Kein Wunder, daß sie so gute Soldaten waren. Ich würde auch töten, wenn man mir die Eier abhackte.«
Anfang des zwanzigsten Jahrhunderts trugen zionistische Anhänger von Wladimir Jabotinsky Braunhemden.
»Ein bestimmter Fesch ist nie unmodern.«
»Sie meinen, bestimmte Faschisten sind nie unmodern.«
Tolstoi machte es viel Vergnügen, auf die Felder zu gehen und den Bauern bei der Ernte zu helfen.
»Jaja, bloß waren seine Arbeitsklamotten aus Seide, und wenn er mit der Arbeit fertig war, ging er nach Hause in eine Villa von der Größe eines Hilton-Hotels.«
»Wollen Sie damit sagen, Tolstoi war ein Heuchler?«
»Ich sage nur, er war ein Mensch.«
Backgammonstrategien.
Die Geschichte der Würfel.
Die Befruchtung der Kaffeepflanzen findet in der Trockenzeit statt.
Purpur wurde die Herrscherfarbe in Karthago, weil sie aus den zerstampften Schalen von Abalonen hergestellt wurde, die sich nur die königliche Staatskasse leisten konnte.
Die Erfindung der modernen Währung war eine ebenso große

Leistung philosophischer Abstraktion wie die Erkenntnis Gottes. Unterhaltung ist hier der Motor, Kaffee der Treibstoff Der Cafébesitzer, der Münzenhändler und ich schweifen von einem Thema zum nächsten, bis Hannah uns unterbricht, nachdem fast alle Gäste gegangen sind. »Ich bin müde.«

»Geh schlafen«, sagt Abdullah. »Ich mache zu.« Wir drei haben kein Bedürfnis nach Schlaf.

Edward Saids hinterlistiger Plan für einen gemeinsamen jüdisch-palästinensischen Staat unter einer Flagge, eine harmonische, demokratische Republik, in der jeder Bürger eine Stimme hat.

»Ja, und wenn's eine Stimme mehr von euch als von uns gibt, haben wir einen Ajatollah in der Knesset.«

»Ihr habt doch schon einen Ajatollah in der Knesset. Der einzige Unterschied ist, daß der einen wunderbaren Redenschreiber hat.« Abdullah boxt mich ausgelassen gegen die Schulter.

»Kein Grund, meine Gefühle zu schonen.«

»He, ich meine es ehrlich. Ohne Ihre Worte wäre ben Levi ein Nichts.«

»Bitte, schonen Sie meine Gefühle.«

Wir lachen.

Gelangweilt rütteln die Soldaten einen Hippie wach, finden Marihuana in seinem Rucksack und zucken die Achseln. Sie sind Soldaten, keine Polizisten.

Im Armenischen Viertel macht ein neues Sushi-Restaurant auf.

Ein Bettler kommt herein. Ich rieche seinen Gestank, höre die Münzen in seinem Becher. Twersky spendet einen glänzenden neuen Schekel, Abdullah schenkt ihm ein übriggebliebenes Küchelchen, und ich krame unter der zusammengefalteten Botschaft in meiner Brusttasche nach etwas Kleingeld. Könnte dies der Vater von einem der beiden Straßenjungen sein, denen ich vorhin Geld gab?

Ich erwähne das wohl, weil wir irgendwie auf Genetik zu sprechen gekommen sind. Sind die Kinder von Bettlern dazu verdammt, Bettler zu werden, die Kinder von Königen dazu bestimmt, Könige zu werden? Ja, die Kinder führender Politiker werden oft selbst führende Politiker, aber die Qualitäten der Führerschaft vererben sich nicht immer mit der Position.

»Die Sumerer hatten die richtige Idee«, sagt Twersky.

»Inwiefern?«

»Könige müssen vergöttert und dann getötet werden. Sie wissen das, wenn sie die Königswürde übernehmen. Sie ist ihre Funktion und ihr Wert. Das Volk gehorcht ihnen, und später frißt es ihre Herzen.«

Dieses letzte Wort ist es, wörtlich gemeint, subjektiv aufgefaßt, inklusive des sentimentalen Drumherums des amerikanischen Valentinstages, was mich veranlaßt, an Gabriel zu denken.

Viele der optischen Eindrücke aus meiner Vergangenheit haben sich in so weite Ferne zurückgezogen, daß ich mich nicht mehr an sie erinnern kann, und manchmal, noch erschreckender, kann ich mich nicht erinnern, überhaupt optische Eindrücke gehabt zu haben. Die Zwiebelkuppel des Kremls zum Beispiel ist für mich realer aufgrund des Wurzelgemüses, das ich in den Händen halten, mit einem Messer zerschneiden, riechen und mit Tränen befeuchten kann, wenn es scharf ist, als aufgrund seines hochragenden Anblicks über der Stadt meiner Jugend. Zu anderen Zeiten wiederum fallen mir ganz bestimmte Bilder wieder ein. Ungebeten und durch die Wirklichkeit unverzerrt, nähern sie sich einem platonischen Ideal. Gabriel.

Was meinte er damit, als er erklärte, Rubinstein habe es eigentlich auf ihn abgesehen gehabt? Und wenn der in einen erfolgreichen Märtyrer verwandelte gescheiterte Möchtegernmörder mit Großisrael Verbindung hatte, heißt das, daß die Gruppe Gabriels

Tod wollte, vielleicht aufgrund irgendeiner archäologischen Entdeckung, die ihren Traum von einem Dritten Tempel bedroht? War Rubinsteins Schuß der erste in der letzten Schlacht zwischen den Weltlichen und den Religiösen? Das würde Simon sicherlich zum Ausflippen bringen, da er sich auf ein hauchzartes Bündnis mit ihnen verläßt, das ihm seine parlamentarische Mehrheit sichert.

Gabriel. Was hat er vor?

Tatsächlich hat ja jede bemerkenswerte archäologische Entdekkung das Potential, den Jemeniten und seine in Kaftanen steckenden Anhänger genauso heftig in Aufregung zu versetzen wie Israel Ha G'dola, und das könnte der Grund dafür sein, warum Gabriel Schutz bei Gita Mamoun sucht.

Gabriel. Mir fällt ein Foto ein, das in einer der Wochenzeitschriften von Tel Aviv erschienen sein muß, als er, einige Wochen bevor ich zum Militär kam, die sogenannte neue Höhle in Qumran gefunden hatte. Die neun zerfallenden Pergamentrollen, die ganz und gar nicht im Einklang zu den ursprünglichen Rollen vom Toten Meer standen, schienen darauf hinzudeuten, daß die Essener, die dort gelebt hatten, im Begriff waren, ein Archiv häretischer Texte ihrer Zeit zusammenzutragen. Die Vorstellung, daß diese vorchristliche Sekte das Selbstbewußtsein besessen hatte, eine Bibliothek des Verbotenen anzulegen, stieß das Bild von ihnen als naiven Gläubigen um, die sich nur um ihre eigene Idee des Heiligen Gedanken machten. Gabriel war auf dem Foto in romantischem Archäologenchic zu sehen, in pluderigen Hosen, einem kurzärmeligen Khakihemd, das seine Muskeln vorteilhaft zur Geltung brachte, und, tief um die Hüfte geschlungen, einem geflochtenen Gürtel mit kleinen Pickeln und Äxten, die daraus hervorlugten wie der Colt bei einem Wild-West-Marshal. Er stand da, den dunklen Eingang der Höhle neben sich, das Grünblau des

Toten Meers im Rücken, inmitten der literarischen Nekropole, mit lebendigem Blut, das ihm durch die Adern pulste. Und jetzt fürchte ich um Gabriels Herz, dieses mystische Organ, diese physische Pumpe, die ihm erlaubt, zu atmen und in die Welt meiner Sinne durch Erinnerungen an sein Gesicht und den aktuelleren Geruch von Sand einzutreten.

Gabriel.

Ich denke darüber noch immer nach, als die Morgendämmerung durch verrottete Teile von Abdullahs Wellblechvordach dringt und es für uns Zeit geworden ist, für heute Schluß zu machen.

Twersky und ich gehen die enge Gasse hinunter, die wir beide kennen wie unsere eigenen Hände. Da er mich um irgendwelche unerwarteten Hindernisse herumführt, Hundehaufen oder einen in die Höhe ragenden Pflasterstein, lasse ich Goldie vorneweg laufen. Dem Weg des unsichtbaren Tunnels folgend – es befriedigt mich zu wissen, daß er für alle unsichtbar ist –, gehen wir unter dem Wilson- und dem Robinsonbogen hindurch, die aus ihren unterirdischen Gewölben ragen und die düsteren Gebäude stützen, die an die unausgegrabenen Teile der Westmauer stoßen, bis wir die Grenze zwischen dem Muslimischen und dem Jüdischen Viertel überqueren. Südwestlich liegt der Cardo mit Twerskys Laden, nordöstlich der weite Platz, der aus dem ehemaligen arabischen Slum herausgebaggert wurde, um Pilgern den Zugang zur Klagemauer zu ermöglichen. Twersky nimmt an, daß ich in Richtung Westen will, um die Stadt durchs Jaffator zu verlassen, und biegt an der Ecke eines noch immer mit Rolläden verschlossenen Keramik- und Gewürzgeschäfts, dessen Besitzer gerade aufmacht, automatisch nach rechts ab, aber ich habe plötzlich den Wunsch, innerhalb der Mauern der Altstadt noch mal haltzumachen.

Twersky, der einen Schritt zugelegt hat, bemerkt, daß ich nicht mehr neben ihm bin. »Nathan?«

»Goldie und ich schaffen's von hier an.«

Er hütet sich, mich zu fragen, ob ich seine Hilfe brauche, und legt mir seine Hand auf die Schulter. »Schalom, mein Freund.«

Es sind einfache Worte, aber sie haben ihren Widerhall. Man erinnert sich an den Abschied des amerikanischen Präsidenten von Jitzak Rabin. Ich nicke und wiederhole: »Schalom.«

Goldie und ich wandern durch die erwachenden Straßen, aber bevor wir die Mauer erreichen, hören wir beide den Ruf des Muezzins. Von der Spitze des Al-Aksa-Minaretts ruft er die Gläubigen zum Gebet. Ich überlege, ob Abdullah es auch hören kann und ob er, während er vergossenen Kaffee und Kuchenkrümel von seinem Fußboden wischt, innehält und sich in Richtung Mekka auf den Boden wirft.

Ich werde von mehreren Kindern auf ihrem Weg zur Schule angerempelt und überprüfe unwillkürlich meine Taschen, die unberührt sind.

Ein Maultier mit rasselnden Blechtöpfen auf dem Rücken i-aht aus einer angrenzenden Gasse.

Wie ein Vogelschwarm, der aus einem Nest auffliegt, tauchen drei oder vier chassidische, jiddisch plappernde kleine Mädchen aus einem Hof auf. Ihre Unterhaltung verstummt für einen Moment, als sie mich sehen.

Ein Posten, der trägen Dienst am Eingang zum Platz schiebt, hustet, als Goldie und ich durch den Metalldetektor gehen, kontrolliert mich aber nicht. Anmerkung für potentielle Terroristen: Besorgt euch einen Hund.

Augenblicklich spüre ich die riesige Weite des Platzes, als meine Schritte kein Echo mehr haben. Eine Flucht ausgetretener Steinstufen hinunter, und die Mauer liegt über die Länge mehrerer Fußballfelder entfernt vor mir. Der Legende nach wurden ihre gewaltigen Sockelsteine von Adam, Noah, Abraham, Isaak, Jakob,

Joseph und Moses an ihren Platz gelegt. Laß dich nicht dadurch stören, daß Moses auf dem Sinai starb und das Gelobte Land nie betreten hat und daß die Legende in direktem Widerspruch zur Bibel steht. Stell dir den ersten Menschen vor – erst kürzlich vom Affen aufgestiegen und jüngst des Gartens Eden verwiesen –, wie er einen Zehn-Tonnen-Stein zu einem Bauplatz mitten im Nichts schleppt, sicher in seinem Wissen, daß zwölf biblische Generationen später ein anderer Mann, der erst kürzlich vom Ararat herabgestiegen ist, den Weg zum selben Hügel findet und das gleiche tun wird, usw., usf., bis sich das Bauwerk, das in Wirklichkeit und nicht weniger prächtig von Salomo errichtet wurde, erhob. Die Mauer ist eine Sehenswürdigkeit, die letzte und ultimative physische Repräsentation des Heiligen Landes.
Sogar ich habe einst meine Lippen auf ihre glatten Konturen gedrückt. Einige Tage nach der Landung aus Wien, rätselhaft wie Steine mitten in der Wüste abgesetzt, wurden Mutter und ich zusammen mit dem Rest des Transports dieser Woche vom Einwanderungsministerium in Bussen von unserer vorübergehenden Wohnung in einem umgebauten Hotel zu dieser Stelle gefahren, um unser neues Leben entsprechend zu erfassen und zu würdigen. Wir hatten schon mit Ulpan-Kursen angefangen, verstanden aber immer noch kein einziges Wort um uns herum. Das machte nichts. Die Mauer – mit ihrem Alter, ihrer Festigkeit, ihrem schieren, mächtigen Tiefsinn – reichte aus. Wenn man vor ihr steht, teilt sie einem alles mit, was man über menschliche Schwäche und Glaubenskraft überhaupt nur wissen muß.
In diesem einen Augenblick glaubte sogar ich. Wir alle glaubten. Wie Zombies stolperten wir vorwärts und teilten uns am Eingang automatisch in Männer und Frauen wie zwei Arme eines Flusses. Die Frauen kamen etwas schneller zu ihrem Ziel voran, während wir Männer uns umständlich schwarze Pappjarmulkes

aufsetzten, die wir aus einem Behältnis fischten, ehe wir weitergingen.
Merkwürdigerweise wurde die massive Wucht der Mauer durch Hunderte, Tausende von Papierfetzen und Zetteln noch erhöht, die, weiß, gelegentlich aber auch farbig, in die Fugen gequetscht waren. Manche waren sorgfältig zusammengefaltet und ragten wie kleine Origamikunstwerke aus der Mauer heraus, andere wieder waren zu Bällchen zusammengeknautscht und auf kleine Vorsprünge gelegt worden, wo der Mörtel zwischen Steinen weggebröckelt war. Einige hatte man anscheinend mit Kaugummi an die Fläche geklebt. Unser Führer erklärte uns, dies seien Briefe an Gott, daß wir aber göttliche Fürsprache nicht nötig hätten, weil unsere Gebete bereits erhört worden seien. Dann leitete er uns dazu an, eine unverständliche Silbe nach der anderen das wichtigste Gebet des Judentums aufzusagen, das Schma. Dann küßten wir die Mauer. Es war mein erster Kuß.
Jahre zuvor hatte ich das erste erregende Verlangen nach Männlichkeit verspürt, als ich in einem Café am Moskauer Arbat einen berühmten Dichter lesen sah, aber es dauerte noch Jahre, bis ich mir über meine Sexualität im klaren war, und dieser unerwiderte jugendliche Schmatz auf die Mauer brachte eine unschöne Schamröte auf meine Wangen. Ich blickte mich um, um sicherzugehen, daß es niemand bemerkt hatte. Ein Jeschiwaschüler in der Nähe zog meine Aufmerksamkeit auf sich. Schwarz gekleidet und mit einem breitkrempigen Hut auf dem Kopf, hatte er lange Schläfenlocken und einen dünnen Vollbart, der von seiner Brust wegwehte, während er wie ein Rabbiner auf einer Spielplatzschaukel vor- und zurückwippte. Die Inbrunst seiner Andacht schüttelte seinen Körper so heftig, daß sein Kopf bei jeder Betonung im Gebet fast gegen die Mauer schlug.
Tatsächlich könnten derselbe junge Mann oder seine Söhne jetzt

hiersein, während ich mir den Weg durch die Scharen der frühmorgendlichen Beter bahne. Sie verrichten Schacharit, die erste der drei täglichen Andachten. Diesmal aber ist mein Sehvermögen anders. Ich kann nicht mehr als einen impressionistischen Krähenschwarm erkennen, der mich auf allen Seiten umkrächzt. Diesmal neige ich den Kopf nach hinten und kann das obere Ende der Mauer nicht sehen. Ich kann aber die Hände ausstrecken und mehrere der in die Ritzen geschobenen Zettel berühren. Was würde ich mir wünschen? Klarsicht? Voraussicht? Einsicht? Klingt wie der Ansatz zu einer Rede. Friede auf Erden, Wohlwollen für alle Menschen. Nein, meine Wünsche sind zwar genauso unmöglich zu erreichen, aber sie sind begrenzter. Gabriel.

Ich presse die Handflächen gegen den kühlen Stein – er wird sich erwärmen, wenn die Sonne über den Himmel zieht – und denke: Hilf mir, wenn du kannst; aber ich schreibe kein Zettelchen, weil ich nicht weiß, ob Gott Braille lesen kann. Diesmal gibt es Zweifel und vielleicht auch Geringschätzung.

Eine Touristengruppe, die es äußerst eilig hat, trifft ein. Es sind Christen: Ich bemerke es, weil der Fremdenführer die Geschichte von Jesus und den Geldwechslern erzählt. Außerdem sind sie Amerikaner: Ich bemerke es, weil der Führer einen faulen Witz über einen Freund erzählt, den er bei der Manhattan Chase hat. Außerdem neigen jüdische Gruppen zum Verweilen, wogegen diese Leute offenbar gleich woandershin müssen. Dies hier ist eine Station für sie, kein Ziel. Trotzdem setzen sich diese amerikanischen Gojim die gleiche – vielleicht sogar dieselbe – schwarze Pappjarmulke auf wie ich und versuchen, vor der Mauer eine entsprechend respektvolle Haltung einzunehmen, wo sie ihre eigenen Zettelchen als Sonderpost an einen ökumenischen Gott kritzeln. Heute wird es ein langer Tag für sie werden, und ihr Führer macht sich schon bereit, sie zum Siloam-Teich und zum Garten

Gethsemane und von dort zu einem bestimmten Souvenirladen zu lotsen. »Der beste von Jerusalem«, wird er behaupten, und der Besitzer wird ihm einen kleinen Anteil der Einnahmen von ihren Einkäufen zahlen.

Ich höre das Klicken einiger Dutzend Kameras, aber ein Klicken zielt in meine Richtung. Zuerst finde ich nichts daran. Die Touristen machen auch Fotos von den Rabbinern, und ein Blinder mit einem Hund vor der Mauer ist natürlich ein Motiv, das es wert ist, der Familie in Des Moines mitgebracht zu werden. Aber Goldie knurrt. Sie spürt etwas, das ich nicht wahrnehme, und so gehe ich auf den Urheber zu. Was soll ich machen? Das Negativ verlangen? Der Fotograf zieht sich zurück und verschwindet, während die Gruppe der Amerikaner noch immer die Juden angafft. Soldaten halten Wache, aber sie können mir nicht helfen, wenn Gott es nicht kann. Es ist Zeit zu gehen.

Nachdem ich mir am Dungtor wieder ein Taxi geschnappt habe, das diesmal von einem echten Jemeniten gefahren wird, der das kulturelle Selbstvertrauen hat, sich jemenitische Musik zu verkneifen – oder russische Balalaikas, wenn wir schon mal dabei sind –, komme ich das zweite Mal innerhalb von zehn Stunden in der Rehov Rambam an.

Unser Haus ist ein vierstöckiger Putzbau mit vier Wohnungen auf jeder Etage, die allesamt über ein zentrales Treppenhaus mit Terrazzostufen ohne die senkrechten Zwischenstücke erreichbar sind. Es stehen Fahrräder und Mülltonnen auf jedem Treppenabsatz, außerdem gibt es dort jeweils einen Lichtschalter mit Zeituhr, aber ich mache mir nicht die Mühe, sie zu benutzen. Doch das Licht brennt; das elektrische Brummen bedeutet, daß in den letzten fünf Minuten jemand die Treppe benutzt hat.

Aaron Litwak ist vielleicht zeitig zur Arbeit gegangen.

Ich fange an hinaufzusteigen und höre den Fernseher von Avram Tucker in 2A und das Ehepaar Paltiel, das sich hinter der Tür von 2C streitet. Mutter und ich wohnen in 3A. Der Schlüssel paßt mühelos ins Schloß, und die Tür schwingt weit durch die Hälfte des Raumes, auf dem uns unterzubringen das Einwanderungsministerium für angemessen hielt. Inzwischen könnte ich ja einige Hebel in Bewegung setzen und eine bessere Wohnung bekommen, die größer und näher zum Stadtzentrum wäre, aber Mutter fühlt sich hier wohl, und mir macht es nichts aus, daran erinnert zu werden, woher ich komme und was ich erreicht habe. Ein bißchen Leiden tut der Seele wohl.

Wir haben ein Wohnzimmer, und von ihm gehen ein Schlafzimmer, ein Bad, eine Küche und eine verglaste Veranda ab, die mir als Wohnraum dient. Jalousien zwischen dem Wohnzimmer und der Veranda sorgen für Ungestörtheit. Das Wohnzimmer enthält zwei Sessel, einen niedrigen Couchtisch, einen Fernseher und eine moderne dänische Couch mit einem glatten geometrischen Holzrahmen sowie drei einstmals orangefarbenen Polstern, die dreckig und schweißfleckig waren, als ich sie das letzte Mal sah. Sie sind seither nicht gereinigt worden.

In meinem Wintergarten befinden sich ein ungemachtes Bett, ein freistehender Schrank für meine Kleider, ein Schreibtisch und ein Bücherregal, das so verglast ist wie die Veranda selbst. Ansonsten gibt es da noch ungefähr zwei Zentimeter Platz am Fußboden. Ich schleudere meine Schuhe von den Füßen und höre den Anrufbeantworter ab. Ich lausche jeder Menge Gratulanten, dreimal wurde aufgelegt, dann tappe ich in die Küche, um mir was zu essen zu machen. Trotz all der Treffen des vergangenen Tages habe ich seit dem Frühstück im Krankenhaus keinen Bissen mehr zwischen die Zähne gekriegt, und mein Magen knurrt.

In der Küche sitzt jemand. In der Luft hängen Spuren mensch-

licher Ausdünstungen; Geräusche werden durch anderweitige Gegenwart gedämpft.
Jemand sitzt auf dem Stuhl auf der anderen Seite des schachbrettgroßen Tisches. Jemand, der weiß, daß ich blind bin, weil er erstarrt, als ich hereinkomme.
Wie definiert man Angst?
Die Hälfte meiner Reden sind dazu da, der Todesangst Nahrung zu geben, daß du, Herr und Frau israelische/r StaatsbürgerIn, jeden Moment von fanatischen palästinensischen Terroristen in einem Bus in die Luft gejagt oder in deinem Bett gemeuchelt werden kannst. Die zweite Hälfte wird geschrieben, um dir die Sicherheit zu geben, daß du, wenn Simon gewählt wird, gegen diese Bedrohungen gefeit bist. Da die meisten Wähler zwischen einer Wahl und der nächsten tatsächlich nicht von palästinensischen Terroristen umgebracht werden, wird Simons Vorhandensein für wirkungsvoll erklärt. Er ist ein menschliches Kondom, aber wenn er kaputtgeht – kriegst du eins reingewürgt. Wähle Weiner aus dem Grab heraus.
Zum Glück merkt der Jemand in meiner Küche nicht, daß ich eine Sekunde zögere, ehe ich zum Kühlschrank weitergehe. Ganz gleich, was sonst geschehen wird, ich kann genausogut erst mal essen.
Ich öffne den Kühlschrank, um seine freundlichen leisen Klicks und Zischer zu hören, und nehme einen Karton Eier von seinem üblichen Platz unter dem Fach mit dem Käse. Ich klappe den Deckel auf und überlege, ob ich nicht das restliche halbe Dutzend Eier nach der Gestalt in der Ecke schleudern und flüchten soll, aber ich bin zu hungrig und auch zu neugierig. Ich stelle die Eier auf die kleine Arbeitsfläche zwischen Kühlschrank und Herd und taste an der Rückseite der Arbeitsfläche nach dem Drahtkorb mit den Kartoffeln und Zwiebeln. Ich beginne vor mich hin zu sum-

men, nur für den Fall, daß mein Besucher husten muß. Ich weiß, daß er weiß, daß ich hier bin, aber ich hätte es lieber, wenn er nicht wüßte, daß ich weiß, daß er hier ist. Ich nutze jeden möglichen Vorteil aus. Ich greife nach einer Gußeisenpfanne, die über dem Herd an einem Haken hängt.

Einen Moment lang wiege ich die Pfanne in der Hand und fühle, wie sich auf der anderen Seite des Raumes Muskeln spannen. Es ist jemand, der glaubt, er – oder ist es eine Sie; es hängt ein Geruch in der Luft, der nicht unbedingt männlich ist – wird mit einer fliegenden Bratpfanne fertig.

Ich stelle die Pfanne ab und greife nach einem Messer, nur um meinen unsichtbaren Beobachter zu quälen. Es ist ein scharfgeschliffenes Werkzeug mit dickem Griff und schmaler Klinge, aber ich könnte damit nicht zielen, selbst wenn ich's versuchte. Ich beginne Zwiebeln auf einem Holzbrett zu schneiden, schiebe sie mit der flachen Seite des Messers in die Pfanne und gieße einen kräftigen Schuß Öl darauf. Einer plötzlichen Eingebung folgend, stelle ich mich zwischen meinen Beobachter und den Herd und gieße so viel Öl in die Pfanne, bis sie fast voll ist. Mit einem Sicherheitshölzchen streiche ich über die Seite der Schachtel, die neben dem Herd steht, und habe einen Moment lang meine Freude daran, wie unbehaglich sich mein Gefährte in dem Licht fühlt. Dann halte ich das Streichholz an den Brenner, bis unter der Pfanne Flammen herausschlagen und die Zwiebeln zu brutzeln beginnen.

Darauf bedacht, die Beine nur so weit auszustrecken, daß ich nicht gegen meinen Gast stoße, ziehe ich den zweiten Stuhl ein Stück vom Tisch weg und setze mich. Ich versuche ihn anzustarren und mir vorzustellen, wie er aussieht und ob er wohl eine Waffe bei sich hat.

Glücklicherweise rieche ich nicht die metallischen Ausdünstungen einer Pistole. Unglücklicherweise wäre ich außerstande, ein Messer zu riechen oder einen Knüppel oder alle Arten anderer, exotischerer Waffen, sagen wir, eine Garrotte oder ein Blasrohr mit einem Tröpfchen Curare auf einer Pfeilspitze. Zum erstenmal seit Tel Aviv habe ich echte Angst. Ich habe so viel Zeit mit Nachdenken zugebracht, *was* passieren könnte, daß ich die Auswirkungen gar nicht in Betracht gezogen habe.

Am Straßenrand höre ich ein Auto im Leerlauf und erinnere mich, daß dort ein Auto im Leerlauf stand, als mein russischer Taxifahrer vor Stunden das erste Mal vor der Rehov Rambam 48 hielt. Jemand hat auf mich gewartet, und er hat unten vor dem Haus einen Freund. Vielleicht ist es ein Freund, der auf dem Platz vor der Klagemauer ein Foto von mir geschossen hat, um davon Abzüge zu machen und sie an andere Freunde zu verteilen, damit sie mich leichter erkennen. Wir reden hier von mindestens zwei gegen einen, und der eine ist es nicht gewohnt, mit irgendwelchen Waffen außer einem wohlgezielten Satz umzugehen. Irgendein bedeutender Schriftsteller hat mal so was Ähnliches gesagt. Wer? Turgenjew? Babel? Leskow?

Wie ein Wilder verknüpfe ich einen Gedanken mit dem nächsten und stelle mir vor, man würde mir eine Decke über den Kopf werfen. So überflüssig das vielleicht auch wäre, es ist die Art, wie solche Leute vorgehen, stimmt's? Als nächstes würde ich in den Kofferraum des Wagens vor dem Haus gestoßen und über die Grenze zurück in den Libanon gefahren werden. Der Folter habe ich standgehalten, aber den Gedanken an Gefangenschaft kann ich nicht ertragen. Wieso komme ich auf den Gedanken, daß unser Ziel der Libanon ist? Irgend etwas an dem Geruch meines Besuchers ist mir fast vertraut. Er ist organisch, aber nicht pflanzlich; er ist … schlammig. Ich frage mich, ob Tapsen auf dem Fußboden sind.

Ich stehe auf, strecke mich herausfordernd und schalte das Radio auf dem Küchentresen an für den Fall, daß mein Kumpan einen Sender bei sich trägt. Das Radio ist auf den Klassiksender eingestellt, und der Ansager teilt mit: »Und nun zur Symphonie Nummer vier in d-Moll von Lyons.« Ich hätte sie nicht erkannt. Trotz der Schärfung meiner Sinne war ich auf Musik nie sehr eingestellt. Ich kenne die Musik der Sprache so gut wie sonst was auf Erden – Zäsuren und Hebungen, Wiederholungen und Variationen über ein Thema, die unterschwelligen Gefühlswirkungen von Zisch- und Kehllauten –, aber nicht die eigentliche Instrumentalmusik, die in Konzertsälen gespielt wird. Ich mag Musik, aber als Hintergrund. Jetzt höre ich genau hin.

Die Streicher beginnen langsam, aber nach und nach treten die Holzbläser hinzu, und dann übernimmt das Blech das Kommando.

Wir sitzen beieinander wie zwei Musikbegeisterte, die den Bann des Orchesters nicht zu brechen wagen. Aber dem ersten Geiger der Israelischen Philharmonie macht es nichts aus, beobachtet zu werden. Es ist sein Job und ihm ein Vergnügen; er ist ein Exhibitionist, und im Publikum sitzen nichts als Voyeure. Beide sind sie hingerissen, aber ich, ich bin kein Bühnenkünstler. Ich lebe hinter den Kulissen, und jetzt stehe ich auf der großen Bühne, warte darauf, daß der Vorhang aufgeht, und starre stur geradeaus; jeden Augenblick werde ich losschreien. Und dann klingelt das Telefon, gerade als die Kesselpauken zu donnern anfangen.

Ich springe fast von meinem Stuhl hoch.

Das Telefon hängt an der Wand, gleich neben dem Menschen mir gegenüber. Als ich den Hörer abhebe, schaukelt die Schnur hin und her und kitzelt ihn möglicherweise am Ohr. »Hallo.« Mein Mund ist trocken, meine Stimme heiser.

»Ich habe Ihnen gesagt, Sie brauchen Ruhe!« Die Stimme ist wütend, aber nicht so wütend, wie ich es über diese Unterbrechung bin.

»Wer ist da?« Ich bin nicht mal sicher, ob ich das ins Telefon oder zu demjenigen sage, der nur Zentimeter von mir entfernt ist. Was wäre, wenn ich ihm den harten Plastikhörer auf den Kopf haute?

»Ich dachte, Sie mit Ihren übernatürlichen Fähigkeiten könnten jeden erkennen. Oder haben Sie den Duft eines Omeletts nötig?« Das erinnert mich an etwas, aber ich komme nicht gleich darauf. Dann erkenne ich die Stimme und schnappe vor Erleichterung nach Luft. »Dr. Iwan.«

»Ich heiße Dmitri, macht aber nichts.«

»Ja«, seufze ich und überlege gerade, ob ich laut »Hilfe!« schreien soll, als ich eine ganz leichte Spannung an der Telefonschnur spüre. Mein Besucher ist bereit, sie aus der Wand zu reißen. Ich lasse mich wieder auf den Stuhl sinken, als wenn dies eine ganz normale Unterhaltung wäre, und fange an zu plaudern. »Ich hatte vor, gleich nach Hause zu fahren, mußte aber einige Besorgungen erledigen.«

»Wie bitte?«

»Besorgungen.«

»Ich kann Sie nicht hören.«

Ist das eine Komödie? Ich drehe das Radio leiser und wiederhole: »Besorgungen.«

»Und was ist wichtiger als Ihre Gesundheit?« Er könnte ebensogut meine Mutter sein, die sicherlich auf der anderen Seite der Wand schläft. Oder ist sie gefesselt oder bewußtlos geschlagen oder tot, mit einem Kissen auf den zusammengekniffenen Lippen? Mein Gott, ich habe nicht mal an sie gedacht, aber jetzt geht's nicht, die Situation ist zu angespannt. Was ist wichtiger als meine Gesundheit?

»Oh … Einkaufen gehen.« Sofort bedauere ich diese Lüge, weil ich keine Einkaufstüten bei mir hatte, und das letzte, was ich möchte, ist, meinem Besucher zu verstehen zu geben, daß es mir bewußt ist. Ich improvisiere rasch, ziemlich idiotisch: »Ich habe ein Paar neue Schuhe an. Das sollte doch gut für meine Gesundheit sein.« Dann wird mir klar, daß Iwan um sechs Uhr morgens normalerweise keine Kontrollanrufe bei Patienten macht. »Und Sie? Haben Sie schon mal anzurufen versucht?«

»Ja, aber ich habe keine Nachricht hinterlassen.«

Das erklärt das Auflegen auf dem Anrufbeantworter. »Oh.«

»Sie klingen angespannt.«

Auch er hat wache Sinne.

»Es war ein langer Tag.«

»Ja?«

»Spielen Sie nicht den Psychologen.«

Ich will ihn nicht abwürgen, aber ich fühle, daß mein Gast sich erhebt. Er geht langsam, vorsichtig hin und her und streckt sich mit der Arroganz des Sehenden im Haus des Blinden. Nur das Brutzeln der Zwiebeln ist zu hören.

»Es gab da etwas, das ich Ihnen erzählen wollte.«

»Oh?« Ich würde Iwan gern fragen, was so wichtig sein könnte, aber ich möchte nicht, daß mein Gast merkt, daß es etwas geben könnte, was so wichtig wie sein Besuch ist.

Mein Besucher nimmt wieder auf seinem Stuhl Platz.

»Ja, im Krankenhaus ist etwas passiert, was Sie meiner Meinung nach wissen sollten.«

»Erzählen Sie's mir unbedingt.« Ich versuche vergnügt zu klingen, als würde dieses seichte Gespräch zu meiner normalen Morgenroutine gehören.

»Einige Stunden nachdem Sie gegangen waren, sollte die Schwester das Zimmer für einen neuen Patienten vorbereiten. Auftrag der Geschäftsführung. Betten beziehen und so weiter. Aber …«

»Ja?«
»Das Zimmer war bereits gemacht.«
Worüber reden wir eigentlich? Die Wohnung ist ein Saustall; sie ist immer ein Saustall. Früher hat Mutter als Putzfrau gearbeitet, bis die Brustfellentzündung die Oberhand über ihre Gelenke gewonnen hat. Jetzt bleibt sie zu Hause, spielt Mah-Jongg mit den lustigen Witwen aus dem Haus und hat ihr Vergnügen an dem Saustall; es ist ein Zeichen von Freiheit. Ich sage: »Gute Hilfe ist schwer zu finden.«
»Ihre Vorbereitungen waren völlig professionell: sicherstellen, daß die entsprechenden Medikamente und Apparate verfügbar sind. Das Hauspersonal putzt nachts. Das Zimmer war durchsucht worden.«
Was erzählt er mir da? »Vielleicht bin ich noch mal zurückgekommen, weil ich ein Foto meiner Großmutter auf dem Nachttisch vergessen hatte. Eine Ikone. Ein religiöses Objekt. Ein Subjekt geistiger Andacht.« Ich bin kurz vorm Explodieren.
Iwan ignoriert mich. »Zugegeben, unsere Sicherheitsabteilung ist nicht so gut wie die von der Knesset, aber ohne Erlaubnis kommt eigentlich niemand an der Rezeption vorbei. Aber irgendeiner tat es, und wer immer es auch war, er hatte ein besonderes Interesse an Ihrem Fall. Er hat Ihre Behandlungskarte vom Fußende des Bettes gestohlen.«
»Ist die besonders geheim?«
»Sie enthält Ihre Privatadresse.«
In meinen Ohren klingelt es.
»Ist mit Ihnen alles in Ordnung?« Gott sei Dank, er kann aus meinem Ton ebensogut was raushören wie ein F. M. Zu schade, daß er nicht durch die Leitungen gucken kann.
»Nein.«
»Sind Sie allein?«

»Nein.«
»Können Sie ungehindert sprechen?«
»Nicht richtig.«
Die Verbindung bricht ab.

»Mit wem um Himmels willen redest du?«
Als wäre ein Licht angegangen, erstrahlt der Raum in Talkum und Nachtcreme. Es ist der Geruch einer Frau, die gegen die Attacken des Alters ankämpft, der Geruch einer Frau, die Make-up aufträgt, um zum Lebensmittelhändler zu gehen und mit den ergrauten Witwern zu flirten. Kein anderer Geruch ist wie dieser. Es ist Mutters Geruch.
Bin ich so abgestumpft gegen diesen Geruch, mit dem die ganze Wohnung durchsetzt ist, daß ich ihn nicht mehr wahrnehme? Wenn ich zehn Jahre im Bau eines Stinktiers leben würde, könnte ich dann auch den Gestank nicht mehr wahrnehmen? Hat sie schon die ganze Zeit hier gesessen und die okkulten Kräfte der Weiblichkeit eingesetzt, um ihren Duft zu kaschieren und mich zu quälen?
Die Zwiebeln werden langsam braun, das Öl spritzt.
»Und was kochst du da?« Mutters Stimme kommt von der Tür.
Das Telefon klingelt, Iwan ruft noch mal an.
»Hallo? Hallo?« schreie ich in den Hörer.
»Hallo«, echot eine andere Stimme.
Zum erstenmal seit Ewigkeiten fühle ich mich blind. Stimmen und Düfte prallen um mich herum zusammen, Talkum und Zwiebeln und Schlamm. »Mit wem sprichst du?« fragt Mutter.
»Mit wem sprechen Sie?« echot Iwan.
Die Rolläden müssen heruntergelassen sein, die Küche ist sicher dunkel, und außerdem ist Mutters Sehkraft ohne Brille ebenfalls beeinträchtigt.

»Was ist dort los? Wir wurden unterbr…«, schreit Dr. Iwan. Schlafgerüche, Schweiß, mein eigener und die plötzlichen Ausdünstungen von jemand anderem. Arbeiterschweiß. Bauernschweiß. Zwiebeln gebraten und Zwiebeln roh, direkt aus der Erde. Bis jetzt war er gelassen, aber Geruch ist ein Signal. Er macht sich bereit zu reagieren, und sein Körper teilt mir das mit. Er wartet nur noch auf ein Zeichen.

Das Klicken eines Schalters.

Warum Mutter so besorgt ist, weiß ich nicht. Wir sind es gewohnt, im Dunkeln zu sitzen, aber jetzt brennt Licht, und der Tisch kommt auf mich zugeflogen, und ich liege in einem Durcheinander aus Gliedmaßen und Telefonschnüren am Boden.

Mutter kreischt.

Ein Fuß in schwerem Stiefel tritt um sich.

An Kopfverletzungen bin ich gewöhnt. Von Tel Aviv bis zum Unabhängigkeitspark nimmt der Sitz meiner begrenzten Sinne, der Quell meiner unbegrenzten Vorstellungskraft Schaden, aber dieses Mal sind weder Gabriel noch Rafi, sein Abgesandter, da, um mich zu trösten. Ich lange nach oben und verbrenne mir die Hand am glühendheißen Griff der gußeisernen Bratpfanne.

Die Stimme – sie ist amerikanisch wie die des Touristenführers an der Mauer – keucht zwei Worte, die ich in dem Pandämonium nicht richtig mitkriege. Ich kriege sie beinahe mit, aber sie ergeben keinen Sinn. Ich registriere nur, daß er über die Bratpfanne oder den brennenden Herd oder das heiße Öl ein Geschrei angestimmt hat. Nein, es ist kein direkter Kommentar des Augenblicks über diesen Augenblick; es ist eher eine Frage.

»Lassen Sie mich los, Sie Rohling!«

Ich weiß nicht, ob er sie sich gerade schnappt. Ich weiß nicht, ob er ein Messer oder eine Garrotte oder ein Pusterohr hat. Ich weiß nur, er ist ein Eindringling. Ohne weiter nachzudenken, greife ich zu der Bratpfanne und schleudere sie in die ungefähre Richtung des Tumults.

Mehr Schreie, und zumindest einer davon kommt von mir. Er wiederholt dieselben zwei Worte und wartet nicht auf Antwort. Die Wohnungstür fliegt auf. Entweder es kommt noch jemand, oder jemand geht. Eine Sekunde später weiß ich, es ist das letztere. Für den Moment sind wir außer Gefahr, doch jetzt spüre ich den Schmerz, der mich zu schreien veranlaßt hat. Ich werde Schmerzen jederzeit Ängsten vorziehen, trotzdem ... stimmt etwas auf schreckliche Weise nicht. Erst mein Ohr – nein, erst meine Augen, dann mein Ohr, dann meine Finger wie bei einem mittelalterlichen Büßer, der seine Hand in ein Freudenfeuer gestoßen hat, um das Fleisch zu kasteien. Jetzt mein Fuß.

»Ich verstehe immer noch nicht, was du gemacht hast«, sagt Mutter, als sie mir nach den Anweisungen von Dr. Iwan eine Mullbinde um Zehen und Knöchel wickelt.

Er ist immer noch am Telefon, das sie vom Boden aufgehoben hat, nachdem der Eindringling geflohen war, vermutlich mit einer ansehnlichen Beule am Hinterkopf.

Beachte bitte, daß sie sich nicht stante pede mir zugewandt hat. Mutter riecht einen medizinischen Doktorgrad so klar und unmißverständlich wie ich die Vorliebe fürs eigene Geschlecht.

Simon ben Levi, der Premierminister von Israel, hätte anrufen können, und es hätte keinen Eindruck auf sie gemacht. Der namenlose Scheißkerl, den sie nicht mehr gesehen hat, seit er sie vor dreißig Jahren geschwängert hat, könnte anrufen, um zu fragen, wie's denn so geht, und sie wäre kühl wie eine Gurkenmaske, aber ein Arzt ist was anderes.

Verblüfft, möglicherweise schockiert, hörte ich die Hälfte ihrer vergnügten Vorreden mit – »Natürlich erinnere ich mich an Sie ...

aus dem Krankenhaus … Hadassa, was für ein schönes Haus … Und wo haben Sie studiert? … Und wann sind Sie aus Moskau weggegangen?« –, während ich dasaß, den Fuß in einer Pfütze kochenden Öls, bis das Gespräch endlich auf mich kam und sie ins Bad rannte, um eine Mullbinde zu holen. Und jetzt gurrt sie mal ihm was ins Ohr, mal schimpft sie mit mir.

»Hier«, sagt sie. »Der Doktor möchte dich sprechen.«

Widerstrebend nehme ich den Hörer entgegen »Was wollten Sie sagen?«

»Großer Gott, was ist denn bei Ihnen los? Wohnen Sie in einem Irrenhaus?«

Ich denke an Mutter und nicke, ehe ich nach unten greife und die Haut berühre, die sich aufgebläht hat wie eine Blätterteigpastete. Anstatt in Ohnmacht zu fallen, fasse ich mich soweit, daß ich fragen kann: »Was empfehlen Sie bei einer Verbrennung?«

»Das habe ich Ihrer Mutter bereits gesagt.«

Wieder einmal stehe ich außen vor, aber diesmal habe ich ein gewisses Eigeninteresse und bin entschlossen herauszufinden, was vor sich geht. Ich spreche langsam, artikuliere sorgfältig und klammere mich an jede Silbe wie ein Ertrinkender an ein Stück Holz.

»Nehmen wir mal hypothetisch an, jemand hat sich gerade eine Pfanne mit siedendem Öl auf den nackten Fuß gekippt …« Warum habe ich überhaupt meine Schuhe ausgezogen?

»Was?«

»Was würden Sie hypothetisch empfehlen?«

»Hypothetisch«, wiederholt Iwan meine Worte, »würde ich empfehlen, daß so ein Jemand sofort ins Krankenhaus käme.«

»Sagen wir mal« – ich beiße mir auf die Zunge –, »daß er das nicht tun wird.«

»Dann würde ich sagen, daß er die verbrannte Stelle sofort in kaltem Wasser baden sollte. Das wird die Schwellung verringern und den Schmerz lindern.«

»Sagen wir mal, der Schmerz ist« – ich suche nach dem richtigen Wort – »unerträglich.«

»Dann nehmen Sie ein paar Aspirin oder etwas Stärkeres, sagen wir Kodein, oder trinken Sie einige Gläschen Wodka. Ich persönlich ziehe Absolut vor.«

»Das wundert mich nicht.«

»Verwenden Sie Aloe, wenn Sie welche haben, oder eine medizinische Salbe, wenn nicht. Nennen Sie mir den Namen einer Apotheke bei Ihnen in der Nähe, dann sage ich denen eine Verschreibung durch. Packen Sie die Stelle locker ein und rühren Sie sie nicht an.«

Das ist der Ratschlag, den er Mutter schon gegeben hat, die seine Anweisungen wortwörtlich befolgt und ihr Silberhaar mit der einen Hand richtet, während sie meinen Fuß mit der anderen zur Mumie macht.

Er sagt: »Ich bin gleich da.«

»Machen Sie sich keine Mühe.«

»Ich bin gleich da.«

»Ich aber nicht.«

»Fünfzehn Minuten.«

»Zu lange.«

»Als Ihr Arzt verlange ich, daß Sie bleiben, wo Sie sind.«

Was für eine Arroganz! Außerdem: was für ein Schwachsinn. Der Mann begreift immer noch nicht, daß wir über mehr als bloß Gesundheit reden. Zumindest über mehr als die Gesundheit eines Fußes. Irgendwie reden wir über mehr als das körperliche Wohlbefinden dieses einen fix und fertigen jämmerlichen Redenschreibers. »Wir sehn uns bei meinem jährlichen Check-up.«

Mehr als der Schmerz ist es meine Absage an das ganze Gesund-

heitssystem, die ihn davon überzeugt, daß ich es ernst meinen muß. Aber Doc Iwan ist gut. Sein Umgang mit Kranken bezieht auch einen telefonischen Beratungsdienst mit ein, und er nimmt es, falls nötig, mit dem Zynismus jedes Patienten auf. »Bei dem Tempo, das Sie anschlagen, halten Sie keinen Monat durch.«
Als ich mich auf den Küchentresen hieve und mein mit Blasen bedecktes und mit Mull umhülltes Gliedmaß in die zugestöpselte Spüle mit kaltem Wasser senke, das mit ein paar restlichen Schnipseln Zwiebelschale parfümiert ist, fällt mir ein, was der Eindringling gesagt hat, ehe die Hölle losbrach. Zwei Worte: »Fremdes Feuer«.

8

Das Schöne am Sex ist, daß man während dieser Minuten – wie viele, das hängt von dem einzelnen Mann und bei ihm selbst davon ab, wieviel Mann er ist – nicht mehr aus vielen Einzelteilen besteht. Klar, da gibt es vielleicht das recht nette Rubbeln von Zehen, die Wärme von Schenkeln, das Klopfen von Herzen, das weiche, nasse Eindringen einer Zunge in einen Mund, aber im Grunde ist man auf ein einziges Organ reduziert. Ganz gleich, was einem irgendwelcher romantische Quatsch unterstellen möchte, man besteht nur noch aus Schwanz.

Wie ein in seine Einzelteile zerlegtes und durcheinandergeworfenes Puzzle oder ein in seine einzelnen Zeilen zerschnittenes Gedicht bin ich das genaue Gegenteil eines sexuellen Wesens: Ich bin eine auseinandergenommene, disharmonische Ansammlung von Gliedern, von denen jedes nach Aufmerksamkeit schreit. Ich bin ein kaputtes Ohr, eine geprellte Stirn und in diesem Augenblick vor allem ein Fuß. In der Vergangenheit habe ich alles durchgemacht, von Zahnschmerzen über Schnitte beim Rasieren und die libanesische Folter bis hin zu winzigen, unerfreulichen Verkrampfungen des Herzmuskels, wenn ich ein paar Päckchen filterlose Camel hintereinander weggeraucht habe, aber die schiere, brennende Qual, die mir mein rechter Fuß bereitet, ist was Neues. Bei jedem Schritt kreischt meine Haut oder Sehne unter dem Mull, der nach Dr. Iwans Anweisungen darum herumgewickelt ist, laut auf. Die lose, über den Spann geschnallte Sandale fühlt sich an wie Sandpapier und der Boden unter der Fußwölbung wie glühende Kohlen.

Trotzdem schreite ich, unbeschwerter linker Fuß, grausamer rechter Fuß, unbeschwerter linker Fuß, peinigender rechter Fuß, unbeschwerter linker Fuß … in den Jerusalemer Morgen hinein. Mutter jammerte und warf sich mir an den Hals, und Dr. Iwan drohte, er würde mich von der Polizei an mein Bett ketten lassen, aber ich mußte gehen und hatte keine andere Möglichkeit, mich fortzubewegen. Wenn ich sehen könnte, könnte ich Auto fahren, aber die Vorstellung, ich sollte diesen Fuß auf ein Pedal drücken, ist absolut unerträglich. Außerdem …

Ich hätte mir ein Taxi rufen können, befürchtete aber, das Telefon wäre angezapft. Ich stellte mir vor, ein besonderer Wagen hielte am Straßenrand, während das echte Taxi noch auf dem Weg zu mir wäre. Mutter hätte sich die Papiere des Fahrers zeigen lassen können, aber ich traue ihr nicht mal zu, mit dem Hund Gassi zu gehen, geschweige denn festzustellen, ob ein höflicher junger Fahrer etwa zufällig eine Pistole bei sich hat. Ich hätte an der Bushaltestelle an der Ecke warten können, aber auch von dort wäre ich mühelos zu verfolgen gewesen. Ob es die Schmerzen waren, die mein logisches Denken trübten, oder mein angeborener Argwohn oder schlichte Blödheit, ich meinte auf jeden Fall, die einzige Chance zu entkommen wären diese jämmerlichen, mit Blasen bedeckten Werkzeuge, die Gott vermutlich meinen Vorvätern geschenkt hat, als sie am sechsten Schöpfungstag aus den Urmeeren ans Land zappelten.

Als ich die Rebov Rambam hinuntergehe, stolpere ich über die Wurzeln der Kakibäume, die sich in ihrer wahnwitzigen Fruchtbarkeit durch den Gehweg bohren.

Goldie winselt; sie braucht ihren Schlaf und möchte mich nach Hause ziehen. Aber sie ist brav, und als sie merkt, daß ich entschlossen bin, mich weiterzuschleppen, trottet sie müde voran.
Ich versuche herauszubekommen, ob ein Wagen langsam hinter mir herrollt, aber ich kann's nicht sagen. Ich schlendere auf die Ecke zu, biege dann plötzlich zwischen der Rambam 430 und 432 ab und schlüpfe zwischen die Häuser und in den Vorgarten, der vom Garten dahinter durch eine Mauer aus vorgefertigten Betonblöcken abgeteilt ist. Ich taste die Mauer ab. Sie ist ungefähr so hoch wie ich. Kein Glas auf der Mauerkrone. Dies hier ist kein Botschaftsviertel. Das volle Gewicht auf meinen gesunden Fuß verlagernd, hebe ich meinen verletzten Fuß, so hoch ich kann, hieve mich in die Höhe und sacke nach hinten gegen eine Mülltonne, die ich gar nicht bemerkt hatte.
Normalerweise rieche ich Müll einen ganzen Straßenblock weit, stelle danach die Güteklasse von Nachbarn fest und was Fremde am Abend zuvor gegessen haben, erkenne am erdig-milchigen Geruch von geronnenem Sperma, wer ein Kondom benutzt, unterscheide an der Art, wie die verschiedenen Papiere verrotten, zwischen denen, die Zeitungen, und denen, die Illustrierte lesen. Aber im Moment bin ich durch die winzigen Sonnenflecken, die bei jedem Schritt an meinem Rist explodieren, so durcheinandergebracht, daß ich nicht einmal bemerkt habe, daß mir hier ein Hilfswerkzeug zur Verfügung steht.
Eine Mülltonne. Ich rücke den Metalldeckel zurecht und klettere darauf. Das kann ich. Jetzt stehe ich auf meinem gesunden Fuß und hebe den kranken über die Mauer.
Was ist mit Goldie? Ohne sie bin ich aufgeschmissen.
»Komm, Kleine. Spring … Spring, Goldie, spring.« Ich strecke die Arme zu einer Art Wiege aus und warte, bis mich ein anspringender Fünfzig-Pfund-Packen von Hund beinahe von meinem

Sockel haut. Sie leckt mir das Gesicht, und ich lasse sie so sanft wie möglich auf der anderen Seite der Mauer nach unten fallen. Dann lasse ich mich selber fallen, weniger sanft, als es mir lieb wäre.
Wir sind im Garten einer Familie mit kleinen Kindern. Ich stolpere über einen Spielzeug-Lkw und lande in einem Sandkasten. Wenigstens ist er weich. Ich taste nach Goldies Leine, finde sie und lasse mich von ihr durch die schmale Gasse zwischen den Häusern auf dieser Seite der Mauer zur Rehov Raschi führen.
Die Straßen im Bezirk Maalot Dafna sind nach Rabbinern, Philosophen und Talmud-Kommentatoren benannt. Die Rehov Raschi kreuzt die Akivastraße, die bergab führt und in den Juda-Loew-Boulevard mündet. Ortsansässige Araber haben den Stadtrat gebeten, auch ihr Erbe anzuerkennen. Sie wollen Avicenna- und Averroes-Avenuen, aber Namen sind Schicksal, und der Stadtrat würde eher eine Himmlerstraße in Erwägung ziehen.
Eine andere Straße hinunter, bis sie etwas weiter weg, als ich es gewohnt bin, auf die Hauptstraße stößt. Das grelle Sonnenlicht und die unentwegt an mir vorbeibrausenden Autos bedeuten, daß es fast neun sein muß. Die Leute strömen ins Zentrum, um in den Ministerien und Museen und Büros der Hauptstadt zur Arbeit zu gehen. Und ich werde gejagt. Haben irgendwelche von diesen Autos mich auf dem Kieker?
In Wirklichkeit haben das alle diese Autos. Wie auch nicht? Ich falle auf, halb barfuß, den Kopf noch immer verbunden, wie ich neben einem keuchenden Schäferhund einherwanke.
Nach wie vor unsicher, obwohl ich nicht gehört habe, daß hinter mir jemand über die Mauer geklettert oder ein plötzlich schneller werdendes Auto um die Ecke der Rambam gequietscht wäre, um mir den Weg abzuschneiden, fühle ich mich einigermaßen außer Gefahr. Trotzdem schlagen Goldie und ich die Wege des größten Widerstandes ein. Wir verheddern uns in einem Gestrüpp und

gehen quer über eine Baustelle, wo Arbeiter uns anschreien, Sägen wimmern, Hämmer krachen und ein riesiger Mischer tuckert und den Geruch von flüssigem Beton verströmt.
Wir gehen am Fuß des Verkündigungsberges auf die sechsspurige Derekh Schekhem zu. Schnurgeradeaus in Richtung Osten, auf der anderen Seite der Autostraße, wälzt sich Jerusalem weiter ins Land hinaus. Links geht es in das große, wilde Nordland, nach Jericho und in die West Bank, im Süden liegt die Stadt. Ich bin Hunderte von Malen hierhergefahren, wenn ich Simon zur feierlichen Grundsteinlegung der neuesten Siedlung begleitet habe oder er dem Schauplatz des jüngsten Terrorattentats seine Aufwartung gemacht hat. Mit dem Laptop auf dem Schoß bin ich durch diese Straßen gefahren, während ich die Worte schrieb, die noch in derselben Stunde ausgesprochen wurden. Ich kenne die Kurven der Autostraße aus dem Handgelenk, aber nicht aus dem Fußgelenk, und mein Fuß birst vor Schmerzen.
Doch Goldie und ich zuckeln weiter, parallel zu dem brausenden Verkehr, bis wir an der Stelle ankommen, wo zwei weitere Straßen sich mit der Derekh Schekhem verbinden. Mir fällt ein, daß ich nicht weiß, ob es hier Verkehrsampeln gibt, weil Simons Wagen immer wie ein Komet über die Kreuzung fegt. Ich versetze Goldies Leine einen Ruck nach oben, was »Los!« bedeutet.
Sie zögert ängstlich.
Etwas energischer rucke ich noch mal.
Goldie ist zwischen ihrer Dressur und ihrem Herrchen hin und her gerissen. Was geschieht, wenn zwei Befehle sich widersprechen? Sie weiß dem Verkehr auszuweichen, sie weiß aber auch zu gehorchen. Äußerlich ist Goldie ein Schäferhund, aber unter ihrem Fell ist sie eine Deutsche. Sie gehorcht Befehlen.
Goldie betritt die Straße, und ich folge ihr. Ein Auto hupt. Wir gehen weiter. Ich spüre den Fahrtwind von noch mehr Autos, aber

wir winden uns wie Kinder hindurch und erreichen unter beiderseitiger Erleichterung die andere Straßenseite.
Plötzlich wird die Luft stickig. Zwei Schritte vom Bordstein entfernt könnten wir genausogut Jahrhunderte von der Welt der Superhighways entfernt sein. Mea Schearim. Ich mied dieses Viertel, als wir aus Rußland kamen, suchte es immer wieder auf, nachdem ich aus dem Libanon zurückgekehrt war, weil es sich mehr als jeder andere Ort in diesem unserem mit Silikonschaltkreisen vollgepfropften und verchromten Land wie die alte Heimat anfühlte. Natürlich war mein Bild von der alten Heimat falsch, weil ich nie ein mit orthodoxen Juden angefülltes Heimatland gekannt hatte. Ich war ihnen das erste Mal begegnet, als wir in die Wohnung in der Rehov Rambam zogen und ein Begrüßungskomitee der Schul einen Abend für Neuankömmlinge veranstaltete. Damals war Israel noch nicht mit Russen überschwemmt. Wir waren etwas Neues, von dem noch niemand seinen Arbeitsplatz bedroht sah. Die Nachbarn waren glücklich darüber, daß Juden aller Art die Wohnungen bezogen, die auf jedem leeren Grundstück zwischen arabischen Bruchbuden in die Höhe schossen.
Selbst damals aber fühlte ich mich bereits zu den arabischen Jungs hingezogen, die nicht zur Schule gingen, den ganzen Tag damit zuzubringen schienen, Orangenbrause zu trinken und einen Fußball hin und her zu kicken, und sich ihre T-Shirts auszogen, wenn das Spiel hitziger wurde. Selbst damals schon hielt ich Abstand zu unseren »modernen« orthodoxen Nachbarn und mehr noch zu den anachronistischen Gläubigen in Mea Schearim.
Und dennoch fühlte ich mich dort hingezogen, als ich blind geworden war. Ich weiß nicht, warum; ich dachte nicht darüber nach, aber als ich nicht mehr sehen konnte, machte es mir Spaß, durch die wimmelnden Nebenstraßen dieses winzigen Bezirks zu spazieren. Vielleicht lag es daran, daß auch die Chassidim diese

Welt eigentlich nicht sehen, weil ihr Blick so starr auf die zukünftige Welt gerichtet ist.

Nein, das ist nicht richtig. Ja, sie nehmen nichts anderes wahr als die Gegenwart Gottes, aber im Dienst an ihrem Gott sind sie die weltlichsten Menschen, die ich kenne. Erstens vögeln sie wie verrückt. Sieh dir nur die Dutzende Kinder an, die hinter jedem Rock hertapern. Auf keinen Fall weniger als ein halbes Dutzend. Alle diese teiggesichtigen, bis zu ihren Doppelkinnen eingemummelten Frauen, alle diese armen, buchgelehrten Kinder-Ehegatten. Wenn man sie sich ansieht, würde man nicht denken, daß sie dahinterkommen könnten, wie man Zipfel A in Schlitz B steckt. Aber kaum ist Schabbes, schaukelt jedes Bett in Mea Schearim getreu den streng verordneten Gesetzen, die Sex zum Zwecke von etwas Größerem als ihnen selbst vorschreiben. Kommt Schabbes, kommen sie.

Sie tun das, weil Gott ihnen sagt, so sollen sie sich hier auf Erden verhalten. Und das Hier, das sie bewohnen, riecht wie eine Restaurantreihe in der Twerskaja, Fleischbällchen im Wind. Und es klingt auch wie der Prawdaplatz, ihr Jiddisch mit europäischem Einschlag. Vielleicht war das der Grund, warum ich mich nach meiner Zeit im Libanon nach Mea Schearim hingezogen fühlte, weil mir die Sprache und der Satzbau vertraut waren in einer Welt, die mir äußerst fremd geworden war. Das einzige Problem war Gott. Letztendlich konnte ich die Struktur ihrer Sprache nicht von deren Gegenstand trennen und ging wieder.

Ich bin mittlerweile so lange nicht mehr hiergewesen, daß ich mir wie ein verirrter Tourist vorkomme, während ich auf Schritte warte. »Entschuldigen Sie bitte«, sage ich zu jemandem, der aus einem Laden kommt, in dem Räucherfisch und Trockenobst verkauft werden.

»Hier«, sagt er und drückt mir ein paar Münzen in die Hand.

Plötzlich bin ich ein palästinensischer Junge in der Altstadt, einen Kilometer von hier entfernt, irgendwo links in Richtung Sonne.
»Nein, ich brauche kein Geld.« Ich verdiene in einer Woche mehr als mein Wohltäter in einer Saison.
»Behalten Sie's trotzdem.« Er hält mich für stolz.
Darum schenke ich ihm, während er mir sein schwerverdientes Geld schenkt, seine Mitzwa. Ich stecke die Münzen in die Tasche und frage: »Wissen Sie, wie ich zur Jaffastraße komme?«
Er erwidert: »Haben Sie heute Tefillin angelegt?«
Gottverdammte Juden. Almosen verteilt er kostenlos, aber für die Frage nach dem Weg läßt er mich zahlen. Schon hat er meinen Ellenbogen gepackt und begonnen, mich ins nächstbeste *schtiebl* zu manövrieren, wo er mich die esoterischen Pappkästchen und Lederriemen, welche die Gegenwart Gottes in Kopf und Herz darstellen, anlegen und ein Gebet zum Wohle meiner Seele sprechen lassen will. »He«, möchte ich ihm sagen, »das Leder, das ich bevorzuge, sieht anders aus.«
Meine Form von Sex ist ihm ein Horror. Allein schon der Umstand, daß er nicht der Fortpflanzung dient, ist ein größerer Greuel als Ehebruch. Aber bedeutet die Tatsache, daß Homosexualität von der Bibel geächtet wird, denn nicht, daß sie in jener Zeit üblich war, als die Heilige Schrift verfaßt wurde?
Ich habe zwei Wahlmöglichkeiten. Ich kann ihm weitere Zufriedenheit bescheren, indem ich ein paar Hallelujas murmele, oder ich kann ihm ausweichen und flüchten. Keines von beiden ist reizvoll, weil ich in Eile bin. Dann fällt mir eine dritte Möglichkeit ein. »Wieso beleidigen Sie mich?«
»Was?« Er ist verblüfft.
»Sie fragen einen Juden, ob er Tefillin angelegt hat?« Was soll's, daß ich glattrasiert bin, na ja, relativ, weil ich mir vor meinem Aufbruch aus der Rehov Rambam nicht die Mühe gemacht habe,

mich in Schale zu werfen; was soll's, daß ich keine Jarmulke trage? Wir sind über alle Vernunftsgründe hinaus. Wenn ich Jude bin, muß ich Tefillin angelegt haben. Alles andere ist unvorstellbar. Beschämt murmelt er: »Entschuldigung.«

»Schon gut.« Ich wanke weiter, höre ihn aber verspätet antworten: »Zwei Blocks geradeaus, nächste Querstraße links.«

»Danke.«

Gut. Von hier ist es nur ein kurzer, qualvoller Bummel zur Jaffastraße, und von da an kenne ich den Weg. Ich habe nicht vor, vierzig Jahre in dieser städtischen Wüste herumzuwandern. Ich habe ein ganz bestimmtes Ziel im Kopf, die einzige Stelle, wo dieser in Verwirrung gestürzte Mensch einen Hinweis erhalten kann. Trotzdem, statt den direktesten Weg zu nehmen, machen Goldie und ich einen Abstecher durch die Fußgängerzone Ben Jehuda und huschen rasch in ein L-förmiges Café, das wir an einer anderen Stelle als dort, wo wir reingegangen sind, wieder verlassen können.

Ich vermute, daß mein Fuß taub geworden ist, weil ich nicht mehr so starke Schmerzen wie zuvor verspüre. Obgleich ich so einen Fuß vor den anderen setzen kann, sagt mir etwas, daß das nicht gut ist. Schmerzen teilen uns mit, wer wir sind. Ohne Schmerz kein Leben. Zum Glück ist das ein Segen, an dem es mir nie gemangelt hat. Von der jugendlichen poetischen Lebensangst bis zu erwachsenen Seelenschmerzen kenne ich sie alle. Ich bleibe stehen, um die Mullbinde neu zu wickeln, und etwas Flüssiges rinnt mir auf die Hand. Ich hoffe, es ist Eiter und kein Blut. Ist weniger sichtbar.

Ganz egal, wie zum Teufel ich aussehe, ich hinke weiter, vorbei an einer Reihe ehemaliger Garagen, die in Läden umgebaut worden sind, wo es billige Kleider und Küchenartikel zu kaufen gibt. Ich schlinge den Duft von gebratener Gans in mich hinein, der aus

Feldermans Restaurant herausströmt, als sich die Tür – fast Mittagszeit, ich habe zwei Stunden für die Strecke gebraucht, für die ein Regierungswagen normalerweise zehn Minuten braucht – neben dem ungesunden, verqualmten Parkplatz des zentralen Busbahnhofs auf den langen, sich windenden Boulevard öffnet, den ich schon so viele Male entlanggefahren bin. Dort mache ich halt, aber statt den Weg zum Ministerium fortzusetzen, humpele ich die geschwungene Auffahrt hinauf, der ich mich das letzte Mal am gestrigen frühen Abend von der anderen Seite genähert hatte.

Ich kann mich kaum erinnern, wann ich zum letztenmal geschlafen habe, so erschöpft bin ich, aber ich muß weiter.

Ich bin versucht, dem Portier auszuweichen und das Haus wieder durch die Küche zu betreten, aber jeder Gedanke an eine Küche bringt meinen Fuß zum Pochen, und ich glaube, ich schaffe es keinen Schritt mehr weiter. Ehe der Portier mir Fragen stellen kann, ziehe ich einen laminierten Regierungsausweis aus der Tasche, wedele damit in seine Richtung und schiebe mich durch die Drehtür in das Sheraton-Foyer. Vergiß die Trennung von Kirche und Staat; hier drin gibt es keine Trennung von Kirche und Geschäft.

Im Aufzug drücke ich auf den obersten Knopf und sause nach oben. Ich gehe durch den Gang, in dem es weniger Türen gibt als in allen anderen Etagen des Hotels, und komme an der letzten Tür rechts an. Sie steht offen.

Das Zimmer ist leer. Goldies Seufzer, als sie auf die Brücke im Eingang sinkt und augenblicklich zu schnarchen beginnt, ist das einzige Geräusch außer dem meiner Füße, die sich über den Flor des Teppichs schleppen. Ein Zimmermädchen hat offenbar die Aschenbecher geleert, vom Couchtisch die Tassen und Mineralwasserbüchsen abgeräumt, gefegt und staubgesaugt. Es ist kein

Krankenhaus, aber die Atmosphäre in dieser Suite ist ohne Leben. Ich durchstreife den Raum, wobei ich mit dem Finger über den Rand der Wandtäfelung fahre, die eines der Kennzeichen zur Unterscheidung dieses hochgelegenen Hochpreisbereichs von den Zellen für bloße zweihundert Dollar die Nacht ist, welche die sechzehn Stockwerke darunter füllen. Hinterlasse ich meine eigenen Blut- und Straßenstaubspuren an der Umgrenzung des Raumes? Sei's drum.

Ich stoße auf eine große Fernsehtruhe, einen holzgeschnitzten Büfettisch, die Öffnung zu einer Küche. Meine Finger streichen über glatte Corian-Arbeitsflächen, einen Herd, einen normal großen Kühlschrank, eine Spüle. Die Runde durch diesen Raum beende ich schnell, vielleicht weil ich nicht an meine jüngsten Erlebnisse in einer anderen Küche erinnert werden will, und kehre ins Wohnzimmer zurück. Ich gehe durch eine Glasschiebetür hinter dem geschwungenen Sofa, auf dem erst gestern Gabriel und Gita Mamoun sich fläzten. Ein Korridor auf der gegenüberliegenden Seite führt zu drei Schlafzimmern, die alle mit einem französischen Bett, einem eigenen Fernseher, Schreibtisch und einer Minibar ausgestattet sind, falls man deren Bewohnern nicht zumuten möchte, den weiten Weg bis zur Küche zurückzulegen. An jedes Schlafzimmer grenzt ein eigenes Marmorbad mit Whirlpool und einem Stapel warmer, frisch gewaschener Handtücher. Ich durchsuche die Nachttische neben den Betten in der Hoffnung, etwas zu finden, aber das Hauspersonal hat ganze Arbeit geleistet.

Auf dem Weg zurück ins Wohnzimmer überlege ich, ob ich nicht an der Rezeption fragen sollte, was aus den Leuten in Penthouse C geworden ist, aber das ist Unsinn. Sie sind plötzlich abgereist und haben keine Nachsendeadresse hinterlassen.

Irgendwo in dieser Stadt hegt ein großer, nach Schlamm riechen-

der Mann mit einer Beule am Kopf keine freundlichen Gefühle für mich, und an irgendeiner anderen Stelle in dieser Stadt gab jemand anderer dem großen, nach Schlamm riechenden Mann seine Befehle. Ich denke so intensiv nach, daß ich für eine Sekunde nicht bemerke, daß sich die Luft im Zimmer verändert hat. So wie Goldies Atem klingt, weiß ich, daß sie steht. Ich streichele sie und fühle ihre wütend aufgerichteten Haare. »Na, Kleine.«
Ich muß mit ihr sprechen, um das Echo meiner Stimme zu hören. Die Eingangstür ist noch immer geschlossen, aber die Luft ist anders, buchstäblich. Ich spüre einen leichten Wind. Scheiße! Während meiner Suche habe ich eines vergessen. Die Glastüren zum Balkon stehen offen.
Okay.
Ich nehme die Einladung an und gehe nach draußen, wo das Licht wie tausend Pfeile auf mich einstürzt, während ich mich zu erinnern versuche, wie das Sheraton von außen aussah, als ich nach Israel kam, und ob ich jemals auf einer Konferenz oder Party in irgendeinem dieser Zimmer hier gewesen bin, aus denen man ins Freie treten kann. Vor Jahren wurden die Hotels in Jerusalem mit Blick auf die Altstadt gebaut, so wie die in Tel Aviv mit Blick aufs Mittelmeer gebaut wurden. Und so hatten selbst die besten Hotels wie das King David und das Dan gute Seiten und schlechte Seiten, bis Architekten dahinterkamen, daß Hotels, die im rechten Winkel zu den attraktivsten Aussichten errichtet wurden, rentabler waren, weil jedes Zimmer seitlich ein bißchen Blick aufs Meer oder die goldene Kuppel des Felsendoms bot. Aus demselben Grund haben die meisten Hotelzimmer in Israel Balkons, die aber nach dem jeweiligen Zimmer bemessen sind, vielleicht drei Meter breit und einen Meter tief. Doch so wie das Penthouse C, an der Schmalseite des Gebäudes gelegen, als einziges den direkten Blick auf die Altstadt hat, so verfügt es auch über eine normal

große Terrasse und nicht nur über einen winzigen, freitragenden Austritt. Ich lege drei volle Schritte zurück, ehe ich ans Geländer stoße und mich umdrehe und vielleicht fünf Meter zu beiden Seiten von mir spüre, genug Platz für mehrere Liegesofas und einen Tisch unter einem Sonnenschirm mit passenden Stühlen. Das einzige, was fehlt, ist das eigene Planschbecken.

»Hallo, Nathan«, heißt mich eine Stimme willkommen.

»Hallo, Cyril«, antworte ich.

Es ist Klein, der die verdeckten Operationen für die innere Sicherheit leitet und dem ich das letzte Mal in Simons Büro begegnet bin. »Hmmm«, murmelt er. Warum Leute beeindruckt sind, wenn ich sie an ihrer Stimme erkenne, ist mir ein Rätsel. Ein Stimmklang ist schlicht ein sensorischer Fingerzeig, wie ein Anblick. Ebenso wie ein Computer seinen Suchgegenstand findet, indem er Muster aus Einsen und Nullen miteinander vergleicht, so vergleichen wir visuelle oder akustische oder olfaktorische Anhaltspunkte mit früheren derartigen Anhaltspunkten, die wir in unseren Datenbanken gespeichert haben. Es ist nicht so völlig anders, als wenn Cyril meinen Fuß sieht und sich an ähnliche Verletzungen erinnert, die er vielleicht auf Schlachtfeldern oder am Tatort von Bombenattentaten gesehen hat. So erkennen wir Dinge und fällen entsprechende Urteile. Erfahrungsbeweise.

»Hat Ihnen schon mal jemand gesagt, daß Sie wirklich grauenhaft aussehen, Nathan?«

»Häufig.«

»Die Leute haben recht.«

»Ich weiß.«

»Setzen Sie sich.«

Ich muß mich unbedingt hinsetzen. Jetzt, wo ich mich nicht bewege, flackert der Schmerz in meinem Fuß wieder auf, und ich kann mich kaum aufrecht halten. Ich lasse mich auf eine der Liegen nieder. Sie besteht aus einem Metallrahmen mit weichen Kissen, auf die ich vorsichtig meinen maroden Fuß lagere.

»Sie sollten mal einen Arzt einen Blick drauf werfen lassen.«

»Danke.«

Wir sitzen schweigend da und denken jeder über den anderen nach, bis Klein fragt: »Ziehen Sie gerade ein, oder sind Sie bloß auf Besuch?«

»Eigentlich war ich nur auf der Durchreise.«

»Vielleicht sollten Sie eine Weile bleiben. Man weiß doch nie, was man finden könnte.«

»Ich habe mein Bestes getan, um alles zu finden, was immer auch hier war.«

»Da haben Sie des Guten nicht genug getan. Bei Ihrer Beobachtungsgabe erstaunt mich das.«

»Es ist nichts hier.«

»Haben Sie nachgesehen?«

»Auf meine Art und Weise.«

»Wo?«

»Überall. In den Schlafzimmern, im Bad, in den Schränken.«

»Nicht überall.«

»Na schön, ich bin im Nachteil. Was ist mir entgangen?«

»Darauf kommen wir gleich. In der Zwischenzeit die Frage: Was tun Sie hier?«

Es hat keinen Zweck, etwas zu verheimlichen, was er offenbar weiß. »Ich habe nach Gabriel gesucht.«

»Ja, ich auch.«

»Haben Sie ihn gefunden?«

»Sie?«

»Nein.«

»Ich auch nicht. Woher wußten Sie, daß er hier war?«

»Er hat es mir gesagt. Woher wußten Sie es?«

»Jemand hat es mir gesagt.« Zwecklos zu fragen, wer. »Wann haben Sie es erfahren?«

»Werde ich gerade verhört?«

»Ja.«

»Gestern.«

»Vor unserer Zusammenkunft?«

»Nein.«

»Selbst wenn es stimmt, hätten Sie uns Bescheid geben können, sobald Sie es gehört hatten. Sie hätten uns eine ganze Menge Scherereien ersparen können.«

»Ich war vielmehr der Meinung, es würde vielleicht eine ganze Menge Scherereien bereiten.«

»Ihre Meinung war falsch, Nathan. Sie standen unter so vielen Verpflichtungen, uns zu helfen, daß ich sie kaum alle aufzählen kann. Als Bürger des Landes waren Sie verpflichtet, den Sicherheitsbehörden Bescheid zu geben. Als bewährtes Mitglied des Stabes des Premierministers waren Sie Simon persönlich verpflichtet. Und wenn Sie jemals vage die Hoffnung hatten, Gabriel ben Levi aus der extremen Gefahr, in der er sich befindet, herauszuhelfen, waren Sie's auch ihm schuldig.«

»Ich denke, Gabriel hat vielleicht das Recht, das für sich selbst zu entscheiden.«

»O ja, schön und gut, aber er weiß nicht, auf was er sich eingelassen hat, und das mindeste, was Sie begreifen könnten, ist, daß Sie's auch nicht wissen. Jeder scheint zu denken, daß Sie ein sehr kluger Mensch sind, aber ich denke, Sie sind ein Idiot. Sie machen mich richtig krank.«

»Vielleicht sollten Sie mal einen Arzt aufsuchen.«

»Witz ist nicht Intelligenz.«

In diesem Moment erhebt Klein sich. Ich höre seine Liege ächzen, als er aufsteht und groß vor mir aufragt und die Sonne verdunkelt. Er macht ein paar Schritte auf den Rand der Terrasse zu, von wo aus er sicherlich einen Blick auf die Altstadt wirft. Daß Klein Gabriels Unterschlupf entdeckt hat, überrascht mich nicht. Daß Gabriel gewußt haben muß, daß Klein seinen Unterschlupf entdeckt hat, um noch rechtzeitig zu entkommen, überrascht mich ebenfalls nicht. Aber dann überrascht mich Klein mit einer weiteren Frage: »Sagen Ihnen die Worte ›Fremdes Feuer‹ irgend etwas?«

»Nein.«

»Dann ist unsere Unterhaltung beendet. Sollten Sie irgendwann einen Grund sehen, sie fortzusetzen, wissen Sie ja, wo Sie mich finden können.« Er geht auf den Eingang des Wohnzimmers zu. Aber auch ich habe eine letzte Frage. »Cyril?«

»Ja.«

»Sie haben gesagt, mir wäre etwas entgangen. Darauf kämen wir noch.«

»Oh, na ja, ich habe geschwindelt. Sie müssen selber draufkommen. Gebrauchen Sie einfach Ihre Wahrnehmungsgabe.«

Einen Moment später ist er weg, indem er an Goldie vorbei zur Eingangstür der Suite geht, die sich öffnet und mit einem Klicken hinter ihm schließt.

Nur allzugern würde ich auf der Liege liegenbleiben und ein Nickerchen machen. Nickerchen, Teufel noch mal, ich könnte Rip van Winkles Schlaf gebrauchen, aber Klein war einfach viel zu zufrieden mit sich, zu provozierend. Es gibt hier etwas zu finden. Klein mag ja ein Arschloch sein, aber er ist klug, und er gebraucht seine Worte mit Überlegung.

Ich könnte Ratespiele spielen. Was ist mir auf dem Rundgang durch die Suite entgangen? Es könnte ein gestohlener Brief an der Wand kleben, oder es könnte eine Kiste mit Anmachholz unter dem Bett stehen für das, was immer »Fremdes Feuer« verdammt noch mal sein mag, aber beides ist mir absolut zu hoch, und Klein hat mir was anderes zu verstehen gegeben. Gebrauchen Sie Ihre Wahrnehmungsgabe, sagte er. Das habe ich. Ich habe gerochen, gehorcht, gefühlt. Und jetzt denke ich nach. Ich habe gerochen, gehorcht und gefühlt, aber ich habe eine Wahrnehmungsgabe vergessen. Ich habe vergessen zu schmecken.

Ich wuchte mich von der Liege herunter, knirsche mit den Zähnen, als mein Fuß mit dem Zement der Terrasse Kontakt aufnimmt, und folge meiner Eingebung, die so erschreckend wie verlockend ist. Etwas in meinem Innern mag dieses Spiel nicht, als ich mich zurück in die Küche taste, ausgiebiger darin herumstöbere, die Schränke und Schubfächer über und unter der Spüle durchsuche und den Backherd aufziehe, bis ich ein schwaches, bienenartiges Summen bemerke. Einen Moment lang denke ich an Simons Lieblingswitz, aber dann wird mir klar, woher das Summen kommt: vom Kühlschrank. Ich öffne die dicke, isolierte Tür und spüre einen Hauch kalter Luft, der einen scheußlichen Gegensatz zur klimatisierten Hotelluft bildet. Ich erschauere von oben bis unten, als ich die Hand hineinstrecke und sofort den grauenhaften Schatz berühre. Er hat schmale Lippen, eine leicht spitz zulaufende Nase und unter schweren Lidern Augen, die offen sind und mich anstarren. Im Versuch, das Gesicht zu identifizieren, flattern meine zitternden Finger über die Gesichtszüge. Erst als ich zum Kinn komme, aus dessen Spalt jünglingshafte Haarbüschel sprießen, da gehen mir auf meine ganz persönliche Weise die Augen auf.

Rafi.

9

»Sanfter Schäfer,
Sanfter Schäfer,
Komm, ich helf dir
Schäfchen zählen.«

Reigenhafte Himmelsmusik umgibt mich, als ich aus dem Aufzug in die Lobby trete. Links von mir wiederholt ein Chor von Frauenstimmen: »Sanfter Schäfer, sanfter Schäfer«, während leicht schmachtende Männerstimmen auf der rechten Seite sich erbieten: »Komm, ich helf dir …«

Mein erster Gedanke rührt eher von den Stimmen als von den Worten her. Männer und Frauen sind getrennt wie in Mea Schearim, aber das Lied ist nicht sehr osteuropäisch.

Ehe ich mir die logische Bedeutung zusammenstückele, erkenne ich die wortwörtliche Bedeutung und strecke die Hand zu Goldie hinunter. »Bist nicht gemeint, Schätzchen«, sage ich, streichele sie und fühle das Haar eines lebenden Wesens.

»Sanfter Schäfer.«

Hat auch Goldie Rafi gesehen? Begreift sie die extreme Schändung von allem, die sich ereignet, während wir atmen?

»Komm, ich helf dir Schäfchen zählen.«

Schließlich wird mir die wahre Bedeutung klar. Es sind so viele christliche Touristen wie Juden in Israel, vor allem in dieser Jahreszeit, zu Ostern. Es ist eine evangelische Gruppe, wahrscheinlich Amerikaner, weil das Lied, das sie singen, kein Choral ist, obwohl es so klingt, sondern ein Lied aus dem Musical *Peter Pan*. Idioten. Ich frage mich, ob es die Gruppe ist, an der ich vor mehreren Stunden an der Westmauer vorbeigekommen bin.

»Eins auf der Wiese,
Zweie im Garten,
Dreie im Ställchen,
Tief im Schlaf.«

Die letzten Töne gehen in der laufenden Betriebsamkeit des Hotels unter: Pagen, die Gepäck aus dem Eingang schleppen, Gespräche aus der Lounge, ein Hoteldiener, der ausruft: »Samuel Kahn. Telefon für Samuel Kahn«, und eine andere Stimme aus der Mitte des nach Geschlechtern getrennten Chors. »Zimmerschlüssel hier drüben«, sagt der Führer in der halb kommandierenden, halb schmeichelnden Art eines Pfadfindergruppenleiters. »Holen Sie sich Ihre Zimmerschlüssel, und dann treffen wir uns um zwei in der Lobby. Um zwei in der Lobby.«

Alles wird doppelt gesagt, die Anweisungen an die Touristengruppe, der Aufruf für Samuel Kahn, sanfter Schäfer.

Alles wird doppelt gesagt.

Meine Finger zucken, als Goldies lebendiges Haar auf meine Berührung reagiert. Ich muß aufs Klo.

Wie ich aus dem entsetzlichen Penthouse herausgelangt bin, weiß ich nicht mehr. Wie ich den richtigen Aufzugknopf fand und drückte, obwohl die Braillepünktchen für Lobby in das Metallschild geprägt waren, weiß ich nicht. Mir war, als wachte ich nach einer langen Nacht auf, als ich die Touristen singen hörte, so glücklich, im Heiligen Land zu sein. Aber Rafis Augen verfolgen mich, und das Drama der letzten zwei Tage erscheint flau im Vergleich zu der herben Realität im Kühlschrank.

Sobald das nächste Zimmermädchen einen raschen Kontrollgang durch das Penthouse C macht – oder eher, falls Cyril Klein beschlossen hat, einen Anruf zu tätigen –, wird es dort von Polizei wimmeln, und ich muß zuvor sehen, daß ich wegkomme. Aber erst mal habe ich das unwiderstehliche Bedürfnis, mir die Hände zu waschen, und ich wanke zur Rezeption, wo es mir kaum gelingt, das Wort »Toilette« zu keuchen.

Ich bin ein blinder Mensch, ein halb tauber Mensch, ein verletzter Mensch, und falls das noch nicht reicht, bin ich ein Mensch, der so aufgebracht ist, daß er bereit ist, die zickige junge Frau, die es wagt, mir Fragen zu stellen, zu packen, ihr das Gehirn auf dem Tresen aus dem Kopf zu schmettern und in ihrem Blut ein Zimmer zu buchen. Schicken Sie mir die Rechnung. Statt dessen beiße ich die Zähne zusammen und sage: »Ich bin Nathan Kasakow.«

Zum Glück für uns beide kennt sie den Namen und gibt sofort nach. »Entschuldigung. Gleich da drüben … ich meine, erlauben Sie, daß ich sie Ihnen zeige … ich meine, ich bringe Sie hin.«

»Schon gut. Sie sind's nicht gewesen.«

»Was nicht gewesen?«

»Nichts.« Verdammt. Sobald man den Kopf gefunden hat, wird diese Frau unweigerlich meine Anwesenheit erwähnen, und dann bin ich in größeren Schwierigkeiten als jetzt. Was meinst du, wie schwierig es wäre, einen Blinden mit einem Ohr zu finden, der blutige Binden an seinem rechten Fuß hinter sich herschleift und von hundert Zeugen dabei gesehen wurde, wie er am Abend zuvor den Verstorbenen durch die Hotelküche begleitete, und seinen Namen an der Rezeption und Dutzende von Fingerabdrücken am Schauplatz des Verbrechens, so unter anderem am Kühlschrank-

griff, an den Glasborden und, falls Abdrücke daran zurückbleiben, am Kopf selbst hinterlassen hat? Ach ja, außerdem hat er einen sanften Schäfer bei sich.
Mir ist es egal. Wenn ich mich nicht waschen kann, falle ich in Ohnmacht.
Die Rezeptionistin führt mich durch die Menge der Touristen, die sich um ihre Zimmerschlüssel rangeln, bis ich zwischen einem Loungeareal und einer Videoecke für Kinder um eine Ecke biege. Meine Hand streicht über mehrere öffentliche Telefone und stößt auf zwei nebeneinanderliegende Türen. Gewöhnlich ist die Herrentoilette auf der rechten Seite, ich öffne die Tür, rieche Parfüm und gehe wieder raus.
Sekunden später bin ich endlich da, wo ich hingehöre, wasche mir in der gewaltigen Anlage, die mir mit all ihren Kacheln und Porzellanbecken wie eine Küche erscheint, Rafi von den Händen. Minuten später wasche ich mich immer noch. Ich kann nicht aufhören. Ich presse mir einen weiteren Strahl Flüssigseife aus dem Spender, der an die Wand montiert ist, auf die Handfläche und fange von neuem an, als ein Mann hereinkommt und an der Pinkelbeckenreihe seinen Reißverschluß aufzieht.
Das Geräusch des Reißverschlusses öffnet die Klappe in meinem Innern, die den Alptraum der vergangenen achtundvierzig Stunden von dem weniger heftigen Alptraum meines übrigen Lebens trennt. Einige Sekunden lang kann ich Rafi und den Mann mit den schlammigen Stiefeln vergessen und zu Gedanken an Sex und, nebenbei, Dichtung zurückkehren. Eine Sekunde träume ich davon, meinen Rücktritt einzureichen und meine verbleibenden Tage darauf zu verwenden, die künstlerischen Neigungen meiner Jugend wiederaufzunehmen. Ich träume davon, mich mit einem jungen Computeringenieur, der morgens zur Arbeit fährt und abends zu hausgemachten Apfeltaschen, die ich zwischen Stanzen

gebacken habe, in einem Obstgarten niederzulassen. Es ist traurig, wie unwirklich meine Träume sind. Wo kommen sie wohl her?

Ich stehe noch immer an dem Waschbecken, und das Wasser fließt über meine Hände, als ich feststelle, daß es ein weiteres Geräusch in dem Raum geben sollte.

Links von mir höre ich kein leises Plätschern; der Mann am Pinkelbecken pinkelt nicht. Ich höre auch nicht die kleinen Seufzer und Grunzer oder das Klingeln von Münzen in der Tasche eines Mannes, der seine Blase dazu animieren will, sich zu entspannen und zu erleichtern. Ich nehme den vertrauten Duft von Haarspray wahr.

Ich habe zwei Möglichkeiten. Ich kann so tun, als wüßte ich nicht, daß Noam Abravanel mir folgt, oder ich kann ihn ansprechen oder warten, bis er mich anspricht.

Ich gehe in eine der Toilettenkabinen und setze mich. Ich beschließe, meinen Fuß zu untersuchen, der aber will nicht auf den Befehl meines Gehirns reagieren und sich vom Boden erheben. Ich muß das taube Glied hochhieven und wie ein Stück Holz quer über mein gesundes Bein legen. Ich schnalle die Sandale ab und wickele den Verband auf, der naß und klebrig ist von wer weiß welcher Flüssigkeit, die aus meinem Fuß sickerte, als eine Reihe von Blasen vom Spann bis zum Knöchel wuchs und platzte, wuchs und platzte – alles passiert hier mehrere Male – wie vulkanische Eruptionen.

Ich umwickele meinen Fuß mit Toilettenpapier, das sich der Form hübsch anpaßt und weitere Ausscheidungen aufsaugt. Dann hebe ich Fuß und Bein erneut in die Höhe und stelle sie wieder auf den Boden.

Ich habe eigentlich keine Wahl. Meine Flucht quer durch Jerusalem von der Rehov Rambam zum Sheraton hat alle Energiereserven, die ich besaß, erschöpft. Ich bin müde und verängstigt und dermaßen kopflos, daß ich kaum noch weiß, wo ich als nächstes hingehen soll. Leg die Karten hin. Ich öffne die Kabine und sage: »Noam, bringen Sie mich hier raus.«

Eine Sekunde herrscht Stille, und ich erwarte, daß ein Jerusalemer Polizist vor mir Gestalt annimmt. Das ist halt einer der Vorteile, ein B.M. zu sein: Wir besitzen eine endlose, kindliche Fähigkeit, uns überraschen zu lassen. Stell dir irgendeinen blutrünstigen Horrorfilm vor. Ein junges Mädchen – möglicherweise mit nichts als einem Nachthemd bekleidet, aber das gehört nicht zur Sache – läuft durch die Gänge einer menschenleeren Villa, öffnet eine Schranktür, und eine Leiche fällt heraus. Sie schreit auf, und dasselbe tun die Zuschauer. Für mich ist es jede Sekunde an jedem Tag so, allerdings normalerweise nicht ganz so dramatisch.

»Gleich«, antwortet Noam.

Kein Erstaunen.

Ich mache ihm den Vorschlag: »Warum machen Sie in der Zwischenzeit nicht Ihren Reißverschluß zu?«

»Warum sollte ich? Geraten Sie in Versuchung?«

Darüber muß ich mich nicht aufregen, nicht bei ihm. Cyril Klein ist eine Macht, mit der man rechnen, mit der man kämpfen muß; Noam ist bloß ein besserer Laufbursche mit eigenem Büro und einem ausgefallenen Nummernschild.

»Nein, ich dachte nur, es könnte tröpfeln, und dann müßten Sie saubermachen.«

Noam schnaubt verächtlich, antwortet aber nicht, nur daß er meinem Vorschlag folgt und so leise wie möglich den Reißverschluß zuzieht. Er lehnt an der Wand, und ich bleibe auf meinem Thron sitzen. Königliches Privileg – bis die Tür wieder aufgeht, und diesmal ist es ein vertrautes Gesicht, auch wenn ich es nicht sehen kann.

»Keine Witze über den Versammlungsort, Nathan«, sagt Simon.
»Keine Witze über irgend etwas«, stimme ich zu.
Doch bevor wir zur Sache kommen können, öffnet sich die Tür noch einmal, und der Rest von Simons Gefolge strömt in den Raum. Dabei sind Klein und seine andere Hälfte, Khadoury, und Serena. Für sie muß es eine Gelegenheit sein: Wir befinden uns in einem der wenigen Räume in Israel, in denen sie nicht willkommen ist. Sie ergreift die Initiative und sagt: »Danke, Noam.«
»Bitte, bitte.«
»Danke, Noam«, wiederholt sie, bis er die Botschaft mitkriegt und zur Tür schleicht.
Ich wende mich an Serena. »Wir müssen aufhören, uns so zu treffen. Noam könnte denken, Sie sind leicht zu haben.«
Bis auf weiteres entschuldigt, wagt Noam nicht, seinen Senf dazuzugeben, aber Serena schnurrt: »Beim richtigen Mann bin ich leicht zu haben.«
»Wer immer das auch sein mag«, sage ich.
»Es reicht!« befiehlt Simon und nimmt auf der Babywickelfläche Platz, die kürzlich zum Gebrauch für emanzipierte amerikanische Papis installiert worden ist, die Hausarbeiten verrichten, die von ihren machohaften israelischen Pendants verabscheut werden. Nach dem Geräusch von Seide auf Seide zu urteilen, schlägt Simon die Beine übereinander und fährt inmitten des hier nistenden Aa-Aromas fort: »Ich will meinen Sohn.«
»Ja.«
»Dies geht Sie nichts an, Nathan, aber wir können nur vermuten, daß Rubinsteins Schuß Ihre Prioritäten durcheinandergebracht hat.«
Ich glaube eher, daß Rubinsteins Schuß meine Prioritäten klargestellt hat, doch ich bleibe stumm, während ich an den Irrsinn denke, der vor der Toilettentür herrschen muß: die Lobby von

Sicherheitskräften besetzt, ein Fahrzeugkonvoi, der zur Bestürzung des Portiers und der Touristenführer die Auffahrt blockiert. Junge, Junge, haben die Evangelischen da eine Geschichte zu erzählen, wenn sie nach Hause kommen, der PM persönlich hat zu einer kurzen Pinkelpause in ihrem Hotel vorbeigeschaut. Na, sagen wir, zu einer langen.

Simon hat begonnen, aus Gabriels Kindheit zu erzählen. Vor allem erinnert er sich an ein Fahrrad. Meint er, er eröffnet gerade ein Waisenhaus? Für wen ist diese Show? Und die Metaphorik! Er stellt das Fahrrad rot dar, in einer knalligen Farbe, statt in einem ruhigen, patriotischen Blau. Unbedingt Neufassung!

Etwas in mir ist kaputtgegangen. Zynisch war ich schon vorher, klar, aber im Grunde zufrieden mit meinem Job und meinem Platz im Leben. Jetzt kann ich die Gegenwart dieses Mannes nicht ertragen, der mich aus dem Militärkrankenhaus geholt und mir ein Zuhause gegeben hat. Ich werde mir kaum klar darüber, was für ein Privileg es ist, hier auf einer Toilette im feinsten Hotel des Landes zu sitzen und den privaten Erinnerungen des mächtigsten Menschen im Lande zu lauschen.

Warum diese Niederlage? Es sind nicht die Schädigungen, die mir die Pistolenkugel, die Spielplatzschaukel, die mich an Rafi erinnert, und die Bratpfanne eingetragen haben – der Libanon war schlimmer –, und es ist nicht einmal Rafi selbst, obwohl mir der Kopf dieses armen Jungen für immer im Gedächtnis bleiben wird. Nein, es ist das Gefühl – »Gefühl« ist für mich ein Schlüsselwort –, daß etwas um mich herum geschieht, über das alle außer mir Bescheid wissen.

Aber was macht das? Bin ich so oberflächlich, daß mich nur die elitäre Insiderhaftigkeit meiner Stellung aufrechterhalten hat? Habe ich nichts weiter geliebt als das kindische Geprahle: »Ich weiß etwas, das du nicht weißt. Ätsch. Ätsch. Ätsch.«?

Als Jude wurde ich außerhalb der größeren russischen Kultur geboren. Als Einwanderer lebte ich außerhalb der einheimischen israelischen Kultur. Als Blinder wurde ich vom allgemeinen menschlichen Erbe abgeschnitten. Das einzige, das mich mit etwas Größerem verband, als ich selbst es bin, war die Sprache, insbesondere die Sprache der Politik. Als Versager im Rechnen fand ich mein Metier in der Wahlrede und ihren verschiedenen Ablegern: der politischen Verlautbarung, der Parlamentsdebatte, der diplomatischen Rechtfertigung und der stets populären, schlauen und hinterhältigen öffentlichen Erklärung, die nie meint, was sie zu sagen scheint. Es mag ärmlich sein, aber es gehört mir.

Und dennoch: Als Simon über Gabriels brillante Universitätskarriere weiterschwafelt und wie stolz ben Levi *père* auf die Leistungen seines Sprößlings gewesen sei, fühle ich mehr und mehr die Neigung, hinter mich zu greifen und die Spülung zu ziehen.

Natürlich tue ich es nicht. Auch werde ich nicht aufstehen und aus dem Raum und dem Leben, das ich verabscheue, hinausmarschieren oder -humpeln. Mein phantasierter Rückzug ist zweifellos Unsinn. Außerdem ist, bis sich diese Sache klärt, mein Job das beste Mittel, das ich habe. Der geprägte Sonderausweis in meiner Brieftasche garantiert mir nahezu überall im Land Zugang, und ich weiß nicht, wo ich hin muß, allerdings kommt mir, während Simon weiterredet, langsam eine Erleuchtung

»Fremdes Feuer«, sagt er gerade.

Ein Funke springt aus seinem Mund in meine Ohren, und ich horche auf.

»Sagen Ihnen diese Worte irgend etwas?«

Unterschätz den Mann nicht. Ich muß mich ständig selber dran erinnern, Simon nicht zu wenig zuzutrauen. Er mag nicht schön reden können, wenn ich ihm keine schönen Worte in den Mund lege, und er mag die Moral eines Tigers bei Dürre haben, aber er hat einen sechsten Sinn für menschliche Reaktionen. Er merkt es sofort, wenn ein Satz gut rüberkommt oder danebengeht. Er weiß seit langem, daß ich mich gegen ihn gewandt habe, und es ist ihm egal, aber jetzt weiß er, daß ich mich ihm zugewandt habe. Er wartet.

Wieder hat es keinen Sinn zu lügen, weil er wahrscheinlich Bescheid weiß. Das ist eine der ersten Regeln in der Politik: Niemals eine Frage stellen, wenn man sich der Antwort nicht sicher ist. »Ja, ein unerwarteter Besucher in meiner Wohnung erwähnte den Ausdruck, aber ich war allzusehr damit beschäftigt, mich zu verbrühen, um ihn um eine Erklärung zu bitten.«

»Mein Gott, was ist Ihnen passiert, Nathan?«

Er hat's bemerkt.

»Ein kleiner Unfall. Nicht so schlimm wie der ein paar Treppen höher.«

»O ja, das.«

»Ich denke, Sie wollten sagen: ›er‹.«

»Grotesk«, bemerkt Simon. »Aber das passiert eben, wenn ... tja ... passiert, egal, was passiert ist.«

Den Satz hätte ich besser schreiben können.

Simon schließt: »Und was ist passiert?«

»Fragen Sie ihn.« Ich zeige in die Richtung von Cyril Klein, der seinen Rücken gegen die Toilettentür gestemmt hat.

Simon muß Klein zugenickt haben, weil der stumme Beamte kurz und bündig antwortet: »Er war dort, als ich kam.«

Ich fahre fort: »War da sein Hals noch fest am Kopf?«

»Ich habe die Unterstellungen von dieser Tunte satt –«

»Na, na, Cyril, Nathan war ein hochdekorierter Soldat der IDF.«

»Ja, was haben Sie denn im Libanon gemacht, daß Sie sich diese Vorliebe für dunkles Fleisch erworben haben?«

Das ist noch so etwas, was ich hasse: auf Schwulen herumhakken – und das Wort »schwul« dazu. In Israel gibt es vielleicht pro Kopf mehr Handys und Cappuccini als in Seattle, aber wir sind nicht das, was man eine fortschrittliche Gesellschaft nennen könnte. Simon vollführt einen ständigen Balanceakt zwischen risikofreudigen Kapitalisten in Armanianzügen, glatt wie ein Kinderpopo, und den Haredim in Kaftanen, rauh wie Stahlwolle. Jetzt tut er das, was er immer tut, wenn er in der Mitte festsitzt: Er geht vorwärts, ignoriert die Störung und sagt: »Meinen Sie, es könnte derselbe gewesen sein, der bei Ihnen zu Hause war?«

Das ist eine gute Frage, und ich denke darüber nach. Gleichzeitig überlege ich, warum wir diese Diskussion führen. Simon ist kein Detektiv, und das ist auch sonst niemand im Raum. Ja, ich vermute, daß sich in diesem Moment kein Polizist irgendwo in der Nähe des Sheraton befindet. Vielmehr ist wahrscheinlich ein von Cyril Klein ausgesandtes Team gerade dabei, im Penthouse C alle Spuren des Mordes zu beseitigen, der sich dort innerhalb der letzten vierundzwanzig Stunden ereignet haben muß. Ich könnte jetzt auf der Stelle die Polizei rufen, und man würde sagen: »Verbrechen? Was denn für ein Verbrechen?« Ich könnte mit dem Aufzug noch mal nach oben fahren und mit einem Schlüssel in die Suite hineingehen und würde dort den Chef der evangelischen Gruppe aus der Lobby finden, wie er gerade zwei aus seiner Herde bumst, während sie »Sanfter Schäfer« singen. Ich könnte in die Küche rennen, den Kühlschrank aufreißen und fände ... Champagner auf Eis. Wenn nationale Interessen auf dem Spiel stehen, verschwinden Leute. Mich könnte man auf dem Wickeltisch in Stücke hacken und im Klo runterspülen, und niemand würde es je erfahren.

»Nein«, antworte ich auf die Frage. »Ich glaube nicht, daß es mein Besucher war. Rafi wurde umgebracht, als der Fremde in meiner Küche war. Ich bin sein Alibi.« Außerdem habe ich oben keinen Schlamm gerochen.

»Rafi?« feixt Khadoury, selbst ein irakischer Jude. »Ihr habt euch mit Vornamen angeredet. Wer war noch da?«

»Gabriel. Sie wissen es.«

Warum ich den dritten Namen nicht erwähnt habe, weiß ich nicht genau. Nicht ganz so gewieft, wie ich es gern hätte, versuche ich das Gespräch davon wegzulenken, worüber ich lieber nicht reden würde, und auf das zu bringen, worüber ich was hören möchte.

»Was bedeutet ›Fremdes Feuer‹?«

Erstaunlicherweise funktioniert das, und nach einer Pause, in der Serena offensichtlich mit einem Blick Simons Zustimmung einholt, sagt sie: »Wir glauben, daß eine Gruppe islamischer Fundamentalisten in den nächsten zweiundsiebzig Stunden in Jerusalem eine größere Aktion plant. Wir reden hier nicht über einen vollgedröhnten halbwüchsigen Selbstmordattentäter in einem Bus. Wir sprechen von einer äußerst raffinierten, an einer außerordentlich sensiblen Stelle plazierten Bombe, die enorm viele Menschenleben kosten und möglicherweise zum Krieg führen wird. Wir glauben auch, daß diese Gruppe, der wir den Codenamen ›Fremdes Feuer‹ gegeben haben, als Teil ihres Komplotts Gabriel entführt hat. Offen gesagt, haben nur wenige Araber die Mittel dazu. Eine von ihnen hat sie. Ihr Name ist –«

»Gita Mamoun.«

Serena verstummt.

»In diesem Teil der Welt gibt es nur eine Sie mit solchen Möglichkeiten«, erkläre ich meine Kenntnisse. »Aber sie subventioniert Schulen und Krankenhäuser.«

»Und Armeen«, schließt Simon, indem er einen meiner eloquenteren Sätze zitiert.

»Bitte, Nathan«, fährt Serena fort. Einen Moment denke ich, man hat sie mitgebracht, weil eine weibliche Sichtweise vonnöten ist, wenn eine Frau beteiligt ist, aber feministisch gesehen ist Israel ziemlich modern. Wenn man ein Land mit nur ein paar Millionen Einwohnern hat, kann man es sich nicht leisten, die potentiellen Begabungen der Hälfte der Bevölkerung außer acht zu lassen. »Das ist eine alte Geschichte«, sagt sie, bevor sie sie erzählt. »Wie ist ein Falke besser zu verstecken als im Gefieder einer Taube?« fügt sie als hübschen rhetorischen Schnörkel hinzu. »Wir glauben, daß Madame Mamoun an der Planung dieses Ereignisses beteiligt ist«, geht sie zur Attacke über. »Ohne Zweifel reden wir hier über die allerhöchste Gefahr und die größtmögliche Sicherheit. Niemand außerhalb dieses Raumes weiß, was Sie wissen, deshalb werden Sie ab jetzt rund um die Uhr unter Schutz gestellt.«

»Schutz« bedeutet, ich bin praktisch verhaftet. Meine Freunde sind besorgt, entweder darüber, wer mich finden wird, oder darüber, was ich finden werde. »Woher wissen Sie das?«

»Der junge Mann, den Sie Rafi nennen, war unser Informant.«

»Was soll ich Ihrer Ansicht nach tun?«

»Offenbar hat es Madame Mamoun aus irgendeinem Grund für richtig befunden, mit Ihnen Kontakt aufzunehmen. Daher können wir annehmen, daß sie möglicherweise wieder mit Ihnen in Kontakt zu treten versucht. Wenn dies geschieht, müssen Sie uns sofort informieren.«

Es ist bemerkenswert, daß keiner fragt, *warum* wohl die sogenannte Fremdes-Feuer-Gruppe mit mir in Kontakt getreten ist. »Aber wird sie sich nicht eher von mir fernhalten, wenn ich unter Bewachung stehe? Das Wichtigste an einem Köder ist, daß er frei schwimmt.«

»Das Wichtigste an einem Köder ist, daß er an einer Leine hängt.«

»Ich brauche Freiheit.«

»Und ich«, unterbricht Simon, »brauche meinen Sohn.«

Das ist die Trumpfkarte, die jeden Dialog zum Schweigen bringt. Ich weiß nicht, wer den Satz geschrieben hat, aber Simon serviert ihn so gut wie Olivier. Plötzlich fällt die Politik unter den Tisch. Selbst der mögliche Krieg, den Serena wie ein Gespenst aus dem fortdauernden Wahnsinn des Nahen Ostens beschwor, tritt in den Hintergrund. Wir reden jetzt über einen Vater und seinen Erstgeborenen.

Macht nichts, daß Entfremdung, wenn nicht offene Feindschaft, Simons Verhältnis zu Gabriel gekennzeichnet hat, seit letzterer die Universität besuchte, woran ersterer sich mit solcher Rührseligkeit erinnert. Dies hier ist keine Angelegenheit eines bestimmten Vaters und eines bestimmten Sohnes. Die Sache hier ist elementar. Sie ist biblisch.

10

»Papi, Papi, bitte komm nach Hause«, stöhnt die vertraute Stimme.

»He, das ist ja Zimmer 404!« Ich freue mich, den wahnsinnigen alten Miesepeter zu hören.

»Sie erinnern sich an Ihren Nachbarn«, bemerkt Dr. Iwan, als er mich durch den Korridor zu meinem gewohnten Zimmer rollt. Es ist so was wie das Penthouse C im Sheraton für jemanden wie Gita Mamoun. Ich würde nirgendwo anders wohnen.

Natürlich erinnere ich mich. Mein Erinnerungsvermögen sitzt nicht in meinem Fuß, der bereits betäubt, von einer Schicht Jerusalemer Staub gereinigt, saubergekratzt, genäht und von neuem verbunden worden ist, so daß seine Schwellung zur Größe einer Kokosnuß zurückgegangen ist, die am Ende meines Beines hängt. Besagter Fuß ruht auf dem geriffelten Stahltritt, den man zwischen dem Chromrahmen des Rollstuhls ausklappen kann. »Wie hätte ich ihn vergessen können? Er hat mich eine Woche nicht schlafen lassen. Wie geht's ihm denn?«

»Schlechter denn je. Ich fürchte, er ist nicht mehr lange auf dieser Welt.«

»Wenigstens wird er seinen Papi wiedersehen. Jämmerlicher alter Scheißer.«

Ja, ich bin wieder im Krankenhaus. Alles geschieht zweimal in diesem Land. Als meine Audienz mit Simon zu Ende ging, war klar, daß ich mich in einem Schockzustand befand und dringend medizinischen Beistand brauchte, wenn ich irgendwie von Nutzen sein sollte.

»So wie Sie geredet haben, war ich sicher, daß ich Sie wiedersehen würde«, sagte Iwan, als mich der Wagen des Premierministers vor ein paar Stunden zur Notaufnahme brachte. Er ist ein netter Mensch, sein käsiger Atem so tröstlich wie die erste schmerzstillende Spritze, obwohl, wenn ich drüber nachdenke, heute an diesem Atem etwas sonderbar ist. Was noch seltsamer ist, auch das Hadassa erscheint mir nett; nach einem sehr langen, schlaflosen Tag in der Welt draußen erscheinen mir diese antiseptischen Korridore eher wie die eines Kurbades denn eines Gefängnisses.

Alle Schwestern grüßen mich, als wir an der Station vorbeikommen.

»Abwesenheit läßt das Herz nachsichtiger werden. Wenn Sie Ihre Karten richtig ausspielen, können Sie vielleicht eines der Mädchen dazu überreden, Sie warm zu halten, Herr Kasakow.« Iwan lacht glucksend und biegt mit dem Rollstuhl in die Tür ein, die ich nie wieder zu passieren meinte.

Ich rieche die Leere und sage: *»Home, sweet home.«*

»Ihre Mutter hätte es nicht gern, wenn Sie irgend etwas anderes als die Rehov Rambam für Ihr Zuhause hielten.«

Ich recke den Hals und drehe ihn nach links, kann aber kaum was hören. Ich muß mich dran gewöhnen, diese kleine Korrektur vorzunehmen. Ich drehe mich nach rechts und sage: »Sie haben mit meiner Mutter gesprochen?«

»Ja, ein paar Minuten nachdem Sie weggegangen waren, versuchte ich noch mal anzurufen, und sie klang so besorgt, daß –«

»Aber das war eine Telefonnummer. Woher wußten Sie, daß ich in der Rehov Rambam wohne?«

»Wenn Sie's unbedingt wissen müssen: Wir haben Ihre Adresse in den Krankenhausakten. Und wenn Sie wissen wollen, wie ich sie gefunden habe: Ihre Mutter hat mir eine Wegbeschreibung gegeben. Eine reizende Frau und eine exzellente Köchin.«

Das war das Merkwürdige an seinem Geruch. Es war nicht Cheddar, sondern der süße Bauernkäse, den Mutter so gern ißt. Ich hätte es sofort merken müssen. »Sie sind hingefahren?«

»Wir sind im ganzen Viertel herumgefahren, als wir nach Ihnen suchten, und haben Hunger bekommen.«

»Blintze?«

»Die besten, die ich gegessen habe, seit die Cafeteria Potemkin dichtgemacht hat.«

»Ich kenne dieses Lokal.«

»Warum sollten Sie nicht?«

»Tja ... es war illegal.«

»Ja«, seufzt Iwan wehmütig, und sein Seufzer schafft es, daß ich mich mit seiner Gegenwart in meinem Leben abfinde. Erst rief er an, dann fuhr er rüber. Der Mann hat kein Gefühl für Privatsphäre. Das kommt davon, wenn man zu viele Jahre in kommunalen Wohnungen mit sechs anderen Familien zusammenleben muß. Es kommt auch von Lokalen wie dem Potemkin, in denen schon vor Glasnost individuelle Triebe unter den Wachsmasken hervorlugten, die wir alle in der Öffentlichkeit trugen. Man weiß Wasser erst richtig zu schätzen, wenn man am Verdursten ist.

Der ehemalige Klub der Schauspielergewerkschaft, in Potemkin umgetauft, war eine bloße Fassade, hinter der Drogen und Dichtung halb frei getauscht wurden, obwohl ich zu naiv war, um die Drogen zu bemerken. Natürlich war der Laden dem KGB bekannt und wurde von ihm als Druckventil toleriert, das nebenbei eine bequeme Möglichkeit bot, ein wachsames Auge auf die unerwünschtesten und zukünftig unerwünschten Bürger Moskaus zu haben, zu denen die sich überschneidenden Kategorien Schriftsteller, Juden und eine Handvoll Gymnasiasten gehörten, die den Weg zu der alten Eichentür fanden so wie andere, ehrgeizigere junge Leute ihren Weg über die Grenzen. Im nachhinein wäre ich nicht erstaunt, wenn der Schuppen tatsächlich dem KGB gehörte; die Männer mit den grünen Mützen, die Rußland regierten, hätten nichts dagegen gehabt, die illegale westliche Währung zu kassieren, die für illegalen westlichen Schnaps von denen über den Tresen geschoben wurde, die Rubel und heimischen Wodka nicht ausstehen konnten. Erst aßen die Gäste Blintze, dann tranken sie, dann redeten sie zuviel, dann wurden sie verhaftet. Es war ein Idiotenspiel, aber die Lockung des Verbotenen war unwiderstehlich.

Obwohl ich mir Scotch oder das noch rarere Gläschen Jack Daniels nicht leisten konnte, ging ich so oft hin, wie ich nur konnte, aber ich war so ahnungslos, daß ich einmal – es muß in dem Sommer, bevor Mutter und ich emigrierten, gewesen sein –, als ich nach draußen taumelte, um im Garten hinter der Terrasse zu kotzen, zu meinem Entsetzten entdeckte, daß unter der Traufe Jungs andere Jungs küßten. Obgleich das Wetter schwül war, verspürte ich ein Frösteln, das ich auf den Schnaps in meinem Teenagerbauch schob, aber ich irrte mich. Den Schnaps beschaffte ein schwarzhaariger Mafioso, der mich wahrscheinlich am liebsten mit nach Hause genommen hätte, und ich wäre wahrscheinlich auch mitgegangen, hätte ich nicht zuviel von dem überraschend potenten Yankee-Bourbon getrunken. Damals konnte ich eben noch nicht zwischen den exotischen Lastern, die das Potemkin förderte, und der endgültigen Form meines täglichen Lebens unterscheiden.

Wenn ich an jene Zeiten zurückdenke, erinnere ich mich an dieses Gefühl wagemutigen Leichtsinns, mit dem wir von weitem einen Blick aufs Erwachsenendasein riskierten. Die Welt war mit Potentialen angefüllt, sei es denen ungehemmter Romantik oder denen ungebremster Gefahr. Wir vermuteten, daß wir, wenn wir durch die Türen des Potemkin schlüpften, fotografiert, unsere Sünden gegen den Staat in den Hauptbüchern der Lubianka festgehalten und unsere Wohnungen durchsucht würden, während wir Partys feierten.

Jetzt ist die Welt mit ähnlichen Potentialen angefüllt, während ich mich von einer ähnlich schwer faßbaren Macht ähnlich beobachtet fühle. Ja, mir fällt plötzlich wieder ein, was mir Iwan erzählte, als wir letztes Mal miteinander sprachen, daß nämlich jemand das Zimmer durchsucht hatte, in das ich gerade wieder eingezogen bin. Ich rolle in dem Raum herum, und meine Finger fahren überall forschend drüber, von der Unterseite der festen Matratze bis zu der Reihe komplizierter Apparate neben dem Bett.

»Suchen Sie nach etwas?«

Ohne auf Iwan zu achten, hebe ich eines der gerahmten Bilder an der Wand seitlich hoch und suche nach einem Leitungsdraht. Ich greife in das Kästchen neben den Heizungsarmaturen. Ich rolle ins Bad, das ganz nach Vorschrift geräumig genug ist, daß ich mit meinem Rollstuhl eine volle Drehung machen kann, und betaste die Rückwand des kühlen, mit einer glatten Front – es ist wahrscheinlich ein Spiegel – versehenen Medizinschränkchens. Aber genauso wie ich bei meiner ersten Suche im Penthouse C Rafi nicht fand, so finde ich auch hier nichts. Wenn ein knopfgroßer Sender in einem Blumentopf steckt oder eine Videokamera in das von der Decke herabhängende Fernsehgerät montiert ist oder ein abgeschnittener Kopf auf dem Kissen liegt, weiß ich es nicht.

Ich sinke erschöpft in mich zusammen.

»Sie brauchen Ruhe.«

»Hmph.«

»Einen Penny, wenn Sie mir sagen, was Sie denken.« Iwan drückt mir eine Münze in die Hand. Ihre Ränder sind glatt, und das ist auch ihre Oberfläche. Ich ertaste kaum die Umrisse eines Gesichts, und ich kann das Gesicht nicht identifizieren, allerdings kann ich ein Blumenmuster ausmachen, das sich um das Gesicht herumzieht wie ein Heiligenschein. Es ist eine alte Münze, eine sehr alte Münze, eine antike Münze. Die Blumen sind ein Lorbeerkranz, das Profil ist römisch. »Wo haben Sie die her?«

»Sie klebte an Ihrem Fuß. Vermutlich sind Sie irgendwo auf Ihren Wegen draufgetreten und haben sie einfach mitgeschleppt.«

Ich drehe die Münze in meinen Händen und kann die Bedeutung nicht ganz fassen. Es ist wie mit der Vierundzwanzig-Stunden-Zeitspanne, die wir einen Tag nennen, obwohl eine Nacht darin enthalten ist; sie hat zwei Seiten, die in sich zusammenhängen und die wir unmöglich zur gleichen Zeit sehen können. Dann fällt mir das Wechselgeld ein, das ich in Abdullahs Café vom Tisch einsammelte. Jacob Twersky muß die Münze irrtümlich auf das kaffeefleckige Kachelrund gelegt haben. Dann muß sie mir beim Wechseln aus der Tasche gefallen und an der klebrigen Masse unter meinem rechten Fuß haftengeblieben sein. Wahrscheinlich ist sie nicht besonders wertvoll, sonst wäre Jacob achtsamer gewesen, aber sie war vielleicht sein Talisman, und ich sollte sie ihm zurückgeben. Aber andererseits habe auch ich Glück dringend nötig.

Iwan sagt: »Sie sieht ziemlich interessant aus.«

»Ich brauche Geld.«

»Tun wir das nicht alle?« seufzt er erneut. »Ich bin zu alt dazu, aber ich muß hier in diesem Krankenhaus noch fünf Jahre arbeiten, nur um das Stipendium abzustottern, das man mir gezahlt hat, damit ich das Examen mache, das ich in Rußland schon vor zwanzig Jahren hätte ablegen können. Dann kann ich eine Privatpraxis eröffnen und wirklich ein bißchen Kohle verdienen.« Er versucht mich abzulenken, indem er den Hanswurst spielt.

»Iwan, ich brauche Geld, und zwar jetzt.«

»Ich kann Ihnen was leihen, aber viel gibt's im Geschenkartikelladen nicht zu kaufen.« Er zieht ein paar Geldscheine aus seiner Brieftasche.

»Das reicht mir nicht.«

»Dann gehen Sie doch zu –«

»Schsch!« Ich richte mich mit einem Ruck auf und lege ihm einen Finger auf die Lippen. Er darf das Wort nicht aussprechen. Ich bin sicher, daß im Zimmer Wanzen versteckt sind, und ich tue mein möglichstes, in Codes zu reden, und diese Codes müssen so raffiniert sein, daß sie für meine unsichtbaren Horcher unverständlich, für meine erwünschten Zuhörer aber klar sind. Ich fahre mit der Hand über Iwans stoppeliges Gesicht und fühle das Haar und die Falten auf seiner Stirn. Er überlegt, beobachtet mich, während ich nicke. Normalerweise teilen sich Eindringlichkeit und Ernsthaftigkeit durch die Augen mit, doch ich muß das gleiche mit meinem Mund und Kinn erreichen. Ich möchte mich nicht wiederholen müssen. Ich möchte niemand anderem einen Grund zum Nachdenken geben. Trotzdem glaube ich, daß Iwan versteht.

»Wirklich?« sagt er.

Ich nicke.

Er läßt meine Finger, wo sie sind, und nickt seinerseits, aber ich kann nicht erkennen, ob sein Nicken Zustimmung oder Beschwichtigung bedeutet. Ich insistiere: »Sehr bald.«

Ich versuche, Iwan meine Gedanken aufzuzwingen. Ohne Hilfe werde ich niemals weit kommen, aber er hat keinen Grund, mir zu helfen. Ich überlege, welche Karten ich noch ausspielen könnte, um ihn zu überzeugen: die Arzt-Patient-Beziehung, das Verhältnis unter Emigrantenkollegen, das Vergnügen, das er am

Untergraben von Autorität haben muß, meine Mutter. Scherzhaft sage ich: »Ich verschaffe Ihnen ein Jahr lang einmal die Woche Blintze.«

»Sie sind verrückt.«

»*Patience!*«

»Patienten!« spottet er, und dann setzt er aufgebend oder nachgebend hinzu: »Ich werde für alles sorgen. Unterdessen brauchen Sie Ruhe.«

Wirklich sollten meine Wächter vor der Tür und die Leute, die mich auf Tonband abhören und auf Film betrachten, glücklich darüber sein, daß ich gesund genug sein werde, um das Krankenhaus zu verlassen, um die Wege, die ich zu erledigen habe, dringlicher erscheinen zu lassen. Worauf es ankommt, ist, ihnen auf diesen Wegen zu entwischen.

»Ruhe«, wiederholt Doc Iwan.

»Nein«, weigere ich mich, aber als nächstes bemerke ich, daß ich wieder aufwache. Wie viele Stunden später, zwei oder zweiundzwanzig, kann ich nicht sagen. Hat er mir was gegeben? Nein, das war nicht nötig. Ich bin groggy nach halb beendeten Träumen – wovon? vergessen, von irgendwas! –, die aus dem Bewußtsein tanzen, während ich mir unnützerweise die Augen reibe, aber jetzt ist es an der Zeit. Irgendwie habe ich fast das Gefühl, es ist gegen Abend, was vielleicht die beste Zeit für eine Flucht ist. Die Tageswache ist möglicherweise müde, und die Nachtwache ist noch nicht im Dienst.

»Trinken Sie das«, sagt Iwan – war er die ganze Zeit hier? – und drückt mir eine kleine Pappschachtel in die Hand. Aus der Schachtel ragt ein Strohhalm, und ich trinke einen Schluck einer dikken, schaumigen Flüssigkeit, die wie ein Schokoladenmilchshake schmeckt. In einem langen Zug schlucke ich den Inhalt und merke, daß ich so hungrig wie erschöpft war. Ich hatte einfach keine Gelegenheit, das Omelett zu essen, das ich mir letzte Nacht machen wollte.

Iwan erklärt: »Es ist eine äußerst nahrhafte Spezialmixtur. In diesem Paket hier sind noch etliche mehr davon, außerdem einige Verbände zum Wechseln für Ihren Fuß. Sie wissen gar nicht, wie dicht Sie an Wundbrand und Amputation vorbeigeschrammt sind.«

»Na und?« spotte ich. »Ein Fuß, ein Ohr, ich habe immer noch eins übrig.«

Der Doktor überhört meine Prahlerei. »Schmieren Sie die Salbe auf den Fuß und erneuern Sie den Verband alle zwölf Stunden, wenn Sie nach Hause kommen.«

Nach Hause? Falls es mir wunderbarerweise gelingt, inmitten des täglichen Wirrwarrs aus einer riesigen öffentlichen Einrichtung zu entwischen, sitze ich doch in der Rehov Rambam in der Falle. Er will mich hintergehen.

»Ich habe auch etwas Geld hineingetan … Sie können also nicht sagen, ich wäre auf Ihre Wette nicht eingegangen.«

»Wette?«

Er legt mir einen Finger auf die Lippen.

Verdammt, er will mir zu erkennen geben, daß auch er in Codes redet, daß er ebenfalls der Ansicht ist, daß wir abgehört werden, daß er einen Plan hat. Ich küsse seinen knubbeligen, rauchigen Zeigefinger.

»Es reicht«, sagt er. »Gehen Sie ins Bad und ziehen Sie sich um. Ihre Kleider sind schmutzig. Hier sind die andern, die Sie mitgebracht haben.« Er drückt mir ein zweites Paket in die Hände.

Sonderbar. Ich habe keine Kleider zum Wechseln mitgebracht. Außerdem mögen die Sachen, die ich anhabe, vielleicht schmutzig sein, aber wir gehen doch auf keinen Ball. Ich bin jedoch zu benebelt, um mich zu streiten, und humpele ins Bad. Dies ist heute

das zweite Mal, daß ich mich zu einem Zweck auf ein Klo setze, für den es nicht gemacht ist. In Israel geschieht alles zweimal.
Ich entfalte das schwere, zerknitterte Papier der Tüte, die sich anfühlt, als käme sie aus einem Supermarkt. Das erste, was ich herausziehe, ist ausgerechnet ein Turnschuh. Ist Iwan verrückt? Auf der einen Seite verlangt er, daß ich meinen Fuß behandle, als wäre er ein Fabergé-Ei, und auf der anderen findet er, ich sollte das beschädigte Glied in dieses geformte Gummiteil quetschen. Ich grabe unter dem zweiten Turnschuh und stoße auf eine zweite Überraschung: ein Paar Satinshorts, dem ein ärmelloses T-Shirt aus dem gleichen Material folgt. Ich fahre mit der Hand über das Hemd und fühle, daß auf den Rücken etwas gestickt ist: eine Zahl, achtzehn. Das alberne Zeug ist ein Dreß für irgendeine Sportmannschaft. Ich will gerade das Bad verlassen, um Iwan nach unten zur Psychiatrie zu begleiten, als er durch die Tür ruft: »Wie sieht's aus?«
Es reizt mich zu sagen, daß Michael Jordan ab sofort keine Chance mehr hat, aber irgendwie habe ich das Gefühl, ich sollte die Klappe halten. Iwan ist zu ernst. Wenn er mit Kostümen spielen will, werde ich mich ihm fügen. Ich ziehe meine normalen Kleider aus, die – er hatte recht – nach dem langen Abend und der morgendlichen Nervenprobe von getrocknetem Schweiß starren, und streife mir den Dreß über. Es ist recht einfach hineinzuschlüpfen, weil die Shorts einen elastischen Hosenbund haben und das Hemd nicht mehr als ein kleiner Fetzen ist. Mit den Turnschuhen ist es kniffeliger, obwohl Iwan eine Größe ausgesucht hat, die an meinem linken Fuß wie bei einem Clown herumschlabbert. Der rechte Fuß ist das Problem. Trotz aller Mittel, die Iwan in den Fuß gespritzt hat, um die Infektion zu bekämpfen und die Schwellung zu lindern, ist er noch immer empfindlich, und Schmerzen schießen wie Blitze nach oben, als ich ihn so vorsichtig wie nur mög-

lich in den Schuh gleiten lasse. Ich binde die Senkel zu großen, losen Schleifen.

»Haben Sie alles an?«

Ich dachte, das hätte ich, aber da ist noch ein Stück, um meine Verkleidung zu vervollständigen. Unter den Turnschuhen und den Sportsachen liegt ein Krankenhauskittel. Obwohl er mich aufgefaltet wie ein Zelt umgibt, hätte ich ihn beinahe übersehen, weil er säuberlich wie ein Stapel Servietten unter einem Picknick zusammengelegt war. Der Kittel ist weniger ein besticktes oder gewebtes Kleidungsstück als vielmehr eine in einem Stück gepreßte Plastikhülle von unnatürlicher Beschaffenheit und Dünne wie die Mylarfolien, in die sich Marathonläufer nach dem Rennen hüllen. Mir fällt noch ein, daß ich die feste Seite nach vorn tragen muß, um die Rückseite in Falten um meinen Satinhintern zu drapieren, dann humpele ich zur Tür.

»Ausgezeichnet«, sagt Iwan. »Na ja, fast.« Er zieht die Rückenhälften dichter zusammen, um den Dreß zu verdecken. »Ihr Fahrzeug, mein Herr.« Er führt mich zu meinem bereitstehenden Rollstuhl wie ein Chauffeur, der den hinteren Schlag seiner an der Bordsteinkante wartenden Limousine aufhält.

Widerstrebend lasse ich mich auf den Sitz plumpsen.

Wir rollen hinaus auf den Korridor, und sofort spüre ich, wie es um mich herum lebendig wird. Ich höre das Rascheln hastig zusammengefalteter Zeitungen und das leise Rauschen eines Walkie-talkies.

Wenn Iwan denkt, daß ein Typ im Rollstuhl und in so einem lächerlichen Aufzug sich vor den schärfsten Augen im Lande in Luft auflösen kann, ist er verrückt, aber ich kann nichts weiter tun, als mich auf ihn zu verlassen.

Iwan pfeift, als wir an der Schwesternstation vorbei und in den Aufzug rollen, der vom vierten Stockwerk fünf Etagen nach unten fährt. Wir sind also im Keller, wo ein weiterer Schin-Bet-Detektiv die Überwachung aufnimmt.

»Wo fahren wir hin?«

»Ach, zu dieser kleinen Darbietung, von der Sie im Krankenhausblättchen gelesen und um deren Besuch Sie gebeten haben. Sie hat gerade angefangen.«

Wovon zum Teufel redet er? Vergiß, daß ich um keinen Besuch von irgendwas gebeten habe. Wie könnte ich irgend etwas in welchem blöden Blättchen auch immer gelesen haben, das zur Erheiterung der Bettlägerigen herausgegeben wird, wenn es keine Brailleausgabe gibt, was ich irgendwie bezweifele?

Wieder fängt er an zu pfeifen, um jede Unterhaltung mit Absicht auszuschließen. Seine Bemerkung galt den Ohren, die uns belauschen. Vielleicht ist sogar der Rollstuhl verwanzt. Außerdem strickt er sich ein Alibi, indem er so tut, als hätte er mit allem, was demnächst geschehen könnte, nichts zu tun.

Der unterirdische Korridor, den wir entlangfahren, ähnelt ein bißchen dem Servicebereich im Sheraton. Die Krankenhauscafeteria muß in der Nähe sein, weil ich eine tödliche Mischung aus zu lange gekochtem Gemüse und Jell-O-Pudding rieche, während eine Wäscherei, die zur Bearbeitung ebensolcher Massen an Bettwäsche in der Lage ist wie die vom Sheraton, ihren eigenen dumpfigen Gifthauch auf den Gang entläßt. Hier und da bemerke ich an leichter Zugluft, daß wir Quergänge passieren, die in andere Bereiche des Betriebs führen. Die meisten sind mit dem Geräusch vieler Schritte und menschlicher Geschäftigkeit angefüllt, aber aus einem höre ich leises Rasseln. Es kommt auf uns zu, und ich berechne die Bahnkurve. Ehe ich Iwan warnen kann, hat ein Pfleger, der es eilig hat, seinen mit Teströhrchen beladenen Wagen uns direkt in den Weg geschoben.

»Halt!« Iwan weicht aus, und der Wagen tut dasselbe.

Das Geräusch seiner Räder verändert sich. Zwei Beine scheinen die Bodenhaftung zu verlieren. Dann landen sie mit einem Rasseln. Die Teströhrchen werden kräftig durchgerüttelt, gehen aber nicht zu Bruch.
»Passen Sie doch auf, wo Sie hinfahren, verdammt noch mal«, schreit Iwan. Er ist schließlich Arzt, und es gibt eine Hierarchie
»Verzeihung, Herr Doktor«, entschuldigt sich der Pfleger.
»Hätte blutig ausgehen können«, murmelt Iwan, aber ich bin jetzt zum erstenmal vergnügt und lache.
»Jeder fährt, so gut er kann«, sage ich.
»Bis auf Sie.« Iwan rückt mich zurecht, und wir setzen unseren Weg fort.
Ich denke über das Wort »blutig« nach. *Bloody.* Es ist so ein Wort, das Cyril Klein benutzt haben könnte, aber Iwan redet nicht in dem Slang, der dieses Land ein halbes Jahrhundert nach dem Ende des britischen Mandats noch immer verpestet. Er meinte buchstäblich den Inhalt der Halterungen mit Hunderten von pingelig etikettierten Teströhrchen auf dem Weg ins Labor, wo das Übel in den Adern von Hunderten von Patienten ans Tageslicht kommt. Syphilis, Zirrhose, Sklerose, AIDS. Das Blut verrät es.
Breite Doppeltüren öffnen sich auf eine luftige, weite Fläche. »Dies hier ist die Freizeitanlage«, sagt Iwan. »Die Plätze liegen gleich da vorn.«
Jetzt ist er der Unterhaltungschef, und diese Anlage kommt mir mit jeder Minute mehr wie ein Vier-Sterne-Kurort vor. Es gibt hier Tennisplätze und einen Golfplatz für die Gehfähigen, Kinos für die Faulen und Dichterlesungen für diejenigen mit ästhetischen Neigungen.
Er läßt nicht locker und wird nicht aufhören, bis ich nicht den Umfang der »Einrichtungen« gebührend gewürdigt habe. Er ist ein Reiseleiter auf Autopilot. »Wir sind jetzt hinter dem Haupt-

gebäude«, sagt er und fährt fort, »in der Nähe des Parkplatzes, der ungefähr hundert Meter links liegt.« Wofür hält er mich, für einen potentiellen Sponsor? Vielleicht brauchen sie einen neuen Parkplatz, den sie nach einer coolen Million in bar oder Aktien dann nach mir benennen.

»Am Fuß des Hügels hinter dem Parkplatz steht die Heimsuchungskirche. Nicht, daß Sie da jemals hingehen müßten.«

Gott, bin ich begriffsstutzig. Er erklärt mir die geographische Situation, weil er denkt, ich werde sie brauchen. Und er müßte mir das Ganze nicht erzählen, wenn er vorhätte, mich zu begleiten. Was ist mit Goldie?

Er hat sie eingeschlossen, weil man mich an ihr erkennen würde. Aber wird man das nicht auch am Rollstuhl und dem Krankenhausgewand? Und was ist mit dem doofen Sportdreß?

»Ah, sehen Sie mal … Entschuldigung. Ich meine, können Sie's hören? Das Spiel hat schon angefangen.«

Ich lag auch falsch, als ich mir einen Tennisplatz vorstellte. Es handelt sich um ein Basketballfeld. Ich höre den Aufprall eines noppigen orangefarbenen Balles so eindringlich, wie ich das Gummiband um meine Taille spüre, und die Teile beginnen sich zusammenzufügen. Entweder mein Vertrauen war richtig, oder ich bin engagiert, um Mann gegen Mann mit den Harlem Globetrotters zu spielen.

Eine kleine Vorgabe, bitte sehr.

Nein, die Spieler sind kaum so lang wie die Globetrotters. Ich höre mehrere Spieler nach dem Ball rufen, und keine Stimme dringt höher als einen Meter über dem Erdboden zu mir. Außerdem höre ich das typische Wimmern von sich drehenden Rädern und das kurze Klirren zusammenstoßender Fahrzeuge, und mir wird klar, daß die Sportler Krüppel in Rollstühlen sein müssen, wahrscheinlich Kriegsveteranen. Basketball ist wegen seines kleinen, flachen Spielfeldes aus Holz die einzige wichtigere Sportart, die von Leuten ohne Beine betrieben werden kann. Ich werde an die Seitenlinie geschoben und zwischen eine Gruppe behinderter Kinder gestellt, für die dieses Spiel als Inspirationsübung veranstaltet wird.

Außerdem wird hier auf Sieg gespielt. Die eine Mannschaft bricht mit dem Ball durch, und einen Augenblick später höre ich, wie er leise durchs Netz zischt.

»Zwölf zu sechs für Haifa«, klärt mich Iwan über den Spielstand auf.

Die Kinder sind aufgeregt. Sie feuern die Spieler an, spenden Beifall und schlürfen Limonade, durch die Bienen zu dieser schönen Veranstaltung unter freiem Himmel gelockt werden.

Ich höre das Rascheln von Polyesterschwesterntrachten und muß an meine eigene Tracht denken, die wahrscheinlich genau wie die auf dem Spielfeld aussieht. Vielleicht tragen auch die Kinder einen Sportdreß mit den Nummern ihrer Lieblingsspieler auf dem Rücken. Es gibt hier mehr Rollstühle als im ganzen übrigen Jerusalem zusammen.

Eine Schiedsrichterpfeife ertönt.

»Drei-Minuten-Strafe«, sagt Iwan. »Warum setzen Sie sich denn nicht in diesen Rollstuhl hier? Er ist viel bequemer.«

Ich erhebe mich langsam und greife nach dem Paket, das er mir gegeben hat und das ich mit nach Hause nehmen soll. Seine Hand umfaßt meinen Ellbogen, während ihn seine Finger bedächtig streicheln. »Drücken Sie auf etwas?«

Ich fühle einen Knopf seitlich an dem Paket. Es gibt nur zwei Antworten. Ich sage: »Nein.«

Seine Finger quetschen meinen Nerv.

Ich nicke und drücke auf den Knopf.

»Hier! Hier!« Ein Spieler ruft nach dem Ball.

»Hier.« Iwan führt mich zu einem unbesetzten Rollstuhl, der nicht anders ist als der, den ich verlassen habe. »Ich bin gleich wieder da.« Er rubbelt mich am Nacken, beugt sich herunter und flüstert: »Viel Glück.«

Die nächste Minute vergeht langsam. Der Ball prallt auf, die Mannschaft aus Beerscheva punktet, der Schiedsrichter gibt ein Foul. In der Luft hängt eine immer aromatischere Wolke aus verschütteter Limonade, gebuttertem Popcorn und in der Sonne schmelzender Schokolade. Und leichtem Rauch.

Niemand raucht im Krankenhaus, und dies hier ist nicht der Rauch von Zigaretten. Er ist beißender, chemischer, und er kommt aus der Richtung des Pakets in dem Rollstuhl, den ich verlassen habe.

Einen Moment lang bemerkt es sonst niemand.

Dann greift irgendein Zünder auf anderes Material über, und der Rauch ist nicht mehr leicht. Ich finde ihn bereits penetrant, als ein paar Leute sagen: »Irgendwas brennt hier«, und: »Was ist das denn?«, und dann hört man einen Knall und ein Zischen, und selbst ich nehme links von mir einen grellen Lichtschein wahr. Eine Sekunde lang tritt eine entsetzte, erwartungsvolle Pause ein, dann ruft eine mir vertraute Stimme, die von Dr. Iwan: »Eine Bombe!«, und die Hölle bricht los.

Meine Hände haben sich um die Räder beiderseits von mir geklammert, und ich schiebe los, als wäre eine Startpistole ertönt, eine Fahne geschwenkt, ein Rennen gestartet worden. Leute schreien, Kinder weinen, und Rollstühle prallen gegeneinander wie Flipperkugeln.

Während ich über das Spielfeld rolle, lasse ich ganz kurz die Steuerung fahren, um mir den Krankenhauskittel herunterzureißen – schau her, Gypsy Rose! –, der über meine Schulter davonflattert wie der aus einem Autofenster geschleuderte Abfall, und plötzlich bin ich nur ein x-beliebiger Spieler im Sportdreß in einem Rollstuhl auf einem Feld voller Männer im Sportdreß in Rollstühlen. Statt aufzufallen, bin ich unmöglich zu erkennen und zu übertölpeln.

Etwas bumst gegen meine Schulter, ein verirrter Basketball.

Jemand grapscht nach meinem Rollstuhl. Entweder ist es eine Krankenschwester oder einer der Männer, die mich beobachtet haben. Ich schlage auf die Hand, mache einen abrupten Schwenk und pralle gegen einen anderen Spieler.

Den Anweisungen folgend, halte ich mich links, in Richtung Parkplatz. Ich erinnere mich an Iwans Beschreibung des Geländes, als wäre mir eine Landkarte ins Gehirn geätzt worden. Rollstühle sausen in alle Richtungen.

Ich gelange ans Ende des Spielfelds, erwische einen sacht bergab gehenden Weg und nehme Tempo auf. Als ich gegen eine Bordschwelle pralle, kippe ich beinahe um, aber wie der Pfleger mit dem Wagen voller Blut fange ich mich, bevor es zu spät ist. Mein Rollstuhl knallt gegen den Spiegel des Wagens irgendeines Arztes und kratzt ihm eine Wellenlinie in die Tür, bis sich die Fahrt verlangsamt hat.

Eine Sekunde halte ich an, außer Atem, obgleich die Schwerkraft alle Arbeit getan hat, und beschließe, das Fahrgerät, das mir so gute Dienste geleistet hat, aufzugeben. Ich hüpfe heraus, stoße den Rollstuhl in irgendein Gebüsch und beginne den mit Stufen versehenen Asphalt hinunterzuspringen, der zum Ausgang führen sollte. Iwan muß mir irgendein starkes Betäubungsmittel in den Fuß gespritzt haben, weil ich kaum etwas fühle, obwohl ich weiß, daß ich später leiden werde.

Ein paar andere Rollstühle, in denen Kinder oder Basketballspieler sitzen, die sich zufällig ebenfalls in diese Richtung aufgemacht haben, sausen hinter mir her, während andere, von Agenten verfolgte, vom Spielfeld weg in alle Richtungen zischen. Und der Schin Bet dreht wahrscheinlich durch auf der Suche nach mir. Dies ist Israel *en miniature*, und ich habe Glück.

Ich laufe gegen ein Straßenschild, das mir gegen die Stirn knallt. Herrgott!

Ich höre Sirenen. Wir sind eine schnell reagierende Nation.

Und auch ich reagiere schnell. Binnen Minuten wird die Streife erkennen, daß die »Bombe« aus nichts als Rauch besteht, während diejenigen, die mich beobachtet haben, feststellen werden, daß ihr Beobachtungsobjekt mehr getan hat, als nur zu flüchten: Es ist entwischt. Ob sie die beiden Dinge miteinander in Verbindung bringen, wird Dr. Iwans Problem sein, sofern ich aus der Situation Nutzen gezogen habe.

Großer Gott, was bin ich Iwan dankbar. Erstens setzte er mich in einen Rollstuhl an dem einzigen Ort, wo sie das gebräuchlichste Transportmittel sind. Das macht das Auffinden eines bestimmten Rollstuhls, vor allem, seitdem es nicht mehr der mit dem Sender ist, schwierig. Aber er wußte, daß ich in einem günstigen Augenblick auch meinen neuen Rollstuhl würde stehenlassen können, um meine Verfolger damit in doppelte Verwirrung zu stürzen. Es ist Elementarpsychologie. Wenn Nathan nicht sehen kann, dann muß er auch unfähig sein zu gehen. Bis sie den Rollstuhl im Gebüsch finden, werden sie nach einem Mann auf Rädern suchen.

Natürlich werden sie Iwan verhören, aber um ihn mache ich mir keine Sorgen. Während unseres gesamten Gesprächs hat er kein einziges Wort gesagt, das mit diesem Plan in direkte Verbindung gebracht werden könnte. Ich habe auf den Knopf an dem Paket gedrückt. Ich habe den falschen Alarm ausgelöst. Und ich bin durchtrieben – das wußten sie bereits. Sie werden Dr. Iwan Bär im Verdacht haben, aber sie werden seine Unschuld hinnehmen müssen. Schöner Bär! Eher ein Fuchs.

Das einzige, worüber Iwan nicht nachgedacht hat, ist dieser Dreß. Auf einem Spielfeld mit lauter Männern in Sportkleidung war er mir dienlich, aber bald wird er so deutlich auffallen, wie ich es von dem Rollstuhl glaubte. Wohin? Innerhalb von Minuten wird es in kurzer Entfernung vom Krankenhaus Postenketten geben. Die einzige konkrete Lokalität, die ich kenne, ist der einzige Ort, den Iwan erwähnt hat, die Heimsuchungskirche. Ich beschließe, ihr einen Besuch abzustatten.

Irgendwo ist irgend jemand bereits dabei, eine Erklärung für die Presse zu tippen, in der für die Aktion am Krankenhaus Tadel ausgesprochen oder Verdienste in Anspruch genommen werden. Vor einer Woche hätte ich im Mittelpunkt der Handlung gestanden, aber ich bin zu sehr mit Weglaufen beschäftigt, zu froh darüber, daß ich nichts weiter zu tun habe, als zu rennen, als daß ich mir über Öffentlichkeitsarbeit den Kopf zerbreche. Einen Fuß nach dem anderen; und auch wenn der rechte sich langsam wieder anfühlt, als detonierten unter ihm bei jedem Schritt kleine Sprengkörper, trabe ich den Hügel hinab auf die Kirche zu, doch was mich in der Kirche erwartet, weiß ich nicht.

Ich verlasse das Chaos über mir, und der Lärm des durch die »Bombe« ausgelösten Durcheinanders verebbt. Ich wünschte, ich könnte schneller laufen, und mir wird überdeutlich bewußt, wie schwierig das Gehen, geschweige denn das Rennen ohne Goldie ist. Dennoch verstehe ich, warum Iwan mich von der treuen Hündin trennen mußte; mit ihr zusammen wäre meine Flucht unmöglich gewesen, weil es sogar dem Doktor unmöglich gewesen wäre, zwei Dutzend Schäferhunde als Begleiter von zwei Dutzend Männern in Basketballdreß in Rollstühlen zusammenzutrommeln, nachdem die falsche Bombe zu rauchen begonnen hatte.

Ich komme an eine Straßengabelung. Das merke ich daran, daß

ich alle paar Meter gegen die Bordsteinkante trete, ja ein- oder zweimal darüber stolpere und mir meine Basketballerknie zerschramme, und plötzlich ist da eine Kreuzung. Auf der einen Seite läuft der flache Asphalt weiter, um in die Autostraßen zu münden, die den Krankenhauskomplex mit dem Rest des Landes verbinden; auf der anderen Seite geht die Straße in Kopfsteinpflaster über. Entscheidungen.

Sie führt vielleicht in eine Sackgasse, trotzdem gehe ich dem Kopfsteinpflaster nach und bemerke fast im selben Moment, daß ich mich auf Kirchengrund befinde. Wenn es am Eingang zu dem Hadassa-Komplex von Ärzten und Patienten und Touristen wimmelt, die hergekommen sind, um sich die Chagall-Fenster anzusehen, so ist hier alles friedlich. Ich rieche Blumen und frisch gemähtes Gras und fühle die schwere Masse des Baus vor mir aufragen. Der Wind trägt einen Hauch von feuchtem Putz von den Arbeitern herüber, die die Fassade ausbessern. Ihre Stimmen dringen von einem Gerüst zu mir herunter.

Ich habe von dieser Kirche gehört, aber selbst damals, als ich noch Augen hatte, habe ich sie nie gesehen. An dieser Stelle besuchte die mit Jesus schwangere Maria die mit Johannes dem Täufer schwangere Elisabeth. Den Erzählungen der christlichen Bibel zufolge unterhielten sich die beiden Föten, die die Welt verändern sollten, von Bauch zu Bauch, während ihre zukünftigen Mütter Tee schlürften und über morgendliche Übelkeit plauderten.

Ohne Goldie macht die Treppe Schwierigkeiten. Sie ist breit, hat aber viele Stufen, und als ich oben angelangt bin, stoße ich auf eine hohe Bronzetür mit Relieffiguren, die Szenen aus dem Neuen Testament darstellen. Ich strecke die Finger aus und entdecke einen Schäfer, der von einer Herde knubbeliger Schafe umgeben ist. Die Tür ist verschlossen. Aber Kirchen haben oft mehrere Türen, und es ist selten nötig, mehr als eine zu öffnen. Ich taste mich nach links und stoße gegen ein Gitter, das wohl die Vorhalle umgrenzt. Ich wechsele die Richtung und bewege mich nach rechts, wo ich das Hauptportal finde.

Das Innere ist kühl und riesig. Ich fühle Licht durch Buntglasfenster fünfzehn, zwanzig Meter über mir fallen. Es riecht nach Weihrauch – mir von irgendwoher vertraut –, und Wasser plätschert aus einem flachen Becken links von mir. Aber einen halben Kilometer von dieser Stelle entfernt herrscht Hysterie, die sich bald auf diesen heiligen Bezirk ausdehnen wird, wenn man nach mir sucht. Ich fühle die Hysterie in mir aufsteigen. War Iwan so clever, mich aus dem Hadassa herauszubringen, nur damit ich hier in eine Falle gerate?

Nein, er muß sich etwas dabei gedacht haben. Vielleicht wartet hier eine Kontaktperson mit einem Priesterkleid, mit dem ich die verräterischen Satinshorts verdecken kann. Ich erwäge, nach dem Beichtstuhl zu suchen. Vater, ich habe gesündigt.

»Psst.«

Endlich. Ein etwas barsches Flüstern ruft mich ans Ende einer Reihe hölzerner Kirchenbänke. Es ist nicht Iwan, aber ich rieche Eier und Rauch, also ist es vielleicht ein Freund von ihm. Vielleicht haben sie zusammen gefrühstückt.

Ich schlage mit dem Fuß gegen eine aus den Angeln gerissene Verlängerung der Bank vor mir, und der Schmerz rast mir geradewegs durchs Rückgrat. Ich strauchele, und schwielige Hände strecken sich aus einem grobgewebten Arbeiterhemd nach mir aus und stützen mich.

Ich nehme Platz.

Er flüstert aus dem Mundwinkel. Akzente verschleifen, wenn die Lautstärke abnimmt, und so ist schwer festzustellen, wo er herkommt, aber er ist weder geborener Israeli noch eingewanderter Russe.

»Wir haben nicht viel Zeit. Zählen Sie bis zwanzig und folgen Sie mir dann.«
»Wie denn?«
»Ach, richtig.«
Dieser Mann ist ein Untergebener. Er hat Anweisungen, begreift aber nicht viel. In diesem Moment begreife auch ich nicht viel. Ich vermute, daß er mich mitnehmen wird, damit ich mich irgendwo mit Iwan treffe. In einem sicheren Haus. Aber ich muß ihm helfen, mir zu helfen. »Ich kann Ihnen zehn Schritte entfernt folgen. Wo gehen wir hin?«
»Zu einem Auto.«
»Gut. Wo ist es?«
»Parkplatz, an der Rückseite.«
Ich erinnere mich an die Zufahrt. »Können Sie mich vor der Kirche abholen?«
Das ist nicht streng nach Plan, und Iwans Abgesandter zögert. Ich wiederhole meine letzten Worte, aber ohne das »Können Sie« davor, so daß aus der Frage ein Befehl wird. »Holen Sie mich vor der Kirche ab.«
Jetzt geht's ihm besser, weil er keine Entscheidung fällen muß. »In fünf Minuten.«
Ich höre in der Ferne Sirenen. »Versuchen Sie's in dreien.«
Einen Moment später ist er weg, aber ich höre seine Schritte auf den Steinplatten. Zum Glück, wenn nicht absichtlich, sind Kiesel oder irgendwelcher Bauschutt von seinen Schuhen abgefallen und knirschen unter meinen. Hänsel und Gretel hätten es nicht besser machen können. Wieder höre ich das beruhigende Plätschern von Wasser und rieche die Reihen geweihter Kerzen.
Jetzt weiß ich, warum der Geruch mir vertraut ist. Die Kirchen in Rußland, die seit 1917 geschlossen waren, erhielten diesen Duft in den achtziger Jahren, nach Glasnost, zurück. Kirchgänger trugen

ihn mit sich fort, wenn sie die Kirche verließen – ein Geheimzeichen, das nur Gläubige erkannten und, vermutlich, die Blinden, aber ich gehörte damals noch nicht zu diesem speziellen Verein. Jüdische Gotteshäuser riechen anders. Ohne Wachs, ohne Weihrauch, ohne die endlosen Reparaturen unter Zuhilfenahme von Lasuren, Fugenmörtel, Putz und Messingpolitur riechen sie nach Papier. Trocken und ausgedörrt, nur mit einem Hauch von Schimmel, der einige kunstvollere Lederbände befallen hat – das ist der Geruch des jüdischen Glaubens. Ich entdeckte das während meiner ersten Zeit im Gelobten Land, aber der Geruch ist seit der Gründung von Mea Schearim der gleiche. Es ist ein abstrakter Geruch, den nur eine wirklich feine Wahrnehmung entdeckt und der Brüchigkeit und Festigkeit, Beklommenheit und Gemütsruhe mitteilt; er gibt einem das Gefühl, daß Moden zwar wechseln und Regierungen aufsteigen und fallen können, das Fundament aber auf gewachsenem Fels ruht. Ich bin auf dieses Gefühl immer neidisch gewesen, konnte aber einfach nicht glauben, daß es echt war. Grab mal unter den Grundmauern der Synagoge, und du stößt letztlich auf … nichts.

Andererseits ist mein Glaube an das Nichts stark, und ich stelle die irdische Sicherheit meiner kosmischen Unsicherheit stets über die Verblendungen eines Typen an einem Kreuz oder eines Geistes im Himmel. Eines weiß ich genau, nämlich was ich nicht glaube.

Plötzlich kann ich es kaum erwarten, nach draußen zu gelangen, obwohl auch das ungewöhnlich für mich ist. Da ich wenig von einem Naturburschen an mir habe, fühle ich mich mehr im Dreck und unter menschlichem Abschaum zu Hause als im weindunklen Meer schwimmend oder oben in Masada oder in unseren großen nationalen Wäldern, die Baum für Baum aus Samen gezogen wurden, die man mit Pennies aus Amerika bezahlt hat, aber heute ist die warme Brise erfrischend, weil mir die Mauern um mich herum wie eine Falle erscheinen.

Mühelos gehe ich die Treppe hinunter, denn ich erinnere mich, daß es vierzehn Stufen gab, und warte, bis ich ein Fahrzeug um die Kirche biegen höre. Es hält direkt neben mir, und der vordere Wagenschlag wird von innen geöffnet. Ich steige ein, schlage die Tür zu und bemerke auf der Stelle, was für ein Zeug es war, das die Schuhe meines Führers hinterlassen haben und dem ich gefolgt bin, weil das ganze Wageninnere von seinem Geruch durchzogen ist: Schlamm.

Diese ganz spezielle flüssige Erde habe ich schon einmal gerochen: in der Küche in der Rehov Rambam.

Ich lasse eine Hand am Türhebel, obwohl ein Sprung aus einem fahrenden Wagen das letzte ist, was ich brauche; da sagt eine Stimme vom Rücksitz: »Es tut mir leid.«

Ich drehe mich um und wende mich dem Mann zu, dem ich das letzte Mal über einer Pfanne mit siedendem Öl und gebräunten Zwiebeln begegnet bin.

Er fährt fort: »Es war nicht meine Absicht, Sie zu ängstigen. Ich hatte nicht vor zu kämpfen.«

Sein Ton klingt ehrlich, aber ich bin nicht in der Stimmung zu vergeben. Wenn er einen Sündenerlaß braucht, kann er zurück in die Kirche gehen und den Beichtstuhl aufsuchen. Außerdem ist unser Kampf Urgeschichte, und ich muß unbedingt auf dem laufenden bleiben. »Wie haben Sie mich gefunden?«

»Na ja, zuerst hat mich der Doktor gefunden. Ich lief ziemlich benommen in Ihrer Gegend herum. Die Pfanne, die Sie nach mir geworfen hatten, eine leichte Gehirnerschütterung. Zum Glück war das Öl schon verschüttet, aber von den Spritzern habe ich ein paar Brandblasen im Genick.«

Iwan muß in sein Auto gesprungen sein, kaum daß wir zu Ende

telefoniert hatten. Nach den Blintze mit meiner Mutter hat er sich offenbar auf die Suche nach dem Mann, mit dem ich gekämpft hatte, gemacht und ihn statt meiner ins Krankenhaus mitgenommen.

»Er hat mir den Kopf verbunden, und ich sehe, um Ihren Fuß hat er sich auch gekümmert. Er ist ein guter Mensch.« Mein Gefährte spricht »gut« mit einer jiddischen Färbung aus, die ihn verrät. Ich bin kein Henry Higgins, aber einen Akzent aus Brooklyn erkenne ich, wenn ich ihn höre. Dieser Mann wurde keine zwei Kilometer Luftlinie von dem Ort entfernt geboren und aufgezogen, an dem Reb Rubinstein gelebt hat, ehe er Alija machte. Der Schlamm, nach dem er riecht, muß der von den Feldern sein. Ich habe zwei Siedler als Gefährten, und ich weiß, wohin wir fahren.

Iwan hat mich also doch verstanden. Ja, er steckte mir etwas Bargeld in die Tasche, als ich um Geld bat, und das wird mir helfen, wo immer ich auch hingelange, aber währenddessen erfüllte er einen wichtigeren Auftrag. Als ich sagte, ich brauchte Geld, wollte ich damit sagen, ich müßte zu einer Stelle, wo man Geld bekommen kann. Ich müßte zur Bank. Nicht auf die Hapoalim Bank, nicht auf die Leumi Bank. Nicht zum American-Express-Büro in der Ben-Jehuda-Straße. Die Bank, zu der ich muß, um die Quelle meiner Probleme zu finden, ist die West Bank.

Und der »gute« Doktor hatte einen weiteren Patienten, der mich dorthin bringen konnte, weil das nämlich die Gegend war, aus der er kam. Iwan hat sich wahrscheinlich furchtbar damit herumgequält, ob er mich dem nach Schlamm riechenden Mann in die Hand geben sollte, weil ihm klargeworden sein muß, daß wir uns schon mal begegnet waren. Zwei Patienten aus der Rehov Rambam mit Ölverbrennungen können kein Zufall sein.

Es war eine gefährliche Entscheidung. Denn offensichtlich waren der nach Schlamm riechende Mann und ich uns nicht unter optimalen Umständen begegnet. Doch etwas an diesem Kerl muß Iwan veranlaßt haben, ihm zu vertrauen. Und in seiner Stimme höre ich wirklich aufrichtiges Bedauern. Abgesehen davon kennt Iwan meine Entschlossenheit und wird folglich angenommen haben, daß ich meinen Weg so oder so gefunden hätte. Aber auf diese Weise wird Iwan wissen, wo er mich finden kann, wenn er muß. Das Schlimmste, was er eventuell getan hat, ist, daß er jemandem die Arbeit erleichtert und mein Leben um ein paar Tage verkürzt hat.

Unterdessen haben wir uns von dem Touristenzentrum entfernt und sind nach Süden abgebogen, da die untergehende Sonne auf meiner rechten Seite ist. Im Westen liegt das weltliche Tel Aviv; die tatsächliche »Bank«, das Ufer des Jordan, liegt dagegen im Norden, aber mit »West Bank« werden auch die besetzten Gebiete im Süden bezeichnet. Hebron liegt im Süden.

11

Nach und nach verlagert sich das Gleichgewicht der Gerüche und kehrt sich dann völlig um. Um das zu verstehen, stell dir einfach einen Jungen von, sagen wir mal, fünf Jahren vor, der eine Treppe nach unten tapert und eine Torte sieht. Es ist sein Geburtstag; er wird begeistert sein. Wenn so ein imaginäres Kind blind wäre, könnte es die herrliche Mischung aus Eiern und Butter und Zucker und frisch gebackenem Mehl und dazu – das hängt von seiner Mutter und ihrem Wunsch ab, sich auf seinen Geschmack einzustellen – Schokolade oder Vanille oder Kokosnuß oder sogar Marzipanhäschen in einem Ring außen herum riechen. Doch wenn der Junge sehen könnte, würde er sich wohl über das unregelmäßig geformte braune Ding wundern, das dezent neben den Kerzen liegt, und wenn er ebenso gut riechen könnte wie ein B. M., würde er vielleicht in der Mischung einen Hauch von etwas Widerwärtigem feststellen.

Nehmen wir sodann mal an, daß ein Löffelvoll von der Torte weggenommen und durch einen ebenso großen Löffelvoll von demselben Zeug, aus dem das merkwürdige Ding besteht, ersetzt wurde. Nun stell dir vor, daß die Torte Stück für Stück verschwindet und das Ding Stück für Stück größer wird, bis statt einer Geburtstagstorte mit einem Scheißhaufen oben drauf das Gebilde zu einem riesigen, kunstfertig geformten Zylinder aus

Scheiße wird, dessen ekelerregende Peripherie nur ein einziges Marzipanhäschen ziert.
»Ich denke, ich steige hier aus.«
»Mein Name ist Chaim«, antwortet mein Begleiter.
Ich habe keinen Zweifel, daß er Jerusalem niemals verlassen würde, wenn er nicht mich in seinem Wagen hätte. Meine einzige Wahl ist, ob ich auf dem Rücksitz oder im Kofferraum mitfahren möchte. »Freut mich, Sie kennenzulernen.«
»Hören Sie«, sagt er, »es tut mir leid. Ich meine, wegen der Küche. Ich hatte niemanden sonst erwartet, deshalb muß ich überreagiert haben.«
Er sagt nicht, was seine ursprünglichen Absichten waren und was er getan hätte, wenn Mutter nicht eingegriffen hätte, aber ich antworte: »Denken Sie sich nichts dabei.« Keiner sonst tut es.
Und so fahren wir etwa eine Stunde, sagen wir mal siebzig Kilometer weiter. Ich rieche in dem klimatisierten Wagen menschliche Natur, durchsetzt von Schlamm, aber als wir die gepflasterte Straße verlassen, rieche ich allmählich immer mehr Schlamm und immer weniger menschliche Natur. Der Wagen rattert und kommt zu einem abrupten Halt.
Kontrollpunkt.
Der Fahrer kurbelt sein Fenster runter und gestattet einem Schwall Wüstenluft, die gesamte Wirkung von einer Stunde Kühlung wegzufegen. »Schalom«, sagt er.
Ein grün uniformierter Nebelfleck stiert ins Fenster und mustert offensichtlich den Mitfahrer, mich. In schroffem Brooklyn-Ton fragt er: »Wohin?«
»Der Alte will ihn sprechen.«
Sofort erklärt sich die Stimme einverstanden. »Dann bringen Sie ihn hin.«
Und das Fenster schließt sich, aber der Geruch von Schlamm, der

in den Wagen eingedrungen ist, überlagert jeden anderen Geruch, und ich habe das Gefühl, in einem Sumpf zu sitzen für den Rest des Weges, der uns auf ein Gelände führt, das eine Fabrik zu sein scheint. Ich höre Kinder spielen und Maschinen arbeiten, Lastwagen und Generatoren, die für diese entlegene Siedlung elektrischen Strom produzieren.

»Willkommen in Beis Machpela«, meldet der Fahrer, aber ich weiß bereits, wo wir sind.

Einige Kilometer entfernt liegt die Stadt Hebron glühendheiß inmitten des Nichts, und alle ihre Einwohner haben keinen anderen Grund, dort zu sein, als die übrigen Einwohner zu quälen. Hebrons einziger Anspruch auf Berühmtheit ist die Höhle von Machpela, in der nach der Legende Abraham, Isaak und Jakob begraben liegen. Sie ist eine heilige Stätte, und die Stadt drum herum ist ein Slum in der Wüste, der nur von den Arabern bewohnt wird, die das große Pech haben, dort geboren zu sein, und von den Juden, die streitbar genug sind, um hinzuziehen. Letztere bewohnen die Wüste aus eigenem Entschluß, aber alle Araber, die von hier wegwollten, konnten den Antrag auf Umsiedlung durch die israelischen Behörden stellen, folglich hat niemand außer den toten Patriarchen eine Entschuldigung für so einen elenden Wohnort. Die sich gegenseitig bekämpfenden Faktionen der hiesigen Bevölkerung verdienen einander.

Und Beis Machpela am Ortsrand ist noch schlimmer, weil es keinerlei biblische Ahnenreihe besitzt. Die Siedlung, zu Anfang des Jahrhunderts gegründet, doch durch einen Rabbiner aus Brooklyn jüngst zu Berühmtheit gelangt, ist eine Beleidigung für das Land rund um sie herum und ein ständiger Dorn im Fleisch der Armee, die sie zu schützen hat. Beis Machpela war außerdem der Wohnort von Isaiah Rubinstein.

Wir stellen den Wagen ab und gehen über eine ausgefahrene

Zufahrt auf ein großes Gebäude zu, das wahrscheinlich aus Wellblech besteht, weil es die Sonnenstrahlen reflektiert. In dem Moment, als mein Führer die Tür öffnet, ergießt sich ein Schwall von Schlammgeruch – eine olfaktorische Schlammlawine – von drinnen über uns und erstickt jeden Geruch nach menschlicher Natur.

Trotzdem bemerke ich viele Leute in der mit Feuchtigkeit geschwängerten Luft des Raumes. Mehrere Frauen reden laut über das Rattern von Förderbändern hinweg, die neues Rohmaterial herantransportieren, verarbeiten, Kiesel und Steinchen aussieben und mit einem Strahl einer neutralen chemischen Paste vermischen, um der fertigen Lösung die erforderliche Dichte zu verleihen, damit sie im Handel konkurrieren kann. Am Ende der Produktionsstrecke klatschen reihenweise Plastikbeutel auf das Förderband, die jeweils mit genau hundert Gramm der kostbaren Substanz gefüllt werden. Es riecht leicht nach etwas Angesengtem, wo eine andere Maschine die Beutel zuschweißt und in Pappkartons stellt, zwei Dutzend Beutel in jeden Karton, damit sie an Drogerien und Schönheitssalons in Israel und im Ausland versandt werden können. Wir befinden uns in einer Schlammfabrik.

»Ein paar Kilometer von hier entfernt.«

»Was?«

Aus dem Motorengeratter und Schlammgestank dringt eine sanfte Stimme, in der ich den Geruch von Zimttee wahrnehme.

»Ein paar Kilometer von hier entfernt baggert man Pottasche aus dem Toten Meer, aber die erfordert größere Kapitalinvestitionen. Das hier ist das einzige an Bodenschätzen, was wir haben.«

Die Stimme kenne ich, aber ich habe sie nur bruchstückhaft, unterbrochen von einer ganzen Reihe anderer Stimmen vernommen, von denen ich zumindest eine auch in den letzten paar

Tagen gehört habe. Ich gehe das Verzeichnis der Leute durch, denen ich begegnet bin, seit ich den Schuß in den Kopf abkriegte: Politiker, Polizisten, Abdullah und Twersky in Jerusalem, Ärzte, Sportler, Priester und jüngst Siedler.

Natürlich! Jetzt weiß ich, mit wem ich spreche.

Mein Gastgeber, geboren als Moshe Zuckerman, änderte seinen Namen Ende der sechziger Jahre als jugendliches Mitglied der JDL in Amerika in Moshe X. Diese vorsätzliche Provokation der Allgemeinheit beging er, ehe er in den siebziger Jahren Gott und Israel entdeckte und seine Designerbaskenmütze gegen eine Jarmulke eintauschte. Doch auch als der Bart des geweihten und nach Israel ausgewanderten Rabbi X ihm schon bis auf den *pupik* reichte und er in den achtziger Jahren der verehrungswürdige »Alte« geworden war, brannte in seinem Bauch noch das Feuer. Vor mir steht ein Mann, dessen Stimme ich nur im Fernsehen gehört habe.

Deswegen auch habe ich ihn nicht gleich erkannt. Er ist regelmäßig in den Nachrichten zu sehen, aber nicht als Fremdenführer in einer Schlammfabrik. Der liebenswürdige Rabbiner ist immer gut als Nachrichtenquelle über den neuesten Aufruhr auf der West Bank, und seine Sätze äußert er ausnahmslos in einer schrillen Tirade, die sich in einem ajatollahartigen Wehklagen verliert.

Das letzte Mal habe ich den »Alten« gehört, als Zev Schechter, einer der Journalisten, die Simon in mein Krankenhauszimmer begleitet haben, eine Reihe von Artikeln über Beis Machpela schrieb. Neben seiner farbigen Darstellung von orthodoxen Sitten und Paarungsritualen in der Wüste berichtete Schechter über Gerüchte, es würden Waffen geschmuggelt, was die Aufmerksamkeit des Schin Bet und so auch die meiner neuen Freunde Eli Khadoury und Cyril Klein auf sich lenkte. Leider waren bis zu dem Moment, als die IDF in Beis Machpela eine Razzia machte, alle

Spuren längst beseitigt, und die blamierten Sicherheitskräfte wurden dabei gefilmt, wie sie aus der harmlosen Fabrik mehrere Tonnen Schlamm abtransportierten, während Moshe X sie als Söldner eines Polizeistaates beschimpfte.

Verglichen mit dem tobenden, haßerfüllten Hysteriker, der im Fernsehen zu bewundern war, spricht er jetzt mit dem professionellen Aplomb eines Public-Relations-Mannes. Entweder hat der Film ihn falsch dargestellt oder die Filmer.

»In gewisser Hinsicht ist es rein und unverfälscht, einfach ein Geschenk Gottes.«

Das ist Moshe X' Standardsatz, seine Propagandaphrase. Ganz gleich, was geschieht, es ist ein Geschenk Gottes. Moshes Gott könnte genausogut der Nikolaus mit einem Sack voller Geschenke sein. Eines ist die Tora, ein anderes der Holocaust, jedes eine Lernerfahrung. Der Alte ist entschlossen, die Gottheit in jedem irdischen Ereignis zu erkennen. Im Grunde neige ich dazu, mich seiner Meinung anzuschließen, doch wo Moshe annimmt, daß jedes Geschenk etwas ungetrübt Gutes ist, bin ich gewillt, mir die Qualität der Ware genau anzusehen. Ich mache den Schöpfer aus demselben Grund für Seine Taten verantwortlich, aus denen ich einen fanatischen Chassiden in einem Auditorium in Tel Aviv für seine Tat verantwortlich mache, obwohl ich zugebe, daß meine Begegnung mit letzterem auch eine Lernerfahrung war. Lernen ist notwendig, aber Moshe und ich ziehen verschiedene Schlüsse aus denselben Grundlektionen. Er sieht stets das Gute, wogegen ich das »sehe«, was da ist. Wie jedermann in Israel weiß ich, daß ich recht habe.

Er fährt fort: »Die Ablagerungen am Grund des Toten Meeres sind mit Nährstoffen so gesättigt, daß sie als natürlicher Balsam zur Reinigung und Verschönerung der Haut dienen. Dies hier« – er taucht die Finger in einen unversiegelten Beutel und schmiert mir etwas Schlamm auf die Wange – »ist die phantastischste Naturkosmetik der Erde. Wir exportieren Zions Wohltat.«

Der Schlammgeruch wird heftiger, wo die riesigen Zentrifugenbottiche den Schlamm herumwirbeln, um eine Lotion für die Teints zu schaffen, die einer Verjüngungskur durch ihn bedürfen. Der Kibbuz Beis Machpela mag ein Gottesgeschenk erhalten haben, das es den Bewohnern ermöglicht, das Geld zu verdienen, um hier zu leben, aber sie müssen auch etwas von sich aus dazutun.

»Natürlich«, schließt Moshe X, »hilft Gott denen, die sich selbst helfen.«

Hat er mit Absicht Emerson oder welchen protestantischen Denker auch immer zitiert, der so gedacht haben würde, oder hat er lediglich eine Platitüde wiederholt, weil er ein oberflächlicher Mensch ist? Oder hat er sich nur über mich lustig gemacht? Ich versuche, seine Haltung zu analysieren, und würde ihm am liebsten mit den Fingern übers Gesicht streichen, um herauszufinden, ob seine Augenbrauen humorvoll nach oben gewölbt sind.

Aber Moshe X gehört nicht zu den Personen, die man ohne Erlaubnis berühren darf. Wenn ich die Hand ausstrecke, fallen seine Gefolgsleute über mich her, ehe ich mit der Wimper zucken kann. Mein Küchenwidersacher und Entführer Chaim, wahrscheinlich gebürtiger Harry, scheint eine zarte Seele zu haben, aber das heißt nicht, daß er keine Gewalt gebrauchen wird, falls er sie für nötig hält, und wie die gesamte Bevölkerung von Beis Machpela glaubt er alles, was Moshe X für nötig hält.

Ganz hinten in einer Ecke der Fabrik, wo eine Öffnung in der Blechwand zu einer Laderampe führt, von wo aus die Schlammsendungen per Lkw zu einem Vertriebszentrum transportiert werden, bricht ein kleiner Tumult aus. Ich höre abwechselnd in zwei Sprachen, Hebräisch und Arabisch, Schreien und Weinen.

Das hebräische Geschrei ist laut und männlich, das arabische Weinen leise und weiblich. Es sind die Stimmen eines Aufsehers und einer Arbeiterin, die wahrscheinlich mit dem Bus aus Hebron gekommen ist, um die mühsameren, technisch weniger anspruchsvollen Arbeiten im Fabrikationsprozeß zu verrichten.

»*Scheket!*« befiehlt Moshe X, und sofort gehorchen alle. Nur das Rattern und Brummen der Maschinen ignoriert seine Anwesenheit. Sanft wie ein mittelalterlicher Gelehrter fährt er fort: »Vor Tausenden von Jahren schenkte Gott uns dieses Land samt Milch und Honig.«

»Und Schlamm.«

»Ja«, sagt er, und ich fühle seinen Blick auf mich gerichtet. »Und Schlamm. Und auch Pottasche, wenn wir bereit sind, sie aus den Tiefen des Toten Meeres heraufzuholen. Und Orangen, wenn wir bereit sind, die Sümpfe zu entwässern und die Felder zu bestellen.« Ich kann im Hintergrund praktisch die Nationalhymne hören.

»Und übrigens auch Sojabohnen und Computer-Software, wenn wir bereit sind, sie zu entwickeln. Ich nehme an, Sie haben mal was vom Kibbuz Ha Negev gehört.« Er spielt auf eine Nachbareinrichtung an, nur zwanzig Kilometer Ödland entfernt.

Ich weiß, ich weiß, eine Erfolgsstory, zwei Halbwüchsige mit Schläfenlocken, die gerade mit mehreren hundert Millionen Schekel eine Aktiengesellschaft gegründet haben, und alles gehört dem plötzlich reichsten Kibbuz des Landes. So viel zu dem ehrlichen Schweiß von der Stirn der ersten Alija. So viel zu Enteneiern und Darstellungen der Klagemauer aus Olivenholz. Aber der Alte ist nicht eifersüchtig. Alles, was zum Wohlstand Israels führt, ist ein Geschenk Gottes.

Moshe X fährt fort: »Juden bewohnen das Heilige Land seit dem Anbeginn der Zeiten. Sie, mein Herr, sind der Nutznießer dieses

Erbes. Sie würden sich noch immer unter der kommunistischen Knute krümmen, wenn es den Staat Israel nicht gäbe.«

Es ist Zeit für mich, energischer aufzutreten. »Ich bin ein Repräsentant dieses Staates, mein Herr.«

»Rabbi«, berichtigt er mich.

Ich lasse das durchgehen, aber Feindseligkeit bleibt wie eine Unterströmung im Raum zurück.

Moshe X sinnt über mich nach. Er ist ein intelligenter Mann und spürt, was ich denke, auch wenn mein Resümee vielleicht anders ausfallen würde. »Sie arbeiten für einen großartigen Führer.«

Ich könnte sagen, daß ich für die Nation arbeite, aber das ist nicht wahr. Ob Simon nun großartig ist oder nicht, ich arbeite für ihn.

»Ben Levi mag ein Mann mit Fehlern sein, aber er ist der beste Schutz für unsere Freiheit und unsere Zukunft.« Er hat angenommen, meine Blindheit hätte mich verbittert, und vielleicht hat er ja recht, aber er hat in die falsche Richtung gewechselt und korrigiert sich sofort. »Wir sind zutiefst bestürzt, daß einer von uns versucht hat, nun ja ...« Der gute Rabbi kennt sich in Publikumsreaktionen aus: Er ist halb geistlicher Führer, halb Showmensch. Wenn er kein Diener Gottes wäre, hätte er einen guten Pressesekretär abgegeben.

»Sie haben mich doch nicht hierher eingeladen, um sich für den toten Reb Rubinstein zu entschuldigen.«

»Nein, aber wir entschuldigen uns wirklich und möchten Ihnen versichern, daß wir es als eine Beleidigung Gottes ansehen, wenn ein Jude einen anderen Juden angreift.«

Ich verkneife mir den Hinweis, daß diese Äußerung nicht den Schluß zuläßt, daß Gott auch beleidigt wird, wenn ein Jude einen Araber angreift, oder daß, genaugenommen, seine Juden die meiste Zeit damit zu verbringen scheinen, andere Juden zu bekämpfen: in der Knesset, im Obersten Gerichtshof, in den religiösen

Nachbarschaftsräten. Unter dem frommen Vokabular von Beis Machpela verbirgt sich eine Brutalität, die ich nicht auf die Probe stellen möchte. Außerdem kommt mir der Gedanke, daß niemand weiß, wo ich bin, und daß ich ohne weiteres in der Wüste verschwinden könnte. Ich könnte in einen der Schlamm-Mischbottiche geworfen und zu einem kosmetischen Reinigungsmittel zermahlen werden.

»Aber Sie haben recht.« Zum erstenmal überrascht mich Moshe X. »Ich wollte Sie nicht nur sprechen, um mich zu entschuldigen. Das ist jetzt eine Sache zwischen Isaiah und Gott. Kommen Sie mit, ich möchte Ihnen etwas zeigen.« Er ergreift meinen Arm, und ich lasse mich von ihm führen, als hätte ich seine Hilfe nötig.

Wir verlassen die Schlammfabrik durch die Hintertür, und der Geruch von Erde und ihren Flüssigkeiten bleibt allmählich hinter uns zurück, während die Sonne alles trockenbrennt. Es müssen fast vierzig Grad herrschen, es fühlt sich aber noch heißer an, weil die vom Asphalt absorbierten Sonnenstrahlen durch die Sohlen meiner Turnschuhe brennen, die ich noch immer anhabe.

»Dort drüben, ich meine, auf der linken Seite«, korrigiert er sich, »steht unser neuer Gemeinschaftssaal, und dahinter befinden sich Wohnheime für die Kinder und ein Kindergarten für die Kleinen. Auf der rechten Seite stehen die ursprünglichen Gebäude, die für die Verwaltung und als Schul genutzt werden. Unsere Gärten, die Sie bald seh...« Er hält betreten inne, dann fährt er fort, ängstlicher auf mein Feingefühl bedacht. »Unsere Gärten sind noch im Entstehen, aber bis dahin erwirtschaftet die Schlammfabrik die Einkünfte. Geradeaus steht ein Wasserturm; der ist unsere Lebensader. Ohne ihn könnte der Kibbuz nicht existieren. Beis Machpela wurde 1928 von sechzehn Juden aus Rußland gegründet. Erst letztes Jahr haben wir ihnen zu Ehren eine Tafel angebracht.«

Er versucht mich bei etwas zu fassen, was er für meine Sympathien hält.

»Heute leben hier mehr als zweihundert Familien. Wir teilen unsere Zeit zwischen Arbeiten, Beten und der Pflege des Grabes der Patriarchen auf. Wie viele Kinder haben Sie?«

»Keine.« Ich frage mich, ob er über meine Neigungen unterrichtet ist. Ich verstecke sie nicht, aber ich bin auch kein allseits bekannter Coverboy. Nicht fotogen genug, nehme ich an.

»Das ist schade; die erste Alija hat das Land zwar zurückgewonnen, aber es ist unsere Aufgabe, es wieder zu bevölkern.«

Plötzlich hören wir eine Salve Maschinengewehrfeuer, aber keiner von den Leuten reagiert. Neben den häuslichen und geschäftlichen Einrichtungen unterhält der Kibbuz auch einen Schießstand.

Dies sind nicht die illegalen Waffen aus Schechters berüchtigtem Artikel, aber ihr Rattern spricht Bände. Fast fühle ich das Stirnrunzeln in Moshe X' Gesichtsausdruck, als sein überschwenglicher Nichts-zu-verbergen-Ton knapp und bündig wird. »Wie ich schon sagte, müssen wir uns schützen. Wie Israel eine Insel in einem Meer von Feinden ist, so ist Beis Machpela eine Insel inmitten eines Meeres von Feinden in Großisrael.«

Israel Ha G'dola. Der »Alte« benutzt niemals den Begriff »West Bank«, schon gar nicht »Palästina«. Er hat nie irgendeine Verkürzung der Grenzen gebilligt, der durch die Abkommen von Oslo, Wye und Cancún stillschweigend und angeblich bald rechtsgültig zugestimmt wurde. Er und ich leben nach demselben Grundsatz: Worte sind Wahrheit. Gib der Wahrheit einen Namen, und sie ist.

»Aber Sie kennen das ja auch, Herr Kasakow«, geht er mir um den Bart. »Sie waren bei der Armee. Sie haben gelitten und für die Nation einen hohen Preis gezahlt, und wir sind dankbar.«

Ich nicke.

»Aber Sie müssen wissen, daß auch wir jeden Tag unseres Lebens einen Preis zahlen. Unsere Kinder müssen hinter Stacheldraht spielen, als lebten sie im Konzentrationslager. Unsere Männer müssen nach ihrer normalen Tagesarbeit nachts Wache halten. Unsere Frauen müssen unter militärischem Schutz ihre Einkäufe machen. Unsere heiligen Stätten werden geschändet, und unsere Soldaten müssen zu ihrer Bewachung eingesetzt werden. Dies ist kein normales Leben.«

Aber in Israel ist nichts normal. Das ist der Grund, weshalb ich nirgendwo anders leben könnte. Doch soviel Heuchelei ich auch wahrnehme, ich erkenne auch, daß Moshe X aufrichtig sein könnte, daß er es wirklich vorziehen würde, in Frieden mit seinem Gott zu leben. Doch in den Methoden liegt die Moral.

Schatten gleiten mir übers Gesicht und lindern für eine halbe Sekunde die Hitze. Dann verschwinden sie, kommen zurück und verschwinden wieder. Wir stehen unter einem Bauwerk, das hundertfach durchlöchert ist, einem Miniatur-Eiffelturm. Dem Wasserturm.

»Man sagte uns, es gebe die Möglichkeit, in sechzig Metern Tiefe auf Wasser zu stoßen, doch in einer Tiefe von hundertzwanzig Metern war immer noch alles trocken. Aber irgendwo *gibt* es einen Grundwasserspiegel.«

»Suchet, so werdet ihr finden.«

»Gott sorgt vor.« Moshe X wiederholt seine Schlußfolgerung, ohne meine Ironie zu beachten. »Bei hundertsiebenundzwanzig Metern gab's ein Grollen, und bei hundertdreißig ein Fließen. Wir befanden uns auf einem Niveau unter dem des Toten Meeres, auf dem das Salz durch die Sedimentschichten ausgeschwemmt war, die das Wasser zur gleichen Reinheit geklärt hatten, wie es aus dem Jordan ins Tote Meer fließt. Wir tranken Gebirgswasser in der Wüste.« Ich vernehme das Drehen eines Knaufs, das leichte

Schaben von Metall auf Metall, und dann höre ich eine Flüssigkeit plätschern. Moshe ergreift meine Hand und drückt einen Metallbecher hinein. »Trinken Sie.«

Ausgedörrt von der Sonne, führe ich das heiße Metall an meinen Mund und nippe an dem kühlsten, frischesten Naß, das ich je gekostet habe. Ein Tropfen rinnt mir von den Lippen aufs Kinn, wo er augenblicklich verdampft. Seit dem nahrhaften Shake mit Schokoladengeschmack im Krankenhaus habe ich nichts mehr getrunken oder gegessen, und ich habe das Gefühl, ich könnte ein ganzes Faß davon saufen, aber ich frage nicht, weil ich zu gut die subtile Lektion verstehe, die ich gelehrt werde. Zwischen dem dikken Schlamm in der Fabrik und dem reinen Wasser und der heißen Luft bin ich an einem Ort, wo das Leben am elementarsten und am dramatischsten elementar ist. Diese Leute leben am Nullpunkt. Neben Erde, Feuer, Wasser und Luft gibt es in Beis Machpela nichts, nichts außer Gott.

»Ab hier müssen wir ein anderes Transportmittel nehmen«, teilt Moshe mit. Beim Reden haben wir die gepflasterte Straße der ursprünglichen Siedlung verlassen und sind auf einem Schotterweg, hart wie Straßenpflaster, nach Osten auf den Rand des Kibbuz zugegangen, weg von der Sonne, deren Strahlen mir in den Nacken stechen. Ich höre und fühle den Sprühregen von Bewässerungsanlagen rundherum und rieche etwas Organisches. Moshe erklärt: »Hier sind die Gärten, die ich erwähnte. Wir ziehen Sojabohnen, Kohl, Auberginen, Tomaten und anderes. Es gibt wunderbare neue Anbautechniken, die uns hoffentlich irgendwann erlauben, völlig autark zu sein. Drüben auf der anderen Seite des Kibbuz halten wir Hühner und Kühe.«

Doch so wie Beis Machpela sich allmählich in der Wüste verliert, die sich, je nachdem, welche Richtung man einschlägt, zum Toten

Meer oder zu dem schmalen zivilisierten Streifen entlang der Küste des Mittelmeers erstreckt, so endet auch die Reklametour, die man sich für zu Besuch kommende amerikanische Sponsoren ausgedacht haben muß. Ich rieche eine brennende Zigarette und höre das ungeduldige Scharren, vermutlich das eines Pferdes. Ich rieche Dung. Moshe fragt: »Sind die Tiere bereit?«

Eine neue Stimme, halb Brooklyn, halb Sabra, antwortet: »Ja.«

»Ab hier müssen wir Esel benutzen, weil es keine Wege gibt.«

Ich hätte es wissen sollen. Pferde wären in der Negevwüste genauso nutzlos wie Autos. »Ich habe mich schon unbequemer fortbewegt.«

»Gut.« Moshe gibt mir einen Klaps auf den Rücken. Gemeinsam nehmen wir an einem großen Abenteuer teil.

Fünf Esel erwarten uns zusammen mit zwei neuen Siedlern, die mir beide als Avi vorgestellt werden. Das macht die Dinge ein wenig einfacher, aber ich frage mich, ob alle neuen Siedler Avi genannt werden. Die Stimmen der beiden Avis, einheimisch, doch moduliert durch den Akzent ihrer Eltern, sind jünger als die Stimme Chaims; vielleicht sind sie deshalb für diesen Auftrag ausgesucht worden. Alte Gewohnheiten sterben langsam, und eine frühere Generation ist weniger an heutige Sitten und Gebräuche gewöhnt, zu denen in diesem Falle primitive Packtiere anstelle von Taxis gehören. Chaim hat noch immer einen Fuß in Brooklyn, und wenn er hinter einem Lenkrad sitzt, kann man sich auf ihn verlassen, wogegen das neue Geschlecht sich müheloser lokalen Möglichkeiten anpaßt.

»Wir werden morgen zurück sein«, teilt Moshe Chaim mit, der ohne ein weiteres Wort weggeht. Ich höre seine knirschenden Schritte auf dem Weg. Dann hilft mir der eine Avi mit starken Händen auf mein haariges Reittier, während der andere Avi dem »Alten« hilft.

Der alte Rabbiner grunzt und lacht: »Wieder im Sattel.«
Plötzlich packt Avi unversehens meinen verbrühten rechten Fuß, um ihn in einen metallenen Steigbügel zu schieben. Er geht professionell zu Werke wie ein Schuhverkäufer, aber ich stoße einen Schmerzenslaut aus.
»Was ist?«
»Schon gut.« Vorsichtig entwinde ich ihm das verletzte Glied, lehne es gegen den wohltuend warmen Tierbauch und umfasse den Knauf, der aus dem dicken Ledersattel ragt.
Dann schwingen sich die beiden Avis mühelos auf ihre Tiere, und wir brechen unter dem Geschrei des letzten Esels auf, der unseren Proviant trägt: Krüge mit Frischwasser, Lebensmittel und Utensilien zum Aufschlagen eines Lagers. Es scheint, wir werden die Nacht hindurch unterwegs sein.
Von Moskau bis Jerusalem bin ich stets Städter gewesen, und so ist mir die Welt der Natur fremd, aber ich vertraue unseren einheimischen Führern und lasse mich und meinen fügsamen Gefährten in die Wüste führen, während die dunstigen Kreisbewegungen der Bewässerungsapparate hinter uns verschwinden.
Der Gang eines Esels ist zwar gemächlich, aber nicht gleichmäßig. Schon bevor wir auf felsigen Untergrund geraten, schleudert mich jeder Schritt des Tiers von einer Seite zur anderen, und bald bin ich seekrank von dem Geschaukel, und mein Hintern tut mir fast so weh wie mein Fuß. Ich versuche, mich mit meinem fest im Steigbügel sitzenden linken Fuß hochzustemmen, um einen Zentimeter Luft zwischen mein Hinterteil und das des Esels zu bringen. Avi trabt neben mich und sagt: »Beim Reiten behält man am besten vollen Körperkontakt. Sie werden sich schon dran gewöhnen.« Ich sehe im Geist eine neue Sorte Cowboy mit schwarzem Anzug, der in diesem Klima unerträglich sein muß, und schmalkrempigem Filzhut, der durch den winzigen Halbschatten, den er

seiner Stirn bietet, kaum gerechtfertigt erscheint. Wahrscheinlich protzt er mit einem Anflug von Bart, der, wenn die Zeit erfüllet ist, zu einem rabbinerhaften Busch heranwachsen wird. Zweifellos hat er ein Taschengebetbuch in seinem Jackett, aber er ist ebenso ein Geschöpf dieser Wildnis wie sein Esel, und er kennt die Eigenheiten der Wüste ebenso gut wie seine Vorväter. Wenn Abraham das wüste Land durchqueren konnte, kann Avi es auch.
Wir reiten mehrere Stunden, und dabei werde ich gewahr, daß es Leben selbst hier gibt. Vögel zwitschern und flattern ermattet über den Himmel, und der Wind raschelt in irgendwelchen Pflanzen, die sich hartnäckig in Felsspalten festklammern, während ihre Wurzeln sich in die Tiefe graben, vielleicht so tief wie der Brunnen in Beis Machpela, um Nahrung von unten zu saugen. Eidechsen huschen mit einem Flüstern über den Boden, und das trostlose Geheul irgendeines Lebewesens – mir fällt nichts anderes als ein Kojote ein – dringt durch die Abenddämmerung.
Auch die Gerüche sind komplex, eine Mischung aus Salz vom Toten Meer und anderen mineralischen Absonderungen der Landschaft. Ich erkenne die Farbe der Tinte, mit der jemand schreibt, an ihrem Geruch und halte auf zehn Schritt Entfernung Brie von Cheddar auf dem Schlips eines Arztes auseinander – und der Geruch von Sex hält sich wie ein nachträglicher Einfall –, aber Schiefer könnte ich nicht von Basalt oder Quarz unterscheiden, selbst wenn es um mein Leben ginge. Einen Augenblick meine ich, wieder einen Hauch von synthetischem Rauch zu schnüffeln, aber keiner der Avis hat sich eine neue Zigarette angesteckt, und der Geruch löst sich auf, als ein Wind von den Bergen herunterzuwehen beginnt. Vielleicht hat im letzten stechenden Gleißen der untergehenden Sonne einer der Büsche, die mein Esel streift, Feuer gefangen.
Was tue ich hier? Noch einmal verfolge ich in der Stille der Wü-

ste in Gedanken meinen Weg von der irregeleiteten Kugel des Gefährten meiner Gefährten – in höherem oder geringerem Maße irregeleitet, je nachdem, ob sie mir galt oder nicht, aber irregeleitet, wie man es auch betrachtet, denn sie hat niemanden getötet – bis hin zu meiner, um es klipp und klar zu sagen, Entführung. Okay, bisher ist sie nicht so schmerzhaft verlaufen wie die im Libanon, aber das gilt nur für bisher.

Was tue ich hier? Ich hätte im Krankenhaus bleiben können, bis mein Fuß geheilt war, und dann nach Hause und dann an die Arbeit gehen können. Ich hätte die Rede schreiben können, die Simon gehalten hätte, wenn ich in mein Büro in der Knesset zurückgekehrt wäre. Wäre ich wirklich so desillusioniert gewesen, wie ich vorgab, hätte ich den Dienst quittieren und in die Werbung gehen können. Wenn ich Simon an den Mann bringen konnte, konnte ich das mit allem.

Aber irgendwas hat mich weitermachen lassen. Irgend etwas hat mich bewegt, Doc Iwan zu überreden, mich in diese Situation auf der West Bank zu treiben. Dieses Etwas hat einen Namen: Gabriel. Ich erinnere mich an das letzte Mal, an dem ich ihm vor Tel Aviv begegnet bin. Es war auf der Party im Israel-Museum, auf die ich in Simons Büro angespielt habe und die der Eröffnung einer Ausstellung mit neuesten Funden aus Megiddo galt. Es waren keine Funde von Gabriel, aber er war auf der Party als Kollege der Archäologen, die ihr Vergnügen daran hatten, ihre Urteilskraft in der Unterscheidung zwischen Kunstwerken des neunten und des zehnten Jahrhunderts vor Christus unter Beweis zu stellen, und ich war dort als Simons Vertreter.

Ich trank Wein; ich aß Käse. Ich konnte mir die kürzlich entdeckten Krüge oder Töpfe oder was immer sie auch ausgegraben hatten nicht ansehen, und so wartete ich auf das Ende dieses langweiligen Abends. Ich dachte wahrscheinlich gerade daran, daß ich ja auf einen Schlummertrunk im Dregs vorbeischauen könnte, als jemand neben mir fragte: »Kann ich Sie irgendwohin mitnehmen?«

Ich bin nicht mal sicher, wieso ich wußte, daß es Gabriel war. Ich war ihm mal vor Jahren begegnet, als ich für Simon zu arbeiten begann, lange vor ihrer Entfremdung, aber selbst damals hatte er sich von dem Wahlkampf ferngehalten und nur ein paar fröhliche Familienfotos erlaubt, mehr nicht. Vielleicht war etwas im Timbre seiner Stimme, was mich an seinen Vater erinnerte, oder vielleicht erinnerte ich mich von der berühmten »Wir können warten«-Radiosendung an seine Stimme. Auf jeden Fall mußten wir uns nicht gegenseitig bekannt machen. Es war natürlich vollkommen logisch, daß er auf der Party war.

»Zu einem neuen Job?« erwiderte ich.

»Arbeit sollte mehr einbringen als nur Lohn.«

»Das klingt sehr schön. Aber nicht jeder kann das tun, was er liebt.« Ich wußte das. Am gleichen Nachmittag hatte ich einen besonders unerfreulichen Text für Simon verfaßt, in dem ich die Entscheidung des religiösen Rates verteidigt hatte, Frauen aus Synagogenbibliotheken zu verbannen. O ja, wir behaupteten, unsere Verteidigung beruhe auf lokalen Bestimmungen, doch in Wahrheit beruhte sie auf Wählerstimmen. Und jetzt, wo ich einen Meter achtzig und mehr an Ben-Levi-Genen vor mir hatte, denen ich nicht zu Dank verpflichtet war, ließ ich meinen Groll auf den Vater an dem Sohn aus und fuhr sarkastisch fort: »Die Welt braucht Straßenkehrer ebenso dringend wie Archäologen.«

Aber statt beleidigt zu sein, lachte Gabriel nur freundlich und sagte: »Dringender.«

Und so lachte ich ebenfalls und setzte hinzu: »Dringender auch als Redenschreiber.«

»Straßenkehrer aller Länder, vereinigt euch!«

»Ähm …« Ich war drauf und dran, ihn zu fragen, ob er nicht Lust hätte, irgendwo noch was zu trinken, aber untypischerweise kniff ich. »Erzählen Sie mir was über das Zeug da.« Ich wedelte mit der Hand in Richtung der Ausstellungsstücke.

»Wirklich sehr schön. Megiddo ist schon seit Jahren eine Fundgrube, aber man hat etwas Neues gefunden, das eine Menge erklärt.«

»Und was?«

»Hier.« Er führte mich zwischen den weintrinkenden Museumsmäzenen hindurch, bis wir in einem besonders dichten Pulk von Leuten stehenblieben, die etwas bewunderten, was auf einem Podest stand. »Hier«, sagte er wieder und legte mir einen großen, gewölbten Gegenstand in die Hände, eine Schale.

Im selben Augenblick fiel ein öliger Wächter wie ein Schießhund über uns her. »Bitte!« verlangte er.

»Keine Bange«, wies Gabriel ihn ab. »Herr Kasakow läßt sie schon nicht fallen.«

»Und wenn, fängt Herr ben Levi sie auf.«

Wir hatten unseren Spaß.

Der Mann stotterte: »B-b-berühren ist strikt v-ver-b-b-«

Gabriel fiel ihm mitten in die Stotterrede und setzte die herrische Befehlsmiene seines Vaters auf. »Berühren ist strikt vonnöten, um solche Sachen zu finden, auszugraben und auszustellen. In diesem Fall ist Berühren strikt vonnöten, um den Gegenstand wahrzunehmen. Wozu sonst ist ein Museum da?«

Grundsätze beiseite gelassen, hatte Gabriel nicht völlig recht, und ich war zwar ziemlich erpicht darauf, Eindruck zu schinden, aber nur zu gern bereit, dem Wächter die angstbebende Sorge zu nehmen. Ich stellte die Schale vorsichtig auf ihr Podest zurück und beugte mich vor, um an ihr zu riechen. Natürlich hatten elfhundert Jahre in der Erde jede Spur dessen getilgt, was sie mal enthalten

hatte, vielleicht Getreide oder Wein, aber ich meinte, einen ganz, ganz schwachen Rauchgeruch wahrzunehmen. »Ein gutes Jahr.«
»Nein, eigentlich war es ein sehr schlechtes Jahr. Strecken Sie noch mal die Hand aus und tasten Sie die äußeren Schichten ab.«
Normalerweise wies ich Hilfe entschieden ab, aber an Gabriels Art war überhaupt nichts Herablassendes. Er war der geborene Lehrer, der mich berichtigte, wenn ich etwas falsch machte – bestimmt, aber freundlich –, und mich an eine Entdeckung heranführte.
»Eine ist glatter als die andere.«
»Ja, und zwar, weil es ein Feuer gegeben hatte. Wir erkennen das an den Kohleablagerungen. Deshalb ist dieses Stück hier so wichtig. Um 970 vor Christus brannte Megiddo zum größten Teil ab. Vielleicht erklärt das, warum von seinem Namen Armageddon hergeleitet wurde.«
»Nicht schlecht für einen angehenden Straßenkehrer.«

Mir fällt diese Schale wieder ein, und plötzlich denke ich an das Fremde Feuer, durch das ihre Welt zerstört wurde. Megiddo liegt im Norden in Richtung der Jesreelebene, aber es fungierte in der Antike wie Hebron als Verkehrsknotenpunkt, und wieder kann ich schwören, daß ich am Wüstenhorizont Rauch rieche – deutlich ein Produkt meiner dichterischen Phantasie.
Beunruhigenderweise wird die in mir erlöschende Glut der Dichtkunst dieser Tage neu entfacht. Es ist das Rätsel des gegenwärtigen Fremden Feuers, auf das sowohl Cyril Klein als auch Chaim verwiesen, das einen Sog erzeugt, der mich durch den Rauchfang in einen unbekannten Himmel hinaufzieht. Im Gegensatz zur Feuersbrunst in Megiddo, die möglicherweise eine ganz profane Ursache hatte – ein Kohlenbecken, das aus Versehen umgekippt wurde, oder ein Pfeil mit brennender Spitze, der von einem die

Stadt belagernden Feind absichtlich als Luftpost zugestellt wurde –, ist dieses Rätsel eher symbolisch als chemisch und daher gefährlicher.
Nein, ich darf die Gefahr nicht unterschätzen. Ob chemisch oder symbolisch, die einzelnen Feuer können ähnliche Ergebnisse zeitigen. Auch die Zerstörung von Megiddo war ein Rätsel, bis die Archäologen es mit Hilfe einer einzigen Schale lösten. Irgendwo in dem Museum muß es menschliche Knochen geben, die die gleichen Muster aus Glätte und Verkohlung aufweisen wie die Schale. Irgendwo in dem Museum muß es Dutzende von anderen Schalen geben, die in so viele Scherben zerbrochen sind, daß alle Kuratoren des Königs außerstande sind, sie jemals wieder zusammenzusetzen. Dennoch, eine Schale blieb wunderbarerweise erhalten.
Das ist der Grund, weshalb ich hier bin, aber ich bin so schnell von einer Stelle zur nächsten geeilt, daß ich bis jetzt keine Zeit hatte zu begreifen. Ich weiß, daß ich in Gefahr bin, und ich glaube, daß Gabriel in Gefahr ist. Ich möchte ihn retten, so wie eine ironische Fügung die eine Schale aus dem orangeschwarzen Mahlstrom rettete, der Megiddo verschlang. Ich habe an jenem Abend im Museum die Schale nicht fallen lassen, und ich will sie auch jetzt nicht fallen lassen. Vielleicht werde ich später die Kraft finden, Gabriel zu diesem Drink einzuladen. Und dann … vielleicht.

12

Ich werde in meinen Gedanken unterbrochen, als Avi mir über die Taille langt und die Zügel ergreift, die schlaff in meinen Händen lagen. Ich vermute, wir sind an unserem Ziel angekommen. Wir steigen ab, möglicherweise auf ein Zeichen von Moshe X, das er in dem Moment gab, als er ein göttliches Zeichen vom Firmament erhielt. Der Rabbiner sagt: »Maariw.«

Wir haben haltgemacht, um zu beten.

Dreimal am Tag, morgens, nachmittags und abends, bezeugen die Orthodoxen in den Andachten Schacharit, Mincha und Maariw ihre Hingabe an Gott. Moshe X reicht mir ein Gebetbuch.

Ich erkenne an der samtigen Glätte seiner Seiten und am rissigen Leder seines Einbands, was es ist. Wie viele Male wird der beste Roman gelesen, wie oft ein Lieblingsgedicht rezitiert, wie oft in einem Wörterbuch nachgeschlagen? Dieses Buch hier wird dreimal täglich gelesen, und das jeden Tag. »Nein, danke«, lehne ich ab.

Der Rabbiner schnaubt verächtlich, als wollte er sagen: Dein Problem.

Aber ich bin mehr um den Körper als um die Seele besorgt und nutze unsere Pause, um mich zu strecken und den Versuch zu machen, genauer dahinterzukommen, woher dieser anhaltende leichte Rauchgeruch in der Luft kommt, während Moshe und die beiden Avis ihre Gesichter nach Norden in Richtung Jerusalem gedreht haben. Ihr Gebet ist schnell und sachlich, ein Gemurmel, das eher in der Tonhöhe als im Tonfall variiert. Sie beten wie ein Bienenschwarm.

Ich ziehe meinen rechten Turnschuh aus, um einen Klecks Salbe auf die mit Blasen bedeckte Haut aufzutragen. In der Abenddämmerung fühlt sich die Luft kühl an, obgleich die Temperatur wohl kaum unter dreißig oder zweiunddreißig Grad gefallen ist. Ein rosafarbener Lichtrest muß hinter den Bergen im Westen noch hervorschimmern, aber ich tue so, als wäre es schon dunkel, und genieße den Gedanken, weil Dunkelheit gleichmacht. Nachts kann keiner sehen. Zumindest trifft das auf eine echte Nacht ohne Straßenlaternen oder Autoscheinwerfer oder das geisterhafte blaue Leuchten eines Fernsehers im Fenster eines Nachbarn zu, und an diesem trostlosen Ort gibt es die nächste Glühbirne in dem Kibbuz, der kilometerweit hinter uns liegt. Ich wünschte, ich könnte feststellen, ob wir Mond haben, aufgehend, untergehend oder im vollen lunaren Glanz; wenn ich beten könnte, würde ich beten, daß er nicht scheint.

Einen Moment lang fühle ich mich absolutem Frieden nahe, während meine Gefährten mit ihrem Absoluten in Verbindung treten. Ich hätte Lust, in die Wüste hineinzutanzen – oder zu humpeln –, mit den Armen zu fuchteln und wild herumzuhopsen wie ein antiker Mystiker. Aber da knipst Avi eins, als könnte er meine Gedanken lesen, eine Taschenlampe an, um die Dunkelheit zu vertreiben, und Avi zwei schreit: »Nicht bewegen.«

»Nicht bewegen«, wiederholt Avi eins mit ruhiger Eindringlichkeit. »Keinen Zentimeter«, sagt er, während ich höre, wie Avi zwei den Reißverschluß einer Tasche öffnet. Ich höre ein Klikken, als fiele ein Kiesel zu Boden; es ist das typische Geräusch eines Revolvers, der entsichert wird. Haben sie mich in die Wüste begleitet, um mich heimlich umzubringen? Werden sie mich in einem flachen Grab so nahe bei den Patriarchen verscharren? In Erwartung des *coup de grâce* hebe ich das Gesicht zum Himmel. Die Pistole geht los, und ein Sandregen sprüht gegen meinen Fuß. Ich erstarre, als Moshe X, dessen Geruch nach Alter, Zimttee und moderigen Büchern durch die Wolke verbrannten Schießpulvers überdeckt wird, das die zarte Wüstenatmosphäre erfüllt, heraneilt und vor mir auf die Knie geht. Er scharrt im Sand, dann steht er auf und drückt mir einen kleinen Gegenstand in die Hand. Es ist eine harte, gefurchte Schale, aus der an einem Ende mehrere weiche Drähte heraushängen. Zuerst denke ich, es ist ein kaputtes Transistorradio, aber dann fühle ich etwas Nasses, und mein Zeigefinger bohrt sich unter der Schale in ein weiches, fleischiges Inneres.

Avi zwei sagt nur ein Wort: »Skorpion.«

»Guter Schuß«, gratuliert ihm Avi eins.

»Ziehen Sie Ihren Schuh wieder an«, rät mir Moshe.

Beis Machpela liegt in einer schüsselartigen Senke, die von Bergen umgeben ist. Nach und nach begeben wir uns hinauf in diese Berge, von den sicheren Hufen der Esel getragen, und dann machen wir uns allmählich an den Abstieg durch ein Wadi, das ein neolithischer Strom geschaffen hat, der vor Tausenden von Jahren ausgetrocknet ist. Mehrere Male ist der Pfad so abschüssig, daß wir zickzack reiten müssen und die von den Eseln losgetretenen Steine in die Nacht rollen.

Schließlich umrunden wir einen besonders steilen Aufschluß, dessen Ablagerungsschichten wie Regalfächer hervortreten, und ich weiß aufgrund von drei kleinen Vorkommnissen, daß wir nahe an unserem Ziel sind. Erstens hat der Wind, der stetig von hinten blies, sich verteilt. Zweitens spüre ich anstelle schroffer Wände

eine weite Öffnung vor uns liegen. Und schließlich kullert ein von einem der Esel losgetretener Kiesel vor uns her und bleibt mit einem leisen Platschen liegen.
Wir sind am Toten Meer, und wir haben keine Straßen überquert, was heißt, daß wir nicht nur dem Westufer mit seinen Kurorten, Touristenhotels und Altersheimen, sondern auch dem Südufer ausgewichen sind, das der Pottaschegewinnung dient. Wir sind auf unbekanntem Gebiet und haben vielleicht schon die grüne Linie nach Jordanien überquert.
Wir reiten eine weitere Stunde am Ufer entlang, wo wir auf flachem Gelände langsamer vorankommen als in den Bergen, weil das Salzwasser unter den Hufen unserer Tiere zu rasiermesserscharfen Kristallen verdunstet ist. Einige Kilometer entfernt tragen die Touristen, die in diesem wunderbaren, heilkräftigen Wasser baden, deshalb Turnschuhe an den Füßen. Endlich halten wir zur Nacht an einer Stelle, wo eine Klippe im Laufe von Millionen von Jahren zu einer natürlichen Schutzhöhle erodiert ist. Die beiden Avis setzen einen Haufen trockener Zweige in Brand, die sie im umgebenden Unterholz gesammelt haben, und rollen mehrere Schlafsäcke aus, die wir alle sorgfältig nach Skorpionen durchsuchen. Wir essen Hühnerschnitzel, welche die Küche in Beis Machpela vorbereitet hat und die in einer Pfanne gebraten werden, die Avi zwei aus der Tasche zieht, in der auch seine Pistole verwahrt ist.
Ich frage mich, ob der leichte Rauchgeruch, den ich auf der ersten Etappe unserer Reise bemerkt habe, eine Vorahnung des echten Rauches von Avis Kochen war oder aus dem Lauf seiner Pistole stammte.
Ich frage mich vieles, vor allem, was wir hier tun und was in Jerusalem passiert und wo Gabriel ist und ob mich der Skorpion wirklich gleich gestochen hätte oder ob die ganze Geschichte eine

Farce war, die mich Moshe X verpflichten sollte. Bei einem B.M. wäre es ein leichtes Spiel. Such einfach einen Skorpion, töte ihn, feuer eine Kugel in den Boden und sag: »Hier, das haben wir gefunden.«
Aber das Blut war feucht.
Ich schlafe ein und träume von Skorpionen.

»Schacharit« ist das erste Wort, das ich höre, als ich aufwache. Ob die beiden Avis schon seit Stunden auf sind, weiß ich nicht, aber als ich meine Augen aufschlage – ein Reflex ohne Folgen –, danken sie bereits psalmodierend und murmelnd Gott für den neuen Tag.
Die Morgenröte beginnt sich gerade über mehrere tausend Kilometer arabischer und islamischer Länder im Osten zu erheben: Jordanien, Irak, Iran, Afghanistan, Pakistan, große Teile von Indien, die Malaiische Halbinsel und die Inseln Indonesiens. Der nächste Jude in dieser Richtung lebt wahrscheinlich in San Francisco, und er ist wahrscheinlich schwul. Das erinnert mich daran, daß ich dem Dritten Buch Mose zufolge diesen Völkern ein »Greuel« bin, aber auf der anderen Seite haben sie für mich als starken maskulinen Dichter auch keine Verwendung. Sie rezitieren dreimal am Tag die Verse ihrer toten Vorfahren, können aber die Dichtung der Lebenden nicht ertragen.
Avi zwei reicht mir zwei hartgekochte Eier und einen Becher Kaffee, den er über dem glimmenden Feuer gebrüht hat. »Wenn Sie Salz brauchen, stippen Sie einfach«, sagt er, und das tue ich.
Ich mag Salz. Ob es eine russische oder jüdische Vorliebe ist, weiß ich nicht, aber ich streue Salz über alles, ehe ich koste, und dann streue ich normalerweise noch mehr drüber. Zu Hause verwenden wir es löffelweise, nicht nur in Prisen, und Mutter hat in der Mitte des Küchentischs immer ein Salzfaß stehen. Manchmal hal-

ten Besucher es irrtümlich für Zucker und tun sich einen Löffelvoll in den Kaffee, ehe wir sie daran hindern können.

Moshe X wiederholt genau dieselben Worte, die er am Ortsrand von Beis Machpela gebraucht hat. »Ab hier müssen wir ein anderes Transportmittel nehmen.« Er sollte lernen, seine Sätze zu variieren.

Aber diesmal ist kein neuer Führer da, der uns begrüßt, wenigstens noch nicht. Die Avis verschwinden den Hang hinauf, in dessen Schutz wir uns bewegt haben, und kommen nach ein paar Minuten ächzend zurück. Was immer sie auch schleppen, es ist schwer; ich höre, wie sie sich anstrengen, und dann ihr erleichtertes Aufatmen, als sie ihre Last ins Meer gleiten lassen. Es ist ein anderes Transportmittel: ein Boot.

Avi zwei erklärt: »Wenn wir es über den Boden gezogen hätten, hätte das Salz ein Loch in den Boden gerissen.«

Trotz des berühmten natürlichen Auftriebs des Toten Meers würde zuviel Gewicht im seichten Wasser sinken, und so steigt der »Alte« zuerst ein, und mich juckt es, *»Ride 'em, sailor«* zu sagen, doch ich verkneife es mir. Wir übrigen schieben das nautische »Transportmittel« von den spitzen Salzkrusten am Meeresboden herunter und klettern dann, klatschnaß bis zu den Knien, an Bord.

Ich sitze im Bug, der Alte im Heck, während die Avis die Mitte einnehmen, jeder mit einem Ruder in der Hand. Avi zwei erklärt: »Einen Motor würde dieses Wasser in einer Woche kleinkriegen.«

Die Sonne hatte noch keine Gelegenheit, ihre Strahlen direkt auf uns zu richten, als wir an einer Höhle ankommen, die ganz ähnlich ist wie die, in der wir genächtigt haben. Wir wandern über ein Feld mit knolligen Salzformationen, während Avi zwei Erläuterungen abgibt. Seine Rolle, scheint es, ist die eines Pressesekretärs für den Pressesekretär. »Bekanntlich«, beginnt er, »stammt das Tote Meer vom Schnee auf dem Gipfel des Berges Hermon. Wenn er im Frühjahr schmilzt, fließen Bäche herab und sammeln sich im See Kinneret.«

Alias See Genezareth oder Galiläisches Meer.

»Der Abfluß aus der Südspitze des Sees Kinneret bildet den Jordan, der die Grenze von Samaria nachzeichnet.«

Alias West Bank.

»Der Jordan fließt in etwa dreißig Kilometern Entfernung an Jerusalem vorbei und ergießt sich weiter südlich in dieses natürliche Becken. Wie Sie jedoch bemerkt haben werden, ist es hier heiß.« Avi gestattet sich, diese kleine leichtfertige Untertreibung zu beschmunzeln, dann fährt er in seinem Vortrag fort. »Das Tote Meer ist der tiefste Punkt der Erdoberfläche, dreihundertneunzig Meter unter dem Meeresspiegel, und es fallen hier nur fünfzig Millimeter Regen im Jahr. Das Tote Meer entsteht aus der einzigartigen Verbindung aus Verdunstung und Wiederauffüllung. Aber …«

Es gibt immer ein Aber.

»Aber in letzter Zeit hat sich das uralte Gleichgewicht zwischen Verdunstung und Wiederauffüllung verändert. Das ist auf die zunehmende landwirtschaftliche Nutzung des Wassers im Norden zurückzuführen.«

»Aber auch«, füge ich hinzu, »in der Nähe.«

»Unser Brunnen trägt sicherlich auch seinen Teil zur Senkung des Grundwasserspiegels bei, aber das ist nur *de minimus*.«

»Fünf Liter sind fünf Liter.«

»Ja«, räumt er ein und fährt dann fort: »Die Straße, auf der Chaim Sie nach Beis Machpela gebracht hat, führte einmal dicht am Toten Meer entlang. Als die Straße in den fünfziger Jahren angelegt wurde, war sie keine zehn Meter vom Wasser entfernt.«

»Ich erinnere mich.«

»Daran erinnern Sie sich noch?« Es sind die ersten Worte, die Moshe X seit dem Transportmittelwechsel hervorbringt.

»Nun ja, nicht aus den fünfziger Jahren, aber aus der Zeit vor dreizehn oder vierzehn Jahren.«

Keinen Monat nachdem ich in Israel angekommen, als Jude beglaubigt, im Wählerverzeichnis eingetragen, zu einem Sprachkurs angemeldet und mit meiner Mutter in der Villa Rambam untergebracht war, wurde ich in einen Überlandbus von Egged Tours gesetzt und mit vierzig oder fünfzig anderen Neuankömmlingen von einem Ende des Landes zum anderen gefahren. Das gehörte mit zu unserem Schulungspaket und wurde von einem russischsprechenden Führer aus dem Einwanderungsministerium geleitet, dessen Ziel es war, in fünf Tage soviel anregende Geschichte wie möglich hineinzupacken. Wir starteten in Jerusalem und besichtigten die Westmauer, verschiedene Synagogen, Grabmäler – antike und moderne, von König Davids bis zu Theodor Herzls – sowie meine beiden zukünftigen Almae matres, die Hebräische Universität und das Hadassa-Krankenhaus. Wir pilgerten zur Holocaust-Gedenkstätte Jad Vaschem und huschten dann schnell um die Ecke zur Knesset, womit wir die ausdrückliche Verbindungslinie von jener zu dieser zogen. Vergiß es nie.

Stell dir aber auch nie was vor. Das Leben hat Überraschungen für dich bereit. Als ich über den weichen Teppich im Knesset-Foyer ging und den Parlamentssaal bestaunte, hätte ich nicht geglaubt, daß ich binnen zehn Jahren dieses Gelände so gut kennen würde, wie ich die fünfunddreißig Quadratmeter bereits kannte, die mir die edlen Gesetzgeber Zions in der Rehov Rambam zugeteilt hatten.

Wir besuchten die ehemalige militärische Kommandostelle der Briten in Latrun, die vor kurzem in das einzige Panzermuseum der Welt umgewandelt worden war. Wir fuhren am Internationalen Flughafen Ben Gurion vorbei und nach Tel Aviv hinein, wo wir eine Kleinigkeit in einem Café in der Dizengoffstraße aßen, das von einem palästinensischen Halbwüchsigen zwei Jahre zuvor in die Luft gejagt worden war. Eine Bronzetafel, die an die Toten erinnert, war an der Wand neben der Speisekarte angebracht worden. Eine andere Version derselben Lektion. Vergiß es nie.

In der Dizengoffstraße war nicht viel mehr los als in der Gorkistraße, aber in zwei Hinsichten unterschied sie sich dramatisch von der Moskauer Hauptstraße. Erstens kommerziell, wie die meisten meiner ausgewanderten Landsleute bemerkten. Erpicht auf diesen Überfluß, fotografierten sie sich gegenseitig vor Obstständen und den Schaufenstern von Konfektionsgeschäften und Elektronikläden, die mit Waren gefüllt waren, die jeder – jeder! – einfach kaufen konnte. Ob ich ein guter Kommunist oder ein schlechter Kapitalist war, kann ich nicht sagen, aber ich war immun gegen die Verlockung alles Käuflichen. Statt dessen tat ich mich gütlich an der schieren menschlichen Überfülle von Tel Aviv. Das war der zweite Unterschied zwischen den Städten. Die Dizengoffstraße war ein ständiges Defilee junger Frauen und Männer in kurzen Hosen und gerippten T-Shirts; für mich waren sie der elementare Ausdruck von Offenheit und Demokratie … und Sex.

Von diesem himmlischen Luxus schaukelte unser Bus nordwärts zu römischen Ruinen in Cäsarea, osmanischen Türmen in Akkon, dem stillen Bahai-Schrein in Haifa und dem kleinen Städtchen Safed, Heimstatt mystischer kabbalistischer Lehren, angefangen bei Isaak Luria im sechzehnten Jahrhundert bis heute. Schließlich besuchten wir die Region am Toten Meer. Wir schwammen – vielmehr schwebten wie lebende Ballons – in seinen unheimlichen, klebrigen Tiefen, und dann fuhren wir nach Masada. Statt mit einer Drahtseilbahn zum Gipfel zu fahren, wo eine belagerte Gemeinschaft antiker Hebräer es vorgezogen hatte, Selbstmord zu begehen, anstatt sich der römischen Tyrannei zu ergeben, kletterten wir zu Fuß auf den Berg – genau wie amerikanische Jugendreisegruppen und Fallschirmjägerregimenter in dem Gemeinschaftsgeist fördernden Ritual, mit dem ihre Ausbildung endet. Nach dem mehrere Kilometer langen, steil bergauf führenden Weg brachen wir auf dem Plateau zusammen, das in den Himmel ragt, dem Symbol an sich und plötzlich, magisch, verwandelnd, auch von uns, Symbolen des wiedererwachenden Israel. Und dann fuhren wir mit der Drahtseilbahn runter, bestiegen unseren Bus und kehrten nach Hause zurück, jeder in seine fünfunddreißig Quadratmeter. Ja, ich erinnere mich an die Straße und vor allem an den Bus.

Trotz allem historischen und emotionalen Gewicht unserer eiligen Tour durch unsere neue Heimat ist der Bus das, was ich von der ganzen Reise am genauesten in Erinnerung habe. An Kraft und Geschwindigkeit stellte er alles in den Schatten, was auf Moskaus Straßen unterwegs war. Und erst innen! Das Ding war feudal wie die Eremitage. Es war mit Teppich ausgelegt und klimatisiert und hatte, was am erstaunlichsten war, eine eigene Toilette. Eine Toilette in einem fahrenden Bus! Ich glaube, wir vierzig Russen pinkelten in diesen fünf Tagen so oft wie ganz Odessa zusammen, nur um immer und immer wieder den wahnsinnigen Kitzel zu genießen, sich in dem kleinen Kabuff zu entblößen und zu urinieren, während die Szenerie von Meer, Berg und Wüste am Fenster vorbeiflog.

Der »Alte« holt mich zurück in die Gegenwart. »Diese Straße ist heute fünfzig Meter vom Ufer entfernt. Das Tote Meer schrumpft.« Gewiß hat Moshe X mich nicht hierhergebracht, um mir eine ökologische Predigt zu halten, und außerdem sind wir bereits einer Meinung darüber, daß seine wenigen hundert frommen

Seelen das Ihre dazutun, aus dem Toten Meer innerhalb von etwa zwanzig Jahren den Toten Teich und schließlich die Tote Pfütze zu machen, wenn die Entwässerung des Beckens im gegenwärtigen Tempo weitergeht.
Außerdem sind das alte Kamellen. Erst vor zwei Monaten saß ich in einer Anhörung, die von einem zur Behandlung des Problems eingesetzten Ausschuß der Knesset abgehalten wurde. Simon sorgt sich um das Schicksal dieses gottverlassensten Gewässers auf dem Planeten aus mehreren Gründen. Einer ist die Gesundheit, womit er eigentlich Geld meint, und der andere ist das Erbe des Volkes Israel, womit er eigentlich auch Geld meint. Jahrzehntelang befriedigte die heimische Ferienhausindustrie Kuriositätenjäger und Leute, die glaubten, daß die einzigartigen Schlamm-, Salz- und Schwefelquellen der Region Heilkräfte besäßen. Kleinunternehmer buckelten Kühlboxen mit Pepsi-Cola über die salzverkrusteten Strände, schlammpackungenproduzierende Familienbetriebe verkauften das Zeug an diejenigen, die zu faul waren, es selber aus dem Meer zu schaufeln, und das Bad im Besitz des Kibbuz in Ein Gedi war auf Jahre im voraus ausgebucht. Aber das alles waren nur kleine Fische, und in letzter Zeit hat das Tote Meer den ganz großen Durchbruch geschafft. In den letzten paar Jahren ist eine ganze neue Stadt aus Hotels und Timesharing-Objekten für arthritische Pensionäre aus dem Boden geschossen. Dieses Neve Zohar ist Israels Phoenix, Arizona, und es wächst mit der alternden Judenschaft. Und wenn sie vielleicht auch humpeln, diese Leute zahlen Steuern; und wählen tun sie auch.
Zwar Nichtwähler, aber noch wichtiger, sind die Touristen. Das Tote Meer ist ein Naturwunder und als solches eine internationale Attraktion. Wo Kamele einst über Handelsrouten trampelten, karren heutzutage endlose Ströme von Dan- und Egged-Bussen Tausende von Menschen täglich nach Masada und zum Strand. Ohne

die grüne Aussicht unten ist Masada nur eine Ruine wie andere auch.
Zum Schluß gibt's da noch die Umweltschützer. An finanziellen Wechselwirkungen von ganzem Herzen desinteressiert, schimpft diese laute, verlogene Clique weiter über die Zerstörung der »natürlichen« Umwelt, während sie zur gleichen Zeit genügend Public-Relations-Faxe verschickt, um die mit Staatsgeldern aufgeforsteten Ländereien zu entwalden. Nicht weniger intensiv als Moshe X haben auch sie einen Pakt mit Gott geschlossen. Sie ketten sich an die Pottascheladungen, die hier ausgebaggert werden, und alles, was Er im Gegenzug zu tun hat, ist, ihre Handys und Gemüseburger zu schützen.
Bei den Anhörungen sprachen wir darüber, wie man die aus dem Jordan entnommene Wassermenge verringern oder die Kapazität unserer Entsalzungsanlagen genügend erhöhen könnte, um die landwirtschaftliche Industrie zufriedenzustellen, aber der interessanteste Vorschlag war, einen Kanal vom Mittelmeer zu graben und so das durstige Becken des Toten Meers künstlich mit vorgesalzenem Wasser zu versorgen. Dieser sich durchs südliche Israel wie ein Unterleibsschnitt ziehende Graben wäre das gewaltigste Bauprojekt des Landes, womit man das Tote Meer zu neuem Leben erwecken, Tausende von Arbeitsplätzen schaffen und – keine Nebensache – Miracle Mile für Miracle Mile handtuchbreite Uferbebauung möglich machen würde.
Nichtsdestoweniger redet Moshe X weiter, während er mich das Ufer entlangführt, weg von den beiden Avis, die hinter uns bei dem Boot bleiben. »Vor fünf Jahren lag der Boden, über den wir jetzt gehen, noch unter Wasser. Natürlich hätte man ihn auch vorher schon erforschen können, aber dazu wäre teures Tauchgerät nötig gewesen. Als aber der Wasserspiegel sank, kam man leichter an ihn heran. Vielleicht wurde so die Erforschung unausweichlich.«

Langsam fügen sich Dinge zusammen. Ängstlich, erwartungsvoll frage ich: »Erforschung welcher Art?«

»Archäologische.«

Natürlich. »Gabriel.«

Moshe X scheuert mit seinen Lederschuhen an den Salzkristallen.

»Ja.«

Wir sagen nichts mehr, während er mich in eine schmale Felsspalte zwischen zwei massiven Felsüberhängen führt. Von hier an gehen wir im Gänsemarsch und müssen uns gelegentlich an spitzen Felszacken seitwärts vorbeiquetschen.

Zehn Schritt später schließt sich der immer schmaler werdende Spalt in der Erde über uns vollkommen, und wir gehen gebückt, bis wir schließlich kriechen müssen. Ich rieche die stinkenden Absonderungen am Hinterteil des alten Rabbiners. Bei einer Abzweigung in dem Tunnel halten wir uns links und kriechen weiter, bis wir gezwungen sind, schlangenartig weiterzurobben. Jede Minute gleiten wir tiefer auf der Skala der Entwicklungsgeschichte hinab. Ich rieche die Socken des Rabbiners.

Diamantharte Spitzen aus versteinertem Salz reißen an dem Hemd und der Hose, die ich von den beiden Avis statt des grünen Nylondresses erhalten habe, den mir Dr. Iwan gegeben hatte. Ich habe das Gefühl, in ein Grab zu kriechen, und frage mich besorgt, wie wir hier jemals wieder umkehren sollen. Dann streichelt mir ein leiser Windzug über die Wange. Irgendwo ist eine Öffnung. Der »Alte« zwängt sich durch ein letztes Loch im Felsen und erhebt sich. Gerade will ich dasselbe tun, als er mich mit einer schwieligen Hand aufhält. »Wenn Sie hier reinkommen«, sagt er, »büßen Sie drei Monate Ihres Lebens ein.«

Der Mann meint es ernst, und ich bin neugierig. Ich erhebe mich. Wir stehen in einer Höhle; die Dimensionen erscheinen mir saalartig. Die Taschenlampe des Rabbiners geht klickend an, und ich nehme undeutliche Lichtstrahlen im Dunkeln wahr. Ich kann jedoch nicht erkennen, worauf der Lichtstrahl fällt, deshalb mache ich einen Rundgang durch den Raum, fahre mit den Fingern über die rauhen Wände und erwarte irgendwie ... ja, was? Bestimmt, auf etwas Archäologisches zu stoßen. Eine Schale? Nein, das ist Megiddo. Eine Statue ohne Kopf? Nein, das ist römisch. Eine mit Papyri gefüllte Urne? Nein, die Rollen vom nahen Qumran erhielten sich durch die trockene, nahezu feuchtigkeitsfreie Umgebung. Wenn diese Höhle überschwemmt war, hätten sich jedwede Dokumente in Schlamm verwandelt. Außerdem: Welche Entdeckung konnte so bedeutsam sein, daß sie Rubinstein zu dem Versuch veranlaßte, Gabriel zu töten? Die Bundeslade? Das Skelett Jesu?

Ich beende meinen Rundgang. Nichts. Nicht einmal ein Kühlschrank mit einem abgeschnittenen Kopf. Wenn der Schatz schon fortgeschafft ist, warum mußten wir dann den Ort seiner Entdeckung aufsuchen, es sei denn, der Ort selbst ist die Entdeckung? Ich denke an die libanesische Grabkammer, in der ich einst gefangensaß. Aber die Wände dieser Höhle sind nicht durch Menschenhand gebildet. Und was meinte der »Alte«, als er sagte, daß ich drei Monate meines Lebens einbüßen würde? Liegt ein Fluch auf dieser Höhle? Ich denke an das Allerheiligste auf dem Scheitel der Westmauer, eine Stelle, die so heilig ist, daß jeder, der sie überschreitet – auch unabsichtlich –, auf der Stelle stirbt. Jedenfalls glauben die Rabbiner das. »Drei Monate?« wiederhole ich.

»Mehr oder weniger. Anscheinend hängt das von Ihrer körperlichen Verfassung ab. Wir haben uns jetzt schon lange genug ausgesetzt. Länger zu bleiben, wäre nicht klug.«

»Wem oder was ausgesetzt?« Ich taste mich weiter an der Wand entlang und stoße auf eine glatte Stelle, vielleicht sechs Zentimeter lang und drei breit. Ich reibe nachdenklich mit meinem Daumenballen darüber. Mit einem Meißel ist ein Stück Fels weggeschlagen worden.

Die Taschenlampe geht mit einem Klicken aus. Moshe X sagt: »Entschuldigen Sie, aber ich weiß nicht, wie vollständig blind Sie sind. Können Sie etwas sehen?«

»Hin und wieder kann ich eine Form oder eine Farbe erkennen. Jetzt sehe ich nichts. Und was sehen Sie?«

»Das Leuchten.«

Die Wände phosphoreszieren also.

»Fühlen Sie etwas?« fragt Moshe weiter. Ob er es weiß oder nicht, der rabbinische Lehrer ist jedenfalls ein Sokratiker, der es vorzieht, seine Schüler dazu anzuleiten, ihre eigenen Schlüsse zu ziehen, statt ihnen die Weisheit von oben herab zu oktroyieren.

Ich konzentriere mich. Ich fühle Feuchtigkeit und Eingeschlossensein, könnte beides aber auch in der Mikwe gefühlt haben, die es in Beis Machpela sicherlich für die rituellen Bedürfnisse der Gemeinde gibt. Wiederholt reibe ich Daumen und Zeigefinger aneinander. Ich spüre eine Reizung an meinem Daumen, als hätte sich unter der Haut ein Splitter festgesetzt, und es kribbelt darin. Ich trenne die beiden Finger. Es kribbelt in meinem Zeigefinger. Es kribbelt in meinem ganzen Körper, als vibrierte die Höhle. In meinem Gesicht scheint zu lesen zu sein, daß mir eine Erkenntnis kommt, denn Moshe X sagt: »Wir sind jetzt lange genug hiergewesen, aber ich mußte Sie hierherbringen, weil Sie sonst nichts verstanden hätten.«

Ich weiß immer noch nicht genau, was ich eigentlich verstehe.

»Wo sind wir?«

»In einer Höhle.«

»Woraus besteht die Höhle?«

»Uran.«

»Es gibt kein Uran in Israel.«
»Das ist das Problem. Wir sind nicht in Israel.«

Die meisten Reisen erscheinen einem bei der Rückkehr kürzer als auf dem Hinweg. Sind einmal Unsicherheiten über die Entfernung oder die Richtigkeit von Wegen zerstreut, hat man ein Gefühl für das Tempo und erinnert sich an Orientierungspunkte – in diesem Fall an eine Biegung in dem mineralreichen Tunnel in dem Moment, als sich die Erde über unseren Köpfen zu einem Spalt öffnet. Moshe X und ich steigen den entwicklungsgeschichtlichen Weg nach oben, den wir zuvor hinabgestiegen waren, rutschen auf unseren Bäuchen, krabbeln dann auf allen vieren, gehen gebückt und stehen schließlich aufrecht. Als sich der Spalt weiter öffnet, gehen wir vom Gänsemarsch zum kameradschaftlichen Nebeneinander über, und der »Alte« erzählt mir die Geschichte.

»Gabriel ben Levi hat diese Höhle vor mehreren Monaten entdeckt. Er war auf der Suche nach den Überresten von Sodom, aber diese böse Stadt liegt möglicherweise unter dem Teil des Toten Meers, der noch von Wasser bedeckt ist. Statt dessen hat er vielleicht eine wissenschaftliche Erklärung für ihre Zerstörung gefunden.«

Ich bin entgeistert, daß das geistliche Oberhaupt von Beis Machpela eine wissenschaftliche Erklärung für etwas tolerieren könnte, was die Bibel als göttliches Eingreifen schildert. »Aber ich dachte –«

»Gott wirkt, wie Gott es will. Wenn Er an einem sonnigen Tag Feuer und Schwefel vom Himmel regnen lassen wollte, dann würden Feuer und Schwefel vom Himmel fallen, doch wenn Er aus den Elementen der Erde eine spontane Atomexplosion hervorbringen wollte, würde auch das geschehen. Es bleibt die Tatsache bestehen, daß der Bibel zufolge Sodom wegen der Sündigkeit seiner Bewohner genau in dem Moment zerstört wurde, als Avraham Aveinu von den Sodomiten gemieden und bedroht wurde. Das ist kein Zufall; das ist ein Wunder. Es ist auch ein Wunder, daß es an dieser Stelle ein solches Erzlager gibt, für das es keine wie auch immer geartete geologische Erklärung gibt. Deshalb hat es bisher auch niemand gefunden. Man findet nichts, wonach man nicht sucht.«

Die Mischung aus »Tatsachen« und »Wundern« in seinem Kopf ist verwirrend, aber ich traue Gabriels Entdeckung. Trotzdem sind verschiedene Zusammenhänge herzustellen. Ich frage: »Wie ist Rubinstein dahintergekommen?«

»Wir sind keine primitiven Leute in Beis Machpela. Schlicht vielleicht«, betont dieser sehr komplizierte Mann, »aber nicht primitiv. Wenn archäologische Forschung einen ehemaligen Friedhof stört, betrachten wir das als furchtbare Sünde. Wenn Leute eine Einkaufsstraße über einer ehemaligen Synagoge bauen wollen, betrachten wir das als furchtbare Sünde.« Seine kalkulierten Wiederholungen haben die Struktur jeder guten Rede. Ich weiß diese Technik zu schätzen. »Doch wenn ein rechtschaffener Forscher, sei er religiös oder weltlich, ein Mann, der die Vergangenheit respektieren anstatt zerstören will, daherkommt, sind wir dankbar. Gabriel ben Levis Vergangenheit ist unsere Vergangenheit. Und insofern er sie lebendig werden lassen kann, ist seine Arbeit ein Segen.«

Ich sehe den nächsten Schritt. »Isaiah Rubinstein trug zu dem Segen bei.«

»Unsere Siedlung liegt am nächsten zu dieser Stelle hier. Ben Levi fand sie von sich aus, aber er benötigte ein Standquartier. Er bat um meine Hilfe. Ich machte mir Gedanken, wen ich ihm empfehlen sollte. Offen gesagt, jemand wie Chaim hat ein gutes Herz, aber …«

»Aber keinen so guten Kopf.«
Der »Alte« weigert sich, von einem seiner Siedler schlecht zu reden, und sagt: »Isaiah war immer schon ein Intellektueller.«
Instinktiv taste ich an der linken Seite meines Kopfes nach der wunden Stelle, an der mir von dem verblichenen Intellektuellen das Ohr zerschossen wurde.
»Tut mir leid«, seufzt der »Alte«.
In dem Auto, mit dem ich in diese Wüstengegend gefahren wurde, hat sich der Gefolgsmann des »Alten«, Chaim, gleichfalls entschuldigt. Das macht mich nervös. Warum tut es urplötzlich allen leid? »Es ist nicht Ihre Schuld«, sage ich, obwohl ich noch immer meine Zweifel habe.
»Es ist keine Entschuldigung, aber Isaiah hat auf ben Levi gezielt«, sagt er und bestätigt damit Gabriels und Gita Mamouns Verdacht. »Intellektuelle sind keine guten Terroristen.«
»Schon, wenn ihre Waffe die Feder ist.«
Der Bart des »Alten« raschelt auf seiner Brust, als er nickt.
Ich stelle die nächstlogische Frage. »Und warum?«
»Das wissen wir nicht sicher. Isaiah hat seine Pläne niemandem in Beis Machpela anvertraut. Der Schin Bet führte eine Untersuchung durch, und wir stellten unsere eigenen Untersuchungen an, die, das kann ich Ihnen versichern, sehr viel intensiver waren als die der Regierung. Unsere Leute trauen den Behörden inzwischen nicht mehr, weil sie uns, wie sie sagen, hinters Licht führen. Ich persönlich habe mit allen Leuten gesprochen, mit denen Isaiah irgendwelchen Kontakt hatte. Seine Familie und auch seine Freunde, keiner wußte, was er vorhatte.«
Ob Moshe X seine Unkenntnis allzu heftig beteuert, kann ich nicht sagen, aber ich höre ihm zu und bohre weiter, beginnend mit praktischen Fragen. »Warum hat er sich speziell jenen Tag, jenen Ort, den Rabinplatz, ausgesucht? Er hätte sich doch vornehmen

können, seine … Mission … heimlich durchzuführen. Er hätte es hier tun können, und niemand hätte es gemerkt. Wollte er damit eine politische Aussage machen?«

»Ich weiß es nicht. Vielleicht hat ihn etwas, was ich gesagt habe, auf Abwege geführt, aber es geschah nicht mit Absicht. Wir finden keinen Gefallen an Gewalt. Vielleicht hat die Strahlung Isaiahs Gehirn geschädigt. Vielleicht hatte er vorher schon ein Problem. Einige unserer Anhänger sind nämlich ein bißchen …«

»Verrückt?«

»Ich ziehe ›übereifrig‹ vor.«

Spielt keine Rolle, daß dieser Diener Gottes die Feuer entfacht, die zu solchem »Übereifer« führen. Spielt keine Rolle, daß er die Feuer schürt und daß dieselben oder ähnliche Feuer Baruch Goldstein mit einem Galil-Gewehr in die Moschee von Hebron führten und jüdische Gläubige veranlassen, Steine auf andere Juden zu werfen, die es wagen, am Schabbes in der Nähe von Mea Schearim Auto zu fahren, und jüdische Fleischereien in die Luft zu sprengen, die unkoscheres Fleisch verkaufen. Ich nehme seine Äußerung insoweit als ein Eingeständnis seiner Verantwortung, als er mehr nicht sagen wird. Ich kann mir vorstellen, wie der fieberhaft erregte Rubinstein sich an den schönen Archäologen heranpirschte. Ja, es wäre klüger von ihm gewesen, an fast jeder anderen Stelle auf Gabriel zu schießen, an seinem Haus oder in der Universität. Aber er schlug zu, als er die Gelegenheit dazu hatte. Vielleicht gab ihm der Ton von Simons Rede, verfaßt von deinem sehr Ergebenen, den letzten Rest. Häuser und Schulen und Krankenhäuser und Armeen. Auf jeden Fall gibt es noch weitere Fragen, die ich stellen muß. »Wir steht es um sein Motiv?«

»Auch da wissen wir nichts Sicheres. Ben Levi behielt diese Entdeckung noch für sich, aber er wollte irgendwann darüber schreiben. Vielleicht war Isaiah der Meinung, dies sei eine Form unerlaubten Wissens. Natürlich ist es gefährlich. Wir glauben, daß die Uranlager hier sogenannte nervöse Isotope sind, die selten vorkommen und theoretisch für Atomwaffen verwendet werden können. Denken Sie an die Zerstörung von Sodom. Wenn die spontan passieren konnte, dann könnten dieselben Elemente zu noch schrecklicherer Zerstörung eingesetzt werden. Ich nehme an, Isaiah meinte, wenn Gabriel ben Levi tot wäre, könnte er dessen Entdeckung geheimhalten.«

»Geheim vor wem?«

»Vor allen. Vor den Arabern, denen dieses Land ...« Er unterbricht sich, nicht bereit, das Wort »gehört« auszusprechen, weil wir uns jenseits der Israel-Ha-G'dola-Definition selbst des wütendsten Zeloten befinden. Er kratzt sich am Bart, der in der Hitze klebrig geworden sein muß. Ich denke an Gabriel und wie er in Gita Mamouns Hotelsuite seinen falschen Bart abgenommen hat, und ich denke an Rafi, der das Geheimnis ebenfalls kannte, das ihm wie ein rasiermesserscharfes Pendel höchst wirkungsvoll den Kopf abgeschlagen hat. Wissen ist wie Politik: Nichts kann seine Folgen verhindern. Ich sage damit nicht, daß – wenn alles, was ich höre, stimmt – Rubinsteins Kugel in dem Fall vielleicht zu spät abgeschossen wurde, selbst wenn sie ihr anvisiertes Ziel nicht verfehlt hätte.

Der »Alte« redet weiter. »Auch vor den Juden. Sehen Sie, Sie glauben mir nicht, wenn ich sage, daß wir ebenso dringend Frieden wünschen wie die Disko-Liberalen in Tel Aviv. Wir wollen natürlich das Land, das Gott uns gab; wir wollen kein weiteres Land. Natürlich glauben wir an Stärke, aber nur zur Sicherheit. Wenn dieses Geheimnis hier bekannt wird, wird es das Machtgleichgewicht durcheinanderbringen, und wenn die Regierung die Notwendigkeit sieht, dieses Gleichgewicht zu korrigieren, wird es zur Katastrophe führen. Deswegen nennen wir es ›Fremdes Feuer‹.«

Der »Alte« bringt das Gleichgewicht in meinem eigenen Kopf durcheinander. Bei all seiner Verrücktheit in den Medien arbeitet der von vielen nur »der fanatische Rabbi« Genannte mit einer raffinierten Projektion, die die heftigen jahrzehntelangen Debatten zwischen den Vereinigten Staaten und Rußland widerspiegelt. Er redet von Abrüstung – um genau zu sein, geht seine Vorstellung eher in Richtung Nichtbewaffnung –, während gleichzeitig seine Jeschiwajungs im Kibbuz im Gebrauch von Handfeuerwaffen ausgebildet werden. Er ist ein Mann vielfältiger, miteinander kollidierender Programme. Ich fange an, ihn zu mögen. Nicht, daß ich bereit wäre, mich in einen Talmud-Tora-Kurs einzuschreiben oder zu vergessen, wie sich in einem einsamen Wäldchen am Berg Karmel der Oberschenkel eines fußballspielenden Freundes aus Haifa anfühlt. Ich stelle die nächste und vielleicht letzte Frage: »Was wünschen Sie von mir?«

Ein heftiger Dialog dringt vom Strand herauf in die Felsspalte, wo wir vor einer halben Stunde die beiden Avis zurückgelassen haben. Eine englische Stimme, die ich schon mal gehört habe, protestiert laut: »Das können Sie mit mir nicht machen.«

»Tut uns leid, ungehobelt zu erscheinen, aber wir können und wir werden und wir tun es«, erklärt Avi zwei so geduldig, wie er mir erklärte, wie man einen Esel reitet.

»Ist das hier Ihr Land?«

»Nein, aber dies ist meine Pistole.«

»Sie würden Sie nicht gebrauchen.«

Ein einzelner Schuß hallt wider.

»Das ist mein Boot.«

»Und nun sinkt es.«

Wir treten aus dem Hohlweg ins Freie, und der »Alte« klärt mich auf. »Irgend so ein aufblasbares Floß. Jetzt sieht's eher wie ein Eierkuchen aus.«

Avi zwei fährt fort: »Sie haben recht, ich würde nicht auf Sie schießen, aber ich werde Ihnen wohl auch keinen Heimritt anbieten. Es ist ein langer und möglicherweise unangenehmer Fußweg. Also, warum sind Sie uns gefolgt?«

Sofort erinnere ich mich an den leichten Rauchgeruch, den ich in der Wüste bemerkt hatte. Es müssen die Abgase irgendeines Geländefahrzeugs gewesen sein, mit dem das Schlauchboot transportiert wurde. Wer ist das hier, James Bond? Klappt das Fahrzeug auf Verlangen Rotorblätter aus und verwandelt sich in einen Helikopter?

»Ich dachte, dies wäre ein freies Land.«

»Papa, dieser Mann macht mich wütend«, ruft Avi in unsere Richtung.

»Papa?« wiederhole ich.

Moshe X lacht, die erste Andeutung von Humor, die ich bei ihm feststelle. »Seid fruchtbar und mehret euch.«

»Was soll ich denn machen?« fragt der brave Sohn.

»Sieh nach, ob er irgendeinen Ausweis bei sich hat.«

»Ich weigere mich, mich ohne Befugnis durchsuchen zu lassen.«

Es ist diese Yankee-Arroganz, die ihn verrät. Ich übernehme es, die Männer einander vorzustellen. »Sie brauchen ihn nicht zu durchsuchen. Moshe X, das ist Chester Llewellyn, der neue Bürochef der *Times* im Heiligen Land.«

»Chess«, berichtigt mich der Journalist.

»Ich nehme an, wir sind hier alle Freunde. Chess, das ist Rabbi Moshe X. Ich bin sicher, Sie werden ziemlich viel über ihn schreiben, falls Sie Ihre ersten Wochen in Israel überleben.«

»Mr. Kasakow, oder darf ich Nathan sagen, es freut mich zu sehen, daß Sie nicht mehr im Krankenhaus sind. Ich nehme an, Ihr Arzt hat Ihnen zur Rekonvaleszenz die gute Wüstenluft empfohlen.

Herrliches Fleckchen, nicht?« Llewellyn benimmt sich, als speiste er im Bostoner Presseklub zu Abend.

Plötzlich befinde ich mich auf der Seite der Siedler, die mich hierhergebracht haben. Auch ich möchte wissen: »Warum sind Sie uns gefolgt?«

»Uns?« antwortet Llewellyn mit gespielter Harmlosigkeit, indem er die jüdische Angewohnheit aufgreift, eine Frage mit einer Gegenfrage zu beantworten. Vielleicht paßt er doch hierher.

»Mir, wenn's Ihnen besser gefällt.«

»Ja klar, Ihnen. Und eine ziemlich lustige Jagd war's obendrein. Im Park am Hadassa-Krankenhaus sammeln sie immer noch Rollstühle ein. Ich bin Ihnen gefolgt, Mr. Kasakow, aus dem gleichen Grund, aus dem ich alles hier mache, denn ich hörte, es wäre da vielleicht eine Story an Land zu ziehen.«

»Und wo haben Sie das gehört?«

»Ts, ts. Sie müssen wissen, daß ein Journalist nie seine Informationsquellen preisgibt.«

Nun, das stimmt zwar nicht ganz, aber für einen Mann, der so selbstbewußt rechtschaffen ist wie Chester Llewellyn, könnte es zutreffen. Er könnte die Aussetzung in der Negevwüste überleben, nicht aber eine Verletzung seiner Berufsethik. »Na wunderbar. Darf ich statt dessen fragen, was Sie herausgefunden haben?«

»Lesen Sie die Morgenausgabe.«

»Er kam in diesem kleinen Ballon ans Ufer getuckert, als wenn ihm das Land hier gehört«, sagt Avi verächtlich.

»Dieser ›kleine Ballon‹ war ein ausgezeichnetes Bötchen. Und das war auch der Motor, jetzt fünf Faden tief.«

»Und 's ist kein Sturm in Sicht«, murmele ich.

Llewellyn lacht glucksend: »Immer erfreut, einem anderen Shakespeare-Kenner zu begegnen, gleich, unter welchen Umständen.« Patt.

Er ist mir also aus dem Krankenhaus gefolgt und schnell genug zu der Kirche weitergerannt, wo ein Wagen auf ihn gewartet haben muß, weil er wußte, was zu erwarten war. Vielleicht hat ihn Doc Iwan auf meine Fährte gesetzt, als Vorsichtsmaßnahme. Je mehr ich darüber nachdenke, desto wahrscheinlicher kommt es mir vor. Iwan übergab mich an Chaim, dem nach Schlamm riechenden Mann, weil er wußte, daß ich mich zur Bank begeben würde, ob es ihm gefiele oder nicht. Auf die Weise sorgte er für einen unabhängigen Zeugen, der eine Aussage machen konnte, für den Fall, daß mir etwas zustieß. Falls ich verschwinden würde, würde es die *Times* der Welt berichten. Schwacher Trost.

Warum Llewellyn dachte, es wäre eine Story zu ergattern, ist eine andere Sache. Oder vielleicht war ein Hinweis einfach ein Hinweis, und die Ereignisse auf dem Basketballplatz waren schlichtweg unwiderstehlich.

Wieder fällt ein Schuß. Zum zweitenmal in ebenso vielen Tagen fühle ich den Sandsprühregen von einer Kugel. Diese schlug nicht so dicht ein wie die andere; sie landet mitten zwischen mir und dem »Alten«.

»Idiot«, zischt Avi eins Llewellyn an. »Sie waren so damit beschäftigt, uns zu folgen, daß Sie gar nicht bemerkt haben, daß man Ihnen gefolgt ist.«

»Bitte keinen jüdischen Humor mehr.« Eine neue Stimme ist von dem Felsgesims über uns zu vernehmen. Ich rieche Schweiß und trockene Stoffe und Fäkalien. Ich rieche Ziegen und Kamele. Nenn mich einen Rassisten: Ich rieche Araber. Mir ist egal, ob es Beduinennomaden oder jordanische Soldaten sind. Ich falle in diesen Atavismus zurück. Meine eigenen Leute sind zwar nicht meine Freunde, aber sie sind jedenfalls nicht meine Feinde.

Auch Llewellyn kennt seine Leute. »Ich bin kein J–«, betont der Blaublütige, und die Pistole knallt erneut.

Die Leiche des Journalisten fällt in den Sand.
Avi zwei antwortet mit einem Kugelregen. Die Geschosse prallen rasselnd von den Felsen ab, und andere Kugeln pfeifen um uns herum.
»Laufen Sie zum Boot«, schreit Moshe X, und ich gehorche mit Freuden. Ich plumpse ins Wasser und kraule in Richtung Boot, bis ich mit dem Handgelenk gegen dessen Rand schlage. Ich klettere über die Bordwand und tue mir dabei am Knie weh. Wieder höre ich Schüsse und Rufe, dann einen wilden Schrei von dem Felsgesims, wo Avis Schuß offenbar sein Ziel gefunden hat. Doch wenn einer von ihnen getroffen ist, tritt ein anderer an seine Stelle. Wie viele sind dort?
»Nathan«, ruft der »Alte« über die unendliche Weite des Wassers hinweg.
»Hier, hier!« rufe ich wie blöd zurück. Natürlich weiß er genau, wo ich bin.
Eine Kugel schlägt in die Seite des Bootes ein. Zum Glück ist Holz kein Gummi, und so geschieht nichts weiter, als daß sich aus einem Loch Salzwasser ergießt.
»Papa«, schreit einer der beiden Avis.
»Schieß«, befiehlt ein anderer Araber auf Englisch, der Universalsprache von Waffen.
»*Gei*«, ruft der »Alte«, indem er ins Jiddisch seiner Brooklyner Kindheit zurückfällt. »Nichts wie weg hier, und finden Sie es!«
Schon habe ich die Ruder gepackt und rudere, so schnell ich kann, in welche Richtung, kann ich nicht sagen, und es interessiert mich auch nicht, weg, weg, hinaus, hinaus aufs Meer. Ich weiß, was ich finden muß: Fremdes Feuer.

13

Mißtrauisch gegen jeden, ohne daß jemand da wäre, gegen den ich mißtrauisch sein könnte, rudere ich, bis mir die Arme weh tun und der Lärm der Schießerei immer leiser wird. Ich befinde mich inmitten von mehreren hundert Quadratkilometern Wasser. Das ist weniger als vor zehn Jahren, aber daß es schrumpft, hilft mir auch nicht viel. Lots Weib hat an diesem Ort ebenfalls keine Hilfe gefunden. Mir wird schwindelig, als die Sonne herunterzubrennen beginnt. Ich ziehe das Hemd aus, wickele es mir um den Kopf wie einen Burnus und lasse das Boot ein paar Minuten treiben, während ich mich zu orientieren versuche. Wenn ich mich im Labyrinth von Jerusalem zurechtfinde, sollte ich auch imstande sein, diese salzige Leere zu durchschiffen. Ich strecke eine Hand mit der Handfläche nach oben aus und versuche festzustellen, in welchem Winkel die Sonnenstrahlen auftreffen.

Trotz allem, was passiert ist, seit Moshe und die beiden Avis mich zu Frühstück und Morgengebet weckten, ist nicht viel Zeit vergangen. Es kann nicht später als zehn Uhr sein, aber die Sonne hämmert bereits mit fieberhafter Intensität auf mich ein. Sie scheint von rechts zu kommen, was Osten und Jordanien bedeutet, und so halte ich mich links in Richtung Israel. Das letzte, was ich jetzt brauche, ist, von dem einzigen Kutter aufgefischt zu werden, der der jordanischen Küstenwache dient.

Vor mir, genau im Norden, liegen die riesigen Pottasche- und Bromidminen der Chemischen Werke Totes Meer. Aus Furcht, auf einer der Verdampfungsgruben zu stranden, die errichtet wurden, um die natürlichen Prozesse zu beschleunigen, die den Mineralreichtum dieser Gegend bilden, rudere ich heftiger nach Lee, um mich möglichst parallel zur Küste zu bewegen, an der ich, falls nötig, zu Fuß direkt nach Neve Zohar, Ein Gedi und, falls nötig, Jerusalem laufen kann.

Aus dem Einschußloch im Bootsrumpf gurgelt es noch immer, und Wasser schwappt am Boden des Bootes herum, aber ich laufe nicht Gefahr zu kentern. Ich singe: »Nathan, bring das Boot an Land«, und die Worte scheinen in der reglosen Luft zu schweben. Wahrscheinlich nicke ich kurz ein, denn ich meine, ich bin mit Moshe X wieder in der Uranhöhle, bis ich von einem Kribbeln ruckartig aufwache. Ist es wirklich möglich, daß ein nach Statuen grabender Archäologe etwas entdeckt, was den Ingenieuren der Chemischen Werke entgangen ist? Auch wenn ich bestimmten israelischen Politikern mißtraue, habe ich denselben naiven Glauben an die israelische Technik wie die romantischsten Leute auf UJA-»Mission«. Das sind diejenigen, die die Wüste zum Blühen gebracht haben.

Wenn ich nach Jerusalem komme, habe ich jede Menge Nachforschungen anzustellen, aber das einzige, was ich wirklich möchte, ist, meine alten Lieblingskneipen besuchen und die letzte Woche vergessen. Ich träume von einem Glas dunklem Whisky im Hinterzimmer des Dregs oder einer Tasse von Abdullahs himmlischem Gebräu. Abdullah! Der fette Cafébesitzer bringt mich auf den mordlüsternen Araber am Strand. Warum? Der friedliche, zynische Abdullah ist alles andere als das. Er möchte nichts weiter als Kaffee verkaufen und dafür sorgen, daß seine Tochter zur reifen Frau heranwächst, trotzdem steht etwas, das er während unserer Unterhaltung gesagt hat, mit dem Überfall in Zusammenhang, und plötzlich kenne ich die Identität des Angreifers.

Es ist offensichtlich. Ich habe vorher nur noch nicht daran gedacht, weil ich benommen bin vor Hitze und Erschöpfung und Schmerzen und dem Wahnsinnstempo, das ich die ganze Zeit durchgehalten habe, seit auf mich geschossen wurde. Die Jordanier patrouillieren nicht in der Wüste wie die Sheriffs im Wilden Westen, und sie erschießen sicherlich keine amerikanischen Reporter, wenn sie es vermeiden können. Auch nomadische Beduinenstämme tun das nicht; sie leben am Existenzminimum, ernähren sich von nichts als Ziegenmilch und Hafergrütze und sind froh, wenn sie sich einen batteriebetriebenen Fernseher leisten können. Nur die Hamas oder der islamische Dschihad oder eine der anderen »revolutionären Befreiungsgruppen« greifen ohne Warnung an, aber sie haben vor einer Generation ihre Kamele gegen Jeeps sowjetischer Bauart eingetauscht und sind auf Überfälle auf den städtischen Durchgangsverkehr spezialisiert. Der einzige, der die Mordgier der bekannteren Terroristen mit dem altmodischen Festhalten am Lebensstil des Propheten verbindet, ist der Jemenit. Die meisten Leute halten ihn für eine Legende wie Robin Hood, aber Abdullah hatte gehört, er sei in der Stadt.

Es ist seltsam und vielleicht angemessen, daß der »Alte« und der Jemenit sich am Toten Meer begegnen. Es ist die einzige Region, die so schroff und unversöhnlich ist wie ihre beiden Philosophien. Sie sind zwei Seiten derselben Münze, in derselben Schmiede geprägt, fromme Männer mit Maschinenpistolen. Ich war Zeuge der Schießerei im Oy Vey Corral.

Amerikanische Westernfilme sind noch immer beliebt in Israel, und in den Kabelkanälen wimmelt es von *Rauchenden Colts*, *Maverick*, *Bonanza* und weniger bekannten Fernsehwestern aus den fünfziger Jahren. Natürlich hat man hier auch die neuesten

Filme à la Beverly-Hills-Teen-Cop-Vampir in einer Krankenhauscafeteria zu sehen bekommen, aber der archetypische einsame Gerechte in der Wüste hat hier seinen bleibenden Reiz. Clint Eastwood könnte wahrscheinlich Bürgermeister von Jerusalem werden, wenn er den Job haben wollte. Ich könnte ihm seinen Wahlslogan im Schlaf schreiben: Saubere Straßen und ein schwarzer Hut.

Jetzt, wo ich darüber nachdenke, finde ich, daß Simon gar nicht so viel anders ist als Clint. Er ist stark, und er meint, was er sagt. Die Leute zumindest oder fünfzig Prozent der Leute zumindest oder zwei oder drei Splitterparteien zumindest, mit denen er im Tausch gegen ein Ministerium, das sie dann nach Herzenslust ausplündern können, eine Koalition zusammenschustert, glauben ihm, zumindest bis sie dahinterkommen, daß er lügt.

Auch ich habe wahrscheinlich Simon während der ersten paar Monate unserer Zusammenarbeit geglaubt. Als geborener Moskauer von Natur aus vorsichtig, seit dem Libanon fürchterlich zynisch, kam selbst ich nicht umhin, die Erregung jener frühen Zeiten zu teilen, als er und ich und Ellen Markowitz in einem gebrauchten Toyota zu einer Klubhausversammlung in Ramat Gan fuhren, um die Gläubigen mit der Möglichkeit eines »Führungswechsels« in Begeisterungsstürme zu versetzen.

Simons Timing war hervorragend. Die taperigen Siebzigjährigen in der Partei hatten noch immer was Halbmythologisches an sich, aber Mythologie hatte nicht mehr das Gewicht von einst. Sie führten noch immer die tugendhaften Kriege von 48 und 67, die längst durch die fragwürdigeren Konflikte der letzten paar Jahrzehnte verdrängt worden waren. Sie waren Pioniere und keine Politiker, Freiheitskämpfer und keine modernen Manager, und die Wahlergebnisse zeigten, als eine nach der anderen die Pfründe an Leute wie Weiner fielen, wer sich einen weniger heroischen Platz in der Geschichte ersehnte. Die Parteigründer redeten die Sprache der Bibel und der Orangenhaine, Simon den Text von Internet und Lenkraketen. Er vertrat dieselbe harte Linie, aber eher realistisch als idealistisch. Teilweise mir zu verdanken hatte er, daß er nicht weniger entschieden, aber subtiler, eingängiger, eleganter und moderner sprach als diejenigen, die er nicht als »alt« zu verunglimpfen brauchte.

Schnell verbreitete sich die Neuigkeit in Israel, und Simons Aufbegehren wurde zur Bedrohung für die bestehende Ordnung. Wir ließen den Toyota verschrotten und investierten einige der ersten Spenden in einen Bus. Wir engagierten einen Mitarbeiterstab, der wie unsere Zuhörerschaften immer größer wurde. Plötzlich hatte ich das Gefühl, ich übte eine Wirkung auf die Welt aus. Nur kümmerte ich mich schlichtweg nicht darum, wie diese Wirkung war.

Sechs Monate später, auf dem Parteikongreß, erhob sich Simon, nachdem der im Rollstuhl sitzende General, der von ihm haushoch geschlagen worden war, seinen Rücktritt erklärt und widerstrebend die Fackel weitergegeben hatte. Der Applaus ließ es nicht zu, daß der Kandidat ben Levi sich wieder hinsetzte. Jemand, der am heftigsten applaudierte, war eine Frau in der ersten Reihe. Ich erkannte, daß es eine Frau war, weil ich ihr Parfüm roch und spürte, wie Simon den Hals übers Podium reckte, um einen Blick in ihr Dekolleté zu werfen.

Serena kam hinter die Bühne – wie sie an den Wachleuten vor dem Delegiertenzimmer vorbeikam, weiß ich nicht – und sagte: »Der Satz über das Problem mit der Demokratie kam nicht so rüber, wie er sollte.«

Simon war auf Kritik nicht gut zu sprechen. Er wandte sich an mich. »Nathan?«

»Frau …?«

»Jacobi.«

»Wo lag das Problem«, ich lächelte höhnisch, »Ihrer Meinung nach, Frau Jacobi?«
»Die Leute bekamen das Gefühl, daß sie das Problem wären, und das ist keine Meinung.«
Serenas Äußerung nahm den ganzen Raum gefangen. Außer Parfüm roch ich Kaffee und Rosinenplunder – baut starke Politiker auf, in zwölf verschiedenen Sorten – und hörte Nylon, als sie Platz nahm und die Beine übereinanderschlug. »Wenn ich ein Handset gehabt hätte, hätte man die Vibration gesehen.«
»Ein Handset?« fragte Ellen Markowitz.
»Nun ja, wir würden es hier nicht benutzt haben, aber in einer Versuchsgruppe gibt man den Leuten dieses Dingens in die Hand. Bei Zustimmung drehen sie die Wählscheibe nach rechts, bei Ablehnung nach links, und das Sekunde für Sekunde. Ein Computer errechnet den Durchschnitt der Reaktionen und druckt die Daten zur Rede aus wie die Noten unter den Liedtext.«
Simon griff das wichtigste Wort auf, das die Fremde geäußert hatte. »Wir?«
»Filmstudios benutzen Handsets, um erste Reaktionen auf Filme zu testen. Das versetzt sie in die Lage, langweilige Szenen zu kürzen oder Sätze umzuschreiben, ehe der Film in die Kinos kommt. Ich kann Ihnen so ein Ding besorgen, wenn ...«
Simon legte eine Art selbstgefälliger Anerkennung an den Tag. »Sprechen Sie weiter.«
»Wenn Sie damit einverstanden sind ... und dazu jemanden, der die Ergebnisse analysiert. Aber wenn Sie nicht einverstanden sind, dann würde ich natürlich nicht für Sie arbeiten wollen.«
»Aber das tun Sie doch schon.«
»Natürlich tue ich das. Der Rest der Rede war großartig. Mit etwas Hilfe werden Sie der nächste Ministerpräsident in Israel.« Sie wandte sich an mich und sagte: »Glückwunsch.« Und so begann

unsere Beziehung in gegenseitiger Kameradschaft, gegenseitigem Respekt und gegenseitiger Feindschaft.

Von da an gehörte Serena mit zum Gefolge, und sie analysierte die Wähler nach Alter, Geschlecht, wirtschaftlicher Stellung, Herkunftsland, religiöser Zugehörigkeit usw., usf. – nach allem, nur nicht nach politischer Einstellung, weil das überflüssig war. Soweit wir die Dinge beurteilten, bestand alles aus Politik.

Und obwohl in jedem Hotel zwischen Haifa und Beerscheva, in dem wir abstiegen, immer ein Zimmer für Serena reserviert war, sah Ellen Markowitz dies als pure Geldverschwendung an. Hinter vorgehaltener Hand nannte Ellen Serenas Zimmer das »Ankleidezimmer« – im Gegensatz zum »Auskleidezimmer«, in dem Simon schlief.

Was mich betraf, der ich nicht länger der »best boy« war, so unterdrückte ich meinen Groll und tat meine Arbeit. Ich schrieb alles, was gebraucht wurde: knappe Einzeilenstatements, Artikel, die den Problemen aalglatt auswichen, joviales Bankettgeschwafel, was du willst, solange es nur durch Handset und Handjob gebilligt war.

Gemeinsam marschierten wir am Tag nach Simons Sieg in die Knesset ein, triumphierend wie IDF-Soldaten, nachdem sie nach zweitausend Jahren Exil die Klagemauer zurückerobert hatten.

Doch Politik ist ein merkwürdiges Spiel. Du verbringst soviel Zeit und Energie damit, dorthin zu gelangen, wo du hinkommen möchtest, daß du vergißt, was du vielleicht tun müßtest, wenn du angelangt bist. Nachdem Simon Ellen an den Pforten zu seinem Königreich plaziert und sich seinen Chromschreibtisch bei Furnesthetics in Jaffa bestellt hatte, mußte er sich plötzlich an seine Versprechungen halten, die auszuführen sich auf dem Boden der Tatsachen als schwieriger erwies, als sie in der Luft der Wahlkampagne zu machen.

Israels lokale Kulturkämpfe zwischen religiösen und weltlichen Autoritäten, zwischen uralten Sitten und moderner Lebensführung wurden von Simon nicht eigentlich beigelegt, der wie jene redete und wie diese lebte und plötzlich keine von beiden zufriedenstellte. Außerdem sorgten sich beide gegnerischen Parteien, ganz gleich, was sie voneinander hielten, um ihre Brieftasche, als die Inflation hoch blieb, was zu einem populären Witz führte, der durchs ganze Land ging. »Warum ist es billiger, mit einem Taxi als mit dem Bus zu fahren?« Antwort: »Den Bus zahlst du beim Einsteigen, das Taxi beim Aussteigen.«

»Steigt aus dem Taxi aus!« Die Arbeitspartei begann in derselben Sekunde mit dem neuen Wahlkampf, in der sie den letzten verloren hatte. Ich muß zugeben – eine rein professionelle Reaktion –, daß mir der Slogan gefiel.

Vom Tag der Amtsübernahme an lag Weiner Simon zu Füßen wie eine Promenadenmischung, die an seinen Hosenaufschlägen riß und dann die Leute darauf aufmerksam machte, wie zerlumpt des Kaisers Kleider waren.

Schlimmer noch: Unser Schwerpunkt im Wahlprogramm, die nationale Sicherheit, war so bedenklich ausbalanciert wie eine abgenutzte Seilbrücke über einem Abgrund. Ganz gleich, wie hoch der Militärhaushalt, wie großartig die Armee, wie dicht die Absperrungen um »sie« herum waren, paradiessüchtigen palästinensischen Selbstmordattentätern gelang es, durchzuschlüpfen und uns an die Wahrheit zu erinnern, die wir zu ignorieren vorgaben: Sie existierten. Dies wurde mit aller Brutalität klar, als in einer Einkaufsstraße in Netanja eine Bombe hochging.

Scheiße passiert. Jeder weiß das. Aber diesmal wurde sie aus dem Klo geschöpft und vor den Augen der Öffentlichkeit auf einer Servierplatte angerichtet. Zehn Soldaten, die über dem Libanon mit Fallschirmen abgesprungen waren, um nach dem Operationszentrum des Bombenlegers zu suchen, wurden gefangengenommen. Meine Eingeweide zogen sich zusammen, und meine Augen zuckten hinter ihren Masken aus Narbengewebe.

Nicht, daß jemandem diese Parallele auffiel, und ich hätte das auch gar nicht gewollt. Außerdem fiel ein einzelner junger Russe aus der regulären Armee überhaupt nicht ins Gewicht neben zehn Sabras auf Spezialmission. Ich knirschte nur mit den Zähnen und schrieb dem PM seine Rede an die Nation, wobei mir völlig bewußt war, daß Weiner immer gesagt hatte, Simon könne uns nicht schützen, und daß es plötzlich so schien, als könne er uns auch nicht rächen. Jetzt mußte er wegen der ersten zwei Fehlschläge die schwierigste Aufgabe von allen erfüllen. Nun mußte er unsere Ehre wiederherstellen.

Aber wie? Es gab drei Grundoptionen, jede mit hundert Abwandlungen. Die erste – die Lage zu ignorieren – war nicht tragbar. Die zweite – nördlich des dreiunddreißigsten Breitengrades alles in Grund und Boden zu bombardieren – würde den Geiseln nichts nutzen. Die dritte – die Retter zu retten – war die Wildcard. Wir diskutierten die Möglichkeiten bis in die Nacht. Ellen brachte eine Kanne Kaffee nach der anderen herein, während Simon und die höchsten Militärs über Satellitenfotos von der näheren Umgebung des »sicheren Hauses« brüteten, in dem die Männer festgehalten wurden.

Serena und ich saßen schweigend auf der Couch, während jede Sparte der Armee ihre eigene fragwürdige, unbefriedigende Lösung des schwierigen Problems anbot, als die Tür sich unerwartet öffnete.

Ich dachte, es wäre Ellen mit noch mehr Kaffee und Plundergebäck, doch Serena schnappte hörbar nach Luft und stieß hervor: »Großer Gott.«

Die Diskussion verstummte, und aller Augen im Raum bis auf

meine waren auf den Eindringling gerichtet. Schließlich brach Simon das Schweigen und sagte: »Was willst du?«

»Ich möchte …«, begann die Stimme des Mannes in der Tür leise, sammelte dann aber Kraft, »helfen.« Ich erkannte die Stimme sofort, so wie die anderen den Sprecher ein paar Sekunden zuvor erkannt hatten.

Simon schnaubte verächtlich. »Ich glaube nicht, daß dies hier der Ort für einen Archäologen ist.«

Noam Abravanel, der zum Bleistiftanspitzen anwesend war, stieß ins Horn seines Meisters. »Was wollen Sie denn tun? Ihre kleinen Teelöffelchen dorthin bringen und die Geiseln ausgraben?«

Gabriel überging ihn und wandte sich direkt an seinen Vater. »Im Radio habe ich gehört, daß unsere Männer sich wahrscheinlich im Dorf Al Khayom befinden. Ist das richtig?«

Simon schwieg, aber Colonel Schmuel Schahev, Held von 1948, Chef der Luftwaffe, antwortete: »Ja.«

»Als ich in der Armee beim Manöver war, habe ich in der Region ein paar persönliche Erkundungen vorgenommen, weil ich meinte, in der Nähe könnte es eine interessante Grabungsstätte geben. Hier.« Er ging auf den riesigen Tisch zu, auf dem die Karten aufgeschlagen lagen. »Das Dorf steht auf einer Anhöhe, die das Tal überschaut, das man durchqueren müßte, um hinzugelangen, aber unmittelbar an den Ort grenzt ein langes Wadi, von dem Sie möglicherweise nichts wissen.«

»Wenn wir nichts davon wissen, existiert es n–«, begann Noam.

»Seien Sie still«, kläffte Schahev.

»Es ist direkt hier drüben.« Gabriel beschrieb eine Linie längs eines ebenen Quadranten des Fotos, neben den kleinen weißen Vierecken, in denen Menschen lebten.

»Und warum ist es dann nicht zu sehen?« fragte Schahev geradeheraus.

»Weil die Satellitenkamera keine Röntgenkamera ist und nicht sehen kann, was unter der Erdoberfläche liegt. Das Wadi hat sich seitlich in den Berg gekerbt, wahrscheinlich in der Mitte des Neolithikums. Deswegen habe ich Nachforschungen angestellt. Ich dachte, dort könnten Überreste zu finden sein.« Ich hörte ein Knistern, als Gabriel die Landkarte zu einer S-Form bog. »Schauen Sie von oben herunter. Können Sie die Einkerbung sehen?«

»Sind Sie sicher, daß es dieses Dorf ist?«

»Schauen Sie in meiner Militärakte nach. Sehen Sie nach, wo ich stationiert war.«

Die strategische Möglichkeit außer acht lassend, verlangte Simon zu wissen: »Warum tust du das?«

Gabriel antwortete nicht. Vielleicht dachte er, die Antwort sollte eigentlich klar sein.

Colonel Schahev sagte: »Wir sollten es tun.«

Aber Simon zögerte noch. »Ich schmeiße nicht gutes Geld verlorenem hinterher.«

Schahev antwortete nur: »Hier geht's nicht ums Pokern.«

Der Blick des Premierministers wanderte um den Tisch herum, aber es konnte ihm keiner helfen. Niemand setzte mehr einen Schekel.

Selbst Serena war nicht zu gebrauchen. Simon hätte es gern gesehen, wenn sie über Nacht eine Meinungsumfrage durchgeführt hätte, aber die Geiseln sollten demnächst nach Syrien gebracht werden, und der Ruf zu handeln ertönte laut.

Gabriel trommelte mit den Fingern auf den Tisch.

Simon tigerte im Büro hin und her, ging die Möglichkeiten durch, suchte Rat und lief wieder hin und her. Ich spürte, wie Schahevs Ungeduld wuchs, während die Minuten verstrichen. »Es wird nur immer schwieriger, Herr Ministerpräsident«, sagte er

»Ja, aber –«

»Aber was, Herr Ministerpräsident? In Entebbe haben wir auch nicht gewartet.«

Im Raum wurde es still: Ein magisches Wort war gefallen. Entebbe. Die gewaltsame Befreiung eines entführten Flugzeugs durch die IDF in Uganda, die sich mitten zwischen Israels Staatsgründung und der Gegenwart ereignet hatte, besaß die Kraft einer Urlegende. Außerdem würde – wenn man politisch dachte – eine dramatische Rettung alle bis auf diejenigen, die um die Opfer der Bombe trauerten, und die zehn Soldaten des ersten Kommandos die Lücken im Sicherheitssystem vergessen lassen, die durch die erste Bombe zutage getreten waren.

»Wie wollen wir sie denn nennen?« fragte Serena. Obgleich die Entscheidung noch nicht gefallen war, waren wir ihren Gedanken gefolgt, und sie ergriff selbstbewußt die Initiative.

»Ich verstehe nicht, was Sie meinen.« Gabriel war verwirrt.

»Seit Wüstensturm muß jede Operation für die Presse einen Namen haben. Nathan wird was Beziehungsreiches benötigen, um damit herumzuspielen.«

»Um damit herumzuspielen«, wiederholte Gabriel sarkastisch ihre oberflächliche Ausdrucksweise, wo doch Menschenleben auf dem Spiel standen. »Wie wär's denn mit Operation Tal von Siddim?«

»Was ist das denn?«

»Genesis«, sagte er und wartete, ob in dem Zimmer voller Juden noch jemand die Anspielung verstünde. Als das niemand tat, seufzte er und wurde zum Lehrmeister. »Kapitel vierzehn. Mehrere Stämme in dem am Toten Meer gelegenen Tal mit diesem Namen nahmen Lot aus Sodom gefangen, bevor es zerstört wurde. Abraham macht sich auf, um die Entführer ausfindig zu machen und seinen Bruder zu retten. Und in der Bibel heißt es«, zitierte er, »›Er fiel mit seinen Knechten über sie her und schlug sie und jagte sie bis nach Hoba, das zur Linken von Damaskus liegt.‹«

»Perfekt.« Serena klatschte Beifall. »Wer sagt denn, Sie wären zu nichts nutze?«

»Wer denn?« wiederholte Gabriel.

»Ja, wir machen es«, sagte Simon, der seine Entscheidung endlich gefällt hatte. Dies hätte sein schönster Augenblick werden können. Doch leider geht jeder Augenblick vorbei, und wegen Simons Zögern brach das Kommando erst nach drei Uhr morgens auf und kam nach Sonnenaufgang an, so daß es durch das Tageslicht verraten wurde. Die Operation Tal von Siddim endete in einem Massaker mit viel zu vielen Toten auf beiden Seiten. Einige der Retter entkamen durch Gabriels Wadi, aber alle Geiseln wurden getötet.

Die Bombe, die Geiseln, die vermasselte Rettung. Schlag eins, zwei, drei. Jetzt wehte wirklich ein scharfer Wind. Die Zeitungen verlangten eine Untersuchung. Weiners Partei sammelte Stimmen für ein Mißtrauensvotum, das eine Neuwahl zur Folge gehabt hätte. Oberbefehlshaber Simon ben Levi war in der Schlacht zurückgezuckt, würde aber denselben Fehler nicht ein zweites Mal machen. Er drückte Colonel Schahev eine Zyankalikapsel in die Hand und befahl ihm, sie durchzubeißen.

Oder Entsprechendes zu tun. Unter Druck seinen Fehlschlag einzugestehen, lief für diesen Soldaten auf Selbstmord hinaus; und wenn es auch im Grunde nicht sein Fehlschlag war, so war sein Geständnis ein reines Opfer. Aber wie man es auch drehte, Schahevs dreißigjährige Karriere im Dienst an einer Sache, an die er geglaubt hatte, war beendet. Ich schwöre, ich konnte fast den Bittermandelgeruch wahrnehmen, als ich die Rede schrieb, die der Colonel im staatlichen Fernsehen verlas.

Schahev war offensichtlich nicht der Lieutenant, der mich ein halbes Dutzend Jahre zuvor aus einer anderen prekären Lage über die Berge und durch die Zedernwälder befreit hatte, aber ich mußte an diesen Offizier denken und daran, wie er mir erlaubt hatte, mitten in dem Höllenchaos stehenzubleiben und den narbigen Fuß des Jungen zu berühren, der mich gefangengenommen hatte. Trotzdem schrieb ich, und Schahev sprach: »Wir haben unser Bestes getan. Ich übernehme die volle Verantwortung für die Operation Tal von Siddim. Keine weiteren Kommentare.«

Der Mann von der Sorte, die mich gerettet hatte und möglicherweise auch die Geiseln gerettet haben würde, hätte er die Möglichkeit dazu erhalten, nahm seinen Sturz gelassen, ein Soldat bis zum Ende. Er drängte sich durch den Pulk der Presseleute und verschwand aus dem öffentlichen Leben. Möglicherweise hat er sich auf eine Bienenfarm zurückgezogen. *Screw him.*

Es ist nicht Simons Zögern, was ich ihm zum Vorwurf machte; wer wußte schon, was die richtige Entscheidung war? Es war auch nicht die Feigheit des Premierministers; wenn man mich fragt, werde ich antworten, daß Tapferkeit ein Synonym für Dummheit ist. Es war noch nicht einmal die skrupellose Art, in der Simon der Schuld aus dem Weg ging, die gerechterweise ihm zukam, was an mir nagte. Es war sein Versagen – in einzigartiger Verquickung mit seinem Erfolg. Simon *mußte* die zehn Jungs retten, rettete aber nur sich selber. Vom Tal von Siddim an mußte auch ich aus dem wohldotierten, gut ausgestatteten, sehr respektierten sicheren Haus der Regierung befreit werden, in dem ich eingeschlossen war.

Es gibt zwei Möglichkeiten, wie du mich betrachten kannst. Von außen gesehen war ich eine zerbrechliche antike Schale, die nur darauf wartete, in Scherben zu gehen; von innen gesehen war ich eine in Scherben gegangene Schale, die wieder zusammengekittet werden mußte.

Ich muß noch immer gerettet werden, und mein Fuß tut mir weh. Ich denke an den Jungen im Libanon und dann an Rafi in Jerusalem, während ich in einen Schatten hineinrudere und die ständige Dunkelheit, die mich umgibt, immer dunkler wird. Wenn für heute hier nicht der erste Sturm, seitdem Abraham mehrere Kapitel nach der Episode im Tal von Siddim Sodom verließ, vorgesehen ist, dann muß sich die Sonne hinter einem sehr mächtigen Objekt verkrochen haben. Doch selbst Masada wirft keine Schatten bis zum Sonnenuntergang. Ich muß dichter am Ufer sein, als ich dachte, und mich offenbar unterhalb eines der zwanzigstöckigen Hotels in Neve Zohar befinden.

»Passen Sie doch auf, wo Sie hinfahren!« ruft eine brummige, ältere Stimme ein paar Meter vor mir aus.

Ich rudere zurück, um anzuhalten.

»He, es ist der alte Seemann«, bemerkt eine andere Stimme.

Die Stimmen von Schwimmern sind normalerweise durch Wasserdruck beeinträchtigt und etwas atemlos, aber diese Stimmen sind energisch. Natürlich: Das mit Salz gesättigte Wasser hier macht es unmöglich, unterzugehen oder unter Wasser zu bleiben. Ich bin von einem Kreis von Touristen umgeben, die wie Korken im Wasser herumhüpfen. Es ist eine Frage der relativen Dichte.

Ich lasse mich von den sanft plätschernden Wellen vorwärtstreiben, bis der Boden des Bootes über den Meeresboden schurrt. Dann krabbele ich ungelenk über das Dollbord und taumele an Land, wo ich ein paar Minuten brauche, um nach dem stundenlangen Geschaukel von einer Seite zur anderen mein Gleichgewicht wiederzufinden. Ich habe mich inzwischen versuchsweise wieder aufgerichtet – körperlich, nicht moralisch – und stehe inmitten der Geräusche, die an allen Stränden der Welt zu hören sind: flatternde Handtücher, sich jagende Kinder, Eltern, die rufen: »Mimi, warte, ich muß dich noch mit Sonnenschutz einschmieren«, und fliegende Händler, die Eskimo-Eiscreme feilbieten, aber auch Geräusche, die es nur an diesem Strand gibt: »Mami, das Wasser brennt in meinen Augen.« Ich höre auch das fette

Schmatzen des sämigen Schlamms, den Beis Machpela lastwagenweise verkauft. Hier wird er gratis mit vollen Händen aus Ablagerungen in Kanälen geschöpft, die am Ufer entlanglaufen; die Leute streichen ihn auf ihre Waden, Schenkel, Bäuche und Schultern, und kichernde Halbstarke klatschen ihn sich gegenseitig auf die unerreichbaren Rücken.

Höchst verlockend höre ich das Plätschern von Süßwasserduschen im Freien, die von den Hotels mit Wasser gespeist werden, um festgebackenen Schlamm und Salzreste von Quadratkilometern durch Schlamm und Salz gekräftigter Haut zu spülen.

Vom Gestank in der Fabrik in Beis Machpela bis hin zu meiner endlosen Ruderpartie von jenseits der Chemischen Werke habe ich jetzt die Nase voll vom Mineralreichtum des Toten Meeres und nur noch Verlangen nach der Dusche. Ich trete so nahe heran, daß ich ihren Sprühregen fühle, und lande auf einem Absatz aus grob gegossenem Beton. Sicher sehe ich aus wie eine Schreckenserscheinung aus der Hölle, ohne Augen, mit nur einem Ohr, erneut vor Schmerzen in meinem geschwollenen und mit Blasen bedeckten Fuß hinkend und nackt von der Taille aufwärts, rot wie eine reife Tomate.

Entweder übertönt die Dusche alle Geräusche in der Nähe, oder der Schrecken über meine Erscheinung hat alle Leute aus der Gegend verjagt. Mir ist es egal. Ich taste nach der Kette, finde sie und ziehe daran, und eine Kaskade himmlischer Nässe strömt über mich. Meine Haut ist so heiß, daß das Wasser praktisch auf mir verdampft. Hastig schlucke ich ein wenig und lasse den Rest an mir runterlaufen und meine Hose und Turnschuhe durchweichen. Mir ist es egal. Ich umklammere die Kette, als wäre sie eine Rettungsleine, und lasse das Wasser laufen und laufen, bis ich das Gefühl habe, daß ich schon fast so lange darunter stehe, wie ich auf See war, aber schließlich muß ich doch aufhören.

Kaum lasse ich die Kette los, und der Wasserstrom verebbt zu einem Tröpfeln, fragt mich eine kehlige Stimme auf englisch: »Brauchen Sie Hilfe?«

Ich wende mich der Person zu, die mein alle Rekorde brechendes Duschen offenbar beobachtet hat, und nehme das instinktive Zusammenschrecken wahr, das mir gewöhnlich begegnet. Als Zeichen meiner Schwäche schrecke ich ebenfalls zusammen. Vielleicht ist das ein neuer Hinterhalt, aber du lieber Gott, ja, ich brauche Hilfe. Und wenn die Person, die mit mir redet, Stalin persönlich wäre, ich würde dasselbe fragen: »Könnten Sie mich nach Jerusalem fahren?«

Was für ein Ansinnen an einen ausländischen Feriengast! Vor einer Viertelstunde hat er sich noch in der Sonne geaalt und gebadet. Vielleicht dachte er, der arme B. M. wolle, daß man ihm den Weg zum Hotel zeigt oder sogar eine milde Gabe, aber eine Autofahrt, wie lächerlich. Sicherlich kennt er die elementarste aller Regeln: Nimm nie Fremde in deinem Auto mit.

Der Fremde – ein Teenager, so wie er klingt – berät sich mit einem unsichtbaren Gefährten in seiner Muttersprache, Deutsch. In Israel wimmelt es von deutschen Touristen. Sie lieben das Land, und sie lieben es, hier Geld auszugeben. Sie geben reichlich Trinkgeld, tanzen in jüdischen Diskos und kriegen den Hals nicht voll von Synagogen. Jeden Abend beten sie, daß das Wunder in der Wüste nicht aufhören möge.

Für meine Zwecke ist der junge Hunne genau das richtige. Es ist unwahrscheinlich – wenn auch nicht unmöglich –, daß er ein Agent aus Beis Machpela oder vom Schin Bet oder weiß der Kuckuck, wie der Jemenit seine Organisation nennt, oder der *New York Times* ist. »Ich zahle«, sage ich geradezu flehend. »Hundert Schekel bis Jerusalem.« Das ist das Mehrfache dessen, was ein Taxi kostet, aber ich bin in einer verzweifelten Notlage. So verzweifelt, daß ich anfange, mit mir selber zu handeln, ehe ich eine Antwort erhalte. »Sagen wir zweihundert.«

»Okay. Nur eines bitte.«

»Dreihundert.«

»Bitte.« Er klingt bekümmert. »Es ist nicht nötig, daß Sie bezahlen.«

Was ist denn dann das eine?

Schüchtern stellt mir der Junge aus dem Land des Rheins die wichtigste Frage von allen. »Sind Sie Jude?«

Eine Sekunde denke ich, ich habe es mit Antisemitismus zu tun, und natürlich habe ich recht. Es ist Antisemitismus in der Maske des Philosemitismus. Wenn ich ein blinder, verletzter, öl- und sonnenverbrannter Christ wäre, hätte ich keine Chance, aber Gott segne die Deutschen und ihr endloses, nicht nachlassendes Bedürfnis, Wiedergutmachung zu leisten. Ich drehe mein Profil mit der edlen Nase, den krausen Haaren und dem olivfarbenen Teint zum Toten Meer und würde sogar meine Hosen runterlassen, wenn nötig. Jude? *Moi?*

Zehn Minuten später sitzen wir in seinem Wagen, einem neuen Volkswagenmodell, mit dem Egon, mein guter Samariter, und Kathrin, seine Freundin, von Regensburg heruntergekommen sind, wobei sie auf ihrem Weg ins Heilige Land in Wien haltgemacht, den Balkan umkurvt und verschiedene Nacktbadestrände in der Türkei ausprobiert haben. Ich will ja nicht unhöflich sein, aber gerade als Egon mir zu erzählen beginnt, was sein Großvater im Krieg gemacht hat, schlafe ich ein und wache erst wieder auf, als der Wagen des Volkes ruckend hält und der Lärm des Jerusalemer Verkehrs durchs Fenster dringt wie Wasser aus einem Leitungshahn. Zu Hause.

»*Where for?*« fragt Egon.

Er würde mich mit Freuden sonstwohin chauffieren, solange ich unterwegs nicht konvertiere. Er würde mich zum Essen ausführen, wenn das Restaurant nur koscher ist. Also, wie man in Deutschland offenbar wohl sagt: *Where for?*

Ich muß irgendwann in die Knesset, und ich möchte auch Abdullah fragen, was er wirklich über den Jemeniten weiß – im Vertrauen –, aber ich bin nicht in Form. Wenn ich nicht wirklich etwas Ruhe bekomme, werde ich nicht mehr zustande bringen als eine Raupe im Kokon, und kein bloßes Dösen unter der heißesten Sonne der Welt und kein Nickerchen im allerkühlsten Wagen reichen aus, um mein Schlafbedürfnis zu stillen. Ich muß nach Hause. Rehov Rambam. »An der Ecke nach links.«

Wir fahren die Strecke zurück, die ich das letzte Mal barfuß gegangen bin; ist das erst zwei Tage her? An der Derekh Schekhem nehmen wir die Kurve so vorsichtig, daß Goldie am Steuer sitzen könnte. Als die Ampel auf Gelb schaltet, halten wir tatsächlich an, so daß der Fahrer hinter uns wütend hupt. Niemand in Israel, außer deutschen Touristen, hält sich an Verkehrsregeln.

Ich rieche das letzte winzige Grüppchen blühender Kakibäume, das am Eingang zu unserer Siedlung steht. Einstmals war der ganze Hügel mit einem Hain bedeckt, und die drei oder vier noch vorhandenen Bäume dienen jetzt als einsame Erinnerung an eine frühere Lebensart. Ich kann mit gutem Grund sagen, daß ich nicht nostalgisch bin, weil ich diese Lebensart nicht gekannt habe, aber ich stelle mir etwas Einfacheres vor und empfinde eine starke Zuneigung dafür.

Zu Hause. »Biegen Sie an der nächsten Ecke rechts ab, dann das dritte Haus auf der rechten Seite, gleich hinter der Straßenlaterne.« Egon folgt gehorsam meinen Anweisungen und verlangsamt auf Schleichtempo, als widerstrebe es ihm, seine kostbare jüdische Fracht loszuwerden. Schließlich aber hat er keine andere Wahl.

»Vielen Dank«, sagt er.

»Vielen Dank«, antworte ich, und dann strecke ich, neugierig, aber auch, weil ich weiß, daß es ihm unendliche Freude bereitet, die Hand aus und berühre sein Gesicht. Er weint. Ich frage mich, ob die Tränen, die ihm seitlich an der Nase herunterlaufen, so salzig sind wie das Tote Meer. Ich lange nach hinten auf den Rücksitz, um Kathrins Gesicht zu berühren. Ihr Haar reicht ihr bis auf die Brust und ist glatt, zweifellos blond. Ihre Nase ist spitz, mit einer stumpfen, wahrscheinlich niedlichen Abplattung vorn, ihre Augen sind tiefliegend, zweifellos blau. Zartes Hautgewebe darunter könnte die Folge langer Nächte oder der Sonne oder von beidem sein, und ihr Mund …

Ihre Lippen sind schmal; sie keucht ein wenig; ihre Zunge schnellt zu meinem Finger heraus. Die Zunge ist trocken.

Ihr Mund. Vom linken Mundwinkel aus zieht sich eine feine Einkerbung über ihre Wange. Unter ihrer Sonnenbräune ist sie wahrscheinlich unsichtbar, aber ich nehme sie so mühelos wahr wie Gabriel ein uraltes Flußbett in der Wüste. Kathrin hat eine Narbe, die die rechte Seite ihres Gesichts vom Mund bis zur Schläfe säuberlich durchschneidet. Tja, Egon, alte Gewohnheiten sterben langsam, aber vielleicht bin ich unfair.

Ich steige aus dem Wagen.

Die Balaban-Zwillinge spielen Gummi mit einem langen, elastischen Oval, das sie im Hof vor der Nummer 448 zwischen den Endpfosten des Treppengeländers und einer Mülltonne gespannt haben. Gummi ist eine Art Fadenspiel für die Füße. Kinder, vor allem Mädchen, hüpfen in das Oval hinein und wieder heraus und verschlingen das Elastikband zu immer komplizierteren Mustern. Das Spiel geht so lange weiter, bis das Band sich total verheddert hat. Manchmal stolpert ein Kind und schrammt sich die Knie auf, aber Natascha, die Gummimeisterin des Viertels, hüpft mit der Leichtigkeit einer Steptänzerin vor und zurück, und die

Hacken ihrer Sandalen trommeln auf den Gehweg. Molly, die auf dem Rasen sitzt und wartet, daß sie an die Reihe kommt, ruft: »Hallo, Nathan.«

»Hallo, Mädels. Bei welcher Stufe seid ihr?«

»Sechzehn«, antwortet Natascha atemlos und konzentriert sich auf eine Figur, die beim Gummi dem Dreifachaxel entspricht, der das Elastikband in einen breitgezogenen Stern verwandelt.

»Darf ich?«

»Ach, Nathan, du machst es doch bloß kaputt.«

»Ich habe gehört, daß bei Jossi im Laden eben eine neue Lieferung Gummischlangen eingetroffen ist.«

Gummisüßigkeiten sind der große Renner bei Jerusalemer Kindern. Sie schwärmen für die neonfarbenen Gelatinebonbons in der Form grotesker Tiere. Es gibt Gummifledermäuse, Gummikäfer und Gummifrösche, aber die Schlangen sind am begehrtesten. Gummischlangen, fällt mir ein, paßt zu Gummispringen. Außerdem werden die besten Gummitiere aus Deutschland importiert. Marke Schwarzwald. Vielleicht ist Egon der Gummierbe, der von den heimischen Einkünften durch die weite Welt gondelt.

Molly ist sekundenschnell auf den Beinen. »Echt?«

»Na ja, vielleicht.« Ich durchstöbere meine Taschen nach Kleingeld. »Für zehn Schekel sollte man eine ziemliche Menge bekommen.«

»Na los, Natascha«, kreischt Molly.

Schließlich läßt Natascha auf Stufe siebzehn einen Schritt aus. »Verdammt, fast hätte ich den Rekord gebrochen. Du hast mich abgelenkt«, jammert sie. Aber ihre kleinen Wurstfinger schnappen sich die Münzen aus meiner ausgestreckten Hand. »Okay. Du bist dran.«

Ich, Verführer kleiner Mädchen. Ich taste mich zentimeterweise vorwärts, bis ich mit dem linken Knöchel gegen das Elastikband stoße. Meinen empfindlichen rechten Fuß stelle ich ins Innere der Schlaufe. Ich springe, schiebe meinen linken Fuß nach vorn und den rechten nach hinten und bilde die Zahl acht. Es tut weh wie die Hölle, aber ich springe noch mal, kreuze die Füße in der Luft und bilde eine Doppelhelix. Soviel zu Stufe eins. Ich versuche einen kniffeligen Seitenschritt, um Stufe zwei zu beginnen – ein Kunststück, das mir erst kürzlich nach monatelangem Nachhilfeunterricht meiner beiden siebenjährigen Lehrerinnen geglückt ist –, aber mein rechter Fuß ist zu träge, und das Elastikband löst sich mit einem Schwirren.

»Ach, Nathan«, seufzt Molly.

»Ich werde üben«, verspreche ich. »Jetzt fort mit euch, sonst hat Jossi keine Schlangen mehr.«

Die Mädchen hüpfen glücklich zu der baufälligen Einkaufsarkade davon, die unseren Bezirk mit Waren versorgt, und ich trotte müde die Freilufttreppe hinauf. Schritt für Schritt werden meine Füße immer schwerer und mein Kopf immer leichter. Wieder höre ich den Fernseher hinter der Tür von 2A, deren Bewohner, Avram Tucker, ein pensionierter Postangestellter, ebensogut als Life-Support-System für Einsame dienen könnte. Vielleicht war es mein unbedachter Versuch, die zweite Gummistufe zu erreichen, wahrscheinlicher aber das Trauma meines Trecks durch die Wüste und meiner Zeit auf See, aber der Schmerz in den beiden Extremitäten meines Körpers, dem Ohr und dem Fuß, ist gewaltig. Zum Glück kostet es weniger Mühe, zwei schwere Einkaufstüten zu tragen als eine, und jeder entgegengesetzte Schmerz macht den anderen um eine Winzigkeit erträglicher. Ich fühle mich wie ein winziger Eisenspan, der zwischen zwei Elektromagneten schwebt. Ich finde die Kraft, meinen Schlüssel aus dem gelichteten Münzenvorrat in meiner Tasche zu fischen und in das Schlüsselloch zu stecken. Mir fällt ein, daß beim letzten Mal, als ich diese Räume betrat, ein unerwarteter Besucher mich erwartet hatte, und so versuche ich mich innerlich auf einen weiteren Chaim vorzubereiten. Tatsächlich hat doch jedesmal, wenn ich im Laufe der vergangenen Woche irgendwohin kam, angefangen beim Unabhängigkeitspark über das Dregs, das Sheraton und die Heimsuchungskirche bis hin zu der Höhle am Toten Meer, bereits jemand auf mich gewartet, und so rechne ich im stillen fast mit Serena Jacobi, Gita Mamoun oder Cyril Klein oder mit dem »Alten« oder dem Jemeniten, Noam Abravanel oder einem Jungen namens Rafi, lebendig oder tot.

Statt dessen ist der einzige Mensch, den ich hätte erwarten sollen, der einzige, der tatsächlich da ist: meine Mutter. »Nathan!« schreit sie. Ein gestärktes Bündel Weiblichkeit fliegt mir in die Arme. »Nathan, Nathan, wo bist du bloß gewesen? Ich hab mir ja solche Sorgen gemacht.« Ihre Hände flattern über mein Gesicht, als wäre sie ein B.M., der versucht, in meinen Gesichtszügen meinen Charakter zu lesen.

Aber Mutter ist nicht der aufgeweckteste Mensch auf der Welt. Sie scheint kaum zu bemerken, daß sich meine Haut wie trockener Lehm anfühlt und daß sie sich über meine Wangenknochen spannt wie Schrumpffolie. Wahrscheinlich nimmt sie an, daß ich einen saufen war. »Warum hast du nicht angerufen, Nathan? Oh, Nathan«, wiederholt sie meinen Namen, um meine Anwesenheit zu bekräftigen. »Alle wollten wissen, wo du bist.«

Alle? »Wer denn?«

»Dein Büro hat sicher hundertmal angerufen. Als sie sagten, daß du nicht zum Dienst gekommen bist, war ich wirklich besorgt. Und dieser nette Doktor aus dem Krankenhaus. Und ... und ... ach, Leute haben angerufen, Nathan, ich weiß nicht, wer. Hast du Hunger?«

In Rußland hatten wir ständig Hunger, aber es wäre uns nicht im

Traum eingefallen, danach zu fragen, weil es keine Möglichkeit gab, das Problem zu beseitigen, und die Frage hätte die Dringlichkeit nur verschärft. Hier in Israel haben wir nie Hunger, fragen aber ständig danach. Mutter ist nie über ein Pidgin-Hebräisch hinausgelangt, aber sie hat Gefallen am Klischee der jiddischen Momme gefunden wie ein Marxist-Leninist am Talmud. Ihr Leben verbringt sie zwischen Schönheitssalon und Fleischerladen.
Gewöhnlich esse ich in düsterem Schweigen und überlasse mich nur widerwillig ihrer Freigebigkeit, aber heute ist es anders als an allen anderen Tagen. Heute habe ich Hunger. Ich sterbe vor Hunger. »Ja«, antworte ich.
Ihre Hände lassen von meinem Gesicht ab. »Wirklich?«
»Mutter, ich bin so hungrig wie noch nie in meinem Leben. Was haben wir denn da?«
In ihrem Kopf dreht sich's vor Freude, als wäre sie ein Teenager oder vielleicht noch jünger, eher wie Natascha und Molly, deren Gesichter mittlerweile wahrscheinlich mit kirschrotem Gummipapp verschmiert sind. Sie eilt in die winzige Küche und beginnt, Töpfe und Pfannen aus dem Schrank unter der Spüle zu räumen. »Latkes?« ruft sie.
Und ich stelle fest, daß selbst ich ein braver Sohn sein und einer Mutter ein bißchen Freude schenken kann. Ich sage: »Als Vorspeise.«

So herrlich ist der Geschmack der geriebenen Kartoffeln, vermischt mit Zwiebeln, einem Ei, Salz und Matzemehl, die in siedendem Öl gebraten werden, daß mir gar nicht der Gedanke kommt, daß dieselbe Pfanne, mit demselben Öl gefüllt, einen Großteil meiner jüngsten Schmerzen verursacht hat. Ich schaufele einfach Löffel für Löffel saure Sahne auf die kleinen Puffer, und das so schnell, wie Mutter sie aus der Gußeisenpfanne heben und auf eine Pack-

papiertüte setzen kann, die das überschüssige Fett aufsaugt, so daß sie außen knusperig und innen heiß bleiben.
Mir ist so sentimental zumute, daß ich eine Metapher präge. So wie im Lande geborene Israelis nach dem einheimischen Kaktus Sabras genannt werden, weil sie angeblich außen stachelig und innen zart sind, so sollten wir Russen Latkes genannt werden, weil uns unsere Geschichte eine harte Kruste, aber ein warmes Herz beschert hat.
Aber das ist bloß schlechte Lyrik. Ich möchte lieber Reden als Grußpostkarten schreiben.
Trotzdem esse ich Latkes, bis Mutters Knöchel vom Reiben blutig sind, was zu dem Scherz geführt hat, der so alt ist wie das Rezept: Latkes sind nicht vollkommen ohne einen Tropfen Blut.
Als ich mit Kartoffeln so voll bin wie ein Fünfkilosack, sagt Mutter: »Suppe?«
Jahrelang habe ich in der Rehov Rambam nie mehr als gelegentlich mal ein Omelett gegessen. Ich lebe vom Essen zum Mitnehmen aus der Regierungskantine oder von dem, was auf Banketten aufgetischt wird, wenn ich mit Simon unterwegs bin, oder nachts, wenn ich allein oder mit intellektuellen Freunden zusammen bin, von den »kontinentalen« Restaurants, die in ganz Jerusalem wie Pilze aus dem Boden geschossen sind und hunderterlei Pilze in hundert verschiedenen Macharten servieren – gebraten, gebuttert, sautiert und in einer muschelförmigen Schale serviert. Ich lebe gut, aber ich lebe ehrlich gesagt nicht. Gut. »Suppe wäre fabelhaft.«
Außer sich vor Dankbarkeit, rührt Mutter in dem Topf, der auf dem Herd ständig leise vor sich hin köchelt. Sie hat in jüngster Zeit ein paar muntere, aufgeschlossene Verhaltensweisen angenommen, aber wenn es um die Küche geht, ist sie strikt Alte Welt. Jedesmal, wenn sie für sich oder ihre Bridgefreundinnen dem Topf eine Kelle voll glitzernder Hühnerbrühe oder ein gekochtes Hühner-

bein entnimmt, gibt sie eine Tasse Wasser und ein neues Stück Geflügel dazu. Sie könnte ein Buch mit dem Titel *Nullsummenküche* schreiben.

Je nachdem, wann sie diese Delikatesse erneut serviert, zerfällt das Huhn manchmal praktisch auf dem Teller, während andere Teile im Grunde genommen roh sind. Mutters Speisen sind immer mit einem Risiko verbunden, aber seitdem auf mich geschossen wurde, gehe ich auf Risiken ein. Ich führe den Löffel zum Mund und lasse die warme Suppe durch meine Kehle rinnen, um meine Blutgefäße mit kaum verflüssigtem Fett zu ummanteln. Entweder habe ich einen guten Tag erwischt, oder ich bin guter Stimmung: Das Zeug ist köstlich.

»Mehr?«

»Mehr.«

Ich esse noch einen Teller Suppe und noch einen, bis kein Löffel mehr in mich reingeht, und danach vertilge ich noch drei Stückchen von dem Apfelkuchen, den Mutter aus dem Tiefkühlfach geholt und im Herd aufgebacken hat, bis er verkohlt ist. Egal. Solange ich weiteresse, bin ich aller Gedanken darüber enthoben, wo ich gewesen bin und wo ich hin muß.

Schließlich ist die Spüle mit Tellern, Schüsseln und anderen Utensilien gefüllt, und es bleibt nichts weiter zu tun, als dieses anomale häusliche Mahl zu beenden und ins Leben zurückzukehren.

Mutter sagt: »Du mußt müde sein.«

Ich weine fast vor Erleichterung, und sie ist ganz genauso dankbar, ihr Kind wieder bei sich zu haben, wenn auch nur für einen Tag. Ich lehne mich schwer auf ihre plumpe, mit Hühnerfleisch gefüllte Gestalt und lasse mich von ihr zum Bett führen. Sie deckt mich zu.

14

Bali, Nebraska, Simbabwe, Peredelkin, wo Puschkin begraben liegt: Ich habe keine Ahnung, wo ich in meinem Traum hingegangen bin. Nach allem, was ich weiß, war es so profan wie der Markt auf der Jaffastraße. Genauer gesagt, es war der Markt. Es gab dort Schwämme, Bettwäsche und Seife in dünnen Papierhüllen. Doch wo waren die Gewürze? Der Markt, auf dem es aus den offenen Fässern nach Paprika und Kümmel hätte duften sollen, roch wie ein Hotelbadezimmer oder ... wie etwas anderes in einem Hotel. Wie was? Ich bemühe mich, wach zu werden, dieser Verwirrung zu entkommen. Ich strecke die Hand aus, fühle ein Gesicht und zucke zurück.

Ich befinde mich in meinem Schlafalkoven. Ich rieche mein Schaumgummikissen und spüre die Beulen und Federn meines fahrbaren Klappbetts. Auch die Geräusche von der Rehov Rambam sind wirklich. Ich höre das Schwirren eines rasch vor Schulbeginn gespielten Gummispiels und das Klappern eines Müllwagens. Die Sonne strahlt in einem vertrauten Winkel durch die Jalousien. Das Gesicht ist kein Traum.

Es schwebt wie eine Wolke über meinem Bett, dicklippig, runzlig von uralten Aknenarben – oder sind es Pockennarben? –, Haare am Kinn. Ich schwanke zwischen Traum, Erinnerung und Wirklichkeit. Es gibt ein Gesicht im Traum und eines in der Wirklichkeit, aber das erste ist glatt und das zweite rauh. Es kommen Schwämme in dem Traum vor, und der Geruch von so etwas wie einem Schwamm huscht durch meine Erinnerung. Eier kochen in der Küche, aber der schwefelige Geruch von Eiern ist näher als die Küche.

Meine Finger erkunden das Bartgewirr und finden ein weiches Klümpchen geronnenen Dotter. Dann verbinden sich die drei Wahrnehmungsformen. Schwämme kommen auch in Krankenhäusern vor. Ärzte haben Gesichter, und einer von ihnen ißt trotz dringlicher Mahnungen vor dem Cholesterin Eier.

Meine Finger haben meine Erkenntnisse offenbar telegraphiert. Kaum habe ich Dr. Iwan erkannt, zieht sein Bart sich von meinen Fingern zurück und hinterläßt ein einzelnes krauses Haar in ihrem Griff. »Guten Morgen«, sagt er.

»Wie sind Sie hierhergekommen?«

»Was meinen Sie wohl?«

»Mutter!« rufe ich.

Sie ruft aus der Küche: »Essen ist gleich fertig.«

Iwan läßt sich schwer auf dem Fußende meines Bettes nieder und ruft ungeniert zurück: »Wir kommen gleich.«

»Wir?«

Das überhört er und sagt: »Daß Sie eine behinderte Person sind, hat Sie nicht daran gehindert, in schreckliche Schwierigkeiten zu geraten.«

»Das liegt daran, daß ich einen Bewältigungsmechanismus entwickelt habe.«

Ausdrücke wie »Bewältigungsmechanismus« und »behinderte Person« hätten abgeschafft werden sollen, noch ehe sie in die Sprache eindrangen. Ich ziehe »Blinder« vor und bin sicher, daß die Basketballspieler am Hadassa-Krankenhaus »Krüppel« vorziehen.

»Hmmph.« Der Doktor schnaubt über meine Spötterei.

»Also«, sage ich, »was liegt vor, Doc?«
»Ich habe Ihr Ohr frisch verbunden, Ihren Fuß gründlich gesäubert und den widerlichsten Fall von Sonnenbrand behandelt, den ich je zu Gesicht gekriegt habe. Zum Glück hatte die Suppe Ihrer Mutter die Dehydrierung schon gestoppt. Wunderbar, diese Suppe; wenn ich sie in einer Spritze unterbringen könnte, würde ich reich werden. In zwei Wochen sollten Sie das Bett verlassen können.«
»Zwei Wochen?«
»Besser wären drei.«
»Wo sind meine Kleider?«
»Ach, Nathan.«
Die väterliche Traurigkeit in Iwans Stimme ist unerträglich, aber wenigstens reden wir uns endlich mit Vornamen an. »Was denn?« fahre ich ihn an.
Aus der Küche antwortet Mutter: »Sie sind in der Maschine.« Mutter, zögernd an Israel angepaßt, aber ans moderne Leben total unangepaßt, nennt jedes elektrisch betriebene Gerät im Haus »Maschine« und überläßt es mir, aus dem Zusammenhang zu schließen, ob sie die Waschmaschine, den Trockner, den Fernseher, das Telefon, das Faxgerät oder den Dosenöffner meint.
Wieder seufzt Iwan und reicht mir einen Bademantel.

Wohlgenährt, geduscht und rasiert, in sauberen Kleidern, die noch feucht sind von der »Maschine«, die sich in diesem Fall als der wirkungslose Trockner in einem ungelüfteten Kabuff neben der Küche erweist, habe ich jetzt nur noch eines nötig. Ich ziehe in meinem Zimmer die Jalousien hoch und lehne mich aus dem Fenster. »Goldie?«
Unten steht die Hündin an ihrem üblichen Platz unter der ein-

zigen Zwergpalme, der es gelungen ist, in dem felsigen Boden Wurzeln zu schlagen, schüttelt sich den Sand aus dem Fell und bellt. Ob sie allein nach Hause gefunden hat oder ob Iwan oder jemand anders sie zurückgebracht hat, weiß ich nicht, und es ist mir egal. Sie ist jedenfalls auch wieder zu Hause. »Ich bin gleich unten, Baby.«

Goldie scharrt im Sand und winselt vor Freude.

Ich gehe durchs Wohnzimmer und öffne die Wohnungstür.

Hinter mir sagt Iwan: »Wo gehen wir denn hin?«

»Wir?«

»Wie wollen Sie denn ohne mich irgendwohin kommen?«

»Das haben Goldie und ich auch vorher geschafft.«

»Nicht sehr gut. Außerdem könnte es, ich meine nur theoretisch, hilfreich sein, wenn Sie ein Paar Augen hätten.«

»Dafür ist Goldie da.«

»Sie kann aber nicht Auto fahren.«

Das stimmt. Aber Taxifahrer können es. Relativ gesehen.

Was wichtiger ist: Goldie kann nicht lesen, wenn man von Verkehrsschildern absieht, die sie wahrscheinlich besser kennt als die meisten israelischen Taxifahrer.

Das Problem ist, daß ich mehr als nur »Stop« lesen muß. Der Computer in meinem Büro kann mir die meisten Regierungsarchive über ein beachtliches Braillestanzsystem herunterladen, aber irgend jemand hat zwischen dem einen Dokument und einem anderen die Wahl zu treffen. Obwohl ich ein sprachgesteuertes Interface benutze, komme ich nur so weit mit den Dateien zurecht, daß ich die Materialien finde, die ich zum Redenschreiben benötige. Nun aber könnte ich, statt zu finden, was ich lesen muß, erst wissen, was ich lesen muß, wenn ich es finde. Und was ist, wenn – was Gott verhüte und ich befürchte – »Fremdes Feuer« die allergeheimste Kennzeichnung erhalten hat: »Hier nur Papier«?

Kann ich Iwan trauen? Habe ich wirklich eine Wahl? »Haben Sie denn außer mir keine anderen Patienten?«
»Wahrscheinlich keine, die mich vor so interessante medizinische Probleme stellen. Außerdem bin ich für heute mit meiner Arbeit fertig, und ich hasse den Strand.«
»Machen Sie Halbtagsdienst?«
»Eigentlich nicht. Was meinen Sie, wie spät es ist?«
Das ist eine Fangfrage, aber ich falle sowieso herein. Ich denke an Molly und Natascha, die um halb neun in der Schule sein müssen, und tippe: »Halb acht?«
»Nicht schlecht, solange Sie von amerikanischer Zeit reden. Nur anderthalb Stunden daneben.«
Sechs Uhr? Die Mädchen wachen nie so zeitig auf. Dann wird mir klar, daß ich eine ganze Nacht und den folgenden Tag durchgeschlafen habe. Das Licht, bei Morgen- und Abenddämmerung ähnlich, hat mich getäuscht. Es ist sechs Uhr abends.
Mutter sieht die Schrift an der Wand und jammert: »Passen Sie gut auf ihn auf. Moment, ich schmiere ein paar Brote.«
»Ich habe keinen Hunger«, sage ich und mache die Tür auf.
»Ich aber«, sagt Iwan und macht sie wieder zu.
Ich zucke die Achseln. Vielleicht hat sie sowieso mit ihm geredet.
Wir warten darauf, daß Mutter geronnenes Hühnerfett auf ein paar Scheiben Roggenbrot schmiert, eine Hühnerbrust aus dem ewig köchelnden Topf angelt und den »Snack« in zwei Lagen Aluminiumfolie einpackt, als rüsteten wir uns zu einer Nordpolexpedition. Ich lüge: »Ich habe wirklich in amerikanischer Zeit gedacht.«

Ich mache es mir in einem Ledersitz bequem, der mit einer Reihe von Knöpfen gesteuert wird, die den Sitz vor- und zurückbewegen, den Sockel sich drehen, die Rückenlehne sich neigen lassen; das Ding verfügt über mehr Stellungen als das Kama Sutra. Kühle Luft weht aus einem halben Dutzend Ventilatoren, die in das polierte Mahagoniarmaturenbrett eingelassen sind. Wahrscheinlich ein Mercedes. »Hübscher Wagen«, bemerke ich.

»Sollte er auch sein; er kostet hunderttausend Schekel.«

Ganz klar ein Mercedes. »Der macht Sie praktisch zu einem Sabra.«

»Ich wäre lieber ein Yankee«, schnaubt Iwan, während er eine CD einschiebt und »Light My Fire« aus den Lautsprechern dröhnt.

»Einem alten Sabra?«

»Für immer jung.« Iwan löst sich mit quietschenden Reifen von der Bordsteinkante und fädelt sich in den Verkehr ein. Die Kurve an der Derekh Schekhem nimmt er mit dem Aplomb eines Rennfahrers, während er sich eine Zigarette anzündet. »Wohin?«

Ich denke an den deutschen Autofahrer von gestern, der fragte: »*Where for?*« Egal, wohin oder woher, jeder mit einem Auto in Israel scheint darauf versessen zu sein, mich irgendwohin zu fahren. »Staatliches Behördenviertel.«

»In der Weststadt. Ich weiß eine Abkürzung.« Er jagt quer über mehrere Fahrspuren und schlängelt sich durch das nahe nördliche Viertel jenseits von Mea Schearim. Die Straßen verlaufen streng geometrisch, und so bedeutet Abbiegen jedesmal einen quietschenden rechten Winkel, während die Musik der Doors Gipfelpunkte instrumentalen Wahnsinns erreicht.

»Also, ähm«, fragt er verlegen, »Ihre Mutter lebt allein?«

»Wenn Sie mich nicht mitrechnen.«

»Nach dem, was ich gesehen habe, wohnen Sie eigentlich nicht dort.«

»Kommt drauf an, was Sie unter Wohnen verstehen.«

»Was ist mit Ihrem Vater?« Iwans Ton klingt beiläufig aber er scheint die Absicht zu haben, mich auszuhorchen.
»Er wohnt auch nicht dort«, antworte ich so schroff, daß das Gespräch zu Ende ist.
Wir fahren ein paar Blocks weiter und nehmen dann auf der Jaffastraße wieder Tempo auf. Wenig später setzt Iwan seine Erkundigungen fort. »Wonach suchen wir eigentlich?«
Ich habe die Sorge, daß Iwan mit seiner vorangehenden Frage nach meinem Vater herauszukriegen versucht hat, welche Mittel mir zur Verfügung stehen – keine –, und daß er jetzt herauszukriegen versucht, was ich weiß – nichts. Arbeitet er vielleicht für … wen? Moshe X, den Jemeniten? Beides ist unwahrscheinlich. Ich überlege, ob ich mich von ihm trennen sollte, aber dann fällt mir ein, daß ich keine Wahl habe.
Außerdem habe ich ihn in die Sache reingezogen, und er hat ein Recht, Bescheid zu wissen. Seine Frage war also nicht der subtile Versuch, sich in meine geheimnisvolle Mission einzumischen. Iwan ist ärztliche Direktheit gewohnt und hätte auch fragen können: Wo tut's denn weh?
»Wie weit sind Sie in der Wissenschaft bewandert?«
»Knieknochen sind mit den Hüftknochen verbunden.«
»Ist das alles, Bauchaufschlitzer?«
»Im Grunde weiß ich nicht mal das. Chirurgie ist nicht mein Fachgebiet. Ich kümmere mich um Ohren.«
»Und Hausbesuche.«
»Und Psychiatrie im Nebenberuf. Aber Sie scheinen auch nebenberuflich tätig zu sein, Herr Kasakow.«
Offenbar sind wir zu einer formelleren Anredeform zurückgekehrt. »Was meinen Sie damit?«
»Nun ja, für einen Dichter haben Sie sich offenbar auf eine ziemlich gefährliche Sache eingelassen.«

»Dichter?«

»Ihre Mutter hat mir eine kleine Broschüre mit dem Titel *Dattelpflaumenblüten* gezeigt.«

»Granatapfel.«

»Ja.«

Die in einem versteckten Anbau hinter dem Café Noir am Arbat gedruckten fünfhundert Exemplare von *Granatapfelblüten* – von denen dreihundertfünfzig in einem Pappkarton, der im Moment unter Mutters Bett in der Rehov Rambam geschoben ist, in die gegenwärtige Heimat emigrierten – hatten von außen gesehen lyrisch, aber zwischen den Zeilen zutiefst politisch sein sollen, stand doch ihre Beschwörung eines zionistischen Traums implizit im Widerspruch zur sowjetischen Realität. Es war ein frühreifes erstes Buch, sehr bewundert von einer kleinen Schar gleichgesinnter künftiger Berühmtheiten, die sich im Noir trafen, um Gedichte vorzulesen und darüber zu diskutieren. Bei ihnen blieben ungefähr hundert Exemplare hängen, während die anderen fünfzig anonym an verschiedene Zeitschriften und Kritiker verschickt wurden, die das Werk mit einhellig erschallendem Stillschweigen entgegennahmen. Monate vergingen und Jahre, in denen der Autor die Literaturseiten durchkämmte in Erwartung eines – nur eines einzigen – Weisen, der etwas wie »inspiriert und aufwiegelnd« sagen würde.

Ich hatte das Buch fast vergessen, die Leidenschaft seiner Abfassung und die Demütigung seiner Aufnahme. Jetzt hat es seinen ersten Leser auf einem neuen Erdteil gefunden, indem ihm das Bändchen von der Mutter des Dichters in die Hände gedrückt wurde. Was für eine lächerliche Situation. Wenn doch nur ein Freund des Doktors – sagen wir, ein Verleger – es ihm mit den Worten zugeschoben hätte: »Natürlich kann ich für einen Unbekannten kein Risiko übernehmen, und die Übersetzung würde im

Verhältnis der zu erwartenden Erträge viel zuviel kosten, aber wirf doch mal einen Blick in dieses interessante Buch, das mir auf den Schreibtisch geflattert ist.« Auch wenn Iwan nur der Umschlag ins Auge gefallen wäre, während er in seiner Frühstückspause die Stände mit antiquarischen Büchern am Weizmannplatz durchstöberte, wäre es schön gewesen. Wenn auch nur ein einziges Exemplar von *Granatapfelblüten* über die Exemplare in dem Karton in der Rehov Rambam hinaus die Reise von Moskau nach Jerusalem im Gepäck irgendeines Emigranten gemacht hätte, der es später verkaufte, und wenn auch nur, um sich was zu essen zu kaufen, wäre das Bändchen am Leben gewesen und hätte neben Mandelschtam und Achmatowa in der Mittagssonne gestanden. Doch das ist nicht der Fall.

Mutter muß die staubige Genisa, die sie überall, wohin sie auch geht, mit sich herumschleppt wie ein Kamel seine Satteltasche, durchgewühlt haben, während der selbsternannte Leibarzt ihres Sohnes am späten Nachmittag Hühnersuppe schlürfte. Noch absurder, ihr Eifer sticht sofort die Ader der Eitelkeit an, die tief im Innern der Seele des Autors verborgen ist. Ich möchte nicht antworten, aber ich kann ihm nicht widerstehen; betont beiläufig sage ich: »Und wie fanden Sie es?«

Iwan stößt eine Rauchwolke aus, die an der Windschutzscheibe hochwölkt und auf einem Lufthauch der Klimaanlage wieder zu uns zurückweht. »Granatäpfel, Dattelpflaumen. Eine Frucht ist wie die andere. Der Mangel an Naturkenntnissen war das einzige Echte an den Gedichten. Was den Rest dieses Geseieres angeht, so ist es pubertäres Geschwafel. Was denken Sie?«

Abgesehen davon, daß ich denke, daß mein Fahrer ein herzloses Arschloch ist, denke ich, daß er ein ausgezeichneter Literaturkritiker ist. »Sie haben recht.«

»Stimmt«. Er hustet. »Wo Sie jetzt sind, sind Sie besser dran.«

»Wo bin ich denn?«
»Staatliches Behördenviertel auf Ihrer linken Seite.«
Der Instinkt ist mächtig. Wissend, daß ich nicht mehr sehen werde als einen sandfarbenen Nebel, in dem das Gebäude selbst nicht von den Bergen dahinter und die Berge nicht vom Himmel zu unterscheiden sind, drehe ich mich dennoch zu der unsichtbaren Bürofestung herum, zu der ich gehöre.
Wir parken auf dem Besucherparkplatz, anstatt zu versuchen, einfach rotzfrech an den Wachleuten vorbeizugehen. Davon wird's drinnen noch genügend geben. Nicht nötig, Energie auf eine Sechs-Meter-Parkbucht in der Tiefgarage zu verschwenden. Ich strecke die Hand zur Tür aus, aber da fällt mir was ein. »Iwan ... ich meine, Dmitri.«
»Ja?«
»Sind Sie jemals ein Dichter gewesen?«
»Jeder Mensch in Rußland ist ein Dichter.«
»Und in Israel?«
»Jeder Mensch in Israel ist ein Politiker.«
Flirtet er mit mir? Ich neige zu schlanken Burschen – Erscheinungen wie Rafi. Trotzdem frage ich mich unwillkürlich: Wie wäre es wohl mit diesem Bärchen im Bett? Würde er Honig spritzen? Plötzlich unterbricht der Arzt schroff meine süßen Träume. »Also, wen wollen Sie besuchen?«
»Nicht wen«, antworte ich ausweichend, als ich die Wagentür öffne und aussteige. Ich schlage die Tür mit einem satten, deutschen Plonk zu und gebe ihm einen Fingerzeig. »Was.«
»Also, was?«
»Ich habe Sie schon gefragt, welche Kenntnisse Sie in der Wissenschaft haben, aber Sie haben lediglich Witzchen über Hüftknochen machen wollen. Wir suchen nach allem, was mit Uranlagern am Toten Meer zu tun hat.«

»Es gibt kein Uran in Israel.«
»Zunächst einmal habe ich nicht gesagt, daß es sich in Israel befindet.«
»Wenn es kein Uran in Israel gibt, dann gibt es auch keins in Jordanien.«
»Genau das höre ich auch die ganze Zeit, aber wenn es welches gibt, kann es unter dem Codenamen ›Fremdes Feuer‹ geführt werden. Wenn wir das finden, werden wir auch ein Wer finden. Gabriel ben Levi.«
Meine Erwähnung von Gabriels Namen rückt das, was ich suche, klarer in den Mittelpunkt. Der Mordversuch in Tel Aviv – egal, wer als Opfer ausersehen war – war ein reines und simples Verbrechen, das, Sekunden nachdem es begonnen hatte, zu Ende war. Erst später wurde mir klar, daß Reb Rubinsteins Tat das Resultat einer unreinen und komplexen Verschwörung war, weil sie noch immer das Ziel hat, zum Erfolg zu kommen, und in ihrem Verlauf zu mindestens zwei erfolgreichen Morden geführt hat. Ich versuche logisch, mathematisch darüber nachzudenken, was vor sich geht, aber die verschiedenen interessierten Parteien von Cyril Klein und dem Schin Bet bis hin zu Moshe X und den Siedlern in Beis Machpela sind wie Vektoren, die in entgegengesetzte Richtungen ziehen und nur einen Schnittpunkt haben: Gabriel.
Ich denke daran, wie der junge, hilfsbereite Archäologe seinem Vater das Tal von Siddim erklärte und einem hilflosen B.M. eine kostbare Schale aus der Antike in die Hand gab, und plötzlich, irrationalerweise, möchte auch ich gerne helfen. Ich möchte gern die Sorte Mensch sein, die hilft. So wie Gabriel in der Wüste Sand durchsiebt, um ein gemeinsames menschliches Erbe zu retten, so siebe ich jetzt Hinweise durch, um Gabriel zu finden und zu retten. Und bis mir jemand einen besseren bietet, ist der beste

Hinweis, den ich habe, der Begriff »Fremdes Feuer«. Ich muß herausfinden, was die Knesset weiß.

Ich bin es so gewohnt, durch den Privateingang des PMs ins Büro zu schlüpfen, daß mir gar nicht klar ist, wie viele Menschen sonst noch in diesem Gebäude beschäftigt sind. Selbst nach Dienstschluß brummt das Foyer von Angestellten, Sekretärinnen und Beamten. Viele gehen, aber viele beginnen jetzt erst ihren Nachtdienst, aus dem sich für mich ein dringender Artikel ergeben könnte, falls auf unsere Botschaft in Buenos Aires oder Melbourne ein Bombenattentat verübt wurde. Überrascht bin ich außerdem von dem Ausmaß an Sicherheitseinrichtungen, die diese Enklave schützen. Jeder, ganz gleich ob Botschafter, General, Richter oder Pizzalieferant, muß am Eingang durch Metalldetektoren hindurchgehen, und das ist nur der Anfang.
Während all der Durchsuchungen, Ausweiskontrollen und Telefonanrufe, mit denen überprüft wird, ob der und der da und da erwartet wird, kommt mir nur der Gedanke, daß wir ein bißchen hiervon in Tel Aviv hätten gebrauchen können.
Ein Soldat fährt mit dem Finger unter Goldies Halsband entlang.
»Sie ist sauber«, sagt er zu einem anderen Soldaten.
»Keine Wanzen«, witzele ich und trage mich und meinen Besucher in die Anwesenheitsliste ein.
»Schalom«, sagt die Angestellte an der Anmeldung, die es nicht gewöhnt ist, daß ich so intensiv kontrolliert werde.
Am Aufzug werden wir erneut überprüft, aber oben, wo ich jeden kenne, wird es einfacher und schwieriger sein. Ich kann nur hoffen, daß die meisten Mitarbeiter inzwischen bereits nach Hause gegangen sind. Vielleicht hätten wir bis Mitternacht warten sollen, aber das hätte wieder neue Probleme geschaffen. »Was tragen Sie eigentlich?« frage ich Iwan.

»Was meinen Sie?«
Zwei leise Glockentöne sind schon ertönt, mit denen die Etagen, an denen wir vorbeigefahren sind, angezeigt wurden. »Ich meine … Ach, Herrgott noch mal.« Es ist keine Zeit für Erklärungen. Ich strecke die Hand aus und bewege sie flatternd über sein Hemd und die Hose. Billiger Polyester, wahrscheinlich weiß; es fühlt sich weiß an. Hervorragend. Er trägt seine Arztkleidung, wahrscheinlich kam er direkt vom Krankenhaus in die Rehov Rambam. Die Tür geht auf. »Kommen Sie mit.«
»'n Abend, Herr Kasakow«, begrüßt mich Benjamin, der Posten an der Anmeldung vor der verschlossenen, bombensicheren Glaswand, die die Führungsetage gegen die Außenwelt abschottet. »Schön, Sie wiederzusehen.«
Statt die Freundlichkeiten zu erwidern, schreite ich an diesem freundlichen Relikt irgendeines früheren Kriegs ohne zu zögern vorbei und murmele: »Ärztlicher Notfall. Das ist Dr. Tatarski.«
»Wa? Hä?« Benjamins Hand greift zum Telefon.
Ich lange hinüber und lege den Finger auf den kleinen Knopf, der die Leitung unterbricht. »Es ist … privat, Benjamin.«
Was ich damit andeuten will – Simon und Serena auf der Couch, eine Herzattacke? –, weiß ich nicht, aber Heimlichkeit ist ein Weg, Aufmerksamkeit in diesem Land zu garantieren. »Drücken Sie auf den Summer.«
»Oh, ähm …« Benjamin rechnet schnell seine Pflichten und Verantwortlichkeiten durch. Niemand darf ohne Genehmigung hinein, aber ein Notfall ist ein Notfall, und außerdem zieht niemand die Harmlosigkeit eines B.M. in Zweifel.
»Wird's bald!« kommandiere ich, und Benjamin drückt auf den Summer.
»Hier entlang, Doktor. Schnell.«
Die meisten Schreibtische der Abteilung sind besetzt, aber keiner

von den Obermachern scheint anwesend zu sein, folglich ist niemand da, der uns den Durchgang verwehren könnte. Ich rucke an Goldies Leine, um ihr zu sagen, sie solle sich in diesem Labyrinth schulterhoher Trennwände schneller bewegen. Links und rechts von uns flüstern Ministerberater mit ihresgleichen in anderen Regierungsdienststellen überall auf dem Globus oder mit ihren Geliebten, mit denen sie sich später am Abend treffen werden – mir ist es egal.

Wir gehen an der letzten der Kabinen vorbei und nähern uns dem hinteren Teil der Etage, wo der Spezialaufzug, den ich nicht nehmen wollte, in Simons Reich hinaufführt. Ich rieche Flieder, und der weibliche Zerberus fällt mir wieder ein, den ich völlig vergessen hatte. Geht sie denn nie nach Hause? Ist sie an ihren Platz gekettet wie die syrischen Soldaten auf den Golanhöhen? Plötzlich wird ein »ärztlicher Notfall« nicht mehr ziehen.

Ellen Markowitz sitzt in zehn Metern Entfernung hinter einem Schreibtisch, der einem Chef alle Ehre gemacht hätte. Das Telefon klingelt, Ellen nimmt es ab, ein Zeichen ihres Formats. Die Telefondamen unten tragen die Technik wie eine Tiara zur Schau, weil sie den ganzen Tag nichts anderes machen, aber Ellen hat ihre eigenen rätselhaften Funktionen, die Beweglichkeit und Intelligenz, mehr als bloß die Vermittlung an den richtigen Apparat oder das Notieren von Mitteilungen erfordern. Sie meldet sich kurz mit »Ja?«

Keiner, der diese Nummer wählt, braucht auch nur drei Sekunden auf die Ansage »Büro von Premierminister ben Levi. Was kann ich für Sie tun?« zu verschwenden.

»Sie sind noch nicht da … Jeden Augenblick … Der Regisseur wartet sicher schon im Restaurant … Es sind Tische reserviert … Nach der Filmvorführung … Ja, ja …«

An Ellens Antworten auf eine Reihe von Fragen kann ich erkennen, daß sie eher mit jemandem von der politischen oder persönlichen als von der betrieblichen Seite des Büros spricht. Staatsangelegenheiten finden in den Ministerien statt, Wahlangelegenheiten hier.

»Und wir haben einen Überraschungsbesuch.« Ellens Ton wird vergnügt, als sie mich erspäht. Dann sagt sie das eine Wort, das sie besser nicht gesagt hätte: »Nathan.«

Iwan – ich meine Dmitri – und ich nähern uns ihrem Schreibtisch, und sie sagt das zu jemandem, der mich mit Vornamen kennen muß.

»Wollen Sie mit ihm spre–« Abrupt unterbrochen, verstummt Ellen, und die Atmosphäre um sie herum wird kühl. Ich merke es von weitem, aber sie bemerkt nicht, daß ich es bemerke. »Ja«, sagt sie und legt auf. Dann wechselt sie erneut den Ton. »Na, da ist er ja, der … wandernde Jude.«

Irgendwie weiß ich, daß ihr »der verlorene Sohn« auf der Zunge gelegen hat, aber die mögliche Anspielung auf Gabriel wäre peinlich gewesen, und so setzte sie schnell eine andere archetypische Gestalt ein.

»Zurück von meinen zahlreichen Reisen.«

»*Home, sweet home.*«

»Und mit wem haben Sie geplaudert?« Ich versuche locker zu bleiben.

»Ach, diese Idioten im Keller. Meine Parkplakette ist abgelaufen, und sie wollten meinen Wagen abschleppen.«

»Na, das ist wohl ein Problem, das ich nie haben werde«, sage ich lachend. »Nebenbei, das hier ist ein Freund, den ich schon lange zu einem Mittagessen – ich meine Abendessen – einladen wollte. Ellen, das ist Dmit … Iwan.« Besser, seinen falschen Namen zu benutzen.

»Sehr erfreut.« Ellen streckt ihm ihre zierliche Hand entgegen.

»Gleichfalls.« Dmitri ergreift sie einigermaßen gesittet. Wir könnten auf einem diplomatischen Empfang sein.

»Können Sie uns eben mal reinlassen?«

Natürlich kann sie das eigentlich nicht, aber Ellen ist so erleichtert darüber, daß sie nicht mehr heucheln muß, daß wir ihr willkommener sind als ein ärztlicher Notdienst. »Kein Problem«, sagt sie und drückt auf den Knopf unter ihrem Schreibtisch.

Die schweren Glastüren schwingen weit auf.

»Hier entlang«, sage ich, und Goldie und ich machen uns den Gang hinunter auf den Weg.

Dmitri, der mir praktisch auf die Hacken tritt, flüstert: »Sie hat überhaupt nicht mit der Garage telefoniert.«

»Keine Späßchen, Einstein. Wir haben nicht viel Zeit.«

Sekunden später sind wir in meinem Büro, fünfzehn Quadratmeter, an denen die Position, die ich innehabe, und die Position, die ich nicht innehabe, ablesbar sind, mit Fenstern, was immer sie mir nützen sollen. »Können Sie damit umgehen?« Ich fuchtele mit der Hand zu dem Computer auf meinem Schreibtisch hinüber.

»Klar, welche Krankheit soll ich nachschlagen?«

»Fremdes Feuer.«

»Dot com?«

»Drücken Sie auf Suchen.«

Dmitri ist flinker, als ich gehofft hatte. Ohne einen Moment zu zögern, fliegen seine Finger über die Tasten. Er scrollt und liest mir die Resultate vor. »Außer ein paar Brandstiftungen in Haifa scheint ein Bibelzitat vorzuliegen.«

Moshe X könnte seine Entdeckung nach irgendeinem Tora- oder Talmudzitat benannt haben. Das ist absolut keine Hilfe. Ich dirigiere Dmitri durch die Tastenkombinationen, die in die Regierungsdatenbänke führen, während die Uhr tickt. Ich denke, wir haben fünfzehn Minuten, ehe derjenige, ganz gleich wer es ist, mit dem Ellen telefoniert hat oder der ihr gesagt hat, sie solle mir auf keinen Fall sagen, mit wem sie telefoniert hat, hier aufkreuzt oder einen coolen, entschlossenen Emissär herschickt, fünfzehn Minuten höchstens.

Das System ist leer.

Den nächsten Schritt verabscheue ich, aber es ist der einzig mögliche. »Los, gehen wir in Simons Büro.«

Dmitri sagt kein Wort. Trotz aller Schäden an meinem Körper und trotz aller Mantel-und-Degen-Kühnheit, die ihn in dieses Allerheiligste geführt hat, war ihm, glaube ich, bis zu dieser Minute der Ernst meiner Lage oder die Seriosität meiner Betätigung überhaupt nicht klar. Bis jetzt hat er mir meinen Willen gelassen und ein bißchen außerplanmäßige ärztliche Wohltätigkeitsarbeit für einen besonders interessanten Fall geleistet. Auch jetzt, selbst wenn er zweifellos nicht hiersein dürfte, ist dies mein Büro. Aber unerlaubterweise die Suite des PM zu betreten, ist ganz was anderes.

Simons Büro ist nur zwei Türen von meiner entfernt, aber es ist eine vollkommen andere Welt. Zum Glück ist es keine verschlossene Welt, einfach weil es schlicht unvorstellbar ist, daß jemand es wagen würde, ungebeten hineinzugehen. Es gibt Verfahrensregeln; es gibt einen umständlichen Zirkus um alles. Bewaffnete Posten unten, Markowitz oben, Polizisten in Zivil um den Chef herum. Die Zweieinhalb-Meter-Tür aus Kirschholz öffnet sich ohne das leiseste Geräusch.

Ich gehe zwischen dem Konferenztisch und der Couch, auf der Simon nachdenkt, seine Nickerchen und Fickerchen macht, direkten Wegs auf den Schreibtisch am Fenster zu, das auf die Altstadt blickt, zu deren Verteidigung mit dem Leben jedes Achtzehnjährigen in Israel Simon bereit ist. Die stählerne Schreibtischplatte ist leer bis auf ein Telefon, einen kristallenen Briefbeschwerer und einen Fotorahmen. Ich greife nach dem Rahmen und drehe ihn zu Dmitri herum, der, in seiner Krankenhausumgebung ohne Furcht, auf der gegenüberliegenden Seite des Schreibtischs steht, als läge eine Feuerschlucht zwischen uns. »Wer ist das?«

»Weiß ich nicht.«

»Beschreiben, bitte.«

»Ein junger Mann, annähernd dreißig Jahre alt, dunkelblondes Haar, braungebrannt, in einem weißen Hemd. Schweißflecken unter den Armen. Ich kann nicht sagen, wie groß er ist. Der Schnappschuß wurde aus Taillenhöhe gemacht. Er steht vor einem Felsen und blickt, ohne zu lächeln, direkt in die Kamera. Es sieht so aus, als hätte er sich gerade umgedreht, als hätte er nicht erwartet, fotografiert zu werden, und als gefiele es ihm nicht.«

»Schließen Sie die Augen.«

»Ja.«

»Können Sie sich an das Gesicht erinnern?«

»Ja.«

»Machen Sie die Augen wieder auf und sehen Sie es sich noch sorgfältiger an. Prägen Sie es sich fest ein. Falls Sie diese Person jemals sehen, wenn wir zusammen sind, in einem Raum, am Rande einer Menschenmenge, ganz gleich wo, geben Sie mir sofort Bescheid. Er kann andere Kleider, einen Hut, irgendeine Verkleidung, ja selbst einen Bart tragen. Geben Sie mir über jeden Menschen Bescheid, der ihm auch nur vage ähnelt, ganz gleich, was sonst passiert.«

Dmitri nickt; ich spüre die Bewegung. Er versteht, daß ich verstanden habe. Wenn wir sonst nichts finden, ist das schon nützlich. Anstatt mich darauf zu verlassen, daß Gabriel mit mir Kontakt aufnimmt oder nicht, je nachdem, wie es ihm beliebt, habe ich jetzt ein Paar Ersatzaugen.

»Okay«, sage ich. »Kommen Sie jetzt hier rüber und helfen Sie mir.« Ich setze mich auf den gepolsterten Lederthron und halte nur kurz inne, um die Welt einmal aus Simons Perspektive zu spüren. Dieser Platz ist wie der Hals einer Sanduhr, die gesamte israelische und jüdische Geschichte mündet in diesen einen engen Kanal, aus dem sie Sandkörnchen für Sandkörnchen in die Zukunft herunterfällt, so wie es der Inhaber des Stuhles zuläßt. In diesem Augenblick erscheint er wie der Dreh- und Angelpunkt der Ewigkeit, doch in dem Moment, wo das letzte Sandkörnchen durchgerutscht ist, dreht ein himmlischer Zeitnehmer das Glas herum, und jemand anderer wird hier sitzen. Ich öffne die Schubladen.

»Dürfen wir das denn?« Dmitri ist noch immer zögerlich.

Er ist schon vorher manchmal witzig gewesen, aber diesmal lache ich zum erstenmal. »Natürlich nicht.«

Und wenn mein Ernst und meine Angst ihn nicht überzeugen konnten, tut es jetzt mein Lachen. »Oh, na schön, also, wenn der Zar nichts dagegen hat.« Nicht daß er *so* alt wäre, aber etwas an dieser Anspielung macht mir bewußt, daß mein Gefährte älter ist, als ich dachte, aber ich gehe nicht darauf ein. Seine von Berufs wegen kundigen Hände, die es gewohnt sind, eine Leber zur Seite zu schieben, um an eine Milz heranzukommen, kramen rasch und effektiv Simons private Habseligkeiten durch.

Ich höre das leise Klimpern metallener Gegenstände, derselben Schere und Papierklammern, wie sie wahrscheinlich in jedem Schreibtisch zu finden sind. Dmitri, der inzwischen Spaß an der Sache hat, schnippt mit einem Gummiband und blättert einen Packen Spielkarten durch. »Der Mann legt offenbar Patiencen, wenn er nicht den Glauben beschützt.«

»Nächste Schublade.«

Die Gleiter laufen so glatt, daß ich die Schublade kaum aufgehen höre.

Enttäuscht sagt Dmitri: »Leer.«
Jetzt bin auch ich enttäuscht: »Völlig?«
»Wie aus der Fabrik.«
»Wie viele Schubladen noch?«
»Eine.«
»Machen Sie sie auf.«
Diesmal höre ich die Gleiter; die unterste Schublade wiegt mehr als die oberste.
Dmitri sagt: »Bingo.«
»Vielleicht. Was haben wir da?«
»Eingebauter Aktenhalter, mehrere Mappen, säuberlich mit Etiketten versehen.«
Simon muß zur sofortigen Konsultation immer einige Dokumente in der Nähe haben. Natürlich würde Ellen mit allem, was er nur brauchen könnte, innerhalb von zwanzig Sekunden in sein Büro gehuscht kommen, aber manchmal sind selbst zwanzig Sekunden zu lang. »Lesen Sie mir vor, was auf den Etiketten steht.«
»›Meinungsumfragen‹.«
Völlig klar, daß die als erstes kommen.
»›Weiner‹.«
Simons Gegner von der Arbeitspartei. Diese Mappe ist sicher mit all dem widerlichen Zeugs gefüllt, das Cyril Klein hat ausbuddeln können. Ich überlege, wie dick sie wohl ist, weil man von mir erwarten könnte, daß ich Klatsch in Behauptungen verwandle, aber wir haben keine Zeit. Die Uhr tickt. »Weiter.«
»›Tel Aviv‹, ›Jerusalem‹, ›Haifa‹, noch ein paar Stadtmappen.«
Dmitri greift eine aufs Geratewohl heraus, blättert die Seiten durch. »Scheint sich um örtliche Streitfragen zu handeln, einen Antrag auf einen neuen Konzertsaal in Beerscheva.«
»Weiter.«
»›Militärisches‹, ›Juristisches‹, ›Wohnungsbau‹, ›Öffentlicher

Nahverkehr‹, ›Einwanderung‹.« Während Dmitri die Titel vorliest, gleiten die Akten von hinten nach vorn. Sand in einer Sanduhr.

»›Finanzen‹, hmm, hier gibt es eine Akte innerhalb der Akte. In der äußeren Mappe Zeugs über Währung, den Aktienmarkt. In der inneren scheint sich eine Aufstellung zu befinden, ein Portefeuille. Hmm, hübsch verteilt.«

»Schon gut.« Alle Aktien in Simons Besitz sollen angeblich in einem Blindtrust – interessante Bezeichnung – aufbewahrt sein, um Interessenkonflikte zu vermeiden. Ich frage mich, ob Weiner eine Akte mit dem Titel »ben Levi« hat, die dieses interessante Detail enthält, aber es ist mir egal. »Weiter.«

Wir gehen noch fünf oder sechs Akten durch, wobei wir ergebnislos alles unter die Lupe nehmen, was irgendwie auf Uran verweisen könnte. Dann stoßen wir auf eine Reihe von Nationenakten.

»›USA‹, dick und fett, ›Deutschland‹, ›Italien‹, ›Frankreich‹, ›Südafrika‹, ›Sowjetunion‹, wenig Sinn für richtige Bezeichnung, sollte ›Rußland‹ heißen.«

»Simon ist ein kalter Krieger.«

»Hmm, ›China‹ … Was ist das denn, ›Honduras‹?«

»Wahrscheinlich mit Querverweis auf ›Militärisches‹. Rein geschäftlich.«

»›Palästina‹.«

»Nur auf dem Papier. In der Öffentlichkeit benutzen wir das Wort nie.«

»›Saudi-Arabien‹, ›Syrien‹, ›Irak‹ und so weiter.«

»Typisch«, fluche ich.

»Noch zwei. ›FF‹ und, sieh mal an, ›Holocaust‹.«

»Großes Problem hier. ›FF‹!«

»Kann ich Ihnen helfen, meine Herren?«

Der Doktor benimmt sich, als ginge während einer Operation eine Bombe hoch. Er läßt den Aktenordner fallen, und Seiten flattern mir in den Schoß.

Zum Teufel mit dieser Tür ohne Schloß. »Ellen«, sage ich, »wir wollten nur eben –«

»Versuchen Sie's gar nicht erst, Nathan. Ich bin sicher, daß Sie verzweifelt irgendeine unbedeutende Einzelheit für die Rede vor der Handelskammer am Donnerstag suchten und daß Simon mit Entzücken davon hören wird, aber bis dahin können Sie mir das da ruhig aushändigen.« Ihre Absätze klappern über den Boden, bis sie auf der anderen Seite des Schreibtischs steht und ihr Arm mit einem hörbaren Schnappen nach vorn schießt.

Ellen und ich hatten immer schon ein freundschaftliches Verhältnis zueinander, das über ihren unvermeidlichen Umgang mit dem Großteil der übrigen Kollegen im Büro hinausgeht, aber sie ist unter Simon aus der breiten Masse aufgestiegen, und ihre Treue zu ihm ist absolut. Leider ist das auch meine Verfehlung. Ich kann nicht behaupten, daß dies hier nicht das ist, wonach es aussieht; es ist genau das, wonach es aussieht. Meine Rechtsverletzung ist mehr als unprofessionell, sie ist kriminell.

Durch ihren Gesprächspartner am Telefon darauf aufmerksam gemacht, etwas an meiner Anwesenheit sei ungewöhnlich, muß Ellen angenommen haben, daß sie ein Auge auf mich haben sollte. Vielleicht wurde ihr das sogar befohlen. Vermutlich nicht zu ihrem Vergnügen: Ich konnte es an ihrer Verlegenheit im Empfangsbereich erkennen. Ihr Ton hatte von formell mit ihrem unbekannten Gesprächspartner zu freundlich gewechselt, als ich den Schauplatz betrat, und dann zu eisig, als sie zu lügen gezwungen war. Wenn sie nicht Simon am Apparat hatte – und ihre Stimme hatte nicht dieses spezielle Tremolo, das für den Boß reserviert ist –, dann war es jemand, der für ihn sprechen durfte. Es blieb ihr nichts anderes übrig, als zuzulassen, daß ich in die Falle tappe, die ich mir selbst errichtet habe. Sie ist enttäuscht und wütend. »Ich will sofort diese Papiere«, sagt sie.

Dmitri sammelt die verstreuten Dokumente auf und legt sie zurück in die Mappe. Ich hoffe, daß er einen Blick auf den Inhalt wirft, aber an dem zitternden Geraschel der Blätter kann ich erkennen, daß er es nicht tut. So findig er auf heimischem Gelände im Krankenhaus ist, hier ist er bereit, die Waffen zu strecken.

Aber ich habe einen anderen Plan. Er ist nicht besonders gut, weil – es sei denn, eine höhere Gewalt oder Simon schreiten ein – ganz und gar nicht garantiert ist, daß er nicht zu noch mehr Schwierigkeiten führt, aber ich habe nichts zu verlieren.

Ellen hat eines vergessen. Sie hat es nicht mit dem boshaft zynischen, doch im Grunde gehorsamen Nathan von einst zu tun. Vom samtenen Joch des Jobs befreit, den ich wahrscheinlich soeben verloren habe, bin ich eine entsicherte Kanone. Ich nehme dem Doktor den Aktendeckel aus der Hand und halte ihn ihr mit der Linken hin. Ellen streckt die Hand aus, und ich packe sie mit der Rechten am Handgelenk.

»Nathan!« kreischt sie. Da sie sich sowohl auf ihre unbestrittene Autorität als auch auf unsere frühere Freundschaft verließ, hat sie es nicht für nötig befunden, Sicherheitskräfte herbeizuzitieren. Wenn sie es getan hätte, wären bereits sechs stämmige Männer in nichtssagenden Jacketts mit gezogenen Waffen ins Zimmer gestürmt. Statt dessen sind wir allein.

Ich ziehe sie mit einem Ruck auf die glatte Platte von Simons Schreibtisch, und das Telefon kracht auf den Boden.

»Festhalten«, rufe ich dem Doktor zu.

Vielleicht erinnert ihn der Chefschreibtisch an einen Operationstisch und die zappelnde Sekretärin an eine Patientin, die gerade einen Anfall hat, jedenfalls reagiert Dmitri schnell. Mit einem seiner stämmigen Unterarme preßt er ihr den Bauch platt, und seine freie Hand drückt auf ihren Mund wie eine Narkosemaske.

»Was jetzt?« fragt er.

»Ich nehme nicht an, daß ich mich auf Ihr Wort, den Mund zu halten, verlassen kann«, wende ich mich an die verängstigte Ellen, deren Gerüche nach Schweiß und Flieder sich zu einem gräßlichen Bouquet vermischen. Laut denkend sage ich: »Wir haben nur zwei Möglichkeiten. Wir können sie mitnehmen oder hierlassen.«

»Sie sind der Arzt«, sagt Dmitri.

»Los, fesseln wir sie.«

»Es ist Klebeband im Schreibtisch.«

»Irgendwie habe ich die Vermutung, das funktioniert nicht.«

»Was dann?«

Ich kann mich nicht umsehen, aber ich höre das Kratzgeräusch von Ellens Beinen, die sich unter Dmitris Griff winden. »Strümpfe.«

»Wie denn?«

Ich hebe den Kristallbriefbeschwerer in die Höhe und sage: »Ellen, wir wollen Ihnen nicht weh tun, aber wir *werden* mit diesem Aktenordner von hier weggehen. Ich werde jetzt meinem Freund sagen, daß er Sie für einen Moment losläßt. Sie werden Ihre Strümpfe ausziehen, und wir werden Sie fesseln, so angenehm es uns möglich ist. Haben Sie verstanden?«

Ich nehme ihre gedämpfte Antwort als Zustimmung.

»Vergessen Sie nicht, wenn Sie schreien, haue ich Ihnen das Ding hier auf den Kopf.« Ich zeige ihr das tödliche Gewicht. »Haben Sie verstanden?«

Wieder grunzt sie.

»Sie nickt«, sagt Dmitri.

»Lassen Sie sie los.«

»Nathan, Sie sind ja total –«

Dmitris Hand preßt sie wieder nach unten.
»Keine Kommentare, Frau Markowitz. Sie werden sicher später Gelegenheit haben, Ihre Geschichte zu erzählen.«
Diesmal fügt sich Ellen. Ich kann ihre Wut und Erniedrigung nachempfinden, als sie ihren Hintern von dem Schreibtisch herunterhievt und an der schenkellangen Fünf-Schekel-Supermarktanschaffung herumzerrt, die alles ist, was sie sich von einem Regierungsgehalt leisten kann. Sie verdient Besseres, und ich nehme mir in Gedanken vor, ihr mit der Post ein Paar Seidenstrümpfe zu schicken. »Legen Sie sich jetzt wieder hin.«
Leider sind die Strümpfe nicht annähernd lang genug, daß sie um den riesigen Schreibtisch herumreichen. »Was jetzt?« fragt Dmitri.
»Hierher.« Ich gebe meinen Stuhl frei. »Stehen Sie auf und setzen Sie sich hierher, Ellen.«
»Oh, Nathan.« Ihre Stimme klingt mitleiderregend. Ich weiß, wo das Problem liegt. Trotz ihrer groben Mißhandlung ist das einzige, was sie nicht ertragen kann, sich auf Simons Platz zu setzen. Ellen ist klug genug, um alle Schwächen in Simons Charakter zu erkennen, und ich hatte immer den Gedanken, daß sie wahrscheinlich mit seiner Politik nicht einverstanden ist und sogar gegen ihn gestimmt haben könnte, aber sie liebt ihn trotzdem und ist über alle Maßen loyal. »Bitte, Nathan.«
»Es tut mir leid, Ellen.«
Sie steht zitternd, mit zusammengepreßten Knien da, körperlich außerstande, Simons Sessel einzunehmen. Wie ruft er nur solche Treue hervor? »Iwan.«
Vorsichtig hebt er sie hoch und läßt sie wieder runter, und ein letzter trauriger Seufzer entfleucht der Lady, als sie ohnmächtig in den Thron ihres Gebieters sinkt.
Goldie schnüffelt neugierig an ihrer Taille.

»Aus!« Ich scheuche sie weg.

Jetzt ist es einfach. Wir finden die Schere im Schreibtisch, schneiden die Strümpfe in Streifen und fesseln Ellens Hände und Füße an die Armlehnen und Beine des Sessels. Nur für den Fall, daß sie aufwacht, ehe wir das Gebäude verlassen haben, binden wir ihr einen Streifen um den Kopf und den schwach atmenden Mund.

Annähernd hundert Schritte bis zur Freiheit. Wir verlassen das Büro, treten auf den Gang und drücken auf einen Knopf, um die riesigen Pforten zu diesem Königreich zu öffnen. Ellens Schreibtisch steht zwischen uns und dem Aufzug. Es sitzt jemand auf ihrem Stuhl. Nenn mich aufmerksam. Ich weiß es, weil er die Nationalhymne vor sich hin summt.

»Sie gehen zum Aufzug«, instruiere ich Dmitri, während ich an den Schreibtisch trete. »Irgendwelche Nachrichten für mich, Noam?«

Woran liegt es eigentlich, daß es Leuten nichts ausmacht, wenn sie von anderen Leuten, die sehen können, erkannt werden, aber eine Gänsehaut kriegen, wenn ein B.M. dasselbe tut? Vielleicht ist es ein Vorurteil; vielleicht sollte man mal die Anti-Diffamierungsliga darauf ansetzen.

Vor allem Noam Abravanel sollte es besser wissen. Denselben kleinen Trick hat er mich schon tausendmal anwenden sehen. Trotzdem kommt er aus dem Takt und kann sich plötzlich nicht mehr an die letzte Zeile der Hatikwa erinnern.

Ich liefere ihm den fehlenden Text. »*B'eretz Zion b'Jeruschala-ahjim.*«

»Freut mich zu hören, daß Sie noch immer ein Patriot sind, Nathan. Auch Ellen wird's freuen, wenn sie zurückkommt. Ich frage mich, wo sie wohl ist. Ich dachte immer, sie wäre an diesen Stuhl gefesselt und würde in eine Tasse pinkeln.«

»Sehr komisch.«

»Ich hoffe, Sie haben sie mit einer Tasse versehen. Oh, Sie fragen sich, wieso ich über Dinge sprechen kann, die ich nicht sehe. Vielleicht verfüge ich über dasselbe außersinnliche Wahrnehmungsvermögen wie Sie. Oder vielleicht ist es die Magie der Haussprechanlage. Sie hätten das Telefon, das Sie haben fallen lassen, wieder aufheben sollen. Der Hörer ist ins Rutschen geraten.«

»Und ich?«

»Sie sind ins Schleudern geraten. Aber keine Bange, ich kann schwören, daß Sie sich Ellen gegenüber nie anders als ein Gentleman verhalten haben. Oh, ich sehe, Sie haben die ›FF‹-Akte. Sollte eine interessante Lektüre bieten.«

Wenn der kleine Noam spielen möchte, ich bin bereit. Außerdem wissen wir beide, daß ein zweiter Knopf vor seinen Fingerspitzen Sicherheitskräfte herbeirufen wird, es sei denn, ich werfe mich auf ihn, was ich nicht tun werde, es sei denn, ich kann besser fliegen als sehen. »Was wissen Sie darüber?«

»Worüber?«

»Fremdes Feuer.«

»Nur nicht vergessen, daß Sie's gesagt haben, nicht ich. Okay?«

Noam hat allzu großen Spaß, aber wir können jetzt nicht aufhören. »Okay.«

»Na schön, also ich weiß, daß Sie sich auf Dinge eingelassen haben, die Ihre Kontrollmöglichkeiten weit übersteigen.«

»Dinge wie …« Ich denke, ich werde dem Blödmann eine Kostprobe seiner eigenen Medizin verpassen und zeigen, daß ich ihm überlegen bin. »… Uran.«

Aber ich bin derjenige, der überrumpelt wird, als er zu lachen beginnt, nicht mit diesem abfälligen, verkniffenen Grinsen, auf das er spezialisiert ist, sondern mit einem echten, dröhnenden Gelächter. Als er sich endlich wieder einkriegt, keucht er: »Uran. Ach, du meine Güte, das ist gut. Moshe X schwafelt schon seit Jahren davon. Die Erfüllung einer biblischen Prophezeiung in der modernen Technik. Stimmt's?«

»Aber ... ich ... habe es gespürt.«

»Lassen Sie mich raten: In einer Höhle in der Nähe des Toten Meers.« Er wartet nicht darauf, daß ich Erstaunen zeige. »Massierung von Natriumhydrophosphat. Wirkt sich bei jedem so aus. Es ist das Salz in der Luft, das sich auf der Haut auskristallisiert. Kribbelt's bei Ihnen nicht, wenn Sie aus dem Wasser steigen? Das ist ganz simpel, Nathan.«

Nach Strohhalmen greifend, stammele ich: »Und was ist mit dem Jemeniten?«

»Dem sind Sie auch begegnet? Für jemanden, der eine Hündin braucht, um die Straße zu überqueren, kommen Sie ganz schön rum.«

Noam hat mich schon immer gehaßt. Entweder ist es Neid auf meine Nähe zu Simon oder irgendein tiefsitzender Abscheu gegen B. M. – du wärst erstaunt, wie oft mir der begegnet; es ist, als wenn man uns für Außerirdische hielte – oder einfach schlichter, altmodischer Schwulenhaß, vielleicht ausgelöst durch schlichte, alte unterdrückte Homosexualität. Ich weiß es nicht und habe es nie überprüft. Motive interessieren mich sowieso nie, nur Taten. Noam hat mit Ellen telefoniert, möglicherweise vom Ende des Korridors, möglicherweise von der anderen Seite der Stadt, und ist hergekommen, so schnell er konnte.

Die Fahrstuhltür öffnet sich.

»Worauf warten Sie?« spöttelt Noam.

Seine Stimme klingt nervös. Entweder sagt er nicht alles, was er weiß, oder es gibt etwas, das er nicht weiß, aber wissen möchte. Was mich betrifft, so habe ich keine Ahnung, was in der kostbaren Akte enthalten ist, die ich mit derartigem Aufwand geklaut habe. Wenn sie mir nicht hilft, weiß ich nicht weiter und habe

auch nicht die Zeit, darauf zu warten, daß jemand anderer auftaucht und mir sagt, welcher der nächste Schritt ist. Da habe ich eine verrückte Idee. »Ich warte auf Sie, Noam.«
Ich sage das in der Absicht, ihn mit einer imaginären Pistole zu bedrohen, obgleich so eine Drohung wahrscheinlich keinen Erfolg hat. Ich glaube auch nicht, daß ich gegen Noam die gleiche Gewalt anwenden könnte, die bei Ellen so gut funktioniert hat. Aber der Scheißkerl überrascht mich erneut. Er sagt: »Ich dachte, Sie würden nie fragen«, und wir fahren alle nach unten.

15

Es reizt mich, Noam zu zwingen, sich ans Steuer zu setzen, aber es ist wichtiger, zur nächsten Stelle zu kommen, als das Großmaul in die Schranken zu weisen. Dmitri läßt mit einem raffinierten kleinen Klickmechanismus die Verriegelung seines piekfeinen deutschen Wagens aufschnappen und setzt sich hinter das Steuer. Ich nehme auf dem Beifahrersitz Platz, wobei ich die brandgefährliche Akte auf meinem Schoß zärtlich streichele, während Goldie sich wie eine Matte zu meinen Füßen zusammenrollt und Noam sich hinten ausstreckt. Soll er doch für ein paar Minuten seinen Spaß haben und so tun, als wäre er der Chef.

»Wohin?« fragt der Doktor/Fahrer.

»Rein.«

Im Gegensatz zu Tel Aviv, das sich entlang der Küste wie Ölschlick nach Norden und Süden ausbreitet, wuchs das moderne Jerusalem in konzentrischen Halbkreisen, die sich von der Altstadt in Richtung Westen erstrecken. Folglich beginnt jede Wegauskunft entweder mit »rein« oder »raus«, je nachdem, von welchem Ring aus man die Fahrt beginnt und zu welchem Ring man fährt. Wie bei einem Baum sind die innersten Ringe die ältesten.

»Gut«, sage ich. Rein ist mir lieber als raus. Außerdem habe ich das Gefühl, daß die Antworten auf die Rätsel, die mich umkreisen, im Zentrum zu finden sind.

Wir fahren am Rest des Regierungsgeländes, den großen Touristenhotels und dem Wohnviertel vorbei, das Goldie und ich vor ein paar Tagen zu Fuß durchquert haben, und nehmen die Straße quer durch den Unabhängigkeitspark, der mich ans Dregs denken läßt und durstig macht.

»Biegen Sie links ab.«

Der meiste Verkehr fließt in die Gegenrichtung, weil die Leute, die in den Geschäften und Banken im Zentrum arbeiten, zu ihren Wohnungen an den Außenringen unterwegs sind, aber das abendliche Jerusalem erwacht bereits zum Leben. Junge Leute strömen vor den Cafés zusammen, die seit der Mittagszeit leer waren, und an Theatervordächern summen und flimmern Neonreklamen.

»Fahren Sie am King David vorbei, dann rechts rein.«

Von in Doppelreihen parkenden Taxis zum Langsamfahren gezwungen, kurven wir an dem einen ganzen Block einnehmenden Überbleibsel des britischen Imperialismus entlang. Das King David Hotel – in den dreißiger Jahren erbaut, in den Vierzigern während des Untergrundkriegs gegen die englische Besetzung von Menachem Begin und der Stern-Gang bombardiert, wiederaufgebaut, aber in den fünfziger Jahren leicht heruntergekommen, als es buchstäblich einen Steinwurf von der Grenze entfernt lag – ist inzwischen von Grund auf renoviert und auf den neuesten Stand gebracht und neben den Hotels westlicher Konzerne auf den Anhöhen im Westen das einzige Fünf-Sterne-Hotel im Land. Das Hilton und das Sheraton sind Neureichenburgen für betuchte amerikanische Vorstädter, während das ehrwürdigere King David Scharen internationaler Schöngeister anlockt, die in Venedig im Gritti Palace oder in London im Claridges absteigen.

»Noch mal links.«

Die Boulevards sind längst Avenuen gewichen, die zu Straßen wurden, die sich ab hier noch einmal verengen, bis sie sich vor den

Toren der Altstadt auflösen, hinter denen auch der reichste Reisende aussteigen und zu Fuß gehen muß.
Doch entgegen meinen Erwartungen biegen wir nicht nach rechts zum mit Zinnen und Goldkuppeln geschmückten Epizentrum ab.
»Halten Sie an der nächsten Gasse«, befiehlt Noam.
Ich kenne unser Ziel. Heisere Klezmermusik und der Duft von Paprika dringen aus einem kleinen Hof, der von spätviktorianischen Wohnhäusern umgeben ist, die aus nichts als filigranem Zierrat und Balkonen bestehen. Wenn wir uns nicht mit einem der bejahrten Bewohner in den oberen Etagen treffen, werden wir im Getto Café zu Abend essen.
Das heißt, nicht alle von uns werden das tun. In dem Moment, als Dmitri seine Wagentür öffnet, teilt Noam ihm kurz und bündig mit: »Sie warten hier.«
Ich habe keine Ahnung, warum Dmitri Noam nicht mag, aber er antwortet: »Wenn Nathan einverstanden ist.«
Zögernd nicke ich. Das hier ist Noams Verabredung, und ich muß ihn die Regeln bestimmen lassen. »Machen Sie sich keine Sorgen. Ich bringe Ihnen ein Doggie-bag mit.«
»Wunderbar. Ich kann es mir ja mit Goldie teilen.«

Als Zeichen der Geringschätzung für Noam lasse ich mich von Goldie zwischen einem Dutzend Limousinen hindurchführen, die den Hof verstopfen. Das Getto Café ist eigentlich nicht versteckt, aber Werbung macht es auch nicht. Das Café, vor dreißig Jahren von Jack und Sarah Fischer gegründet, einem Flüchtlingsehepaar, das vor dem Krieg in Warschau ein Restaurant besaß und sich nie so recht ans Kibbuzleben angepaßt hat, war ursprünglich das einzige Lokal in der Stadt, in dem israelische Überlebende des Holocaust sich unter ihresgleichen wohl fühlen konnten. Zum Glück für das Bankkonto der Fischers und zum Pech für das Café wurde

es mit dem bizarren Hochkochen des »Holocaust-Bewußtseins« in den neunziger Jahren gegen seinen Willen populär und findet sich jetzt regelmäßig als heißer Tip in den »Insider«-Stadtführern wieder. Trotzdem sind die ergrauten, täglich schrumpfenden Überreste Osteuropas stets gern gesehen und bekommen automatisch ein anderes, preiswerteres Menü als die Touristen vorgesetzt. Wieder denke ich an Ezekiel im Dregs, das ein paar Straßen entfernt ist; wahrscheinlich sind seine Eltern hier Stammgäste.
Noam stolpert über einen Pflasterstein.
Drinnen ist das Getto Café ein einziges Getöse. Hier gibt es kein europäisches Ersatz-*savoir-faire*. Ein Kellner rempelt mich an und schreit: »Können Sie nicht sehen, wo Sie hingehen?«
»Nein«, antworte ich sanft.
Er muß mich und Goldie einen Moment lang flüchtig angeschaut haben, aber statt an dem verlegenen Verdruß zu ersticken, der uns normalerweise begegnet, lacht er. »Ja, glaube ich auch. He, wer hat den marinierten Hering bestellt?«
Ich mag das Lokal und erinnere mich an Beschreibungen. Die Backsteinwände sind planlos mit Theatererinnerungen aus dem Koffer irgendeines alten Schauspielers vollgepflastert. Da hängen Kostüme, Requisiten und Plakate biblischer Melodramen von *Der erste Mann und die erste Frau* bis zu *David und Abschalom*, aber auch Plakate von klassischen Aufführungen wie zum Beispiel von Itzhak Jaroslawski in *Der Kaufmann von Venedig* und Bessie Boibrovitch in *Onkel Toms Hütte* (»Eine Tränenflut«, schrieb die *Tribuna-Ludo*).
Oberhalb der Plakate, unter der niedrigen Decke, ist Stacheldraht gespannt und lustig mit Hunderten von winzigen Weihnachtslichtern bestückt. Wenn man fragt, sagen einem die Fischers, dies wäre ein »jüdischer Kronleuchter«. Sie kennen sich in Geschichte und Ironie aus, und das tun auch ihre Gäste. Jiddisch ist hier die

vorherrschende Sprache, wenn Gesprächsfetzen aus dem allgemeinen Lärm wie Blasen hervorquellen. Ein Jahrtausend nach der Befreiung ergötzt ein *alter kakker* einen Tisch Kameraden mit einer Geschichte, die er schon millionenmal erzählt haben muß. »Und da sagte ich zu dem Kommandeur, lieber würde ich morgen gehängt als heute erschossen werden.«

Das Getto Café ist, vollkommen unkoscher, auf Hühnerpaprikasch und Bœuf Stroganoff mit einem Berg butteriger Eiernudeln spezialisiert, worauf üppige, mit Schlagsahne überhäufte Linzer- und Schokoladentorten folgen. Als Drink wird Wodka serviert, gemixt mit allen möglichen Aromen, von Zitrone oder Korinthen bis hin zu Pfeffer oder Meerrettich. Man bestellt eine Flasche, und der Kellner schmeißt die Verschlußkappe weg.

»Das wär's«, verkündet eine rauhe Stimme von einer behelfsmäßigen Bühne in der Ecke, als die Musik verstummt. »Wir machen jetzt eine Pause. Und nicht vergessen, Trinkgelder sind Ihnen freigestellt … wenn Sie Pisse in Ihrer Suppe mögen.« Er entläßt einen letzten Schwall Töne aus seiner Klarinette, und der Raum bricht in Beifall aus.

»Hier lang«, sagt Noam.

Die Tische im Getto Café sind ungefähr so dicht beieinander wie die Wände, zwischen denen der »Alte« und ich uns durchquetschten, um in die Höhle am Toten Meer zu gelangen, die Noam so achtlos heruntergemacht hat. Ich weiß immer noch nicht, wem ich glauben soll. Beide könnten sie mich belogen haben, aber der Rabbiner hat teurer dafür bezahlt. Ich weiß nicht einmal, ob er dem Überfall entkommen ist, es sei denn natürlich, es war eine für mich inszenierte Show. Noam andererseits vertritt die logische, konventionelle Erkenntnis, die schwer zu widerlegen ist.

Eine Sängerin tritt an die Stelle der Band und beginnt ihre Darbietung mit einer jiddischen Ballade in Moll.

»Platz da«, schreit derselbe Kellner, der einen Augenblick zuvor mit mir zusammengestoßen war. »Wer hat den Borschtsch und die Blini bestellt?«
Stimmen jammern über den Krieg drauflos. »Was wir durchgemacht haben!«
Verständnisvolle Touristen, die von ihren überteuerten Wodkas noch nicht betrunken sind, starren die Stammgäste fasziniert an. »Was sie durchgemacht haben!«
Noam, dann Goldie, dann ich steigen zwei Stufen zu einem erhöhten Kabinett hoch, das vom Hauptraum durch einen Perlenvorhang und zwei breitschulterige Typen abgetrennt ist, die mich von oben bis unten abtasten, ehe ich sie dran hindern kann.

Simon in seinem Element. Umgeben von seinem Gefolge und ein paar speziellen ausländischen Besuchern, sitzt er im Zentrum eines U-förmigen Tisches und erzählt wieder mal eine altbekannte Geschichte. Ich habe sie auf hebräisch gehört, aber wegen der Besucher spricht er Englisch, das er mit einem Massachusetts-Akzent eingefärbt hat, so daß niemand überhören kann, wo er die Sprache gelernt hat. »Und Arafat sagt, ich sollte mich besser in acht nehmen, denn wenn ich ihm nicht gebe, was er will, und er nimmt sich's trotzdem, hängt er mich am nächstbesten Laternenpfahl auf.«
»Nein!« keucht ein leichtgläubiger Amerikaner.
»Klar hat er das gesagt. Der Mann ist einfach unfähig zu lügen.«
Ich trete in die Öffnung des Us. »Ist das eine Tugend oder ein Makel?«
Natürlich bemerkt mich Simon, aber ich werde ihm nicht gestatten, mich zu ignorieren. Ich bin das Rebhuhn, das Noam-der-Apportierhund seinem Herrchen lebend und kreischend vor die Füße gelegt hat.

»Nathan. Das wird langsam Zeit. Wir sind mit Essen fast fertig. Bestellen Sie sich doch etwas!« Er hebt einen Finger, und die dem Kabinett zugeteilte Kellnerin steht im Nu neben mir.

»Nein, danke.«

»Was zu trinken, Nathan. Richard, ich möchte Ihnen Nathan Kasakow vorstellen. Nathan ist der beste Autor, der nicht für Sie arbeitet.«

Ich höre, wie eine Flüssigkeit in einen Tumbler gluckert, dann wird mir das Glas von einem von Simons Assistenten in die Hand gedrückt, der völlig aus dem Häuschen darüber ist, daß er mit den großen Tieren zum Essen eingeladen ist. Er riecht nach Alkohol. Die Gruppe ist schon seit Stunden hier. Wie jede Büroclique gehen sie oft nach dem Dienst aus, um die Ereignisse des Tages zu bereden, aber ich werde nie eingeladen, und der PM selbst nimmt praktisch nie daran teil. Es sind wohl ein Dutzend von ihnen hier, von denen die meisten zu Simon tendieren. Nur zwei Gestalten sitzen an der Peripherie einander gegenüber, von denen der eine Böswilligkeit und Ungeduld ausdünstet, sicherlich Cyril Klein, und der andere sich mit dem Behagen des geborenen Kneipenhundes in seinem angestammten Ambiente hingefläzt hat. Dieser Typ ist außerdem jemand, von dem ich sicher bin, ihm schon begegnet zu sein, ich kann ihn bloß noch nicht identifizieren.

»*L'chaim*«, proste ich und kippe den Wodka runter, der einen Nachgeschmack von Lakritze hat.

»Gut. Also Arafat sagt, er würde mich morgen hängen, und ich sage –«

Ich stehle ihm die Pointe: »Ich würde lieber morgen gehenkt werden als heute erschossen.«

Simon knallt sein Glas auf den Tisch.

Der Amerikaner sagt: »Deswegen lasse ich meine Autoren nie auf den Set. Immer machen sie selber ihre besten Sätze kaputt.«

Während die Claque lacht, ruft mich die mir bekannte Gestalt in der Ecke gegenüber von Cyril Klein zu sich. Es ist Zev Schechter, der Journalist. Er sagt: »Lassen Sie sich von ihm nicht ärgern, Nathan. Amerikanische Filmemacher, sie selber nennen sie Movies, sind allesamt Idioten. Der Mann kommt sich hier vor wie im Himmel. Er meint, der Holocaust war ein Befreiungserlebnis. Er würde ›Fremdes Feuer‹ nicht erkennen, wenn er draufsäße.«

Ich setze mich zu ihm, während die Lichter flackern und sich auf die Bühne konzentrieren, wo die uralte Chanteuse, deren rauchiger Baß von fast hundert Jahren inhaliertem Tabak bebt, »My yiddishe Momme« singt.

»Was ist los, Zev?«

Ich kann mir vorstellen, wie er seine Augen zusammenkneift, ehe er spricht. »Bloß mit dem PM und diesem Obermimen aus Hollywood unterwegs. Machen groß auf menschliches Interesse, die beiden Showmänner. Ansonsten tolles Lokal. Haben Sie mal den Tscholent probiert? Sie lassen einen Topf ständig auf dem Feuer, nehmen ein Stück Fleisch heraus, tun ein neues Stück Fleisch rein, nehmen ein Stück Fleisch raus, tun ein Stück Fleisch rein. Manchmal kriegt man's gar, manchmal kriegt man's roh.«

Im Getto Café ist es heiß und voll wie in einer New Yorker U-Bahn im August, aber es läuft mir eiskalt über den Rücken. Schechter beschreibt genau das Gericht meiner Mutter. Ich überlege, ob ich Dmitri von ihren Kochkünsten im Auto erzählt habe, das vielleicht mit einer Wanze bestückt war oder vielleicht gar nicht mit einer Wanze bestückt gewesen zu sein braucht, wenn der Doktor mit der Presse gesprochen hat. Habe ich Moshe X und den beiden Avis an unserem Lagerfeuer von Mutters Speisen erzählt? Ich bringe allmählich durcheinander, was wann passiert ist. Schechter hat möglicherweise meine Mutter interviewt, um herauszukriegen, wo ich bin, und alles, was er erfahren hat, war ein Rezept. Ich wiederhole meine Frage. »Was ist los, Zev?«

»Wollen Sie's wirklich wissen?«

»Machen Sie den Versuch.«

»Ich weiß es nicht.«

»Aber wer?«

»Gabriel ben Levi.«

»Und wo ist er?«

»Das ist die Million-Dollar-Frage. Am ehesten ist zu vermuten, daß er irgendwo in Jerusalem ist. Vielleicht verkleidet. Noam hat die Sache vermasselt, als er bei Gabriels erster Fühlungnahme mit Ihnen nicht zugeschnappt hat, und ist deshalb in Ungnade gefallen. Daher war er so erpicht darauf, Sie hierherzuholen, einen Punkt gutzumachen. Blöder Scheißkerl.«

»Woher wissen Sie das alles?«

Er zuckt die Schultern. »Hab meine Quellen. Aber ich habe versprochen, ich würde erst drüber schreiben, wenn es vorbei ist ... dafür, daß ich's exklusiv kriege.«

»Tja, aber wenn Sie wirklich wollen, daß ich Ihnen helfe, Ihren Knüller zu landen, müssen Sie mich über alles ins Bild setzen.«

Schechter gießt sich aus einer Flasche auf dem Tisch ein Glas Slibowitz mit Pflaumenaroma ein und lehnt sich zurück. Wir sind allein in der Ecke des Us, während Simon mit seinem Geprahle alle Aufmerksamkeit in der Mitte an sich reißt. »Das ist noch gar nichts. Ich werde Ihnen erzählen, was passierte, als mich Saddam Hussein zu einem Treffen gebeten hat ...«

»Soweit festzustellen ist, begann das ganze Theater mit einem von ben Levis Forschungsunternehmen in der Wüste. Er entdeckte etwas – nicht diese dusselige Höhle, in die Sie der ›Alte‹ gebracht hat –, einen echten archäologischen Fund, und zwar einen großen, eine untergegangene Stadt. Wir wissen nicht sicher, was es ist, und wir wissen nicht, wo. Rubinstein war ihm behilflich, aber das war auch irgendein junger Palästinenser. Der hat es seiner Tante erzählt.«

»Gita Mamoun.«

»Deren Quellen ebenso gut wie meine sind. Sie hat sich mit Gabriel getroffen und möglicherweise angeboten, ihm zu helfen. Wenn er auf dem offiziellen Dienstweg um Subventionen nachsuchte, könnte er auch mit einem Löffel graben, bis die Finanzierung durchkäme. Sie war die Gelegenheit seines Lebens, dachte er.«

»War sie es nicht?«

»Er ist eine Fliege in einem Netz von der Größe Sibiriens. Die Mamoun muß diese Grabung um jeden Preis stoppen.«

»Warum?«

»Geld. Die Dame hat sich finanziell übernommen. Sie besitzt leere Bürotürme in Riad, leere Hotels in Kuwait City und eine ruinierte petrochemische Anlage in Basra. Während die clevereren Scheichs ihr Geld rausnahmen und in die Citybank, EuroDisney und den amerikanischen Aktienmarkt investierten, war sie der Meinung, sie baute die Infrastruktur für ein demokratisches Panarabien auf, was nicht hingehauen hat.«

»Was hat das denn mit Israel zu tun?«

»Es hat was mit Israel zu tun, weil die Propaganda zutrifft. Nennen Sie mich einen sentimentalen Patrioten, aber die Interessen der Presse und des Landes decken sich. Saudi-Arabien, Kuwait und die Emirate sind eine Handvoll Milliardäre und ein revolutionäres Proletariat, die darauf warten, daß sie in die Luft fliegen. Jordanien und Syrien sind nationale Slums. Der Libanon hatte dieselbe Chance wie Israel, hat sie aber vergeben. Einen Palästinenserstaat können Sie vergessen. Sie meinen, jetzt wär's schon schlimm, aber wenn Arafat seinen Staat kriegt, dann wird, verglichen mit dem Gazastreifen, die South Bronx wie die Riviera aussehen. Israel ist der einzige politische und finanzielle Erfolg in der Region, und Madame Mamoun hat eine Kapitalanlage in Israel, die ihr die Haut und den geheimnisumwitterten Ruf retten kann.«

Ich tippe gegen mein Glas.

Er fährt fort: »Der Tote-Meer-Kanal. Über den haben Sie auch schon mal nachgedacht, stimmt's? Er ist real, und Madame Mamoun hat Optionen auf die halbe Wüste zwischen den beiden Gewässern.«

»Sie kann also das Projekt aufhalten?«

»Was sind Sie, Kasakow, ein verdammter Dichter? Nein, sie will uns nicht aufhalten; sie will unbedingt, daß wir weitermachen. Wir werden sie nicht durch die Gerichte zu enteignen brauchen; sie tritt uns das Wegerecht augenblicklich ab, denn es bedeutet für sie den Besitz des neuen Tel Aviv. Kennen Sie den Kanal, der an der Küste Floridas entlangführt? Genauso wird der auch. Sie wird parzellieren, Parzellen abstoßen, Filetgrundstücke behalten. Tausende von Eigentumswohnungen, Dutzende von Hotels, Millionen Quadratmeter von zu mietenden Büroflächen, Hochtechnologieparks. Wir reden hier von der Immobiliengoldgrube des Jahrhunderts, Kasakow. Die Frau könnte genausogut eine Jüdin sein.«

»Und wir wollen das alles nicht?«

»Sie haben's immer noch nicht kapiert. Natürlich wollen wir es. Soll sie doch ihr Geld machen. Wir wollen Wohnungen; wir wollen Arbeitsplätze; wir wollen Steuern. Wohlstand ist gut für alle. Ich sagte Ihnen ja, die Propaganda trifft zu.«

»Und wo liegt das Problem?«

»Bei Moshe X und seinen geweihten Friedhöfen. Das ganze Projekt wird sofort in dem Moment gestoppt, in dem sie die erste Synagoge ausgraben. Stellen Sie sich eine Armee von Praktikanten vor, die mit winzigkleinen Bürsten Tonscherben säubern. Oh, das wird das Projekt nicht zum Scheitern bringen, aber es wird es verzögern. Archäologen denken langfristig. Ein Jahrzehnt, zwei, drei. Und wissen Sie was, was uns betrifft, ist das nicht allzu schlimm. Ja, wir hätten lieber den Kanal. Aus allen oben genannten Gründen und auch, weil damit gleichzeitig das Problem mit dem schrumpfenden Toten Meer angepackt würde, aber wir können warten, weil auch wir die Sache langfristig sehen, aber Madame Mamoun kann das nicht. Sie kann nicht warten. Ihre Banken schneiden sie vorher in kleine Stückchen.«

Daran, wie der Journalist ständig die dritte Person Plural gebraucht, stört mich etwas. »*Wir* können warten«, hat er gesagt. »Was *uns* betrifft«, hat er gesagt. Er könnte ebensogut ein Redenschreiber sein, der an der Syntax des Kandidaten herumdrechselt, um die Wähler zu zwingen, den Standpunkt des Kandidaten einzunehmen. Schechter hat in seinen Kolumnen reichlich auf Simon eingeschlagen, aber niemand weiß im Grunde, wo er steht. Ich frage ihn: »Und warum hat die Mamoun Gabriel nicht einfach umgebracht?«

»Sie mußte herausfinden, wer sonst noch darüber Bescheid weiß.«

»Woher wissen Sie das?«

»Ich hab's Ihnen gesagt. Der junge Palästinenser arbeitet für uns.«

Uns. An der gegenüberliegenden Spitze des U-förmigen Tisches bekommt Cyril Klein einen Anruf auf seinem Handy.

Ich denke an den »jungen Palästinenser«. Was für eine schreckliche, anonyme Bezeichnung. Ich sage: »Sein Name war Rafi.«

»War?« Offensichtlich weiß Schechter nicht alles. Er hat bestimmte Informationen erhalten, die er an mich weitergeben soll, aber nicht mehr.

»Ich habe meine Quellen.«

»Wenn er tot ist, hat sie ihn getötet, und das ist der Grund, weshalb sie ihn getötet hat.« Schechter fährt mir mit einem Fingernagel über den Hals.

Das macht auf knallige Weise Sinn, aber nicht alle Einzelheiten fügen sich zusammen. Ich habe noch mehr Fragen. »Was ist mit dem Namen ›Fremdes Feuer‹?«

»Das war Gabriels Bezeichnung. Der Junge ist der Sohn seines Vaters. Alles in der Regierung ist eine Operation X oder Y. Warum er diesen Namen gewählt hat, weiß ich nicht. Vielleicht weil er zu Moshe X' fixer Idee paßte.«

Das klingt plausibel. Schließlich war es Gabriel, der mit dem Tal von Siddim daherkam. Er denkt biblisch. »Und Rubinstein? Wie paßt er in die Geschichte? Wenn Gabriels Ermordung Gita Mamouns Pläne sichern sollte, warum sollte er dann helfen?«

»Drei Möglichkeiten. Entweder glaubte er wirklich an die Urangeschichte und meinte, es wäre das beste, wenn sie verborgen bliebe, oder die Mamoun brachte ihn dazu zu glauben, daß die archäologischen Ausgrabungen die geweihten Stätten schänden würden. Auf jeden Fall war er der Meinung, er rette das Land.«

»Sie sagten: drei Möglichkeiten.«

»Ja. Vielleicht war er bezahlt.«

»Lächerlich.«

»Ganz meine Meinung. Also bleiben Ihnen die ersten beiden.«

In Rhetorik geschult, baut Schechter einen Strohmann auf, damit bei dessen Ausschaltung die ersten beiden Möglichkeiten um so überzeugender erscheinen. Er läßt mich die Situation kurz verdauen, dann schlägt er vor: »Kommen Sie, sagen wir Simon hallo.«

Inzwischen ist der berühmte Filmregisseur gegangen, und Simon hat seine freundliche und leutselige Masche aufgegeben. Egal, welche Schnäpse er auf der Suche nach einer Wahlspende in sich reingekippt hat, das Zeug ist aus seinem Organismus gespült, und er ist in einer Besprechung mit Noam und einer Handvoll Beratern ganz bei der Sache. Serena Jacobi, noch spät dazugekommen, sitzt neben Simon auf dem Platz des Filmregisseurs. Die Frage, wegen der er im Büro anrief, bevor er mir auf die Schliche kam, hatte mit den neuesten Meinungsumfragen zu tun. Serena fragt ihn: »Wie sieht's im Norden aus?«

Noam läßt den Kopf hängen, als wäre er persönlich verantwortlich. Die Umfragen sind negativ. Nach einer kurzfristigen Steigerung des Zuspruchs nach dem Mordversuch in Tel Aviv hat Weiner wieder Boden gutgemacht mit der Behauptung, Simons militärische Haltung schade der Wirtschaft.

»Zahlen«, fordert Serena.

»In Haifa zwei Punkte im Minus.«

Wenn der Standort der größten Marinebasis des Staates nichts Erfreuliches bietet, ist der Rest des Landes eine Katastrophe. Die Party ist gelaufen, es sei denn, der politische Zauberer zieht ein letztes Kaninchen aus dem Hut.

Der Klarinettist kommt zurück auf die Bühne und begleitet die Sängerin bei »Bei mir bist du scheen«.

Ich habe noch eine Frage an Schechter. »Was ist mit dem Jemeniten?«

»Ach ja, der arme Chess, ich habe ihn kaum gekannt, und er kannte dieses Land überhaupt nicht. Er war ein Lamm im Löwenkäfig. Ich riet ihm, in der Nähe seiner Wohnung zu bleiben und in den ersten paar Monaten das Telefon zu benutzen, aber er dachte nur, ich wollte mir die Titelseite sichern. Natürlich wollte ich das, aber ich wollte auch ihn sichern. Die Gemeinschaft Gleichrangiger, konkurrierend, aber hilfreich. Nun hat er doch noch seine Schlagzeile gekriegt, aber der Artikel war von mir.«

Blasiertes Arschloch. »Meinen Glückwunsch.«

»Möglicherweise haben Sie die Story verpaßt, während Sie sich ausgeschlafen haben. Ich würde Sie geweckt haben, wenn ich ein

Zitat gebraucht hätte, aber das war nicht nötig. Der Rabbiner und seine beiden Söhne hatten einen Schußwechsel mit einer unbekannten Bande arabischer Terroristen. Ein Todesopfer. Die Täter werden erst identifiziert werden, wenn die ganze Geschichte in die Nachrichten kommt. Aber was inoffiziell geschluckt wurde, war genau das, was der Anschein einen glauben machen sollte. Die bösen Buben sind einem naiven Reporter gefolgt. Was ich auch nicht erwähnt habe, ist, daß sie für Gita Mamoun gearbeitet haben mit dem Ziel, Sie, mein Herr, davon abzuhalten, Gabriel zu finden. Und die Moral von der Geschicht': Trauen Sie niemals einem Araber nicht, Herr Kasakow.«

»Nathan!« ruft Simon, und seine Stimme schießt vom Zentrum des Tisches auf mich zu wie eine Kröte mit Flügeln.

»Danke«, sage ich zu Schechter und trete einen Schritt vor, stets der loyale Gefolgsmann, bis ich von meinen Gelübden entbunden bin. Offensichtlich ist Ellen Markowitz' mißliche Lage nicht von vorrangigem Interesse. Wenn alles gutgeht, wird eine berühmte Anekdote daraus. Es wird ein paar Zäune zu flicken geben, und wenn Simon es sagt, sind sie zu flicken. Ich werde ihr morgen Blumen schicken, viele, viele Blumen. »Ist Mr. Oscar gegangen?«

»Eh«, antwortet Simon, »der Kerl is 'n Liberaler. Der Teufel soll ihn holen«, und wird ernst. »Wir brauchen Ihre silbernen Worte, Nathan, und ich brauche Sie. Helfen Sie mir, meinen Sohn zu finden.«

Simons Stimme zittert, und ich muß mir in Erinnerung rufen, daß er auf diesem vielseitigen Instrument jedes gewünschte Lied spielen kann.

»Helfen Sie mir, Gabriel zu helfen, Nathan«, wiederholt er das Thema mit einer leichten Variation.

Ich kann seine Augen nicht sehen, aber sie müssen auf mich gerichtet sein, weil ich ihre Kraft spüre – und ihre Verletzlichkeit, die ihnen noch größere Kraft verleiht. Welche vielfältigen Schwächen dieser Mann auch hat, er hat die Leidenschaft eines Vaters, sein Kind zu schützen. Ich wünschte, ich hätte jemanden, der sich so aufmerksam um mich kümmert, aber alles, was ich habe, ist der närrisch-unmotivierte Beistand eines russischen Arztes, der nach Käse riecht.

Simon, der meine Unsicherheit als Unbeständigkeit deutet, macht seinen Standpunkt klar. »Hören Sie, ich will nicht so tun, als wenn mein Sohn und ich nicht unsere – Differenzen hätten, aber ich – ich liebe ihn. Er ist mein Sohn, und niemand weiß, wie nahe wir uns in Wahrheit stehen. Inzwischen weiß er nicht einmal, wovor er wegläuft oder wo er hinrennt. Sie scheinen der einzige zu sein, dem Gabriel vertraut, und vielleicht setzt er sich ein weiteres Mal mit Ihnen in Verbindung. Helfen Sie diesmal uns beiden. Bringen Sie ihn zu mir, damit wir miteinander reden können. Alles andere ist mir gleichgültig; mir ist sogar gleichgültig, was bei der Wahl geschieht.«

Mit einemmal fährt mir ein ekelhafter kleiner Stich durchs Rückgrat. Simon ist mit seinem Satz über die Wahl einen Schritt zu weit gegangen. Okay, er übertreibt mal wieder, wie es seine Art ist. Er ist trotzdem ein Vater, und dieses Wort hat für mich eine spezielle, schmerzliche Bedeutung.

Die Chanteuse beendet ihren Auftritt mit dem »Partisanenlied«, und alle Achtzigjährigen im Raum springen auf ihre mit den verschiedensten Prothesen oder Krampfadern bestückten Gliedmaßen und stimmen ein.

Auch die glückstrahlenden Touristen, von ihren Reiseleitern informiert, erheben sich und wiederholen den inbrünstigen Text einen Takt nach den Überlebenden, und das tut auch Simon. Ich sehe ihn fast vor mir, die geballte Faust auf dem Herzen, mit funkelnden Augen, als wäre eine Kamera im Raum.

16

»Lassen wir den Wagen hier stehen«, schlage ich vor.

»Ist er hier sicher?« Dmitri zögert.

»Nein, einer von diesen hundertjährigen Freiheitskämpfern wird Ihnen die Radkappen klauen.«

Mir hat man eben was von einer Verschwörung um die Entführung und Ermordung des Sohnes des Premierministers erzählt, und mein Begleiter sorgt sich um nichts anderes als um seine flotte deutsche Couchgarnitur auf Rädern. Aber er weiß nichts von dem Komplott, also darf ich ihn nicht tadeln. Gemächlich machen wir uns durch die engen Straßen des ältesten Teils Jerusalems außerhalb der Altstadt auf den Weg. Wir gehen unter durchhängenden Balkonen entlang, die sich über Nebengassen hinweg, die für Esel gebaut wurden, praktisch berühren, und an Neubauten von Millionen-Dollar-Stadtvillen vorbei, die für reiche Amerikaner errichtet wurden, die ihr Stück vom Gelobten Land besitzen wollen. Aus praktisch jedem Häuserblock hören wir die widersinnige Mischung aus Gebeten und Europopmusik. Diese plärrt aus Diskotheken mit Namen wie Zoot oder California Club, jene schnarren aus den mit Neon beleuchteten Einraumjeschiwas und -kirchen jeder Glaubensrichtung und den kleinen Moscheen, aus denen der quengelige Singsang des Islams zu hören ist.

Obwohl ich in einer weltlichen, politischen Gesellschaft lebe, kenne und unterstütze ich natürlich die vielfältigen Wählerschichten der Gläubigen, aber eigentlich habe ich nie richtig verstanden, was Gott ihnen bedeutet. Die Gegenwart einer Gottheit – ob sie als Er, Sie oder Es definiert wird – ist greifbar, und mir kommt ein Gedanke: Weder sie noch ich können sehen, woran wir glauben. Mein rechter Fuß beginnt wieder zu schmerzen, und mein dünnes Baumwollhemd reibt an meinen verbrannten Schultern wie Schmirgelleinen. Orgelmusik eines abendlichen Requiems in der Kirche der Vier Heiligen mischt sich mit der Farfisa-Retroversion von »96 Tears« aus einem nahegelegenen Tanzklub. Beide sind weit entfernt von »Bei mir bist du scheen« und haben nichts mit den uralten liturgischen Gesängen des »Alten« und der beiden Avis gemein. Ich müßte mich mal hinsetzen, aber diese Straßen sind noch nicht der richtige Ort zum Nachdenken.

Wir verlassen das Labyrinth der Gassen und machen kurz vor dem Jerusalemer Rathaus halt, das ich gut kenne.

Ein Zeitungslieferwagen biegt um die Ecke und wirft ein mit Draht verschnürtes Bündel der *Maariw* von morgen neben einem Kiosk ab.

Eine Frau streitet sich mit einem Angestellten in einer Nachtapotheke. »Gehen Sie nach Hause ins Bett«, sagt er.

»Aber ich kann doch nicht schlafen«, stöhnt sie. »Deswegen bin ich ja hier. Morgen früh bringe ich Ihnen das Rezept, ich verspreche es Ihnen …«

»Wenn ich für jedes Versprechen einen Schekel bekäme …«

Ein Bettler hält uns an, und Dmitri gibt ihm ein paar Münzen.

An einer Bushaltestelle fragt uns ein Mann, ob wir von Jesus Christus errettet seien.

Wir schlendern weiter, bis wir am King David Hotel ankommen, dessen sorgfältig geschnittene Hecken von nachts blühendem Jasmin duften. Eine stark parfümierte Frau steigt aus einem Taxi.

»Ich brauche unbedingt einen Cappuccino, Myron«, sagt sie zu ihrem Begleiter.
»Ach, komm, Stella«, antwortet der, »dann kannst du wieder nicht einschlafen.«
Ich denke an die Frau in der Apotheke.
Auch ich brauche einen Kaffee und einen Platz zum Ausruhen. Ich habe Fragen und einen dicken Ordner mit Material, das mir jemand vorlesen muß. Das Ding mit der Aufschrift »FF« klemmt unter meinem Arm wie eine Zeitung von dem Kiosk. Ehe Myron den Taxifahrer bezahlt hat und sich Stella wieder zuwendet, schlüpfe ich mit Goldie auf den Rücksitz und nicke Dmitri zu, sich uns anzuschließen.
»Wo soll's hingehen?«
»Altstadt, Muslimisches Viertel, Herodestor.«
»Sind Sie sicher?« fragt der Fahrer skeptisch. Er hat einen jugendlichen amerikanischen Akzent, wahrscheinlich ist er ein Collegestudent, der nachts jobbt, damit er an der Hebräischen Universität die Studiengebühren bezahlen kann, und stolz darauf ist, daß er sich oberflächlich in der Stadt auskennt. Die meisten Amerikaner wagen sich nie ins Muslimische Viertel, und ganz bestimmt nicht nach Einbruch der Dunkelheit.
»Fahren Sie los«, sage ich, und zehn Minuten später halten wir am unscheinbarsten der sieben Tore der Altstadt. Am Jaffator ist immer Betrieb, und am Dungtor neben der Westmauer gibt es wahrscheinlich einige Leute, die zu einem späten Gebet in die Altstadt hineingehen oder herauskommen, aber an den übrigen Zugangsstellen herrscht Stille. Dmitri zahlt, und wir betreten die schlafende Stadtmitte.
Streunende Hunde, die sich tagsüber versteckt halten, trappeln neben den Verkaufsbuden, die sich um das Tor drängen, auf der Straße entlang, und Goldie wird ganz aufgeregt. Sie hechelt und

zerrt an der Leine, um irgendeinem dunklen, klapperigen Köter nach rechts zu folgen. Das kommt gelegentlich vor. Goldie ist so heterosexuell, wie eine Hündin nur sein kann. Trotz tierärztlichem Rat hatte ich nie das Herz, sie sterilisieren zu lassen, und habe daher ihre Gelüste zu tolerieren. Es erscheint mir fair; meine muß sie ja auch tolerieren. Ich halte ihre Leine fest umklammert, ziehe sie nach links und sage: »Ein andermal, Kleine. Laß uns gehen.« Widerstrebend gehorcht sie.

»Netter Hund«, macht Dmitri beklommen Konversation. Offensichtlich ist er einer Meinung mit unserem Taxifahrer, der gerade verbotenerweise wendet, um so schnell wie möglich zum King David zurückzukommen.

Die an einem nächtlichen Techtelmechtel gehinderte Goldie führt uns widerwillig in die Richtung unseres Ziels. Wir betreten ein Gäßchen, das die Gassen in der Nähe des Getto Café wie Boulevards erscheinen läßt. Statt zu einem pompösen Rathaus als Endpunkt hinzuführen, schneidet es lediglich einen anderen schmalen Durchgang an einem winzigen Dreieck, in dessen Mitte eine alte Zisterne mit einem Steindeckel abgedeckt ist. Die Zisterne unter der buckeligen Straße ist wahrscheinlich geräumiger als das Dreieck, an dem ein paar verschleierte Frauen Wasser in die schweren Eimer schöpfen, die sie nach Hause schleppen wie ihre fernen Vorfahren. Selbst um diese Zeit höre ich das Rasseln einer Kette und das Plätschern von Wasser.

Ich denke an die Brunnen der Bibel, Orte der Begegnung, an denen Leute zusammenkamen, um das pure leibliche Wohl der Tiere und menschliches Miteinander zu teilen, die Getto Cafés, California Clubs und Dregs ihrer Zeit. Moses und Zippora, lebenslustige Singles, Rahel und Jakob, der schließlich mit seinem Vater Isaak und dessen Vater Abraham in der Höhle von Machpela begraben werden sollte.

Hier sind die Gerüche würziger als im Jüdischen Viertel, und die Luft ist fettig von den Rückständen der mit Kümmel und Estragon gebratenen Lämmer. Wasser ist rar, Feuer allgegenwärtig. Und fremdes Feuer? Ich schnuppere eine Haschischwolke, ehe wir auf zwei alte Käuze stoßen, die an einem Klapptisch sitzen und Karten spielen – ich höre sie die Karten mischen. Schweigsam, als wir zu ihnen gelangen, bleiben sie schweigsam, als wir an ihnen vorübergehen. So still ist es auf den Straßen, daß ich einen Block weiter einen von den Kartenspielern »Gin!« rufen und mit der Hand auf den Tisch schlagen höre.

Dmitri drängt sich dichter an mich. Sein Körper ist heiß und ängstlich; ich könnte ihm die Temperatur messen. Trotz seines Hunderttausend-Schekel-Autos, einer Wohnung, vermute ich, in einem der neuen Hochhäuser in Mevaserrat, die ausgestattet ist wie das Innere seines Mercedes, und einem Sommerhaus am See Kinneret – oder vielleicht gerade weil er sie besitzt – ist der vorgeblich weltmännische Doktor im Grunde ein Bourgeois mit entsetzlicher Angst vor der arabischen Unterklasse. Mich dagegen interessiert das überhaupt nicht. Obgleich Dmitri eine Generation vor mir Rußland verlassen hat, habe ich einen größeren Abstand zu Moskau gewonnen, als er ihn je bekommen wird. Ich hätte mich hier hinsetzen und mit den Ältesten der Al-Fatah Gin-Rommé spielen und eine Pfeife rauchen können – wenn die Karten in Braille gewesen wären. Es gibt einfach keine »Unfähigkeit«, soziale Unterschiede auszugleichen.

Dmitri war sich total im unklaren darüber, daß seine Freundlichkeit zu einem halbwegs berühmten Patienten ihn in diese dunklen Straßen führen würde. Der Geruch der Angst umweht ihn wie Jasmin. Er traut sich nicht zu fragen, ob es hier »ungefährlich« ist, weil er die Antwort nicht hören möchte.

Aber es ist ungefährlich. Zwischenfälle gibt es überall und hier nicht häufiger als in New York, London oder Buenos Aires. Wir kommen an einem Pulk Christen vorbei, die aus der Mitternachtsmesse in der Grabeskirche kommen. Sie haben den Weg zum Himmel gefunden, aber den zu ihrer Herberge verloren, doch ich erkläre ihnen den Weg. »Preiset den Herrn.«

»Haben sie gesagt: ›Speiset den Herrn‹?« flüstere ich.

Dmitri stößt mir seinen harten Ellenbogen in die Rippen, flüstert aber zurück: »Das tun sie nur in der Südsee«, und ich spüre, daß er entspannter ist, und das noch mehr, als wir in eine belebtere Gasse einbiegen, wo wir genau dieselben Geräusche hören wie im jüdischen Teil der Stadt: Diskomusik, Gebete und das allgegenwärtige Gesumme der Fernseher, in denen CNN, Videos von *Titanic* und amerikanische Comedyserien in hebräischer Synchronisation laufen. Ohne Rücksicht auf ihre politischen und religiösen Unterschiede haben Christen, Moslems und Juden gleichermaßen teil an der modernen Abendmahlspeisung made in Hollywood. »Wir sind gleich da«, sage ich.

»Warten Sie!« Dmitri bleibt wie angewurzelt stehen.

»Was ist?«

»Lassen Sie es mich mal probieren.«

Ich brenne darauf, endlich unser Ziel zu erreichen, und bin, um ehrlich zu sein, in den arabischen Straßen nicht ganz so hundertprozentig entspannt, wie ich tue, doch wenn mir der gute Doktor bisher gefällig gewesen ist, so ist es nur höflich, ihm ein Gleiches zu tun. Ich habe keine Ahnung, was er »probieren« möchte, aber mir schießt ein Gedanke durch den Kopf. Vielleicht möchte er mich küssen. Im Kino entlädt sich Streß oft in Leidenschaftlichkeit. »In Ordnung.«

Wir bleiben unter einem Blechvordach stehen. Übertriebenes Einatmen rasselt durch verstopfte Nasengänge. Schnupft er Kokain? Streß entlädt sich oft in Drogenmißbrauch. Ich habe keine

Vorbereitungen wahrgenommen, aber vielleicht hat er sich ein Päckchen weißes Wunderpulver aufs Handgelenk gekippt, als wir uns über die christlichen Sucher nach dem rechten Weg lustig gemacht haben. Ich habe ihn keinen Zehn-Schekel-Schein zu einem Röhrchen zusammenrollen hören, aber vielleicht ist er ein solcher Experte, daß er das Pulver direkt von seiner Haut schnupft. Möglicherweise hat er den Stoff direkt aus dem Krankenhaus, neunundneunzig Komma vier Prozent rein. Das mindeste, was er machen könnte, ist, mir eine Prise anzubieten. Ich liebe gefährliche Hobbys.

Wieder schnüffelt er, dieser gierige Mensch, dann sagt er: »Eier.« Also kein Kokain heute, und die Eier sind von gestern. »Sie müssen etwas weiter riechen als nur Ihren eigenen Bart.«

Er schnüffelt wieder und sagt: »Scheiße.«

Goldie hat unsere Pause genutzt, um ein kleines Häufchen im Rinnstein abzusetzen. »Schon besser«, sage ich, »aber noch nicht gut genug.«

Der Versuch des Arztes, die gleichen olfaktorischen Fähigkeiten aufzubieten, die ich jeden Augenblick anwende, wird gezielter. Er holt mehrere Male tief Luft, und seine Brust hebt und weitet sich, und seine Krankenhauskluft spannt sich. »Sand, Steine, Wäsche, Himmel.«

Ich lache. »Sie meinen, Sie riechen etwas, aber Ihre Nase erzählt Ihnen nur, was Ihre Augen sehen. Machen Sie die Augen zu und versuchen Sie es noch mal.«

»Meine Augen sind zu.«

»Dann erzählt Ihnen Ihre Nase das, was Ihr Gehirn im Gedächtnis behalten hat. Es erinnert sich an diese zwei- und dreistöckigen Wohnhäuser, an den Streifen Nacht, der zwischen ihren Dächern zu sehen ist, und an die Wäscheleine zwischen ihren Fenstern. Auf der hängen, wenn ich mich nicht irre ...« Mit der simplen Kenntnis dessen, was Leute anhaben, während ich mich darauf konzentriere, welches Geräusch die Wäsche beim Flattern macht, um ihre Form zu bestimmen, bin ich wie ein Gedankenleser auf der Bühne, der einem Fremden sagt, was er in seiner Hosentasche hat, und jeden verfügbaren Trick anwendet, um das Publikum in Erstaunen zu versetzen. »Ein Hemd, zwei lange Kleider, mehrere Socken und …« – die Krönung – »ein Büstenhalter.«

»Frappierend.« Der Doktor atmet aus. Seine sanften Finger berühren meine Augen. »Sind Sie sicher, daß Sie blind sind?«

»So blind wie der Tag finster. Hier …« Ich strecke die Hände aus, um ihn von mir wegzudrehen, aber als ich ihn zwischen den Händen habe, kommt mich die Versuchung an, eine andere, allzu lange nicht mehr gewohnte Empfindung zu zeigen.

»Stimmt was nicht?«

»Nein, nein.« Ich überwinde mein Gelüst. »Gucken Sie in diese Richtung. Nun versuchen Sie es noch einmal. Es ist eigentlich einfach. Es ist gleich um die Ecke.«

»Ich glaube, ich kann nicht – nein, warten Sie … warten Sie …« Sein hörbares Schnüffeln wird immer schneller, wie wenn Goldie an den edlen Teilen eines anderen Hundes schnuppert. »Wenn es nicht mit den Eiern, dem Käse und Toast in meinem Bart zusammenhängt … Ich habe ja vielleicht gekrümelt, aber nicht geplempert. Es ist stark. Es ist fast körperlich …«

»Es ist«, berichtige ich ihn, »tatsächlich körperlich. Die Dinge, die wir riechen, streuen Atome von sich aus. Die Welt fliegt unausgesetzt in die Luft. Milliarden und Abermilliarden von Sand-, Stein- und Wäschemolekülen lösen sich ständig von ihren unmerklich immer kleiner werdenden Quellen, nach demselben Schema, wie das Tote Meer verdampft. Stellen Sie sich die Partikel wie Sonnenstäubchen in der Luft vor, nur unendlich viel kleiner. Die Nase ist nichts als ein Empfänger, der nur das erkennt, was buchstäblich in ihn eindringt.« Ich erkläre dem Doktor, wie der Körper funktioniert.

»Die Scheiße?«

»Natürlich. Goldies Kacke ist in Ihren Nasenlöchern. Und schlimmer noch, wenn sie auf Ihre Nase trifft, ist sie zusammen mit den Eiern und dem Toast auch in Ihrem Bart und Ihrem Mund, und sie legt sich über Ihr Gesicht und Ihre Kleider; deswegen waschen die Leute Wäsche.«

»Manche öfter als andere.«

»Stimmt. Wenn Sie riechen, daß jemand anderer schwitzt, bedeckt dessen Schweiß schon Ihren gesamten Körper.«

»Das ist ja ekelhaft.«

»Das ist das Leben, Dmitri. Kommen Sie raus aus Ihrem Krankenhaus.«

»Ich bin ja raus aus dem Krankenhaus. Ich könnte gar nicht weiter weg vom Krankenhaus sein. Mitten in der Nacht stehe ich, umringt von einer Million Arabern, die meinen Tod wollen, an einer Scheißstraßenecke, neben mir ein gescheiterter schwuler Dichter, der nach irgendeinem geheimnisvollen Unsinn namens ›Fremdes Feuer‹ sucht, und ich bin mit Wäsche- und Hundescheißeatomen bedeckt. Wir sind beide mit Wäsche- und Hundescheißeatomen bedeckt, und mit …« Er hält inne, dann jault er fast: »Kaffee!«

»Haben Sie Durst?«

»Ich rieche Kaffee.«

Ich lächle. »Meinen Glückwunsch. Ich werde Sie zum Ehren-B.-M. ernennen.«

Wie erwartet, hat das Abdullah geöffnet und ist rammelvoll. Die meisten Tische mit den kunstvollen Einlegearbeiten sind von der üblichen Meute der Backgammonspieler samt ihren sich fläzenden Zuschauern in Beschlag genommen. Ich nehme keine israelischen Soldaten wahr – wenn sie anwesend sind, herrscht immer eine leichte Spannung im Raum –, aber es sind mehrere Gruppen junger Touristen da, die auf englisch und norwegisch begeistert über ihre Israelabenteuer plaudern.

»Effendi Kasakow!« dröhnt Abdullah hinter der Kaffeemaschine hervor.

Ich fühle mich fast wie zu Hause.

Goldie lasse ich auf den kalten Fliesen neben der offenen Tür Platz machen, dann führe ich Dmitri zwischen den dichtbesetzten Tischen hindurch nach hinten. »Hallo, Abdullah. Das Geschäft geht gut.«

»Ach, das Geschäft geht nie gut, wenn Sie nicht hier sind. *Jetzt* geht das Geschäft gut«, strahlt er in bester Gastwirtsart und zerdrückt mich fast in seiner Umarmung.

»Das sagen Sie zu allen Blinden.«

»Ich sage das zu allen Leuten mit Geld in der Tasche, aber bei Ihnen meine ich es auch.«

»Abdullah, ich möchte Ihnen meinen Freund Dmitri Tatarski vorstellen. Er ist Arzt und hat Geld in der Tasche.«

»Jeder Freund von Herrn Kasakow mit Geld in der Tasche ist auch mein Freund.«

Die beiden dicken Männer schütteln sich die Hand und scheinen sich zu verstehen. »Ein Arzt«, ruft Abdullah mit derselben beeindruckten Ehrfurcht wie eine jüdische Mutter. »Ich habe einen Schmerz.«

Worauf Dmitri, endlich entspannt und froh, nicht mehr auf der Straße zu sein, antwortet: »Ein Cafébesitzer. Ich habe einen Durst.«

»Natürlich, natürlich. Es ist mir eine Ehre, Sie zu bewirten. Wir haben …« Er rattert eine Liste mit warmen und kalten koffein-

haltigen Getränken herunter und schließt mit einer Aufzählung eines halben Dutzends orientalischer Gebäcke. »Baklava, Sesamkuchen, Aprikosenschichttorte, was immer Sie wollen. Wenn wir's nicht haben, besorge ich es, und sollte ich bis zum King David Hotel laufen müssen. Und für Sie, Nathan, das Übliche?«
Ich nicke.
Dmitri sagt: »Bringen Sie's zweimal.«
Nach all der Geselligkeit bin ich scharf darauf, mich über die Akte herzumachen, die ich immer noch unter dem Arm habe, doch das kann warten. Ich habe Abdullah Fragen zu stellen. »Und«, setze ich hinzu, ehe er an den Tresen eilen kann, um meinen Üblichen aufzukochen, »wenn Sie uns auch weiter die Ehre geben, bringen Sie's dreimal.«

Zwischen den beiden gewaltigen Männern komme ich mir vor wie ein Penis, der zwischen riesigen Schenkeln baumelt. Nein, das ist unfair ihnen gegenüber. Wir sind drei Penisse, die beieinandersitzen, einer dünn und zwei dick. Nein, das ist unfair mir gegenüber. Ich sitze wie ein dünner Mann zwischen zwei dicken Männern und habe ein klein bißchen Angst, erdrückt zu werden, wenn einer ihrer durchgewetzten Rattanstühle zusammenbricht.
»Okay«, sagt Dmitri zu Abdullah, während er an dem starken Kaffee nippt. »Also, wo sitzt der Schmerz?«
Abdullah legt mir seinen schweren Arm um die verbrannte Schulter – ich zucke zusammen – und fragt mich in gespielter Vertraulichkeit: »Weiß dieser Mann, daß ich ihm nichts für den Kaffee berechnen kann, wenn ich ihm meinen blauen Fleck zeige?«
Ich sehe davon ab, seinen Arm wegzuschieben, damit ich ihn nicht beleidige, und antworte: »Ebenso gut, wie Sie wissen, daß er sich Ihren blauen Fleck ansehen muß, wenn Sie von ihm nichts für den Kaffee verlangen.«

Abdullah klatscht entzückt in die Hände. »Dann sind wir uns einig.« Er beugt sich zu mir – sein Stuhl ächzt unheilvoll unter der Gewichtsverlagerung – und krempelt sein feuchtes Rayonhemd hoch, um seine Taille bloßzulegen. Schichtenweise hängen Fettwülste übereinander wie Autoreifen aus Schmalz, denen ein Geruch halb nach Schweiß und halb sauer entweicht. »Diese Stelle geht einfach nicht weg. Ich muß mich vor sechs Wochen an irgendwas gestoßen haben, obwohl ich mich nicht erinnern kann, an was, aber seitdem ist es da empfindlich.«

Ich grinse über Abdullahs Hypochondrie. Mit seinen mindestens hundertzehn Kilo Gewicht sorgt er sich um einen schwarzblauen Fleck, als wäre er ein Achthundert-Liter-Kühlschrank, der darüber jammert, daß in seinem untersten Fach ein Viertelliter Milch verschüttet ist.

Aber Dmitri macht ganz und gar keine Scherze. Sein Bart kratzt über sein Hemd, als er nach unten guckt. »Tut das weh?« Er tastet die Stelle ab.

»Nicht mehr als sonst. Ich sagte ja, es ist empfindlich.«

Dmitri preßt seine Hände in Abdullahs Bauch, dann faßt er ihm an den Hals. »Sonstwo noch Flecken?«

»Viele. Hier drüben.« Er dreht sich auf dem winzigen Stuhl herum, um die anderen Seite seines gewaltigen Bauches vorzuzeigen.

»Das hier ist eine alte Verletzung. Anscheinend der Austritt eines Geschosses.«

»Siebter Juni 1967. Liebesgabe der israelischen Armee. Ich wurde in den Rücken geschossen. Den Einschuß kann ich Ihnen auch zeigen.«

»Nein, danke.« Dmitri übergeht den politischen Teil. »Ich meinte irgendwelche organischen Flecken, Muttermale, die vielleicht in letzter Zeit größer geworden sind.«

»Ja, da habe ich eines.« Er zieht ein Hosenbein hoch.

Dmitri betrachtet und betastet es. Dann lehnt er sich nach hinten und trinkt ein Schlückchen von dem köstlichen Kaffee. »Wie steht's mit anderen Symptomen? Fieber?«

»Ich hatte eine Erkältung.«

»Lokale Probleme in den Gelenken?«

»Mit diesem Lokal gibt's immer Probleme.« Abdullah breitet die Arme weit aus, als wollte er sein gesamtes Reich umfassen, dann geht er auf die Frage ein. »Ein bißchen vielleicht während des Fiebers.«

»Entzündungen im Mund?«

»Vielleicht.«

»Blut im Stuhl?«

»Wenn man sich von nichts als Kaffee ernährt, guckt man nicht allzu genau in die Kloschüssel.«

»Gewichtsverlust?«

»Sieht's so aus?«

»Relativ gesehen.«

»Ich bin seit dreißig Jahren auf keine Waage mehr gestiegen, aber ich glaube nicht.«

»Gut.«

»Und was ist schlecht?«

»Ich kann nichts mit Sicherheit sagen.«

»Binden Sie einem Bären keinen Bären auf, Doktor. Sie haben das Wort ›Symptome‹ benutzt. Symptome wovon?«

»Ich möchte Sie bitten, morgen ins Krankenhaus zu kommen. Ich nehme Sie sofort dran, aber rufen Sie Dr. Levine unter dieser Nummer an und machen Sie mit ihm einen Termin aus. Berufen Sie sich auf mich.« Er kritzelt ein paar Zeilen auf eine Serviette und hält sie ihm an seinem über dem Tisch schwebenden Arm hin.

Abdullah gießt seinen Kaffee in einem Zug in sich hinein und stellt das zerbrechliche Täßchen auf den Tisch zurück. Er hat im Laufe der Jahre Millionen Tassen Kaffee serviert, aber diesmal setzt er sie zu heftig ab. Ich höre, wie die Tasse in Scherben geht. Er stellt eine letzte Frage: »Was für ein Arzt ist dieser Levine?«
Dmitri, der ihm immer noch das Stück Papier hinhält, antwortet sanft: »Er ist Onkologe. Das ist –«
»Ich weiß, was das ist«, sagt Abdullah. »Und ich wußte vermutlich auch die ganze Zeit, was das hier ist.« Er klatscht mit der Hand gegen seine Seite und zieht sich das Hemd runter. »So, was kann ich für Sie tun, meine Herren?«
»Levine«, wiederholt Dmitri und legt das Papier auf den Tisch.
Plötzlich schlägt Abdullah mit der Faust auf die Tischplatte, als hätte sich eine der Millionen von Fliegen, die das Café bevölkern, darauf niedergelassen. Neugierige Blicke von den anderen Tischen hatte ich schon vorher wahrgenommen, aber nun zieht der Krach die Aufmerksamkeit des ganzes Raumes auf sich. »Hannah!« bellt er zu seiner Tochter hinüber. »Noch mal Kaffee für meine Gäste. Und etwas Gebäck. Und …« Er blickt sich unter den übrigen Gästen um, von denen wahrscheinlich viele mit ihm zusammen aufgewachsen sind. »Und eine Runde für alle. Mach diese verdammte Kanne leer.«
Statt sich gehorsam sofort an die Arbeit zu machen, nähert sich das Mädchen vorsichtig dem Tisch. Sie riecht wie die Stadt, trocken und nach frischer Wäsche, und sendet ihre eigenen Moleküle von Jugend und Vitalität aus wie ein Feiertagsfeuerwerk. Sie steht hinter mir, zwischen dem Doktor und dem Patienten, und ihr Haar wischt mit einem leichten Windhauch über ihre Schultern, als sie abwechselnd von einem zum anderen blickt. »Ist alles in Ordnung?«
»Was soll nicht in Ordnung sein?« beruhigt sie Abdullah. »Über

Politik reden macht hungrig. Und ich kann es mir nicht leisten abzunehmen. Hah! So, was war es denn, was Sie mich fragen wollten, Nathan?«

Hannah zögert noch immer, dann geht sie schließlich, um die rare Freigebigkeit ihres Vaters zufriedenzustellen.

Ich lausche dem Echo ihrer Schritte auf den Fliesen, als mir bewußt wird, daß ich gar nichts davon gesagt hatte, daß ich Abdullah etwas fragen wollte. Der Mann ist klug. Es hat keinen Zweck, sich zu verstellen. Ich stürze mich mitten hinein. »Der Jemenit?«

»Ein großer Mann in einer Welt kleiner Leute, ein Freiheitskämpfer in einer Welt voller Politiker.«

»Und Sie sind immer noch ein Schönredner in einer Welt voller Schönredner.« Ich sage das humorvoll, aber auch ernst, und Abdullah weiß es.

»Ich weiß nicht viel, und vielleicht möchte ich Ihnen nicht erzählen, was ich weiß, bis ich einen Grund dazu habe. Dieser Grund wird damit zu tun haben, wem geholfen und wem geschadet wird. Ich liebe Sie wie einen Bruder, Nathan, aber Sie sind kein Bruder, Herr Kasakow.«

»Haben Sie etwas über Gabriel ben Levi gehört?«

»Alle Welt hat was über Gabriel ben Levi gehört.«

»Wie steht's mit Gita Mamoun?«

»Kurz bevor Sie gekommen sind, hat sie an genau diesem Tisch gesessen.«

»Was!«

»Ja, sie und Prinzessin Di haben hier Tee getrunken.«

Wenn ich ihm keinen Grund nenne, wird Abdullah mir nichts verraten. »Wie wär's denn, wenn ich Ihnen erzählte, daß Gita Mamoun versucht hat, Gabriel ben Levi umzubringen, und daß das, wäre es dazu gekommen, nicht gut für die arabische Bevölkerung wäre?«

»Es wäre vor allem auch nicht gut für Simon ben Levi, und für ihn habe ich überhaupt nichts übrig. Soll ich fragen, ob irgend jemand in diesem Raum für Ihren verehrten Führer etwas übrig hat? Vielleicht gibt es so jemanden, und er wäre bereit, Ihnen zu helfen.«

»Ich bin nicht Simons wegen hier. Sie und ich, wir haben genügend viele Jahre nachts genügend lange an genau diesem Tisch beisammengesessen, von dem Gita Mamoun und Prinzessin Di erst vor wenigen Minuten aufgestanden sind, daher denke ich, Sie wissen das. Außerdem glaube ich, daß die Tage meiner Arbeit für ben Levi gezählt sind. Unterdessen ist ein unschuldiger Mensch in äußerster Gefahr. Ich würde nicht behaupten, daß es Simon nicht interessiert, aber dies hier hat nichts mit Politik zu tun. Simon ist auch ...«

Ich warte absichtlich, bis Hannah mit Kaffee und Gebäck auf einem Tablett zurückkommt. Sie stellt es ab und greift nach der Tasse, die Abdullah zerbrochen hat, während er nach oben faßt und ihr über die Haare streicht.

Ich beende den Satz: »Er ist auch ein Vater.«

»Sie Widerling!«

Ich informiere ihn über den Rest der Geschichte, indem ich damit beginne, was er aus den Zeitungen weiß, dann zu meiner ersten Begegnung mit Gita Mamoun und den darauffolgenden Abenteuern mit dem Jemeniten in der Wüste komme und mit einer verhüllten Anspielung auf die Behauptungen ende, die Zev Schechter über das Geheimnis des Fremden Feuers gemacht hat.

»Okay, okay, ich habe genug gehört. Möge ben Levi – ben Levi der Ältere – in der Hölle schmoren, aber ich habe Gerüchte gehört, daß in der Zwischenzeit etwas Bedeutsames unternommen werden soll. Ben Levi junior umzubringen würde in Frage kommen, aber dieses Gerede über Geld und Immobilien ist Unsinn. Jeder in der Bank weiß, daß Gita Mamoun praktisch die Bank gehört. Sie ist so knapp bei Kasse wie Rothschild.«

»Aber warum sollte Schechter –«

»Oh-ho, der berühmte Journalist.«

Bisher hatte ich darauf geachtet, meine Quellen nicht zu erwähnen. Ich beiße mir auf die Zunge.

Abdullah fährt fort: »Unter welchen Umständen, wenn ich fragen darf, wurden Ihnen diese Informationen anvertraut? Waren sie manipuliert? Sie brauchen nicht zu antworten. Schechter ist die schlimmste Sorte von Lügnern, weil er denkt, er sagt die Wahrheit. Er denkt, er ist unabhängig, während er in Wahrheit in der Tasche von denen da oben steckt. Ihnen ist das erzählt worden, um Sie auf eine falsche Fährte zu locken, um den Ruf einer unserer geschätztesten Mitbürgerinnen zu beschmutzen, mit der ich, nebenbei gesagt, nicht immer einer Meinung bin. Madame Mamoun ist eine Liberale. Sie läßt Peace Now Geld zukommen.«

»Wenn sie mit Juden zusammenarbeitet, könnte sie dann auch mit Moshe X und Rubinstein zu tun gehabt haben?«

»Seien Sie nicht albern. Sie arbeitet mit solchen Juden zusammen, die mit den Siedlern keinen Kontakt haben. Außerdem wäre sie die letzte, die sich auf so ein Komplott einlassen würde. Eine Demonstration ist *eine* Sache; ja selbst eine Bombe oder ein Überfall, obwohl ich die nicht voll und ganz befürworte, sind im Grunde eher dasselbe, und das könnte was sein, woran der Jemenit interessiert wäre, aber der Mord am Sohn des Premierministers ist etwas ganz anderes. Man könnte da von Krieg reden, Reb Nathan.«

Ich wiederhole einige von Abdullahs Worten. »Bomben nicht *voll und ganz* befürworte.« Ich frage mich, ob Abdullah und Doc Ahmed im Libanon hätten Brüder sein können. »Wie teilweise befürworten Sie sie denn, Abdullah?«

»Ich bin Patriot, Herr Kasakow. Aber machen Sie sich um mich keine Sorgen, ich bin ein harmloser Patriot. Ich entrichte vielleicht Abgaben an die Al-Fatah, aber im Grunde kümmere ich mich um nichts anderes als um meine Tochter, darum, daß ich ein paar Tassen Kaffee verkaufe und daß mich der Krach unten aus der Erde nicht wahnsinnig macht.«
Tatsächlich höre ich dasselbe ferne Grummeln, das ich schon hörte, als ich das letzte Mal hier war. Es ist nicht so laut, daß es das Café zum Beben bringt, oder so heftig, daß davon Tassen klirren, doch Abdullahs Sinne werden immer sensibler, je mehr seine Lebenskraft abnimmt.
»Und Madame Mamoun ist eine Patriotin nach gleichem Muster«, fährt er fort. »Deshalb ist dieser Quatsch um den Jungen, der Rafi genannt wird, unmöglich. Einem Palästinenser bedeutet die Familie alles. Finden Sie raus, wer ihn getötet hat, und Sie werden denjenigen finden, der Ihren wunderbaren Gabriel bedroht. Und wenn Sie wirklich rausfinden wollen, wer ihn umgebracht hat, rate ich Ihnen, gucken Sie genauer auf die eigenen Leute, Nathan. Diese Sache ist zu kompliziert für einfache Araber. Wir sind zu dumm für solche Intrigen. Ich sage Ihnen, die Sache riecht israelisch. Suchen Sie vor Ihrer eigenen kultivierten Nase.«
Was er sagt, klingt plausibel, auch wenn ich damit wieder dort bin, wo ich angefangen habe. Ich schlage mit der flachen Hand leicht auf den Aktenordner, den ich aus Simons Schreibtisch mitgenommen habe. »Was ist mit ›Fremdes Feuer‹?«
Abdullah zuckt mit den Schultern. »Ich habe keine Ahnung. Ich kann Erkundigungen einholen und eine Nachricht in Ihrem Büro hinterlassen.«
»Sagen wir lieber, bei mir zu Hause.«
»Wenn das alles ist – ich hab noch andere Gäste zu bedienen. Die *alten kakker* werden eifersüchtig auf die Zeit, die ich mit einem

Feind verbringe. Sie verstehen das nicht; dabei geht's nur ums Geschäft, stimmt's?«

»Stimmt.« Ich gebe ihm die Hand.

»Schalom«, sagt er und steht auf.

»Ach, Abdullah?«

Er dreht sich um.

»Vergessen Sie Ihren Zettel nicht.« Ich nehme die Serviette, auf die Dmitri Dr. Levines Namen und Telefonnummer geschrieben hat, und reiche sie dem Geschäftsmann.

Er wischt sich damit den Mund ab und wirft sie in den Müll.

Ein Punkt wäre noch zu erledigen, ehe wir das Café verlassen. Ich schiebe den Aktendeckel über den Tisch zu Dmitri hinüber und sage: »Lesen Sie vor.«

Er sitzt völlig reglos da. Der Arzt, daran gewöhnt, alle möglichen vertraulichen Informationen zu erhalten, hatte die ungekürzte Fassung meiner Erlebnisse der letzten Woche noch nicht gehört, bis ich sie Abdullah erzählte. Ist er eifersüchtig? Er und ich, wir mögen doppelte Landsleute sein, aber ich kenne Abdullah schon seit Jahren. Sein Café war in der Nach-Libanon-Zeit der erste Ort, an dem ich mich wieder voller Leben fühlte. Ich entdeckte es eines Nachmittags im Sommer nach einer frustrierenden Braillestunde im Jerusalem Lighthouse. Goldie war noch ganz klein. Wir begaben uns in das Labyrinth der Altstadt, für einen Einheimischen schon verwirrend, und verirrten uns alsbald in ihren winkeligen Gassen. Offenbar überquerten wir die unsichtbare Linie zwischen den Vierteln, aber damals nahm ich die Gerüche unterschiedlicher Küchen noch nicht so deutlich wahr. Ich kannte dagegen den Klang von Sprachen und merkte, daß die Stimmen um mich herum nicht mehr Hebräisch sprachen. Durch einen schmalen, überwölbten Torweg betraten wir einen Hof. Dort hatte sich ein halbes Dutzend Jungen miteinander unterhalten, aber sie verstummten auf der Stelle. Ich vermutete, sie wären Halbwüchsige. In der Armee hatten wir gelernt, daß Halbwüchsige die gefährlichsten Gegner sind.

Ein Ball hüpfte rhythmisch wie eine tickende Uhr. Ich drängte Goldie, einen Ausgang zu suchen. In der einen Hand die Leine, tastete ich mit der anderen die Mauer ab und erkannte eine Steinfassade, die von Fenstern und einer Tür durchbrochen war. Der Ball knallte hinter mir gegen die Mauer. Ein Junge lachte.

Wir kamen an einer Ecke an und gingen an einer zweiten Mauer entlang, und wieder knallte der Ball dagegen, diesmal heftiger. Ich spürte das Zittern in meinen zitternden Fingern. Wir gingen an einer dritten und vierten Wand entlang, jede von einem einzelnen Fenster mit Blumenkasten und einer Tür durchbrochen, vorwärts gejagt durch diesen aufdringlichen Ball, der mit jedem Schuß immer näher kam. Die Jungen hatten Fußball gespielt, aber damit aufgehört, um dieses neuere, bessere Spiel zu beginnen.

Nach vier Wänden waren wir noch immer nicht zu der Stelle zurückgekehrt, an der wir hereingekommen waren. Vielleicht standen die Mauern nicht im rechten Winkel zueinander, und der Hof war fünfeckig. Wir gingen eine fünfte Wand entlang, und ich fühlte eine fünfte Tür. Vielleicht war es die Tür zu dem Hof, die die Jungen zugemacht hatten.

Ein Junge kickte den Ball zu einem anderen, der zweite zu einem dritten, der dritte zurück zum ersten, der erste zu einem vierten. Der Ball flitzte über den Kieselsteinboden.

Der vierte Junge kickte den Ball irrtümlich oder absichtlich zu mir. Er prallte mir gegen die Beine. Ich stolperte und ließ die Hundeleine los.

»Du«, rief einer von ihnen.

Ich stemmte mich an einem Blumenkasten in die Höhe, und die

Blumen kitzelten mich am Hals. Würde mir in diesem einsamen Winkel dieser uralten Stadt gleich rituell der Bauch aufgeschlitzt werden?

Das Fenster hinter mir flog auf.

Ich sprang in die Mitte des Hofes zwischen die Jungen, und eine barsche Frauenstimme schrie uns an.

Ich weiß nicht, was sie sagte, aber ich hörte Namen, wütende Flüche und entsetzliche Drohungen heraus. Sofort rannten die Jungen weg. Ich folgte ihren Schritten, knallte gegen eine Mauer, fand den Ausgang und floh.

Damals war das Muslimische Viertel noch weniger in die Stadt integriert als heute, und ich fand mich auf einem Markt wieder, der von dem eiligen Hin und Her arabischer Frauen angefüllt war, die fürs Abendessen einkauften. Ich hörte das Gackern lebender Hühner und das Geräusch, wenn sie geköpft wurden. Ein Huhn ohne Kopf war wohl von dem Hackbrett heruntergehüpft und begann zwischen meinen Füßen herumzutanzen. Ich fühlte sein Blut und die Federn an meinen Knöcheln. »Goldie!« rief ich.

»Sie ist tot«, lachte jemand.

»Goldie! Goldie!« Ich wanderte ziellos und hektisch durch die Gassen und suchte nach dem verlorengegangenen Hund, der mich doch eigentlich führen sollte. Gerade als ich aufgeben wollte, sprach mich die zarte Stimme eines Mädchens auf hebräisch an.

»Ist das Ihr Hund?«

»Hallo?«

»Kommen Sie, ich helfe Ihnen.« Die Sandalen des Mädchens trippelten auf mich zu, und eine winzige Hand ergriff meine schwitzende Rechte. Sie führte mich in das kühle Innere eines Cafés, ließ mich an einem Tisch Platz nehmen und zog meine Hand fast bis zum Fußboden hinunter, wo sie auf das weiche Fell eines Hundehalses stieß. »Sie ist so schön. Wie heißt sie?«

»Goldie.«

»Ich heiße Hannah.«

Sie stellte mich ihrem Vater vor, der mir erklärte, daß seine Tochter durch die Stammgäste ihres Cafés mehrere Sprachen gelernt hätte. Er hoffe, wenn sie groß wäre, würde sie Dolmetscherin werden. Dann stritten wir uns über Politik.

Ich versuche, dies Dmitri als einen Grund für meine Bereitwilligkeit zu erklären, freundlich und offen mit Abdullah zu sein, aber er winkt ab. »Schon gut!«

»Dann lesen Sie bitte.«

»Habe ich schon getan. Als Sie im Getto Café waren. Ich habe auch die Stullen aufgegessen, die uns Ihre Mutter eingepackt hat. Sie waren köstlich.«

Natürlich. Er hat vor einiger Zeit an diesem Abend eine gute Stunde allein mit der Akte im Wagen gesessen. Aber sein Wissen hatte er während der übrigen Zeit, die wir zusammen verbracht hatten, zurückgehalten. »Ja, und?«

»Es ist nichts.«

»Was soll das heißen, es ist nichts? Die Akte enthält hundert Seiten. Mehr.« Ich riß sie ihm aus den Händen. »Sind sie leer? Vielleicht mit unsichtbarer Tinte beschrieben.«

»Sie sind nicht leer. Sie sind vollgetippt, auf beiden Seiten. Ich habe alles gelesen.«

»Und?«

»›FF‹ steht nicht für ›Fremdes Feuer‹. Ihr Boß hat ein Geheimnis, das er wohl schamhafterweise für ein Zeichen von geistiger Anspruchslosigkeit hält. Deswegen war die Akte in seiner persönlichen Schublade zwischen Palästina und Holocaust versteckt. Sie halten Listen der Gewinner der Hugo und Nebula Awards der letzten fünfzig Jahre in den Händen. Kurzbiographien von J. R. Tolkien, Terry Pratchett, Joanne K. Rowling, Adressen von Websites, auf denen Fans dieses Genres ›chatten‹ können. Die Akte enthält Besetzungslisten von *Der Herr der Ringe, Star Trek, E. T., Highlander* und jedem anderen dieser Filme. Nebenbei, habe ich nicht einen Regisseur, der einiges von diesem Star-Dreck gedreht hat, aus dem Getto Café kommen sehen?«

Ich nicke kläglich.

»Es gibt da auch ein paar Fotokopien von, ich nehme an, Lieblingsartikeln, Sachen über Hobbits und Druiden. Tut mir leid, Nathan. ›FF‹ steht für Fantasyfilme.«

17

»Wieviel Zeit hat er noch?« frage ich, als wir auf das Jüdische Viertel und das Jaffator zuschlendern. Die Stadt ist ruhig und erscheint absolut sicher. Ich fürchte mich weder vor Jugendlichen noch vor Terroristen. Die größte Gefahr kommt von innen.

»Ich bin kein Onkologe, aber die Stelle am Schienbein sah mir ganz nach Leukämie aus, ein unveränderliches, hartes Knötchen, das möglicherweise bedeutet, daß der Krebs sich bereits ausgebreitet hat. Er könnte in der Lunge, dem Lymphsystem, im Gehirn sitzen. Sechs Monate ist die übliche Diagnose, könnte mehr, aber auch weniger sein.«

»Hmm.«

»Die Tochter Hannah scheint mir ein nettes Mädchen zu sein. Was wird sie tun?«

»Das Café ist keine Goldgrube, aber Abdullah nimmt Touristen schon seit Jahrzehnten aus und legt das Geld auf die hohe Kante. Sie wird den Laden zumachen, das Grundstück verkaufen und auf die Universität gehen. Sie wird es schon schaffen.«

»Das hoffe ich.«

»Ich auch.«

Wir gehen schweigend weiter und biegen um eine winkelige Ecke nach der anderen, automatisch wie Ratten in einem Laborlabyrinth, die gelernt haben, wo der Käse ist. Goldie trottet gemächlich neben uns her, aber ebensogut könnte ich sie führen. Schließlich bricht Dmitri das Schweigen. »Wie machen Sie das eigentlich, Nathan?«

Ich weiß, was er meint. Wie alle Sehenden, kann auch der Doktor nicht ganz glauben, daß B. M. dieselbe Welt bewohnen wie er. Ich antworte: »Es gibt eine berühmte Geschichte über Mandelschtam. Gegen Ende seines Lebens, ehe Stalin ihn umbringen ließ, wurde der Dichter von einem Bewunderer gefragt, wie er es eigentlich machte. Aus der Geschichte wird nicht klar, ob es sich um eine ästhetische Frage handelte: ›Wie bringen Sie es fertig, so schön zu schreiben?‹ oder eine moralische: ›Woher nehmen Sie den Mut, den starken Mann unserer Zeit so frech herauszufordern?‹, aber das ist auch egal. Mandelschtam beantwortete beide Fragen mit denselben Worten. Er sagte: ›Ich kann nichts anderes.‹«

Wir gehen durch das Jaffator und spüren sofort Luft. Die Altstadt wurde auf einem Hügel errichtet, der sanft zu mehreren Tälern an seinem Fuß abfällt und sich erneut zu einer Reihe von Anhöhen erhebt, die sich wellenartig mit immer geringerer Kraft bis zur Küstenebene erstrecken. Die erste Anhöhe westlich des ersten Tales krönt das King David Hotel. Rechts davon liegt das Viertel, in dessen Seitenstraßen sich das Getto Café versteckt. Weiter entfernt recken sich die Wolkenkratzerhotels jenseits des sich dazwischenschiebenden Zentrums in die Höhe. All das ist sichtbar, wenn man Augen hat zu sehen. Umgekehrt sind wir aus jedem der vergänglichen und dauerhaften Wohnhäuser zu sehen. Eine breite, kurvenreiche Zufahrtsstraße führt in beide Richtungen.

»Lust, nach Hause zu fahren?«

Ist das Dmitris Art zu fragen: »Zu mir oder zu dir?« Ich will gerade antworten, als ich ein anderes Geräusch höre und mir klar wird, daß ich noch eine Station einlegen muß. Ich sage: »Machen Sie die Augen zu.«

»Okay.«
»Was riechen Sie?«
»Nichts.«
»Was hören Sie?«
»Nichts.«
»Was erinnern Sie sich gesehen zu haben?«
»Nichts.«
»Soviel zu Ihrer Ehrenmitgliedschaft in der Gesellschaft der B. M. Machen Sie jetzt möglichst unauffällig die Augen auf und sagen Sie mir, ob links von uns ein Wagen im Leerlauf und mit ausgeschalteten Scheinwerfern steht. Sagen Sie mir, ob Sie die Auspuffgase riechen und ob Sie – hören Sie jetzt ganz genau hin – ganz leise den Klang einer Jazzgitarre vernehmen können. Es wird schwierig sein, die Gesichtszüge des Fahrers zu erkennen aber sagen Sie mir, ob er nicht irgendwie unserem alten Freund Noam Abravanel ähnlich sieht.«
»Sie sind absolut unglaublich, Nathan.«
»Dafür zahlt man mir das dicke Geld. Außerdem hat Noam mich schon früher chauffiert, und er ist der einzige Mensch, den ich kenne, der Bossa Nova hört. Die einzige Frage ist, woher er wußte, daß wir aus diesem Tor rauskommen würden, obwohl wir durch ein anderes reingegangen sind.«
»Ähm«, seufzt Dmitri. »Irgendwann meinte ich, wir werden verfolgt, aber ich habe nichts gesagt.«
»Himmelherrgott, warum denn nicht?«
»Es kam mir lächerlich vor, darum.«
Ich lege ihm eine Hand auf die Schulter. »Ab jetzt verlassen Sie sich auf sich. Intuition ist der beste aller Sinne, die wir besitzen. Aber machen Sie sich keine Vorwürfe, wir hätten sowieso nichts machen können. Wahrscheinlich gab's noch mehrere andere, bei denen Sie gar nicht bemerkt haben, daß sie sofort einen Rück-

zieher machten, wenn Sie sie ansahen. Im übrigen habe ich noch ein paar Fragen an Noam, und das erspart mir die Mühe, ihn suchen zu müssen. Gute Nacht.«

Ich laufe die Zufahrtsstraße hinunter auf Noams Wagen zu.

»Warten Sie!«

Ich drehe mich um und wiederhole: »Gute Nacht«, aber das genügt nicht. Dmitri möchte helfen. Er *hat* geholfen. Er hängt in der Sache mit drin. Wie es in Kinofilmen heißt: Er weiß zuviel. Aber ich bin der einzige, der weiß, wieviel er weiß, und das mindeste, was ich tun kann, ist, ihn soweit wie möglich zu schützen. Er steckt bereits tief in der Klemme, aber aus den meisten Dingen sollte er sich herausreden können – Arzt-Patient-Beziehung und so weiter. Ab jetzt wird es immer schwieriger werden. Ich beginne mir einen Plan zurechtzulegen, mit dem ich das äußerste Limit, die Grenze des Erlaubten, weit überschreite. »Vielen Dank«, sage ich, »aber das muß ich alleine machen. Noam traut Ihnen nicht und wird nicht frei reden, wenn Sie dabei sind.«

»Erwarten Sie denn, daß er frei redet, wenn ich nicht dabei bin?«

»Ich habe Gründe, das anzunehmen, ja, aber ich kann Ihnen nicht sagen, welches die Gründe sind. Es ist ganz meine Sache.«

»Aber –«

»Ich nehme Ihre Besorgnis dankbar zur Kenntnis, aber hier können Sie mir nicht helfen. Am besten, Sie fahren heim, schlucken zwei Aspirin und rufen mich morgen früh an.«

Widerstrebend befolgt der Doktor die ärztlichen Anweisungen, während ich weiter auf den Wagen zustrebe, aus dessen Fenster Astrud Gilbertos weiche Stimme tönt: *»And when she passes, each one she passes goes ›Ahhhhh‹.«*

Aber dies ist nicht der Ort für eine Privatdiskussion, und so gehe ich an dem Wagen vorbei, und niemand sagt »Ah«. Andererseits sage ich vielleicht »Ah!«, als ich den Wagen mit knirschendem Getriebe wenden höre, um meinem Schatten zu folgen. Ich hoffe, daß sich Dmitri in die andere Richtung, zu seinem eigenen Wagen, aufgemacht hat und nicht Noam und mir zu folgen versucht, und ich hoffe, daß ich die richtige Entscheidung getroffen habe. Tatsächlich gibt es gar keine andere Entscheidung, die ich treffen könnte.

Es ist eine schöne, warme Nacht mit einer sanften, beruhigenden Brise, die aus der arabischen Wüste herüberweht und die Dächer der Altstadt sauberputzt. Goldie und ich bewegen uns im normalen Tempo, obgleich ich merke, daß sie müde ist. »Brav, Kleine.« Ich streichele sie. »Wir gehen nicht weit.«

Wir marschieren bergab ins Tal hinunter und dann wieder bergauf in Richtung King David. Ich überlege, ob ich die steile Treppe meiden soll, die über die Terrassen nach oben führt, um Noam meine Verfolgung zu erleichtern, aber wenn ich vom üblichen Weg abweiche, könnte es verdächtig erscheinen. Sowieso muß ich davon ausgehen, daß er den Rest seines Teams, der auf die anderen Tore Jerusalems verteilt war, inzwischen zusammengetrommelt und an Schlüsselpunkten entlang meiner wahrscheinlichen Route postiert hat.

Ein Mann unter einer Straßenlaterne blättert deutlich hörbar in einer Zeitung.

Eine Frau führt auf der anderen Seite des Geländers, das die Treppe teilt, einen Hund Gassi.

Der Verkehr vor dem King David hat sich verringert, aber der Portier könnte mit dem Müllmann am Straßenrand über ein Walkietalkie Informationen austauschen.

»Verdächtiger bewegt sich ostwärts entlang der Rehov Zion, nähert sich Unabhängigkeitspark.«

Ich biege in eine Seitenstraße ein und mache halt, damit Goldie mal pinkeln und Noam uns wieder einholen kann. In der Straße ist es dunkel, aber ich spüre das Leuchten einer Bierneonreklame in einem Fenster. Wenn ich keinen Schlüssel zu einer Wohnung irgendwo hier in der kurzen Straße habe, muß dies mein Ziel sein. Ich stoße die schmiedeeiserne Tür so quietschend wie möglich auf und trete ein. Glücklicherweise scheint das Lokal leer zu sein.

»Hallo?«

»Zweimal in ein und derselben Woche«, antwortet eine Stimme aus dem Hintergrund. Der Besitzer des Dregs fummelt an einem Fernseher herum, der über der Bar hängt, und atmosphärisches Rauschen wetteifert mit den letzten Tönen von »La vie en rose« aus der Jukebox. »Welchem Umstand verdanke ich diese Ehre?«

Ohne lange Einleitung – keine Zeit zum Plaudern – eile ich zum letzten Hocker in der Reihe und sprudle los: »Du mußt mir einen Gefallen tun, Ezekiel.« Wenn er nicht hier wäre, ich wüßte nicht, was ich getan hätte, aber Gott sei Dank haben Schwule lange auf.

»Ich verleihe nie Geld an Gäste.«

»Ich brauche sehr viel mehr als bloß Geld.«

Wie Abdullah ist Ezekiel gut darin, die Stimmungen seiner Gäste zu erspüren – Berufserfahrung. »Wie wär's, wenn du mir bei einem Drink alles erzählst?«

»Gieß zwei ein, einen für mich und einen für den Typen, der sich in ungefähr drei Minuten zu mir setzen wird.«

»Ein Tête-à-tête?«

»Ist jemand im Hinterzimmer?«

»Zwei Jungs, aber sie haben sicher nichts gegen Gesellschaft.«

»Kannst du sie bitten zu gehen?«

»Nathan, sie haben gerade erst bezahlt.«

»Gib ihnen ihr Geld zurück. Du machst früher Schluß, und ehe du zögerst, laß mich dich warnen, es wird nur schlimmer. Dieser Gefallen, diese Reihe von Gefallen sind absolut wichtig. Aber zunächst mal: Erinnerst du dich an den Typen, der im Sommer vor drei oder vier Jahren immer herkam und zuviel trank?«

»Das trifft auf die meisten meiner Kunden zu.«

»Schüchterner Junge, bis er trank, dann benahm er sich lächerlich. Trug immer eine Weste mit Fliege, arbeitete für irgendeine europäische Bank. Hinter seinem Rücken haben wir ihn die ›Maus‹ genannt.«

»Hah.« Ezekiel erinnert sich. »Die Maus, weil er ständig behauptete, jemand hätte ihm einen Micky verpaßt.«

»Genau, auf die Weise konnte er harten Sex haben und so tun, als ginge das nicht auf seine Kappe.«

»Was ist mit ihm?«

»War denn was dran an seinen Behauptungen?«

»Mag sein, daß ihm mal jemand einen Tuie oder etwas Ecstasy gegeben hat, und er ist auf der Ladefläche eines Trucks wach geworden. Theoretisch kann sogar ein Blitz zweimal an der gleichen Stelle einschlagen. Aber dieser Trottel zog jede Woche dieselbe Nummer ab.«

»Ihm könnte nicht vielleicht über den Tresen hinweg was verabreicht worden sein?«

»Worauf willst du hinaus, Nathan?«

»Ich brauche folgendes.«

Ich habe keine besonderen Ansprüche auf Ezekiels Loyalität und ihm als Gegenleistung nichts Besonderes zu bieten. Geld ist für den Besitzer des Dregs nicht ohne Interesse, aber er weigerte sich zu verkaufen, als ein amerikanisches Themenrestaurant sich erbot, den Laden zu übernehmen. Außerdem habe ich nicht viel Geld. Ich überlege, ob ich bei ihm nicht die Holocaustkarte spielen soll, so wie ich bei Abdullah erfolgreich die Vaterkarte gespielt habe, aber irgendwas rät mir, mich zurückzuhalten.

Als Ezekiel schließlich mit den lahmsten Einwänden, die man sich denken kann, antwortet, weiß ich, daß ich mich richtig entschieden habe. Er sagt: »Aber Nathan, ich habe die Ausrüstung vor Ewigkeiten weggepackt.«

»Du findest sie schon.«

»Außerdem ist sie ganz primitiv. Sie ist nur zum So-tun-als-ob.«

»Dann tun wir eben nur so als ob, Ezekiel. Mach einfach, was ich dir sage.«

Die Uhr tickt, und Noam wird jeden Moment reinkommen. Endlich kommt Ezekiel zu einem Entschluß, stellt zwei Gläser auf die Bar und sagt: »Es ist nach fünf, dunkler Schnaps, stimmt's?«

»Ja, sagen wir Scotch.«

Er gießt die Drinks ein, drückt mir einen in die Hand und rührt den anderen um. »Ich werde jetzt die beiden Schmusekater hinten bitten, aufzuhören und zu gehen, aber die Erledigung des Rests wird ein bißchen dauern.«

Ich nicke und trinke einen Schluck. Ich habe den Drink nötig.

Mehrere Schlucke später tauchen die beiden jungen Männer aus dem Hinterzimmer auf und knöpfen sich ein wenig außer Atem die Hosenschlitze zu. »Ausgang da entlang, meine Herren«, sage ich. Sie gehen irgendwas vor sich hin brummelnd hinaus, und ehe die Tür sich wieder völlig schließt, schwingt sie zum letztenmal an diesem Abend auf.

»Wir treffen uns schon wieder«, sagt Noam.

»Eigentlich habe ich Sie erwartet.« Ich klopfe leicht auf den Hocker neben mir und mache eine Handbewegung zu dem Drink.

»Klar«, sagt er und setzt sich. »Kommen Sie öfter her?«

»Haben Sie was anderes als Klischees drauf?«

»Schätze, ich brauche meinen eigenen Texter.«

»Mich können Sie sich nicht leisten. Ich bin auch nicht sicher, ob

sich Simon mich noch länger leisten kann.« Ich meine, das Wort »leisten« hat zwei Bedeutungen.
»Na ja, nach Ihrem Benehmen am heutigen Nachmittag brauchen Sie sich darüber möglicherweise keine Sorgen zu machen. Kaum war sie losgebunden, war Ellen nicht mehr zu bändigen.«
»Haben Sie mit ihr gesprochen?«
»Jeder spricht mit jedem.«
»Sagen die Leute die Wahrheit?«
»Manchmal.«
»Deshalb wollte ich wahrscheinlich unbedingt allein sein. Ich habe in letzter Zeit mit viel zu vielen Leuten gesprochen.«
»Soll ich gehen?«
Beide wissen wir, daß das keine Alternative ist. Ich drehe mich auf dem Barhocker herum und gehe rüber zur Jukebox. »Irgendwelche Vorlieben?«
»Jazz.«
»Ist ›Girl from Ipanema‹ okay?«
»Was wollen Sie mir erzählen?«
»Daß ich weiß, daß Sie mir die ganze Zeit gefolgt sind«, sage ich, während ich die Plattenauswahl durchgehe, die ich auswendig weiß. B-2 ist die Originalversion, die in Noams Wagen lief, aber mich reizt es, C-3 zu spielen, den schwulen Superhit »Guy from Ipanema«. Nein, für Spielchen ist später noch genug Zeit. Ich werfe eine Münze ein, drücke B-2 und sage: »Ich möchte wissen, warum.«
»Hat Zev Schechter Ihnen das nicht gesagt? Hat Simon Sie denn nicht praktisch darum angebettelt? Wollen Sie denn nicht Gabriel ben Levi retten?«
Alles, was er sagt, ist wahr, und ich bin sicherlich bereit, mit Leuten zusammenzuarbeiten, die ich verachte, um eines Zieles willen, das ich erstrebe – wozu sie offensichtlich ebenfalls bereit sind –,

aber ich muß sichergehen, daß wir auf derselben Seite stehen. Als ich aus dem Getto Café rausging, glaubte ich, dies sei so, aber Abdullah hat mir genügend Zweifel in den Kopf gesetzt, um alles fragwürdig erscheinen zu lassen. Was wichtiger ist, auch Gabriel tat das neulich im Sheraton. Auf der anderen Seite weiß der naive Archäologe nicht unbedingt, was gut für ihn ist. »Ja«, stimme ich ihm zu, »aber wie?«

»Er hat Sie schon einmal gefunden; er wird Sie wieder finden. Wenn das geschieht, machen Sie keine Dummheiten.«

»Und das ist Ihre Botschaft für den heutigen Abend? Sie sind nichts als eine Brieftaube. Jetzt können Sie nach Hause fliegen.«

»Nein, ich habe noch eine Botschaft an Sie. Die lautet: Glauben Sie nichts von dem, was Ihnen der fette Araber erzählt hat.«

Ist unsere Unterhaltung im Café abgehört worden? War einer von den norwegischen Touristen in Wirklichkeit vom Schin Bet? Noam ist bereit, mir all das zu erzählen, von dem er bereits weiß, daß ich es weiß, aber mehr nicht. »Der fette Araber heißt Abdullah, und er ist sehr überzeugend.«

»Sein Café dient schon jahrelang als Umschlagplatz für Waffen und Informationen.«

»Stimmt, in meiner Baklava habe ich auf eine Kugel gebissen.«

»Wollen Sie leugnen, daß er als Hamas-Sympathisant bekannt ist?«

»Ich würde keinem Araber trauen, der kein Sympathisant ist. Würden Sie einem Juden trauen, der kein Zionist ist?«

»Trotzdem ist er gefährlich, und das ist auch die Mamoun. Seien Sie nicht naiv, Kasakow. Sie sitzt in dieser Sache drin bis an ihre schwarze, kraushaarige Möse.« Und dann zitiert Noam genaue Einzelheiten, die er sich aus dem Stand nicht aus den Fingern saugen könnte. Er wiederholt nicht nur Zev Schechters Behauptungen über Gita Mamouns finanzielle Schwierigkeiten, er weist nach, daß ihre anfänglichen Erfolge saudischen Investoren zu verdanken waren. Er zählt ihre besten Freunde auf dem College auf, von denen mindestens einer augenblicklich eine lebenslange Haftstrafe in einem israelischen Gefängnis absitzt, und beschreibt sodann eine schwer durchschaubare Beziehung, die sie zu einer bestimmten »karitativen« Organisation unterhält, die illegaler politischer Aktivitäten verdächtig ist. Er beweist, daß sie, wie es in amerikanischen Gerichten heißt, Mittel, Motive und Möglichkeiten besitzt, sich an terroristischen Aktionen zu beteiligen, aber er beweist nicht, daß sie sich tatsächlich an solchen Aktionen beteiligt hat. Was Noam jedoch nicht erwähnt, ist, wer sonst noch Mittel, Motive und Möglichkeiten besitzen könnte. Das muß ich rauskriegen, und es ist wahrscheinlich die letzte Gelegenheit, zu der ich meine eigenen Mittel, Motive und Möglichkeiten beisteuern kann.

Astrud Gilberto singt aus der Jukebox: »*Tall and tan and young and lovely …*«

Ich strecke die Hand aus, um mit ihm anzustoßen. Sein Glas klingt leer, doch ich muß mir Gewißheit verschaffen. »Lust auf noch einen?«

»Klar, aber wo ist der Barkeeper?«

Ich frage mich dasselbe und will gerade um die Bar herumgehen, um uns beide selbst zu bedienen, als ich Ezekiels schwere Schritte aus dem Keller heraufkommen höre.

»Letzte Runde«, verkündet er.

»Dasselbe?« frage ich.

»Klar …« Noam beginnt zu lallen.

»Genau dasselbe«, sage ich mit Nachdruck, und Ezekiel gießt noch eine Runde ein. Hinter der Bar rührt er einen der Drinks um, ehe er sie serviert. Dann geht er zur Eingangstür, schließt ab und kehrt zu seinem Platz zurück, während Noam inzwischen von Stan Getz' herrlich elegantem Saxophonspiel hypnotisiert zu sein scheint.

Das Glas gleitet Noam aus der Hand, und er rutscht vom Barhocker. »Ich … ich muß …« Er kickt das Glas über den Fußboden. »Sie haben …« Er fuchtelt mit den Händen, tastet an sich herum. Ich höre das Rascheln von Stoff. Er hat etwas Hartes in der Hand, als er gegen mich taumelt.
Er langt an mir vorbei, aber bevor ich auf die Situation reagieren kann, haut etwas anderes fest auf die Bar und, wie ich vermute, auf Noams Handgelenk.
Noam jault auf und torkelt rückwärts gegen die Jukebox, in der die Platte zu hüpfen beginnt. »*She looks straight ahead, not at … straight ahead, not at … straight ahead, not at …*«
Ezekiel ist im Nu hinter der Bar hervor und steht über Noam, der auf den Boden gesackt ist. »Du hast mir nicht gesagt, daß er eine Pistole hat.«
»Ich hab's nicht gewußt.«
»Was hast du sonst nicht gewußt?«
»Daß du einen Baseballschläger hast.«
»Hmph«, schnaubt er. »Gehört zum Geschäft.«
»Los, bringen wir ihn runter.«
»Laß mich erst noch das hier in Ordnung bringen.« Er tritt gegen die Jukebox.
»*She looks straight ahead, not at meeee.*«

Zehn Minuten später ist die Last, die wir an der Bar und dem Billardtisch vorbeigeschleppt haben, im Keller in dem Lagerraum untergebracht und festgekettet, der vor Jahren »das Verlies« genannt wurde. Es ist ein niedriger Raum mit unverputzten Backsteinwänden, schwitzenden Rohrleitungen und bloßliegenden Kabeln, in dem mehrere Dutzend Kartons mit Whisky und Bier herumstehen. Eine nackte Glühbirne hängt in der Fassung, aus der sich einst geisterhaftes Schwarzlicht auf einige Dutzend junge Männer ergoß, die hier in Verrichtungen vertieft waren, an denen wenig später viele von ihnen sterben sollten. Ich frage mich, wo Ezekiel in jenen Glanzzeiten seine Waren lagerte.

»Wie lange dauert's, bis er zu sich kommt?«

»Hm.« Irgendwas geht in Ezekiel vor. »Och, nicht lange. Diese Dinger wirken schnell und lassen auch schnell nach. Und nebenbei«, sagt er, »der Maus habe ich nie einen Micky serviert.«

Ich zucke die Achseln. »Du bist unschuldig bis zum Schuldbeweis.«

»Nein, du bist unschuldig, bis du schuldig wirst. Der Beweis ist ganz was anderes.«

Ezekiel hat mir über seine Eltern nie irgendwelche Geschichten aus dem Krieg erzählt, und das tut er auch jetzt nicht. Wir sitzen stumm da, jeder in seiner eigenen Welt, und dann wird Noam langsam wach.

Er schnaubt und schüttelt sich ziemlich hemmungslos. »Ich … ich … Was zum Teufel ist das denn?« Er will sich auf mich stürzen, aber die Gerätschaften, wenngleich primitiv, halten stand. »Mein Handgelenk, Herrgott noch mal, was habt ihr damit gemacht? Seht euch das an.«

»Leider kann ich das nicht.«

Wieder rüttelt der Gefangene an seinen Fesseln und bricht in Schmerzgestöhn aus. Noam ist mit den Händen an mehrere Metallringe gefesselt, die von einer Stahlstange herabhängen, die mit Bolzen in der Backsteinwand befestigt ist.

»Fang an«, sagt Ezekiel.

Das werde ich gleich, aber erst strecke ich die Hand aus und berühre das Gesicht meines Partners. Es ist dick von Jahrzehnten Suff, die Lider geschwollen, die Nase breit, die Lippen voll und zusammengepreßt. Sein Ausdruck ist ernst.

»Okay, Noam, ich habe gehört, was Sie zu sagen hatten. Das heißt,

ich habe gehört, was Sie sagen *sollten*. Jetzt wollen wir den Rest hören.« Es ist Zeit für die Wahrheit.
»Machen Sie mich sofort los.«
»Nein, das werde ich nicht, nicht, wenn Sie nicht gehorchen.«
»Sie sind wahnsinnig.«
»Mag sein.«
»Sie, Barkeeper, wenn Sie mich nicht augenblicklich losmachen, kriegen Sie Schwierigkeiten, wie Sie noch keine hatten. Ich bin Noam Abravanel, Sondermitarb –«
»Sondermitarbeiter von Simon ben Levi, Premierminister von Israel«, bete ich seinen Titel vor. »Meinem Freund ist vollkommen klar, wer Sie sind und warum Sie hier sind. Wir gehen hier nicht raus, ehe ich nicht zufriedengestellt bin. Im übrigen sind diese Wände recht massiv. Wenn Sie möchten, können Sie um Hilfe schreien, nur um sich davon zu überzeugen, daß keiner Ihrer Freunde draußen auf der Straße Sie hört, und dann können wir zur Sache kommen.« Ich hoffe, das ist kein Bluff.
»Was wollen Sie wissen?«
»Was ist ›Fremdes Feuer‹?«
»Ich weiß es nicht.«
»Was ist ›Fremdes Feuer‹?«
»Ich weiß es nicht.«
»Was ist ›Fremdes Feuer‹?«
»Ich weiß es nicht.«
»Ezekiel, die Werkzeuge.«
Ohne ein Wort läßt der Meister des ehemaligen Verlieses das Schloß eines Koffers aufschnappen, der zwischen den Bierkartons gestanden haben muß, und reicht mir ein schweres, aus Eisen geschmiedetes Instrument. Ich lasse meine Hand bis zu den Brustwarzenkneifern an der Spitze gleiten.
»Nathan, ich …«

Ich wiege das Werkzeug in einer Hand und lasse es schwingen wie einen Golfschläger, bis es gegen Noams Schienbein schlägt.
»Auuu!«
»Entschuldigung, so soll's eigentlich nicht benutzt werden. Sollen wir es gebrauchen, wie es sich gehört?« Ich strecke die Hand aus und reiße ihm das Hemd auf; Perlmuttknöpfe kullern auf den Zementfußboden.
»Das wagen Sie nicht.«
Ich befestige die Kneifer mit einer kleinen Feststellschraube. »Ob Sie's glauben oder nicht, manche Leute mögen das. Aber wenn Sie's nicht mögen, sagen Sie mir besser: Was ist ›Fremdes Feuer‹?«
»Ich weiß es nicht.«
Ich drücke den Griff zusammen.
»Uran!« kreischt Noam.
»Es gibt kein Uran in Israel. Was ist ›Fremdes Feuer‹?« Wieder drücke ich zu, diesmal fester.
»Araber. Es ist ein arabischer Codename für ...«
Ich drücke zu, so fest ich kann, und seine Brustwarze springt raus wie der rosa Radiergummi eines Bleistifts.
»Bitte aufhören«, bettelt Noam.
»Erst wenn ich die Information bekomme, die ich haben will. Ezekiel, was haben wir sonst noch?«
Während er in dem Koffer herumkramt, benennt er den Rest seines Inhalts so leidenschaftslos, wie eine Krankenschwester einen Arzt über den Inhalt einer Arzttasche unterrichtet. »Peitschen, Klemmschrauben, Hodenknebel, Eiergewichte, Hüftgurte, ein Dornenhalsband, verschiedene Genitalfoltergeräte. Na, Lust auf 'ne Bondagemaske?« Er reicht mir das Ding, das sich wie ein Lederbeutel mit einem Reißverschluß an der Vorderseite anfühlt.
Ich versetze Noam mit der Maske einen Schlag ins Gesicht. »Was ist ›Fremdes Feuer‹?«

»Ich weiß es nicht.«
»Zieh sie ihm an.«
»Nein!« kreischt Noam wieder. Die Maske macht ihm mehr angst als die brutaleren Spielsachen.
»Warum denn nicht?«
»Es ist ein Begriff, den Gabriel erfunden hat. Es … es …« Er versucht, mich zufriedenzustellen. »Es bedeutet überhaupt nichts. Nein, warten Sie. Gabriel hat Moshe X erzählt, daß es Uran in der Höhle gibt. Aber es gibt keines. Ben Levi weiß das. Aber er hatte Angst.«
»Wovor?«
»Umgebracht zu werden«, schluchzt Noam vor Angst, umgebracht zu werden. »Es war der Codename, den er sich für seine eigene Ermordung ausgedacht hat.«
»Ermordung durch wen?«
»Den Jemeniten.«
Ich wedele ihm mit der Maske vor dem Gesicht herum.
»Nein, das stimmt nicht.« Noam ist jetzt bestrebt, mir zu helfen. Ich brauche nur zu warten. »Aber es ist wahr. Sie würden ihn umbringen. Sie würden jeden umbringen. Wir haben sie geschickt, damit sie Sie töten.« Er sinkt zusammen, setzt sich aber bei dem Druck auf sein Handgelenk mit einem Ruck wieder gerade hin.
Ich bin ganz ruhig. »Erzählen Sie mir davon.«
»Es war ein Fehler, bevor wir dachten, Sie könnten uns helfen.«
»Schon gut, nicht so schlimm. Erzählen Sie.«
»Es gibt Kanäle. Für Mitteilungen. Wir leiteten dem Jemeniten Informationen zu. Wir hofften, er würde Sie beseitigen. Dummer, unfähiger Araber. Vertraue nie einem Amateur.«
Das ist der arrogante Noam, den ich kenne und verabscheue. Ich denke, ich habe noch eine Frage. »Wer ist ›wir‹?«

Er weicht zur Wand zurück.
»Wer ist ›wir‹?«
Er versteckt seinen Kopf, Scheißstrauß.
»Wer ist ›wir‹? … Ezekiel, das Feuer.«
Soweit ich weiß, gibt es kein Feuer in dem Koffer, aber auf Noam hat es Wirkung. »Ich darf nicht. Wir, ich meine er … er wird mich umbringen.«
»Besser, morgen getötet zu werden als heute. Wer ist ›er‹? Los!« will ich wissen.
Flüsternd, über seine Vorstellungen beinahe entsetzter als über die Realität vor seinen Augen, sagt Noam: »Klein.«
Ich halte inne, um über seine Antwort nachzudenken, und murmele: »Hab ich mir gedacht.«
Doch für den Fall, daß unsere Sitzung zu Ende sein sollte, hat Noam selbst noch eine Frage. »Warum haben Sie mich dann gequält, Nathan?«
Plötzlich führen wir eine Unterhaltung. Ich antworte: »Weil Denken und Wissen zweierlei sind«, aber noch während ich spreche, überlege ich, ob ich die Wahrheit sage. Ich frage mich, ob ich Noam gequält habe, weil ich ihn hasse, und die Tatsache, daß ich ihn hasse, weil er mich haßt, bedeutungslos ist. Ich frage mich, ob ich ihn gequält habe, weil es mir Spaß gemacht hat. Rechtfertigt dies mein Ziel, Gabriel zu retten? Ich bin genauso böse wie sie. Noch schlimmer. Ich lasse die Maske fallen.
»Sind wir fertig?« fragt Ezekiel.
Ich merke, daß er mich voller Abscheu ansieht. Nicht mit dem Abscheu, der normalerweise meinen leeren Augen und meiner deformierten Stirn begegnet, deren Haut eher wie Rinde aussieht, sondern mit dem Abscheu vor dem viel häßlicheren Charakter, der sich unter meinen rauhen Gesichtszügen verbirgt. Am liebsten würde er die Werkzeuge seines Gewerbes wegschließen, unseren

gepeinigten und erniedrigten Gefangenen losmachen und weder Noam noch mich jemals wiedersehen.
Ich habe keine Babys mit den Köpfen gegen diese Kellerwand geschmettert, und ich bin nicht Dr. Mengele, aber wenn ich gegangen bin, könnte dieser Sohn Mauthausens seinen Bierlieferanten anrufen und mehrere Kästen deutsches Bier bestellen, das zu verkaufen er sich all die Jahre beständig geweigert hat. Welchen Sinn hat es, den Groll eines halben Jahrhunderts gegen ein ganzes Volk aufrechtzuerhalten, wenn zu der neuen, aufgeklärten Nation, die seine Stelle eingenommen hat, Leute wie ich gehören?
Ich nehme es ihm nicht übel. Mich ekeln meine Taten selbst an und die Begeisterung, mit der ich sie begangen habe. Ich habe ein boshaftes Vergnügen daran gehabt, einen jämmerlichen Menschen zu etwas Geringerem als einem Menschen zu erniedrigen. In der Meinung, moralisch auf dem hohen Roß zu sitzen, habe ich in Wirklichkeit ein tiefes Loch gegraben und mich sechs Fuß tief darin vergraben. Doch Denken und Wissen *sind* zweierlei, und ich bin entschlossen, dem bis zum Ende nachzugehen. Vielleicht fällt mir irgendeine freundlichere, sanftere Tour ein, an die Informationen zu kommen, weil ich keine Phantasie habe. Oder vielleicht ist dies nur die Richtung, in die meine Phantasie unwillkürlich geht. Wie dem auch sei, wer A sagt ... »Nein«, erkläre ich. »Wir sind noch nicht fertig.«
»Was?« keuchen Ezekiel und Noam genau im selben Moment, vereint in ihrem wechselseitigen Grauen und Abscheu vor dem, was aus mir geworden ist und wohin es noch führen kann.
»Ich habe noch Fragen an Sie, Noam.« Jetzt ist nicht die Zeit, mir selbst Fragen zu stellen. Wenn das fremde Feuer heruntergebrannt und zu Asche geworden ist, kann ich mich der Selbstanalyse, Selbstbezichtigung und Reue hingeben, aber bis dahin bin ich aus Stahl. Ezekiel kann mich meinetwegen »Komman-

deur« nennen, doch ich habe einen Auftrag und werde ihn erfüllen.

»Was wollen Sie wissen?« fragt Noam leise.

»Warum?«

»Warum was?«

Der Herr Sondermitarbeiter gibt sich zugeknöpft, und das verleiht mir Kraft. Egal, wie falsch meine Methoden und Motive sein mögen, ich muß trotzdem die Information bekommen, die er noch immer zurückhält. »Warum wollte Klein mich umbringen lassen? Nein, das ist klar.« Ich gehe den Gedankengang laut durch: »Er wollte mich umbringen lassen, weil ich irgendeinem ursprünglichen Plan ins Gehege kam. Der ursprüngliche Plan war, Gabriel ben Levi zu töten. Warum wollte Klein das? Und wie konnte er Rubinstein dafür gewinnen, die Dreckarbeit für ihn zu machen?«

Die letzte Frage ist ein bißchen lang geraten, aber ich weiß, sie zielt ins Schwarze. In Wirklichkeit weiß ich auch schon die Antwort. Der Chef des Schin Bet überredete den Siedler auf die gleiche Weise, wie er den Jemeniten überredet hatte – mit irgendwelchen Begründungen, die auf seine Unzufriedenheit zugeschnitten waren: Uran oder alte Friedhöfe oder was auch immer. Direkt oder durch »Kanäle« verabreichte er dem wahren Gläubigen das Gift über einen semi-selbstregulierten Tropf, der ihn in den Wahnsinn trieb und zwang, ohne eigenes Wissen für Klein zu agieren. Das ist seine Verfahrensweise. Er verwandelt andere Leute in Marionetten und sitzt applaudierend im Publikum.

So allmählich fügt sich alles ineinander, doch noch fehlt mir das wichtigste Puzzleteil. Ich frage: »Warum wollte Klein Gabriel umbringen lassen?«

»Das weiß ich nicht.«

»Soll ich die Frage wiederholen?«

»Nein! Ich weiß es nicht. Ich schwöre es auf die Bibel, daß ich es nicht weiß. So was erzählt er mir nicht.«

Ich lege meine Hand Noam aufs Gesicht und fühle, wie seine nassen Wangen zucken. Ich glaube ihm. Er merkt, daß ich ihm glaube und daß sein Martyrium fast vorüber ist. Er seufzt.

Ich bewege meine Hand ein paar Zentimeter von seinem Mund weg, und er entläßt einen zweiten Seufzer durch meine Finger. Das ist ein Seufzer zuviel. Der erste war die Erleichterung darüber, daß er bald frei sein würde. Der zweite war die Erleichterung darüber, daß es ihm gelungen ist, mir etwas zu verbergen.

Wappne dich, denke ich, wappne dich und tu, was du tun mußt. Lüge und quäle. »Noch eine Frage, Noam. Und wenn Sie ein braver Junge sind, verspreche ich, daß dies die letzte Frage ist.«

Ezekiel atmet wütend aus.

»Ja?« fragt Noam schwach.

»Welche Frage habe ich nicht gestellt? Was wissen Sie sonst noch? Was haben Sie mir nicht erzählt?«

Das war wahrscheinlich die übelste Frage, die ich stellen konnte. Auf alle anderen gab es Antworten, selbst wenn sie wahrheitsgemäß »Ich weiß es nicht« lauteten. Doch jetzt verlange ich von Noam nicht, den bloß tödlichen Cyril Klein zu denunzieren; ich verlange, daß er sich selbst denunziert. Ich spüre, wie sich das Gesicht des Feiglings entschlossen strafft. Auch er besitzt ein wenig Härte. Er sagt: »Fick dich.«

Ich wende mich dem schweigsamen Beobachter im Raum zu. Vor einer Stunde sagte ich ihm in der Bar, was ich brauchte, und er erklärte sich widerstrebend bereit dazu, weil ich ihn von der Wichtigkeit der Unternehmung überzeugte. Vielleicht bin ich nicht besser als Klein, wenn ich mich bei anderen Menschen einschmeichle und ihnen meinen Willen aufzwinge, aber sei's drum. Ich hoffe nur, daß ich nicht alle Glaubwürdigkeit verloren habe, denn wenn Ezekiel sich weigert, seine Rolle zu spielen, muß ich meine Niederlage eingestehen und Noam freilassen – oder töten. Ob Ezekiel schlicht sein zuvor gegebenes Versprechen erfüllt oder ob er noch immer glaubt, daß ich recht hatte, als ich darauf bestand, daß dies die einzige Möglichkeit sei, den unschuldigen Gabriel zu retten, oder ob er Noam vor mir oder mich vor meinen schlechten Neigungen schützt, kann ich nicht sagen. Auf jeden Fall erhebt er sich.

»Nein, Noam«, erkläre ich eiskalt. »Fick *dich.*« Ich öffne den Reißverschluß seiner Hose und ziehe sie ihm zu den Knöcheln runter. Dann lasse ich meine Finger in das Gummiband seines italienischen Seidenslips gleiten und ziehe ihn gleichfalls runter. Seine Beine und die Backen unten zittern wie die Backen oben. Er drückt sich gegen die Mauer, aber ich drehe mit einem ausgeklügelten Flaschenzugsystem, das an seinen Ketten befestigt ist, seinen Rumpf herum. Ich schnalle ihm eine breite Lederschlinge unter den Bauch, um seinen Hintern zum geeignetsten Winkel anzuheben. Nach vorn gebeugt, die Füße gespreizt, fragt er nicht: Was macht ihr?, weil er es weiß.

Ezekiel zieht den Reißverschluß seiner Hose auf.

Noam versucht, sich wegzuwinden, aber er ist festgekeilt. Noch immer sagt er nichts, als Ezekiel näher tritt und seine Anstalten trifft. Das ist nicht einfach: Der Barkeeper glaubt nicht an erzwungenen Sex. Ich höre das Gerubbel, mit dem er sich in Stimmung zu bringen versucht.

Es lockt mich, etwas vorzuschlagen oder sogar mitzumachen, aber ich überlege es mir anders. Ezekiel und ich hatten nie was miteinander, und inzwischen bin ich wahrscheinlich für ihn das unerotischste Wesen auf der Welt.

Als sein Schwanz endlich halb steif ist, reibt sich Ezekiel an Noam. Haut auf Haut erzeugt ein Geräusch wie kein anderes.

Ich brauche nicht zu sagen: »Letzte Chance«, weil Noam es wissen muß, zumindest denke ich, er weiß es.
Ezekiel umfaßt Noams Taille wie ein Reiter sein sattelloses Pferd und dringt in den Gefangenen ein.
Noam knirscht mit den Zähnen, sagt aber kein Wort. Ein grauenhafter Gedanke kommt mir: Was ist, wenn er Spaß dran hat? Was ist, wenn er, wie ich es gelegentlich geargwöhnt habe, selber schwul ist? In der besten aller möglichen Welten könnte die Vergewaltigung ihm die Freiheit verschaffen, sich zu seinem natürlichen, schwulen und unbeschwerten Ich zu bekennen. Und als nächstes frühstücken wir zusammen im Bett.
Leider bewohnt keiner von uns dreien in diesem Keller die beste aller möglichen Welten.
Ezekiel pumpt und stampft so heftig, daß Noams Kopf ab und zu mit einem widerlichen Knacks gegen die Mauer schlägt. Ich vermute, daß Noam inzwischen am Kopf und aus dem Hintern blutet wie an seiner lädierten Brust. Doch beide Spieler bleiben stumm, und ich sitze wie ein blinder Teenager in einem Pornokino und lausche dem Soundtrack.
Und weiter geht das nasse Schlappen von Fleisch auf Fleisch, bis Ezekiels Keuchen immer schneller wird. Ich weiß nicht, ob er mir ein Zeichen gibt, aber ich merke: Es ist soweit. Wenn Gott Eros von der anderen Fakultät Noam nicht zwingen konnte, sein letztes Geheimnis preiszugeben, dann wird es Thanatos bestimmt tun. Ich habe noch einen letzten Trick im Ärmel.
Ich spreche im gemessenen Tonfall eines königlichen Scharfrichters, der dem zum Tode Verurteilten den Richterspruch vorliest. »Okay, Abravanel. Genug ist genug. Wir sind fast fertig, und ich muß Sie für Ihr Schweigen loben. Sie sind zäher, als ich dachte. Könnten genausogut ein echter Sabra sein. Sie werden aber, wenn ich Ihnen die Situation näher erläutere, Ihr Schweigen gewiß bre-

chen wollen. Der Grund ist folgender: Ihr Rektum weist sicherlich bereits eine Reihe von kleinen Rissen auf. Diese winzigen Wunden können für Körperflüssigkeiten einschließlich Sperma als Kanal zu Ihrer Blutbahn dienen. Beachten Sie, daß Ezekiel kein Kondom benutzt. Nun hat er möglicherweise bereits ein paar Tropfen verloren, und daran können wir nichts ändern. Aber er hatte noch keinen Orgasmus. Und die Sache ist, daß es Ezekiel in letzter Zeit nicht gutgegangen ist. Die Anzahl seiner T-Zellen ist in der vergangenen Woche gesunken, und das Virus hat sich ausgebreitet in die ... nun ja, Sie wollen doch sicherlich nicht die Einzelheiten ... von Ihrem eigenen Arzt hören.«

Zwischen den Stößen keucht Ezekiel: »Gleich kommt's.«

»Halt!« schreit Noam.

»Halt«, sage ich. Ezekiel macht einen Rückzieher.

»Wenn Sie nicht zu reden anfangen, bevor ich diesen Satz beende, steckt Ezekiel ihn wieder rein und wird sich dann möglicherweise nicht mehr beherrsch–«

»Der Tunnel«, schreit Noam.

»Was?«

»Der Tunnel. Der Tunnel.«

Einen Moment lang glaube ich, er spricht in Bildern und meint seine eigene rektale Passage. »Was zum –«

»Der Tunnel unter der Westmauer, Herrgott im Himmel. Bitte, bitte nicht wieder anfangen. Ich erzähle Ihnen alles.« Endlich ist er am Boden.

Ich löse die Lederschlaufe unter seinem Bauch und ziehe an den Ketten, so daß er wieder aufrecht steht. Ich würde gern wissen, ob er eine Erektion hat, aber ich überprüfe das nicht. An einem Ausguß in der Kellerecke lasse ich aus dem Hahn Wasser in ein Glas laufen, dann kehre ich zu ihm zurück, halte ihm das Glas an die Lippen und sage: »Sprechen Sie weiter.«

»Alles, was ich weiß, ist, daß Kleins erster Plan mit Rubinstein in Tel Aviv gescheitert ist und daß der zweite Plan in dem Tunnel ausgeführt werden soll. Ben Levi ist dort mit ein paar kleineren Grabungen beschäftigt. Dort soll er getötet werden.«

»Und wie?«

»Das weiß ich nicht.«

»Wann?«

»Ich weiß es nicht, das schwöre ich. Ich sollte eigentlich nicht soviel wissen, aber einer der Männer, die ich auf Sie angesetzt hatte, traf sich mit einem der Männer, von denen Klein den Tunnel beobachten ließ, und er redete zuviel. Ich weiß nichts, ich weiß nichts, bitte, ich weiß nichts, ich weiß nichts«, wiederholt er noch lange, nachdem ich aufgehört habe, ihn irgendwas zu fragen; dann zuckt er plötzlich krampfhaft am ganzen Körper und wird bewußtlos.

»Glücklich?« fragt Ezekiel und zieht den Reißverschluß an seiner Hose zu.

»Zufrieden«, antworte ich.

»Kann ich ihn losmachen?«

»Ja, und mach dir keine Sorgen. Du kriegst nicht die geringsten Schwierigkeiten. Er würde niemals wagen, dies irgend jemandem zu erzählen.«

»Ich mache mir keine Sorgen, auch wenn ich es vielleicht sollte. Woher soll ich denn mit Sicherheit wissen, ob er gesund ist?«

18

Home again, home again, jiggety-jig.
Home again, home again, to eat a fat pig.

Ich kann nicht widerstehen. Auf dem Weg zur Rehov Rambam sage ich dem Taxifahrer, den ich vor dem Dregs herangewinkt habe, daß er bei Lerners *boucherie* halten soll, dem Lieferanten piekfeiner Restaurants, ausländischer Botschaften und einheimischer Apostaten. Lerners Kühlhaus, in einem Industrieviertel im nahen Nordosten gelegen, macht morgens um vier für die Küchenchefs auf, die noch vor dem Frühstück mit dem Kochen beginnen müssen, um ihre Mittagessen servieren zu können.
Von dem hochgestochenen Gallizismus des Namens abgesehen, dem Überbleibsel eines fehlgeleiteten Höhenfurzes des Erben der ursprünglichen Fleischerei, geht dem Laden alles Dünkelhafte ab, oder es ist ein raffinierter Trick, Leute, die auf der Suche nach dem Authentischen sind, anzulocken. Bourgeoise Gourmands parken gern ihre Subaru-Coupés zwischen den verbeulten Lastwagen, die tote Kühe und Hühner von heimischen Bauernhöfen und exotischere Fleischsorten vom Flughafen herbeischaffen. Sie lieben es, die steile Laderampe hinaufzuklettern und sich durch die Schwingtüren in das eisgekühlte Innere zu schieben. Am meisten lieben sie die Gesellschaft, in der sie sich dort befinden.

Jeder, von den Hausfrauen aus den Vororten mit Ziegenlederbrieftaschen voller Schekel in den Händen – Lerner ist nicht billig – bis hin zu den Lastwagenfahrern, die riesige Tierkadaver, die an ein Förderbandsystem an der Decke gehakt sind, hereinlenken, kommt durch dieselben schweren Türen. Drinnen hieven sich die muskulösen Männer die glänzenden Produkte auf die Schultern und liefern sie bei Lerners eigenen *bouchers* ab, die Beile und Sägen schwingen, um die mächtigen Rümpfe in ihre wesentlichen Teile zu zerschneiden und zerhacken und schließlich zu ihrem endgültigen Platz auf bluttriefenden Regalfächern unter surrenden Maschinen weiterzuschicken, die einen endlosen Strom arktischer Luft ausstoßen, der das Tote frisch hält.

Und was für eine grandiose Vielfalt an Körperflüssigkeiten hier die Fußböden vollschmiert, bis ein Gelegenheitsarbeiter Sägemehl ausstreut, das den Überschuß aufsaugt! Lerner führt Büffelfleisch aus den Vereinigten Staaten, Rentierfleisch aus Finnland, Karibu aus Kanada und Schwein von einem Hof im Loiretal, der schon die Tafeln des Louvre beliefert hat, lange bevor er zum Museum wurde. Neben den alltäglichen Fleischsorten für größere und kleinere koschere und unkoschere Sterbliche hat Lerner auch Giraffen-, Gazellen-, Antilopen- und Bärenfleisch vorrätig, dazu Wildschweine und Schildkröten für Suppen und Klößchen und eine Reihe weiterer Tiere, die man vor allem wegen ihrer Pelze kennt. Hier findet man Löwen neben Lämmern im friedlichen Königreich des Todes sowie die ewig erbitterten Feinde Mungo und Schlange und Dutzende von Vogelarten, darunter die seltene brasilianische Tauchente, die Noam Abravanel gemundet hätte.

Es geht das Gerücht, daß es ein geheimes Hinterzimmer mit den eßbaren Leichen gefährdeter Arten gibt.

Während ich durch die breiten, blutgeröteten, mit Sägemehl ausgestreuten Gänge schlendere, wünsche ich mir, ich könnte lesen, weil die Schilder, die mir einmal ein Freund widerstrebend entziffert hat, das genaue Gegenteil des idiotischen Namens der Firma sind. Statt irgendeines blöden Euphemismus wie zum Beispiel »Bries« schreibt Lerner »Drüsen« und so weiter hin, angefangen beim Oberbegriff »Därme« über »Hammelschwänze« bis hin zu »Schweinehaxen«, »Schweinehintern«, »Schweinelenden«, »Schweineschnauzen« und, in einer Zinkwanne ganz hinten in der Ecke, einem Haufen dreieckiger »Schweineohren«.

Da ich nicht lesen kann, streiche ich mit meinen Fingern über die Waren und betaste die glatten Stücke von hundert Kreaturen von Bauernhöfen und Berggipfeln, aus Wäldern und Grasländern. Ich hebe schleimige Leberklumpen in die Höhe, blasiges Lungengewebe, das sich wie verdickte Zuckerwatte anfühlt, und warzige Rinderzungen, die in stummer Klage aufgereiht sind. Rafi könnte im nächsten Gang liegen, Noam am Haken an dem Förderband hereingefahren werden, das der »Vorrichtung« im Keller des Dregs ähnlich sieht. Wir sind nur Fleisch.

Lerners *boucherie* ist herrlich, denn ganz egal, wie teuer Hirsch, Schwein und Ochse sind, die Philosophie kriegt man immer auf Kosten des Hauses. Doch vom frühmorgendlichen Ansturm der Chefköche Tel Avivs abgesehen, habe ich die Nekropole so ziemlich für mich allein. Ein paar bekiffte Teenager, die nicht wissen, wo sie sonst hingehen sollen, kichern albern, und das übliche Aufgebot an psychopathischen Nachtschwärmern schlurft durch die Gänge und klappert mit den Zähnen. Für sie gibt es nur Lerner oder das Zeitungsdepot im Busbahnhof. Doch ich möchte für meinen Tisch nur ein paar Scheiben Schweinebauch erstehen, und ich weiß, wo ich den finde.

Den dritten Gang runter bis ganz hinten. Ich rucke an Goldies Leine.

»Wir sind gleich wieder da«, sage ich zu dem Fahrer, der vor der Tür wartet.

Ich nehme ein paar frisch abgepackte Pakete Schweinebauch in die Hand, schnüffele daran und warte auf das, was sich wünscht, daß ich es kaufe und den Inhalt verschlingen möge. Dies ist ein kleines persönliches Ritual, das ich immer dann abhalte, wenn ich einen besonders schweren Tag im Büro hatte. Einige fahren nach Hause und sehen sich Pornovideos an, andere besaufen sich, Simon und Serena vögeln auf der Bürocouch, und ich gehe zu Lerner. Hier finde ich Frieden.

Meine Mutter kann offenbar den Geruch genau identifizieren, der aus der Pfanne aufsteigt, während die Scheiben braten und brutzeln, bis sie am saftigsten sind, aber sie tut so, als röche sie nichts. Immer wenn ich Schweinefleisch brate, bietet sie mir die Suppe aus ihrem ewig köchelnden Kessel nicht mal an. Russen sind sowieso dafür bekannt, nicht die traditionsbewußtesten Juden zu sein, was ein Problem für die religiösen Parteien ist, die um ihre Wählerstimmen buhlen, die Konfrontation mit ihren Sitten und Gebräuchen aber meiden.

Einmal führte das zu einem kleinen Aufruhr, als Simon auf einem Bankett zu Ehren neuer Einwanderer Chicken Kiew serviert bekam. Er schnitt hinein, und ein Minigeysir verräterischer Butter spritzte heraus. Natürlich war Simon praktisch mit Cheeseburgern aus Jimmy's Corner am Harvard Square aufgewachsen, aber Kameras waren damals dem Studenten nicht gefolgt. »Nathan?« zischte er zu mir herüber, während ich drei Plätze entfernt mein köstliches Abendbrot verzehrte.

Verlockt, den ruhmreichen Führer schmoren zu lassen, reichte ich ihm die Serviette, auf die ich in dem Moment, als ich die Krise bemerkte, bereits hastig ein paar Worte gekritzelt hatte. Essen oder nicht essen, das war die Frage.

Kein vernünftiger – oder erfolgreicher – Politiker hat sich je geweigert, das Brot mit seinen potentiellen Wählern zu brechen, aber in Israel ist die Polizei, die auf die Speisevorschriften achtet, immer schnell dabei, über den kleinsten Verstoß gegen alte Sitten herzufallen. Zur Belegschaft der Knesset-Cafeteria gehört ein Moschiach, und alle staatlichen Veranstaltungen werden rigoros überwacht. Simon, der mein kaum lesbares Gekritzel gelesen hatte, verkündete: »Israelische Margarine ist die beste Margarine der Welt«, und aß sein Abendbrot mit Freuden.

Als später festgestellt wurde, daß jede Portion Hühnchen nicht weniger als ein halbes Stück zerlassene Butter enthalten hatte, war das Essen schon lange verdaut und in der Kloschüssel der Privattoilette des PM verschwunden. Jeder macht mal Fehler.

In der Öffentlichkeit esse ich wie mein Chef; privat mache ich, was ich will. Ich hebe das Schweinefleisch hoch.

»Wer ist Ihr Rabbiner?« fragt eine heisere Frauenstimme auf der anderen Seite des mit Schweinefleisch vollgestopften Stahlregals. In den blau leuchtenden Insektenfallen über mir werden alle verirrten Fliegen gegrillt, denen es gelungen ist, durch die Schwingtüren in die Halle einzudringen.

Lerner ist ein Hort auffälliger Charaktere. Ständig wandern Leute durch die Gänge, die sich mit sich selber oder mit ihrem Abendbrot unterhalten, und so denke ich über die Stimme im nächsten Gang nicht weiter nach. Ich klemme mir das Paket Schweinebauchscheiben unter den Arm wie eine Aktentasche und drehe mich um. Der Taxameter tickt.

»Ist er rechtschaffen?« stellt die Frau eine zweite Frage, obwohl es eine Antwort auf ihre erste nicht gegeben hat. Sie ist allein und redet direkt durch das Regal hindurch, und ihre Stimme ist gerade laut genug, um über die sanft gerundeten Fleischpakete hinwegzurollen und in Gang drei anzukommen. Sie spricht mit mir.

Ich bleibe stehen, die Ohren – na, sagen wir das Ohr – gespitzt. Lerner ist häufig Schauplatz von Demonstrationen der Schwarzhüte gegen weltliche Juden, aber die Gerichte haben verfügt, daß die *boucherie* das Recht hat zu verkaufen, was sie will, solange es nicht illegal ist.
Im selben Urteil haben die Gerichte aber auch erklärt, daß, da Lerner eine öffentliche Einrichtung ist, jeder das Recht hat, den Laden zu betreten, auch wenn keine Absicht besteht, reguläres Futter zu kaufen. Und so haben Chassidim monatelang in den Gängen die Runde gemacht und versucht, vom Glauben abgefallene Juden durch ihre Anwesenheit dazu zu nötigen, den religiösen Vorschriften zu gehorchen.
»Ist er mächtig?«
Aber nur chassidische Männer haben das notwendige Opfer gebracht, den Fuß in diese widerwärtige Halle zu setzen. Bin ich die Zielscheibe einer neuen Offensive der heldenhaften Frauen? Rollen dieselben Lkws, die tote Kühe herankarren, jeden Morgen auch von Mea Schearim mit ganzen Ladungen von Stammesmüttern, dick wie Kühe, an, um das auserwählte Volk koscher zu halten? Sie würden das wahrscheinlich nicht tun, wenn sie über Gerüche das wüßten, was ich darüber weiß. Kaum riechen sie nämlich Rentier, Walroß oder Schwein, dringen die Moleküle des verbotenen Fleisches auch in ihre Münder ein. Zum Glück für ihre Missionen, zum Leidwesen für ihre Adressaten haben die Soldaten Gottes von Wissenschaft so wenig Ahnung wie die meisten Lerner-Kunden von Gott.
»Ist er gut?«
Ich richte alle meine Sinne auf die andere Seite des Regals und rieche Ziege, nicht die Ziege, die zusammen mit Hammel und anderen deklassierten Bewohnern des Wirtschaftshofs demütig schräg gegenüber in Gang vier liegt, sondern den drüsigeren Duft von

Ziegenhaut. Entweder ist ein Tier heil dem Schlachthaus entronnen, oder es trägt jemand ein riesiges, die Figur umschmeichelndes Cape aus einem halben Dutzend zusammengenähter Ziegenhäute. Chassidim tragen solche Outfits nicht, und auch weltliche Juden tun das nicht. Ich rieche Araber.

Und nicht nur irgendwelche Araber. Die Stimme ist zu fein und selbstsicher, um zu den Krethi und Plethi zu gehören, die Abdullahs Café bevölkern, genauso wie die Garderobe zu abscheulich ist, um die hochgestochene Botschaftsklasse zu kleiden, die normalerweise in der *boucherie* einkauft. Der Ton ist chic, die Aufmachung Scheich.

Und die Fragen selbst: Wer ist Ihr Rabbiner? Ist er rechtschaffen, mächtig, gut? Einfach ausgedrück: Sie sind zu komplex, um von einem Fundamentalisten irgendeines Glaubens zu kommen. Da könnte ich mir auch Moshe X auf einem literarischen Symposium über Oscar Wilde vorstellen.

Die Stimme hat aufgehört, Fragen zu stellen. Jetzt beginnt sie, in einem warmen Alt eine bekannte Melodie zu summen.

In purer Musik schwelgend, bemerke ich nicht einmal, daß es die israelische Nationalhymne ist, was da über den Gang weht wie Rauch. Aber ich erkenne, wer da summt, obgleich sie im Sheraton nicht gesungen hat. »Hallo«, begrüße ich Gita Mamoun.

»Komisch, Sie hier zu treffen, Herr Kasakow.«

»Gleichfalls.«

»Bei Lerner gibt's die besten Kebabs des Nahen Ostens «

»Der Welt.«

»Der Nahe Osten ist die Welt.«

Das muß er sein, wenn die einzige Verkleidung, die eine moderne Araberin anlegen kann, das Kostüm eines älteren Arabers ist, genauso wie Gabriels Auftritt als Moshe X' Mufti an jedem anderen Ort ungeheuerlich gewesen wäre. Ich frage: »Sind Sie allein?«

»Mehrere Freunde beobachten mich.«

»Das meinte ich nicht.«

»Nun ja, etwa ein Dutzend Überwachungskameras überzeugen sich davon, daß Sie nicht dieses Päckchen Schweinefleisch zu stehlen versuchen.«

»Das meinte ich auch nicht.«

»Haben Sie sich vergewissert, daß es das Siegel eines Rabbiners trägt?«

Sie kommt über meinen kulinarischen Glaubensabfall nicht hinweg. Auch Araber meiden Schweinefleisch. Das wäre ein weiteres Beispiel innersemitischer Kultureinheit, wenn die getrennten semitischen Kulturen es nur so sehen wollten. Ich sage: »Der richtige Rabbiner kann alles koscher machen.«

»Und wer ist Ihr Rabbiner?« Sie kommt auf ihre allererste Frage zurück.

»Wo ist Gabriel?«

»Er ist für den Moment in Sicherheit.«

»Dank Ihnen.«

»Ist das eine Feststellung oder eine Frage?«

»Ist das eine Feststellung in Frageform?«

»Hübsch formuliert«, sagt sie, und ich nicke mit dem Kopf. Ich finde an jedem Gefallen, der an meiner Syntax Gefallen findet.

Sie kommt am Ende des Ganges, wo Schweinefleisch Würsten Platz macht, zu mir herum. »Bewegen wir uns ein wenig.«

Ob Madame Mamoun argwöhnisch oder ängstlich ist, daß Lerners Himmelsauge Verdacht schöpfen könnte, weiß ich nicht, aber ich stimme zu. Es ist immer besser, in Bewegung zu bleiben.

Was für ein Paar – oder Trio, wenn man Goldie mitzählt – wir abgeben müssen! Aber die *boucherie* ist dermaßen schrill, daß sie so ungefähr der einzige Ort in Jerusalem ist, wo ein mißgestalteter Blinder und eine Frau in einem Ajatollahfummel keine Aufmerksamkeit erregen. Wenn Moshe X im Kaftan und Ezekiel in Lederchaps sich uns anschließen würden, könnten wir einen Klapptisch aufstellen und Bridge spielen – wären die Karten in Braille.

»Also«, sagt sie, als wären wir Nachbarn, die sich bei ihrem alltäglichen Einkaufsbummel gerade eben zufällig getroffen haben, »was wissen Sie, Herr Kasakow? Oder sollte ich lieber sagen, was meinen Sie zu wissen?«

Ich bleibe einen Moment stehen, um in den Regalfächern herumzutasten, in denen mehrere Vögel liegen, die größer als Hühner, aber kleiner als Gänse oder Puten sind. Um ihrer Frage auszuweichen, frage ich: »Was ist das?«

»Pinguin.«

»Was kostet so was?«

»Achtzehn neunundneunzig das Pfund.«

»Schmeckt wahrscheinlich wie Huhn.«

»Die Hälfte des Fleisches hier schmeckt wie Huhn. Es ist der universale Geschmack.«

»Schweinebauch schmeckt nicht wie Huhn.«

»Da wäre ich nicht so sicher.«

Wir verlassen das Geflügel, machen mit Rücksicht auf Goldie, die verrückt werden würde, einen Bogen um die Katzenabteilung und betreten das Reich des Rindfleischs. Trotz aller Lernerschen Exotika spielt der sanfte Ochse noch immer den Großteil der Miete ein, und Steaks aus allen Teilen der Welt breiten sich bergeweise vor uns aus. Neben üblicheren israelischen und amerikanischen Steaks gibt es hier Steaks aus den Pampas und von mit Milch genährten japanischen Koberindern, teuer wie Parfüm. Zu ihnen greift Gita und läßt sich über deren Qualität aus, allerdings habe ich den Eindruck, daß dies eine Demonstration sein könnte, um ihr finanzielles Wohlbefinden zu unterstreichen. »Was wissen Sie?« stelle ich ihr die Frage, die sie mir gestellt hatte.

Obwohl wir in keinen infantilen »Erst du. Nein, erst du«-Streit geraten werden, setzen wir unser graziles Tänzchen fort wie paarungsbereite Laubenvögel, indem wir unsere Farben zur Schau stellen und dann wieder verstecken. Schließlich beginnt Gita Mamoun langsam, überlegt zu reden. »Ich weiß oder glaube zu wissen, daß Sie Informationen über mich erhalten haben. Ich nehme an, sie sind falsch. Ich nehme auch an, daß Sie nicht sicher sein können, ob sie falsch sind. Und deshalb trauen Sie mir nicht mehr.«

»Richtig.«

»Und weil Sie mir nicht mehr trauen können, kann auch ich Ihnen nicht mehr trauen.«

»Fair.«

»Und trotzdem sorgen wir uns beide um dieselben Dinge.« Sie spricht gewinnend.

»Das Problem ist, daß wir uns möglicherweise aus unterschiedlichen Gründen sorgen und deshalb unterschiedliche Ergebnisse anstreben.«

»Patt.«

»Was ist das hier?« Ich berühre ein Fleischpaket in einem merkwürdig geriffelten Behälter.

»Alligator.«

»Sind Sie sicher, daß es nicht Krokodil ist?«

»Ja, Krokodil ist hier drüben.« Sie reicht mir ein ähnliches Paket. »Aus Ägypten. Der internationale Handel kennt keine Feindschaft.«

»Und interne Rivalitäten kennen nichts anderes?«

»Sie ziehen rasche und genaue Schlüsse, Herr Kasakow. Ich sehe, warum die ben Levis Ihnen vertrauen.«

»Ben Levi *...s*?« Ich betone den Plural.

»Sie arbeiten doch für beide, nicht wahr ... in gewisser Weise?«

»Vermutlich.«

»Vielleicht sollten Sie sich besser für den einen oder den anderen entscheiden.«

»Was wollen Sie damit sagen?«

»Es sind vielerlei Pläne am Werk. Sie stehen im Widerspruch zueinander, zwischen und unter vielerlei Wählerschaften. Keine zwei Leute, die in ›Fremdes Feuer‹ verwickelt sind, wollen dasselbe.«

»Ich glaube sogar, keine zwei Leute meinen dasselbe mit ›Fremdes Feuer‹.«

»Das ist möglich. Ich ...« Sie verstummt, als ein großer Karren mit einem quietschenden linken Rad den Gang herunter auf uns zurollt. Er wird von einem muskulösen palästinensischen Arbeiter geschoben, der nach viel zu süßem Morgenkaffee und Baklava riecht. »Ich wollte nur den Kontakt herstellen. Ich muß gehen.« Sie setzt sich auf der gegenüberliegenden Seite des heranrollenden Karrens in Bewegung.

»Warten Sie, Sie haben mir noch nichts Bestimmtes mitgeteilt.« Ich renne los, um sie einzuholen, und laufe gegen einen Stapel Büchsenpekinesen.

»Ich kann Ihnen nichts Bestimmtes mitteilen, weil Sie mir nicht trauen würden.«

»Wollen Sie damit sagen, daß ich, weil wir festgestellt haben, daß ich Ihnen nicht trauen kann, Ihnen jetzt trauen sollte?«

Sie bleibt einen Moment stehen und läßt ein sanftes, bezauberndes gurgelndes Glucksen unter ihrer Kaffije hören, als fände sie die Auslage an Kalbsschnitzeln, -koteletts, -braten und *-scaloppine* sehr komisch. »Das ist zu pervers.«

»Diese ganze Angelegenheit ist pervers. Ich kapiere sie nicht. Was hat Gabriel denn getan, daß er in Gefahr ist?«

»Er wurde geboren.«

Wieder setzt sie sich in Bewegung, und ich stehe da und sinne

über ihre zugleich entschiedene und rätselhafte Antwort nach. »Warten Sie«, rufe ich wieder. »Woher wußten Sie, daß ich hier bin?«
Sie dreht sich vor dem Ausgang um, ein Nebel aus grauem Kostüm gegen den Nebel der Schwingtüren, sagt: »Lassen Sie sich das Frühstück gut schmecken« und verschwindet.

Zu Hause lege ich die einzelnen Schweinebauchscheiben in Mutters gußeiserne Bratpfanne, drehe das Gas an und strebe auf mein Schlafzimmer zu, um mich umzuziehen.
»Bist du das, Nathan?« fragt Mutter, als ich auf Zehenspitzen an der Tür zu ihrem Zimmer vorbeischleiche. Allmählich hat sie ein Gehör wie ein B. M.
»Ja, Mama.«
»Ist alles in Ordnung, Nathan?«
»Ja, Mama.«
»Du arbeitest so lange. Du solltest mal ausspannen, ausgehen und dich ein bißchen vergnügen.«
Ich drehe mich in die Richtung ihres Bettes und rieche Talkum und eine Mineralcreme, die sie sich nachts für ihren Teint ins Gesicht schmiert. Ich frage mich, ob die Creme aus Beis Machpela kommt, frage aber nicht. »Ja«, sage ich. »Ich habe vor auszuspannen, sobald die Wahl vorüber ist.«
»Wie geht's Simon?«
»Gut, die Umfragen sehen nicht allzugut aus, aber er ist ein Zauberer, und ich denke, am Ende wird er die Sache schon deichseln. Das macht er doch immer.«
»Ich hoffe es.«
»Warum?« Ich bin neugierig. Vielleicht könnte diese Eine-Frau-Umfrage die Meinungsumfragen widerlegen.
»Na ja« – sie dreht sich auf die Seite und atmet in ein Kissen, das

nach Bauernhof riecht und dessen Federn möglicherweise denselben Vögeln ausgerissen wurden, die den Gang bei Lerner füllen –, »er ist ein starker Mann, und dieses Land braucht einen starken Mann.« Hier spricht die ehemalige Russin. Obwohl Stalin ihre Kindheit verdunkelt hat wie eine böse Wolke, glaubt sie an den Katechismus der »Führerschaft«, ein interessantes Synonym für Diktatur. Wie die meisten Russen fürchtet sie, daß die Demokratie zur Anarchie führt, die für sie schlimmer als Faschismus ist.

»Und außerdem«, sagt sie, »was würde aus deiner Arbeit werden?«

»Weißt du, Mama, ich mache mir keine Sorgen.«

»Ich schon.«

Ich höre die übliche Gereiztheit in ihrer Stimme, schenke ihr aber mehr Beachtung als die letzten Jahre. Ich war vom unechten Glamour meiner Stellung, der grandiosen Schäbigkeit meiner Begegnungen, dem ironischen und rührseligen Selbstmitleid meiner eigenen kleinen Welt dermaßen in Anspruch genommen, daß ich gar nicht bemerkt habe, daß meine Mutter ein eigenes Leben hat. Ich gehe in ihr Zimmer, setze mich auf den Rand ihrer klumpigen Matratze und streichele ihr das Haar, das sie unter einem Netz trägt, um seine Vitalität zu erhalten. Wen will sie hier auf den Arm nehmen? Ihr Haar fühlt sich spröde an; sie hat es wieder gefärbt, wahrscheinlich in der Farbe eines Edelmetalls, Gold oder Silber. Sie hat es gefärbt, um ja nicht das Gefühl zu haben, sie werde irgendwann sterben. Wenn sie sich damit weismachen will, sie sei immer noch jung, werde ich nicht derjenige sein, der ihr diese Illusion raubt.

Vor gut dreißig Jahren, als die jungen Leute in New York und London tanzten, als Israel seine wütendsten Schlachten gegen die gesamte arabische Welt schlug, als es noch nicht so etwas wie Personalcomputer oder Videobänder gab, als die Welt ganz anders war, lag sie allein in einem schmuddeligen, von Krankheiten heimgesuchten Moskauer Hospital – stelle dir Tschechows Krankenstation Nummer sechs vor –, um einen kleinen Jungen zur Welt zu bringen, dessen Vater sie nie wiedersehen sollte. Was für eine Erniedrigung: eine einzige kurze Romanze für zehn Stunden Wehen und ein ganzes Leben voller Verpflichtungen.

Am Wecker auf ihrem Nachttisch lehnt ein vergoldetes Bilderrähmchen. Wenn in der Rehov Rambam 448 Feuer ausbräche, wäre das Rähmchen das erste, was sich Mutter schnappen würde. Ich vielleicht auch. Ich betaste die Glasscheibe, die das Foto schützt, das ich früher stundenlang angestarrt habe.

Wer war diese junge Frau mit dem breitkrempigen Strohhut, die sich an der Bordwand eines Ruderbootes räkelte, das auf der Moskwa dümpelte? Wo hatte sie den Hut her? Wer war der junge Mann, der das Foto knipste, sie dann in seine Wohnung brachte, ihr den Hut abnahm, dessen Seidenband löste und ihr den Rest ihrer Kleider auszog? War der Sekundenbruchteil, als der Kameraverschluß klickte, der Wendepunkt in ihrem Leben? Davor hatte sie einen Namen; neun Monate später war sie nur noch »Mutter«. War es die Sache wert gewesen?

»Nathan«, seufzt sie, während ich ihr den Kopf streichele.

»Ja?«

»Meinst du nicht, du solltest heiraten?«

Ich fühle ihre Augen auf mich gerichtet und greife nach unten, um das zu fühlen, was ich als graugrüne Augäpfel weit oben in der slawischen Ebene ihrer Wangen in Erinnerung habe. Sie sind immer noch groß und, für die Ladenbesitzer der Welt, lebhaft, aber die Haut um die Augenhöhlen ist papieren. Ich nehme an, daß ich das schmale Gesicht des unsichtbaren Fotografen habe. »Was ist«, sagt sie ganz seltsam, »wenn ich nicht mehr da bin, um dich zu beschützen?«

Kann jemand jemand anderen beschützen?
Ich denke an Gabriel, dessen Vater der mächtigste Mann im Land ist – sogar wohl der ganzen Region zwischen Rom und Hongkong – und der momentan doch jede wache oder schlafende Minute in Gefahr verbringt. Wenn Simon ihn nicht schützen kann, wie kann ich es dann?
»Nathan?« murmelt Mutter und gestattet ihren Augen, sich zu schließen, und sich selbst, zu träumen.
Was soll ich sagen? Ich versuche, an Frauen zu denken, an Serena Jacobi, Ellen Markowitz und Hannah, die baldige Cafébesitzerin, an Gita Mamoun und ein nettes lesbisches Paar, mit dem ich mir manchmal eins hinter die Binde kippe. Keine paßt, keine, mit Ausnahme vielleicht von Serena, die genau das ist, was sich Mutter als Schwiegertochter erträumt. Wenn ich selbst träume, denke ich automatisch an Männer, die unzähligen Männer meiner romantischen Lebensgeschichte. Ich denke an die, die ich in Rußland und in der ersten Zeit in Israel sah, als ich noch ansehenswert war; wahrscheinlich gehe ich hin und wieder an einigen von ihnen auf der Straße vorbei und erkenne sie nicht wieder, obwohl sie mich möglicherweise wiedererkennen. Als ich aus dem Libanon rausgeholt wurde, stand die Nachricht auf der Titelseite; Jahre später las ich sie in der Lighthouse Library in der *Maariw*-Ausgabe für Blinde. Aber ich ging zu jener Zeit nicht aus, weil ich mich mit meiner Häßlichkeit nicht abfinden konnte. Der einzige Trost in meiner Lage war, daß ich mich nicht im Spiegel sehen konnte.
Dichtung war ein Problem. Wenn Wahrheit Schönheit war und Schönheit Wahrheit, dann bedeutete das gräßliche Aussehen meines Gesichts, daß ich auch mit der Literatur nicht mehr in Verbindung treten konnte. Bis dahin hatte ich mich regelmäßig mit Freunden an den »Privatstränden« südlich von Tel Aviv getummelt, danach fuhren wir in die Diskos der Stadt, wo ich nach ein

paar Drinks mein neuestes Epos oder meine größten Erfolge – *Granatapfelblüten* – zu rezitieren pflegte, bis es spät wurde und ich mit irgendeinem muskulösen Fallschirmjäger heimwärts wankte. Doch die Welt der knackigen Lyrikliebhaber im Tarnanzug war mir plötzlich absolut und für immer verschlossen, und ich hatte noch nicht mal die Subkultur der Warzenqueens entdeckt.

Dann wurde ich von Simon gerettet. Ich fing wieder an zu schreiben, wenn auch keine Literatur. Das Leben nahm eine andere Wendung. Ich fand das Dregs, wo ich die Fetten und Behaarten, die Dürren und Zappeligen, die Mißgestalteten und Unehelichen schätzen und wegen ihrer Schwächen lieben lernte, so wie sie mich wegen meiner Schwächen liebten, solange sie nur Männer waren. Ich denke an die, die ich und die mich in Ezekiels dunklem Keller liebkost haben, was mich unvermeidlich auf die Leute bringt, denen ich in der letzten Woche begegnet bin oder die ich lediglich genauer kennengelernt habe, als ich wollte.

Neben Noam – beim Gedanken an ihn zucke ich zusammen und tobe, bedauere meine Taten und sehne mich nach mehr – und Klein, Abdullah und Ezekiel denke ich an die Journalisten, den arroganten Israeli Zev Schechter und den toten Amerikaner Chess Llewellyn, die Siedler, Moshe X, Chaim und die beiden Avis. Ich stelle mir Avi zwei im Bett vor, wie er vor dem Vögeln innehält, um zu beten. Chassidim sind für Verrücktheiten bekannt.

Ich denke an den Jemeniten auf dem Gipfel einer salzigen Landzunge, aber wahrscheinlich hat er einen Harem voller verschleierter Frauen, die in einem Zelt in den Dünen auf ihn warten, obwohl auch Araber für ihre Zuneigung zu Jungs bekannt sind. Ich denke an Rafi und versuche dann, nicht mehr an Rafi zu denken. Keiner von denen ist wirklich mein Typ. Ich denke an Gabriel. Gabriel, wie Keats, treu und schön. Fürst der Wüste. Ich frage mich, ob er mit Gita Mamoun geschlafen hat, als sie aus einem sicheren Haus ins nächste schlichen. Sicher vor wem?

»Fremdes Feuer« zuckt mir durch den Kopf wie ein Sommerblitz, aber ich unterdrücke es. Einen letzten freundlichen Moment lang möchte ich lieber in Gedanken des Fleisches als denen seiner Gefahren schwelgen. Aber keiner dieser vielen Männer, denen ich begegnet bin, auch Gabriel nicht, bleiben haften. Auch sie sind flüchtig wie ein Blitz. Mit keinem kann ich mir einen Traum ausmalen, der mich auch nur eine Sekunde lang zufriedenstellt, ganz zu schweigen von meiner Mutter.

»Wirklich«, sagt sie. »Denk mal drüber nach.«

Ich habe den Gesprächsfaden verloren. »Worüber soll ich nachdenken?«

»Übers Heiraten.«

Wir alle haben unsere Träume, und sie sind gleichermaßen lächerlich, aber einige sind so absurd, daß ... Noch ein Mann kommt mir in den Sinn. Ich denke an Dmitri, groß und großzügig, mit dem Geruch von Tabak und Käse.

Ich lächele still vor mich hin, während ich mir vorstelle, Mutter zu erzählen: Ich habe eine gute und eine schlechte Nachricht. Die gute Nachricht ist, daß ich verliebt bin; die schlechte ist, daß es ein Mann ist. Oder umgekehrt: Die schlechte Nachricht ist, daß ich in einen Mann verliebt bin; die gute Nachricht ist, er ist Arzt.

Statt dessen sage ich: »Schlaf weiter«, streichele ihr noch mal über den Kopf und gehe in mein Zimmer.

Meine Kleider sind steif vor Schweiß und mit dem schimmeligen Geruch des Dregs und des Fleischs der *boucherie* durchtränkt. Ich ziehe sie aus, gehe unter die Dusche und drehe den Hahn so weit auf, wie's geht, als das Telefon klingelt. Ich trete unter den Wasserstrahl. Kaltes Wasser rinnt mir vom Scheitel, plätschert an meinem kaputten Ohr und der mit Blasen bedeckten Schulter vorbei

und sickert in den Verband, in dem mein verbrannter rechter Fuß noch immer steckt. Trotzdem höre ich das Telefon klingeln. Zur Hölle damit. Dafür sind Anrufbeantworter da.
Widerstrebend drehe ich den Hahn endlich zu und taste nach einem Handtuch. Mir zu Gefallen hat Mutter gelernt, alles an seinen Platz zu tun, und so ist die Wohnung, wenn auch dreckig, untadelig organisiert. Ich wickele mir das Handtuch um die Taille und tappe raus ans Telefon. Ich drücke auf den Knopf, um mir die letzte Nachricht vorzuspielen.
Eine rauhe Stimme sagt: »Nathan, sind Sie schon zu Jacob gefahren? Er hat noch mal angerufen. Sollten ...«
Ich erkenne die Stimme zuerst nicht wieder und weiß nicht, wer Jacob ist. Vielmehr, ich erkenne die Stimme, habe sie aber nie am Telefon oder auf einem Anrufbeantworter gehört.
Ehe die Nachricht zu Ende ist, drücke ich noch mal auf den Knopf. Diesmal ist es deutlich Abdullah, der sagt: »Nathan, sind Sie schon zu Jacob gefahren? Er hat noch mal angerufen. Sollten Sie noch nicht weg sein, fahren Sie nicht.«
Ich drücke auf einen zweiten Knopf, um mir die Nachricht davor anzuhören. »Nathan, hier spricht Abdullah. Warum zum Teufel steht Ihre Nummer nicht im Telefonbuch?«
»Um unnötigen Anrufen zu entgehen«, gebe ich dem Anrufbeantworter zur Antwort.
»Na, egal«, fährt Abdullah fort.
»Wo haben Sie denn meine Nummer her?« überlege ich laut.
»Ich mußte einen Freund mit ... Beziehungen anrufen«, sagt er.
»Kommen Sie zur Sache.«
»Wie dem auch sei, Jacob Twersky kam, kurz nachdem Sie gegangen waren, her. Wir kamen ins Reden, und ich erwähnte Ihr mysteriöses ›Fremdes Feuer‹. Zuerst lachte er, weil, sagte er, es ganz einfach wäre, aber als ich mehr darüber erzählte, warum Sie in-

teressiert sind, wurde er ernst. Er sagte, Sie müßten sich sofort mit ihm in Verbindung setzen. Mehr wollte er mir nicht erzählen, aber er sagte, er würde in seinem Geschäft auf Sie warten. Nathan, ich kenne Twersky länger als Sie. Der Mann ist imstande, eine zweitausend Jahre alte Münze zu kaufen und weitere zweitausend Jahre zu warten, bis er sie verkauft. Ich habe ihn das Wort ›sofort‹ noch nie sagen hören. Ich weiß nicht, warum ich helfe, aber ich … empfehle Ihnen … seinem Rat zu folgen. Sie kennen die Adresse.«
Ich höre mir die ganze Nachricht ohne Pause noch einmal an und dann die Fortsetzung. »Nathan, sind Sie schon zu Jacob gefahren? Er hat noch mal angerufen. Sollten Sie noch nicht weg sein, fahren Sie nicht.«
Schweinebauch. Ich rieche kokelnden Schweinebauch, renne in die Küche und schlage mir in dem dazwischenliegenden Wohnzimmer das Schienbein am Couchtisch an. Goldie kläfft.
Die Küche ist mit fettigem Schweinebauchrauch bereits vollkommen angefüllt, und ich strecke die Hand aus, reiße sie aber im letzten Augenblick zurück, die erste kluge Tat seit Tagen. Ich drehe das Gas ab und taste nach einem Topflappen, damit ich die Gußeisenpfanne hochheben kann. Selbst durch den dicken Stoff hindurch verbrenne ich mir an der Pfanne die Hand. Schnell setze ich sie in der Spüle ab und drehe das Wasser auf, und ein dampfender Geysir vermischt sich mit dem Rauch.
Als ich sicher bin, daß keiner der Schränke Feuer gefangen hat und man die Pfanne anfassen kann, stochere ich in den gleichzeitig verkohlten und durchweichten Überresten herum. Das zum Thema Frühstück. Ich kippe das meiste von dem öligen, lauwarmen Wasser in den Abfluß und stelle die Pfanne auf den Fußboden. »Komm, Kleine.« Ich biete Goldie die Reste an. »Es könnte noch jemand anderer Appetit darauf haben, also beeil dich. Sobald wir angezogen sind, fahren wir wieder in die Stadt.«

19

Zu der Zeit, als wir das Haus verlassen – ich verhungert, Goldie gesättigt, wir beide erschöpft –, fährt man am besten gemeinsam mit den Morgenpendlern. Da Parkplätze in der Innenstadt rar sind, benutzt jeder, ob Fleischer, Banker oder kunstgewerblicher Menoramacher, irgendeine Form von Mietfahrzeug auf der absteigenden Skala von Limousinen mit Chauffeur über Taxis und die umgebauten Kleinbusse, die »Scheruts« heißen, bis hin zu den qualmenden öffentlichen Verkehrsmitteln, die im Fünf-Minuten-Takt an der von Palmen beschatteten Ecke der Rehov Grossman abfahren. Jerusalem ist ein Strudel, der die Menschen von der Peripherie ins Zentrum saugt. Erst wenn Nachtarbeiter in die Innenstadt eindringen, fahren mehr von ihnen raus als hinein, um sich auf ihre unterschiedlichen Ziele zu verteilen.

Goldie und ich machen uns nicht die Mühe, die Alternativen zu überdenken. Wir steigen in den ersten Bus der Linie vier, der ankommt, und quetschen uns durch die Stehplatzmassen. Ich rieche fünf Dutzend Fahrgäste, die fünf Dutzend verschiedene Frühstücke zu sich genommen haben. Manche plaudern mit Freunden, die sie aus der Nachbarschaft oder von der täglichen Fahrt zur Arbeit kennen, einige lesen Zeitung, die sie kniffelig zusammengefaltet haben wie Origami, und einige verfallen in Zen-Trance. Aktenmappen und Einkaufstaschen stoßen mir in

die Seite. Zehn Minuten nachdem ich in der Rehov Rambam das Handtuch neben die Dusche gehängt habe, schwitze ich schon wieder.
Goldie jault eine fette Frau an, die ihr auf den Schwanz getreten ist.
»Bitte.« Ein Mann, der in einem weit entfernten Vorort in den Bus gestiegen sein muß, berührt mich am Arm und bietet mir seinen Sitzplatz an.
»Nein, danke.«
»Bitte.« Der einzige Vorteil der langen Busfahrt meines Wohltäters ist ein garantierter Sitzplatz, und so ist seine Höflichkeit unfreiwillig, aber beharrlich. Er steht auf und schlägt die Deckel eines Buches zu.
»Nein, ehrlich.«
»Na, dann für den Hund.«
Goldie reibt sich an meinen Knien.
Der Mann, kleiner als ich, riecht nach scharfen Reinigungsmitteln, sauberen Kleidern, Schuhcreme und Metall. Er wechselt einen Gegenstand von einer Schulter zur anderen, und dieses Ding schlägt gegen die Plastikrückenlehne des Sitzes vor uns. Es ist ein Gewehr, und der Mann ist ein Soldat. Mir seinen Platz freizumachen ist seine Pflicht. Ich frage mich, was er wohl gelesen hat: *Grashalme* oder ein Infanteriehandbuch?
»Danke.« Es ist wahr, mein Fuß hat wieder zu pochen begonnen, und ich weiß den Sitzplatz zu schätzen. Von links und rechts eingeklemmt, während der Bus um Ecken rattert, ehe er hält, damit sich noch mehr Fahrgäste in den überfüllten Gang quetschen, wird mir klar, daß es mein Los ist, Gegenstand der öffentlichen Mildtätigkeit zu werden – wenn ich Glück habe. Soviel zum berühmtesten Blinden Israels.
Mich hat der Gedanke immer getröstet, daß ich, obgleich nicht

besonders glücklich, wenigstens kein prosaischer Mensch bin, doch die Dichtung ist lange aus meinem Leben verschwunden, und das wird recht bald auch die Politik sein. Wenn »Fremdes Feuer« hinter mir liegt, könnte ich mir zwar vielleicht irgendeinen Job im öffentlichen Dienst verschaffen, Pressesprecher bei den Abwasserwerken zum Beispiel, aber meine Tage in Simons Gefolge sind gezählt. Ich habe die Rehov Rambam nie verlassen, weil ich dort bleiben wollte, aber jetzt werde ich nicht mehr in der Lage sein zu wählen. Ich bin mein ganzes Leben ein Gefangener gewesen, in Rußland, im Libanon, im Haus meiner Mutter, im Büro des PM, und ich habe mich immer daran gewöhnt. Jetzt muß ich mich an den Vierer-Bus gewöhnen. Es stört mich nicht. Nein, es erscheint mir vielmehr ehrlich.

Der Bus hält am Zentraldepot, und etwa die Hälfte der Fahrgäste steigt in andere Linien um. Ich rühre mich nicht vom Fleck, weil die Altstadt die letzte Haltestelle der Linie vier ist. Goldie streckt sich unter meinem Platz aus, und ich strecke vorsichtig ein Bein in den Gang. Plötzlich ist Platz in dem Fahrzeug, aber Leute, die aus anderen Bussen umsteigen, stellen prompt den alten Zustand wieder her. Ich klemme meinen Fuß zurück unter den Sitz und streiche mit dem Zeh über Goldies sich hebenden und senkenden Bauch.

Ich weiß noch nicht, wohin ich gehen werde, wenn ich mit Jacob Twersky gesprochen habe, aber ich habe mich, seitdem ich aus dem Krankenhaus raus bin, wie ein Kind verhalten, das eine Zeichnung vor sich hat, in der man Pünktchen miteinander verbinden muß. Abdullahs Warnung in den Wind schlagend, nehme ich an, daß der nächste Punkt vom letzten aus zu sehen sein wird.

Der Bus biegt in die Jaffastraße ein, die einmal die Hauptverbindungsstraße zwischen Tel Aviv und Jerusalem war, inzwischen aber durch modernere Schnellverkehrsstraßen ersetzt worden ist.

Nächste Haltestelle ist das Bankenviertel in der Nähe des Ben-Jehuda-Platzes, die übernächste das Rathaus, und dann kommt die Endhaltestelle. Der Verkehr wird immer dichter, und ein Radfahrer hämmert wütend unter meinem Fenster gegen die Seite des Busses, als der Fahrer die Spur wechselt.
Wir halten an einer roten Ampel, und eine Frau mehrere Plätze vor mir sagt: »Was ist das da?«
Ich weiß nicht, mit wem sie spricht, aber die Atmosphäre im Bus ist auf der Stelle elektrisch geladen. Unterhaltungen verstummen, und die vorn Stehenden drängen nach hinten, vorzugsweise in Richtung hintere Tür. Auch Goldie steht auf, bereit, anzugreifen, auszureißen oder zu sterben.
»Was denn?« ruft der Fahrer, ein Marokkaner, nervös.
»Anhalten!« schreit die Frau. »Da liegt ein Paket.«
Mehr muß sie nicht sagen. Der Papst und Barbra Streisand hätten am Busbahnhof zusteigen können, und niemand hätte mit der Wimper gezuckt. Wir hätten am ältesten Tempel oder dem neuesten Konzertsaal der Welt vorbeifahren können, und die Fahrgäste hätten den Blick nicht von ihren Zeitungen gehoben, um ja nicht für Touristen gehalten zu werden. Nach ihrer dreitausendjährigen Geschichte ist Jerusalem die abgestumpfteste Metropole der Welt. Die Geister babylonischer, römischer, kreuzritterlicher, osmanischer, britischer und arabischer Eindringlinge wetteifern an jeder Ecke mit Microsoft, McDonald's und Sony. Doch alle Gefahren und Eindringlinge, Vergangenheit und Zukunft lösen sich in Gegenwart der äußersten Bedrohung, eines einzigen unbeaufsichtigten Päckchens in einem Bus, in Luft auf.
»Wem gehört das?«
Eine zweite Frau formuliert die Frage hektisch um. »Weiß jemand, wer das hier reingebracht hat?«
Niemand wagt das *B*-Wort in den Mund zu nehmen, aber ein

Geschäftsmann mit einem Handy ruft das Notfalltelefon an, und ein Mädchen auf der Gangseite mir gegenüber fängt an zu schluchzen, und ein Religiöser vorn im Bus beginnt zu beten: »*Schma Jisroel.*« Höre, o Israel.

Wir hören. Wir hören. Der Fahrer fährt sofort an den Straßenrand, womit er einer Reihe von Bussen und Taxis hinter uns den Weg versperrt. In Sekundenschnelle leitet die Polizei als Reaktion auf den Anruf den Verkehr um und räumt den Bürgersteig. Die hintere Tür geht zischend auf, und die Leute steigen eilig die viel zu hohen Stufen hinunter. Sie bleiben auch nicht in der Nähe stehen, um zu gaffen. Gaffer verlieren in Israel bisweilen den Kopf.

»Alle langsam aussteigen, einer nach dem anderen. Nicht drängeln.« Die ruhige Stimme, die die Anweisungen gibt, gehört dem Soldaten, der mir seinen Sitzplatz überließ. Bald sind er und ich die einzigen, die noch im Bus sind.

»Warten Sie, ich helfe Ihnen.«

»Nein, ich helfe Ihnen.«

Ehe er mich aufhalten kann, gehe ich im Bus nach vorn, greife in die Leere, die der Mittelpunkt der Aufmerksamkeit gewesen ist, und finde das Paket.

»Nicht bewegen!«

»Wieso, ist hier ein Skorpion?« Der Soldat versteht die Anspielung nicht, als ich ihm eine ganz normale Einkaufstasche aus Papier, Standardausgabe Supermarkt, entgegenhalte, die mit dickem Bindfaden verschnürt ist.

Goldie schnüffelt neugierig.

»Bitte, stellen Sie das wieder hin.« Der Soldat steht wie gelähmt zwischen zwei widerstreitenden Notwendigkeiten. Er weiß nicht, ob er sich auf mich oder zur Tür stürzen soll.

Ich muß zugeben, daß ich beunruhigt bin. Ich habe die Schlagzeilen gelesen; ich habe die Reden geschrieben, die auf die Schlagzeilen folgten. Aber auch ich verspüre ein Zerren in entgegengesetzte Richtungen, und beide dulden keine Behinderung. Erstens fühle ich mich zu wohl, um den Bus zu verlassen, vor allem jetzt, wo es so still ist. Zweitens muß ich wo hin. Ich wickle den Bindfaden ab und reiße das Papier auf, der Soldat duckt sich, und etwas Großes, Rundes plumpst auf den Boden. Der Bus ist am Straßenrand geparkt, und so rollt der Gegenstand eine leichte Schräge hinab zur offenen Tür.

Er kullert auf die erste Stufe und explodiert nicht, ein gutes Zeichen, kullert auf die zweite Stufe, dito, und landet auf dem Bürgersteig mit einem nassen Platsch. Es entsteht eine Pause, und dann fängt ein Dutzend Polizisten in Schutzausrüstung an zu lachen.

Ich greife in die Tasche und ziehe eine zweite Melone heraus, die einer der frühmorgendlichen Fahrgäste unter den Sitz gestopft und dann am Zentraldepot vergessen haben muß. »Hier.« Ich werfe sie in die Richtung des verlegenen Soldaten, der sich aus seinem Versteck erhoben hat.

Er fängt die Melone.

Ich sage: »Bringen Sie sie Ihrer Mutter mit.«

Er klopft auf die Schale der Melone, und ich höre einen kräftigen hohlen Ton, ein sicheres Zeichen dafür, daß sie reif ist.

Nachdem die Polizei den Fahrer gefunden hat, der um die Ecke nervös einen Eistee in sich reinschüttet, steigt er wieder ein und fährt seine letzten drei Fahrgäste – einschließlich Goldie – zum Rathaus, wo keiner von uns aussteigt, und von da zur Altstadt, zum Stephanstor. Der Soldat fährt zum Dienst an der Westmauer, aber er hat bereits ein volles Tagewerk hinter sich gebracht.

Ich bemerke, wie er zögert, als er den verrückten B. M. als ersten aussteigen läßt, aber als ich auf die erste Stufe trete, kann er es sich nicht verkneifen. Er muß eine Bemerkung machen. »Entschuldigen Sie?«

»Ja?«

»Sie hätten das nicht tun sollen.«

Ich zucke die Achseln. »Wie standen die Chancen?« Ja wirklich, wie standen die Chancen bei dem ganzen Scheiß? Wie konnte Rubinsteins Kugel mir das Ohr wegrasieren, ohne meinen Schädel zu durchbohren? Was für eine Art Dusel war das? Oder daß es mich *ipso facto, presto chango, gallakazam* vom Hadassa-Krankenhaus zum Sheraton Hotel und raus in die Wüste führen würde, in das Reich des »Alten«, wo der Jemenit auf mich schießen sollte, und rein nach Jerusalem und wieder raus wie ein Jo-Jo. Was macht es schon aus, daß ein sanftmütiger, blinder Redenschreiber mitten in einer Verschwörung landet, die er auch nicht ansatzweise begreift?

Wie standen andererseits die Chancen, daß ein einsamer, heranwachsender Schwuler aus Moskau so ziemlich auf der anderen Seite der Erde landen würde, in der Lage, zu wählen und Wählerstimmen zu lenken, ein Teilnehmer, wie untergeordnet auch immer, am Leben seiner Zeit? Ich mache mir nichts vor. Die Welt sähe anders aus, wäre Simon ben Levi nicht geboren worden, aber Simon könnte so viele Redenschreiber wie Rice Krispies haben, wenn er wollte. Ich bin begabt; Simon ist ein Genie. Ich bin ersetzbar, er ist einzigartig.

Ich sage mir, daß jeder Mensch einzigartig ist, aber das ist die Art Unsinn, die frühmorgendliche Beter an der Westmauer glauben. Juden, Christen oder Moslems in der Al-Aksa-Moschee beten einig in der schwachen, absurden Hoffnung, daß Gott sie um ihretwillen liebt. Die Priester aus dem alten Kanaan bis hin zum heutigen Papsttum, den Imams oder Großrabbinern gehen nach denselben alten Mustern für die Ohren ihrer Anhänger vor. Selbst mit nur

einem Ohr höre ich, wie sie mit ihrem Sirenengejammer Trost und Unsterblichkeit als Lohn für die allerkleinste Absage an die Wirklichkeit anbieten. Glaubet, und ihr sollt gerettet werden.
Nein, danke.
Nur die Priester sind wichtig, und ihre Wichtigkeit ist ein direktes Ergebnis der Faszination, die sie auf die Massen ausüben. Was diese Massen angeht, so soll sie der Teufel holen. Wenn die Melonentüte im Vierer-Bus eine Bombe gewesen wäre und wenn die Bombe explodiert wäre, wären wir Fahrgäste des Busses der Linie vier als Bruttogesamtmenge ausgelöscht worden und nicht als Summe unserer besonderen, persönlichen Ichs. Die Schlagzeile würde lauten: »ZWEIUNDDREISSIG TOTE!«, und wenn du meinst, der Untertitel könnte eventuell die Tatsache »Verfasser von *Granatapfelblüten* unter den Toten« zur Kenntnis nehmen, hast du dich geschnitten. Nein, diese Zeile bliebe für »Premierminister ben Levi schwört Rache« reserviert, und mein Nachfolger in dem Büro zwei Türen von Simons Tür entfernt würde den Text verfassen, ehe Mutter das Kaddisch gesagt hat.
Als ich mit der Abfassung meines eigenen Nachrufs fertig bin, bin ich bereits im Labyrinth des Jüdischen Viertels. Links befindet sich ein Café, in dem es ranzige Salatsoße zu kaufen gibt, rechts einer der hundert Stände mit jüdischen Souvenirs, wo es von Billigpostkarten und dreidimensionalen Modellen der Altstadt aus verschieden bunten, roten und grünen Bohnen, Linsen und Limabohnen bis hin zu Talletsim, aus echten Gold- und Silberfäden gewebt, alles zu kaufen gibt. Juda, frohlocke!
Leute, die schon seit Jahrzehnten in der Altstadt wohnen, verirren sich angeblich in diesem Chaos, aber B. M. kennen diesen Luxus nicht. Wir lernen. Ich signalisiere Goldie, zweimal nach links und nach rechts abzubiegen, vorbei an den Überresten der ersten sephardischen Synagoge, bis wir in einer Gegend sind, wo keine

Mädchen mit Trägerröcken und Zöpfchen mit demselben Gummispiel beschäftigt sind, das Natascha und Molly vor meiner Haustür spielen, und ihre Brüder spielen Fußball genau wie die Araberjungen auf der anderen Seite der Stadt. Von den Spielen der Kinder abgesehen, ist das Leben dieser Juden jedoch Gott geweiht. Die Kinder besuchen Jeschiwas, die Mütter bleiben zu Hause, und die Väter verbringen ihre Tage mit Gebet und Studium. Natürlich sind sie total verarmt, trotzdem leben diese Familien in Etagenwohnungen, die mit Geldern, die amerikanische Juden gespendet haben, teuer renoviert worden sind, so daß sie einen biblischen Auftrag erfüllen können, auf den die Spender selbst lange schon verzichtet haben.

Die niedrigen Häuser sind durchweg aus beigefarbenem Naturstein und entlang unvorstellbar verwickelten Pfaden errichtet – Zufallswegen von Eseln, die schon seit Jahrtausenden tot sind. Ich biege noch einmal rechts und dann links auf meinem Weg zum Cardo ab, einer römischen Prachtstraße, die mehrere Schichten unterhalb des heutigen Stadtniveaus liegt und ausgegraben und als vornehme unterirdische Einkaufsmeile restauriert worden ist. Als der Cardo eröffnet wurde, war das Jüdische Viertel noch ziemlich schmuddelig, und Mieter mußten in seine gewölbten Winkel geradezu gelockt werden, aber im Laufe der Jahre ist er zu einer der begehrtesten Lagen in der Altstadt geworden, und die ersten risikobereiten Pächter haben sich als klug erwiesen. Neben einigen Bekleidungsgeschäften, einem Fotoladen, einer Filiale von Steimatskys Buchladen und einem italienischen Restaurant, dessen Antipasti in einer verlockenden Auslage zu bewundern sind, befindet sich dort J. Twersky, Numismatiker.

Ich denke an Jacob, als Goldie und ich die glatten Steinstufen von der Straße zu der unterirdischen Arkade hinuntersteigen, die ein spiegelndes Wasserbecken mit Mosaiken und mehrere Säulenstümpfe umgibt. Twersky, kurz nach dem Unabhängigkeitskrieg im Süden Jerusalems als Sohn eines Rabbiners geboren, der seinerseits Sohn und Enkel von Rabbinern war, verbrachte den größten Teil seiner Jugend damit, über das staubige Niemandsland des Hinnomtals zum Berg Zion und zur jordanisch regierten Altstadt hinüberzustarren. Aber er war sich des Zaubers nicht bewußt, den diese uralten, unerreichbaren Türme und Zinnen auf ihn ausübten, während er ganze Abschnitte des Talmuds auswendig lernte. Im Frühjahr 1967 dann, als die Nation von Nasser und der gesamten arabischen Welt bedroht zu sein schien, schockierte Jacob sich und seinen Vater damit, daß er sich freiwillig zur Armee meldete. Als ein fürs Rabbinat vorbestimmter Jeschiwaschüler hatte er Anspruch auf Befreiung vom Militärdienst, aber, wie er es später formulierte: »Ich wollte erobern.«

»Und das hast du ja auch getan«, bemerkt Abdullah jedesmal, wenn Twersky seine Geschichte erzählt. »Scheißkerl.«

»Sieh's von der positiven Seite«, lacht dann Twersky. »Wenn ich's nicht getan hätte, wären wir uns nie begegnet.«

Lieutenant Twersky gehörte dem ersten Bataillon an, das die Mauern durchbrach, die seine Jugend umgrenzt hatten. Doch beim Kampf um die geistige Heimat der Juden stieß ihm etwas Furchtbares zu: Er verlor seinen Glauben. Er trug noch immer Zizit unter seiner Uniform und eine Jarmulke unter seinem Helm, aber während sich die Truppen unter seinem Kommando mühsam Häuserblock für Häuserblock, Haus für Haus, Opfer für Opfer durch das unbekannte Labyrinth zur Westmauer vorkämpften, entdeckte er, daß er plötzlich nicht mehr beten konnte. Der heiligsten Stätte des Judentums direkt gegenüber stand er in der engen Gasse, die später zu dem großen Platz von heute erweitert werden sollte, starrte auf die gewaltigen Steine des Fundaments und stellte fest: Er hatte erobert … ja, was?

Der reichlich dekorierte Hauptmann Twersky, nicht mehr heimisch in der Beis Midrasch, fühlte sich auch in der Armee nicht mehr zu Hause. Er gab seine Offiziersstelle auf und führte fortan ein Junggesellenleben in einem kleinen Haus, das seine arabischen Besitzer verlassen hatten. Dort, mitten zwischen Ratten und Müll, ohne Installation und Strom, fand er den wahren Sinn seines Lebens: Es war nicht Gott, den er liebte, sondern Jerusalem.
Er kriegte nicht genug von der Stadt. Er durchwanderte sie geradezu zwanghaft, bis er jeden Zentimeter von ihr kannte. Er fand Archive, die jahrhundertelang in Kellern vor sich hin gemodert hatten, und er fand Gegenstände. Lange bevor Orte wie der Cardo durch Archäologenteams wiederhergestellt wurden, sammelte er verfallenen Hauszierat und Gläser, die schon Öl zum Kochen enthalten hatten, als Jesus lebte, und die in arabischen Küchen in der zweiten Hälfte des zwanzigsten Jahrhunderts noch immer ihren Dienst taten. Eines Nachts stieß er bei Vollmond auf einen achteckigen Hof, in dem eine zwei Meter hohe Statue der Venus über eine weniger bedeutende Kohorte römischer Götter herrschte, alle intakt. Er heuerte ein paar arabische Tagelöhner an, die in der Stadt geblieben waren, weil sie nirgendwohin fliehen konnten, und ließ sie das Pantheon zu seinem Haus karren. Später verkaufte er die Venus unter Mühen ans Stuttgarter Museum und eröffnete ein Geschäft. J. Twersky, Antiquitäten.
Mittlerweile hatte er jedoch Konkurrenz bekommen. Andere Händler machten Läden auf, und Gesetze wurden erlassen, die das »Erbe« für den Staat beanspruchten. Sperriges wurde ein Problem, und so sah sich Twersky nach irgendwelchen ganz einfach zu transportierenden Wertgegenständen um. Eines Tages, vor dem Jom-Kippur-Krieg, sann er gerade über diese Frage nach, als er in einem arabischen Geschäft eine Tube Zahnpasta kaufte und als Wechselgeld eine merkwürdige Münze zurückbekam. Es war we-

der ein israelischer Schekel noch ein jordanischer Dinar, aber auch keines der vereinzelt auftauchenden Penny- oder Pence- oder Lire- oder Markstücke, die mit den Touristen ins Land kamen. Leicht abgegriffen, zeigte es noch immer das Bildnis eines Mannes, der einen Lorbeerkranz trug, und die kaum leserliche Inschrift »CASAR«.

Statt richtige Währung als Wechselgeld für seinen Geldschein zu verlangen, fragte Twersky den Ladenbesitzer, ob er noch mehr seltsame Münzen hätte. An Ort und Stelle bot er den Umtausch von »altem Geld in neues« an.

Seltene Münzen konnte man zur damaligen Zeit finden, wenn man im Souk, wo noch nicht in Massen hergestellte Sandalen, Tontöpfe und Postkarten feilgeboten wurden, Krüge und Messingkaraffen sorgfältig durchsuchte. Der beflügelte Unternehmer und Amateurhistoriker eilte in eine Druckerei und bestellte neue Geschäftskarten, auf denen stand: »J. Twersky, Numismatiker«, ehe er überhaupt genau wußte, was das Wort bedeutete.

Von seinem religiösen Vater, der ihn für tot erklärt und Schiwa gesessen hatte, als Apostat verdammt, gab Twersky das Lernen niemals auf, das er zusammen mit dem Glauben in sich aufgenommen hatte, den er nicht mehr ertragen konnte. In der Tat war der Talmud dem neuen weltlichen Juden sehr dienlich, weil er ihn lehrte, wie man sich selbst unterrichtet. Statt sich an der immer größer werdenden Hebräischen Universität zu immatrikulieren, vertiefte er sich in autodidaktisches Wissen. Er abonnierte numismatische Zeitschriften und besuchte Numismatikertagungen. Gelegentlich erwarb er eine Fälschung, und gelegentlich verkaufte er eine Fälschung – mit oder ohne Wissen, das war stets Thema von Erörterungen –, doch im Laufe der Jahrzehnte wurde er zur wichtigsten Autorität der Stadt in Fragen Münzen der Antike.

Jacob betrieb seinen Handel privat, bis die Ladenstraße im Cardo eröffnet wurde, und er beschloß, daß öffentliche Präsenz keine schlechte Idee wäre. Die Miete war billig, und er liebte die Gegend. Der Großteil seiner ernsthafteren Geschäfte wurde noch immer im Ausland abgewickelt, oder er feilschte in seinem Hinterzimmer, aber es machte ihm Spaß, die gebräuchlicheren Stücke und preiswerteren Editionen über den Ladentisch zu verkaufen. Kunden von der Straße waren keine Fachleute, aber er rechnete es ihnen hoch an, wenn sie seinen Laden statt der schäbigen Souvenirstände aufsuchten. Ja, er fand Gefallen an den Schaufensterbummlern und richtete sein Geschäft als Minimuseum für nahöstliche Münzen her, in dem gerahmt und auf Samtpolstern alles mit Ausnahme seiner wertvollsten Exemplare zu besichtigen war, die in einem Safe blieben, der in die Mauer des Hauses eingelassen war, in dem er seit 67 allein lebte.
Das Innere von Twerskys Haus ist ein Geheimnis, in das eingeweiht zu werden ich nie die Ehre hatte. Gerüchte darüber verbreiten sich immer wieder in der inselartig abgeschlossenen Jerusalemer Gemeinde, aber ich beachte sie nicht. Ich nehme an, daß auch ich Gegenstand von Gerüchten bin, von denen die meisten stimmen. Ich frage mich manchmal, ob Twersky schwul ist, stoße aber nie zufällig auf ihn in den verschiedenen Szenen, in denen ich verkehre, ob edel oder vulgär. Wir haben ein Verhältnis, das auf spöttischem Geplänkel, Klatsch und Streit über Angelegenheiten gegenseitigen Interesses beruht, und das gleiche gilt für ihn und Abdullah oder mich und Abdullah oder jeden Einheimischen. Ich mag Jacob Twersky, aber ich schmeichle mir nicht, ihn zu kennen. Er ist nicht zugänglich.
Mit den Fingern fahre ich über die Eingangstüren zu Effervescent Fashions, dem Floristen im Jüdischen Viertel und Cardo Camera, bis sie bei der Glasfassade von J. Twersky, Numismatiker, landen.

Ich öffne die Tür mit einer Klinke, die eigens aus einem Haufen Silberdollars zusammengeschweißt ist, und ein Summer ertönt. Vermutlich ist die Klinke ein Scherz, der besagt: »Amerikanisches Geld willkommen.«

Der vordere Raum ist ein leeres sechs mal vier Meter großes Rechteck, aber Jacob läßt den Laden nie unverschlossen, deshalb nehme ich an, daß er im Hinterzimmer ist und Rechnungen durchsieht oder mit einem ausländischen Käufer Geschäfte macht. Ich gehe an dem Fenster vorbei, das auf die römische Arkade blickt, und stelle mir draußen vorbeimarschierende Zenturionen vor, gegen Steine klirrende Stiefel, rasselnde Schnallen, Beinschienen, die von kaiserlicher Glorie flüstern.

Ich greife zu einer Handvoll Münzen, die Jacob in einer Schale neben der Tür als Geschenk für Kinder bereithält zwanzig Jahre alte blecherne Agorot, die nach mehreren Abwertungen hintereinander nichts mehr wert sind. Antiquitäten von morgen? Vielleicht, aber indem Jacob sie wegschenkt, trägt er seinen Teil dazu bei, bei künftigen Sammlern Begeisterung zu wecken.

Ich fahre mit der Hand über die in Holz gefaßten Glasschaukästen, in denen etwas wertvollere Münzen liegen, meistens römische und phönizische, aber auch britische und kontinentale. Einmal, als Jacob mich in sein Geschäft eingeladen hatte, um eine besonders heftige Diskussion über die Steuerpolitik bei Tee und Keksen fortsetzen zu können, legte er mir eine schwere spanische Silberdublone in die Hand, die hundertmal wertvoller als ihr Metallgewicht war. Der Handel von Twersky ist international, auch wenn er auf einheimische Währungen spezialisiert ist.

Ein unangenehmes Gefühl durchzuckt meine Haut.

In der Glasscheibe ist ein Sprung.

In meinem Finger pocht ein Splitter, der auch unsichtbar wäre, wenn ich sehen könnte.

Vorsichtig fahre ich mit dem Handballen über den Sprung, der so breit wie der Schaukasten ist. Zuerst fürchte ich, daß jemand vor mir in den Laden gekommen ist, ein Loch ins Glas geschlagen hat und mit einer Handvoll Münzen geflüchtet ist, aber die Scheibe ist trotz des Sprunges fest in ihrem Rahmen geblieben. Das ist seltsam. Twersky ist ein penibler Mensch, der sein Geschäft makellos in Ordnung hält.

»Hallo?« rufe ich.

Keine Antwort.

Ich gehe um den Ladentisch herum und fühle unter den Sohlen etwas knirschen. Ich bücke mich und ertaste Scherben eines Tontopfes. Außer Münzen hat Jacob einige alte Krüge und Amphoren als Dekoration ausgestellt.

Die Tür zum Hinterzimmer steht offen. Der Luftzug teilt mir die schlechte Nachricht mit, bevor ich hineingehe. Ich rieche Scheiße. Ich habe diesen speziellen Scheißegeruch aus dem Libanon in Erinnerung. Er bedeutet nicht Inkontinenz oder Durchfall, sondern die Darmentleerung, die in Augenblicken äußersten Entsetzens eintritt.

Goldie winselt; sie möchte nicht in das Zimmer.

»Sitz«, sage ich.

In dem Zimmer war jemand vor nicht langer Zeit noch am Leben. Neben dem widerlichen Fäkalgeruch erfüllt lieblicher Tabakduft den Nebenraum. Vielleicht ist das eine andere Form des Todes, aber ich suche nach seinem Trost und sehne mich verzweifelt danach, mir eine Zigarette anzuzünden.

In Erwartung des Hindernisses schiebe ich die Füße vorsichtig über einen Orientteppich vorwärts und stoße fast sofort darauf. Ich bücke mich und fühle einen Hinterkopf. Drahtige kurze Haare: Jacob Twersky.

Das überrascht mich ganz und gar nicht, aber um absolut sicherzugehen, schiebe ich die Hand unter das Gesicht, das in den teuren Teppich gedrückt ist. Ich fühle Jacobs vertrauten Schnurrbart und seine Metallbrille, aber etwas stimmt mit seinem Gesicht nicht. Die Muskulatur ist angespannt, aufgedunsen. Sein Mund ist so weit aufgesperrt, daß in seinen Mundwinkeln Risse klaffen wie in einer Glasscheibe.

»Es tut mir leid, Jacob«, murmele ich. Es ist sonnenklar. Wer auch immer den Münzhändler umgebracht hat, er hat es getan, um ihn daran zu hindern, mit mir zu sprechen.

Während ich mich auf der Suche nach weiteren Informationen, einem Einschußloch oder Messerstich, weiter nach unten taste, aber alle Informationen, die ich finde, auf eine andere Todesart hinzudeuten scheinen, stoße ich auf einen merkwürdigen Schal, der zweimal um Twerskys Hals geschlungen ist, ehe er wie ein Plastron unter seinem Kragen verschwindet. Im Gegensatz zu einem Plastron besteht er aus einem dünnen, abgewetzten Stoff, der überhaupt nicht zum üblichen Stil dieses eleganten Mannes paßt und einmal so fest in seinem Genick verknotet ist, daß er ins Fleisch ein- und die Luft abschneidet. Ich ziehe das Ende heraus und fühle die Fransen. Twersky ist mit dem Zeichen eines Glaubens erdrosselt worden, den er nicht mehr hat, den Zizit.

Plötzlich spüre ich das heftige Verlangen wegzugehen: aus diesem Zimmer, aus dieser Stadt, aus diesem Land. Es ist keine Furcht, sondern Abscheu. Mehr vor den Toten als vor den Verunstalteten. Von Adams Sohn Abel bis zu Jitzak Rabin und Jacob Twersky ist Mord die erste Geschichte des ersten Stammes. Vielleicht liegt etwas in der nahöstlichen Luft, was eine Kultur hervorbringt, in der Töten die automatische Reaktion auf Konflikte ist.

Und trotzdem sind mit all diesen Morden auch Opfer verbunden. Mit dem an Abel buchstäblich, mit dem an Rabin politisch und dem an Twersky persönlich. Der Münzhändler wußte, daß er in

Gefahr war; deswegen bat er Abdullah um einen zweiten Telefonanruf – um mich davor zu warnen, zu kommen, und um mich zu schützen.

Aber ich bin trotzdem gekommen und muß herausfinden – ganz gleich, was es war –, was Twersky mir zu sagen hatte. Ich durchsuche die Taschen des Toten und finde mehrere Zettel, von denen keiner hineingestanzte Löcher aufweist, um für den Blinden eine Nachricht zu ergeben. Ich taste weiter und entdecke neben seinem Kopf auf dem Boden eine Münze und noch eine und noch weitere, die über den Teppich verstreut sind, als wäre er ein kleiner Junge, der mit einer Münzsammlung gespielt hat, als er dabei unterbrochen und erdrosselt wurde.

Münzen sind Reliquien des Ruhmes. Das hat Jacob mir mal gesagt. Vor Lithographien, vor Ölgemälden waren es Münzen, mit denen Könige und Kaiser ihr Bildnis massenhaft verbreiten ließen. Daher wissen wir, wie Alexander der Große ausgesehen hat. Statuen waren für Tempel in Bevölkerungszentren da, aber jeder Bewohner eines Reiches bewahrte das Bildnis des Herrschers in einem Lederbeutel auf, den er an seiner Taille befestigt hatte. Später natürlich wurden Münzen zu Zeichen der Nationen, eine tägliche Erinnerung an die Fähigkeit des Staates, den Wert dessen zu bestimmen, was in den Taschen der Bürger klingelte.

Eine von seinen Händen hat Twersky nach oben an seinen Hals gehoben, wo er vergeblich versucht hat, den tödlichen Knoten zu lösen, die andere hat er nach außen unter seine zierliche Kredenz gestreckt. Ich folge der Richtung, die seine steifen Glieder weisen. Zentimeter vor seinen Fingerspitzen endet ein Bein der Anrichte in einer geschnitzten Löwentatze. Meine Gedanken überschlagen sich. Jacob in der Löwengrube. Hatte er die Hand in einem letzten vergeblichen Versuch zu entkommen ausgestreckt, oder streckte er die Hand nach etwas Bestimmtem aus?

Ich taste den Arm des Toten ab; er ist am Ellenbogen leicht angewinkelt, als hätte er die Hand noch ein kleines bißchen weiter ausstrecken können, oder er tat es und hat sie zurückgezogen. Ich fühle hinter die glatte Oberfläche der Tatze und finde eine Münze, die dorthin gerollt sein muß, als Twersky bedroht, angegriffen wurde. Aber neben der ersten Münze entdecke ich etwas Merkwürdiges, eine Reihe von Münzen, dünne Metallscheibe auf dünner Metallscheibe, sorgfältig zu einem winzigen schiefen Turm aufeinandergestapelt. Im übrigen Privatbüro liegen Münzen wahllos über den Boden verstreut, aber die hier sind säuberlich angeordnet.
Ich krieche um die Leiche herum, die bald durch eine Kreidesilhouette ersetzt werden wird. Ich möchte die Münzen genauer untersuchen, die – zufällig oder absichtlich – dem Wirbelsturm im übrigen Büro standgehalten haben.
Die Handflächen flach auf den Teppich gelegt, fahre ich langsam von den Ecken nach innen, um die Anordnung der Münzen nicht durcheinanderzubringen. Vielleicht bilden sie ein Muster. Außer der einzelnen Münze und dem Münztürmchen finde ich noch einen dritten, niedrigeren Stapel. Es sind insgesamt vierzehn Münzen, eine, dann zehn und noch mal drei. Woher sie stammen oder wie hoch ihr Wert ist, weiß ich nicht, aber Twersky wußte es natürlich. Und wenn er in seinem Todeskampf noch eine Nachricht hinterlassen wollte, dann könnten seine persönlichen Werkzeuge die Münzen gewesen sein. Außerdem wäre er nicht imstande gewesen, an seinen Schreibtisch zu gelangen und ein Schreibgerät zur Hand zu nehmen, während er auf dem Fußboden im wahrsten Sinne des Wortes sein Leben aushauchte. Nur für den Fall, daß ich mich irre, hebe ich die Münzen auf und lege sie in der Anordnung, in der ich sie gefunden habe, auf meine Handfläche. Trotzdem bin ich sicher, daß es die Zahlen sind, auf die es ankommt.

Eins. Zehn. Drei. Das ist keine Telefonnummer, allenfalls vielleicht die Hälfte davon. 011 ist die Kennzahl für eine internationale Vermittlung. Wofür mag die Drei stehen? Darauf kommt es nicht an. Wenn ich ein Land weiß, begrenzt das kaum die Möglichkeiten. Was soll ich tun? In Frankreich anrufen? Außerdem war Jacob Twersky ein sehr genauer Mensch. 1103 ist nicht dasselbe wie 011.
Eins. Zehn. Drei. Wie wär's mit einer Adresse? Ich könnte möglicherweise eine Angestellte im Innenministerium dazu kriegen, das rauszufinden. Es kann ja nicht Tausende von 1103s in Israel geben. Aber Twersky hatte Abdullah gesagt, es sei ganz »einfach«. Er wußte sofort die Antwort auf das Rätsel »Fremdes Feuer«. Wenn 1103 nicht so bedeutungsvoll wie 10 Downing Street oder 1600 Pennsylvania Avenue wäre, hätte er nicht gelacht.
Jacob Twersky kannte drei Dinge so gut wie seinen Namen, drei Bereiche, die er schneller überblicken konnte als eine Computersuchmaschine. Sie stellten die Säulen seines brutal verkürzten Lebens dar. Es waren dies Münzen, die Stadt Jerusalem und die heiligen Texte der Juden.
»Fremdes Feuer« bezieht sich wahrscheinlich nicht auf Twerskys Berufsleben. Das ist allzu geheimnisvoll. Er würde sein geheimes Wissen nicht damit verunglimpft haben, daß er darüber lachte und es als »ganz einfach« hinstellte. Wenn ich die Numismatik versuchsweise eliminiere, bleiben mir die beiden anderen Fachgebiete Twerskys: die Stadt, seine Leidenschaft, und die Texte, sein Erbe. Höchstwahrscheinlich ist es die Stadt, aber eine Adresse ist keine große Hilfe. Was wäre, wenn es ein berühmtes Feuer in einem Haus mit der Nummer 1103 gegeben hat? Von Noam Abravanel habe ich bereits erfahren, daß »Fremdes Feuer« sich ganz bestimmt in dem Tunnel abspielen wird, der weniger als einen Kilometer vom Cardo entfernt freigelegt worden ist.

Ich denke an Polizeicodes für verschiedene Verbrechen oder einen Verweis auf städtische Gesetze, habe aber kein Glück damit. Ich überlege, ob irgendein auf der UN-Sitzung Nummer 1103 geschlossener Vertrag sich auf die atomare Abrüstung bezieht, es fällt mir aber nichts ein, und außerdem: Warum sollte Twersky so etwas gewußt haben?

Was ist mit dem Talmud? Was wäre, wenn der Schlüssel zum Geheimnis in diesem dritten, mystisch-religiösen Bereich läge? Twersky hat eine Jeschiwa das letzte Mal vor Jahrzehnten besucht, doch der frühreife Junge, der die Abhandlungen auswendig lernte, sollte nie eine Lektion vergessen. Und wenn er sich an eine erinnerte, könnte er auch gelacht haben. Nach allem, was ich wirklich weiß, würde er es aber ernst genommen haben. Der Münzhändler, ein vorgeblich weltlicher Schweinefleischesser wie ich, trug dennoch Zizit, Gott helfe ihm. Es ist sogar möglich, daß er beim Glauben seiner Väter blieb in diesem einsamen Haus, das sein biologischer Vater, der Rabbiner, der den theologischen Tod seines Sohnes betrauerte, nie betrat. Ich stelle mir einen heimlichen Altar für einen unnachgiebigen Gott vor.

Als ich ins Heilige Land kam, besuchte ich einen Judaismuskurs, abgehalten von einem in der Ausbildung stehenden Rabbiner mit fliehendem Kinn, den die Einwanderungsbehörde engagiert hatte, aber der Großteil der Weisheiten, die Reb Schaschlik – so nannten wir ihn – seiner aus russischen Einwanderern bestehenden Klasse zukommen ließ, betraf die Schabbes- und Kaschrutgesetze. Solange wir es unterließen, am Freitagabend Licht anzuknipsen und Schweinefleisch zu essen, hatten wir das Wesentlichste begriffen. Was Texte betraf, Fehlanzeige. Die einzigen jüdischen Zahlen, die mir einfallen, sind vierzig Tage und vierzig Nächte oder zwölf Stämme. Eins – zehn – drei ist ohne Bedeutung.

Aber ich habe Informationsquellen. Ich befinde mich vor Jacobs Leiche, sitze an Jacobs Schreibtisch, ein letzter Einbruch in die Privatsphäre oder eine letzte Ausnutzung der Freundschaft, und will gerade Jacobs Telefon benutzen, um eine Freundin in der Universität anzurufen, als ein Summer ertönt.
Ich höre Schritte und verwünsche die Tatsache, daß ich vergessen habe, die Tür zum Büro zu schließen. Jeder, der von dem lädierten Schaukasten aus einen Blick in diese Richtung wirft, würde sofort die Leiche des Münzhändlers bemerken. Wenn ich diesen Blick zu vereiteln suche, lenke ich nur die Aufmerksamkeit darauf.
Der Summer ertönt wieder. Entweder hat die erste Person den Laden wieder verlassen, oder es ist eine zweite Person hereingekommen.
Der Summer ertönt wieder. Entweder ist eine dritte Person in den Laden gekommen, oder eine der ersten beiden ist wieder rausgegangen.
Ich handle rasch, mache vier schnelle Schritte, verlasse das Büro und ziehe die Tür hinter mir zu. »Hallo?«
»Hallo«, antwortet ein jiddischer Akzent.
Es ist nur eine Person in dem Raum. »War jemand hier bei Ihnen?«
»Nein, ich meine ja, ein Mann hat den Kopf einen Augenblick hereingesteckt.« Ich rieche Schuhleder, alte Kleider, halbverdaute Rinderbrust und Kirschbrause: ein orthodoxer Jude. Ich spüre seinen Blick. Er ist erst mißtrauisch, dann neugierig. »Wo ist Jakob?«
»Er ist ... verhindert. Er hat mich gebeten, einen Moment auf den Laden aufzupassen. Kann ich Ihnen helfen?«
»Ich bin Katz. Wir hatten eine Verabredung.«
»Ja, er hat davon gesprochen.«

»Ich warte einfach in seinem Büro.«
Ich weiche keinen Zentimeter und improvisiere. »Tut mir leid«, sage ich, »aber ich weiß nicht, wer Sie sind.«
»Ich sagte Ihnen ja, ich bin Katz. Außerdem weiß ich auch nicht, wer Sie sind.«
»Suchten Sie nach den Münzen aus dem dritten Jahrhundert?« Ich habe nicht die geringste Ahnung, wovon ich rede, aber es klingt richtig.
»Nein.«
»Tja, dann muß das jemand anderer gewesen sein.« Und dann tue ich so, als ob in dieser abnormen Situation alles absolut normal wäre und greife zu dem Telefon auf dem Ladentisch und wähle – nicht die Nummer der Freundin in der Universität, sondern eine Nummer, auf die mich der merkwürdige Kunde gebracht hat. Es ist komisch, wie das Gehirn arbeitet. Statt eine weltliche Akademikerin aus meiner Sphäre anzurufen, bringt mich der Geruch von Rinderbrust darauf, in einem Kibbuz anzurufen.
»Beis Machpela«, antwortet die Telefonzentrale.
»Der …« Ich möchte dem vermeintlichen Kunden nicht allzuviel verraten, der in dem Raum herumschlendert und demonstrativ vor sich hin summt. Um mich herum geschieht es oft, daß Leute summen oder mit den Füßen auftippen, als spürten sie eine gewisse Notwendigkeit, ihre Gegenwart kundzutun. »Moshe bitte«, verlange ich.
»Wer spricht da?« fragt die Vermittlung.
»Nathan Kasakow«, sage ich, und mir ist bewußt, daß Katz lauscht. Wenn er ein Kunde ist, macht es nichts aus, und wenn er hinter mir her ist, dann kennt er meinen Namen sowieso. Was ist mit dem zweiten Mann, der reinkam und wieder rausging? Ich habe noch immer die vierzehn Münzen in der rechten Hand.
»Einen Augenblick, bitte«, sagt die Vermittlung.

»Würden Sie ihm bitte sagen, daß ich hier war? Katz. Er weiß, um was es geht.«

»Sicher.« Das hilft ihm auch nicht mehr.

Zum Glück geht er, ehe der »Alte« am andern Ende zum Hörer greift. »Wo sind Sie?«

»Wieder in Jerusalem.«

»Wir wußten nicht, ob Sie's geschafft haben.«

»Habe ich«, sage ich und bin mir nur zu bewußt, daß Jacob Twersky es nicht geschafft hat. »Und selbst?«

»Eine Fleischwunde.«

»Alle Wunden sind Fleischwunden.«

»Nein, es gibt auch Wunden an der Seele, aber Sie haben nicht angerufen, um über geistige Dinge zu diskutieren. Sie haben eine Frage.«

»Ja.«

»Fragen Sie.«

»Eins. Zehn. Drei. Was bedeuten diese Zahlen … für einen Juden?«

»Sie sind Jude, Herr Kasakow.«

»Für einen gelehrten Juden. Haben sie irgendeine spezielle Bedeutung?«

Er überlegt, dann antwortet er: »Sie könnten sich auf eine Parasche der Tora beziehen.«

Ich spüre dasselbe Kribbeln wie in der Höhle. »Welche Parasche könnte das sein?«

Er weiß das, ohne es nachzuschlagen. Es ist ganz einfach. »Eins, das erste Buch der Bibel, die Genesis. Zehn, Noah. Der dritte Vers nennt wahrscheinlich die Generationen nach der Flut. Noah lebte noch dreihundertfünfzig Jahre, nachdem er auf dem Ararat gelandet war. Vers eins: Er zeugte Sem, Ham und Jafet. Vers zwei: Und Jafet zeugte Gomer und Magog, Madai, Jawan und Tubal,

Meschech und Tiras. Schließlich Vers drei: Und Gomer zeugte Aschkenas, Rifat und Togarma.«

»Das ist alles?« Ich empfinde eine riesige Enttäuschung.

»Sie können's ja nachschlagen.« Moshe X ist kurz angebunden. Es macht ihm zwar Spaß, mit seinem Wissen zu prahlen, aber jetzt will er aufhören zu telefonieren. Ob er weiß, daß ich an seine Bibel und sein Uran nicht glaube, oder ob er herausgekriegt hat, daß ich »ein Greuel« bin, oder ob was auch immer er am Toten Meer von mir gewollt hat, keine Bedeutung mehr hat, er ist verärgert. Ich bin ein Jonas, ein Unglücksrabe, der kaum weiß, daß er ein Jude ist.

»Na dann ...«

»Sind Sie sicher, daß Sie die Zahlen in der richtigen Reihenfolge haben?«

Ich richte mein Gesicht auf die geschlossene Tür, hinter der Jacob Twersky tot am Boden liegt, die Hände ausgestreckt, um seine letzte Botschaft mit Münzen aufzuschreiben, die für ihn von so fundamentaler Bedeutung waren wie die Sprache. Aber ich lese in Braille, einer universalen Sprache wie Englisch, von links nach rechts, eins – zehn – drei, und Twersky schrieb Hebräisch, von rechts nach links, drei – zehn – eins. Die Antwort liegt in meiner geballten Faust, die Münzen enthält, die dreidimensionale Buchstaben hätten sein können. Mit bebender Stimme sage ich: »Das dritte Buch ist Levitikus, stimmt's?«

»Ja.«

»Und Kapitel zehn, Vers eins?«

»Schlagen Sie's nach, Sie kluger Junge. Es ist ›Fremdes Feuer‹.«

20

Eine Hand landet auf meiner verbrannten Schulter, als ich J. Twersky, Numismatiker, verlasse, und der Schmerz flammt wieder auf.

Ich fahre herum und haue mit all der Wut, die sich in mir angesammelt hat, meine mit Münzen gefüllte Faust in das verschwommene Gesicht vor mir. Ich bin der Leute müde, die plötzlich vor mir auftauchen und mich zu einem Ort nach dem anderen schleppen, ich bin der kryptischen Botschaften müde, die mehr Verwirrung als Klärung stiften, ich bin all der Toten müde, und ich bin schlicht und einfach körperlich müde. Das ist für Jacob, würde ich am liebsten schreien. Für Jacob und Rafi und den bedrohten Gabriel, für Ezekiel, den ich gezwungen habe, seine moralischen Prinzipien aufzugeben, für Dmitri, den ich verlassen habe.

Verdammt, es ist ja Dmitri! Ich versuche, den Fausthieb zurückzuhalten, während ich mich umdrehe, aber der Schwung ist zu groß, und meine Faust landet auf seinem bärtigen Kinn.

Münzen fliegen aus meinen Fingern wie ein Taubenschwarm aus einem zertrümmerten Taubenschlag. Sie segeln über den ganzen Cardo, zwischen eine Auslage von Rucksäcken, unter ein Zeitschriftengestell vor dem Buchladen und als Glücksbringer in den Brunnen.

Der Doktor taumelt zurück und prallt gegen eine der römischen Säulen, die zweitausend Jahre lang unter der Stadt begraben gelegen haben. Ich höre etwas knacken, aber weiter nichts. Die Säule bleibt stehen, und das tut auch der Doktor. Meine Hand tut weh wie die Hölle.

Er reibt sich die Wange und sagt: »Nicht schlecht für einen Dichter.«

Ich entschuldige mich überschwenglich. »Ich bitte um Entschuldigung.«

»Entschuldigung, weil Sie eine unerklärlich kräftige Rechte haben?« Er hatte die Münzen nicht bemerkt.

»Entschuldigung, weil ich sie eingesetzt habe.«

»Schon gut. Ich hätte Sie nicht überraschen dürfen.«

»Das ist keine Entschuldigung.«

»Ich sagte, schon gut. Ich nehme einfach eine Woche lang Flüssignahrung zu mir. Nehme ein bißchen ab.«

Ich muß über seine Einstellung unwillkürlich grinsen. Plötzlich bin ich überhaupt nicht mehr müde. »Hier.« Ich strecke ihm friedlich meine Hand hin.

Er ergreift sie, und ich falle fast in Ohnmacht.

Goldie knurrt, als sie meinen Schmerz bemerkt. »Platz, Kleine«, befehle ich. »Es ist alles in Ordnung.«

»Zeigen Sie Ihre Hand mal her.«

Diesmal strecke ich sie ihm wie eine verwundete Pfote entgegen. Er ergreift sie mit einer Zartheit, wie ich sie bei ihm nicht vermutet hätte, hält sie wie ein Vögelchen, massiert die verschiedenen Partien und murmelt professionell: »Sagen Sie mir, wenn's weh tut.«

»Nein, nein, aua.«

»Sie schwillt schon an. Ich würde sagen, Sie haben sich zwei, möglicherweise drei Knöchel gebrochen. Sollen wir ins Krankenhaus fahren?«

»Nein.«
»Wie bin ich bloß darauf gekommen, daß Sie das sagen würden? Als der gefährdetste Patient, den ich je hatte, haben Sie eine extreme Abneigung dagegen, sich behandeln zu lassen.«
»Ich muß eine Buchhandlung finden.« Natürlich gibt es eine, die nur einen Katzensprung entfernt ist, aber ich bin so durcheinander, und meine Hand tut so weh, daß sie mir gar nicht in den Sinn kommt.
Dmitri überlegt, ob er stur bleiben soll, ist sich über die Vergeblichkeit klar und bietet einen Kompromiß an. »Erst ein Krankenhaus, dann eine Buchhandlung.«
Ich habe keine große Wahl mit einer Hand, die sich anfühlt wie eine Pekannuß nach ihrer Begegnung mit einem Nußknacker. Wir gehen los, und Dmitri fragt: »Nach welcher Lektüre haben Sie denn ein so ungeheures Verlangen?«
Ich will es ihm gerade erzählen, als ich wieder mißtrauisch werde. Dr. Dmitri ist derjenige, der nach dem vermeintlichen Kunden, Katz, Jacob Twerskys Laden betreten hat, aber woher weiß ich, daß er ihn nicht auch schon vorher betreten hat? Ehe Twersky ermordet wurde. »Wie haben Sie mich eigentlich gefunden?«
»Ich habe mir die Nachrichten auf Ihrem Anrufbeantworter angehört.«
»Sie –«
»Ich hatte Ihnen gesagt, Sie sollten mich anrufen, aber das taten Sie nicht, also habe ich wieder mit Ihrer Mutter gesprochen. Sie erzählte mir von den Nachrichten auf dem Anrufbeantworter, sagte mir, wie ich von meinem Telefon aus Zugang zu ihnen bekommen könnte –«
»Sie hat keine blasse Ahnung von Technik.«
»Sie würden staunen, was diese Frau alles weiß, Nathan. Aber das

ist eine andere Geschichte. Ich rief wieder an, hörte rein, erkannte Abdullahs Stimme, stattete ihm einen Besuch ab und bekam diese Adresse.«

»Warum sind Sie gleich wieder rausgegangen, nachdem Sie reingekommen waren?«

»Was soll das sein, ein Kreuzverhör?«

»Warum sind Sie gleich wieder rausgegangen, nachdem Sie reingekommen waren?«

»Wollen Sie es wirklich wissen?«

»Ja.«

»Weil mein Führungsoffizier vom chinesischen Geheimdienst mich wegen einer Eillieferung von Raketentreibstoff angerufen hat. Warum wohl, was meinen Sie? Weil ich Hunger hatte.«

»Hunger?«

»Ich habe im Feinkostgeschäft um die Ecke ein Sandwich gegessen. Roastbeef, wenn Sie's unbedingt wissen wollen. Senf und Mayonnaise. Ohne Salat. Können Sie's denn nicht riechen?«

Alles an diesem Mann bringt mich zum Lachen. Einen Moment lang vergesse ich, wo ich bin und was ich tue und daß meine Hand gebrochen ist, mein Fuß verbrüht, meine Schulter von der Sonne verbrannt, mein Ohr zerstört und meine Augen ... na ja, die sind Schnee von gestern. »Okay, aber danach –«

»Ich weiß, ich weiß. Da müssen wir irgendwohin.«

Zum letztenmal ab ins Krankenhaus. Am Eingang für Notfälle läßt Dmitri kurz die Puppen tanzen, dann kehren wir in die Zelle im vierten Stock zurück, in der ich mich vor einigen Tagen so wahnsinnig wohl gefühlt habe. *Home, sweet home*. Der Doktor versorgt sein geprelltes Kinn und spritzt mir eine solche Menge Schmerzmittel in die Hand, wie Tinte in einen Füllfederhalter reingeht. »Reicht«, sage ich.

»Eigentlich nicht, aber ich nehme mal an, es wird reichen müssen.«

»Okay. Jetzt zu –«

»Sind Sie –«

»Ich bin sicher.«

»Papi!« ruft eine vertraute Stimme ein Stück den Korridor runter. Es ist schön zu wissen, daß manche Dinge sich niemals ändern.

»Papi!«

Ich denke an meinen ehemaligen Nachbarn, den alten, ewig seinen Papi suchenden Sohni. Er kann wahrscheinlich sehen, und der Rest seiner Sinne ist vermutlich auch in Ordnung. Wenn der Verstand als erstes aussetzt, ist es ein Segen. Wenn ich nicht wüßte, was ich nicht tun könnte, hätte ich nichts dagegen. Wenn ich die Zeit durcheinanderwerfen und Akiva, Jonathan, David und den Zugführer Herzberg damals vom Libanon mit den entfernteren jüngst Verstorbenen, mit Rafi und Twersky und selbst Chester Llewellyn zusammenbringen könnte, ich würde meinen Verstand im Nu drangeben. Herrgott, es sind so viele. Ich kenne so viele Tote wie Lebende, aber Sohni kennt nur einen. »Papi!« ruft er wieder.

»Armer Trottel«, murmele ich vor mich hin, doch etwas an der Stimme von Zimmer 404 ist anders als bei seinem früheren Geschwafel. Ich erkenne Intonationen so gut wie die meisten anderen Leute Farben. Der sterbende Alte quengelt nicht mehr ins Leere.

»Eh«, antwortet eine sehr viel ältere Stimme.

»Wer ist das?« frage ich den Doktor.

»Wer ist wer?«

»Eh«, ahme ich die Stimme nach, die er sicher hört, aber ehe Dmitri antworten kann, weiß ich es schon. Oder aber auch ich verliere

wie Zimmer 404 allmählich den Verstand. Es kann nicht wahr sein.
»Es ist sein Vater«, sagt Dmitri, der sich nichts dabei denkt.
Und ich klappe beinahe zusammen. Ganz egal, was Zimmer 404 an Bewegungs-, Kreislauf- und Atmungsorganen fehlen und mir an kreativen, intellektuellen, akustischen und olfaktorischen Fähigkeiten überreichlich zu Gebote stehen mag, er hat trotzdem eines, was ich nie haben werde – einen Vater.
Scheiße.

Vollgepumpt mit Kodein, wofür mir Dmitri sogleich ein Rezept schreibt, lasse ich ihn meine Hand schienen und mit einem Elastikverband verbinden, der mich an Tefillin erinnert, die mich an Zizit erinnern, an das ganze rituelle Drumherum eines Glaubens, der aus einem einzigen Buch hervorging, geschrieben von dem einzigen oder übergeben an das einzige Volk, das es vor Tausenden von Jahren lesen konnte. »Zurück in die Altstadt«, sage ich. »Wir müssen eine Bibel finden.«
Dmitri legt mir besorgt eine Hand auf den Ellbogen.
»Nein, ich habe nicht zur Religion gefunden, aber vielleicht hat die Religion zu mir gefunden. Twersky, der Münzhändler, hat mir eine Botschaft hinterlassen … ehe er starb …«
Der Griff des Arztes wird fester.
Ich gebe zu: »Vorhin, ja, fand ich ihn dort erdrosselt.«
»Sind Sie sicher?« fragt er und beantwortet sich dann seine Frage selbst. »Ja, Sie sind sicher.« Der Doktor hat die Wunden gesehen – und behandelt –, die jede Station meiner Suche an meinem Körper zurückgelassen hat, trotzdem weiß er noch immer nicht, wonach ich suche, abgesehen von dem schwer faßbaren »Fremden Feuer«. Nach dem fruchtlosen Unterfangen mit Simons privatem Lesevergnügen habe ich ihn nach Hause geschickt und würde es

ihm nicht übelnehmen, wenn er dächte, das ganze Komplott sei meine Wahnidee.

Ja, ich informierte ihn über die Vorgeschichte im allgemeinen, aber ich hielt Einzelheiten zurück. Jetzt habe ich keine andere Wahl. Ich erzähle ihm, daß mir Noam erzählt hat, daß sich »Fremdes Feuer« in dem Tunnel unter der Westmauer abspielen soll und daß Twerskys letzter Hinweis enthüllen wird, was »Fremdes Feuer« ist.

»Warum hat er es Ihnen erzählt?«

»Weil er ein Freund war.«

»Nicht Twersky. Abravanel. Dem bin ich begegnet. Der ist kein Freund.«

»Nein.«

»Also, warum hat er's Ihnen erzählt?«

»Weil ich ein Arschloch bin.«

»Hmm.« Er überlegt, dann stellt er noch eine Frage. »Ist er am Leben?«

»Ich bin ein Arschloch, kein Killer.«

»Gut. Suchen wir eine Bibel.«

Wir könnten zu der kleinen Buchhandlung neben Twerskys Laden zurückfahren, aber ich möchte mich vom Cardo so weit wie möglich entfernt halten. Der Leichnam könnte inzwischen gefunden worden sein. Katz könnte inzwischen der Polizei von einem Blinden erzählt haben, der eigentlich hätte dasein sollen. Inzwischen könnte die Hälfte der Stadt, die nicht nach Gabriel sucht, nach mir auf der Suche sein.

Dmitri organisiert einen Krankenwagen, der uns zum Jaffator zurückfährt. Es ist das einzige Transportmittel, das ich noch nicht benutzt habe, wenn man vom Jet des PM absieht. Wir gehen ins Armenische Viertel hinein und schlendern an Restaurants vorbei, in denen reihenweise Kebabs für die Mittagsstunde brutzeln, an

Kachelfabriken, aus denen es nach Keramikstaub riecht, und an der Jakobuskirche, aus deren offener Tür Gebete zusammen mit einem Duft entweichen, der mich vor Ahnungen erstarren läßt.

»Nathan?«

»Los, gehen wir rein.«

»Aber –«

»Sie haben bestimmt eine Bibel«, rechtfertige ich meinen irrationalen Wunsch, als ich die abgerundeten Steinstufen schon halb hinaufgegangen bin.

Drinnen ist es kühl, und der ganz spezielle Duft, der mich unwiderstehlich anlockte, ist hier intensiver und mit anderen Düften vermischt, dem tropfender Wachskerzen und alter griechischer Frauen, die mich an meine Mutter erinnern.

Der Priestergesang aus einer Apsis an der Stirnseite der Kirche erhebt sich in höhere Tonhöhen, dann noch höhere. Orgelmusik strömt von einer Empore über unseren Köpfen herab. Goldie führt mich durch einen Mittelgang nach vorn, und Dmitri folgt einen Schritt dahinter. Der Duft schwebt in der dämmerigen Luft, bald stärker, bald schwächer wie in Wellen. Der Priester schwenkt offenbar ein Rauchfaß, das mit einer brennenden Substanz, halb Weihrauch, halb Zitrusöl, gefüllt ist. Fast ohnmächtig sinke ich auf eine nahe Bank, und Dmitri setzt sich neben mich.

»Lesen Sie vor«, befehle ich.

Er nimmt eine Bibel aus einem Fach, das in die Bank vor unserer eingelassen ist, und blättert darin. Auf unserem Weg hatte ich ihm die Münzen beschrieben, die Twersky sterbend zu einer Botschaft angeordnet hatte, und so weiß Dmitri, wo er nach drei-zehn-eins suchen muß. »Buch drei, Levitikus«, rezitiert er.

»Die Juden befinden sich nach der Flucht aus Ägypten auf dem Sinai.« Ich stecke den Schauplatz ab, nicht sicher, woher ich das weiß. Doch bis hierher ist mein Wissen alles andere als esoterisch.

»Kapitel zehn«, flüstert er. »›Und Nadab und Abihu, die Söhne Aarons –‹«

»Des Hohenpriesters«, sage ich, als der Priester der Kirche an ein Pult tritt und etwas in einer Sprache vorliest, die ich nicht verstehe, entweder Griechisch oder Latein, obgleich er russisch-orthodox ist. An der großen schwarzen Zeltform, die höher ragt als jeder normale Mensch, erkenne ich, daß er Talar und Mitra trägt. Ehe Dmitri weiterliest, denke ich zurück an einen Tag vor einem Vierteljahrhundert, als ich auf der Straße, mehrere Blocks von der kommunalen Wohnung entfernt, in der Mutter und ich damals wohnten, meinen Ball aufspringen ließ. In der Straße gab es eine Kirche, die in ein »Jugendzentrum« umfunktioniert worden war. Es stand allen braven sowjetischen Kindern offen, die den marxistisch-leninistischen Katechismus lernen wollten, aber ich hatte diesen Bau nie betreten, und zwar aus abergläubischer Furcht vor der Kuppel, die von seiner früheren Funktion noch vorhanden war, vor allem aber aus Angst vor dem Friedhof, der an die Kirche grenzte. Seine bemoosten Gräber wurden langsam von den Götterbäumen gesprengt, die zwischen ihren Steinen wuchsen, und örtliche Kinderlegenden wußten, daß durch die Ritzen Geister herauskamen. Der Ball sprang unerwartet hoch und flog über den verrosteten schmiedeeisernen Zaun, der den Friedhof umgab.

Ich konnte die rosa Gummikugel in einem Laubhaufen liegen sehen, den der nicht sehr häusliche Hausmeister – ein kleiner, faltiger Gnom, der alle Kinder der Gegend erschreckte, wenn er das Gelände verließ, um Wodka zu kaufen – neben einem Grabstein zusammengeharkt hatte. Ich suchte mir einen Stock und langte damit durch den Zaun, stocherte im Laub herum und versuchte den Ball in Richtung Freiheit zu stupsen.

Ein Rechen schlug mir auf das Handgelenk, drückte sieben winzige Male hinein, die heute noch zu sehen sind, und preßte meine

Hand in den Mulch. Ich spähte durch die schmiedeeisernen Stäbe des Zauns hinauf in die funkelnden Augen des Hausmeisters. Ehe ich schreien konnte, tauchte eine zweite Gestalt in einer schwarzen Tracht auf, die der des Priesters der armenischen Kirche in Jerusalem ähnlich sah. Dieser Geist vom Friedhof jagte mir größere Angst ein als der Hausmeister, aber er sprach mit einer sehr freundlichen Stimme und sagte: »Laß ihn in Ruhe, Artemyi. Er ist nur ein kleiner Junge.«

»Kleine Jungs«, zischte der Hausmeister. »Böse Jungs.«

Ich muß sieben gewesen sein, und Kirchen müssen durch kommunistische Erlasse noch immer geächtet gewesen sein, doch vielleicht hatte Glasnost die Macht der Erlasse bereits gemildert, oder aber mein Retter war ein abtrünniger Priester in einer abtrünnigen Kirche, der sich einer ebenso großen Gefahr aussetzte wie ich Jahre später, als ich in den Hinterzimmern am Arbat Gedichte vorlas. Er sagte: »Was tust du hier, mein Sohn?«

»Ball spielen«, antwortete ich wahrheitsgemäß.

»Aber dies hier ist heiliger Grund und Boden. Du solltest auf heiligem Boden nicht Ball spielen.«

»Es war ein Versehen, Vater. Ich wollte eigentlich hier spielen, auf der Straße.« Mein Handgelenk schmerzte unter den Zinken der Harke.

»Möchtest du nicht hier reinkommen, mein Sohn?« fragte er.

Ich hätte ja sagen sollen, aber ich hatte noch nicht lügen gelernt. Wieder antwortete ich so ehrlich wie nur möglich. »Ich darf nicht, Vater.«

»Warum nicht, mein Sohn?«

»Weil ich Jude bin.« Ich wußte kaum, was das bedeutet, außer daß ich eine Kirche nicht betreten durfte, auch wenn sie vorgab, ein Jugendzentrum zu sein, aber Mutter hatte mir bestimmte Lektionen eingeschärft, und diese war hängengeblieben.

»Ein Jude«, sagte er, überlegte und befahl dann dem Hausmeister: »Hack ihm die Hand ab.«
Die Harke erhob sich, ich zog meinen Arm weg, die Harke sauste herab, und ich rannte weg.
Dmitri liest weiter: »›... die Söhne Aarons, nahmen ein jeglicher seine Räucherpfanne ...‹«
Es überläuft mich kalt.
»›... und taten Feuer darein und legten Räucherwerk darauf ...‹ Sie kennen das, stimmt's?«
»Nein, ich schwöre es«, krächze ich. »Lesen Sie weiter.«
»›... und legten Räucherwerk darauf und brachten dem Herrn das fremde Feuer dar, das Er ihnen nicht geboten hatte.‹«
»Weiter?«
»Das ist es. Vers eins. Das ist alles, aber unten auf der Seite gibt's eine Fußnote.«
»Was steht da drin?«
Dmitri liest den Kommentar leise für sich, dann faßt er den Inhalt zusammen. Darin werden Aaron, Aarons Söhne und verschiedene Tempelrituale dargestellt, die offensichtlich ein fremdes Feuer nicht einschlossen. Nadabs und Abihus fremdes Feuer ist vielleicht ihr eigener, privater Kult gewesen, und der war möglicherweise so profan wie Alkohol. Vielleicht feierten Aarons Söhne eine Party. Und was waren die Folgen? »Vers zwei«, flüstere ich ängstlich in der Erwartung eben dessen, was ich auch erfahre.
Dmitri liest: »›Da ging ein Feuer aus von dem Herrn und verschlang sie, so daß sie starben vor dem Herrn.‹«
Das ist es. Gabriel ben Levi, der Sohn des Hohenpriesters – setze dafür Premierminister ein – fürchtete, im Namen des göttlichen Gesetzes getötet zu werden. Er, nicht ich, war natürlich das Ziel von Rubinsteins Schuß, während der Siedler selbst nur der Finger des Herrn war, der auf den Abzug drückte.

Aber wer ist der Herr, der bei Rubinstein zunächst auf den richtigen Knopf und dann auf den Abzug drückte? Offenbar ist es der »Alte«, Moshe X, der verrückte amerikanische Rabbi, der es für seinen persönlichen Auftrag hält, das Heilige Land zu retten. Wie aus dieser Mission eine Fehde gegen Gabriel ben Levi wurde, weiß ich nicht, und es ist mir offen gesagt auch egal, obwohl es wahrscheinlich etwas mit einer archäologischen Entdeckung zu tun hat, vielleicht in der Höhle am Toten Meer. Warum Leute tun, was sie tun, war mir nie so wichtig wie das, was sie tun, und der »Alte« hat offensichtlich vor, noch einen Versuch zu machen, diesmal mit mehr Erfolg, im Tunnel. Er hat mich mit dieser Unsinnsgeschichte vom Uran ans Tote Meer gebracht, um herauszubekommen, was ich wußte, und mich in eine vollkommen falsche Richtung zu schicken. Er war am Telefon nervös, weil klar wurde, daß ich mit Glück, Mut oder Intuition auf die richtige Spur zurückgefunden hatte und immer näher kam. Vielleicht war es dieselbe Intuition, die mich darauf brachte, den Herrn des »Fremden Feuers« selbst anzurufen und nach dem »Fremden Feuer« zu fragen. Ich sehe – geradezu buchstäblich –, warum Gabriel diese Passage wählte, um seine Angst zu offenbaren. Wie ein Rabbiner oder ein ehemaliger Rabbinatsstudent, der zum Münzhändler geworden war, würde ein Archäologe, der sich der Ausgrabung der Steine der Bibel widmet, die Bibel ebenso gut kennen wie deren Steine. Der Name »Fremdes Feuer« war ein Hilfeschrei, aber warum wandte sich Gabriel nicht einfach an seinen Vater und warf sich in die schützenden Arme des Schin Bet? Ich grübele darüber nach, als der orthodoxe Priester von seinem Podest heruntersteigt und eine Prozession von Meßdienern den Gang entlangführt.

In dem Moment begreife ich, daß Gabriel sich vor mehr als nur einem Rabbiner fürchtet. Trotz seiner donnernden Rhetorik hat sich Moshe X als unfähig erwiesen, als er einen ersten Mörder bestimmte, und nicht viel besser stand er bei unserem Zusammentreffen mit dem Jemeniten am Toten Meer da. Trotzdem ist es jemandem gelungen, einem arabischen Jungen den Kopf abzutrennen, ohne einen Tropfen Blut zu hinterlassen, und einem sehr entschlossenen Münzhändler die Luft zum Gehirn abzuschneiden. Dieser entscheidende Jemand muß Cyril Klein sein, der mit Hilfe Noam Abravanels jeden Verständigungsversuch zwischen Sohn und Vater unterbunden hat. Wieder ist das Motiv unklar, aber diese Allianz zwischen weltlichen britischen und religiösen Brooklyner Juden bedeutet, daß Gabriel auf der israelischen Seite der grünen Linie niemandem trauen kann. Darum suchte er Gita Mamoun auf. Eine Araberin war die einzige Zuflucht, die der Sohn des israelischen Premierministers hatte.

Berichtigung: eine Araberin und ein blinder, halb tauber, halb verkrüppelter, gescheiterter Dichter.

Gabriel kann mir vertrauen, denn, na ja, wer würde es nicht? Dieses ganze Drama ist es, was mir Madame Mamoun in Lerners *boucherie* zeigen wollte, als sie mich mit der Frage »Ist Ihr Rabbiner gut?« verspottete. Sie verstand, daß ich die Antwort auf das Rätsel selber finden mußte, sonst würde ich sie nicht glauben.

Jetzt, wo ich weiß, was gespielt wird, und, dank Noam, wo die Bühne aufgebaut ist, muß ich unter allen Umständen herausfinden, wann der Vorhang hochgehen wird. Ich beschließe, mich zu dem Tunnel aufzumachen, aber vorher bitte ich Dmitri, im Kapitel zehn des Levitikus weiterzulesen. Ich möchte wissen, was als nächstes geschieht.

Nachdem Gott die Söhne seines Hohenpriesters, ohne eine Sekunde zu zögern, getötet hatte, erteilte er Moses den Auftrag, dem trauernden Vater Bescheid zu geben: »›Ich will geheiligt werden … Ich will erhoben werden.‹« Was für ein Typ! Was für eine Geschichte!

»Erhoben und geheiligt werde Sein großer Name«, lauten die Worte des Kaddisch, das Aaron in den nächsten elf Monaten vermutlich dreimal täglich rezitierte. Ich frage mich, ob das Gebet für die Toten seine Ursprünge in dieser Passage hat. Gott teilt Aaron, dem Hohenpriester, und, daraus folgend, dem Volk mit: Ich töte eure Lieben, und ihr verkündet meine Herrlichkeit. Ich töte euch, und die, die euch liebten, verkünden meine Herrlichkeit. Ihr habt keine Chance.

Gabriel ben Levi jedoch hat eine Chance, dieser schrecklichen menschlichen Form des fremden Feuers zu entgehen. Ich habe genug von dem jüdischen Gott gehört und habe von ihm genug. Ich strecke die Hand aus und klappe das Buch zu, das in Dmitris Schoß liegt. Einen Moment lang lockt es mich, die Hand dort liegen zu lassen, aber ich tu's nicht. Statt dessen stehe ich auf und folge dem Priester und der Schar der Akolythen, die von einem gnädigen Gott singen, hinaus auf die Straße.

21

Der junge IDF-Posten am Eingang zu dem Tunnel an der Seite des großen Platzes vor der Westmauer zieht meinen Ausweis nicht einmal aus der Plastikhülle in meiner Brieftasche. Statt dessen scheint er mehr an meiner Blindheit als an den Sicherheitsmaßnahmen interessiert zu sein. »Sind Sie sicher, daß Sie hier reinwollen?«

»Nein«, gebe ich verächtlich schnaubend ehrlicher zur Antwort, als es die Frage erfordert. Ja, ich bin sogar ziemlich sicher, daß ich *nicht* hier rein will. »Aber ich werde es dennoch tun.« Von dem Moment an, als ich die armenische Kirche verließ, wußte ich, daß dies der Bestimmungsort ist, zu dem es mich quer durch Israel gezogen hat, seit eine Kugel in Tel Aviv mich um ein Haar getötet hätte. Jeder Schritt in Richtung Norden, zurück ins Jüdische Viertel, jeder Schritt über den gewundenen Ha-Schalschelet-Markt, der mit Einwohnern, Touristen und Pilgern angefüllt ist wie der Vierer-Bus mit Pendlern, jeder Schritt auf die Mauer zu hat mich dem Kern des Rätsels näher gebracht. Ich bin willenlos wie ein Eisenspan, der von einem Magneten angezogen wird.

»Bitte warten Sie einen Augenblick«, sagt der Posten und zieht sich in ein Telefonhäuschen neben der Mauer zurück.

Hinter ihm beten die Krähen Gottes zu ihrem Herrn: »Erhoben und geheiligt sei Sein Name«, während ein Fremdenführer den üblichen Vorschlag macht, daß seine Gruppe doch Briefchen an Gott schreiben und sie in die Ritzen in der Mauer stecken solle. Wie es heißt, hat ein unbekannter israelischer Soldat kurz nach der Eroberung der Altstadt den ersten Zettel in einen Mauerspalt gesteckt, und der Brauch hat sich durchgesetzt. Inzwischen ist jede Ritze in der Mauer mit Mitteilungen von Bittstellern an ihre jeweiligen Gottheiten vollgequetscht. Von weitem verleihen die weißen Pünktchen der Mauer etwas Pointillistisches. *Pointless*: zwecklos, wenn du mich fragst. Ich überlege, wessen Aufgabe es sein mag, die Spalten ab und zu zu leeren, damit für neue Gebete und Bitten Platz ist. Ob derjenige die Briefe liest?

»Hier entlang, bitte.« Ehrerbietig führt der Posten Dmitri, Goldie und mich durch einen Nebenraum, in dem sich ein weiterer Minjan versammelt hat. Ich höre Schlüssel an einer Kette rasseln, die er am Gürtel hängen hat. Er schließt eine Tür auf, und wir treten in ein Vorzimmer ein, das als archäologisches Miniaturmuseum für Besucher gedient haben muß, bis die ganze Anlage aufgrund der Proteste von Arabern, die buchstäblich die Unterminierung des Felsendoms befürchteten, geschlossen wurde. Ich fahre mit den Händen über gläserne Schaukästen, die denen in Jacob Twerskys Laden ähneln. Möglicherweise enthalten sie auch einige Münzen neben den üblichen Tonscherben und einem zerfressenen Dolch oder einer primitiven Atombombe und sepiabraunen Fotos, auf denen die Entdeckung und Ausgrabung des Tunnels zu sehen ist.

»Das Licht brennt.« Der Posten spricht mit Dmitri, während er mich anstarrt. Ich merke es an der Richtung, aus der seine Worte kommen. »Brauchen Sie vielleicht sonst noch etwas?«

»Glück«, antworte ich.

»Ich … ich wollte nicht …« Er beendet den Satz nicht. Gaffen ist ein gesellschaftliches Tabu, das die Leute bei einem B.M. oft gefahrlos verletzen, aber wenn man sie darauf hinweist, fangen sie an zu stammeln und zu lügen.

Dmitri und ich stehen vor einer großen Öffnung, aus der uns ein leichter Wind entgegenweht. Luftströmungen sind etwas Merkwürdiges in Tunneln. Sie haben anscheinend keine Ursache, finden aber ihren Weg hinein – wie Wasser, das durch Felsen sickert – und wieder heraus. Ich trete einen Schritt vor und denke, daß zwei Männer und ein Hund einfach nur Glück haben sollten.

Wir gehen eine lange schräge Rampe hinab, die mit summenden Neonröhren beleuchtet ist, die in den neuen Bau eingelassen sind, aber sobald wir auf antikem Niveau ankommen, wird der Boden rauh, und nackte Glühbirnen hängen von der Decke direkt über unseren Köpfen herab. Ich vermute, dies sollte einen Schauder der Vergangenheit bei den Touristen von heute auslösen, von denen man erwartete, daß sie in Massen zu dieser »Attraktion« strömen würden, bis sie für immer geschlossen wurde.

An diesem Punkt befinden wir uns mehrere Meter unter Jerusalem, wahrscheinlich da, wo das Jüdische ans Muslimische Viertel grenzt, und bewegen uns in westlicher Richtung unter der Mauer entlang, die nicht, wie die meisten Leute denken, die wirkliche Mauer des Heiligen Tempels ist, sondern vielmehr die Umfassungsmauer, innerhalb deren das kunstvollere Gotteshaus errichtet und zerstört wurde.

»Mir gefällt das nicht«, sagt Dmitri.

»Goldie auch nicht«, antworte ich. Normalerweise kann sie es kaum erwarten loszulaufen, die nächste Straße zu überqueren und am nächsten Hydranten zu schnuppern. Jetzt hängt ihre Leine schlaff. Sollte ich sie loslassen und »Lauf!« rufen, würde sie sofort zurückkommen.

»Braves Hündchen.« Dmitri bückt sich und tätschelt ihr den weichen Kopf. »Kluges Hündchen. Klüger als dein Herrchen, was?«

»Hören Sie, wir wollen uns bloß informieren. Wir wissen immer noch nicht, wann ›Fremdes Feuer‹ steigen soll. Bis dahin ist es besser, sich über die Dinge Klarheit zu verschaffen. Außerdem können Sie ja nach Hause gehen, wenn's Ihnen nicht paßt.« Ich rucke an Goldies Leine und gehe weiter.

Die Wahrheit aber ist, daß mir die Situation auch nicht gefällt. Ich mißtraue dem Ort und der Mühelosigkeit, mit der wir reingekommen sind. Außerdem glaube ich nicht, daß wir allein sind. Mit nur einem Ohr habe ich noch immer das Gehör von zehn Leuten und nehme menschliche Laute vor uns wahr. Wie weit vor uns, kann ich nicht sagen, weil Geräusche, Wind etwa, sich in Röhren merkwürdig fortpflanzen. Ich konzentriere mich auf diese Einzelheiten, um nicht daran zu denken, wo ich bin, aber der Pegel meiner Angst steigt immer höher. Tunnel habe ich seit dem Libanon gemieden.

Ich befühle die Wand. Daß sie erst vor kurzem freigelegt wurde, ist offensichtlich und auch spürbar, im Gegensatz zu den mit Sand zugesetzten Höhlungen unter Tel Arnon. Schwacher Trost. Ich bin, ganz egal, wie positiv ich es hinzudrehen versuche, begraben.

»Okay«, sagt Dmitri. »Wenn schon, denn schon.«

Ich bin ihm dankbar für seine Treue und für seine gewichtige, freundliche Gegenwart.

Wir gehen weiter und stoßen auf dicke Balken, mit denen die Wände in anscheinend beliebigen Abständen gestützt werden. Einmal macht der Weg eine ungewöhnliche Biegung, aber Goldie zieht mich nach rechts, als Dmitri gerade denselben Vorschlag machen will. Er bemerkt statt dessen: »Diese Richtung könnte unter die Mauer führen.«

»Das genau fürchten die Araber«, sage ich und erläutere einige der politischen Machenschaften, die dem Tunnel schaden. Sichtbare Besetzungen von Land sind schon schlimm genug, aber Unsichtbares löst alle möglichen atavistischen Befürchtungen aus. Ich weiß das.

Dann macht der Weg eine Biegung nach links, und wieder gehen wir parallel zur Mauer.

»Moment mal«, sagt Dmitri, und wir bleiben stehen.

»Ja?«

»Hören Sie etwas?«

Ich höre es schon zehn Minuten immer deutlicher. »Stimmen.«

»Von wem?«

»Das weiß ich nicht.«

»Wie weit vor uns?«

»Nicht weit.«

»Sollten wir umkehren?«

Sicherlich *sollten* wir umkehren, aber ich will nicht. Ich kann nicht. Warum? Ich sage mir, daß mir Motive gleichgültig sind, daß Taten das einzige sind, was zählt, daß ich mich richtig verhalte, vielleicht zum erstenmal, seit ich heiligen Boden betreten habe, sicherlich aber, seit ich das Dichten aufgegeben habe, das, wenn es auch nicht unbedingt eine angesehene, so doch zumindest keine abträgliche Tätigkeit war.

Unzählige Kindheitserinnerungen haben mich in dieser Woche ungebeten heimgesucht, aber obgleich ich die Orte und Ereignisse wiedererkannte, die Hauptfigur dieser Erinnerungen habe ich nicht wiedererkannt. Oder vielleicht habe ich den Mann nicht wiedererkannt, zu dem der Junge geworden ist. Ich habe das letzte halbe Dutzend Jahre in der, ja, blinden Gewißheit verbracht, daß das Leben ein Darwinscher Kampf ist, in dem der Fitteste zu sein ich entschlossen bin. Das macht mich zu keinem besonders freundlichen Menschen, und ich würde es auch gar nicht anders haben wollen, weil die Wirklichkeit ein stärkerer Gegner ist als die

Phantasie. Aber diese Woche habe ich gegen meinen Egoismus gehandelt. 's ist ein weit, weit besser Ding, usw., usf. Das schafft seine eigene Zufriedenheit. Warum?
Anfangs war es die am wenigsten eigensüchtige Empfindung, die mich getrieben haben muß: Liebe. Nicht reife Liebe, sondern pubertäre Schwärmerei. Wie lächerlich. Wenn ich erwarte, daß sich mir ein dankbarer Gabriel ben Levi in die Arme wirft und mich für immer wiegt und knuddelt, dann verdiene ich es, vernichtet zu werden.
Mir kommen Soldaten in den Sinn, nicht die olivbraunen IDF-Verbände, die die Stellung gegen steineschmeißende Jugendliche halten, sondern römische Legionen oder die rotgekleideten Schöpfer des British Empire oder die amerikanischen Patrioten mit ihren Waschbärfellmützen, die dieses Empire gestürzt haben. Ich denke an Spione und Astronauten und Nordpolforscher. Vielleicht zeugt es von der Leichtfertigkeit meines Wesens, daß ich vom tückischen Strudel des »Fremden Feuers« in so romantisch-abenteuerlichen Begriffen denke, aber ich kann's nicht ändern. Es ist schrecklich, wenn ich's sage, aber ich habe meinen Spaß. Es macht mich wieder jung und klein und fast fähig zu sehen.
Und dann ist da noch das andere Motiv, das als Fundament für Aktionen, ob edel oder niederträchtig, nie unterschätzt werden darf: Ich bin neugierig. »Gucken wir mal nach, wer da ist.«

Lange bevor wir an der Verbindungsstelle ankommen, wo der Tunnel mehrere kleinere Tunnel auf einer Art unterirdischem Platz kreuzt, weiß ich bereits, wer auf uns wartet. Vielmehr, ich kenne die größere Gruppe, von der diese kleinere Gruppe abstammen muß. Wenn der Tunnel die Bühne ist und die Liste der Mitwirkenden sich mit jedem Akt erweitert hat, ist es an der Zeit, sie vor der Show am Auftritt zu hindern. Aber wieso jetzt? Wie konnte ich zufällig zur Schlußszene ins Theater hineinspazieren? Es kann nicht bloß Zufall sein, Glück oder Pech, und ich bin immer noch viel zu sehr Realist, um mein zufälligerweise richtiges Timing einem Samarraner Rendezvous mit dem Schicksal zuzuschreiben. Wenn dies hier keine Probe ist – und es muß eine sein, denn Gabriel, die Hauptfigur, wartet noch in den Kulissen –, sieht es so aus, als hätten sich die anwesenden Schauspieler für immer auf der matt erleuchteten Bühne versammelt, wären erstarrt und warteten nur noch aufs Publikum. Auf mich?

Meine Füße schlurfen, und ich zuckele im Tempo eines Gefangenen auf dem Weg zum Urteil auf meiner persönlichen – oder vielleicht auch, da sich Jerusalem in den zweitausend Jahren seit Christus gehoben hat, der originalen – Via Dolorosa weiter.

Station drei-zehn-eins. Alle Mann an Bord für »Fremdes Feuer«. Der Boden wird hier, in der Nähe der Kreuzung, sandig und der Wind frischer. Die Lampen, die von den an der Tunneldecke befestigten Kabeln herunterhängen, flackern. Goldie bellt. Die Stimmen verstummen.

Wir machen weitere zwanzig Schritte in die Arena hinein. Noam Abravanel, der zum Umziehen keine Zeit hatte, hebt sich klar ab, denn er stinkt nach dem Angstschweiß und der biergesättigten Atmosphäre des Dregs aus der vergangenen Nacht, aber neben ihm steht Serena Jacobi, die so stark nach Parfüm duftet, daß dadurch für mich praktisch ihre Gestalt definiert wird. Die übliche Phalanx von Presseagenten und Laufburschen füllt den Hintergrund. Ich drehe mich von links nach rechts und versuche, die geruchlose Erscheinung von Cyril Klein, dem Bösewicht, auszumachen.

Serena begrüßt mich. »Nathan, Sie sehen … schrecklich aus.«

»Ich bin sicher, daß Sie großartig aussehen, Serena.«

»Leider nein. Es ist hier so schmutzig, und es ruiniert mir die Klei-

der.« Ich höre es knistern, als sie mit den Händen an ihrer Hüfte hinunterstreicht.
»Dazu gibt's ja chemische Reinigungen.«
»Wir haben schon auf Sie gewartet.«
»Es sieht so aus.«
»Aber wir warten auf noch jemanden, und dann können wir anfangen.«
In seiner gewohnt schroffen Art fragt Dmitri: »Womit anfangen?«
»Dr. Tatarski.« Serena kennt seinen Namen. »Wir hatten nicht erwartet, daß Sie Nathan begleiten, aber natürlich sind auch Sie willkommen.«
»Womit anfangen?« wiederholt er seine Frage.
»Mit der Tötung«, sagt sie gelassen.

Simon im Untergrund: Natürlich kann ich ihn nicht sehen, und ich habe auch sonst nichts sehen können, keinen Umriß, keine Farbe, nicht mal eine verschwommene Form, seit wir in diesen unterirdischen Alptraum eingetreten sind, und zuerst habe ich auch sein zurückhaltendes Eau de Cologne nicht bemerkt, aber natürlich muß auch der Premierminister anwesend sein – dies hier ist eine Vorstellung auf Befehl, und er ist der Oberbefehlshaber –, nur hat er noch kein einziges Wort gesagt und tut es auch jetzt nicht, als mehrere Angehörige seines privaten Sicherheitsdienstes vortreten und mir und Dmitri sorgfältig die Hände auf den Rücken binden und unter unseren Kinnen Knebel anbringen, so daß sie uns jederzeit augenblicklich zum Schweigen bringen können.
»Darf ich ein paar Fragen stellen?«
»Alles, was Sie wollen«, erwidert Serena. Sie ist die perfekte Gastgeberin. Ein blinder Ausländer, der uns zufällig zuhören würde, ohne Hebräisch zu verstehen, hätte gedacht, er sei auf einer Teegesellschaft. Mir ist zum Kotzen zumute.

»Meine rechte Hand ist gebrochen und tut sehr weh. Hätten Sie was dagegen, mir die Hände vor dem Bauch zusammenzubinden?«
Eli Khadoury, Kleins Alter ego, hält dieses Zugeständnis unter eindringlichem Flüstern für unklug.
Simon bricht sein Schweigen. »Ich glaube nicht, daß Nathan irgend jemandem etwas antun wird. Legt ihm die Fesseln bequemer an. Auch seinem Freund. Es besteht kein Grund, unnötigen Schmerz zuzufügen.«
Obwohl ich diese Worte nicht verfaßt habe, werden sie sorgfältig benutzt. Politiker lernen, Ungenauigkeiten zu vermeiden, es sei denn natürlich, sie ziehen in einer bestimmten Situation Vagheiten vor, und dann könnten sie genausogut auch Brummkreisel sein. Die Situation hier erfordert jedoch kein Zartgefühl. Ich frage: »Und welcher Schmerz ist nötig, Simon?«
»Ich nehme an, es wird schnell gehen.«
Simons Widerstreben zu verraten, was passieren wird, ist ein schwaches Anzeichen von Menschlichkeit bei einem Mann, der bereits vor Jahren hinter seinem eigenen Image verschwunden ist. Ich bin schon darauf vorbereitet, es zu hören, aber ich bin entschlossen, es ihn aussprechen zu lassen, damit auch *er* es hören kann. »Was wird schnell gehen, Simon?«
»Nicht antworten!« durchdringt ein Flüstern den Raum. Klein steht neben dem Ausgang.
»Simon, ich weiß nicht, was sie Ihnen erzählt haben, aber diese Leute haben vor, Gabriel zu töten. Um nichts anderes geht es hier. Gabriel, Ihren Sohn.« Ich spreche so schnell wie möglich, aus Furcht vor dem Knebel. »Gabriel war derjenige, den Rubinstein zu erschießen versucht hat. Deshalb war Klein so scharf darauf, ihn zu finden. Gabriel ist in Gefahr, wenn man mich ... tötet.« Ich würge das schreckliche Wort heraus, das Serena so glatt von den Lippen ging wie »Aperitif gefällig?«, und rede weiter und immer

weiter, indem ich den Namen Gabriel wiederhole wie ein Mantra, bis ich völlig erschöpft bin und Stille eintritt. Ahnungslos denke ich, das Schlimmste sei vorüber.

Aber die Reaktion auf meine Brandrede kann ich nicht sehen.

Dr. Tatarski, dessen Nachnamen ich bis heute abend nicht benutzt und den ich erst bei seinem richtigen Vornamen genannt habe, als ich ihn bereits in den Treibsand hineingezogen hatte, nimmt es bedauerlicherweise auf sich, mir die schlechte Nachricht mitzuteilen. Das ist eine Fähigkeit, die Ärzte auf der Universität erlernen. »Er weiß es, Nathan.«

»Was?« Ich bin immer noch zu benommen, um die endgültige Wahrheit zu erkennen, als sie mir in meine leeren Augen starrt.

»Wir arbeiten nicht ohne Auftrag«, sagt Noam schroff.

»Sie befolgen lediglich Anweisungen«, erklärt Dmitri.

Noam tritt heran und versetzt ihm einen Hieb ins Gesicht.

Dmitri spuckt ein wenig, und ein kleiner Gegenstand klimpert auf den Boden – ein Zahn. Er dreht sich zu mir herum. »Ihr Schlag war besser.«

In meinen Fesseln wedele ich mit der verbundenen Hand. »Wenn man zuschlägt, muß man bereit sein, sich selbst weh zu tun. Das ist Noams Problem. Er ist nur bereit, anderen Schmerzen zuzufügen.«

Der leitende Mitarbeiter stürzt sich auf mich, aber Klein stößt wie ein Falke aus seiner Ecke hervor und hält ihn zurück.

Doch auch Klein ist hier nicht der oberste Entscheidungsträger. Auch er befolgt Anweisungen, und ich kann mich immer noch nicht mit der Tatsache anfreunden, daß Simon selbst diese Anweisungen erteilt hat. »Sagen Sie's mir. Es gibt keinen Grund, warum Sie es mir nicht erzählen sollten. Erzählen Sie es mir doch, verdammt noch mal.«

Simon verläßt den Schutz seiner Entourage und tritt näher, bis er so dicht vor mir steht, daß ich seinen Atem spüre. Normalerweise wohlriechend, stinkt er jetzt nach Magensäure. Das gibt mir Hoffnung. Vielleicht enthält seine Entschlossenheit ein Fünkchen Unsicherheit, einen letzten Rest Anstand, der ihn veranlaßt, es sich anders zu überlegen.

»Ich erzähle es ihm«, sagt Serena.

»Ich möchte, daß Simon es mir erzählt.«

»Was *Sie* möchten«, fährt Klein dazwischen, »ist uninteressant.« Er und Serena sind die menschliche Rüstung, die der PM trägt, um sich dagegen zu schützen, sich selber ins Gesicht sehen zu müssen.

»Es fing mit der Wahl an«, erklärt Serena seelenruhig.

»Der Wahl?« wiederhole ich fassungslos.

»Sie haben sicher schon davon gehört«, höhnt Noam.

Sie sind ein Team innerhalb des Teams, zu dem ich einmal gehört habe. Aber obwohl man mir Worte und Ideen anvertraut hat, hat man mich über die Strategie im unklaren gelassen. Voller Illusionen über meine Stellung, stand ich nur am Rand eines magischen Kreises innerhalb des inneren Kreises. Ich erinnere mich an Geheimsitzungen, zu denen ich nicht eingeladen wurde, an Privatgespräche, die in dem Augenblick verstummten, wenn ich ins Zimmer kam. Ich war der Meinung, es liege einfach daran, daß sie mich haßten, daß sie Verabredungen zu Abendessen trafen, die mich ausschlossen, und dachte nicht weiter drüber nach. Ich hatte meine eigene Welt.

»Die Polls waren schlecht. Die Polls lügen nicht.«

»Im Gegensatz zu den Poll-itikern.«

»Spielen Sie mit Worten, solange Sie das noch können, Nathan. Das ist schon immer Ihr Problem gewesen.«

»Und seine Stärke«, räumt Simon ein.

»Vielen Dank«, sage ich.

»Ich werde Sie vermissen«, antwortet er.

»Wir hatten wichtigere Dinge im Kopf«, fährt Serena fort. »Wenn nicht was passierte, würden wir verlieren. Wir studierten eingehend frühere Wahlen, vor allem die von 96, als Netanjahu Peres nur um ein einziges Prozent schlug. Peres war ein politischer Versager, der eigentlich keine Chance hätte haben sollen, aber der Grund, warum er so dicht rankam, war Rabins Ermordung etwas früher im gleichen Jahr. Die Sympathiewähler. Diese Wähler brauchten wir. Zuerst zogen wir einen Mordversuch an Simon in Betracht, aber wenn wir keinen bereitwilligen Märtyrer finden könnten, der begreifen würde, daß sein Auftrag scheitern müßte …«

»Und Leute, die klug genug sind, die Strategie zu durchschauen, sind selten dumm genug, sich dafür zu opfern.«

»Richtig. Wir brauchten einen echten Gläubigen.«

»Den Herr Klein bequemerweise in Beis Machpela fand«, liefere ich den Rest, während ich mich an das verschwommene Knäuel geballter Energie in Tel Aviv erinnere. Den Möchtegernmörder unter dem chassidischen Mantel trieb wahrscheinlich genau dieselbe Leidenschaft wie den Jungen, der im Libanon Jagd auf mich machte. In der alten Heimat waren wir ungeheuer stolz auf die dramatische Überspanntheit der russischen Seele, aber hier, in diesem Teil der Welt, ist zweifellos jeder geisteskrank. »Rubinstein, dem Herr Klein persönlich die Möglichkeit bot, durch Herrn Kleins eigenes Sicherheitsnetz zu schlüpfen. Ich habe mich gefragt, wie er in den Presseraum gelangen konnte.«

»Ja. Aber wir konnten trotzdem nicht vollkommen sicher sein, ob der Anschlag nicht in die Hose gehen würde. Deswegen entschlossen wir uns zu einem wirklichen Mord. So wie Peres – zwar nicht ausreichend, um die Wahl zu gewinnen – seinen Nutzen aus Rabins Tod zog, so würde Simon den Nutzen ziehen aus –«

»Gabriels Tod.«

»Vergessen Sie nicht, die Rechte würde Simon so oder so wählen. Doch wenn der Sohn des Amtsinhabers von einem Siedler getötet würde, ergäbe das einen solchen Ausbruch an Sympathie, daß selbst Linke für Simon stimmen würden, jedenfalls genug, um Auswirkungen auf das Ergebnis zu haben.«

»Und so erzählten Sie dem Rabbiner, Gabriel habe irgendeine Entdeckung gemacht und würde irgendeinen alten Friedhof entweihen oder irgend so was.«

»Irgend so was. Es kommt nicht darauf an.«

»Und Gabriel erzählten Sie, sein Vater sei in Gefahr, und er müsse zu der Pressekonferenz in Tel Aviv kommen.«

»Irgend so was.«

Da mir das Wichtigste noch fehlt, verfolge ich den Ablauf der Ereignisse kühl wie Schachzüge. »Leider verfehlte Rubinstein sein Ziel auch so.«

»Das ist die Ironie an der Geschichte. Wenn wir das gewußt hätten, würden wir ihn schließlich doch auf Simon angesetzt haben. Ein Ohr zu verlieren, ist nicht viel.«

»Für eine gewonnene Wahl.«

»Für eine gewonnene Wahl«, wiederholt Serena ruhig.

»Sie waren bereit, einen unschuldigen Menschen für eine gewonnene Wahl zu töten. Und tatsächlich haben Sie einen Unschuldigen getötet: Rubinstein in dem Krankenwagen.«

»Herzinfarkt«, sagt Noam. »Praktisch, aber wahr.«

Ich dachte, ich wäre zynisch, aber diese Leute schlagen mich um Längen. Ich wende mich ab von der Stelle, wo Serena und Klein stehen und sich praktisch die Lippen lecken über die Eleganz ihres Plans, der in die Binsen ging. Verglichen mit ihnen bin ich ein Poet. Hätte Rubinstein nicht so schlecht gezielt, hätte der Plan perfekt funktioniert. Letzten Endes läuft in Israel alles auf Väter und Söhne hinaus. Abraham und Isaak, David und Abschalom. Ben Gurion als der Vater seines Landes. Nicht zufällig sah die einzige Frau, die wir jemals als politische Führungskraft hatten, eher wie George Washington denn wie Marilyn Monroe aus. Ich kann mir Simon als Padonna vorstellen, wie er seinen sterbenden Sohn in den Armen wiegt. Ich kann mir die Reden vorstellen, die ich nach einer angemessenen Trauerzeit für den Rest des Wahlkampfs verfaßt hätte. Ich hätte es geschafft, daß halb Israel mit dem Premierminister gelitten hätte. Sie wären schluchzend in die Wahlkabinen gewankt, mit nur einem Namen im Kopf, dem Namen des Märtyrers und seines Vaters: ben Levi.

Und dann kommt mir ein noch gräßlicherer Gedanke. Warum haben sie mich nicht aufgefordert, mich daran zu beteiligen? Hätte ich, nach einem symbolischen Ringkampf mit meinem Gewissen, mich nicht dem fröhlichen Mordklub angeschlossen? Waren sie imstande festzustellen, daß ich es nicht in mir habe, daß ich schwach oder – schlimmer noch – auf eine Art und Weise moralisch bin, über die ich vor zwei Wochen gelacht hätte?

»Für eine gewonnene Wahl«, wiederhole ich mit soviel Abscheu, wie ich jenem Wort nur beilegen kann, das für alle in diesem waagerechten Sarg so etwas wie ein Gral ist. Direkt über uns befindet sich der spirituelle Mittelpunkt der monotheistischen Welt, und hier stehen wir. »Sie ...« Ich richte die leeren Maschinengewehrhöhlen meiner Augen direkt auf Simon. »Sie wollten Ihr eigen Fleisch und Blut für eine gewonnene Wahl töten.«

»Nein«, sagt er ruhig.

»Nein?« wiederhole ich ungläubig.

»Ich wollte es für das Land tun. Dies ist ein kritischer Augenblick in der Geschichte Israels. Weiner würde mit den Arabern einen unhaltbaren Frieden schließen. Die gesamte Nation würde leiden.« Seine Stimme schwillt mit jeder falschen Rechtfertigung an, bis er, wahrscheinlich für imaginäre Kameras aufs Stichwort in Tränen aufgelöst, schließt: »Ich mußte es tun.«

»Simon, tun Sie mir bitte einen letzten Gefallen.«

»Welchen?« Seine Stimme ist so melancholisch, so aufrichtig, so volltönend und sanft, daß er sich wie ein Gemeindepfarrer anhört.

»Verschonen Sie mich mit diesem Quatsch. Schonen Sie mich nicht, aber erzählen Sie mir nicht diese Scheiße. Ich habe Jahre damit zugebracht, dieses Zeugs zu verfassen, und ich weiß, was es bedeutet. Es bedeutet Scheiße.« Ich gebe mich der Vulgarität hin. Andere Worte reichen dafür nicht aus. »Sie sind ein Scheißkiller, ein Kindermörder für Ihr persönliches, individuelles, einmalig egoistisches ...« Ich verheddere mich in meinen eigenen Worten und schließe ineloquent und pleonastisch: »Ego.«

»Wenn Sie so denken müssen, tun Sie's. Deswegen haben wir Sie nicht zur Teilnahme eingeladen«, beantwortet er meine frühere, unausgesprochene Frage. »Weil Sie an nichts glauben, Nathan. Aber wir bringen alle Opfer.«

Selbst jetzt noch hat er die Frechheit, mir zu sagen, daß ich ihm unterlegen bin, weil ich ihm nicht helfe, seinen Sohn zu ermorden. Und trotzdem, trotzdem denke ich an nichts anderes als an die praktischen Auswirkungen des Komplotts. Mit sadistischer Freude weise ich darauf hin: »Aber Ihr Opfer hat nicht funktioniert. Ihr Bauer hat die falsche Figur geschlagen.«

»Tatsächlich« – Serena ergreift in ihrer Rolle als Meinungsforscherin das Wort – »bekamen wir sofort nach Ihrer Verwundung hübschen frischen Schwung, und ein, zwei Tage glaubten wir, der Plan hätte schließlich doch geklappt, aber der Impuls ließ fast augenblicklich wieder nach.«

»Der Redenschreiber war nicht der Sohn. Ich kriegte nicht die Sympathiewählerstimmen.«

»Leider.«

»Also, macht endlich Schluß. ›Fremdes Feuer‹ ist vorbei.«

»Sie verstehen immer noch nicht, Nathan.« Simon ist entschlossen, diesen äußerst schwierigen Zuhörer zu überzeugen. »An diesem Punkt hat ›Fremdes Feuer‹ erst begonnen. Cyril, erklären Sie's ihm.«

Klein zögert, dann fängt er an. »Irgendwie fand Gabriel heraus, oder er erriet, was in Tel Aviv wirklich passiert war. Er gab ihm den Namen ›Fremdes Feuer‹, erzählte es Moshe X, und der erzählte es Ihnen. Das brachte uns auf eine viel bessere Idee.«

»Uns?«

»Mich«, erkennt er bescheiden an.

»Sie sind ein verdammter Irrer.«

»Nein, ich bin ein verdammtes Genie. Gabriel begriff nicht, was seine kleine biblische Anspielung bedeutet. Für ihn war sie nur ein geistreiches, intellektuelles Losungswort, um auf seine Zwangslage aufmerksam zu machen. Der Sohn des Ministerpräsidenten in Gefahr. Aber wenn man seine Tora kennt, weiß man, daß das wahre Zentrum der Geschichte die Schändung des Heiligtums ist, die den Zorn Gottes auslöst. Hierin liegt Plan B. Sehen Sie, oder vielmehr Sie sehen nicht«, verhöhnt er mich, »daß Sie, von Hunderten von Leuten dabei beobachtet, von dieser Seite dort den Tunnel betraten, während wir ungesehen von der anderen Seite gekommen sind.«

Ich denke an die unablässigen Bohrgeräusche, die Abdullah unter seinem Café gehört hat.

»Und« – Klein muß sich einfach diebisch freuen – »wir haben eine Bombe, die in ungefähr fünfzehn Minuten explodieren und einige der heiligsten Stätten des Islam in die Luft jagen wird. Natürlich haben die Araber schon seit Jahren den Verdacht, daß das passieren wird, und es wird vielleicht einen kurzen Krieg geben, der wohl oder übel das Land unter einer Fahne vereinen wird.«

»Und Sie haben vor, mir die Schuld daran zuzuschieben.«
»Nein, das ist das echt Geniale. Wir haben vor, Gabriel die Schuld daran zu geben.«
»Warum?«
»Weil ben Levi der Jüngere ein Liberaler ist. Die Linken werden sich nicht die Finger an der Sache verbrennen wollen, wenn einer von ihnen sie verursacht hat.«
»Es gibt nur ein Problem, Sie Genie.«
»Nämlich welches?«
»Er ist nicht hier.«
»Warten Sie einen Augenblick«, sagt er, und ich schwöre, ich sehe das Leuchten in seinen Augen. »Knebelt ihn.«

Trotz meiner düsteren Umgebung könnte ich mich ebensogut in der Wüste befinden. Ich rieche Salz und Sand und eine Blume, die ich nicht identifizieren kann. Ich rieche die Kötel einer Herde Beduinenziegen. Ich höre die sich überlappenden Schritte von zwei Menschen, die – miteinander? – auf der nackten Erde unter freiem Himmel geschlafen haben. Ich rieche Gabriel ben Levi und Gita Mamoun und versuche sie zu warnen, aber der Knebel über meinem Mund sitzt fest.
»Endlich«, sagt Noam Abravanel, als die letzten Akteure die Grotte betreten.
Drei Sicherheitsleute lösen mit einem Klick die Sicherungen ihrer Maschinenpistolen.
»Was ist das?« sagt Gabriel.
Simon überquert den Platz und umarmt seinen Sohn. Ich höre, wie er Gabriel einen Klaps auf die Schulter gibt.
Serena Jacobis Fingernägel klacken ungeduldig.
Simon tritt zurück, um den Sohn zu betrachten, den er nicht mehr gesehen hat, seitdem er ihn zum Tode verurteilt hat.

Ich versuche zu sprechen.
Simon muß in meine Richtung genickt haben, denn die klobige Hand eines der Posten löst meinen Knebel. Ich sage jedoch nichts, nachdem ich den Mund frei habe. Ich habe die Orientierung darüber verloren, wann die Aktion, die hier in Kürze zu Ende geführt werden soll, begann, und kann mir nicht vorstellen, wie sie enden soll, aber ich befasse mich weiter mit einzelnen Momenten, ohne Bezug zu ihren Vorläufern oder Nachfolgern.
Gita Mamoun fragt: »Darf ich gehen?«
Und Serena antwortet: »Geschäft ist Geschäft.«
Geschäft? Ich trudele durch die Echos dieses kleinen Dialogs. Die beiden Frauen haben nicht mehr als ein halbes Dutzend Worte gewechselt, aber sie offenbaren einen Abgrund an Verrat. Ich kann mir die Tage nach Rubinsteins Schuß genau vorstellen, als alle nach Gabriel ben Levi suchten, während ich im Smolinski-Flügel des Hadassa-Krankenhauses zusammengeflickt wurde. Da Gabriel jedem mißtraute, der mit der Regierung zusammenhing, suchte er Zuflucht und meinte sie durch Rafi in einer Hotelsuite zu finden, die in Wirklichkeit eine Schlangengrube war. Doch er war klug genug, seinem Penthouse-Unterschlupf zu mißtrauen, und setzte sich mit mir in Verbindung, als ich entlassen wurde. Neben Gabriel, mir und Dmitri weiß das jeder in dieser Grotte.
Wenn aber Simon hofft, über die Leiche seines Sohnes eine Wahl zu gewinnen, was will dann Gita Mamoun?
Und wer unternahm den ersten Annäherungsversuch? Mamoun oder Jacobi, es läuft auf eins raus. Ich sehe die beiden raffiniertesten Frauen Jerusalems vor mir, wie sie im Foyer des King David Hotel Wodka-Martini schlürfen und ohne Rücksicht auf die Kosten einen Plan zu ihrem gegenseitigen Vorwärtskommen aushecken.
Im stillen staune ich über das Ausmaß der Verschwörung, wie

raffiniert verschlungen ihre einzelnen Teile und wie bereitwillig die Beteiligten sind, für sie Opfer zu bringen. Simon hat seinen Sohn als Einsatz gezahlt, und Gita Mamoun bot Schach mit dem geliebten Neffen. Sie waren nichts als Figuren auf dem Tisch, tote Soldaten, die in die Schlacht getrieben wurden, um ihren jeweiligen Herren zu dienen. Selbst Noam hatte sich geopfert, indem er meine Drogen schluckte, meine Folter ertrug – und log.

Das heißt, er teilte mir das mit, was ich seiner Meinung nach wissen mußte, den Schauplatz von »Fremdes Feuer«. Er hätte es mir ohne die Folter erzählen können, aber das wäre zu einfach gewesen. Ich hätte Verdacht schöpfen können. Doch es war alles ganz einfach. Jacob Twersky kannte die Herkunft und die wahre Bedeutung von »Fremdes Feuer«, und genau das ist der Grund, weswegen sie mich zu ihm gehen ließen. Und wenn der Münzhändler nicht in der Lage gewesen wäre, mir genug zu verraten, um mich in Bewegung zu setzen, hätten die Verschwörer irgendeinen anderen Weg gefunden, mir die entsprechenden Informationen zuzuspielen. Nach allem, was ich weiß, war vielleicht sogar Klein so clever, die kleinen Münzenstapel aufzubauen, nachdem er Twersky getötet hatte. Er hatte sicher seinen Spaß daran.

Man hat mir von dem Moment an nachgespürt, als ich das Hadassa-Krankenhaus zum erstenmal verließ. Als Gabriel ben Levi sich in seiner chassidischen Verkleidung an mich heranmachte, wußten sie, daß ich der Schlüssel zu seiner Gefangennahme wäre, wenn man mich entsprechend manipulierte. Moshe X und die Siedler wurden von der einen Seite zu Hilfe gerufen, und der Jemenit von der anderen, Schachfiguren waren sie alle. Vielleicht gehörte der deutsche Tourist, der mich vom Toten Meer nach Jerusalem fuhr, in Wirklichkeit zum Schin Bet, vielleicht war der Soldat im Vierer-Bus um meinetwillen dort postiert worden, vielleicht auch der Fahrer. Sie hielten mich in Bewegung und lockten mich mit einem Informationsbröckchen nach dem anderen immer weiter, weil ich derjenige war, der Gabriel hintergehen sollte, weil ich der einzige war, dem er wirklich vertraute, weil ich um ein Haar getötet worden war. Sie sagten mir alles, bis auf die genaue Zeit, denn das war der gemeinste Trick von allen. Es tickte keine göttliche Uhr; es tickte eine menschliche Uhr: ich.

Ich hielt mich für den gescheitesten Menschen in Israel, aber in Wirklichkeit war ich der dümmste.

Gita Mamoun hielt Gabriel bereit, bis ich damit, daß ich den Platz an der Westmauer betrat, unabsichtlich das Zeichen gab. »Wir haben Sie aus einem Haus beobachtet, das die Mauer überblickt«, gibt sie zu. »Erst als Sie den Tunnel betraten, glaubte Gabriel, es wäre ungefährlich hineinzugehen.« Daraufhin kamen alle anderen zusammen. Die Bombe wartete schon, und Simon war stets in höchstens zehn Minuten bereit. Mir, dem Redenschreiber und Zünder der Bombe, verschlägt es die Rede.

Dmitri, dem der Knebel zur selben Zeit wie mir abgenommen worden sein muß, bemerkt: »*Et tu*, Mamoun.« Ich bin froh, daß er in der Situation Humor aufbringen kann.

»Ich glaube nicht, daß man uns richtig miteinander bekannt gemacht hat, Dr. Tatarski?«

»Sie irren nicht. Aber Nathan hat mir alles über Sie erzählt.«

»So wie ich erfahren habe, daß Sie an der Geschichte beteiligt waren. Man sagt, Sie seien ein ausgezeichneter Chirurg. Zu schade.«

»Warum?«

»Weil Ihr medizinisches Können bald sehr gefragt sein würde ... wenn ...«

»Wenn der Krieg beginnt«, beendet Serena den Satz der Verschwörerin.

»Deshalb sind wir ja hier. Herr Klein, haben Sie ...« Sie läßt das

Ende des Satzes in der Schwebe, eine arabische Redeweise, die für Deutungen Raum läßt.

»Natürlich«, sagt er begeistert und gibt einem seiner Schläger ein Zeichen. Ich höre etwas aufschnappen und fühle, wie eine Welle schwindelerregender Kälte in den Raum eindringt, als ein Schrankkoffer geöffnet wird und ein sackartiger Gegenstand zu Boden fällt. Das Behältnis ist ein Tiefkühlkoffer, in dem man ein halbes Dutzend Sechserpacks an den Strand mitnehmen kann, aber er enthält Rafis fehlende Leiche. Wenn Gabriel mit einem Araber am Ort der Explosion gefunden wird, haben sie alle jemanden, dem sie die Schuld in die Schuhe schieben können, und der Krieg, den alle wollen, kann beginnen.

»Sie sind –« setzt Dmitri an.

»Sagen Sie bitte nicht ›wahnsinnig‹«, fällt ihm Gita Mamoun ins Wort.

Serena Jacobi redet weiter, als wären sie zwei Hälften ein und derselben Person: »Es ist so klischeehaft, und außerdem sind Sie kein Psychiater.«

Dmitri erinnert sich wohl an das, was ich ihm von dem erzählt habe, was ich von Zev Schechter erfuhr, und er fragt Gita Mamoun: »Geht's um Geld?«

»Natürlich, Wahnsinnssummen werden verdient werden. Die Aufrüstung allein bedeutet Milliardengewinne. Aber Geld ist nur ein Teil der Sache.«

»Dann, bitte, klären Sie mich auf«, bittet Dmitri mit seinem dicksten russischen Akzent.

Er spielt auf Zeit, und sie wissen es, können aber nicht widerstehen. Wie die meisten Verbrecher hat diese obszöne Bande eine solche Freude an den eigenen Plänen, daß sie irgend jemandem unbedingt davon erzählen muß. Natürlich darf dieser Jemand niemals die Gelegenheit bekommen, jemand anderem davon zu

erzählen. Madame Mamoun beschreibt mit hellseherischem Tremolo die Zukunft, die sie vor ihrem inneren Auge sieht. »Und noch mehr Geld wird der Wiederaufbau eines Palästina einbringen, das sich vom Jordan bis ans Meer erstreckt.«
Schließlich dämmert es mir. Außer einer käuflichen Söldnerin ist sie Patriotin. Sie alle – Siedler, Terroristen, Politiker, Journalisten – hat das Leben in diesem sonnendurchglühten Fetzen Land dermaßen verrückt gemacht, daß sie glauben, Gott hätte es ihnen allein gegeben.
Und so finde ich, der einzige geistig Gesunde in dieser Krypta, meine Stimme wieder. »Sie rechnen mit Ihrem Sieg?« Israel ist, wenn es um Panzer und Flugzeuge geht, Palästina und den arabischen Staaten weit überlegen. Wir haben außerdem die Piloten und Mannschaften, die diese Waffen zu gebrauchen wissen, und um ihnen allen den Rücken zu stärken, verfügen wir über meine Spezialität: moralische Unterstützung. Israel, die einzige Demokratie im Nahen Osten. Israel, das edle; Israel, das gute. Ich könnte den Artikel gleich jetzt schreiben. Israel, die Heimat der Juden. Israel, die Wiedergutmachung für den Holocaust. Wir haben alles, und sie haben Steine.
Trotzdem ist Gita Mamoun zu kämpfen bereit. Das Ausmaß des Hasses bei dieser äußerst liberalen Araberin erstaunt mich.
Jetzt, wo es eher um Strategien als um Ideologien geht, redet Klein frei. »Natürlich werden entgegen Madame Mamouns Hoffnungen wir siegen, aber vielleicht ist dies das letzte Mal, daß uns die Araber einen richtigen Kampf liefern können. Meinungsverschiedenheiten zwischen Linken und Rechten, zwischen Religiösen und Weltlichen, zwischen Falken und Tauben haben Israel innerlich geschwächt. Desgleichen haben wir unser moralisches Kapital durchgebracht. Die Vereinigten Staaten haben von uns die Nase voll. Europa wird uns nicht zu Hilfe kommen, außer

Deutschland, das keine andere Wahl und keine Armee hat. Im Gegensatz zu 67 können wir von der restlichen Welt keine Hilfe erwarten. Wir müssen ganz alleine siegen, und die Opfer werden riesig sein.«

Gita Mamouns Verrücktheit hat also eine schüttere logische Grundlage, aber warum sollte dann, wenn wir zwangsläufig stärker und die provisorischen Grenzen der Territorien zwangsläufig dauerhafter werden, irgend jemand auf der grünen Seite der Linie ihr helfen? Und Klein ist ihr mehr als eine Hilfe: Er entwirft den Arabern die Schlachtpläne. »Ich verstehe das nicht.«

»Natürlich nicht«, sagt er schadenfroh. Seit dem Sommer, den er als Doppelagent in Damaskus verbracht hat, hat der Mann nicht mehr solchen Spaß gehabt. Gita Mamoun leidet an ihrem Idealismus und läßt sich um eines erhofften größeren Nutzens willen auf einen faulen Vergleich ein, aber Klein liebt den Vergleich als solchen, den hohlen Schein und den Ruin, das Blut und die Flammen. »Nur wenn der künftige Krieg Kummer und Leid zur Folge hat, wird er die gewünschten Ergebnisse bringen. Ein zweites Sechstagewunder würde in der Region vorübergehend für Sicherheit sorgen, aber es würde noch mehr Flüchtlinge hervorbringen, die dieselbe Situation schaffen würden, die sich während des letzten halben Jahrhunderts als eine solche Schwächung für das Land erwiesen hat. Nur ein wirklich verheerender Krieg, einer, den die anderen fast gewinnen, einer mit Opfern, wird die Zukunft sichern. Nur wenn wir mit dem Rücken zum Meer stehen, können wir die Waffen einsetzen, die wir haben.«

»Atomwaffen«, sagt Dmitri.

Klein überhört ihn und faßt glückselig einen Wald aus Atompilzen ins Auge. Das ist das fremde Feuer, von dem er schwärmt. In gewisser Weise hat Moshe X recht. Es gibt Uran in Israel; es ist in keiner Höhle zu finden, sondern auf einer Raketenbasis, in der dieser Teufel bloß darauf wartet, daß er auf den Knopf drücken kann. »Nur dann können wir sie vollkommen auslöschen. Es ist ein Risiko, das beide Seiten bereitwillig eingehen, weil dies der blitzartige Augenblick ist – ein Blitz, den Sie nicht sehen werden«, setzt er mit maliziöser Großzügigkeit hinzu, »den Sie ohnehin nicht sehen könnten –, da von beiden Seiten ein Endsieg erlangt werden kann. Nur dann können wir das letzte Ziel erreichen.«

»Eine gewonnene Wahl«, sage ich benommen, noch immer nicht ganz auf dem laufenden.

»Keine gewonnene Wahl«, meldet sich jetzt Simon zu Wort. Er hat all den Erklärungen und Rechtfertigungen zugehört wie ein Zombie. »Einen Titel.«

An einem albernen Literaturvokabular klebend, fällt mir nur *Granatapfelblüten* ein.

Serena muß das Bild vervollständigen. »Nachdem Rubinstein seinen Zweck verfehlt und ich Gita kennengelernt hatte, erkannten wir beide die wahren Möglichkeiten – dank Cyril. Nach Gitas Ansicht ist Krieg die letzte Chance ihres Volkes auf Souveränität. Natürlich irrt sie sich, und wir werden sie töten.«

Goldie, die den unheilvoll drohenden Tonfall wahrnimmt, knurrt und geht in die Hocke.

Gita Mamoun lacht über den Beschützerinstinkt der Hündin und sagt: »Und wenn sie sich irrt, werden wir ihr selbstverständlich die Gefälligkeit erwidern.«

»Doch für uns ist es Israels letzte Chance auf ein wahrhaftig, endgültig und auf ewig geeintes Heiliges Land, nicht unter der Zuhilfenahme von Wahlen. Die Demokratie ist ein fragiles System, das es Leuten wie Weiner erlaubt, die ganze Chose in Unordnung zu bringen. Nein, wir müssen zu den Zeiten der höchsten Blüte zurückkehren. Wir müssen zur Bibel zurückfinden, deren Wege wir verlassen haben. Wir müssen –«

Ich sehe das Ende nahen, das Ende des logischen Denkens und das Ende meines Lebens und eines Lebens, wie ich es kenne, und ich bin wie gelähmt. Dmitri geht es nicht anders. Beide bringen wir keine Silbe heraus. Gabriel sagt nur ein Wort: »Vater.«

»Er mag Ihr Vater sein.« Serena kann ihre Eifersucht kaum verbergen. »Doch nach dem Krieg, der alle Kriege beendet, ist er –«

Ich verkünde die entsetzliche Wahrheit. »König Simon.«

Klein sagt: »Stellt die Schaltuhr.«

22

»Schaltuhr« ist das letzte Wort, das ich deutlich höre. Ein Summen in meinem gesunden Ohr, das auch durch den Verband über meinem verletzten Ohr dringt, wird so laut, daß ich das Gefühl habe, mitten in einem Bienenschwarm zu stehen. Instinktiv ducke ich mich und spüre, wie Cyril Klein erfreut ausatmet. Hitze, nicht Rauch, strömt aus seinen Nasenlöchern und füllt das Gewölbe.

Meine Haut kribbelt, und meine Halsmuskeln spannen sich an. Ich brenne.

Da meine Sehkraft lange geschwunden ist, mein Gehör mich seit kurzem verlassen hat und mein Riechvermögen nachläßt, stehe ich ohne Sinne da. Beraubt. Von Sinnen.

Ich ersticke in einem Feuerofen mit einer Schaltuhr, die einen Countdown zu meinem Tod begonnen hat. Vielleicht bin ich sogar schon tot, von dem seelenlosen anatomischen Trieb abgesehen, der Tiere atmen läßt, bis sie damit aufhören.

Und doch bleibt die Szenerie um mich und Dmitri, Gabriel und einen kopflosen arabischen Jungen herum lebendig. Die beiden Frauen rahmen das Bild wie Säulen, während Cyril Klein, Noam Abravanel und der mutmaßliche König der Juden, Simon ben Levi, zwischen ihnen stehen.

Vier Tunnel gehen von diesem zentralen Versammlungsort ab,

von denen zwei im Freien in entgegengesetzten Vierteln Jerusalems enden und die anderen zwei … nicht.
Ich blende auf die Sackgassen in Tel Arnon zurück und bin im Nu wieder in der Gegenwart. In wenigen Augenblicken werden die einzigen, die auf diesem unterirdischen Altar zurückgelassen wurden, Opfergaben für den Kriegsgott sein.
Doch jemand muß uns erst die Handschellen abnehmen, weil die Opfer nicht gefesselt sein dürfen.
Khadoury, Kleins Kreatur, hebt einen knarrenden Balken in die Höhe und fragt: »Wird der reichen?«
Klein überlegt und sagt: »Ja.«
Natürlich – sie werden uns erst töten und die Handschellen später abnehmen. Man wird uns unter Tonnen von Geröll finden, drei, denen die Schädel von den mittelalterlichen Bauten eingeschlagen wurden, die in den antiken Hohlraum gestürzt sind, wo die Altstadt an den Tempel grenzte, und einen vierten, der von einer herumfliegenden Glasscheibe, die sich für eine Guillotine hielt, geköpft wurde.
Aber Khadoury zögert. Vielleicht will sein Boß, daß wir bitten wie die Krüppel und Krebskranken, die ihre Briefchen via Westmauerexpress an Gott senden. Trotzdem werde ich Klein diese Genugtuung nicht verschaffen, und anscheinend haben es auch weder Dmitri, der Doktor, der sich mit dem Tod abgefunden hat, noch Gabriel vor, der sein ganzes kurzes Leben mit der Suche nach toten Städten zugebracht hat.
Gita Mamoun wendet sich ab, und Serena führt Simon in die Öffnung eines der Tunnel. Der König braucht nicht die Folgen seines Aufstiegs zu sehen, aber er bleibt trotzdem stehen. Vielleicht ist er neugierig.
Was mich betrifft, so ist Neugier letztlich Nebensache. Mir ist egal, warum dies geschieht, mir ist egal, wer es tut. Einen Augenblick

lang kümmert es mich nicht einmal besonders, daß ich gleich sterben werde, aber es ärgert mich, daß ich ein Ziel nicht erreicht habe. Wenn »Fremdes Feuer« ein echtes Geheimnis gewesen wäre, das ich aufdeckte, hätte ich vielleicht meinen Frieden mit den giftigen Früchten verbotenen Wissens schließen können. Aber der Gedanke, daß alle meine Unternehmungen, meine ganze Intelligenz – wie habe ich mich bewundert, trotz aller offenkundigen Beweise des Gegenteils – dazu ausersehen sind, Cyril Kleins Zwekken zu dienen, ist ärgerlich. Ich versuche mich zu erinnern, wie es anfing: Es war nicht bloß ein intellektuelles Puzzle oder ein Abenteuerspiel. Ein einziges Mal in diesem Leben wollte ich in der Welt etwas Gutes tun. Ich nahm mir vor, den schönen Archäologen zu retten. Ich nehme an, ich hoffte, auch mich zu retten. Jahrelang wollte ich nicht mehr leben, aber jetzt will ich es, um ihnen eins auszuwischen.

Ich möchte auch am Leben bleiben, um meinen Job aufzugeben, um noch ein Bändchen schlechte Gedichte zu schreiben, mich zu betrinken und im Bett eines Fremden aufzuwachen und um die grauenhaft zerkochten Hühner meiner Mutter zu essen. Ich möchte am Leben bleiben, um Goldie zu füttern und gegen Briefkästen zu rennen. Es ist nicht viel, aber das ist es, was ich möchte.

Goldie! Sie haben Goldie nicht die schönen ungetrimmten Pfoten gefesselt oder ihre wilde deutsche Schnauze mit einem Maulkorb geknebelt. Im Gegensatz zu Serena Jacobi und Gita Mamoun wurde diese Hündin zu Freundlichkeit erzogen, aber ebenso wie sie wird sie alles für die tun, die sie liebt. Wenn sie gereizt wird, greift sie an.

Die Lichter flackern. Ich spüre es. Ich bin ein Connaisseur der Finsternis. Ich kenne die Schwarznuancen und -varianten so gut wie die meisten Leute den Unterschied zwischen Knospen- und Irischgrün oder Scham- und Puterrot. Wirklich, ich kann zwischen

Schwarzschattierungen besser unterscheiden als zwischen Grün und Rot. Ich kenne die Beschaffenheit und den Duft der Dunkelheit.

»Schnell.«

Tick, tick, tick. Ich habe alle Zeit der Welt. Die Bombe soll in zehn Minuten hochgehen, zehn Minuten ab jetzt ist die unendlich weit entfernte Zukunft.

Gita Mamoun zieht sich langsam zurück. Simon ist in seinem eigenen Nebel versunken, der halb aus Fantasyfilmen und halb aus biblischen Prophezeiungen besteht, und Klein ist ein Stein. Von allen Leuten in dem Gewölbe ist nur einer verwundbar.

Ich nehme meinen ganzen Grips zusammen und rufe: »Noam.«

»Hier«, antwortet er wie ein Schuljunge in seiner Schulbank. Noam muß ein braver Schüler gewesen sein. Er lernte Multiplikationstabellen und Morden mit gleicher Mühelosigkeit. Auch er hat seine Ziele, vor allem meine Position und einen Klaps auf den Kopf von Cyril Klein. Er hat die Gegenwart mit einem Auge auf die Zukunft gemeistert, aber ich werde ihn an der Vergangenheit kreuzigen.

»Weißt du, du hast mich gestern nacht richtig reingelegt, Noam. Sag mal, hast du Cyril erzählt, was du für die Sache hier getan hast? Cyril, hat Noam Ihnen von unserer gemeinsamen Nacht erzählt?«

Während ich ein Wort mit dem nächsten verbinde, wird mir klar, daß ich die wichtigste Rede meines Lebens verfasse, aber im Gegensatz zu meinen anderen Reden über Abwasser und Außenhandel muß ich diese ohne die Hilfe von Simons kraftvoller Stimme an den Mann bringen, und so ziehe ich alle rednerischen Register. Ich beginne im vertrauten Jargon, um eine Verbindung mit meinem Publikum herzustellen, und schalte dann auf eine rhetorische Gangart um. Das ist ein Kniff, den ich schon früher angewandt habe. Du bestimmst die Tagesordnung, indem du die Fragen, die du beantwortet haben willst, deinen Zuhörern in die Köpfe pflanzt.

»Dieser Noam.« Ich lache herzlich, als erzählte ich einfach Geschichten. »Er ließ sich den Prügel in den Arsch schieben und versuchte dann, verstehen Sie, uns einfach auszutricksen. Es muß hart gewesen sein, weil er so tun mußte, als hätte er keinen Spaß an der Sache. Aber wenn ihm eingeschärft war, unter Druck von diesem Tunnel zu singen, dann mußten wir ihm seine Bedrängnis abnehmen. Sonst hätte er sich ewig steif stellen können ...«

Ich verwende absichtlich Wörter wie »hart« und »steif«, um harten Sex zu suggerieren, und ich muß diesen Samen fest einpflanzen, ehe ich ihn begießen kann.

»Sie wissen, warum es hart für ihn war, so zu tun, als würde er gequält? Weil es ihm in Wirklichkeit gefallen hat.«

Ich merke, wie Noam sich verkrampft.

»O ja.«

»Halt's Maul«, schnappt er.

»O ja, er hatte richtig Spaß dran. Ja, er bettelte um mehr. ›Gib's mir‹, bat er. Sie hätten sein demütiges Gekeuche und Gejaule hören sollen, als« – es war Zeit, deutlich zu werden –, »als Ezekiels Schwanz zwischen diese strammen kleinen Backen glitt.«

»Ich hab gesagt, halt's Maul, Kasakow. Du bist ein toter Mann.«

»Ich sterbe vielleicht, aber ich denke, ich kann in Frieden ruhen bei dem Gedanken, daß das Dregs einen neuen Kunden gefunden hat.«

»Was soll das heißen?«

Ich antworte mit Freuden. Es ist immer schön, wenn man sein Publikum packt. »Ezekiel hat mir erzählt, er meint, er hätte dich schon früher in dem Laden gesehen, aber du warst immer zu schüchtern, um in den Keller zu gehen. Er hatte das Gefühl, er tue eine gute Tat, als er dir half, dich offen zu deiner Veranlagung zu bekennen.«

»Du lügst.«

»Aha-hah, ah-hah, ah-hah.« Ich ahme Sexgeräusche nach und stoße meinen Unterleib mit jedem lauter werdenden »Ah-hah« weiter nach vorn.

»Lügner.«

»Ah-hah.«

»Lügner!«

»Ah-hah.«

Wir arbeiten jetzt kontrapunktisch zusammen, mit Stoß und Erschlaffung, Stoß und Erschlaffung, das Muster des Sex nachahmend, was unseren Dialog noch leidenschaftlicher macht.

»Es reicht!« Cyril Klein tritt auf die Bremse.

Tick. Tick. Tick.

»Solange Sie nichts dagegen haben ... Mir ist es bestimmt vollkommen schnurz«, sage ich ruhig, während Noam immer weiter schäumt. »Und ich bin sicher, auch Simon ist es egal. Stimmt's, Simon?«

»Khadoury«, ruft Klein dem Mann mit dem Knüppel zu.

Ich muß Simon zum Reden bringen, aber er steht da ohne seine übliche starke Ausstrahlung. Könnten sie ihn unter Drogen gesetzt haben, oder ist er geblendet, geblendet, geblendet vom Ausblick auf die Katastrophe, die er eben vom Zaun bricht, und der Erhabenheit des Throns, den er besteigen möchte? »Simon! Simon! Oder sollte ich sagen: Eure Lordschaft?«

Tick. Tick. Tick.

»Mir ist es egal«, sagt Simon.

Na, wunderbar.

»Er macht sich nichts draus, Noam. In bestimmten Fragen ist er als Politiker liberal. Er hat mich für sich arbeiten lassen, und er

wird es auch dich tun lassen. Du kannst dich ganz ungezwungen geben, deinen Freund ins Büro mitbringen und dir von Simon ein Autogramm geben lassen: ›Meinem Lieblingshomo‹.«
»Halt's Maul«, sagt Noam und kommt näher. Ich spüre seinen Atem.
»›Meinem besten Schwuli. Meinem schlüpfrigen Schönling.‹«
»Khadoury. Jetzt.«
»Ach, komm, Noam, es ist doch keine Schande. Ich habe mich dran gewöhnt, und das wirst du auch.«
Er spuckt mir ins Gesicht.
Die Flüssigkeit rinnt an meiner Wange herunter und gibt mir neue Munition. »Es ist nicht dasselbe Zeug, das du vergangene Nacht aufgeleckt hast, nicht wahr, Noam?« Während ich ihn weiter provoziere, mache ich mich auf den Schlag gefaßt. Wenn ich mich grundlos tief bücke, fällt Khadoury sofort über mich her, aber wenn ich einen Grund habe, mich zu bücken, habe ich eine Chance hochzuspringen.
Eine Chance, eine einzige Chance, wie die eine Chance, die Gita Mamoun hat, sich ein Heimatland zu schaffen, oder die eine Chance, die Simon ben Levi hat, ein Königreich zu erringen. Falls Noam lacht und sagt: »Ich spreche nicht mit toten Leuten«, habe ich verloren.
»Kommen Sie her«, sagt er zu Khadoury.
»Na, geh schon«, sage ich so unbekümmert wie möglich. »Sieh zu, daß du hier wegkommst. Wir sehen uns in der schwulen Hölle wieder, du« – ich habe noch ein letztes Wort in petto – »Tunte.«
Binnen einer Millisekunde geschehen drei Dinge. Noam geht auf mich los, den Fuß erhoben, um mir in die Eier zu treten. Ich ducke mich und drehe mich zur Seite, um den Schlag auf den Oberschenkel zu kriegen, was noch immer ziemlich weh tut, und dann springen zwei Körper in die Höhe.

Goldie macht einen Satz, und ich schraube mich so weit in die Höhe wie möglich, die Arme erhoben wie die Basketballspieler auf dem Spielfeld des Hadassa-Krankenhauses. He, du machst das Beste aus deinen »Behinderungen«. Meine gefesselten Hände stoßen an die niedrige Decke und schrammen an dem schartigen Stein lang, bis sie ein Stück Leitungsrohr finden und packen und so fest dran reißen, wie es nur geht. Ich falle zu Boden, das Rohr mit den Leitungen in den Händen. Glas zersplittert neben mir. Das Gewölbe liegt im Dunkeln.

Simon kurz vor dem Sterben: »Was ist los?« schreit er, mein Herr und Meister, der PM, der mächtigste, wenn nicht gar der intelligenteste Mensch im Nahen Osten, ohne die geringste Ahnung, was er in Bewegung gesetzt hat und was er dafür kassieren wird. Simon ist verloren. Er weiß es noch nicht, und er wird es wohl auch nicht mehr genießen können, aber in dem Moment, als die Lichter ausgingen, hatte ich gewonnen. Ein paar von meinen Häschern werden vielleicht entkommen, aber nicht alle. Im Dunkeln weiß keiner den Weg hinaus. Wenn man meine Leiche zusammen mit Gabriels, Rafis und Dmitris neben einigen von Simons Leibwächtern findet, wird seine Erklärung für »Fremdes Feuer« nicht ziehen. Schlimmer noch, weder Simon noch Serena, noch der Rest des inneren Zirkels können sehen.
Im Land der Blinden ist Nathan Kasakow König. Mit nur einem Auge wäre ich der liebe Gott.
Noam kreischt auf, und ein Schuß fällt, trifft Fleisch und löst beim Austritt einen Sprühregen aus. Ich fühle Tropfen, einen unterirdischen Regen, Blut. Ein Gegenstand fällt auf den Boden mit zwei deutlich voneinander getrennten Geräuschen, *kah … tschunk*, ein Holzknüppel, den Eli Khadoury fallen läßt, der zwischen mir und Cyril Klein stand. Okay.

Verzweifelte Stimmen prallen gegen Wände. Das Gewölbe ist ein Puzzle aus Lauten, ein Stück paßt ins nächste, Schritte, Rufe, Namen, tick, tick, tick.
Der erste Pistolenschuß löst eine ganze Salve aus, als der Geheimdienst, zu reagieren geschult wie Goldie, ebendies tut. Ich fühle eine Kugel, zwei in meine Seite einschlagen, durch die Haut fetzen, Bauch links unten, Schulter links oben. Sie sind darauf abgerichtet, auf den Rumpf zu zielen. Andere Kugeln pfeifen gegen die antiken Mauern und prallen davon ab. Ein Agent jault wie ein Hund.
Goldie läßt den stöhnenden Noam am Boden liegen und stürzt sich auf einen anderen Feind, jeden Feind in einem Kreis von Feinden.
»Schafft ihn hier raus«, schreit jemand, obwohl niemand weiß, wo *er*, Simon, ist.
Er liegt am Boden … tick, tick, tick, höchstens noch fünf Minuten, und Serena ist bei ihm, und ihre Gerüche durchdringen sich, als vögelten sie miteinander.
»Steh auf«, sagt sie, während sie sich hinsetzt, bereit, dem Ende gemeinsam mit dem Mann, den sie anbetet, ins Auge zu sehen. Serena ist die erste, die kapiert, daß »Fremdes Feuer« irreparabel fehlgeschlagen ist. Sie konnte stets die Vorzeichen lesen.
Die Zeit bleibt stehen, aber die Uhr tickt, und ich denke über dieses Paar nach, das sich umturtelt inmitten des Chaos seiner ehemaligen irdischen Trabanten, die in alle Richtungen fliehen. Simon und Serena sitzen auf einer Insel des Friedens, die ein Sturm umtobt. Noch mehr Schüsse fallen, wahllos und idiotisch, es sei denn, sie kommen aus Cyril Kleins Pistole, dann sind sie berechnet und tödlich. Jemand flucht, als er über Rafis kopflosen Leichnam stolpert. Doch Simon und Serena sitzen da, die Rücken gegen das Tunnelfundament geschmiegt. Es ist vorbei, und sie beide wissen es.

Simon sagt: »He, hab ich dir jemals den von dem ehemaligen Politiker und den Bienen erzählt?«
»Nein«, seufzt Serena.
In diesem Augenblick beneide ich sie. Widerstrebend bringe ich ihr auch Achtung entgegen. Ich habe immer gedacht, Serena Jacobi sei nichts als eine ausgekochte Karrieretussi in Stöckelschuhen, die vor allem das Weiterkommen im Kopf hat, eine Hure mit anderen Worten, die genauso übel riecht. Aber Simon war nicht bloß das Mittel zu Serenas Zweck; er war der Zweck. Ich hätte es nicht geglaubt, aber Serena ist verliebt. Arabische und israelische Ambitionen mögen in sich zusammenbrechen, aber das macht ihr überhaupt nichts aus, weil die Meinungsforscherin den Politiker gewonnen hat, den sie sich ersehnte. Als Premierminister mußte Simon jede Nacht zu seiner Frau in die Regierungsvilla zurückkehren, aber als König hätte er Serena zu seiner Königin machen und den Massen seine berühmte Pointe entgegenschleudern können: »*Screw them!*«
Jetzt brauchen sich Serena und Simon keine Sorgen mehr über so unwichtige Dinge wie die Wirkung in der Öffentlichkeit zu machen. Die Liebe hat gesiegt, aber die Liebenden haben verloren. Der Krieg ist vorbei. Es gibt keinen Grund zur Flucht. Dies hier ist ihr Bunker, und sie sind glücklich.
Natürlich ist ein solches Glück zwangsläufig nur von kurzer Dauer, doch wenn der Dichter eine Welt in einem Sandkorn und die Ewigkeit in einer Stunde erblicken kann, dann hat Serena es noch besser als Blake gemacht und die Ewigkeit erlangt, während die Sandkörner durch ein elektronisches Stundenglas rieseln. Tick, tick, tick.
Es bleiben keine drei Minuten mehr, aber ich bin wie gebannt von der Szene vor mir.
»*Screw them*«, schnauft Dmitri.

Es ist die Stimme des gesunden Menschenverstandes. »Richtig«, sage ich.
Da sie durch die Dunkelheit zum Scheitern verurteilt sind, ist Serenas und Simon ben Levis Tod ihre einzige Rettung vor dem absoluten Untergang. Doch wenn sie, die so gern fremdes Feuer entzündet hätten, sich mit der Opferung auf ihrem selbsterrichteten Scheiterhaufen abgefunden haben, bin ich nicht bereit, mich ihnen anzuschließen. Ich habe zu tun. Der neue Premierminister wird meine Dienste benötigen. Zuerst werde ich die Pressemitteilung verfassen müssen, in der der tragische Unfall geschildert wird, der sich ereignet hat, als Simon die neueste archäologische Entdeckung seines Sohnes besuchte – Israel zieht Märtyrer Bösewichtern vor. Aber was hat das Dynamit unter dem Berg Moria gesucht? Offenbar – diente es den Ausgrabungen. Ich werde den Griffelknechten der Presse Fragen beantworten müssen, aber das wird einfach sein. Sie werden das wiederkäuen, was ich ihnen serviere. Wo eine Schreibmaschine ist, da ist ein Weg.
»Schnell!«
Aber zuerst habe ich hier unter der Erde noch eine Aufgabe. Ich muß in diesem Chaos Gabriel finden. Noam liegt heulend am Boden, Goldie bellt, und Soldaten scheppern gegen die Mauern wie Flipperkugeln.
Wieder hallt ein Pistolenschuß aus einem der Tunnel. Klein. Er wird der erste sein, der draußen ist, und zieht es gleichzeitig vor, der letzte zu sein, um ja alle Augenzeugen hinter sich zurückzulassen. Und ehe die Erschütterungen verebbt sein werden, ehe die zur Untersuchung des »Zwischenfalls« eingesetzte Kommission ihren Bericht herausgegeben hat, wird er schon halb in Brasilien sein.
Ein zweiter Schuß in einer anderen Tonlage antwortet. Gita Mamoun muß unter ihren weiten Gewändern eine Waffe gehabt

haben. Schießt sie auf Klein oder er auf sie, oder schießen sie beide gemeinsam und fliehen Arm in Arm, noch so eine Liebesheirat – Liebe umschwirrt mich –, um sicherzugehen, daß sie die einzigen Überlebenden sind?
Beide Schüsse kamen aus dem Tunnel, durch den Dmitri und ich von der Klagemauer hergekommen sind. Damit bleiben drei Möglichkeiten, von denen zwei tiefer in das Labyrinth hineinführen, das in Minuten verschlossen sein wird. Tick. Tick. Tick.
Und dann höre ich Gabriel. Die meisten Soldaten sind in der Richtung verschwunden, die der erste davonstürmende Soldat wahllos eingeschlagen hat, darum herrscht weniger Lärm in der Grotte, aber Noam und mehrere von den auf dem Schlachtfeld zurückgelassenen Verwirrten und Verwundeten sind noch da. Trotzdem trägt die leise Stimme des Archäologen in ihrer emotionalen Not weiter als die Schreie körperlicher Todesangst. Äußerst ruhig sagt er das Schlimmste, was er vielleicht sagen konnte, das einzige Wort, das ich nicht ertrage und das so schlimm ist wie das Wort »Tunte« für Noam.
Quer durch die Krypta höre ich Gabriel ben Levis geisterhafte Stimme rufen: »Vater.«
Und was am allerschlimmsten ist, er ruft voller Liebe nach seinem Vater. Was für egoistische und bösartige Pläne Simon auch gehabt haben mag, Gabriel verzeiht ihm und muß es ihm mitteilen. Wo kommt diese Treue her? Ist sie lediglich eine Frage von Blut und Lenden, oder hängt sie von Simons Redegewalt ab, oder ist sie das Ergebnis seines hypnotischen Blicks, und ist meine Unfähigkeit, diesen Blick wahrzunehmen, der Grund, warum ich der einzige bin, der immun dagegen ist?
Simon schreit: »Sieh zu, daß du hier rauskommst.«
»Nein«, schluchzt Gabriel und kriecht in unsere Richtung.
»Verdammt noch mal, weg hier!« befiehlt der Mann, der augen-

blicklichen Gehorsam gewohnt ist. Ob er, da ihm die Schlachtung seines Sohnes nicht gelungen ist, jetzt Reue fühlt und Gabriel retten will oder ob er in diesen kostbaren letzten Momenten einfach in Ruhe mit seiner bösen Muse kuscheln will, weiß ich nicht, jedenfalls erteilt er zum letztenmal einen Befehl, der zum letzten- oder vielleicht auch zum erstenmal verweigert wird.

»Vater«, stöhnt Gabriel.

Verzweifelt würde ich am liebsten schreien: »Der Teufel soll sie alle holen. *Screw them all.*« Aber wenn Gabriel sterben will, soll er sich später selber umbringen. Ich packe ihn hastig am Arm.

Meinem Beispiel folgend, schnappt sich Dmitri Gabriels anderen Arm, und gemeinsam schleifen wir ihn zum Kreuzungspunkt der drei Tunnel – den vierten, aus dem schon wieder Schüsse zu hören sind, meiden wir. Durch einen von den dreien sind Simon & Co. hereingekommen. Und das ist derjenige, der zu einem Ausgang im Arabischen Viertel führt.

Ich versuche, den von ihrer Ankunft übriggebliebenen Staubgeruch zu erschnüffeln, aber das Durcheinander hat alle Hinweise vernichtet.

»Goldie«, rufe ich und überlege, ob ich mich genauso traurig anhöre wie Gabriel, als er seinen Vater rief.

Die Schäferhündin kommt zu mir getrottet.

»Wo lang, Kleine?«

Tick, tick, tick.

Sie schnüffelt zu dem Gang hinüber, den die Soldaten eingeschlagen haben, und dann setzt sie sich zögernd in eine andere Richtung in Bewegung.

»Okay«, sage ich. »Auf geht's.«

Ich bin auf der rechten Seite, Gabriel in der Mitte, und Dmitri humpelt auf der linken. Alle paar Schritte prallen die beiden gegen die Mauern, aber ich bin wie eine Fledermaus in einer Höhle.

Nenn es meinetwegen Nachtsehvermögen, jedenfalls spüre ich die Kurven und nehme sie glatt. Das muß ich auch, denn deutlicher als den Weg sehe ich die Zukunft vor mir. In einigen Dutzend Sekunden wird die Bombe detonieren und die Grotte und, über die sich ausbreitenden Druckwellen, den größten Teil des Tunnels zum Einsturz bringen. Unsere einzige Hoffnung ist, daß die Ladung so dosiert ist, daß sie nur den kleinstmöglichen Schaden anrichtet, aber wenn Cyril Klein die Bombe gelegt hat, ist die Hoffnung schwach. »Rennt«, rufe ich und renne los, schnell wie Goldies trappelnde Pfoten.

Wir müssen inzwischen mehrere Blocks weit gelaufen sein. Es kommt mir so vor, als spürte ich eine Brise, aber ich bleibe nicht stehen, um mich zu überzeugen, als ich einen dumpfen Donner hinter uns höre.

Soviel zum König der Juden. Er könnte ebenso erstreben, ein Pharao in einer Pyramide zu sein.

Gabriel hält den Atem an und dreht sich um. Er reißt sich von mir und Dmitri los und rennt zurück, verliert aber fast sofort das Gleichgewicht, als der Boden zu beben beginnt und ein Stück Mauer nachgibt. Wir packen ihn und laufen eine Sekunde später weiter, während Rauch und heiße Luft hinter uns herrollen wie eine Woge. Entweder erwischt sie uns oder nicht, aber wir rennen und rennen, stolpernd, taumelnd, gegeneinanderprallend, an Rauch und Dämpfen fast erstickend.

Wir springen über Streben hinweg, die wie Kegel umkippen, als Schallwellen durch Mauern dringen und Schwachpunkte zum Einsturz bringen. Felsbrocken und Steine, die von den verborgenen Fundamenten der Klagemauer stammen könnten, rollen uns in den Weg, und Gott weiß, welches Pandämonium oben zwischen den Touristenständen, Kiosken und Wohnhäusern der Stadt herrscht.

Ich pralle gegen eine Mauer, greife nach links, greife nach rechts, finde nichts und will schon aufgeben, als Dmitri seufzt: »Gott sei Dank.«

»Was?«

»Guck doch! Ich meine, hier!« Er zieht meine Finger von der schartigen Wand und drückt sie, Zentimeter entfernt, auf eine verkrustete eiserne Sprosse, die in dem Schiefer sitzt. Was noch wichtiger ist, er hat meine Hand so deutlich gesehen, daß er sie mühelos berühren kann. Eine Art Licht sickert herab.

»Du erst.«

»Er zuerst.«

»Vater«, schluchzt Gabriel.

»Ruhe«, sage ich und lege Gabriels Hand auf die Sprosse. »Hochklettern, du Weichei.«

Er klettert hinauf, bis seine Füße ungefähr auf der Höhe meines Kopfes angekommen sind, dann stößt er eine Klappe auf, die eine Rauchwolke hinauf ins Sonnenlicht saugt, das sich an ihrer Stelle ergießt. Selbst ich kann den Unterschied zwischen Grau und Schwarz erkennen.

»Jetzt du«, sagt Dmitri.

Ich setze meinen gesunden Fuß auf die erste Sprosse und hebe die gefesselten Hände über den Kopf. Von meiner Brust fällt ein Tropfen Blut, mit Schweiß verdünnt, herab.

»Ich bin direkt hinter dir.« Der Doktor hustet und umfaßt meine Taille. Seine Hände sind stark, und er steht fest auf seinen Beinen, die wie Baumstämme sind. Über uns quasselt eine Schar halbwüchsiger Jungen, Touristen und Frauen auf dem Weg zum Markt – das übliche Jerusalemer Gemisch – und gafft auf die unerwarteten Reisenden, die aus einem unerwarteten Spalt in der Erdoberfläche auftauchen. Wenn ich oben bei ihnen sein werde, wird das größte Abenteuer meines Lebens hinter mir liegen, aber ich möchte nicht mehr in die Langeweile des Büros zurückkehren, und was das Dichten angeht, so möchte ich lieber die noch vorhandenen Exemplare von *Granatapfelblüten* verbrennen, als noch ein einziges Mal über sie nachzudenken. Wie Serena möchte ich etwas weniger Dramatisches, aber Befriedigenderes. So weit verbreitet, wie sie ist, wünsche ich mir Liebe. Ich lasse mich in Dmitris Arme sacken. Zufrieden drehe ich mich auf der unteren Sprosse herum, lege ihm meine schmerzende Hand auf den borstigen Nacken und wende meinem Retter das Gesicht zu. »Eine Frage, Doc?«

So klug wie gut und, für meine Finger, die ihm ein liebenswertes Stückchen hartgewordenen Käse aus dem Bart klauben, schön, kennt er meine Frage, ehe sie aus meinem Mund heraus ist, und sagt: »Bitte nicht.«

»Warum?«

Ich sollte das nicht fragen, weil ich stets behauptet und immer geglaubt habe, daß es mir egal ist, warum Dinge so sind, wie sie sind; mich interessiert nur, was sie sind, aber ich bin so bedürftig und – vielleicht endlich, in der Mitte meines Lebens, reif – willens, bedürftig zu sein, daß ich mich nicht bremsen kann. »Warum?« wiederhole ich. »Oder vielmehr, warum nicht?« flehe ich, obwohl es klar ist: meiner Orientierung, der Realitäten und meines Charakters wegen, weil ich eine Tunte bin, weil ich häßlich bin, weil ich verbittert bin. Wer, der alle Tassen im Schrank hat, würde sich auf mich einlassen wollen?

»Erstens bin ich viel älter als du.«

Natürlich ist das nicht die wahre Antwort. Ich schüttele den Kopf. Er schuldet mir die Wahrheit.

»Außerdem habe ich eine Frau kennengelernt.«

»Kennengelernt« sagt er, als wenn sein »Kennenlernen« jüngeren Datums ist. Aber der einzige Mensch, dem er in der letzten Woche begegnet ist, bin ich. Wann hat er die Zeit zu Rendezvous gehabt? Wir haben jede verfügbare freie Minute zusammen verbracht und »Fremdes Feuer« im Krankenhaus, auf den Straßen, unter der Erde und in der Rehov Rambam gesucht.

Neeiiiiin!

Ich fange an, so wahnsinnig zu lachen, daß ich fast von der Leiter falle, denn ich war ja immer schon der Meinung, daß diese Hühnersuppe besondere Kräfte hat.

»Was ist denn so komisch?«

»Kenne ich die Frau?«

»Das könnte man so sagen.«

Herrgott! Es fügt sich alles zusammen. Ich war blind, nicht nur für die äußere physische, sondern auch für die innere, unsichtbare Welt. Deswegen konnte ich Gabriels Sohnesliebe und Serenas erotische Liebe für Simon nicht begreifen, und deswegen habe ich den Strudel von Strömungen in der Rehov Rambam nicht wahrgenommen. Wir, jeder von uns, selbst Mütter, haben Gefühle, und einige von ihnen werden erwidert, manchmal. Und ich, wonach habe ich mich gesehnt, und das länger als all die Jahre, die ich nicht mehr sehen kann? Ist es möglich, daß ich in diesem Stadium meines Lebens einen Liebhaber verloren und einen Vater gewonnen habe? Na schön, ich habe auch ein Ohr verloren, mir einen Fuß verbrüht, eine Schulter verbrannt, eine Hand gebrochen und mindestens zwei Kugeln abgekriegt, was ist denn da schon ein Herz? Allein klettere ich die Leiter nach oben und taumele nach draußen in den dunklen Tag.